STEFANIE H. MARTIN

Die Liebenden von Bloomsbury

VITA UND DER GARTEN DER LIEBE

aufbau taschenbuch

STEFANIE H. MARTIN

Die Liebenden von Bloomsbury

VITA
UND DER GARTEN DER LIEBE

Roman

atb aufbau taschenbuch

MIX
Papier | Fördert gute Waldnutzung
FSC® C083411

ISBN 978-3-7466-3906-2

Aufbau Taschenbuch ist eine Marke
der Aufbau Verlage GmbH & Co. KG

1. Auflage 2023

Satz Greiner & Reichel, Köln
Druck und Binden CPI books GmbH, Leck, Germany
Printed in Germany

www.aufbau-verlage.de

Liebe ist eine Illusion, eine Geschichte, die im Kopf entsteht.
Die ganze Zeit über weiß man, dass sie nicht wahr ist.
Darum achte darauf, die Illusion nicht zu zerstören.

Virginia Woolf

Julian

London im Frühsommer 1918

Der Gedanke kam Vita mitten in der Vorstellung.

Die Schauspielerin auf der Bühne schien für einen Moment innezuhalten und ihr billigend zuzunicken, bevor sie in ihrem Spiel fortfuhr. Es war eine farbenprächtige, fast ein wenig zu pompöse Inszenierung der Geschichte Scheherazades, die Wort um Wort ihr Netz aus Illusionen um den mächtigen und grausamen Sultan von Persien spann und sich mit jeder Erzählung, die sie ersann, einen weiteren Lebenstag erkaufte. War Vita nicht ebenfalls eine Geschichtenerzählerin? Wie wäre es, wenn sie in ihrem nächsten Abenteuer Worte durch Kleidungsstücke ersetzte, um sich so ein Stückchen Freiheit zu erkaufen?

Neben ihr saß Violet in einem Kleid aus dunkelrotem Samt, die Hände entspannt auf der Sitzlehne. Sie hatte den Kopf an das Rückpolster abgegeben, ihr schneeweißer Hals schimmerte schmucklos im Halbdunkel. Vita wusste, dass sie ihren Blick spürte, doch Violet lächelte nur und blickte geradeaus. Zwei junge Frauen im Theater. Und doch so viel mehr.

»Komm zur Hyde Park Corner, um acht«, sagte Vita, als der Vorhang fiel. »Ich habe eine Überraschung für dich.«

Sie kehrte auf direktem Weg in ihre Londoner Wohnung auf der Ebury Street zurück. Harold, ihr Ehemann und Diplomat, war in Rom auf einer seiner Missionen, die Dienstmagd hatte den Abend frei. Es war niemand da, vor dem sie sich hätte verstecken müssen. Sie war trunken von ihrer Idee, von dem Risiko, dem sie sich aussetzen würde. Trunken auch von Violets schneeweißem Hals.

Harold war exakt genauso groß wie sie. Ein bisschen fülliger um die Mitte, doch das machte nichts, im Gegenteil. Unter der Weite des Tweedjacketts ließ sich alles verstecken, was nicht zu diesem Abend passte. Die Hose konnte sie mit einer Kordel binden, das Problem waren die Schuhe. Vita trug oft Schaftstiefel und Cordhosen, wenn sie in Long Barn war, ihrem Landsitz in Kent, aber jetzt brauchte sie Halbschuhe, die zu ihrer Aufmachung passten. Sie durchsuchte Harolds Ankleidezimmer und fand ein altes Paar, das ihm zu klein und ihr nicht mehr als eine Nummer zu groß war. Mit ein wenig zusammengerollten Stoffs vorn an den Zehen würde es gehen.

Sie raffte sämtliche Kleidungsstücke zusammen und trug sie in ihr Schlafzimmer, legte ihren Rock ab, Bluse und Seidenstrümpfe, das Unterkleid, Perlenkette, Ringe und Ohrschmuck. Feierlich vollzog sie die Verwandlung, als kleide sie sich für eine Vermählung. Beim Verlassen der Wohnung erblickte sie ihr Ebenbild im großen Spiegel in der Halle und erschrak beinahe. Dort stand nicht die verkleidete Mrs Harold Nicolson, auch nicht die Schriftstellerin Vita Sackville-West, die sie eben in ihrem Schlafzimmer noch gewesen war. Auf dem Weg die Treppe hinunter war aus der verwegenen Geschichtenerzählerin, die mit ein wenig Stoff und Farbe der Welt etwas vorgaukeln wollte, ein junger Mann geworden. Und das fühlte sich so vertraut und normal an, so *richtig*, dass Vita glaubte, nie etwas anderes gewesen zu sein. Als hätte diese Seite ihres Wesens schon immer im Dunkeln versteckt darauf gelauert, eines Tages ans Licht treten zu dürfen. Der Tag war gekommen. Würde ihre Mutter sie erkennen, wenn sie ihr so über den Weg liefe? Gewiss nicht. Ihre Mutter war auf einem Auge blind. Vermutlich sogar auf beiden.

Auf der Straße hielt Vita ein Taxi an und befahl dem Chauffeur mit der selbstgewissen Arroganz eines wohlhabenden Jünglings, sie zur Hyde Park Corner zu fahren. Violet wartete bereits. Vita trat an sie heran, beugte sich zu ihr hinunter und küsste sie auf den Mund. Violets Augen rundeten sich, dann begannen sie vor Übermut zu funkeln.

»Überraschung gelungen«, sagte sie, zog Vita näher und flüsterte: »Ich nenne dich Julian.«

Vita zündete sich eine Zigarre an, legte ihren Arm um Violet und gemeinsam schlenderten sie in Richtung Serpentine, dem See im Hyde Park. Dort gab es dunkle Nischen, in denen Paare sich küssten. Sie würde Violet küssen. Sie war ein Mann. Alles war möglich. Das Abenteuer konnte beginnen.

1. Kapitel

Monks House, Rodmell, Sussex, 3. August 1922

Der Morgen brachte frischen Wind vom Meer und trieb die Schwüle der letzten Tage ins Landesinnere. Es war ein passender Tag für gute Vorsätze. Die Zeit hatte den August schon angeknabbert, Virginia musste dringend ihre Vorsätze für die kommenden Monate im Tagebuch festhalten. Zweimal im Jahr tat sie das, im August und im Oktober. Wenn ein Vorsatz sich in Tinte konkretisierte, hielt sie sich meist daran. Oder?

Sie trat an ihren Bücherschrank und zog das Tagebuch des vergangenen Jahres hervor. Keine Einträge im Oktober. Wie konnte das sein? Sie blätterte hin und her, las die letzten Einträge vom September und die ersten aus dem November. Richtig. Sie war krank gewesen, wie so oft. Kopfschmerzen, Fieber, Erschöpfung. Leicht erhöhte Temperatur hatte sie auch jetzt wieder, besonders am Abend. Sie sprach nicht darüber, denn sonst hätte Leonard ihr verboten zu arbeiten.

Wahrscheinlich hatte sie sich im vergangenen Oktober vorgenommen, ihren Roman, *Jacobs Zimmer,* zu beenden, dessen letzte Zeilen ihr am 4. November aus der Feder geflossen waren, sie wusste es nicht mehr genau. An eine Sache jedoch erinnerte sie sich: Leonard hatte für siebzig Pfund aus zweiter Hand die Minerva-Tiegeldruckpresse gekauft – ein Ungetüm, das für den Dielenboden im Esszimmer von Hogarth House zu schwer war und in den Keller gestellt werden musste. Seither konnten sie auch umfangreichere Texte drucken, die sie nicht mehr an Subskribenten verkauften, sondern direkt an den Buchhandel. Die Nachfrage nach ihren experimentellen Kurzgeschichten und Gedichten stieg langsam, aber stetig und aus der Liebhaberei war ein Verlag geworden, aus dem Zeitvertreib ein Zeitfresser. Die Hauptlast trug Leonard, denn sie sollte ja schreiben.

Richtig, schreiben! Virginia steckte das alte Tagebuch zurück an seinen Platz im Buchregal und setzte sich in ihren Lehnsessel am Fenster. Das Notizbuch auf den Knien, kritzelte sie rasch und ohne abzusetzen die Gedanken zu Ende, die sie zum Bücherschrank getrieben hatten. Der wichtigste Vorsatz für diesen August: Methodisch vorgehen. Mrs Dalloway spukte Tag und Nacht durch ihren Geist, aber was war das für ein Sommer! Ständig kamen Besucher, Einladung folgte auf Einladung, halb London wünschte sich, die Woolfs zu ihren Gästen zählen. Virginia wollte nicht unbescheiden sein, aber offenbar wurden sie und Leonard allmählich zu Berühmtheiten. Leonard würde das natürlich abstreiten, aber er hatte auch nicht gehört, wie Lady Ottoline vergangene Woche anlässlich einer ihrer Teegesellschaften in Garsington erzählte, dass die hochwohlgeborene Lady Sibyl Colefax sie, Virginia, für die beste Schriftstellerin hielt, die das Vereinigte Königreich derzeit zu bieten hatte. Wenn selbst der Hochadel über Virginia Woolf sprach, dann durfte sie sich darauf etwas einbilden, doch es beunruhigte sie auch. Lady Colefax gehörte nicht eben zu den Kreisen, die sich durch auserlesenen Literaturgeschmack hervortaten. Und was konnte die Colefax von ihr schon kennen? Ihr Debüt, *Die Fahrt hinaus*, etwa? Oder *Nacht und Tag*, diese Zimmermannsarbeit, mit der sie sich von ihrer eigenen Verstandeskraft hatte überzeugen wollen? Wenn diese unreifen Werke das Fundament ihres Ruhmes bildeten, dann stand ihre literarische Karriere auf tönernen Füßen. Da galt es, schnellstens nachzubessern.

Virginia versprach sich viel von Mrs Dalloway. Schon *Jacobs*

Zimmer war ein Experiment gewesen, der Versuch, eine Geschichte ohne das starre Gerüst einer Handlung zu erzählen, ähnlich einem impressionistischen Gemälde, nur Stimmung und Gefühl, leicht, wie eine Lichterscheinung. Leonard hielt *Jacobs Zimmer* für ein geniales Werk, ihr bestes bislang. Sein Urteil bedeutete ihr viel. Wenn er guthieß, was sie schrieb, konnte sie ertragen, vierzig Jahre alt, oft krank und zudem kinderlos zu sein. Mit *Jacobs Zimmer* hatte sie ihren ureigenen Weg gefunden, Romane zu schreiben. Nichts zählte mehr als das.

Mrs Dalloway war der nächste wichtige Schritt auf diesem Weg. Es sollte ein Roman ohne Erzähler werden, eine Handlung, die sich einzig im Bewusstsein der Figuren entfaltete. Doch wie konnte sie verhindern, dass die leise flüsternde Stimme von Mrs Dalloway bei all den Zerstreuungen, den ständigen Ablenkungen durch Besucher nicht verstummte? Sie musste wieder ins Schreiben finden.

Zurück also zu den Vorsätzen für diesen August. Erstens: jeden Morgen mit leichter Bewegung an der Luft beginnen. Ein Spaziergang durch den Garten vielleicht. Oder ein paar Kniebeugen, direkt nach dem Aufstehen. Zweitens: wenige gesellschaftliche Aktivitäten. Um schreiben zu können, musste sie aufhören, die Person Virginia zu sein, und dieses tastende, nach innen gewandte, rein sensitive Wesen werden, das jede Schwingung des Geistes auffängt und in Worte wandelt. Drittens: gute Literatur lesen. Literatur entstand nicht einfach aus dem Nichts. Sie brauchte Nahrung, wie jedes andere lebende Wesen auch.

Geräuschvoll klappte sie ihr Tagebuch zu und legte es beiseite. Eine frühe Runde durch den Garten hatte sie bereits hinter sich. Nun also lesen. Sie streckte sich und blickte durch das geöffnete Fenster hinaus in den Garten. Sie konnte Leonards vorgebeugten Rücken sehen. Wahrscheinlich pflanzte er schon wieder eine neue Blumensorte. Seit er seine Leidenschaft für die Gartenarbeit entdeckt hatte, arbeitete er sich Stück für Stück in die Tiefen des Grundstücks von Monks House vor und verwandelte das verwilderte Stück Land in ein blühendes Paradies. Auf der ansteigenden Böschung entlang der Hauswand wuchsen wilder Jasmin und Lavendelbüsche, deren Duft das Zimmer erfüllte.

Monks House stammte aus dem frühen 18. Jahrhundert und lag wie eingesunken in das große Grundstück am Rand von Rodmell. Im Vergleich zu Asheham House, ihrem früheren Landhaus auf der gegenüberliegenden Seite der Ouse, war es nicht mehr als eine Bauernkate. Es gab weder fließendes Wasser noch eine Küche, die diesen Namen verdient hätte. Wenn es stark regnete, lief das Regenwasser aus dem Garten ins Haus, und an wolkigen Tagen drang nur wenig Licht herein. Das grüne Dämmerlicht verlieh dem Wohnzimmer einen höhlenartigen Charakter und doch liebte Virginia dieses urige Gebäude mit den niedrigen Deckenbalken und schiefen Steinböden, ganz wie einen schrulligen Gefährten, an dessen Schulter sie sich lehnen konnte, wenn der Trubel Londons sie allzu sehr ermüdete.

Sie griff nach dem dicken Buch, das auf dem Tisch neben ihrem Sessel bereitlag. *Ulysses*. Vor vier Jahren hatte Leonard versucht, den Roman des Iren James Joyce in der Hogarth Press zu veröffentlichen. Das Werk war jedoch zu umfangreich gewesen, um es selbst zu drucken, und er hatte niemanden finden können, der den Druck übernehmen wollte. Inzwischen war *Ulysses* in Amerika erschienen. Sie hatte ihn seinerzeit angelesen und für obszön und langweilig befunden, doch nun, da alle Welt darüber sprach, konnte sie sich nicht erlauben, ihn *nicht* zu kennen. Es war eine qualvolle Lektüre, doch immerhin blitzte hier und dort Schönheit auf, und darauf kam es an. Aus dieser Schönheit würde sich Mrs Dalloway nähren und im Stillen zur Reife gelangen. Schon jetzt spürte Virginia, wie sie ans Licht drängte, ungehalten über die unablässigen Störungen, die den Prozess ihrer Geburt bremsten. Eine Frau, die ein Kind gebar, zog sich mit ihren Geburtshelfern von der Welt zurück. Genauso würde sie es halten in den nächsten beiden Monaten. Nur sie und Mrs Dalloway und die stille Präsenz ihrer beiden Geburtshelfer: Leonard und Monks House. So würde es gehen.

Charleston Farmhouse, Firle, Sussex, 26. August 1922

»Es wird nicht regnen. Es regnet nie, wenn du behauptest, es würde bald regnen.«

Der böige Ostwind wehte Clives Worte von jenseits der Gartenmauer zu Virginia und Leonard herüber, die sich auf dem Feldweg Charleston Farmhouse näherten. Heute hatten sie zum ersten Mal den Bus bestiegen, der neuerdings zwischen Rodmell und Lewes verkehrte und die Bewohner Charlestons mit der Zivilisation verband. Hier wohnte Virginias Schwester Vanessa seit Kriegstagen in einer harmonischen Ménage-à-trois mit Duncan, dem Vater der gemeinsamen Tochter Angelica, und Clive, Vanessas nach wie vor rechtmäßigem Ehemann und Vater von Julian und Quentin. Clive allerdings kam meist nur am Wochenende nach Charleston. Er lebte überwiegend in Bloomsbury am Gordon Square.

Weder Vanessa noch Duncan waren über die neue Haltestelle sonderlich erfreut, für Virginia jedoch bedeutete die Buslinie eine erhebliche Zeitersparnis, wenn sie ihre Schwester besuchen wollte, und mit der Zeit geizten Virginia und Leonard ebenso wie mit Geld. Zudem durfte sie sich nicht anstrengen, wie sie seit ihrem gestrigen Arztbesuch wusste. Die Ärzte stocherten wieder einmal im Dunkeln, behaupteten nun, die letzte Grippe habe Bakterien in ihrer Lunge hinterlassen, und verordneten Bettruhe. Wasser auf Leonards Mühlen. Aber sie weigerte sich, noch mehr ihrer wertvollen Lebenszeit im Bett zu verbringen. Ein Streit war darüber entbrannt, ob sie heute zu Vanessa zum Tee gehen sollten oder nicht. Virginia hatte den Sieg davongetragen und Leonard war verstimmt.

In diesem Augenblick erschien Quentins blonder Schopf über dem Rand der Gartenmauer und verschwand sofort wieder.

»Sie sind da!«, schrie Quentin, ein Knacken war zu hören und ein satter Plumps.

»Ich habe dir gesagt, du sollst nicht immer auf die Mauer klettern«, ertönte Clives ungehaltene Stimme. »Eines Tages brichst du dir noch ein Bein.«

Leonard öffnete die kleine Pforte und Virginia trat in den verwunschenen Garten. Sofort ebbte der Wind ab und die bienendurchsummte Wärme Charlestons umfing sie. »Er ist schon Hunderte Male da oben gewesen, ohne sich ein Bein gebrochen zu haben«, sagte sie laut. »Immerhin hat er das Glück, die körperliche Agilität seiner Mutter geerbt zu haben.«

Quentin hatte sich inzwischen vom Boden aufgerappelt und klopfte seine Hose sauber. Mit seinen elf Jahren reichte er Virginia inzwischen bis zur Schulter. Sie zeigte auf ihre Wange und Quentin platzierte einen schmatzenden Kuss auf die angewiesene Stelle.

»Clive will den Tee draußen einnehmen, aber Mama sagt, es regnet gleich.«

Leonard blickte zum Himmel und nickte. »Bestimmt wird es regnen. Es riecht schon danach.«

Sie wanderten über die von Unkraut überwucherten Pflastersteine zur Terrasse vor dem Haus, wo Clive mit einem Buch in seinem angestammten Liegestuhl saß.

»Wird es nicht«, sagte er. »Du trägst die Feuchte von Monks House in den Kleidern. Das ist es, was du riechst.«

Clive war noch nie besonders sportlich gewesen, mit fortschreitendem Alter jedoch zog er das gesellige Glas Wein und ein gutes Essen jeder körperlichen Ertüchtigung vor, und um seine Mitte herum hatten sich einige überflüssige Pfunde angesammelt. Er machte Anstalten, sich zu erheben, doch Virginia winkte ab.

»Bleib sitzen, nicht dass die ungewohnte Leibesübung zum Ruin dieses gebrechlichen Sitzmöbels führt.«

»Ich sehe, deine Gattin ist in bester Stimmung«, sagte Clive zu Leonard, der sich im Stuhl neben ihm niederließ.

»Die Gattin hat einen erfolgreichen Morgen hinter sich«, sagte Virginia und bückte sich, um ein paar verwelkte Blüten abzuknipsen. Keiner der Bewohner von Charleston fühlte sich dazu berufen, dem Wildwuchs der Sträucher, Büsche und Rankgewächse Einhalt zu gebieten, die den Garten im Sommer in ein grünes Labyrinth verwandelten. Nur ein schmaler blühender Streifen vor der Terrasse erweckte den Eindruck einer halbherzigen Pflege, die vor allem die zahlreichen Besucher Charlestons ihm angedeihen ließen. Insbesondere Maynard Keynes, Duncans Ex-Liebhaber und Freund aus alten Bloomsburytagen, widmete sich mit seiner ihm eigenen Akribie dem Unkraut, das zwischen den Pflastersteinen wucherte, doch er schien länger nicht da gewesen zu sein. In der Zeit, als er in seinem Zimmer im Obergeschoss von Charleston *Die wirtschaftlichen Folgen des Friedensvertrages* geschrieben hatte, waren die Terrassen und gepflasterten Wege noch blitzsauber und frei von Unkraut. Er hatte als Vertreter des Schatzkanzlers an der Versailler Friedenskonferenz teilgenommen und als Einziger gegen die harschen Bedingungen gekämpft, die Deutschland nach Kriegsende auferlegt werden sollten. Als er sich mit seiner Meinung nicht durchsetzen konnte, hatte er die Friedenskonferenz unter Protest verlassen, seinen Posten im Schatzamt gekündigt und sich zum Schreiben in Charleston verschanzt. Jetzt, mit Mitte vierzig, war Maynard berühmt und reich, jonglierte mit Aktien ebenso mühelos wie mit seinen unterschiedlichen Posten in Politik, Wirtschaft und Kultur, und in seinem Haus am Gordon Square in London gingen Herzöge und Premierminister genauso ein und aus wie homosexuelle Schauspieler und russische Balletttänzerinnen. So berühmt würde Virginia ganz sicher niemals sein, schon allein weil ihr die Zeit dazu fehlte. Sie war einfach zu oft krank.

»Hast du also geschrieben?« Vanessa trat hinter einem Busch hervor, an der einen Hand die kleine Angelica, ihre Jüngste, und in der anderen einen Korb reifer Pflaumen. Vanessa trug ihre übliche Charleston-Aufmachung, ein blaues, verwaschenes Baumwollkleid, das an den Schläfen schon leicht ergraute Haar unter einem roten Kopftuch versteckt und an den Füßen die einfachen Römersandalen, die sie von ihrer letzten Reise nach Südfrankreich mitgebracht hatte. Je weniger Aufhebens Vanessa um ihr Äußeres machte, umso schöner erschien sie Virginia. Puder und Lippenstift wären im Gesicht ihrer Schwester vor Neid erblasst. Vanessa war alles, was sie selbst nicht war, sie war die Leib gewordene Definition des Wortes *Frau*.

»Ich habe mit Worten gepuzzelt und um Sätze gefeilscht. Wenn du das *schreiben* nennen möchtest?«, sagte Virginia und streckte die Arme nach Angelica aus, doch die Vierjährige rannte hinter ihrem Bruder Quentin her, der in den Tiefen des Gartens verschwand.

»Ts«, machte Virginia. »Womit habe ich eine derartige Missachtung verdient?«

»Quentin hat versprochen, mit ihr zu angeln«, sagte Clive. »Da musst du schon mit Spannenderem aufwarten, als mit einem Kuss.«

Vanessa legte ihr eine Hand auf die Stirn. »Du siehst fiebrig aus, liebe Schwester. Oder hast du einen Sonnenbrand?« Ohne ihre Antwort abzuwarten, fuhr sie fort: »Wir sollten den Tee drinnen einnehmen. Es regnet gleich.«

»Es wird nicht regnen«, sagten Clive und Virginia gleichzeitig.

Vanessa hob nur die Brauen und machte Anstalten, ins Haus zu gehen.

»Virginia weigert sich, ihre Temperatur zu messen«, sagte Leonard schnell. »Sie …«

Virginia ließ ihn nicht ausreden. »Sind die Pflaumen alle für uns? Ich werde Bauchkrämpfe bekommen und vor Blähungen platzen. Du weißt doch, dass ich nicht widerstehen kann.«

»Dann zügle dich und lass Leonard ein paar übrig.«

»Bei Pflaumen kann sie sich genauso wenig zurückhalten wie mit der Arbeit«, sagte Leonard. »Und um deine Frage von eben zu beantworten: Ja, sie hat Fieber, und das seit mehreren Wochen.«

Vanessa blinzelte, als müsse sie die Gedanken in ihrem Kopf erst neu sortieren, dann stemmte sie die Hände in die Hüften. »Wieso weiß ich davon nichts?«

Virginia sah Leonard stirnrunzelnd an. »Üblicherweise bin ich es, die Geheimnisse ausplaudert.«

»Ein Geheimnis?«, ertönte Duncans Stimme aus einem Fenster im ersten Stock. »Wartet!« Virginia sah eine Hand herunterwinken, dann lautes Poltern auf der Treppe und kurz darauf stolperte Duncan mit wehendem, farbfleckigem Malkittel aus dem Haus, das Haar zerzaust und die Hose so tief auf den Hüften, dass sie auf seinen bloßen Füßen Falten schlug.

»Wenn du dir vor lauter Neugier den Hals auf der Treppe brichst, verrate ich dir nie wieder ein Geheimnis«, sagte Virginia. »Und ich muss dich enttäuschen. Es gibt keines.«

Direkt hinter Duncan trat die Köchin mit einem Teetablett auf die Terrasse. Stühle wurden gerückt, ein Tisch herbeigezogen und erneut ausgiebig über die Frage diskutiert, ob es regnen würde oder nicht.

»Nun sag schon. Was hat das mit deinem Fieber auf sich«, fragte Vanessa, als schließlich jeder mit Tee und einem Sitzplatz versorgt war.

»In Bezug auf meine Gesundheit hat Leonard einen Hang zur Dramatisierung. Meine Arbeitstemperatur ist minimal höher als die der gewöhnlichen Britin. Das ist alles.«

Leonard hatte die Fingerspitzen aneinandergelegt und blickte streng. »Der Körper einer gewöhnlichen Britin muss sich auch nicht gegen Pneumobazillen und einen zu hohen Puls zur Wehr setzen«, sagte er. »Und wenn er es muss, dann hütet die gewöhnliche Britin das Bett.«

»Ich verbringe sechzig Prozent meiner Zeit im Bett, wenn ich dich daran erinnern darf.«

»Pneumobazillen?« Vanessa sah Virginia an, als habe sie sich die Bazillen aus purer Nachlässigkeit zugezogen.

»Ein Erreger, der Entzündungen in der Lunge …«

»Das weiß ich«, unterbrach Vanessa sie. »Leonard hat recht, mit einer Lungenentzündung gehörst du ins Bett.«

»Ich habe keine Lungenentzündung. Es ist eine Verschwörung, ein Vorwand, um mich von meiner Arbeit abzuhalten. Und vom Leben.«

»Sie will immer mehr, als ihr guttut«, sagte Leonard an Vanessa gewandt. »Wenn es nach mir ginge, wären wir heute nicht hier.«

»Wenn es nach dir ginge, würden wir deine Frau gar nicht mehr zu Gesicht bekommen«, brummte Clive. Leonards Fürsorge und sein Bestreben, Virginia von dem Trubel fernzuhalten, der sowohl in Bloomsbury als auch in Charleston herrschte, waren Clive ein Dorn im Auge. »Ich finde, Virginia sieht aufgekratzt und blendend aus.«

Virginia erhob sich halb und deutete einen Knicks an. »Wenigstens einer, der auf meiner Seite steht«, sagte sie. »Was täte ich nur ohne dich, liebster Schwager?«

Seit Clive in Mary Hutchinson eine neue Liebe gefunden hatte und er seine unerwiderte Liebe zu ihr, Virginia, verwunden zu haben schien, war ihr Umgang miteinander wieder vertrauter geworden. Trotz allem sah Clive in Leonard immer noch den Rivalen, der ihm das Vorrecht streitig machte, ihr Talent als Autorin als Erster erkannt und gefördert zu haben.

»Deine Worte beweisen wieder einmal, wie verblendet du im Hinblick auf Virginia bist«, sagte Vanessa.

»Willst du etwa abstreiten, dass sie zauberhaft aussieht mit ihren geröteten Wangen?«

Vanessa rollte mit den Augen und Virginia zog eine Grimasse. Ihr war das Gerede über ihr Aussehen beinahe ebenso zuwider wie die Diskussion über ihren Gesundheitszustand. Sie fühlte sich längst nicht so gut, wie sie vorgab, und es war nur die tiefsitzende Furcht, ihr Leben vom Krankenlager aus vorbeiziehen zu sehen, die sie jeden Morgen aus dem Bett trieb. Sie konnte nicht zulassen, dass ein paar lächerliche Bakterien ihr verwehrten, endlich ein erfülltes Leben in geistiger Gesundheit zu führen, im Mittelpunkt der Aufmerksamkeit, umgeben von inspirierenden Menschen, die sich für das interessierten, was sie schrieb. Sie hatte so hart dafür gearbeitet, nun wollte sie die Früchte auch ernten.

»Hast du *Jacobs Zimmer* inzwischen durchgelesen?«, fragte sie Clive. Der Roman würde zwar erst im Oktober erscheinen, aber sie hatte ihm eine Abschrift des Manuskripts gegeben und konnte kaum erwarten, seine Meinung zu hören. Wenn sie ihr auch nicht ganz so viel bedeutete wie die Leonards, so schätzte sie sein Urteil doch immer noch sehr.

Clive stellte seine Tasse auf dem Boden ab und richtete sich im

Liegestuhl auf. »Ich habe dein Werk nicht nur gelesen, meine liebe Schwägerin«, sagte er feierlich. »Ich habe es eingeatmet!«

Virginia verbarg ein Lächeln hinter dem Rand ihrer Teetasse. »Und? Denkst du, es ist die Druckerschwärze wert?«

»Es müsste in Gold gedruckt werden, nur so wäre es deiner Genialität würdig.«

»O Clive, bitte, hör auf mit diesen Übertreibungen. So kann ich dich nicht ernst nehmen.«

»Ich habe Lady Sackville-West das Manuskript aufs Wärmste ans Herz gelegt. Du musst sie unbedingt kennenlernen. Sie wird dir gefallen.«

»Gib nicht schon wieder mit deinen adeligen Freundinnen an«, stöhnte Vanessa. »Man sollte meinen, du bist auf dem Weg in eine neue Affäre.«

Clive lachte schallend. »Mit der Sackville-West? Einen sonderbaren Geschmack traust du mir zu.«

»Wieso? Ist sie hässlich?«, fragte Virginia.

»Ganz und gar nicht! Sie ist … sagen wir: eigenwillig. Als Frau nicht ganz nach meinem Geschmack. Aber eine hochinteressante Person.«

»Sie ist reich. Mit den allerbesten Verbindungen. Das ist es, was ihn interessiert«, sagte Vanessa spöttisch. »Außerdem hat sie geheiratet und heißt ganz profan Mrs Nicolson. Dass sie sich mit dem Titel ihres Vaters schmückt, ist purer Dünkel.«

»Wenn sich die Linie meiner Vorfahren bis auf Wilhelm den Eroberer zurückverfolgen ließe, würde ich mir meinen Titel auf die Stirn tätowieren lassen«, erwiderte Virginia. Sie wusste nur wenig über die Sackville-Wests, und dieses wenige ging auf den aufsehenerregenden Erbschaftsstreit um das 1460 erbaute Schloss Knole in Kent zurück. Vor einigen Jahren waren dazu sensationsheischende Schlagzeilen durch die Presse gegangen. Das Schloss hatte einst der Tudorkönigin Elisabeth I. gehört, die es ihrem Neffen, Thomas Sackville, schenkte. Virginia erinnerte sich noch gut an den Aufschrei der Moralapostel, als bekannt wurde, dass Vita Sackville-Wests Mutter die Frucht einer unehelichen Affäre des alten Lord Sackville mit einer spanischen Tänzerin war. »Warum ist sie nicht nach deinem Geschmack?«, fragte sie Clive. »Sie hat doch eine herrlich verruchte Herkunft. Ist sie vielleicht fett?«

»Nein, meine Liebe, sie ist alles andere als fett und hässlich. Sie ist groß, schlank und beeindruckend. Und sie ist Schriftstellerin.«

»Sehr erfolgreich, wie man hört«, warf Leonard ein. »Einen Bestseller hat sie auch schon. Geht gerade in die dritte Auflage.«

»So? Hört man das? Nun, ich habe es noch nicht gehört«, sagte Virginia spitz. Sie griff einen Löffel und rührte in ihrem Tee, obgleich sie ihn heute schwarz trank. Alle Augen waren auf sie gerichtet und sie hätte sich am liebsten hinter den Büschen versteckt. Schnell sagte sie. »Du bist also nicht verliebt in die Sackville-West, obwohl sie beeindruckend, groß, schlank und erfolgreich ist. Und auch noch Schriftstellerin. Das verstehe ich nicht.«

Clive zwinkerte ihr zu. »Ich verliebe mich nicht in jede schöne Frau. Nur in ganz besondere.«

Leonard räusperte sich und Duncan stieß Clive in die Seite. »Du flirtest mit der falschen Frau.«

»Oh, das ist sein größtes Talent«, sagte Vanessa.

Virginia kicherte und Leonard blickte zum Himmel. »Es regnet«, merkte er an und wies auf einige dunkle Sprenkel auf dem verwitterten Holztisch.

»Es regnet nicht«, widersprach Clive. »Das war ein Vogel.«

In diesem Augenblick brach der Himmel auf und aus tiefschwarzen Wolken prasselte der Regen auf sie nieder. Innerhalb von Sekunden liefen ihre Teetassen über, und bis sie sich ins Haus retten konnten, waren sie alle bis auf die Haut nass.

2. Kapitel

Long Barn, Weald, Kent, Anfang November 1922

Vita legte die Spitzen von Daumen und Zeigefinger aneinander, steckte sie in den Mund und pfiff. Sofort ließen ihre beiden Elchhunde, Canute und Freya, von der Jagd nach einem flüchtenden Reh ab und rannten auf sie zu.

»Keine Zeit für Vergnügungen heute. Ich muss schreiben«, erklärte sie den Hunden, die mit wedelnden Schwänzen vor ihr stehen blieben und sie erwartungsvoll ansahen. Mit weit ausgreifenden Schritten querte sie das Feld, das an ihren Landwohnsitz Long Barn angrenzte, Canute und Freya dicht an ihren Fersen.

Long Barn lag nur ein paar Meilen von ihrem geliebten Schloss Knole entfernt. Es war ein uraltes Haus, vermutlich älter noch als Knole, aber natürlich längst nicht so prachtvoll. Vita liebte es aufgrund seiner Abgeschiedenheit und seines ehrwürdigen Alters. Da Harold meist auf irgendeiner Mission in der Welt unterwegs war, lebte sie hier zum größten Teil allein mit den Hunden und dem Dienstpersonal. Manchmal bekam sie Besuch, meist von Dottie, der reichen Erbin des Earl of Scarborough, die leider etwas anstrengend war. Dottie, oder Dorothy, wie sie eigentlich hieß, betete sie an und versuchte immer wieder, Vita zu verführen. Doch so amüsant Dottie sein konnte, sexuell reizte die blonde, anämische Freundin Vita nicht genug, um eine Liaison mit ihr zu beginnen. Hätte Dottie damals während der Affäre mit Violet Trefusis nicht so unerschütterlich zu ihr gehalten, würden sie vermutlich längst getrennte Wege gehen. So aber gehörte Dottie inzwischen beinah zum festen Inventar ihres häuslich gewordenen Lebens als Schriftstellerin und Ehefrau des erfolgreichen Diplomaten Harold Nicolson. Des überwiegend abwesenden Diplomaten Harold Nicolson, um genau zu sein. Zurzeit weilte er gerade in Lausanne, bei irgendeiner Konferenz. Als Diplomatengattin gehörte sie eigentlich an seine Seite, doch wenn es etwas gab, das tiefer wurzelte als ihre Sehnsucht nach Harold, dann war es die Liebe zu dem Stückchen Erde, auf dem sie jetzt dahinschritt. Es gehörte nicht mehr zu den Ländereien Knoles und doch war es dieselbe Landschaft, der Wald, die Felder und das Gefühl grenzenloser Freiheit, das sie auf ihren Streifzügen durch die Gegend stets beflügelte. Harold wusste das und respektierte es – und dafür liebte sie ihn umso mehr.

Auf dem silbernen Tablett für die Post in der Halle lag ein Päckchen. Es war von Clive Bell. Sie hatte den charmanten und jovialen Bell bei einem Dinner in der Londoner Wohnung der Hutchinsons kennengelernt. Harold kannte St. John Hutchinson schon lange und schätzte ihn sehr, Vita jedoch mochte seine Ehefrau Mary deutlich lieber als den steifen St. John. Mary bewegte sich im Dunstkreis von Bloomsbury, was per se dafür sprach, dass sie keine dieser anstrengenden Politikergattinnen war, die den Sinn ihrer Existenz in der Förderung der Karriere ihres Mannes sahen. Mary Hutchinson umgab eine Aura des Geheimnisvollen, die Vita zu gerne erkundet hätte. Es war ihr nicht verborgen geblieben, dass Mary und Clive eine Affäre miteinander hatten, aber ihr Instinkt sagte Vita, dass Mary hinter ihrer schönen Fassade noch weitere Geheimnisse versteckt hielt.

Vita löste die Paketschnur und wickelte das Papier ab. Es war ein Buch. *Jacobs Zimmer*, las sie, von Virginia Woolf. Clive war ein großer Verehrer dieser Mrs Woolf und hatte sie beinahe genötigt, ihre Werke zu lesen. Vita hatte wenig Zeit zu erübrigen und für einen ganzen Roman von einer weitgehend unbekannten Schriftstellerin fehlte ihr die Geduld, also hatte sie die Kurzgeschichten gelesen, die in Mrs Woolfs eigenem Verlag erschienen waren. Sie fand sie rätselhaft, wenn auch von beeindruckender sprachlicher Schärfe. So hatte sie es Clive gegenüber formuliert, und er glaubte nun offenbar, sie sei eine Verehrerin der Woolf. Sie blätterte in dem Buch und ein Brief fiel zu Boden.

»Verehrte Mrs Nicolson,
ich möchte Ihnen die Lektüre dieses Romans meiner Schwägerin Virginia Woolf sehr ans Herz legen. Er ist gerade frisch erschienen und gehört, wie ich finde, unbedingt in Ihr Buchregal. Darf ich Ihnen darüber hinaus vorschlagen, zusammen mit Mr und Mrs Woolf am 4. Dezember in meinem Hause am Gordon Square zu dinieren? Mrs Woolf brennt darauf, Sie kennenzulernen.
Ergebenst
Ihr Clive Bell

Die Woolf wollte sie also kennenlernen. War das nun ein Grund zur Freude oder eher zum Fürchten? Laut Clive Bell war die Dame ein Genie, und Mary Hutchinson hatte Virginia Woolf als »die klügste Frau, die ich kenne« bezeichnet. Sie sei allerdings manchmal ein wenig verrückt. Vita hatte weder gegen verrückte noch gegen kluge Frauen etwas einzuwenden, aber hochintellektuelle Menschen schüchterten sie meist ein. Außerdem müsste sie bis zu dem Treffen mit ein paar klugen Gedanken zu *Jacobs Zimmer* aufwarten, doch bis zum 4. Dezember blieb nicht mehr viel Zeit. Glücklicherweise war das Buch nicht so dick wie ihre eigenen Romane. Mit den Manuskriptseiten der Geschichten, die Vita in ihrem knapp dreißigjährigen Leben schon geschrieben hatte, könnte sie vermutlich sämtliche dreihundertfünfundsechzig Zimmer von Knole tapezieren. Das meiste davon war wertloses Zeug, Phantastereien über Prinzen und Prinzessinnen, leidenschaftliche Liebesabenteuer und höfische Intrigen. An guten Tagen konnte sie bis zu zwanzig Seiten schreiben, gefesselt von ihren Ideen, versetzt in eine bunt schillernde Welt fern ihrer eigenen. Doch nur ein Bruchteil von dem, was sie seit Jugendtagen geschrieben hatte, war veröffentlicht – und das war gut so. Sie schrieb jedoch auch Gedichte, für die sie sich weit weniger schämen musste. Immerhin wurden sie in renommierten Zeitschriften besprochen und hatten ihr zur Aufnahme in das Komitee des PEN-Clubs verholfen. Ob das helfen würde, ihr die Befangenheit gegenüber diesem Genie zu nehmen? Wohl kaum.

Sie griff nach einem Apfel und wanderte mit dem aufgeschlagenen Buch hinüber in ihr Arbeitszimmer. Die ersten Zeilen waren vielversprechend. Eine schreibende Frau, eine Bucht in Cornwall, grotesk verzerrt von einem Tränenschleier, ein Tintenklecks, der sich ausbreitet, so begann es. Eine eigentümliche Art, einen Roman zu beginnen, dachte Vita. Aber wieder war da in den wenigen Zeilen diese sprachliche Schärfe, die dargestellte Szene wie durch ein Brennglas betrachtet. Der Geist dieser Mrs Woolf musste ein besonderer sein, wenn er solche Sätze schuf.

Vita legte das Buch beiseite. Sie würde es später lesen, jetzt musste sie schreiben. Ihr Roman, *Grey Weathers*, stand kurz vor der Vollendung. Es war eine Dreiecksgeschichte, wie sie sie oft geschrieben hatte. Diesmal allerdings standen die Figuren ihr näher als üblich. Die Frauenfigur Clare war maskulin und mit einem Hang zum sinnlichen Abenteuer, Clares Ehemann ein Harold-Typ, kultiviert und mit ausgeprägten weiblichen Zügen, Clares verbotener Liebhaber ein Zigeunertyp. In *Grey Weathers* ließ Vita ihre Heldin das tun, was sie selbst mit Violet nicht gewagt hatte: fliehen und ihre verbotene Liebe ausleben.

Violet. Sie hatte angerufen. Sie sei in London, verzehre sich noch immer nach ihr. Zum Glück war Dottie in jenem kritischen Augenblick zur Stelle gewesen und hatte sie davor bewahrt, sich mit Violet zu treffen. Zu gefährlich. Noch zwei Jahre nach ihrem gescheiterten Fluchtversuch aus ihrem Leben als brave Ehefrau und dem vernichtenden Ende ihrer Affäre vermochte Violets Stimme Vitas Eingeweide in Aufruhr zu versetzen und Julian wiederzuerwecken. Sie hatte ihn längst tot geglaubt, doch seit diesem Anruf wusste sie: Julian war unzerstörbar. *Grey Weathers* sollte helfen, ihn unschädlich zu machen, indem sie ihn, in Tinte gelöst, auf viele Manuskriptseiten verteilte. Nur so konnte sie Harold die Ehefrau und ihren beiden Söhnen die Mutter sein, die sie sein wollte. Es war ein hartes Stück Arbeit, der einzige Weg zu überleben.

Vita schrieb schnell, und ohne abzusetzen. Früher als erwartet hatte sie ihr Tagespensum von fünfzehn Seiten erreicht und legte den Federhalter beiseite. Sie las, was sie geschrieben hatte, und nickte zufrieden. Dann lehnte sie sich in ihrem Stuhl zurück und ihr Blick fiel wieder auf den Roman von Mrs Woolf. Zögernd schlug sie die erste Seite auf, las die Eingangszeilen, weiter bis zum Ende der Seite und schließlich das ganze Kapitel. Nie zuvor hatte sie etwas Vergleichbares gelesen. Mrs Woolfs Zeilen vibrierten. Vita konnte nicht genau sagen, woran es lag, aber eines stand fest: Im Vergleich zu dieser Mrs Woolf war sie eine Stümperin.

Sie würde Clive bitten, einen späteren Termin vorzuschlagen, dann bliebe ihr genügend Zeit, das Buch zu lesen und vielleicht die Furcht vor dieser Geistesgröße zu überwinden.

Hogarth House, 14. Dezember 1922

Die Presse ratterte und der Geruch von Druckerschwärze und Papier umfing Virginia, als sie zu Leonard in den Druckraum trat. Sie waren zum Dinner bei Clive eingeladen, zusammen mit Mrs Nicolson, oder Sackville-West, wie sie sich nannte. Clive behauptete, die Sackville-West wolle sie unbedingt kennenlernen. Ihm schien sehr daran gelegen, seine neue Freundin in ihren Kreis einzuführen. Nun denn. Eigentlich hätte sie den heutigen Abend lieber mit Lesen verbracht. Trotz aller guter Vorsätze gelang es ihr nicht, die vielen gesellschaftlichen Aktivitäten einzuschränken, und ihr Terminkalender in diesem Herbst war voller gewesen denn je. Sie war jedoch auch zufrieden und erfüllt wie nie zuvor in ihrem Leben. Das trug wohl dazu bei, dass die lästigen Bazillen in ihrem Körper sich endgültig von ihr verabschiedet hatten. Sie war gesund. Möge es doch nur für immer so bleiben!

Es war schon später Nachmittag und Leonard sollte sich umziehen und die Reinigung der Presse Ralph Partridge, ihrem Mitarbeiter, überlassen, doch Ralph war nirgends zu sehen.

»Es ist Viertel vor sieben«, rief Virginia über das Rattern hinweg.

»Ich weiß, wie spät es ist.«

»Wo ist Ralph.«

»Nicht hier.«

»Aber er sollte hier sein.«

»Natürlich sollte er hier sein.«

»Und warum ist er es nicht?«

Leonard hielt mit dem Treten des schweren Pedals der Presse inne und es wurde still. Er sah sie nicht an, als er sagte: »Weil ich ihn gebeten habe, zu gehen.«

Virginia fühlte einen Moment des Schwindels. »Du hast ihn entlassen?«, fragte sie. »Aber …«

Leonard drehte sich zu ihr um. Er hatte tiefe Schatten unter den Augen. Tag für Tag stand er stundenlang an der Presse, packte Pakete, schrieb Lieferscheine, nahm Bestellungen an und reinigte am Abend die Presse für den nächsten Morgen. Einen Großteil dieser Tätigkeiten sollte eigentlich Ralph übernehmen, doch Ralph ließ sich ungern zu solch niederen Arbeiten herab. Vor allem die wichtigen Reinigungsarbeiten überließ er grundsätzlich Leonard, dafür entwarf er große Zukunftspläne für die Hogarth Press. Erst kürzlich hatten Leonard und sie ein lukratives Kooperationsangebot von Heinemann, einem großen Verlagshaus, erhalten, das sie hochmütig abgelehnt hatten. Sie wollten unabhängig bleiben und sich nicht den Vorgaben eines profitorientierten Unternehmens unterordnen müssen. Ralph jedoch war über ihre Entscheidung verärgert, er wollte expandieren, mehr verdienen und möglichst wenig arbeiten.

»Ich habe ihm gesagt, dass wir ab Januar eine neue Vollzeitkraft brauchen. Und dass ich nicht gewillt bin, ihn zu bezahlen, wenn ich doch die ganze Arbeit allein machen muss.«

»Daraufhin hast du ihn entlassen.«

»So habe ich es nicht formuliert, aber da er kommentarlos gegangen ist, hat er es vermutlich so aufgefasst.«

»Du liebe Güte«, sagte Virginia. »Das wird Lytton aber nicht gefallen.«

Ralph war nicht nur der einzige Mitarbeiter, den sie hatten, er war auch der Ehemann der Künstlerin Dora Carrington, die unsterblich in Lytton Strachey verliebt war, ihren guten alten Freund aus Bloomsbury-Tagen. Lytton und Dora, die alle nur Carrington nannten, hatten sich während des Krieges bei einer von Vanessas Wochenendgesellschaften in Asheham House kennengelernt. Lytton hatte sie bei einem Spaziergang aus einer verwegenen Laune heraus geküsst. Um sich zu rächen, war Carrington nachts mit einer Schere in sein Zimmer eingedrungen, um ihm den Bart abzuschneiden. Bevor sie jedoch ihr Vorhaben in die Tat umsetzen konnte, öffnete Lytton die Augen und hielt ihre Hand fest. Da war es um sie geschehen. Als Lytton einige Jahre später Ralph kennenlernte, verliebte der sich in Carrington, Lytton verliebte sich in Ralph und Carrington wiederum war nicht bereit, Lytton aufzugeben. Inzwischen hatten Carrington und Ralph geheiratet und lebten zusammen mit Lytton in einem Landhaus fernab von London, in einer – so schien es – harmonischen Symbiose aus Liebe, Kunst und Gelehrsamkeit. Es war Lytton gewesen, der ihnen Ralph als Mitarbeiter ans Herz gelegt hatte.

»Lytton, Lytton! Es ist mir gleich, was Lytton sagt. Ich bin es leid, hinter diesem halbgaren Stutzer herzuräumen!«

Damit setzte Leonard die Presse wieder in Gang und Virginia konnte nur kopfschüttelnd den Raum verlassen. Es sah nicht danach aus, dass sie heute ausnahmsweise einmal pünktlich zu ihrer Dinnereinladung erscheinen würden.

In diesem Jahr waren in der Hogarth Press insgesamt neun neue Titel erschienen, darunter mehrere Kurzgeschichten von russischen Erzählern, wie diese Erzählung von Dostojewski, die Leonard gerade druckte. Im Oktober war die erste Auflage von *Jacobs Zimmer* frisch gedruckt im Hogarth House angeliefert worden. Das Werk war zu umfangreich, um es mit ihrer Minerva zu drucken, und so hatte Leonard eine Druckerei beauftragt. Es war Virginias erster Roman, den die Hogarth Press selbst herausbrachte, und diesmal hatte ihr niemand in die mühevoll abgerungenen Sätze hineingepfuscht. So war auch die Krise ausgeblieben, in die sie vor Erscheinen der ersten beiden Romane bei Duckworth & Company, dem Verlag ihres Stiefbruders Gerald, gestürzt war. Gerald war nicht unglücklich, sie als Autorin zu verlieren.

Das neue Werk sei ja doch recht experimentell und damit für das »breite Publikum« wenig geeignet. Seine Worte hatten ihr Befriedigung verschafft, auch wenn sie sicherlich nicht als Kompliment gemeint waren.

Über die Höhe der Erstauflage war zwischen Leonard und Virginia ein Streit entbrannt.

»Tausend Stück?«, hatte Virginia erschrocken ausgerufen, als Leonard ihr die Zahl nannte. »Das wird ein teures Kaminfeuer!«

»Es wird eine zweite Auflage geben, und eine dritte, warte ab.«

»Man wird ihn in der Presse zerreißen, und mehr als ein paar Hundert werden wir nicht verkaufen.«

»Möchtest du eine Wette abschließen?«

»Ich werde keine Wette mit dir abschließen, aber nicht, weil ich glaube, sie zu verlieren, sondern weil ich mir wünsche, dass du recht hast.«

Und Leonard *hatte* recht behalten. Achthundertfünfzig Exemplare waren verkauft, die zweite Auflage bereits im Druck. Auch die Nachfrage nach ihren anderen Titeln stieg kontinuierlich und die Arbeit war kaum noch zu bewältigen – wenn schon nicht gut mit Ralph, dann schon gar nicht ohne ihn.

Virginia blickte auf die Uhr und seufzte. Sie würden hoffnungslos zu spät zum Dinner erscheinen. Sie hätte absagen sollen. Nach einer eingebildeten Aristokratin, die vermutlich aus purer Langeweile Romane schrieb und nie auch nur einen Finger hatte krümmen müssen, um gut leben zu können, stand ihr heute gar nicht der Sinn. Aber nun war es zu spät.

Um kurz nach acht rannten Leonard und Virginia zur Underground-Station, Leonard noch in den Kleidern, die er den ganzen Tag getragen hatte, und mit tintenbeschmierten Händen. Virginia hatte die Zeit genutzt, um in ihrem winzigen Arbeitszimmer direkt neben dem Druckraum noch einige Aischylos-Passagen zu übersetzen, und darüber versäumt, ihren grauen Rock und die orangefarbenen Wollstrümpfe gegen etwas Eleganteres einzutauschen. Clive wäre heute hoffentlich ausnahmsweise so galant, über ihre nachlässige Aufmachung hinwegzusehen. Was die Sackville-West anlangte, so sollte sie nur sehen, dass sie, Virginia, im Unterschied zu ihr eine vielbeschäftigte Frau war, die für ihren Unterhalt ehrliche Arbeit leisten und sich die Zeit zum Schreiben hart erkämpfen musste.

Vor dem Haus am Gordon Square 50, wo Clive mittlerweile wohnte, stand ein silberner Rolls-Royce.

»Sie hätte den Wagen um die Ecke parken können«, merkte Virginia an.

»Gut, dass Lytton nicht eingeladen ist«, sagte Leonard. »Er würde sie verbal zerlegen.«

Virginia kicherte.

Clive öffnete selbst die Tür. »Je später der Abend …«, setzte er an, doch dann glitt sein Blick an Virginia herab und blieb an ihren orangefarbenen Strümpfen hängen.

»Sag es nicht!« Sie stieß ihm den Zeigefinger in die Brust und drückte ihm ihren Mantel in den Arm. »Und für unser Zuspätkommen darfst du dich bei Leonard bedanken.«

»Die Ungeduld ist groß.« Clive hatte sich gefangen. Er ließ ihr auf dem Weg nach oben den Vortritt und flüsterte ihr leise ins Ohr: »Du wirst mit Spannung erwartet.«

Mrs Sackville-West saß in einem Sessel, mit dem Rücken zur Tür, und so war das Erste, was Virginia an ihr wahrnahm, ihr langer Nacken. Sie trug das Haar kurz, beinah bis auf den Schulteransatz herunterbaumelnde Ohrringe und eine Perlenkette, die auf dem dunklen Flaum unterhalb des Haaransatzes silbrig schimmerte. Sie hielt den Kopf vollkommen gerade, den Nacken lang gestreckt, als trüge sie das Gewicht einer unsichtbaren Krone.

Clives Studienfreund Desmond McCarthy stand am Kamin und blickte ihr entgegen. Clive hatte Desmond vermutlich aufgrund seines großen Konversationstalents eingeladen, mit dem er den Gesprächsfluss jeder noch so steifen Dinnergesellschaft mühelos in Gang zu halten wusste. Wenn Desmond mit von der Partie war, gab es weder peinliche Stille noch belanglosen Small Talk. Sein vertrautes Gesicht zu erblicken, half Virginia über die kurzzeitige Verwirrung hinweg, die sie beim Anblick des Nackens von Mrs Sackville-West erfasst hatte.

»Hier kommt sie«, rief Desmond und schritt mit ausgebreiteten Armen auf sie zu. »Du weißt gar nicht, wie intensiv ich dein Kommen herbeigesehnt habe, liebe Virginia.«

»Wahrscheinlich knurrt dir der Magen und du verwechselst Sehnsucht mit Hunger«, entgegnete Virginia.

»Derart profane Bedürfnisse verspüre ich in deiner Gegenwart nicht.«

»Dann müssen wir uns dringend öfter sehen.« Sie blickte unverhohlen auf Desmonds Bauch, der an Umfang seit ihrer letzten Begegnung deutlich zugenommen hatte.

»Kummerspeck«, sagte Desmond gut gelaunt. »Reiner Kummerspeck, weil du dich in Bloomsbury so rar gemacht hast.«

»Daran ist Leonard schuld, wie auch an unserem Zuspätkommen.«

»Ich nehme alles auf mich«, sagte Leonard, der hinter ihr in den Raum getreten war. Er verbeugte sich formvollendet vor Mrs Nicolson, die sich eben aus ihrem Sessel erhoben und den Schlagabtausch mit leicht spöttischem Lächeln verfolgt hatte. Leonard hauchte ihr sogar einen Kuss auf die Hand. Virginia vermutete versteckte Ironie hinter seiner Geste, denn solch gestrige Gepflogenheiten waren in Bloomsbury verpönt. Das jedoch konnte die gute Mrs Nicolson zum Glück nicht ahnen, und so lächelte sie nur und sagte mit erstaunlich tiefer Stimme: »Ich freue mich, Sie beide kennenzulernen.« Dabei sah sie über Leonards noch immer geneigten Kopf hinweg und Virginia direkt in die Augen. Es war nur ein kurzer Moment, doch ihr Blick brachte Virginia aus der Fassung. Vielleicht war es das treusanfte Braun der großen Augen, das Virginia an ihre Terrierhündin Grizzle erinnerte und das in auffallendem Widerspruch zu der kräftigen, entschlossenen Kinnpartie, den breiten Schultern und der selbstbewussten Körperhaltung dieser Frau stand. Virginia registrierte einen leichten Anflug von Haarflaum über den Oberlippen von Mrs Nicolson und die volle, weibliche Brust unter ihrer Seidenbluse, in deren Ausschnitt die kostbare Halskette ruhte wie Perlen in einer Auster.

Clive hatte recht. Vita Sackville-West war eine beeindruckende Erscheinung.

Plötzlich kam Virginia sich klein und schulmädchenhaft vor. Unwillkürlich zog sie die Schultern nach vorne, krümmte den Rücken und wünschte sich, sie könne auf der Stelle in einer der Dielenritzen unter ihren Füßen verschwinden und so der Schmach entgehen, dieser glanzvollen, erfolgreichen Aristokratin in einem aus der Mode gekommenen grauen Rock und orangefarbenen Wollstrümpfen gegenüberzutreten. Sie gab sich jedoch einen Ruck, tat einen Schritt auf Mrs Nicolson zu und streckte ihr die Hand entgegen. Es überraschte sie selbst, wie fest ihre Stimme klang. »Woolf. Ich bin Virginia Woolf. Und sind Sie nun Mrs Nicolson oder doch eher Mrs Sackville-West?«

Im Mundwinkel der Angesprochenen zuckte es amüsiert, doch ihr Blick blieb ernst. »Das herauszufinden, überlasse ich Ihnen, liebe Mrs Woolf.«

3. Kapitel

Vita hatte sich diese Mrs Woolf ganz anders vorgestellt. Imposanter, selbstbewusster und nicht so verhuscht. Diese unscheinbare, schlecht gekleidete Person sollte die geniale Schriftstellerin sein, von der Clive so schwärmte? Was dachte sie sich nur dabei, derart scheußliche Wollstrümpfe zu tragen? Ob sie farbenblind war? Oder doch ein bisschen verrückt, wie Mary gesagt hatte?

Auf einen Schlag war Vitas Nervosität verschwunden und die Sorge, sich vor der klugen Mrs Woolf zu blamieren, machte ihrem mütterlichen Beschützerinstinkt Platz, denn Mrs Woolf schien eingeschüchtert zu sein. Nach ihrer kurzen Begrüßung blieb sie eine ganze Weile still und lauschte dem Gespräch, in das ihr Ehemann, Leonard, Vita verwickelt hatte. Vitas jüngster Roman *Knole und die Sackvilles* war beim renommierten Verlag Heinemann erschienen und Leonard berichtete, dass der Verlag ihnen für die Hogarth Press ein lukratives Kaufangebot unterbreitet hätte, welches sie jedoch ausgeschlagen hatten.

»Oh, aber warum denn?«, fragte Vita. »Das klingt doch nach einem sehr guten Geschäft.«

»Unser Ziel ist, gute Literatur zu machen und auch jungen Schriftstellern eine Chance zu geben. Das verträgt sich nicht mit Profitorientierung.«

»Sehr löblich«, sagte Vita. »Dann ist es also eine Liebhaberei?« Sie registrierte, wie Mrs Woolf einen schnellen Blick mit ihrem Mann wechselte und die Stirn runzelte.

»Nun«, sagte Mr Woolf. »Für eine Liebhaberei bereitet es zu viel Ärger.«

»Zu dumm.« Vita zückte ihr Zigarrenetui und bot beiden an, sich zu bedienen, doch sie lehnten ab. Sie entzündete sich selbst eine der dünnen Zigarren, die sie nur in Gesellschaft und mit Filterspitze ertragen konnte. Im Grunde rauchte sie nur, um ihren Händen etwas zu tun zu geben. »Ich bin nicht sicher, ob ich einer Liebhaberei, die Ärger bereitet, sehr zugetan wäre.«

»Sagen wir einmal so: Eine Liebhaberei, um derentwillen wir keinerlei Ärger in Kauf zu nehmen bereit sind, hat diese Bezeichnung nicht verdient.«

Vita nickte anerkennend. »Da ist vielleicht etwas dran, lieber Mr Woolf.«

»Es ist meine tiefste Überzeugung«, erwiderte dieser, und mit sardonischem Lächeln setzte er hinzu: »Ich bin sicher, dass auch Sie den Ärger nicht scheuen, den das Schreiben Ihnen gewiss oftmals bereitet.« Sein Blick flackerte hinüber zu seiner Frau, in deren Augen das Licht des Kronleuchters zu tanzen schien. Worüber amüsierten die beiden sich bloß?

»Schreiben und Ärger – das gehört für mich nicht zusammen«, sagte Vita bestimmt. »Es gibt kaum etwas, das ich mehr liebe.«

»Eine Liebhaberei im wahrsten Sinne des Wortes also?« Vita war überrascht, dass Mrs Woolf sich nun doch in das Gespräch einschaltete. Sie sah sie mit einem gewinnenden Lächeln an, das ihren provozierenden Worten jedoch nichts an Schärfe nahm.

Vita sog kräftig an ihrer Zigarrenspitze und blies den Rauch langsam über Mrs Woolfs Kopf hinweg. »Das ist es für mich vermutlich genauso wenig wie für Sie.«

»Ich liebe das Schreiben nicht«, sagte Mrs Woolf, diesmal ganz ohne Spott, vielmehr mit einer gequälten Intensität in der Stimme.

»Was Sie nicht sagen. Aber warum schreiben Sie dann?«

»Weil sie muss«, sagte Mr Woolf, nickte ihr kurz zu und ging dann hinüber zu Clive und Desmond, die ihr Gespräch aus der Distanz verfolgt hatten. Im Vorbeigehen berührte er die Hand seiner Frau, wie um ihr Trost zu spenden. Die Geste rührte Vita und der leise Anflug von Ärger über ihre Provokation löste sich im Nichts auf.

»Wollen Sie sich zu mir setzen, Mrs Woolf?«, fragte Vita und wies auf das Sofa. Diese schien zu überlegen, ob sich hinter der Frage ein Hinterhalt oder eine Doppelbödigkeit verbarg. Vita lachte. »Ich habe keinerlei Hintergedanken«, sagte sie mit einem Augenzwinkern. Es musste schrecklich anstrengend sein, hinter jedem Satz mehr zu vermuten, als auf den ersten Blick erkennbar war. Aber Vita hatte schon begriffen, dass dies eine der Besonderheiten dieser Bloomsbury-Leute war.

Clive nahm Mrs Woolf eine Antwort ab. »Es ist angerichtet«, rief er so laut, als wäre der Raum voller Menschen. »Wenn ihr mir ins Speisezimmer folgen wollt?«

Er platzierte Vita zwischen Leonard und Virginia, wie Vita sie bei sich nannte. Der Name Woolf passte ganz und gar nicht zu ihr. Sie wirkte vielmehr wie ein Reh, das im Unterholz nach ständig lauernden Gefahren wittert.

Während der Vorspeise überließ Vita es den Woolfs, Desmond und Clive, unterhaltsame Episoden aus dem inneren Bloomsbury-Zirkel zum Besten zu geben. Es ging um selbst geschriebene Theaterstücke, das entblößte Hinterteil von Lady Ottoline und irgendeine Kunstausstellung vor langer Zeit, die ein gewisser Roger Fry organisiert und damit das Establishment aufgestört hatte. Sie war sich gar nicht darüber bewusst gewesen, wie viel älter diese Leute waren. 1910! Das war das Jahr des Prozesses um das Erbe von Schloss Knole gewesen. Sie war damals gerade erst achtzehn, ein junges Ding, verliebt in ihre Schulfreundin Rosamond Grosvenor, umschwärmt von heiratswilligen Männern und umgarnt von Violet. Wie es ihr damals gelungen war, mit all diesen Liebschaften und so verschiedenen Facetten ihres Ichs zu jonglieren, war ihr ein Rätsel. Aufregend war das gewesen, aber auch anstrengend. Damals war Harold in ihr Leben getreten, ein Kamerad zunächst, ein Gleichgesinnter, ein wahrer Freund. Sie wünschte, er säße hier, ihr gegenüber, entspannt im Stuhl zurückgelehnt und lausche den Gesprächen mit seiner typischen zugewandten, wachen Art. Harold gab in jeder Gesellschaft eine gute Figur ab, wirkte nie fehl am Platz oder linkisch wie sie selbst allzu oft. Ihre Liebe zu ihm war ein hell strahlender Stern, während all ihre anderen Leidenschaften und Begierden schwül-dunklen Nächten glichen.

Gedankenverloren stützte Vita das Kinn auf und stellte sich vor, wie er ihr jetzt aufmunternd zuzwinkern würde.

»… *Jacobs Zimmer* unbedingt ins Französische übersetzen. Es würde garantiert ein Erfolg, denken Sie nicht auch, Mrs Nicolson?«, fragte in diesem Augenblick Desmond und hielt ihr eine Platte dampfenden Wildbratens unter die Nase.

Vita zuckte zusammen und verfing sich mit den Fingern in einem ihrer langen Perlenohrringe. Er löste sich und landete mitten auf dem Fleischteller.

»Quel malheur«, rief sie aus, fischte ihn mit der Gabel aus der Soße und hielt ihn Clive hin. »Wärest du so lieb?« Clive tauchte das Schmuckstück ungerührt in ein Wasserglas, während sie sich an dem Braten bediente. Inzwischen hatte sie ihre Gedanken sortiert und konnte auf die Frage antworten, ohne dass ihr jemand ihre Zerstreuung anmerken würde: »Es müsste ein sehr talentierter Übersetzer sein, um diesem außerordentlichen Werk gerecht zu werden.«

»Sie haben es gelesen?« Virginia schien überrascht.

»Mit großem Vergnügen.«

»Und fühlten Sie sich nicht gelangweilt?«

»Ich fühlte mich glänzend unterhalten.« Das war gelogen. Bei aller Bewunderung für Virginias Talent und Originalität hatte der Roman sie nicht in seinen Bann ziehen können. Wenn sie schon einen Roman las, dann wollte sie sich in der Geschichte verlieren können, die Lektüre jedoch hatte ihrer Konzentration viel abverlangt und sie war mehrmals darüber eingeschlafen.

»Und was halten Sie nun davon, *Jacobs Zimmer* ins Französische zu übersetzen?«, fragte Desmond.

»Ich?« Vita verschluckte sich beinahe.

»Sie beherrschen doch das Französische wie eine Muttersprache, wenn ich Clive richtig verstanden habe.«

»Das ist richtig«, sagte Vita. Noch immer sprach Vita mit Bonne Maman, ihrer Mutter, häufig in deren Muttersprache und zu Zeiten Julians hatten sie und Violet sich ausschließlich des Französischen bedient, wenn sie als Liebespaar durch die Londoner Straßen zogen. »Ich würde mir aber nicht anmaßen, ein Werk von solcher Originalität zu übersetzen.«

»Außerdem haben Sie sicher genug Arbeit mit Ihren eigenen Romanen, nicht wahr Mrs Nicolson?«

Die Gespräche oder auch der gute Rotwein hatten einen rosenfarbenen Glanz auf Virginias Wangen gezeichnet, der ihr außerordentlich gut zu Gesicht stand. Vita betrachtete sie mit neuem Interesse.

»Sie veröffentlichen mit einer sehr hohen Frequenz.« Virginia winkte nach der Weinflasche und schenkte sich und Vita nach.

»Finden Sie?« Vita legte ihr Besteck beiseite und setzte sich leicht schräg, um die erstaunliche Veränderung im Gesicht ihrer Sitznachbarin besser in Augenschein zu nehmen.

»Aber ja! Sie müssen sicher Tag und Nacht schreiben, um das zu bewerkstelligen.«

»Ganz und gar nicht. Ich schreibe nur höchstens zwei, drei Stunden am Tag«, sagte Vita.

»Wie ist das möglich? Sie haben doch schon so viel veröffentlicht!« Virginia zählte alle Werke auf, die bisher erschienen waren, sogar ihren ersten Gedichtband, *Poems of East and West*.

Vita war überrascht, wie informiert sie war. Virginia wusste auch, dass ihr Debütroman *Frühe Leidenschaft* inzwischen in die dritte Auflage gegangen war.

»Wie viele Seiten schreiben Sie pro Tag? Und wo schreiben Sie am liebsten? Um welche Uhrzeit?«, fragte sie und es klang wie ein Verhör.

Als Vita ihr die Zahl nannte und von ihrem Schreibplatz in Long Barn erzählte, wo sie in völliger Abgeschiedenheit die Ruhe fand, um konzentriert arbeiten zu können, rundeten sich Virginias Augen. Nun sah sie noch mehr aus wie ein Reh, eines, das einen vorsichtigen Schritt aus seinem Unterholz wagt und sich vorsichtig schnüffelnd einer ausgestreckten Hand nähert.

»Ich hatte die Vorstellung, Sie schreiben den ganzen Tag in einem entlegenen Turm auf ihrem Schloss«, sagte sie, legte kurz die Hand auf Vitas Arm und brach in fröhliches Gelächter aus, das wie gut gekühlter Champagner aus ihr hervorperlte. Es schien Vita, als habe das Reh plötzlich erkannt, dass weit und breit keine Gefahr lauerte, und vor lauter Übermut wilde Bocksprünge gemacht.

Plötzlich ließ Virginia von ihr ab und begann übergangslos formvollendete Sätze hervorzusprudeln, über eine gewisse Katherine Mansfield und einen Roman, *Ulysses*, dessen Lektüre sie offenbar quälte. Über ein Kapitel aus Aischylos und »Shakespeares Schwester«, wovon Vita noch nie etwas gehört hatte. Sie verstand nur die Hälfte von dem, was Virginia da kantig und selbstbewusst hervorstieß, und sie hörte auch gar nicht richtig zu. Zu fasziniert war sie von der plötzlichen Verwandlung, die sich unter ihren Augen vollzogen hatte.

Nach dem Dinner war es Virginia, die Vita dazu einlud, auf dem Sofa neben ihr Platz zu nehmen. Inzwischen sprühte sie regelrecht Funken und Vita begann zu ahnen, warum Clive und Mary sie als Genie bezeichneten. Vita konnte wenig zu ihren Gedanken über Literatur beitragen. Noch weniger Kenntnis hatte sie über die jungen Bloomsbury-Maler, von denen auch Clive immer wieder schwärmte. Dafür konnte sie damit prahlen, dass der große Bildhauer Rodin ein Freund ihrer Mutter war und von ihr eine Büste gefertigt hatte, die in Bonne Mamans Zimmer in Schloss Knole stand.

»Ach, Rodin«, rief Virginia aus und lachte schallend. »Erinnerst du dich, Clive, wie aufgebracht er bei unserem Besuch in seinem Atelier war, damals, als wir uns kennenlernten?«

»Du hast ihn provoziert«, sagte Clive und grinste schuljungenhaft. Und an Vita gewandt: »Sie hat einen weiblichen Torso enthüllt, den der Meister vor unseren Blicken verbergen wollte, um dann noch ihre Hand auf die Brust der Schönen zu legen.«

Vita zog eine Augenbraue in die Höhe und murmelte: »Frevel!« Ihr Blick wanderte unwillkürlich zu Virginias rechter Hand, die auf dem Sofapolster neben ihr ruhte. Ihr war bereits aufgefallen, dass sie außerordentlich schöne, langgliedrige Hände hatte, mit denen sie beim Sprechen in der Luft zeichnete, als müsse sie ihren Sätzen eine optische Form verleihen.

»Der große Meister«, spottete Virginia und ihre Hand flog durch die Luft wie ein aufgescheuchter Vogel. »Wird zu einem giftsprühenden Zwerg, wenn eine Frau es wagt, eine allzu menschliche Hand an seine steinernen Schöpfungen zu legen.«

»Ich fand ihn Furcht einflößend. Ein mürrischer alter Mann mit vielen Marotten. Aber er ist ein Genie«, sagte Vita.

»Ist es also das Vorrecht des Genies, Furcht einflößend und voller Marotten zu sein?«, fragte Virginia und sah sie mit zur Seite geneigtem Kopf an. Vita überlegte, ob sich hinter ihren Worten wieder eine ihrer Spitzen verbarg, konnte aber keine erkennen. Im Sitzen überragte sie ihre Gesprächspartnerin um einen ganzen Kopf und so musste sie nun auf sie herabschauen als sie sagte: »Das Vorrecht des Genies ist, dass man zu ihnen aufschaut.«

Virginia brach erneut in schallendes Gelächter aus und konnte sich gar nicht mehr beruhigen. Ihr Lachen war so ansteckend, dass Vita mitlachen musste, obwohl sie nicht die geringste Ahnung hatte, was in diesem Moment so erheiternd war.

»Sie müssen mir unbedingt ihre Bücher zum Lesen geben. Ich will alles lesen, Ihre Gedichte, auch die Kurzgeschichten. Bitte machen Sie mir diese Freude«, sagte Virginia, als sie sich endlich wieder beruhigt hatte.

»Sehr gerne. Ich fürchte jedoch, dass sie enttäuscht sein werden.«

»Aber meine Liebe, ich bitte sie!«, rief Virginia aus und umfasste Vitas Hände. Die Berührung rieselte durch Vitas ganzen Körper.

Den Rest des Abends verbrachte Vita wie in einem Nebel. Sie konnte den Blick nicht mehr abwenden von Virginias Händen, ihren Lippen, die ununterbrochen in Bewegung waren, und ihren eng anliegenden, perfekt geformten Ohren, hinter die sie immer wieder eine Haarsträhne strich. Ihre eigenen Ohren hatten den Dienst weitgehend quittiert. Sie hörte nur noch das ansteckend helle, glucksende Lachen dieser außergewöhnlichen Frau.

Inzwischen war ihr klar, dass sie Mrs Woolf unbedingt wiedersehen musste.

Hogarth House, am nächsten Morgen

»Wir sollten Mrs Sackville-West für unseren Verlag gewinnen.«

Virginia ließ überrascht ihr Milchglas sinken. Wie immer hatte ihr Leonard die Milch ans Bett gebracht, die er sie vor dem Aufstehen unerbittlich zu trinken zwang, und sich zu ihr gesetzt. »Aber passt sie denn zu uns?«

»Passen …« Leonard wiegte den Kopf. »Das weiß ich nicht, aber unserem Verlag könnte sie viel Geld in die Kasse spülen.«

Virginia konnte von ihrem Bett aus dem Fenster auf die Gartenmauer blicken, die das Grundstück umsäumte. Der Efeu rankte sich daran hoch und kroch inzwischen schon zum Nachbargrundstück hinüber. Leonard müsste ihn dringend stutzen, aber im Gegensatz zum Garten in Monks House blieb dieser hier vernachlässigt. Wann sollte Leonard das auch tun? Wenn er nicht für die Hogarth Press arbeitete, schrieb er Artikel für den *New Statesman* oder war in seine politischen Aktivitäten verwickelt. Als Mitglied der Labour Partei leitete er den Ausschuss für Internationale und Imperiale Fragen und hatte sogar in diesem Jahr für einen Sitz im Parlament kandidiert. Allerdings vergeblich, worüber Virginia sehr froh war.

»Ich habe sie gebeten, mir ihre Romane und Gedichte zum Lesen zu geben. Ich erwarte nicht viel. Sie schreibt fünfzehn Seiten am Tag, kannst du dir das vorstellen?«

»Eine begabte Vielschreiberin haben wir noch nicht«, erwiderte er augenzwinkernd. »Sie schreibt Bestseller und könnte uns aus der Patsche helfen.«

»Aus welcher Patsche?« Virginia richtete sich steil im Bett auf. Ging Leonard etwa davon aus, dass die Veröffentlichung ihrer eigenen Romane sie in den Ruin treiben würde?

»Wenn wir nicht mit Heinemanns kooperieren und Ralph uns

verlässt, stehen wir ziemlich schlecht da. Finanziell ist das auf lange Sicht kaum zu stemmen.«

So unermüdlich Leonard auch arbeiten mochte, sein Einkommen aus seiner journalistischen Arbeit reichte nur so gerade eben, um sie über Wasser zu halten. Das Vermögen, das Virginia in die Ehe gebracht hatte, war längst aufgebraucht – ihre Krankheit hatte Unsummen verschlungen. Und die Hogarth Press war weit davon entfernt, ihnen ein bequemes Auskommen sichern zu können. Nein, sie waren nicht reich. Eigentlich waren sie bettelarm, und immer, wenn Virginia sich das vor Augen führte, wollte sie Panik ergreifen. Es war also besser, das nicht zu tun.

»Aha. Die Sackville-West soll uns also retten.« Sie stellte das halb volle Milchglas geräuschvoll zurück auf das Tablett und schüttelte sich. »Scheußlich«, murmelte sie.

»Aber gesund«, sagte Leonard. Er stand auf. »Konkurrenzdenken ist hier völlig fehl am Platze. Du wirst der Star der Hogarth Press bleiben.«

»Und sie der Esel, der die Lasten schleppt?«

»Wenn du es so sehen möchtest.«

Virginia kicherte. »Sie *ist* ein ziemlicher Esel, findest du nicht?«

»Ich will mir kein Urteil erlauben. Sie ist erfolgreich und kennt Gott und die Welt. Sie kann uns nützen.«

»Für eine Schriftstellerin ist sie ziemlich unbelesen.«

»In der Hinsicht kann es mit dir niemand aufnehmen.«

»Du kannst es. Und Lytton.«

»Länger wird die Liste aber auch nicht.« Er schmunzelte und drückte ihr einen Kuss auf die Stirn. »Ich mache mich an die Arbeit. Trink in Ruhe aus und vergiss deinen Morgenspaziergang nicht.«

Als er aus dem Raum war, schüttete Virginia den Rest Milch in den Abguss. Sie erhaschte ihr Bild im Spiegel und verharrte. Meine Güte, diese Schatten unter den Augen und das dünne Haar!

Wie alt sie aussah. Sie würde den Spiegel abmontieren müssen, denn unter keinen Umständen wollte sie jeden Morgen aufs Neue Zeugin ihres Verfallsprozesses werden. Heute war der Anblick besonders unangenehm, denn vor ihrem inneren Auge schwebte noch immer Mrs Sackville-West in ihrer aristokratischen Pracht, mit schillernder Seidenbluse und kostbaren Perlengehängen. Ihren makellosen, olivfarbenen Teint verdankte sie gewiss dem spanischen Blut in ihren Adern. Dazu die seelenvollen Augen und diese endlos langen, schlanken Beine, von denen zwar wenig zu sehen gewesen war, an deren Existenz aber der modisch geschnittene, figurbetonte Rock keinen Zweifel ließ. Nun, sie musste mindestens zehn Jahre jünger sein, aber selbst mit dreißig war Virginia nicht so blühend gewesen. Schon gar nicht mit dreißig. Kurz vor ihrem dreißigsten Geburtstag hatte sie Leonard geheiratet und war dann erst einmal für volle vier Jahre in geistiger Umnachtung versunken. Was für eine Verschwendung an kostbarer Lebenszeit! Was hätte sie nicht alles erschaffen können. Regalwände voll mit ihren eigenen Werken könnten heute ihren Bücherschrank zieren, stattdessen standen da drei klägliche Romane, die kaum jemand lesen wollte. Von Kindern ganz zu schweigen. Unwirsch trat Virginia gegen den Hocker, der neben ihrem Waschtisch stand. Nein, nicht über Kinder nachdenken.

Ruckartig wandte sie sich vom Spiegel ab und griff nach Rock und Bluse. Erst als sie die orangefarbenen Wollstrümpfe erblickte, die sie gestern Nacht achtlos auf einen Stuhl geworfen hatte, fiel ihr auf, dass sie den Rock schon drei Tage in Folge getragen hatte, auch gestern Abend. Wütend warf sie ihn in den Wäschekorb, die Bluse gleich mit, und durchwühlte ihren Schrank. Nichts, was da hing, hatte auch nur annähernd den Schick von Mrs Sackville-Wests Kleidung. Natürlich nicht. Sie schwamm in Geld. Ererbtes *und* Verdientes. Zwei Kinder hatte sie auch.

Virginia knallte die Schranktür zu, zog sich hektisch an und scheuchte die arme Grizzle auf, die zufrieden und müde vor dem Ofen lag. Mit offenem Mantel rannte sie, die altersschwache Hündin im Gefolge, aus dem Haus und stürmte die Paradise Road hinunter Richtung Themse. Sie brauchte eine doppelt so große Runde wie sonst, um die Gespenster zu verjagen, die an ihren Nerven zerrten. Erst als Mrs Dalloway sich wieder in ihr Bewusstsein schlich und ihr einen Satz ins Ohr flüsterte, konnte sie zum Hogarth House zurückkehren, wo sie sich für den Rest des Morgens in ihrer dunklen Kammer neben dem Druckraum einschloss.

4. Kapitel

Hogarth House, 18. Dezember 1922

Ein Brief auf ihrem Schreibtisch. Leonard musste ihn in aller Frühe dort hingelegt haben. Es war Montag und eben kam Virginia von ihrem Morgenspaziergang zurück. Kostbares Papier, eine schöne, schwungvolle Handschrift. Die Absenderadresse: Vita Nicolson, Ebury Street, London. Leonard war in London zu irgendwelchen Verhandlungen unterwegs, die Presse im Nebenraum stand still und draußen ging leichter Regen nieder. Ein guter Tag also, um mit Mrs Dalloway voranzukommen. Virginia zögerte, ungern ließ sie sich ablenken, wenn sie mit den ersten in Gedanken formulierten Sätzen von ihrem Spaziergang zurückkehrte, doch die Neugier trieb sie, den Brief zu öffnen.

Ein leichter Rosenduft entströmte dem Briefbogen, als sie ihn entfaltete.

Liebe Mrs Woolf, darf ich Sie am kommenden Dienstag zum Lunch in meine Wohnung an der Ebury Street einladen? Es würde mir eine große Freude bereiten, sie wiederzusehen.

In aufrichtiger Verehrung
Ihre Vita Nicolson

Beim Abschied am Gordon Square vergangenen Donnerstag hatten sie sich gegenseitig floskelhaft versichert, einander wiedersehen zu wollen. Doch so bald schon? Virginia registrierte ein beunruhigendes Flattern im Oberbauch. Auch wenn sie längst nicht mehr fieberte, das Herz schlug manchmal Kapriolen, was dem Arzt zufolge eine Nachwirkung der schweren Grippe sei, die sie am Anfang dieses Jahres niedergestreckt hatte. Sie musste sich setzen.

Wollte sie die junge Mrs Nicolson wirklich so bald schon wiedersehen? Über das Wochenende war es ihr gelungen, das schillernde Bild der jungen Aristokratin und die unangenehme Erinnerung an ihre eigene peinliche Schäbigkeit zu verdrängen und sich auf ihre Arbeit zu konzentrieren. Zudem hätte sie kaum vermutet, dass Mrs Nicolson Interesse an ihr fand, jung und großartig, wie sie war.

Sie schob den Brief unter einen Stapel Bücher und stellte ihr Tintenfass zurecht. Leonard hatte ihr vor einigen Wochen einen neumodischen Füllfederhalter geschenkt, weil ihre Schrift mit der alten Schreibfeder unleserlich geworden war. Aus purer Gewohnheit tippte sie die Füllerspitze in das Tintenfass und setzte an, um diesen Satz loszuwerden, der eben noch so klar vor ihrem geistigen Auge gestanden hatte. Statt eines Wortes bildete sich ein riesiger Tintenklecks. Sie fluchte. Setzte neu an, schrieb drei Worte und wusste nicht mehr weiter. Der Satz war weg.

Sie sprang auf und ging ein paar Runden um den Tisch, murmelte die drei geschriebenen Worte mehrmals vor sich hin, um den Rest des Satzes hervorzulocken, jedoch ohne Erfolg.

Mrs Nicolsons Brief lugte unter den Büchern hervor. Sie zupfte daran und der Stapel schwankte, stürzte jedoch nicht. Das Briefpapier allein zeugte vom aufdringlichen Reichtum der Sackville-West. Sie würde ablehnen. Eine Ausrede ließ sich leicht finden, und ohnehin musste sie endlich mit Mrs Dalloway weiterkommen. Sie nannte den Roman *Die Stunden*, eingedenk der viel zu schnell ablaufenden Lebenszeit, die ihr verblieb, um all den Gedanken, Ideen und Bildern Worte zu leihen, die ihr Gehirn rund um die Uhr marterten.

Entschlossen setzte sie sich, griff zum Füller und zwang sich, ihn diesmal nicht in die Tinte zu tauchen.

Hochverehrte Mrs Nicolson, setzte sie an und wollte mit einem »leider« fortfahren, doch dann glitt ihr Blick hinüber zu dem rosenduftenden Briefpapier und der elegant geschwungenen Unterschrift. Sie lachte leise auf, als sie daran dachte, wie Vita ihren Perlenohrring aus der Soße gefischt und Clive zum Reinigen vorgehalten hatte. Mit welch beneidenswerter Ungezwungenheit diese Aristokratinnen auftraten, wie selbstverständlich sie davon ausgingen, dass man sie schätzen und verehren würde. Das alles ohne jede Arroganz. Und dann diese seelenvollen Augen …

Durch das winzige Kellerfenster drang nur wenig Licht in Virginias Schreibkammer. Für gewöhnlich störte sie das nicht. Im Gegenteil, der Lichtkegel der Schreibtischlampe half ihr, sich auf das Blatt vor ihr zu fokussieren. Dazu das Rattern der Presse nebenan, wie ein Echo ihres arbeitenden Geistes. Heute fehlte es. Vielleicht war das der Grund, warum sie sich so leicht von ein paar Zeilen auf rosenduftendem Papier ablenken ließ. Doch vielleicht war es auch etwas anderes, tiefer liegendes, etwas, das aufgespürt werden wollte.

Ja. So musste es sein.

Schnell, bevor der Zweifel sie erneut überwältigen konnte, schrieb sie:

Ich komme sehr gerne zum Lunch zu Ihnen. Könnte 12 Uhr 30 die richtige Uhrzeit sein? Und ich wünschte, Sie könnten dazu bewegt werden, mich Virginia zu nennen.

Ihre

Virginia Woolf

Ebury Street, Belgravia, London, 19. Dezember 1922

Vita stand am Fenster und blickte auf die wintertrübe Straße hinab. Die Häuser auf der gegenüberliegenden Seite lagen wie ausgestorben da. Ein Großteil der Bewohner Belgravias hatte London bereits verlassen, um Weihnachten auf ihren Landsitzen zu feiern. Morgen würde Harold aus Lausanne zurückkehren. In London vermisste sie Harold noch mehr als draußen in Long Barn. Dort hatte sie den Garten, die Hunde, die Wälder. Hier umgab sie nur die Stille der viel zu großen, luxuriösen Wohnung, die Bonne Maman ihnen als Londoner Wohnsitz überlassen hatte – genau wie den Rolls-Royce, der unten vor dem Haus stand. Ben und Nigel, ihre beiden Söhne, hatte sie bereits nach Knole geschickt, wo sie das Weihnachtsfest zusammen verbringen würden. Auch Dottie, die gestern Abend nach einem Streit mit ihrem Mann plötzlich aufgetaucht und über Nacht geblieben war, hatte sie heute früh fortgeschickt. Sie wollte mit Mrs Woolf allein sein.

Es war wenige Minuten nach zwölf. Im Esszimmer hatte die Magd ein kaltes Lunch aufgetischt und war, erstaunt über Vitas Großzügigkeit, zu einem freien Nachmittag aufgebrochen.

Würde sie wieder ihre orangefarbenen Strümpfe tragen? Fast wünschte Vita es sich. Nur ein sehr geistvoller Mensch konnte derart gleichgültig gegenüber ihrer eigenen Erscheinung sein, und nach einem geistvollen Menschen sehnte sie sich.

Eine vermummelte Gestalt bog um die Ecke. War sie es? Nein, die Frau ging an ihrem Haus vorbei. Noch zu früh, erst Viertel nach zwölf. Plötzlich aber schlug die Frau einen Haken, querte die Straße und ging in die Richtung zurück, aus der sie gekommen war. Sie hielt den Kopf gesenkt und Vita konnte ihr Gesicht nicht sehen. Die vorgebeugte Haltung jedoch … Sie bog um die Ecke und kurz darauf erschien sie erneut, ging ein weiteres Mal an Vitas Haus vorbei, über die Straße, zurück zur Ecke – das alles eiligen Schrittes, als hätte sie ein bestimmtes Ziel, jedoch die Zielrichtung verloren.

Das musste sie sein! Als die Frau zum dritten Mal an ihrem Haus vorbeiging, öffnete Vita das Fenster und rief: »Sie dürfen auch schon jetzt heraufkommen. Ich erwarte sie bereits!«

Die Frau blickte zu ihr hoch – und tatsächlich, sie war es. Ihr Gesicht leuchtete weiß im Wintergrau.

»Ich war schneller hier als gedacht.« Vitas Gast trat zögernd über die Schwelle. »Die Untergrundbahnen beschleunigen den Ablauf der Zeit, finden Sie nicht?«

»Ich nutze sie selten«, sagte Vita und nahm ihr den Mantel ab. »Und ohnehin war ich voller Ungeduld.«

»Ungeduld ist …« Virginia verharrte mitten im Satz, ihr Blick schweifte durch die große Halle, hinauf zum hell erleuchteten Kronleuchter, hinüber zu den offenen Flügeltüren des Salons und ein gedehntes »Oh« kam über ihre Lippen. Wieder musste Vita an ein Reh denken. Daran, wie wenig der Name Woolf zu ihr passte.

»Wir sind unter uns«, sagte Vita und schritt voran, in den Salon, wo sie Champagner und zwei Gläser bereitgestellt hatte. »Kommen Sie, setzen wir uns und stoßen auf unser Wiedersehen an.« Heute trug Virginia Seidenstrümpfe und ein auffällig gemustertes Kleid aus weichem, fließendem Material. Das Kleid war modisch, das große Karomuster indes für ihre zierliche Statur denkbar ungeeignet. Zumindest war zu erahnen, dass sie sich Gedanken über ihre Garderobe gemacht haben musste, stellte Vita mit einer gewissen Befriedigung fest.

Virginia schien sich einen Ruck zu geben und folgte ihr. Mit staunendem Blick nahm sie die kostbaren Möbel und Gemälde in

Augenschein, die Bonne Maman gestiftet hatte. Als sie sich neben Vita auf das Sofa setzte, sagte sie: »Ungefähr so muss sich die Landmaus fühlen, die sich ins königliche Schloss verirrt hat.«

Vita lachte. »Der Vergleich hinkt. Sie sind alles andere als eine Landmaus.«

»Schön. Dann eben eine Kellermaus.«

»Ich bitte Sie.« Vita ließ den Champagnerkorken knallen. »Sie stapeln allzu tief.«

»Nein, wirklich«, sagte Virginia. »Ich arbeite im Keller. Winzig. Staubig. Und um aus der Fensterluke zu sehen, muss ich mich auf die Zehenspitzen stellen. Sie dürfen kommen und sich von der Wahrheit meiner Worte überzeugen.«

»Aber warum arbeiten Sie denn im Keller?«

Virginia beschrieb mit lebhaften Gesten Hogarth House und verglich ihren Geist mit einer stampfenden Maschine. Maschinen gehörten nun einmal in den Keller, schloss sie augenzwinkernd.

»Ein schöner Geist wie der Ihre gehört in ein Schloss«, widersprach Vita.

»Eines wie das Ihre?«

»Ich besitze kein Schloss.«

»Aber Knole … es gehört doch Ihrer Familie.«

»Es gehört meinem Vater. Und nicht ich werde es erben, sondern mein Cousin.« Vita versuchte, die Bitterkeit aus ihrer Stimme zu halten.

»Ihr Cousin? Wie das? Ich war der Meinung, Ihre Familie hätte den Erbschaftsstreit gewonnen?«

Vita musste über die Naivität ihres Gastes lächeln. »Liebe Mrs Woolf«, sagte sie sanft und korrigierte sich sofort: »Liebe Virginia, so wollten Sie, dass ich Sie nenne, nicht wahr?«

»O bitte ja, tun Sie das.«

Vita hob ihr Glas. »Ich bin Vita.« Sie lächelte, blickte Virginia in die Augen und freute sich über deren Erröten. »Ich bin eine Frau«, fuhr sie dann fort. »Ich *kann* Knole nicht erben.«

»Aber natürlich!« Virginia schlug sich mit der Hand vor die Stirn, stand auf und wanderte hinüber zu einem Portrait von Vita, das sie als junge Frau im Kostüm eines romantischen italienischen Jünglings zeigte.

»Das war 1910. Eine Benefiz-Theatervorstellung«, sagte Vita. »Meine Mutter wollte, dass ich mich in dem Kostüm malen lasse. Ich mag das Bild immer noch sehr.«

Virginia nickte langsam und betrachtete das Gemälde eine Weile, dann fuhr sie herum. »Bedauern Sie es, eine Frau zu sein?«

Vita fühlte sich unter Virginias bohrendem Blick plötzlich nackt. Sie spürte den Impuls, nach ihrem Zigarrenetui zu greifen, unterließ es jedoch und breitete stattdessen die Arme auf der Sofalehne aus. Sie sah ihr Gegenüber offen an und lächelte. »Nur ganz selten«, sagte sie.

Etwas Herausforderndes lag in Vitas Blick. Vielleicht eine Provokation? Nein, der Anflug von Röte, kaum wahrnehmbar auf ihrem olivfarbenen Teint, sprach für etwas anderes. Fühlte sie sich ertappt? Virginia hob ihr Glas.

»Das Reizvolle liegt doch immer in der Uneindeutigkeit, nicht wahr?« Dabei beließ sie es und wanderte weiter durch den riesigen Salon, nahm Gemälde und Fotografien in Augenschein, strich mit der Hand über die edle Holzvertäfelung und erfreute sich am Klang ihrer Absätze auf dem glänzenden Parkett. Der Salon war so groß wie sämtliche Räume im Hogarth House zusammengenommen. Die französischen Vitrinen und Sideboards, viele davon gewiss von unschätzbarem Wert, die goldenen Kandelaber und antiken Vasen, die ganze museale Pracht in dieser Wohnung, stieß Virginia beinah in gleichem Maße ab, wie sie davon beeindruckt war.

In ihren eigenen Räumen wirkte Vita noch glanzvoller als am Gordon Square, dennoch fühlte Virginia sich ihr gegenüber weit weniger schulmädchenhaft. Im Gegenteil. Es beflügelte sie, den privaten Kokon dieser Aristokratin in Augenschein zu nehmen, jedes Detail beäugen zu können und nach den dunklen Stellen hinter ihrer ebenmäßigen Fassade zu forschen – denn diese gab es, das spürte sie. Knole nicht erben zu können war ein Stachel in Vitas Fleisch, den sie nach nur wenigen Minuten schon aufgespürt hatte. Welche Bekenntnisse würde sie der Gastgeberin heute noch entlocken können?

Virginia beendete ihren Rundgang mit der ausgiebigen Betrachtung einer sehr alten byzantinischen Vase und spürte Vitas Blick auf sich ruhen. Ein prickelndes Gefühl stieg in ihr hoch, wie ein Lachen, das unter allen Umständen unterdruckt werden musste, eine Erregung, die nicht gezeigt werden durfte.

»Ein Mitbringsel aus unserem Jahr in Konstantinopel«, sagte Vita plötzlich nah hinter ihr. Virginia fuhr überrascht herum. Sie hatte sich so sehr auf ihre Empfindung konzentriert, dass sie Vitas Näherkommen nicht bemerkt hatte.

»Sie haben in Konstantinopel gelebt?«, fragte Virginia.

»Nach unserer Hochzeit, ja. Harold hatte dort eine Anstellung an der Botschaft. Kennen Sie Konstantinopel?«

»Ich habe eine vage Erinnerung«, sagte Virginia und wischte mit einer Handbewegung den Teil der Erinnerung beiseite, der bitter war. Ihr Bruder, Thoby, war unmittelbar nach einer Reise der Geschwister dorthin an Typhus verstorben. »Ich weiß noch, wie verzaubert ich von den Sonnenaufgängen war, von dem goldenen Licht über der Hagia Sophia am frühen Morgen.«

»Die Stadt habe ich geliebt. Das ganze Land. Alles andere jedoch …« Vita zuckte die Achseln.

»Erzählen Sie, meine Liebe, erzählen Sie bitte!« Sie fasste ihre Gastgeberin am Arm und zog sie zum Sofa.

Mit knappen, präzisen Worten beschrieb Vita das Leben in Konstantinopel, die Empfänge, die Begegnungen mit hochrangigen Politikern, die repräsentative Aufgabe als schöner Schatten ihres Mannes, der damals noch am Anfang seiner Diplomatenkarriere stand.

»Das muss grässlich gewesen sein«, sagte Virginia und verzog das Gesicht.

»O ja, entsetzlich«, entgegnete Vita ernst. »Zum Glück wurde ich schnell schwanger und musste nach England zurückkehren. Und dann begann der Krieg.«

Virginia wusste nicht, warum diese Worte sie so sehr erheiterten, aber sie konnte gar nicht mehr aufhören zu lachen. Vita sah sie erst überrascht an, dann brach auch sie in Lachen aus und es dauerte lange, bis sie sich beide beruhigen konnten.

»Also befriedet Ihr Gatte in der Ferne die Welt, während Sie zwischen Ihrem Schloss, Ihrem Landsitz und dieser Wohnung pendeln und Bestseller schreiben«, sagte Virginia und tupfte sich die Lachtränen aus den Augen.

»So lässt es sich zusammenfassen«, sagte Vita und sah dabei sehr zufrieden aus.

»Er ist Diplomat. Ich vermute, Sie sehen einander selten?«

»Sehr selten.«

»Vermissen Sie ihn?«

Vita sah sie an, als glaubte sie, sich verhört zu haben. Sie lehnte sich vor, um nach ihrem Zigarrenetui zu greifen, ließ es dann aber liegen.

»Ich würde Leonard sehr vermissen, wenn er über so lange Zeit nicht in meiner Nähe wäre«, bohrte Virginia weiter, beglückt, vielleicht zu einer weiteren dunklen Stelle in Vitas prachtvollem Leben vordringen zu können.

Die Hand ihrer Gastgeberin wanderte zu ihrem Ohrring. Heute waren es goldene Creolen. »Sie arbeiten ja sogar mit Ihrem Mann zusammen«, sagte sie. »So viel Nähe …«

»Wäre Ihnen unerträglich?«

Nun griff Vita doch nach ihren Zigarren. Als sie den ersten Zug tat, erschien ein Lächeln auf ihren Lippen. »Sie stellen intime Fragen«, sagte sie.

»Zu intim?«, fragte Virginia. »Verzeihen Sie, ich möchte nicht …«

Vita winkte ab. »Fragen Sie nur. Das gibt mir das Recht, ebenfalls intime Fragen zu stellen.« Sie neigte den Kopf ein wenig und ihr Blick bekam etwas Treuherziges. Wieder musste Virginia an Grizzle denken, obwohl der alte, räudige Hund bis auf die Farbe der Augen gar nichts mit der schönen, jungen Mrs Sackville-West gemein hatte.

»Nun, zuerst müssen Sie *meine* Frage beantworten«, sagte sie.

Vita warf den Kopf in den Nacken und lachte. »Wir schreiben einander«, sagte sie dann. »Beinah jeden Tag.«

Virginia nickte. »So vieles schreibt sich leichter, als es sich sagen lässt.«

»Wie recht Sie haben«, sagte Vita mit verhangenem Blick und Virginia beglückwünschte sich innerlich, der so kurzfristigen Einladung schließlich doch gefolgt zu sein. Der Nachmittag mit dieser vielschreibenden Aristokratin ließ sich weitaus spannender an, als sie es hätte vermuten können.

Sie hob ihr Glas und sagte: »Mir scheint, wir haben einander eine Menge zu erzählen. Ich hoffe, Sie haben nichts anderes vor heute Nachmittag.«

»Ich habe alle Zeit der Welt«, sagte Vita und lehnte sich wie in Erwartung einer sehr langen Geschichte im Sofa zurück.

An Harold Nicolson
Hotel du Lac
Lausanne, Schweiz

Ebury Street, 19. Dezember 1922

Hadji, mein einziger Liebling,
es ist bereits spät am Abend und ich muss dir unbedingt noch von meinem Lunch mit Mrs Woolf erzählen. Sie ist von einer bezaubernden Sprunghaftigkeit in ihren klugen Gedanken. Aber wie auch soll ein Mensch, der über ein solches Wissen, solche Intelligenz verfügt, all seine Gedanken sortiert bekommen? Da ist es nicht verwunderlich, wenn sie manchen Personen ein wenig verrückt erscheint.

Auf mich allerdings macht sie keineswegs diesen Eindruck. Ich bete sie an, und du würdest es auch tun. Ihr Charme und ihre Persönlichkeit würden dich ebenso hinreißen wie mich.

Sie kam um zwölf und wir haben bis eben zusammengesessen und über tausend Dinge gesprochen. Sie besteht darauf, all meine Bücher und Gedichte zu lesen, hat mich über mein Privatleben ausgefragt, als müsste sie einen Roman über mich schreiben. Ich habe ihr natürlich nicht alles erzählt, wie du dir denken kannst, aber man bekommt in ihrer Gegenwart das Gefühl, dass sie einen nach wenigen Minuten durchschaut hat.

Im ersten Augenblick macht sie einen unscheinbaren Eindruck. Sie ist völlig ungekünstelt und zieht sich abscheulich an. Sie spricht beinah druckreif und was sie sagt, ist so klar wie ein Gebirgssee. Ihre geistige Schönheit zwingt sich einem auf und man möchte immer nur mehr von ihr. Ich glaube, sie mag mich auch, denn sie hat mich zu sich nach Richmond eingeladen, wo sie im Keller inmitten von Kisten, Papierstapeln und einer stampfenden, ratternden Druckmaschine ihre Romane schreibt. Ach, Hadji, Liebster, ich habe richtig mein Herz verloren! Aber du musst keine Angst haben, dein Mar wird keine Dummheiten machen. Vorausgesetzt, du kehrst bald zu ihr zurück.

In Sehnsucht

Deine Vita

Hogarth House, zur gleichen Zeit

»Du kommst sehr spät.«

Leonard saß in seinem Sessel am Kamin und blickte ihr mit unverhohlenem Vorwurf entgegen.

Es war beinahe halb elf und für gewöhnlich war Virginia um diese Zeit bereits im Bett. Zwar wachte Leonard nicht mehr ganz so eisern über ihre Schlafenszeiten wie noch vor ein paar Jahren, versäumte aber nie, sie zu kritisieren, wenn sie von ihrem streng geregelten Tagesablauf abwich. Und heute hatte sie deutlich über die Stränge geschlagen.

»Ich war der Meinung, du hast dich mit Mrs Nicolson zum Lunch getroffen.«

»Das habe ich.«

»Zum *Lunch*, nicht zum Dinner!«

»Nun, es war ein sehr ausgedehntes Lunch. Wir haben uns ein wenig verschwatzt.« Sie ließ sich in ihren Sessel fallen und streckte die Beine undamenhaft von sich. Ihr war etwas schwindelig.

»Du bist betrunken.«

»Ganz und gar nicht.« Sie kicherte.

»Es freut mich, dass du Spaß hattest«, sagte er mit verdrießlicher Miene.

»Ich habe eine Entdeckung gemacht.«

»So?«

»Sie ist vielleicht ein bisschen in mich verliebt.«

Leonard hob nur ganz leicht eine Braue. Er legte das Buch beiseite, in dem er ziellos geblättert hatte. Virginia wartete, aber mehr kam zunächst nicht. Erst als sie sich erhob, um ins Bett zu gehen, fragte er: »Was bringt dich dazu, das zu glauben?«

»Immer wenn ich gehen wollte, hat sie mich mit einer neuen Frage zum Weiterreden verführt. Wie wir leben, was wir essen, welche Reisen wir unternommen haben. Woran ich schreibe. Was ich ihr natürlich nicht erzählt habe. Sie wollte mich einfach nicht gehen lassen. Du siehst, ich habe keine Schuld an meiner späten Rückkehr.«

»Das Interesse an deiner Person teilt sie mit vielen Menschen«, sagte Leonard gleichgültig und knipste die Leselampe aus. Nur noch das Glimmen des Feuers erhellte den Salon.

Sie zog eine Grimasse, die er nicht sehen konnte. Sie würde sich ihr Hochgefühl nicht von seiner Griesgrämigkeit zerstören lassen.

Gemeinsam gingen sie die Treppe hoch zu ihren Schlafzimmern. Sie schliefen seit den ersten Tagen ihrer Ehe in getrennten Räumen. Eine missglückte Hochzeitsnacht, ein paar unerfreuliche Kopulationen und ihr unseliges Abgleiten in den Wahnsinn hatten Leonard davon überzeugt, dass körperliche Nähe ihrem Seelenheil abträglich war, und es wäre ihr nie in den Sinn gekommen, ihn eines Besseren zu belehren. Es genügte, ihn im Nebenraum zu wissen. Begehrt hatte sie ihn nie.

Wie jeden Abend drückte Leonard ihr einen Kuss auf die Stirn und ermahnte sie, nicht mehr zu lesen. Bevor er in seinem Zimmer verschwinden konnte, sagte Virginia:

»Es mögen vielleicht viele Menschen behaupten, sich für mich zu interessieren, wahres Interesse aber ist selten. Es zeigt sich im Gespräch. Jeder redet über sich, stellt Fragen aus Höflichkeit und hört nicht zu, wenn man antwortet.«

Leonard widersprach nicht, wohl um zu dieser späten Stunde keine Diskussion mehr heraufzubeschwören.

»Sie hat nur dann über sich selbst gesprochen, wenn ich sie dazu gebracht habe. Sie hat zugehört.«

»Ja«, sagte Leonard. »Bestimmt hat sie das. Gute Nacht.«

Die Tür schloss sich.

»Und sie sagt, ich hätte schöne Hände!«, rief Virginia und wartete, ob die Tür sich wieder öffnen würde, doch nichts geschah. Also schrie sie: »Gute Nacht«, und knallte ihre eigene Tür so fest zu, wie sie nur konnte.

Leonard brauchte lange, bis er einschlief. Natürlich hatte er sich Sorgen gemacht, wie auch nicht, wenn Virginia um halb elf am Vormittag aus dem Haus ging und erst zwölf Stunden später zurückkehrte. Gewiss würden sie morgen wieder die Kopfschmerzen plagen. Oder Schlimmeres. Es wurde immer schwieriger, sie vor ihrer eigenen Unvernunft zu bewahren. Nun diese neue Bekanntschaft. Ein unbeschriebenes Blatt in Bloomsbury, aber doch mit allem ausgestattet, was Virginias Phantasie anregen würde. Reichtum, Erfolg, ein Adelstitel, ein Schloss und eine geheimnisumwitterte Herkunft. Virginia mochte glauben, dass er verärgert war, doch so war es nicht. Er war allenfalls in Alarmbereitschaft.

Zumindest war nicht zu erwarten, dass die aristokratische Diplomatengattin seine Frau in einen Strudel aus wilden Partys hineinziehen würde, wie Clive und Vanessa es taten. Sosehr Leonard seine Schwägerin schätzte, ihr Lebensstil war ohne jede Struktur und stellte für Virginia eine echte Gefahr dar. Immer wieder lockte sie ihre Schwester nach Bloomsbury oder auch nach Charleston, wo es drunter und drüber ging. Sie lebte mit Duncan in Charleston ihr persönliches Ideal von Kunst und freier Liebe aus, während Clive als ihr offizieller Ehemann und Vater der Kinder zwischen seiner Londoner Wohnung und einem eigenen Zimmer im Obergeschoss von Charleston hin- und herpendelte. Ständig hatten sie Gäste, und einen geregelten Alltag gab es dort nicht. Vanessa, Duncan und Clive mochten die perfekte Lebensform für sich gefunden haben, für Virginias psychische Gesundheit jedoch waren Ruhe und ein gleichförmiger Tagesablauf unabdingbar. Vanessa sollte das besser wissen als irgendjemand sonst.

In Bloomsbury war er inzwischen als Virginias Kerkermeister verschrien. Es war ihm gleich. Solange es ihm gelang, Virginias blühenden Geist so einzuhegen, dass er seine volle Pracht entfalten konnte, mochten sie sich über ihn lustig machen. Niemals wieder wollte er erleben, wie Virginia in den Wahnsinn abstürzte. Eine Wiederholung dessen, was er in den ersten Ehejahren mit ihr hatte durchmachen müssen, würden sie beide nicht überleben. Für ihre geistige Gesundheit nahm er alles in Kauf. Eine aristokratische Schriftstellerin mit Oberlippenbärtchen war da noch das geringste aller Übel.

Er lauschte in die Stille und stand schließlich wie jeden Abend ein letztes Mal auf, um zu kontrollieren, ob bei Virginia noch Licht brannte. Tatsächlich. Vorsichtig öffnete er ihre Tür. Sie lag da, die Augen geschlossen, ein Buch auf dem Bauch. Eine Weile betrachtete er ihr schönes Gesicht, knipste die Lampe aus und küsste sie sanft auf die Stirn. Dann ging er leise zurück in sein eigenes Bett.

5. Kapitel

Hogarth House, 3. Januar 1923

Das neue Jahr ließ sich nicht gut an. Alte Gefühle waren es, die sie niederdrückten. Schuld war Vanessa. Natürlich nicht sie persönlich, jede Minute mit ihr war kostbar, doch der Vergleich mit der Schwester war schwer auszuhalten. Vanessas Leben, so bunt wie die Räume in Charleston, so sinnenfroh wie ihr Garten, die Partys, die Kunst, Liebe, Kinder. Ihr eigenes Leben dagegen ein Dahinschleppen auf staubigen Wegen. Der zermürbende Versuch, sich einzureden, dass Bücher ein Ersatz für Kinder sein könnten.

Mrs Dalloway hatte sich auf halber Strecke erschöpft. Keine Zeile heute Morgen. Wie auch gestern nicht und am Tag davor. Ach, sie war so müde! Seit wann war es so?

Sie hatten Weihnachten in Monks House verbracht, ein stilles Beieinandersein, ohne Dinnerpartys, ohne Freunde zu Besuch. Dann die Rückkehr nach London und der Nachmittag bei Vanessa am Gordon Square, der sich in den Abend ausgedehnt hatte. Ihr ältester Neffe Julian hatte ihr ein Gedicht gewidmet, auf das Vanessa ungeheuer stolz war. Sie sah in ihm bereits einen neuen Byron. Es lohnte nicht, der Schwester diese Illusion zu nehmen. Die kleine Angelica hatte stundenlang auf ihrem Schoß gesessen, ihren Geschichten gelauscht und an ihren Ohrläppchen gespielt.

»Willst du sie ins Bett bringen?«, hatte Vanessa gefragt, als Angelica müde wurde und für Virginia die Zeit gekommen war, den Weg zurück nach Richmond anzutreten.

»Du verführst mich schon wieder dazu, ein Woolf'sches Gesetz zu übertreten.«

»Nicht ich. Deine Nichte.« Angelica hing an ihrem Hals, den Kopf an ihrer Schulter, und schrie, sobald Vanessa versuchte, sie von ihr zu lösen.

Mehr war nicht nötig. Virginia sog Angelicas Duft ein und sagte: »Wenn ich in einer halben Stunde nicht wieder hier unten bin, darfst du mich wecken.«

Clives Studienfreund Saxon Sidney Turner, Desmond McCarthy und seine Frau Molly kamen zum Dinner und so blieb auch sie, weit über die mit Leonard vereinbarte Zeit hinaus. Um kurz vor Mitternacht klingelte das Telefon.

»Es ist Leonard«, sagte Vanessa und reichte ihr mit bedauernder Miene den Hörer. »Sag ihm, es ist meine Schuld.«

»Ich wollte mich gerade auf den Weg machen«, sagte Virginia schnell, bevor Leonard etwas sagen konnte.

»Du kennst den Preis für deine Unvernunft.« Seine Stimme war eiskalt. »Ich stelle dir dein Herzmittel auf den Küchentisch. Nimm es ein, bevor du ins Bett gehst. Die Kopfschmerztabletten liegen auf deinem Nachttisch.«

Sie wusste, dass sie morgen für diesen Abend bezahlen würde. Sosehr sie die Gesellschaft liebte, die Gespräche, das Lachen und Ausgelassensein, es kostete sie Kraft. Er brauchte ihr das nicht unter die Nase zu reiben.

»Lass dir bloß nicht einfallen, jetzt noch einen Zug zu nehmen.«

»Aber wie soll ich …«

»Du bleibst da, bis ich dir einen Wagen geschickt habe.«

»Das ist viel zu teuer. Ich kann …«

»Nein«, unterbrach er sie barsch. »Diesmal tust du, was ich dir sage.« Damit legte er auf.

Kleinlaut war sie in das bestellte Taxi gestiegen und nach Hause gefahren; Leonard hatte ihre Verfehlung am nächsten Morgen mit keiner Silbe erwähnt. Auch die Tatsache nicht, dass sie bis zum Mittag im Bett bleiben musste, weil der Kopfschmerz trotz Tabletten jede Bewegung unmöglich gemacht hatte und die nächsten beiden Tage für die Arbeit an den *Stunden* verloren waren.

Woran lag es? Warum geriet ihr Herz aus dem Takt, wenn sie nur ein klein wenig von ihrer gewohnten Routine abwich? Sie wünschte sich so sehr, nach London zurückzuziehen, wieder in Bloomsbury zu leben, mittendrin im pulsierenden Leben dort und nicht am geistlosen Rand Londons, wo die Menschen schon mit dem Zeitunglesen überfordert waren. Wie viel Zeit könnte sie einsparen, wenn sie nicht immer den Zug nehmen müsste? Wie viel lebendiger könnte sie sich fühlen, wenn sie nicht hier draußen leben müsste? Doch Leonard war überzeugt, dass London sie überfordern würde. Und gewiss war es so.

Manchmal fühlte sie sich wie ein Fisch, geschaffen für die stille Dunkelheit tief unten am Meeresgrund. Und doch war sie immer von der Sehnsucht erfüllt, aufzutauchen und die eigenen Schuppen im Sonnenlicht glitzern zu sehen, um dann festzustellen, dass die Sonne zu grell und zu heiß für sie war.

Vanessa würde bald wieder mit Duncan und den Kindern nach Südfrankreich aufbrechen und in einer Villa auf den Klippen bei Cassis in Sonne und Farben baden. Sie, Virginia, würde in ihrer Klause in Richmond mit Mrs Dalloway ringen. So war es verteilt, und ihr blieb nur, diese Ungerechtigkeit tapfer zu ertragen.

Ein Lichtstrahl indes war in ihre Dämmerung eingebrochen und erzeugte einen kleinen, kreisrunden Glanzfleck, direkt vor ihr auf dem Schreibtisch. Er ruhte auf dem Buch, das sie heute Morgen beendet hatte: *Knole und die Sackvilles*. Vita hatte versprochen, sie im Hogarth House zu besuchen. Es war nicht anzunehmen, dass sie in der Gegenwart Leonards an den leichten, beinah intimen Fluss ihres Gespräches von vor Weihnachten würden anknüpfen können, doch die Aussicht auf Vitas Gegenwart allein genügte, um die Schwere von ihren Schultern zu nehmen.

46, Gordon Square, Bloomsbury, 7. Januar 1923

Sonntage waren für gewöhnlich dem Lesen gewidmet. Heute aber gab Maynard eine Kostümparty. Er feierte seine Verlobung mit der russischen Balletttänzerin Lydia Popova, und diesem Ereignis fernzubleiben, käme einem Affront gleich. So war es auch für Leonard selbstverständlich, dass sie hingingen, obwohl Virginia ihre Höchstdosis an gesellschaftlichen Ereignissen für diese Woche bereits ausgeschöpft hatte.

Maynards Kostümpartys waren legendär. Durch die altbekannten Räume am Gordon Square 46, in denen sie einst nächtelang über Schönheit, Moral und die Philosophie der Liebe diskutiert hatten, schob und drängelte sich halb Bloomsbury in Pumphosen, orientalischen Gewändern und golddurchwirkten Hemdblusen. Leonard trug sein altes ceylonesisches Schwert am Gürtel, und Virginia hatte sich das Gesicht geschwärzt und die Haare unter einem Turban versteckt. Mary Hutchinson, in Zitronengelb und Grün, kam auf sie zugeflattert und bestaunte ihre im Rücken tief ausgeschnittene Bluse, die Vanessa für sie genäht hatte. Clive schob sich dazwischen, hakte Mary links und Virginia rechts unter und führte sie stolz wie ein Gockel in den Salon, wo die Party bereits in vollem Gange war. Musik erfüllte die Räume, Gelächter und klingende Gläser. Virginias ohnehin beunruhigend erhöhter Pulsschlag beschleunigte sich, und ohne dass sie einen Tropfen Alkohol getrunken hatte, fühlte sie sich beschwipst und schwindelig, erschöpft und aufgekratzt zugleich. Alle ihre Freunde waren da, die ganze Bloomsbury-Familie, Maynard natürlich, ihr Bruder Adrian mit seiner Frau, Saxon, Desmond und Molly, Lytton und seine Schwestern, Ralph und Dora Carrington, Duncan, dessen Ex-Liebhaber David Garnett, Harry Norton, Morgan Forster, Margery Snowdon, ach, sie konnte gar nicht alle begrüßen, so viele waren es. Und alle wollten sie umarmen, mit ihr reden, mit ihr anstoßen, sie beglückwünschen zu ihrem Roman, sie küssen, feiern, hochleben lassen. Sie ließ sich in die Wiedersehensfreude hineinfallen, in den Jubel und das Gelächter, tanzte inmitten der aufgeheizten Leiber und vergaß Mrs Dalloway, Richmond und die staubschwere Luft im Keller von Hogarth House. Heute wollte sie leben, egal, was der Morgen brachte. Mochte Leonard mahnen und ihr den Champagner wegnehmen, mochte ihr Herz Kapriolen schlagen; ihre Schuppen strahlten im Licht der Kronleuchter und schillerten tausendfarbig, wie im Wettstreit mit den bunten Kostümen um sie herum.

David Garnett, von allen nur Bunny genannt, tanzte zu vorgerückter Stunde auf sie zu, an seinem Arm ein junger Mann, den sie noch nicht kannte. Bunny hatte inzwischen geheiratet und würde bald Vater werden. Er hatte einen Buchladen eröffnet und konnte einen achtenswerten Erfolg mit seiner ersten Romanveröffentlichung verbuchen. Sie hatte Bunny dennoch aus dem Blick verloren, nachdem seine Beziehung zu Duncan in die Brüche gegangen war und er sich mit der Geburt Angelicas aus Vanessas Leben zurückgezogen hatte.

»Das ist Eddie«, rief Bunny über den Lärm hinweg. »Eddie, das ist Virginia.«

Der junge, schmächtige Mann lächelte ihr schüchtern zu, schien aber eher peinlich berührt von Bunnys formloser Vorstellung. Er sah aus wie einer, der es gewohnt war, sich bei neuen Damenbekanntschaften zu verneigen und einen Handkuss anzudeuten.

»Hallo Eddie«, sagte Virginia und wartete darauf, dass er zu erkennen gäbe, wer er war und was er in dieser eingeschworenen Gemeinschaft Bloomsburys verloren hatte.

»Erfreut, Sie kennenzulernen«, sagte er und deutete nun doch eine Verbeugung an.

»Dich«, sagte Virginia. »Wir duzen uns hier alle.«

Er räusperte sich und blickte mit seinen tiefblauen Katzenaugen ein wenig hilflos an ihr vorbei.

»Eddie ist ein Freund von Duncan und seinen Leuten«, sagte Bunny und wedelte mit der Hand in Richtung Duncan, der mit einigen jungen Männern in einer Ecke des Raums saß. Mit »seine Leute« wollte Bunny wohl andeuten, dass Eddie zu den Homosexuellen außerhalb des Bloomsbury-Kreises gehörte, mit denen Duncan verkehrte. Über diesem Teil von Duncans Leben lag ein Schleier, den auch Vanessa nicht lüften durfte, oder es nicht wollte. Sie besaß die Fähigkeit, sich von Duncan das zu nehmen, was sie glücklich machte, und ihre negativen Gefühle in einer gut abschließbaren Schublade ihres Gemüts zu verstauen.

»Mein Name ist Edward Sackville-West«, sagte der junge Mann jetzt. »Sie dürfen mich Eddie nennen. Und ich habe schon viel von Ihnen gehört.«

Virginia ließ das Champagnerglas sinken, das sie gerade aus purer Verlegenheit an die Lippen führen wollte. Welche verrückte Sternenkonstellation spülte ihr da schon wieder einen Sackville-West vor die Füße?

»Sind Sie verwandt mit Vita Sackville-West?« Was für eine unsinnige Frage. Natürlich war er das. Sie lachte, zu hoch, um heiter zu klingen. »Was sind Sie? Ihr Cousin?«

»So ist es.«

»Der zukünftige Erbe von Schloss Knole«, murmelte Virginia und musterte den jungen Mann von Kopf bis Fuß. Er war jünger als Vita, Ende zwanzig vielleicht, schmächtig und bleichgesichtig. Keine Blutsverwandtschaft. Einen ungeeigneteren Schlossherren konnte man sich kaum vorstellen.

»So bald wird es dazu hoffentlich nicht kommen«, sagte er ohne jeden Humor. »Mein Onkel erfreut sich bester Gesundheit.«

»Leben Sie auf Knole?«, fragte Virginia.

»Ich habe Zimmer dort«, entgegnete er. »Mein Lebensmittelpunkt aber ist in London.« Dabei ließ er den Blick in Richtung Duncan und »seinen Leuten« schweifen, und Virginia ahnte, was das bedeuten konnte. Er sprach leicht nasal und seine Stimme schien gegen Ende des Satzes auszudünnen, ganz so, als fehle ihm die Kraft, das Gespräch fortzusetzen. Blass und zartgliedrig, wie er war, hatte er etwas von einer edlen Siamkatze.

Virginia lächelte ihm aufmunternd zu. »Es gibt keinen erquicklicheren Ort als London, aber finden Sie nicht auch, dass die Stadt manchmal sehr anstrengend sein kann? Ich stelle es mir herrlich vor, mich dann auf ein Schloss wie Knole zurückziehen zu können, wo meine einzige Sorge darin besteht, entscheiden zu müssen, in welchem der dreihundertfünfundsechzig Zimmer ich schlafen möchte.«

Eddies müder Blick blieb eine Weile im Ungefähren hängen, dann schien er sich einen Ruck zu geben und sagte: »Sie haben eine sehr romantische Vorstellung davon, was es bedeutet, ein Schloss zu besitzen. Ich könnte sehr gut darauf verzichten.«

»Oh«, sagte Virginia. »Warum tun sie es dann nicht?«

Eddies Augenbrauen zuckten kaum merklich, als wolle er es sich nicht anmerken lassen, wie sehr ihn ihre Naivität überraschte. »Erbe ist Erbe«, sagte er und es klang wie der letzte Hauch eines ersterbenden Windes. Dann winkte er einem jungen Mann zu, der eben in den Raum trat, sagte: »Ihr entschuldigt mich bitte?«, und glitt davon.

»Gütiger«, sagte Virginia. »Er scheint schwer an seinem Los zu tragen.«

Bunny lachte. »Eddie kokettiert gern damit, ein Schloss zu erben, das er nicht will. Eigentlich ist er aber ein ganz patenter Kerl. Sehr musikalisch, sehr feinsinnig.«

»Er sollte mehr Milch trinken. Vielleicht bringt ihn das zu Kräften.« Sie schüttelte den Kopf. »Man sollte nicht glauben, dass aus ein und derselben Familie solch gegensätzliche Sprösslinge hervorgehen können.«

»Du sprichst von Mrs Sackville-West?«

»Vita, ja. Du kennst sie?«

»Eddie hat so einiges von ihr erzählt. Und ich verkaufe ihre Bücher, die …«

»Die dir aus den Händen gerissen werden, sag es nicht.«

Bunny stieß sie kameradschaftlich in die Seite. »Kein Grund für Neid, meine Liebe. Als Schriftstellerin kann sie dir das Wasser nicht reichen.«

»Und was erzählt Eddie so?«, fragte Virginia und zog Bunny in eine ruhige Ecke des Raumes. Auf einem Sofa im Halbdunkel saßen zwei junge Frauen, die eben wild getanzt hatten. Es waren Flapper, diese jungen Dinger, die sich stark schminkten, Rock und Haar kurz trugen und sich vom Leben nahmen, was ihnen beliebte. Die beiden saßen eng beieinander, und als Virginia mit Bunny auf zwei Stühlen neben ihrem Sofa Platz nahm, küssten sie sich. Virginia drehte ihnen den Rücken zu. Zu fortgeschrittener Stunde konnte man auf Bloomsbury-Partys diesen wenig erquicklichen Demonstrationen kruder Körperlichkeit meist nicht aus dem Weg gehen.

»Ich weiß nicht, ob ich das weitererzählen darf.« Bunny grinste.

»Ah!«, sagte Virginia. »Das klingt vielversprechend.« Sie rückte näher an Bunny heran und nahm ihm das Whiskyglas aus der

Hand, das er sich gerade neu hatte befüllen lassen. »Du musst dich jetzt konzentrieren, ich will alles wissen! Und lass dir bloß nicht einfallen, mir auch nur die geringste Kleinigkeit zu verschweigen!«

»Julian, o Julian«, stöhnte Violet und ihre lavendelfarbenen Augen hielten Vita fest, zogen sie hinab in diesen Ozean aus purer Begierde, an dessen Grund Violet zu Hause war. Ihre Finger krallten sich in Vitas Fleisch, ihre Beine wanden sich um ihren Körper, *mein, du bist mein*, schrie ihr ganzer, sich aufwölbender Leib, und Vita sank immer tiefer mit ihr, hinab in den weichen sumpfigen Grund ihrer Liebe. »Ich kann nicht atmen hier unten«, wollte sie rufen, doch Violet erstickte ihre Worte mit heißen Küssen. »Bleib, du musst bleiben«, seufzte Violet und Vitas Widerstand schwand immer mehr. Hier unten war sie Julian, ganz und gar.

»Du musst auftauchen, Vita!«, hörte sie Harolds Stimme irgendwo in der Ferne.

Zu spät, hatte sie ihm sagen wollen. *Es ist zu spät*, doch nicht einmal das Denken wollte mehr gelingen. Sie war nur noch Gefühl. Begierde. Julian.

»Vita, komm zu dir!«

Hände packten sie und rissen sie aus Violets weicher Umklammerung, zerrissen sie in die beiden Hälften ihres Ich, ließen Julian am Grund zurück und zerrten Vita an die Oberfläche, wo sie atmen konnte und doch die zurückbleibende Wunde niemals heilte.

Sie lag im Bett, Harold im Anzug über sie gebeugt. Es war dunkel, nur durch die geöffnete Schlafzimmertür drang Licht.

»Was ist passiert?«, murmelte sie und versuchte sich zu orientieren. Sie war in Long Barn, es musste mitten in der Nacht sein, ihr

Bett war zerwühlt. Sie tastete mit der Hand, aber neben ihr war niemand. Keine Violet. Gott sei Dank!

»Du hast so laut gestöhnt, dass ich dachte, du fieberst. Dein Körper ist heiß. Bist du krank?«

Sie setzte sich auf. Sie war schweißgebadet und fühlte sich wie erschlagen vom traumschweren Schlaf, doch krank war sie nicht. »Ich muss geträumt haben. Seit wann bist du zurück? Wie spät ist es?«

Harold war auf irgendeiner diplomatischen Mission gewesen, sie wusste nicht einmal mehr wo genau.

»Nach Mitternacht. Ich wollte gerade zu Bett gehen, aber als ich an deiner Tür vorbeikam …«

Vita sah an ihm vorbei auf den Flur hinaus. »Bist du allein?«, fragte sie.

Harold ließ Luft aus der Nase entweichen und schüttelte den Kopf. »Natürlich bin ich das, mein Liebling.« Er küsste sie auf den Mund. »Dummer Mar.«

Den Kosenamen *Mar* hatte ihr Vater ihr als Kind gegeben, und Harold hatte ihn einfach übernommen.

»Gut«, sagte Vita und ließ sich in die Kissen zurücksinken. Harold zog ihr Laken gerade, deckte sie zu und küsste sie erneut. Als er sich zum Gehen wandte, fragte sie: »Bleibst du ein paar Minuten bei mir, bitte?«

Überrascht drehte er sich um. Seit der Geschichte mit Violet schliefen sie in getrennten Schlafzimmern. Auf dem Höhepunkt ihrer Liebe zu Violet hatte Vita Harold erklärt, dass sie fortan keinen Sex mehr mit ihm haben wollte – eine Forderung, die Violet an sie gestellt hatte. Abscheu vor männlicher Sexualität war eine von Violets Obsessionen. Zwar teilte Vita diese Abscheu keinesfalls, dennoch war es ihr nicht schwergefallen, ihre körperliche Nähe zu Harold auf das Mindestmaß zu reduzieren. Der Grund war ein anderer, für sie viel schmerzhafterer gewesen: Harold hatte sich mit Syphilis infiziert. Sein Geständnis hatte sie schockiert, mehr noch die Tatsache, dass er sich bei einem Mann infiziert hatte. Die Erkenntnis, dass Harold Männer liebte, hatte sie vollkommen unvorbereitet getroffen und ihr Weltbild auf den Kopf gestellt. Vor allem aber hatte es ihr in Bezug auf sich selbst die Augen geöffnet. In nächtelangen Gesprächen mit Harold war ihr klar geworden, dass Sexualität sehr viele Schattierungen haben konnte und ihr Hingezogensein zu Frauen, ähnlich wie Harolds zu Männern, weit mehr war als ein naives, sinnliches Spiel. Von diesem Zeitpunkt an hatte sie sich gestattet, mit Violet ihre kaum je eingestandenen Begierden auszuleben. Je öfter sie Julian wurde, je mehr Violet sie an sich fesselte, desto größer wurde jedoch auch ihre Angst, sich darin zu verlieren.

Harold hatte während dieser ganzen Zeit an ihrer Seite gestanden, und sie hatten einander nicht fallengelassen. Er war ihr über alles geliebter Hadji geworden, ihr Freund, ihr Seelenverwandter, mit dem sie jeden Gedanken teilte. Niemand außer ihm konnte verstehen, was sie zerriss, er gab ihr Halt und liebte sie so, wie sie war. Und sie ihn. Dazu gehörte auch, dass sie seine oft wechselnden Beziehungen zu Männern akzeptierte, so wie er akzeptieren würde, wenn auch sie die »Wanderlust« wieder einmal packen würde.

»Wenn du möchtest, bleibe ich auch die ganze Nacht bei dir, mein Mar«, sagte er.

»Nur für ein Weilchen, ja?«

Er legte Krawatte und Jackett über einen Stuhl, streifte die Schuhe von den Füßen und legte sich neben sie. »Was plagt dich?«, fragte er und zog sie an sich.

»Nichts Bestimmtes«, murmelte sie und kuschelte sich an ihn. Dann nach einer Weile. »Ich habe von ihr geträumt.«

»War es sehr schlimm?«

Das war das Besondere an ihm. Er wusste immer, worum es ging.

Flüsternd erzählte sie ihm, dass Violet wieder einmal angerufen hatte, sie angefleht hatte, sich mit ihr zu treffen, sogar gedroht hatte, sich umzubringen, wenn Vita sie nicht erhöre. Sie erzählte von ihrem Traum und ihrer Angst zu ersticken.

»Mein armer Mar«, sagte er und hielt sie fester. »Sie ist eine Teufelin, solche Dinge zu sagen. Es ist gut, dass du es mir erzählst.«

»Niemals will ich sie wiedersehen, du musst dir keine Sorgen machen. Es ist nur …«

»Ich weiß, mein Mar, ich weiß. Solange du deinen kühlen Kopf behältst, darfst du alles tun, was du willst. Nur Violet vernebelt dir deine Gedanken. Vor ihr musst du dich hüten. Gib sie in deine Geschichten. Lass sie lebendig werden. In Worten kann sie dir nicht schaden, dort hast du die Macht über sie.«

»Du hast so recht. Es sind nur manchmal die Träume.« Sie seufzte und gähnte gleich darauf. Ihr Kopf ruhte auf Harolds Brust, und sein gleichmäßiger Herzschlag ließ die Hitze in ihrem Körper abklingen. Was wäre wohl aus ihr geworden, wenn sie damals tatsächlich mit Violet für immer geflohen wäre? Ohne Harold, der mit Bonne Mamans finanzieller Unterstützung ein privates Flugzeug gemietet hatte, um sie aus diesem Hotel in Amiens zurück nach England zu holen, säße sie jetzt vielleicht in irgendeinem verkommenen Hinterhofzimmer, arm und von der Liebe verbraucht. Sie hätte alles zurückgelassen, Knole, Harold, Bonne Maman und ihre beiden Kinder. Wahrscheinlich auch ihre Karriere als Schriftstellerin, denn wer hätte die Ergüsse der lichtscheuen Zwittergestalt, die sie geworden wäre, veröffentlicht?

»Mrs Woolf hat mich eingeladen, sie zu besuchen«, murmelte sie noch, während sie schon wieder in den Schlaf hinüberglitt.

»Das weiß ich doch.«

»Ich möchte, dass du sie auch kennenlernst.«

»Alles, was du willst. Ich bin da.«

»Ja, das bist du«, flüsterte Vita, und dann war sie eingeschlafen.

6. Kapitel

Hogarth House, 15. Januar 1923

»Diese Lesbierinnen, sie lieben Frauen.« Virginia ließ ein Klümpchen Kandis in ihren Tee plumpsen.

»Natürlich lieben sie Frauen, was denn sonst?«

»Ich meine, *richtig* lieben.«

»Kann man falsch lieben?«

»O Clive, ich bitte dich. Du weißt, wie ich es meine.«

Clive schmunzelte.

Sie saßen am großen Tisch im Esszimmer von Hogarth House, der seiner eigentlichen Bestimmung längst zweckentfremdet worden war und in erster Linie der Sortierung und Sichtung von Manuskripten diente, die der Hogarth Press angeboten wurden. Direkt vor ihr lag Clives jüngstes Werk, das er ihr heute zum Setzen überbracht hatte. *The Legend of Monte della Sibilla.*

»Wusstest du, dass Mrs Nicolson eine Lesbierin ist?«

Clive lehnte sich im Stuhl zurück, neigte den Kopf und sah sie über den Rand seiner Brille an, die er seit einer geraumen Weile tragen musste. Sie stand ihm gut, fand Virginia, verlieh seinem sich rundenden Gesicht eine kantige Intellektualität.

»Ich hätte es ahnen können«, sagte er, »kenne sie aber noch zu wenig, um über ihr Intimleben Bescheid zu wissen.«

»Es überrascht mich, dass die Erforschung ihres Intimlebens nicht zu deinen Prioritäten gehört.«

»Diesen Forschungsgegenstand überlasse ich dir, liebste Schwägerin«, gab Clive augenzwinkernd zurück.

Virginia nippte an ihrem Tee und blinzelte kokett. »Ich habe sie zu uns eingeladen, aber nun fürchte ich mich ein wenig. Was, wenn sie mich verführt?«

Clive beugte sich vor, legte eine Hand auf die ihre und sah ihr tief in die Augen. »Wenn du sie mit diesem Blick ansiehst, wird sie es garantiert versuchen. Aber wer würde das nicht?«

»Du flirtest schon wieder!« Lachend zog Virginia ihre Hand zurück.

Mit gespielt enttäuschter Miene stand Clive auf und umrundete den Tisch, um ihr einen Kuss auf die Wange zu drücken.

»Ich muss los. Wann wirst du mit dem Setzen beginnen?«

Virginia blätterte in Clives Manuskript und tippte auf eine Stelle. »Sofort, sofern du erlaubst, dass ich deine Fehler korrigiere.«

»Fehler? Ich?«

»Jede Menge, die wenigsten davon orthographisch«, neckte sie und stand ebenfalls auf.

»Leonard hat noch eine Menge mit dem Drucken von Toms Gedicht zu tun. Aber wenn er damit fertig ist, kommt dein Text an die Reihe, versprochen.«

Tom, das war Thomas Stearns Eliot, dessen langes Gedicht, *Das wüste Land*, sie herausbringen würden. Virginia war beglückt, dass Tom ihnen sein großartiges Werk anvertraut hatte, sie hielt ihn für einen der besten Dichter der modernen Zeit und wünschte sich, er könne sich ganz der Schriftstellerei widmen. Doch Tom besaß den Mut nicht, seine Anstellung in der Bank und damit sein festes Einkommen aufzugeben, nicht zuletzt weil die Pflege seiner kranken Ehefrau große Summen verschlang. Virginia hatte einen T.-S.-Eliot-Fonds eingerichtet und warb bei ihren reichen Freunden darum, den jungen Dichter zu unterstützen, doch die Mittel des Fonds reichten längst nicht aus. Ihr war bewusst, dass Toms Gedicht kein Bestseller werden konnte, aber es war bahnbrechende Literatur, die der Welt gezeigt werden musste. Clives Werke hingegen veröffentlichten sie in erster Linie, weil sie von Clive waren. Virginia glaubte nicht, dass sie von seinem *Monte della Sibilla* mehr als nur ein paar Dutzend Exemplare würden verkaufen können.

Sie geleitete Clive zur Tür, ging weiter in den Keller und machte sich sofort daran, den Setzkasten vorzubereiten, ihre Gedanken jedoch waren von etwas ganz anderem in Anspruch genommen. Die Geschichte, die Bunny ihr über Vita erzählt hatte, beschäftigte sie nun schon seit Tagen.

Von dem Skandal um Vita und Violet Trefusis, der laut Bunny in den höheren gesellschaftlichen Kreisen für Aufsehen gesorgt hatte, war ihr nie etwas zu Ohren gekommen. Wie auch. Zwischen dem intellektuellen Bloomsbury und dem adeligen Umfeld der Sackvilles gab es so gut wie keine Berührungspunkte. Unter ihren Freunden hätte wohl auch kaum jemand mehr als ein anerkennendes Feixen für eine junge Mutter übriggehabt, die als Mann verkleidet mit ihrer Geliebten nach Frankreich floh. Immer wieder ließ sie den Abend in Vitas Wohnung an der Ebury Street vor ihrem inneren Auge vorbeiziehen, versuchte, sich an jedes Detail ihres Gespräches zu erinnern, an jeden Blick, jede Berührung. Die Vorstellung, Vita könne sich ihr auf *diese* Weise annähern, wenn sie es zuließe, schäumte wie Brausepulver in ihrem Inneren.

Ihre Hand zitterte leicht, als sie die ersten Buchstaben in den Setzkasten legte. Ihr Puls war wieder deutlich zu hoch, die Temperatur heute Morgen jedoch normal. Sie zog einen Stuhl heran und ließ sich darauf niederfallen. Stirnrunzelnd betrachtete sie ihre tintenbeschmierten Hände. Auf welch wahnwitzigen Pfaden sich ihre Gedanken da verirrten! Was sollte eine erwiesenermaßen leidenschaftliche Lesbierin in der Blüte ihrer Jahre von ihr schon wollen? Virginia fühlte sich alt, kränklich und dürr wie

Trockenobst, zu mehr als einem intellektuellen Austausch nicht zu gebrauchen. Genau den suchte die Sackville-West bei ihr vermutlich, allenfalls empfand sie ihr gegenüber eine Art kindlicher Zuneigung. Vielleicht suchte sie einen Muttersatz. *Bonne Maman*, wie Vita sie nannte, schien ja eine ausgesprochen ehrfurchtgebietende Persönlichkeit zu sein, die ihre Widersacher das Fürchten lehrte. Ob sie über Vitas Doppelleben Bescheid wusste? Und die noch spannendere Frage: Gab es auch zum jetzigen Zeitpunkt in Vitas Leben eine geheime Liebschaft? Wie sähe diese Frau aus? Groß? Klein? Schlank oder eher füllig? Ganz sicher wäre sie genauso blühend jung und schön wie Vita selbst. Warum sonst sollte sie sie berühren und gar küssen wollen? Virginia dachte an die beiden Flapper auf dem Sofa, über deren Liebesspiel sie vergeblich versucht hatte, hinwegzusehen, während Bunny ihr diese Dinge über Vita erzählte. Hatte sie, Virginia, je die Lust verspürt, jemanden zu küssen? Richtig zu küssen, egal ob Frau oder Mann?

Nein! Sie durfte solch schwülen Gedanken nicht nachgeben. Für diese Art der Liebe war sie nicht geschaffen, das hatte Vanessa einmal gesagt, und es stimmte ja auch. Allerdings hatte die Schwester es damals auf Männer bezogen. Und es war sehr lange her.

Irgendwo im Haus knallte eine Tür. Leonard kam von einer Verrichtung aus London zurück. Seine Schritte auf der Treppe. Hastig stand Virginia auf und wandte sich wieder ihrem Setzkasten zu. Es lag so viel Arbeit an und sie gab sich diesen völlig abwegigen Gedanken hin.

Leonard kam und erzählte irgendetwas von einem Angebot, das Maynard ihm unterbreitet habe. Virginia hörte Versatzstücke wie »Redaktion«, »*The Nation*«, »Zeitschrift« und »festes Gehalt«, konnte jedoch in ihren von Vita besetzten Hirnwindungen aus dem Puzzle der Worte kein klares Bild zusammensetzen. Sie sagte etwas, das Leonard wohl als zufriedenstellenden Kommentar zu seiner Mitteilung empfand, und war froh, als endlich das rhythmische Rattern der Presse erklang und dem Wirrwarr in ihrem Kopf ein Ende bereitete.

Ebury Street, Anfang Februar 1923

Um Dotties Ehe war es nicht gut bestellt. Die Freundin tauchte immer öfter ohne Vorwarnung bei Vita auf, besonders dann, wenn sie in London weilte. Harold hatte beruflich in der Stadt zu tun und so war Vita länger in Belgravia geblieben als gewöhnlich. Vita und Harold hatten selten die Gelegenheit, Zeit miteinander zu verbringen, umso mehr fühlte sich Harold von Dotties Anwesenheit gestört. Zudem glaubte er, Vita trage Mitschuld an Dotties Eheproblemen.

»Du musst dich aus ihrem Leben zurückziehen, dann wird sie schon wieder zur Vernunft kommen.«

Es war Sonntagmorgen und sie frühstückten gemeinsam, während Dottie im Gästezimmer ihren Rausch vom gestrigen Abend ausschlief. Dottie war dem Alkohol sehr zugetan und wenn sie mit George gestritten hatte, trank sie besonders viel.

»Nicht ich bin es, die sich in ihre Ehe drängt. Dottie drängt aus ihr heraus!«, widersprach Vita.

»Sie liebt dich, das ist der Grund für das Scheitern ihrer Ehe«, stellte Harold fest und faltete seine Zeitung auseinander.

»Nicht jede Ehe muss scheitern, nur weil man noch jemand anderen liebt. Sie scheitern nur, wenn man den Ehemann nicht liebt.«

Harold faltete die Zeitung wieder zusammen und legte sie beiseite. »Was für uns beide gilt, muss nicht für andere gelten. Tatsächlich ist es in den seltensten Fällen so.«

Das stimmte ganz sicher, aber Vita war nicht willens, Harold recht zu geben. Sie ärgerte sich über seinen belehrenden Tonfall. Als wüsste sie nicht selbst, dass Ehen zumeist Heuchelei waren, oder, wie in Dotties Fall, ein blutiges Schlachtfeld.

»George ist ein Ekel. Daran liegt es.«

»George ist ein kluger, warmherziger und sensibler Mann. Aber er fordert Treue ein und das ist kein Verbrechen.«

»Er ist kalt. Er liebt sie nicht und verlangt, dass sie alles tut, was er sagt.«

»Behauptet Dottie.«

»Warum sollte ich zweifeln, dass sie die Wahrheit sagt?«

Harold stützte die Arme auf und sah sie eindringlich an. »Du brauchst ihre Liebe viel zu sehr, um der Wahrheit ins Auge blicken zu können.«

Vita schob unwirsch ihren Teller von sich. »Ich liebe sie nicht.«

»Das mag sein. Aber es gefällt dir, dass sie dich liebt.«

»Ich kann das arme Geschöpf doch nicht vor die Tür setzen!«

Harold seufzte. »Nein«, sagte er. »Aber du darfst sie nicht ermutigen, hörst du? Zeige ihr klar die Grenzen deiner Zuneigung.« Er nahm seine Zeitung wieder auf und begann darin zu lesen.

Vita trommelte mit den Fingerspitzen auf die Tischplatte. Harolds sanfte, aber bestimmte Art, Forderungen an sie zu stellen, brachte sie auf. Er war so besonnen, geriet nie in derlei Schlamassel wie sie und drang unfehlbar zu den Stellen vor, die sie selbst lieber unberührt lassen würde. Natürlich war ihr bewusst, dass Dottie sie liebte, verzweifelt sogar, und es mochte wohl sein, dass ihre Eheprobleme auch daher rührten. Aber war nicht jeder für sich selbst verantwortlich? Vita wollte mit diesem Ehedrama nichts zu tun haben, das würde sie Dottie sagen, aber sie von sich stoßen? Auf gar keinen Fall. Sie schlief ja nicht einmal mit Dottie, ließ sich also nicht das Geringste zuschulden kommen.

»Ich will wegen Dottie nicht in Streit mit dir geraten«, sagte sie nach einer Weile.

»Wir streiten doch nicht«, murmelte er hinter seinem *Observer*. Die Schlagzeilen auf dem Titelblatt schrien ihr etwas von Hungermärschen und Aufständen von Arbeitern entgegen, die sich gegen Lohnkürzungen und Entlassungen wandten. Mit steigender Arbeitslosigkeit nahmen die Unruhen im Land besorgniserregend zu. Die Unruhe in ihrem Inneren beschäftigte Vita jedoch viel mehr. Sie kannte dieses Gefühl nur zu gut, ein nicht auf Nahrung gerichteter Hunger, eine fiebrige Unrast, die weder Harold noch Dottie zu besänftigen vermochten und gegen die auch das Schreiben nichts ausrichten konnte.

»Gut.« Sie blickte aus dem Fenster. Es war ein freundlicher Morgen, kalt, aber mit vielversprechendem Licht. Sie wollte, dass es ein schöner, ein besonderer Tag wurde. »Hast du Pläne für heute?«, fragte sie.

»Nein«, kam es von hinter der Zeitung. »Es ist Samstag und ich hatte mich auf einen Tag nur mit dir gefreut.« Harolds strenger Blick erschien kurz über dem Rand des *Observer*. »Ohne Dottie.«

»Ich habe eine Idee.«

Er brummte.

»Hörst du mir zu?«

»Natürlich, immer.«

Vita stand auf und nahm ihm die Zeitung aus der Hand. »Wir lassen Dottie einfach schlafen und unternehmen einen Ausflug nach Richmond.«

»Aber was sollen wir in Richmond?«

»Wir statten Mrs Woolf einen Besuch ab.«

Harold runzelte die Stirn. »Sind wir denn eingeladen?«

»Nein. Aber das macht nichts. Wir überraschen sie. Mrs Woolf hat gesagt, sie würde sich freuen, wenn ich sie besuche. Also machen wir das heute.«

An diesem Morgen ließ sich Virginia Zeit mit dem Aufstehen. Der kurze Check nach dem Aufwachen hatte ergeben, dass Puls und Temperatur normal waren. Hinter ihr lag eine ruhige Nacht und vor ihr ein von lästigen Terminen unbefleckter Samstag. Leonard wollte heute mit dem Druck von Clives *Monte Sibilla* beginnen und würde gewiss nicht vor dem Lunch aus dem Druckraum kommen. Außer Leonard war niemand im Haus und so konnte sie sich ganz dem lustvollen Lesen und ihren spontanen Einfällen überlassen.

Sie öffnete das Fenster einen Spalt, nahm den dritten Band von Prousts *Auf der Suche nach der verlorenen Zeit* von ihrem Bücherstapel und kroch zurück ins Bett. Für Prousts Mammutwerk brauchte sie Muße, aber die hatte sie ja heute. Die Kissen zurechtgeklopft, die Decke um sich geschlungen und den Bleistift zurechtgelegt, um besondere Passagen zu markieren – so durfte ein Samstag beginnen.

Sie hatte kaum zwei Seiten gelesen, da erklang draußen das Knattern eines herannahenden Motors, das unmittelbar vor ihrem Fenster erstarb. Hier draußen fuhr so selten ein Automobil vorbei, dass das Geräusch sie sofort aufschreckte. Autotüren wurden geöffnet und fielen lautstark zu. Vermutlich bekamen die Nachbarn Besuch. Einen frühen Besuch, wie sie mit Blick auf die Uhr feststellte. Kaum hatte sie den Gedanken zu Ende gedacht, schrillte die Türglocke. Virginia hasste dieses gedankenzerfetzende Geräusch, ein sanftes Läuten jedoch wäre über das Rattern der Presse nicht zu hören gewesen. Der Ton fuhr ihr wie ein elektrischer Schlag durch die Glieder.

Mit einem Satz war sie aus dem Bett und am Fenster. Über die Grundstücksmauer hinweg konnte sie nicht sehen, wer da gekommen war, doch es dauerte nicht lange und Leonard eilte im Arbeitskittel aus dem Haus, um die Pforte zu öffnen. Ein Pelzmantel, ein pelzbesetzter Hut und eine teure Handtasche. Eine Hand, die sich Leonard entgegenstreckte. Vita! Hastig zog Virginia den Vorhang zu. Durch einen Stoffspalt beobachtete sie, wie ein Mann in elegantem Anzug hinter Vita durch die Pforte trat und seinen Hut lüftete. Blond und schmächtig, Brille und auf dem Kopf ausdünnendes Haar. Das musste Mr Nicolson sein. Was gesprochen wurde, hörte Virginia nicht, aber an Leonards hochgezogenen Schultern und seinen fahrigen Bewegungen konnte sie erkennen, dass die Situation ihn überforderte. Und sie erst. Sie musste sich ankleiden. Nein, erst waschen. Die Haare, o Gott, wie sah sie am Kopf aus! Sie hatte sie waschen wollen, aber dafür war es zu spät. Schnell ein paar Haarnadeln, den Waschlappen durch das Gesicht und anziehen. Aber was? Schon hörte sie Stimmen im Untergeschoss, Stühlerücken. Hoffentlich hatte Leonard die beiden nicht ins Esszimmer gebeten, dort stand alles voller Kartons mit Eliots fertig gedruckten Gedichten, Manuskripte auf dem Tisch verteilt, möglicherweise noch das Teegeschirr von gestern, weil Nelly seit gestern Nachmittag frei hatte.

»Virginia!«, tönte es von unten. Leonards Tonfall war ungehalten.

»Ich komme, ich muss nur eben noch …« Sie riss irgendeinen Rock aus dem Schrank, eine Bluse, ein paar Strümpfe. Auf der Treppe kam ihr Leonard entgegen, die Haare wild, Ärger im Blick.

»Warum hast du nicht gesagt, dass du sie für heute eingeladen hast?«, zischte er.

»Habe ich nicht«, fauchte sie zurück. »Hast du sie etwa ins Esszimmer …?«

»Im Salon ist es kalt«, schnappte er und wand sich aus seinem Kittel. »Geh zu ihnen. Ich mache den Kamin an.«

Die beiden standen noch im Mantel inmitten der Kartons und blickten ihr betreten entgegen.

»Ich fürchte, unser Besuch kommt zur Unzeit«, sagte Vita und kam mit ausgestreckten Händen auf Virginia zu.

»Aber nein, gar nicht!«, winkte Virginia ab. »Es ist wundervoll, dass Sie uns einen Besuch abstatten. Leonard arbeitet ohnehin viel zu viel und ich langweilte mich gerade mit Prousts *Auf der Suche nach der verlorenen* … Setzen Sie sich doch, ich hole nur schnell ein Tablett, um …«

Sie lief in die Küche, fluchte, weil Nelly nicht da war, und durchsuchte die Schränke nach etwas Essbarem, was sie den Nicolsons anbieten könnte. Sie fand eine Packung Kekse und kehrte damit zurück ins Esszimmer.

Die beiden standen noch immer unschlüssig im Raum. Hastig befreite Virginia vier Stühle von Bücherkisten und Papierstapeln.

»Vita erzählte mir, dass Sie Bücher verlegen«, sagte Harold. »Eine interessante Arbeit.«

Virginia hielt inne und sah ihn an. Keine Spur von Ironie, er meinte es ganz so, wie er es sagte.

»Ja, ja, durchaus«, sagte Virginia. »Legen Sie die Mäntel einfach auf einen Stuhl. Und bitte, nehmen Sie Platz.«

Beide setzten sich, falteten die Hände übereinander und sahen sie erwartungsvoll an. Virginia strich mit den Händen ihren Rock glatt.

»Ich muss mich für das Durcheinander entschuldigen, aber unsere Arbeit ist wie Efeu. Sie wuchert überall hinein«, sagte sie und zeigte auf die Manuskriptstapel, die sie in eine Ecke des Tisches geschoben hatte.

»Efeu, ja«, sagte Vita. »Damit plagen wir uns in Long Barn auch, nicht wahr Harold?«

»Man muss systematisch vorgehen«, sagte Harold. »Ich habe Rankrosen gepflanzt. Dazu ein paar Stauden. Das sieht sehr schön aus. Von Efeu keine Spur mehr.« Mr Nicolson hatte ein freundliches Lächeln, die vielen Lachfältchen sprachen für ein sonniges Gemüt, aber neben Vita wirkte er wie wässrige Milchsuppe.

»Er ist ein wundervoller Gärtner«, sagte Vita und legte ihrem Mann eine Hand auf den Arm. »Der Garten in Long Barn war völlig verwildert und nun …«

Sie beschrieb ihren Garten, zählte die Rosensorten auf, die darin wuchsen, und lobte Harolds gartenplanerisches Talent. Heute trug sie weder die Perlenkette noch eine schillernde Bluse. Das Grau ihres biederen Kostüms erinnerte Virginia an eine der Tauben, die vor wenigen Tagen vor ihrem Fenster verendet war. Ihr Oberlippenbärtchen trat heute besonders hervor. Möglich, dass sie sogar ein wenig blasser war als sonst. Sie war ganz die Diplomatengattin.

Virginia war so irritiert über diese Verwandlung, dass sie kaum zuhören konnte, was die beiden sagten. Jetzt hatte Vita ihr eine Frage gestellt, aber welche nur? Um sich keine Blöße zu geben, sagte sie zögerlich: »Ja, durchaus.«

»Dann haben wir noch etwas gemein. Ich werde Ihnen ein paar von meinen Tulpenzwiebeln geben, sie blühen wirklich wunderschön und Sie können sie jetzt noch einsetzen, es ist nicht sehr kalt. Nicht wahr, Harold, das kann sie doch?«

Virginia schielte zur Tür, aber von Leonard keine Spur. Dann fiel ihr Blick auf das Teegeschirr, das immer noch auf dem Sideboard stand.

»Oh, ich wollte doch … Entschuldigen Sie mich!«

Sie rannte in den Salon, wo Leonard inzwischen ein kräftig lodderndes Feuer entzündet hatte.

»Lass mich nicht allein mit ihnen«, zischte sie. »Du weißt, dass ich dieses Small-Talk-Ding nicht kann.«

»Du kennst sie aber doch!«

»Sie reden über Rosen und Tulpenzwiebeln! Was denkt sie sich überhaupt, einfach so hier aufzukreuzen?«

»Gar nichts vermutlich«, sagte Leonard und schob Virginia aus dem Zimmer. »Nun geh zurück, ich komme gleich.«

Virginia war heilfroh, als Leonard endlich zu ihnen stieß und mit seiner souveränen Weltgewandtheit das sich mühsam dahinschleppende Gespräch über Blumenzwiebeln und das Wetter in eine andere Richtung lenkte. Er sprach über die beunruhigende Lage auf dem Kontinent, wo Frankreich das Ruhrgebiet, das industrielle Herz des Deutschen Reiches, besetzt hielt, weil Deutschland den hohen Reparationsforderungen durch die Siegermächte nicht mehr nachkommen konnte. Sie beobachtete Mr Nicolson, der in dieser Diskussion über Außenpolitik an Größe zu gewinnen schien. Seine Ansichten waren kenntnisreich und klug, und Virginia musste eingestehen, dass er längst nicht so schuljungenhaft und einfältig war, wie sie es auf den ersten Blick vermutet hatte. Vita hingegen schien in dem Maße zu verblassen, wie er an Farbe gewann. Sie saß schweigend neben ihm, nickte von Zeit zu Zeit zustimmend, ohne jedoch den Eindruck zu erwecken, dass die Weltpolitik sie sonderlich interessiere. Sie knabberte an einem der Kekse, die Virginia vor sie hingestellt hatte, und lächelte nur manchmal in ihre Richtung. Wo war die schillernde Aristokratin geblieben, die ihre Phantasien erregt, sich an jeden ihrer Gedanken geheftet hatte? Wo die verruchte Lesbierin, die durch ihre

Träume gegeistert war? War an den Klatschgeschichten am Ende gar nichts dran?

Virginia warf einen verstohlenen Blick auf die Uhr. Es wurde bald Zeit für das Mittagessen, doch sie konnte ihren Gästen nichts anbieten. Üblicherweise gingen sie und Leonard an Nellys freien Samstagen zum Lunch in ein nahe gelegenes Restaurant, doch die beiden machten keine Anstalten, ihren Besuch so bald beenden zu wollen.

»Haben Sie noch weitere Pläne für den Tag?«, fragte sie schließlich.

Vita sah Harold an. »Haben wir?«

Virginia fürchtete schon, er würde ihre Frage als Einladung missverstehen, doch sein Blick flackerte kurz zu Leonard, dann zog er seine Uhr aus der Brusttasche und sagte: »Wir müssen aufbrechen. Wir wollten ein wenig übers Land fahren, man hat so selten die Gelegenheit, das zu tun.«

Virginia sah Enttäuschung in Vitas Blick, aber sie sagte: »Wie recht du hast, Darling. Es muss Jahre her sein. Wir haben Sie beide auch schon viel zu lange belästigt.«

»Ich bitte Sie«, flötete Virginia. »Es war uns eine Ehre.«

Sie tauschten Höflichkeiten aus und versicherten einander, sich recht bald zu einem Dinner treffen zu wollen. Als sie endlich aufbrachen, sagte Vita plötzlich: »Ach, was ich Sie fragen wollte: Erlauben Sie mir, Sie für eine Aufnahme im PEN-Club zu empfehlen? Es ist wirklich ein sehr reizendes Ambiente dort und Sie wären ein großer Gewinn für die Gesellschaft.«

Virginia glaubte, sich verhört zu haben. Der PEN-Club war ein Kreis verknöcherter, rückwärtsgewandter alter Männer, die nur ein Interesse hatten: junge Schriftsteller mit frischen Ideen auszubremsen, um ihre längst überholten Ansichten und ihre eigene verstaubte Literatur ins Rampenlicht zu setzen. Der PEN war gleichbedeutend mit allem, was ihr im Literaturbetrieb verhasst war, und wenn die Sackville-West auch nur ein Körnchen Verstand in ihrem hübschen Köpfchen hätte, würde sie ihr eine solche Frage niemals stellen.

»Wissen Sie«, sagte Virginia und rang sich ein Lächeln ab. »Ich verbringe meine Abende sehr gern mit einem Buch vor dem Kamin oder unter Freunden.«

»Es sind immer sehr nette Treffen. Wir könnten zusammen dort speisen und den ein oder anderen Vortrag anhören. Ach bitte, Virginia, es würde mir eine solche Freude bereiten.«

Wenn sie einen so ansah, konnte man wirklich meinen, einen Hund vor sich zu haben. Bestimmt passte sie gut in diese Gesellschaft von Möchtegern-Literaten.

Leonard hielt Vita den teuren Pelzmantel hin und während sie hineinschlüpfte, sagte sie: »Es kostet auch nur eine Guinee im Jahr.«

»Wirklich?«, fragte Virginia und reichte ihr den pelzbesetzten Hut. »Das könnte ich mir so gerade eben leisten, aber schon an der passenden Kleidung für die Dinnergesellschaften könnte es hapern. Daher muss ich Ihr Angebot leider ausschlagen. Aber berichten Sie mir gerne, was es für spannende Neuheiten in der Welt der Literatur gibt, wenn sie das nächste Mal dort waren.«

»Schade«, sagte Vita ohne eine Spur von Verstimmung. Vielleicht war sie sogar zu dumm, die Ironie wahrzunehmen.

Als die Pforte zur Straße endlich hinter ihnen zufiel, sagte Leonard: »Ich dachte, ihr versteht euch gut?«

»Diese Aristokratinnen verstehen sich gut darauf, uns mit ihrem Glanz zu blenden.«

»Er scheint ein netter Kerl zu sein.«

»Nett«, sagte Virginia und verzog das Gesicht, als hätte das Wort einen ekligen Geschmack. »Sie sind beide sehr *nett*, nicht wahr?« Ohne Leonards Antwort abzuwarten, stürmte Virginia zurück in ihr Zimmer, um sich nun doch endlich gründlich zu waschen.

»Ist sie nicht reizend?«, fragte Vita, als Harold den Rolls-Royce die Paradise Road hinuntersteuerte.

Harold sah sie mit hochgezogenen Brauen an. »Nun«, sagte er zögernd. »Sie waren wenig erfreut über unseren Besuch.«

»Ach was. Wir haben sie ein bisschen überrumpelt, aber ich finde Mrs Woolfs Kopflosigkeit ganz bezaubernd.«

Harold wiegte den Kopf. »Irgendetwas an deiner Einladung zum PEN hat sie geärgert.«

»Vielleicht«, sagte Vita und blickte versonnen aus dem Fenster. »Sie hat etwas Furchteinflößendes, wenn sie sich ärgert, nicht wahr?«

Harold schwieg. Erst als er anhielt, um zwei Fußgängern den Vortritt zu lassen, die die Straße queren wollten, sah er sie an und sagte: »Spiel nicht mit ihr. Sie ist zu klug, um dich nicht zu durchschauen.«

»Das tue ich nicht. Ich bewundere sie.«

»Ich hoffe, dass es dabei bleibt.« Er trat auf das Gaspedal und das laute Knattern des Motors ersparte Vita eine Antwort.

7. Kapitel

46, Gordon Square, Ende Februar 1923

»Jede menschliche Schwäche ist verzeihlich, nur die Dummheit nicht.« Virginia saß auf einem Stuhl in Maynards Salon und alle Augen waren auf sie gerichtet.

Es war Donnerstagabend und sie waren zu einem Treffen des Memoir Clubs zusammengekommen. Den Memoir Club hatte Molly McCarthy im März 1920 ins Leben gerufen, um den alten Bloomsbury-Geist wiederzubeleben. Dem Club gehörten nur die engsten Freunde aus den ersten Jahren am Gordon Square an, und sie kamen, wie in alten Zeiten, an unregelmäßigen Donnerstagabenden im Haus Nummer 46 zusammen, um über ein vorgegebenes Thema zu diskutieren und so Thoby, Virginias und Vanessas verstorbenen Buder, in Gedanken in ihre Mitte zu holen. Das oberste Gebot bei diesen Treffen war, immer und unter allen Umständen die Wahrheit zu sagen. Bei einem der ersten Treffen hatte Virginia einen Text über ihr Leben am Hyde Park Gate vorgelesen und den Freunden offenbart, welche Rolle ihr Stiefbruder George in ihrer Jugend gespielt hatte. Sie erinnerte sich noch sehr genau an die Stille nach ihrem Bekenntnis, dass George oft abends zu ihr ins Zimmer gekommen war, um sich zu ihr zu legen. Sie wusste nicht mehr, warum sie das damals erzählt hatte. Vielleicht ein Versuch, die Geister ihrer Vergangenheit zur Ruhe zu betten, indem sie sie ans Licht zerrte. Doch solange noch so vieles andere unangetastet in den Nischen ihrer Erinnerung lag, konnte es diese Ruhe nicht geben.

Heute hatte Clive Virginia genötigt, vor allen anderen zu erklären, was sie von ihrer neuen Bekanntschaft Vita Sackville-West hielt.

»Vielleicht stimmen deine Maßstäbe in dieser Hinsicht nicht. Ich finde sie alles andere als dumm«, widersprach Clive.

»Sie hat mich gebeten, dem PEN-Club beizutreten!«

»Unverzeihlich«, sagte Lytton.

»Passt ins Bild«, sagte Vanessa, die eben erst aus Südfrankreich zurückgekehrt war. Unbeschwert wie ein Zugvogel saß sie neben Duncan auf der Sessellehne und blies zarte Rauchkringel in die Luft. Sie hatte ein paar Landschaftsbilder mitgebracht, die sie und Duncan in ihrer Villa in Cassis gemalt hatten. Sie lehnten hinter ihr an der Wand und schienen einen Duft von Zitronen und Lavendel im Raum zu verbreiten.

»Was hast du erwartet«, fragte Maynard. »Für sie ist die Mitgliedschaft im PEN das höchste an kultureller Auszeichnung, die einem Schriftsteller zuteilwerden kann.«

»Ebendarum«, sagte Virginia. »Hätte sie mir zugehört, als ich über Literatur sprach, wüsste sie doch, worum es mir geht.«

»Du sprichst über Literatur, aber sie versteht nur die Sprache von Glanz und Glamour«, behauptete Vanessa.

»Ihr tut ihr Unrecht«, sagte Clive. »Ich denke nicht, dass sie so oberflächlich ist, wie ihr behauptet. Und du«, er schubste Vanessa von der Sessellehne und zog ihr einen Stuhl heran, »kennst sie nicht einmal persönlich. Der Sessel ist neu bezogen«, schob er hinterher, als Vanessa ihn empört ansah.

»Vielleicht dürfen wir nicht vergessen, wie jung sie noch ist«, sagte Molly, die immer in jedem Menschen das Gute suchte. »Ich würde sie gern kennenlernen. Lade sie doch einmal zu einem Donnerstagabendtreffen ein, Clive.«

Clive sah Virginia fragend an. »Wollen wir sie den Löwen zum Fraß vorwerfen?«

Virginia zögerte. Auch wenn Vita nach ihrem unseligen Besuch im Hogarth House viel von ihrem Reiz verloren hatte, wollte sie das arme Ding keiner peinlichen Zurschaustellung ihrer geistigen Unterlegenheit aussetzen. Insbesondere Lytton konnte gnadenlos sein, wenn ihm neu eingeführte Gäste missfielen.

»Wirst du dabei sein«, fragte sie Lytton.

»Aber gewiss doch.« Er nahm seine Brille ab und putzte sie gründlich. »Mit dem allergrößten Vergnügen.«

»Nun denn«, sagte Virginia mit einem unguten Gefühl in der Magengrube. »Sie ist alt genug, ihre Zähne zu zeigen. Lädst du sie ein, Clive?«

»Sollte nicht Maynard …«

»Du kennst sie, du lädst sie ein«, wehrte Maynard ab.

»Wie ihr wollt«, sagte Clive und sah besorgt dabei aus.

46, Gordon Square, 15. März 1923

Das Haus von Maynard Keynes am Gordon Square war hell erleuchtet, als Vita und Harold mit ihrem Rolls-Royce vorfuhren. Harold hatte sich sehr gefreut, dass Vita von Clive Bell zu einem Dinner bei Mr Keynes eingeladen worden war, immerhin kannte er den berühmten Mathematiker und Politikberater seit der Versailler Friedenskonferenz persönlich. Er bewunderte ihn für seine konsequente Haltung auf der Konferenz und seine kluge Analyse zu den wirtschaftlichen Folgen des Friedensvertrages. Schon jetzt zeichne sich ab, so behauptete Harold, dass Maynard Keynes mit seinen Warnungen richtiggelegen hatte, und er freute sich, ihm das heute sagen zu können.

Vita war er ein wenig nervös. Nach ihrem Spontanbesuch im

Hogarth House hatte sie von Virginia nichts mehr gehört oder gelesen und es wurmte sie ein wenig, dass die Einladung zum heutigen Dinner nicht von ihr, sondern von Clive kam, obwohl Virginia bei dem Dinner ebenfalls anwesend sein würde.

Harold war erst spät von einer Besprechung zurückgekehrt und so waren sie die Letzten, die am Gordon Square eintrafen. Im Salon saß eine Menge fremder Menschen, sie lachten und redeten laut durcheinander. Als ihr Gastgeber sie erblickte und willkommen hieß, verstummte das Gelächter und alle Blicke richteten sich auf sie.

Vita war auf unzähligen Dinnergesellschaften zu Gast gewesen, hatte als einzige Tochter der vielbewunderten Lady Sackville oft im Mittelpunkt des Interesses gestanden, doch wohlgefühlt hatte sie sich bei diesen Anlässen nie. Über die Jahre hatte sie sich ein öffentliches Lächeln antrainiert, das sie in Verbindung mit ein paar zurechtgelegten Sätzen gut durch solche Abende bringen konnte. Doch dies hier war nicht die Dinnergesellschaft einer Lady Soundso oder der Empfang bei einem Lord Vonundzu. Es war Bloomsbury mit seiner geballten Intellektualität, und die neugierigen Blicke, die sich auf sie richteten, ließen keinen Zweifel daran, dass sie als Virginias neue Bekanntschaft von allen unter die Lupe genommen werden sollte. Sie suchte nach Virginias schmalem Gesicht, doch es war Clive, der sie aus den ersten Sekunden der Verlegenheit rettete. Während Harold noch mit Maynard die üblichen Begrüßungsfloskeln austauschte, drückte Clive ihr ein Glas Champagner in die Hand und zog sie mit sich.

»Sie sind alle furchtbar neugierig und schrecklich anstrengend«, flüsterte er. »Lassen Sie sich nicht verunsichern, vor allem nicht von Lytton«, und etwas lauter: »Wir freuen uns, dass Sie da sind.« Natürlich hatte Vita von Lytton Strachey gehört, hatte sogar seine Biographie über Königin Victoria gelesen, doch begegnet war sie ihm nie. Sie sah sich neugierig im Raum um und da wuchs auch schon ein sehr langer, sehr dünner Mann in zerknittertem Jackett und offenem Hemdkragen vor ihr auf, vollbärtig und mit einer arroganten Fistelstimme, die sämtliche Gespräche im Raum übertönte.

»Ein neues Gesicht in unserem Kreise, ein adeliges noch dazu. Wir fühlen uns über die Maßen geehrt«, rief er und vollführte eine übertriebene Verbeugung. Machte er sich lustig über sie? Gerne hätte sie eine schlagfertige Antwort gegeben, seine Erscheinung jedoch war einschüchternder als jedes Wissen um seine geistige Brillanz. Sein Blick von oben herab und die übertriebene Betonung seiner Vokale ließen sie innerlich zusammenschrumpeln. Sie tat, was ihre gute Erziehung sie gelehrt hatte, und streckte ihm den Handrücken entgegen, doch er winkte ab: »Keine Förmlichkeiten bitte. Ich bin ein wenig aus der Übung.«

»Ganz wie es Ihnen beliebt«, sagte Vita steif und wünschte sich in eine ferne Ecke des Universums.

»Ungehobelt ist er«, hörte sie da eine vertraute Stimme aus einer Ecke und sie ließ erleichtert von Lytton Strachey ab. Virginia saß auf dem Sofa neben einer Frau mit ebenmäßigen Zügen und weit auseinanderstehenden hellgrauen Augen. Ihr unmodisch weit geschnittenes Kleid in verwaschenem Rot hatte etwas Bäuerliches, und doch strahlte sie große Souveränität und Weltgewandtheit aus. Selten hatte Vita eine Frau gesehen, die ohne jede künstliche Verzierung so schön war.

Virginia winkte sie zu sich und rückte ein Stückchen beiseite, um ihr Platz zu machen.

»Meine Schwester Vanessa«, sagte sie und die Frau im roten Kleid streckte die Hand zu ihr aus. »Willkommen«, sagte sie, lächelte ohne Wärme und wandte sich gleich wieder ihrem Sitznachbarn zu, einem blassen, schmächtigen Mann mit sehr leiser

Stimme und schlecht sitzendem Anzug, den Virginia ihr als Saxon Sidney Turner, einen der besten Opernkenner Londons vorstellte.

»Lieben Sie die Oper?«, fragte Virginia. »Sie können Saxon alles fragen, er ist ein wandelndes Opernlexikon.«

»Ich gehe sehr gern ins Theater«, sagte Vita ausweichend.

»Und die Oper?«

»Nicht so sehr, ich habe wenig Ahnung davon.«

»Bedauerlich, aber dem können wir Abhilfe schaffen. Vanessa, überlasse doch Saxon deinen Platz, Vita hat ein paar Fragen an ihn.«

Wollte Virginia sie bloßstellen? Vita fühlte sich immer unwohler.

»Ich wollte sowieso gerade Molly zu ihrem Besuch bei Lady Ottoline befragen«, sagte Vanessa und stand auf. »Sie müssen wissen, ich war einige Wochen in Südfrankreich und bin überhaupt nicht mehr über die neuesten Klatschgeschichten in der Gesellschaft unterrichtet.«

Virginia und Vanessa brachen in lautes Gelächter aus und Vita lachte aus Höflichkeit mit, wusste jedoch nicht, was die beiden so erheiterte. Schließlich fand sie sich neben dem stillen, blassen Opernexperten Sidney Turner wieder, dem nach einem kurzen, belanglosen Wortwechsel ebenso der Gesprächsstoff ausging wie ihr. Sie schielte zu Harold hinüber, der neben Mr Keynes und Lytton Strachey mit seiner doppelreihigen Anzugjacke, Krawatte und den scharfen Hosenbügelfalten steif und fehl am Platze wirkte.

Auch während des Dinners wurde es nicht besser. Vita saß zwischen Lytton und Virginia, die sich gegenseitig die Gesprächsbälle zuspielten, bald über die moderne Dichtung fachsimpelten und im nächsten Augenblick ganze Passagen aus irgendeinem griechischen Epos zitierten. Die Themen wechselten so schnell, dass Vita nur stumm dabeisitzen und von Zeit zu Zeit durch ein Nicken oder verkrampftes Lächeln Interesse heucheln konnte. Sie fühlte sich immer mehr wie das einsame kleine Mädchen, das in Schloss Knole die Ahnengalerie durchwandert hatte, voller Ehrfurcht angesichts der Grandeur ihrer Vorfahren, hineingeboren in eine Familie, die ebenso prachtvoll wie gefühlskalt war. Damals hatte sie sich in ihre eigenen Phantasiegeschichten geflüchtet, heute konnte sie nur den Strom an Bonmots, brillanten Analysen und literarischen Anspielungen an sich vorbeiziehen lassen und hoffen, dass der Abend bald vorüber wäre.

Lytton spottete über Autoren, die Vita aus dem PEN-Club kannte und sehr schätzte. Als sie ihm das sagte, fragte er, was es Interessantes aus den Reihen der PEN-Mitglieder zu hören gäbe.

Vitas Gesicht spannte, als hätte sich ein feiner Frostfilm über ihr Lächeln gelegt. »Ich war seit Längerem nicht mehr dort«, sagte sie.

»Wie schade«, sagte Lytton. »Aber mit Virginia haben Sie die Lebensader der Literatur entdeckt. Der PEN-Club wird Sie darum beneiden.«

»Meine Bewunderung für Virginia ist ohne jeden Eigennutz«, gab Vita kalt zurück. So gescheit, wie dieser Mr Strachey sein mochte, er war ein arrogantes Ekel und sollte nicht glauben, dass sie so dumm war, seine feinen Spitzen nicht wahrzunehmen.

»Haben Sie Eliots Gedicht schon gelesen, Vita?«, schaltete sich jetzt Virginia ein.

»Eliot?«

»Thomas Eliot, unsere jüngste Entdeckung. Sie hätten beinahe auf seinen Büchern Platz genommen, als Sie bei uns waren.«

»Der Dichter, der sich wie Efeu in Ihr Leben rankt, richtig, ich entsinne mich. Nein, leider hatte ich das Vergnügen noch nicht.«

»Lesen Sie ihn, bitte«, sagte Virginia. »Sie werden ihn zu schätzen wissen, schließlich sind Sie selbst eine große Dichterin.«

Vita sah Virginia argwöhnisch an. Inzwischen war sie so verunsichert, dass sie hinter jedem Satz Spott und Ironie vermutete.

»Meine Gedichte sind eher traditionell – so wie auch meine literarischen Vorlieben.«

»Gedichte sollten sich also reimen?«, fragte Lytton.

»In meinen Gedichten lege ich Wert auf Reime, ja«, entgegnete Vita, ohne den Blick von dem Karamellpudding auf ihrem Teller zu heben. Hitze war ihr in die Wangen gestiegen, etwas, was ihr nur äußerst selten passierte. Über ihre Romane zu sprechen, bereitete ihr selten Schwierigkeiten, sie tat es meist sogar mit einer gewissen Selbstironie. Die eigenen Gedichte jedoch lagen so nah an der zerbrechlichsten Stelle ihrer Seele, dass daran zu rühren bei ihr einen intensiven Fluchtinstinkt auslöste. Aus diesem Raum jedoch gab es kein Entrinnen, sie saß gefangen zwischen harten, fordernden Intellektuellen, die in ihrem Streben nach Erkenntnis keine Rücksicht auf Empfindsamkeiten nahmen.

Clive hatte das Gespräch verfolgt und sprang ihr zur Seite. »Eine große Kunst, die sie zur Vollkommenheit beherrscht.«

»Es ist wahr«, sagte Virginia. Sie sprach an Vita vorbei mit Lytton, der mit geneigtem Kopf lauschte. »Ich liebe ihre Gedichte. Sie verknüpft hohe Sensibilität mit sprachlicher Virtuosität. Traditionell vielleicht, aber von einer berührenden, tiefen Wahrhaftigkeit.«

Ihre Worte legten sich warm über den Rest des Abends, der jedoch den tiefen Graben zwischen ihr und diesen Leuten nicht zu verkleinern vermochte. Vita fand kaum noch eine Gelegenheit, sich an den lebhaften Gesprächen über Kunst, Politik, große philosophische Ideen und natürlich immer wieder über die richtige Art der Literatur zu beteiligen, und irgendwann versuchte sie es auch gar nicht mehr. Hier in diesem Haus war sie die Außenseiterin, die ungebildete Aristokratin, die für all das stand, was diesen Menschen verachtenswert schien. Nur Clive versuchte von Zeit zu Zeit, sie ins Gespräch zu ziehen. Mehr zählten jedoch Virginias

Gesten; eine Hand, die sie ihr auf den Arm legte, eine Zuckerdose, die sie ihr reichte. In ihren Blicken lag Besorgnis, Wärme und manchmal auch ein Lächeln, mit dem sie um Vergebung zu bitten schien. Gern hätte Vita ihr gesagt, dass es für Vergebung keinen Anlass gab und die Verschiedenheit der Welten, in denen sie lebten, von geringer Bedeutung für ihre Zuneigung zu ihr war. Doch solche Worte hätten einen unsichtbaren Schutzwall niedergerissen, diese Mauer der Intellektualität, den Virginia um sich herum gezogen hatte. Ob er schon immer da gewesen war oder ob Virginia ihn eigens gegen sie errichtet hatte, vermochte Vita nicht zu ermessen. Es wäre spannend, das herauszufinden.

Auch Harold war mit fortschreitender Stunde immer schweigsamer geworden und Vita war froh, als er kurz nach dem Dinner erklärte, er müsse am nächsten Morgen früh zu einer Reise aufbrechen und die Gesellschaft so bedauernswerterweise schon verlassen. Die Verabschiedung verlief ebenso kühl wie die Begrüßung, nur Virginia zog Vita ein Stück beiseite und sagte leise: »Sie haben uns alle sehr tapfer ertragen. Ich wünsche, dass Sie bei unserer nächsten Begegnung weder auf Bücherkisten sitzen noch sich mit dieser Sippe hier herumschlagen müssen.« Sie wies unauffällig in Richtung Kamin, um den herum sich die anderen gruppiert hatten. Die schöne Vanessa blickte in ihre Richtung.

»Ich habe gar nichts gegen Bücherkisten, im Gegenteil«, flüsterte Vita. Dann lauter: »Es war ein sehr aufschlussreicher Abend für mich. Vielleicht möchten Sie auch meine Sippe einmal kennenlernen? Sie hängt in Schloss Knole an den Wänden, ist allerdings nicht sehr gesprächig.«

»Sehr gern sogar. Schreiben Sie mir, liebe Vita?«

»Wären meine Briefe denn willkommen?«

»Bitte zweifeln Sie nicht daran. Ich bin eine leidenschaftliche Briefschreiberin.«

»Wir haben, bei allen Unterschieden, doch sehr viele Gemeinsamkeiten«, sagte Vita noch, bevor sie Harold zur Tür hinaus folgte. Eine Antwort auf Virginias Frage jedoch blieb sie schuldig.

»Du willst sie wiedersehen?«, fragte Vanessa, nachdem Vita und Harold gegangen waren und Virginia sich wieder zu ihr setzte.

»Du hast uns also belauscht.«

»Keineswegs. Aber ihre Einladung nach Knole war nicht zu überhören.«

»Möchtest du mitkommen?«

»Auf keinen Fall. Lesbierinnen sind nicht nach meinem Geschmack.«

»Man merkt es ihr nicht an«, fand Saxon. »Sie macht eher den Eindruck einer braven Ehefrau.«

»Sie hat sich nicht wohlgefühlt bei uns«, sagte Molly. »Die Arme wurde immer stiller.«

Vanessa schüttelte den Kopf. »Zu wenige Kronleuchter und Kandelaber, daran lag es.«

»Unheilbar stupide«, sagte Lytton. »Ihr Gatte redlich, glatt und langweilig wie ein entschuppter Karpfen.«

»Und ich hätte gedacht, er sei dein Typ«, sagte Maynard mit einem Augenzwinkern.

»Hübsch ist er. Aber allzu sehr bemüht, eine gute Figur zu machen«, näselte Lytton.

»Ihr habt den beiden keine Chance gelassen. Du bist ihm sogar über den Mund gefahren.« Clive blickte missmutig drein.

»Sie passen nicht zu uns«, beschied Vanessa. »Es war ein ehrenwerter Versuch von dir, Clive, aber wir müssen ihn nicht wiederholen.«

Noch in der Nacht versuchte Virginia, Vita einen Brief zu schreiben. Sie hatte ein paar Gläser Wein getrunken und ihre Gedanken waren vernebelt, aber in ihr brannte das Gefühl, eine Knospe zerschnitten zu haben, auch wenn sie nicht wusste, welche Blüte daraus hätte erwachsen können. *Liebe Vita*, begann sie, *es muss ein schrecklicher Abend für Sie gewesen sein. Ich bedaure zutiefst …*

Unsinn. Was sollte sie bedauern? Es lag nicht in ihrer Verantwortung, dass Gäste sich in Maynards Haus wohlfühlten und für Lyttons Herablassung konnte sie nichts. Sie zerriss die Zeilen und setzte neu an: *Liebe Vita, ich komme sehr gern nach Knole und die Schweigsamkeit Ihrer Sippe kommt mir durchaus entgegen. Wir in Bloomsbury sind alle furchtbar geschwätzig und ich könnte verstehen, wenn …*

Nein, auch das klang nicht richtig. Was wollte sie eigentlich sagen? Sie dachte an Vitas schmal geschnittenes Kleid und die eleganten Schuhe, die ihre schlanken Fesseln so gut zur Geltung brachten. Niemand hatte ein Wort darüber verloren, wie hinreißend Vita ausgesehen hatte. Bestimmt war es keinem ihrer Freunde aufgefallen, außer Clive vielleicht, der sich kaum getraut haben dürfte, es anzusprechen.

Liebe Vita. Ihre Hand schrieb ganz von allein. *Du sahst eindrucksvoll aus, was vollständig darüber hinwegtröstet, dass du Eliot nicht kennst. Bei unserem nächsten Treffen möchte ich gern wieder allein mit dir sein und nicht über die Dinge des Verstandes reden, sondern über die des Herzens. Was ich über deine Gedichte sagte, war aus meiner Seele gesprochen und wenn du dich dazu hinreißen lassen könntest …*

Ein Poltern ließ sie zusammenzucken. Sie und Leonard übernachteten in Clives Gästezimmern, wie meist nach Bloomsbury-Treffen, wenn der Weg nach Richmond zu weit war für die frühen Morgenstunden. Fast glaubte sie, Kopulationsgeräusche aus Clives Zimmer zu hören, was schon mehr als einmal vorgekommen war.

Sie hielt inne und lauschte, doch alles blieb still. Mary war nicht im Haus, Vanessa oben, allein in ihrer Dachkammer. Und sie hier, bei Kerzenlicht, über ein aus ihrem Notizbüchlein herausgerissenes Blatt gebeugt, mit vernebelten Gedanken. Stirnrunzelnd las sie, was sie geschrieben hatte. Sie musste wirklich sehr betrunken sein. Hastig riss sie das Blatt in winzige Stückchen, häufte sie im kalten Kamin zu einem Papiertürmchen auf und ließ es mithilfe der Kerzenflamme zu einem winzigen Häufchen Asche zusammenbrennen.

8. Kapitel

Der Frühling ging in einen heißen Sommer über und Vitas Tage waren prall gefüllt mit Begegnungen, Dinnergesellschaften und öffentlichen Einladungen. Ihre Romane verkauften sich glänzend und mit der Veröffentlichung ihres jüngsten Werks, *Grey Weathers*, rückte sie immer mehr ins Zentrum der literarischen Aufmerksamkeit. In Amerika erschien ihr Roman *Herausforderungen*, den sie kurz vor der Veröffentlichung in England zurückgezogen hatte. Es war die kaum verhüllte Geschichte ihrer Affäre mit Violet, die sie 1918 während der glücklichsten Phase ihrer Liebe begonnen hatte. Bonne Maman war entsetzt gewesen, als Vita ihr damals das fertige Manuskript zum Lesen vorgelegt hatte, und hatte gedroht, sie zu enterben, wenn das Buch in England erschiene. Die Liebesgeschichte zwischen Julian und Eve, Violets Alter Ego, fand in Amerika reißenden Absatz, vermutlich nicht zuletzt weil es sich dort herumgesprochen hatte, dass der Roman auf einer wahren Geschichte basierte und in England kurz vor Erscheinen aus dem Programm genommen worden war. Auch die amerikanische Ausgabe von *Knole und die Sackvilles* lief glänzend, die Besprechungen waren ermutigend, ebenso wie die Reaktionen auf *Grey Weathers,* und im PEN-Club wurde Vita als Erfolgsautorin gefeiert.

Die ihr entgegengebrachte Aufmerksamkeit und Bewunderung linderte die Schmach des grässlichen Dinners am Gordon Square erheblich. Dort mochte man sie mit Herablassung behandeln, die internationalen Erfolge feierte sie! Keine dieser arroganten Bloomsbury-Größen verkaufte so viele Bücher wie sie und in der

Presse tauchten sie mit ihren Werken weitaus seltener auf als die Schriftstellerin Vita Sackville-West.

Von Zeit zu Zeit dachte Vita an Virginia und versuchte, in Gedanken, einen Brief an sie zu formulieren. Doch was sollte sie ihr schreiben? Es war offensichtlich geworden, dass ihre Welten zu verschieden waren, um miteinander verschmelzen zu können. Virginia war mit Bloomsbury verwachsen. Um ihr näherzukommen und die hinter ihrer scharfen Intellektualität verborgene menschliche Seite kennenzulernen, müsste Vita sie aus London entführen. Doch wer sollte so etwas wagen? Es war ein verlockender Gedanke, Virginia Woolf in ein französisches oder auch spanisches Dorf zu verpflanzen, sie der Sonne, dem Wein und zärtlichen Berührungen auszusetzen und zu beobachten, was daraus erwachsen würde. Indes, immer wenn Vita versuchte, sich Virginias Reaktionen auf eine behutsame Annäherung auszumalen, schob sich die strenge Miene Leonard Woolfs dazwischen, oder auch Harolds warnender Blick, und die Worte, die sie ihr hätte schreiben mögen, zerstoben zu einem Sprühnebel aus Furcht und Resignation. Zurück blieb ein unbestimmtes Verlangen, eine Sehnsucht ohne Zielrichtung. Zum Glück gab es Dottie, die sie entgegen Harolds Bitte, zu ihr auf Distanz zu gehen, nun öfter traf als zuvor. Und nicht nur Dottie umschwärmte Vita. Pat Dansie, eine Freundin Violets und Verehrerin aus Jugendtagen, ließ sich wieder vermehrt bei ihr blicken und überhäufte sie mit Geschenken und Liebesbezeugungen. Es fiel Vita nicht immer leicht, die beiden Freundinnen mit ihren Ansprüchen an ihre Zeit unter einen Hut zu bringen, aber sie gab sich Mühe und sah über unvermeidbare Eifersüchteleien zwischen ihnen hinweg. Ende Juli jedoch traf ein Besucher ein, mit dem Vita nicht gerechnet hatte: Geoffrey Scott. Dieses unvorhergesehene Ereignis verkomplizierte die Situation, half jedoch auch gegen das bittere Gefühl, von Bloomsbury zurückgewiesen worden zu sein.

Vita kannte Geoffrey schon viele Jahre. Er war deutlich älter als sie, ein gut aussehender, künstlerisch begabter Lebemann, der mit seinem Charme die reiche Erbin Lady Sibyl Cutting umgarnt und schließlich vor den Altar geführt hatte. Beide lebten in Florenz in der Villa Medici, wo Vita sie einige Male besucht hatte. Die Heirat änderte nichts daran, dass Geoffrey, zum großen Verdruss von Lady Sibyl, meist mehrere Eisen im Feuer hatte. Nach einer ihrer letzten Begegnungen hatte er Vita seine Liebe erklärt, was sie allerdings nicht sonderlich ernst genommen hatte. Geoffrey gefiel ihr, er war amüsant und geistreich, und gegen einen Flirt in brieflicher Form hatte sie nicht das Geringste einzuwenden. Nun aber stand er am letzten Tag des Juli plötzlich vor der Tür ihrer Londoner Wohnung, im festen Glauben, dass sie überglücklich über seinen Besuch wäre. Harold war verreist, Dottie saß nach einem gemeinsamen Theaterbesuch im Salon und Pat hatte sich für den späteren Abend angekündigt. Vita brachte es nicht übers Herz, ihn fortzuschicken, und lud ihn ein, den Abend mit ihnen zu verbringen.

Geoffrey blieb die ganze Woche.

Es geschah nichts zwischen ihnen, das ein Geständnis Harold gegenüber erforderlich gemacht hätte, also verschwieg sie ihm in ihren Briefen Geoffreys Anwesenheit. Bonne Maman gegenüber verschwieg sie hingegen nie etwas, zumindest nichts, was ihr gesellschaftliches Leben betraf – und dazu zählte sie Geoffrey genauso wie Dottie und Pat. Lady Sackville war in Liebesdingen eine bereitwillige Ratgeberin, hatte sie doch in ihrem bewegten Leben selbst mit einigen Affären jonglieren müssen. Nach Geoffreys Abreise traf Vita sich mit ihr zum Lunch im Ritz und erzählte von der turbulenten Woche. Bis ins Detail schilderte sie ihrer begierig lauschenden Mutter von ihren Manövern, um weder Geoffrey noch ihre beiden Verehrerinnen zu enttäuschen.

»Geoffrey geht zum Glück früh zu Bett, so hat er nicht bemerkt, wenn Dottie noch spät in der Nacht aufgetaucht ist. Du weißt, wie Dottie ist. Sie findet nie ein Ende und ist dann oft so betrunken, dass ich sie ins Bett tragen muss. Sie schlief also in Harolds Zimmer, während Geoffrey …«

Lady Sackville schnaubte leise. »Harold wird nicht goutieren, wenn Dottie in seinem Bett schläft.«

Vita sah sie treuherzig an. »Du wirst es ihm hoffentlich nicht verraten?«

»Natürlich nicht, mein Kind. Aber Geoffrey … Ist er sehr in dich verliebt?« Bonne Maman griff nach einer Auster und schlürfte sie geräuschvoll. Ihre Wangen glühten.

Vita warf einen raschen Blick über die Schulter, wie um sicherzugehen, dass niemand sie belauschte. »Er behauptet, ich sei die Liebe seines Lebens«, raunte sie.

»Mon Dieu, der arme Junge. Hast du ihn schonend behandelt?«

»Er ist ein sehr charmanter Zeitgenosse. Ich habe mich köstlich mit ihm amüsiert und wir hatten sehr gute Gespräche. Und …«, sie hob den Zeigefinger. »Er hat mich eingeladen, im Herbst zu ihm nach Florenz zu kommen.«

Argwöhnisch sah Bonne Maman sie an. »Du wirst aber hoffentlich dein Herz nicht an ihn verlieren?«

»Wo denkst du hin? Harold ist der einzige Mann, den ich liebe.«

Bonne Maman ließ einen kleinen Seufzer vernehmen. Sie hatte nie einen Hehl daraus gemacht, dass sie Harold nicht für die allerbeste Partie hielt, die Vita hätte machen können, und die Tatsache, dass Vitas Ehebett inzwischen erkaltet war, bereitete ihr großen Kummer. Sie wedelte mit ihrer Serviette. »Und dieser Geoffrey, ich hoffe, er ist rücksichtsvoll und bedrängt dich nicht allzu sehr?«

»In keiner Weise. Er ist ganz Gentleman, und natürlich habe ich ihm zu verstehen gegeben, dass an eine Affäre zwischen uns nicht zu denken ist.«

»Wenn er ein Gentleman ist, dürfte die Gefahr doch eher darin liegen, dass du dich in ihn verliebst? Bist du sicher, dass meine Sorge in diese Richtung unbegründet ist?«

»Ganz und gar unbegründet.«

»Hauptsache, du beschwörst nicht wieder einen Skandal herauf wie in dieser leidigen Geschichte mit Violet.« Sie flüsterte den Namen hinter vorgehaltener Hand.

Vita hatte versucht, ihre Liebe zu Violet vor ihrer Mutter zu verheimlichen, doch die Sache war ihr entglitten. Zu guter Letzt hatte Bonne Maman Harold angefleht, Vita nicht verloren zu geben, und ihm den Flug nach Amiens finanziert. Es war gut möglich, dass Harold ohne Bonne Mamans beherztes Eingreifen kapituliert hätte und sie heute ohne einen Penny mit Violet in irgendeinem Hinterhofzimmer leben müsste.

»Ich bin für mein Leben geheilt von Skandalen«, winkte Vita ab.

»Eine solche Affäre wäre natürlich längst nicht so rufschädigend wie diese Geschichte damals. Aber lassen wir das. Möchtest du ein Dessert?«

Nachdem der Kellner zwei Cremetörtchen vor sie hingestellt hatte, beugte sich Bonne Maman über den Tisch und flüsterte: »Du und Harold, ihr habt immer noch nicht …«

»Nein«, sagte Vita kalt. »Das Thema ist für uns erledigt. Du brauchst nicht mehr danach zu fragen.«

»Bedauerlich«, murmelte Lady Sackville. »Du bist doch noch so jung. Da darf es Harold nicht verwundern, wenn du und dieser Geoffrey …«

»Maman!«

Bonne Maman seufzte tief auf, bevor sie sich mit Hingabe ihrem Törtchen widmete.

Monks House, 6. August 1923

Sämtliche Türen und Fenster von Monks House standen weit offen. Es wurde Zeit, sie zu schließen, denn der kühle Morgen war längst in einen heißen, trockenen Augustvormittag übergegangen. Virginia wischte sich die mehlbestäubten Finger an der Schürze ab und klappte die Ofentür auf. Die Hitze von draußen vermischte sich mit der Hitze des Ofens. Welcher Teufel hatte sie geritten, ausgerechnet heute Brot zu backen? Sie sollte schreiben. War es nicht das, was sie sich für die Wochen in Rodmell vorgenommen hatte?

Sie waren am ersten August in Monks House eingetroffen, mit dem festen Vorsatz, das Arbeitspensum in den Augusttagen ein wenig herunterzuschrauben. Seit Leonard im Mai die Position des Chefredakteurs für den Literaturteil der *Nation* angenommen hatte, glich ihr Leben einem temporeichen Ritt auf einem stattlichen Pferd. Schon immer hatte die Arbeit im Mittelpunkt ihrer beider Leben gestanden, doch wie oft war es mühevolle Schinderei für kargen Lohn gewesen. Nun bezog Leonard regelmäßig Gehalt für eine Arbeit, die ihm Anerkennung und Zufriedenheit brachte. Auch mit der Hogarth Press ging es stetig bergan. Dank dem gesicherten Auskommen und Marjorie, einer tatkräftigen neuen Mitarbeiterin, konnten sie beide sich auf die Dinge konzentrieren, die ihnen am meisten Freude bereiteten: Manuskripte sichten und für die Publikation auswählen, neue Autoren gewinnen, lesen und natürlich schreiben.

Die Stunden lagen bereits seit geraumer Weile unangetastet in einer Kladde. Ihr Vorsatz für heute war, sich erneut darin zu versenken. Und wie hatte sie den Morgen begonnen? Mit dem Kneten von Brotteig. Auch wenn sie sich einredete, das Kneten der Masse könne ihr Inneres weich werden lassen, um die Worte ins

Fließen zu bringen – es war pure Prokrastination. So langsam, wie der Sekundenzeiger über das Zifferblatt kroch, wenn man ihn beobachtete – so langsam krochen ihre Gedanken, wenn sie in die Empfindungen abtauchte, die zu dieser Geschichte gehörten. Dostojewski behauptete, schreiben ließe sich nur aus der Tiefe der Emotionen. Dem konnte sie voll und ganz zustimmen. Aber auf dem Grund dieser Geschichte um Mrs Dalloway lag etwas, vor dem sie zurückschreckte: der Wahnsinn. Darum ging es, neben all dem anderen – Sozialkritik, gesellschaftliches Miteinander, Leben und natürlich Tod. Konnte sie – selbst eine Wahnsinnige vor Jahren noch – den Wahnsinn darstellen? Schaffte sie es, sich in dieses Grauen hineinzuschreiben, jetzt, wo sie gesund und klarsichtig war? Und viel wichtiger: Wollte sie es überhaupt?

Es wäre eine Option, das bisher Geschriebene zu vernichten, etwas Leichtes zu schreiben, ein Theaterstück vielleicht. Dort hinein könnte sie die Unbeschwertheit und Heiterkeit fließen lassen, die sie so überraschend auf ihre alten Tage gefunden hatte. Mrs Dalloway indes würde sich nicht zum Schweigen bringen lassen, da mochte sie so viele Brote backen, wie sie wollte.

Mit ihren einundvierzig Jahren war sie zufriedener mit ihrem Leben als je zuvor. »Mit vierzig wirst du entweder geschäftiger oder begibst dich langsam zur Ruhe«, hatte sie Leonard gegenüber vor wenigen Wochen noch gesagt, als sie wieder einmal darüber diskutierten, nach London zurückzuziehen. Leonard war strikt dagegen, Virginia wünschte es sich mit jedem Tag mehr. »In meinen jungen Jahren war ich zur Ruhe gezwungen. Also ist wohl klar, was ich jetzt will.«

Die beiden Brote im Ofen, nahm sie die Schürze ab und ging hinauf in ihr Zimmer. Hier arbeitete sie in einem Sessel am Fenster, das zur Straße hinauswies. Wenn sie genügend Geld zusammenbrächten, könnten sie neben der Küche ein Arbeitszimmer anbauen, mit Blick in den Garten. Auch das wäre dem Fluss der Gedanken sicher förderlich.

Sie las, was sie bisher geschrieben hatte. Der Text hatte etwas Getriebenes, und so musste es sein. Es war ihr gelungen, dieses kaum je bewusste Strömen menschlicher Gedanken und Empfindungen einzufangen und in Worte zu fassen. Es war neu, anders als Joyce oder Eliot. Sie hatte etwas Eigenes geschaffen. Es war gut.

Der Geruch nach Verbranntem riss sie aus ihrer zufriedenen Versunkenheit. Die Brote! Sie rannte in die Küche hinunter, wo Leonard mit einem Handtuch den Qualm zur Tür hinauswedelte. Zwei pechschwarze Klumpen lagen auf dem Ofenblech.

»Wenn du das Haus in Brand setzen willst, musst du dafür nicht backen.«

»Wie konnten sie so schnell anbrennen? Ich bin gerade erst hinaufgegangen.«

»Ganz offensichtlich nicht. Du solltest nicht arbeiten, wenn du backst.«

»Ich sollte nicht backen, wenn ich arbeite.«

Kopfschüttelnd nahm Leonard die beiden verkohlten Laibe aus dem Ofen und warf sie in den Müll.

»Ich gehe Brot kaufen«, sagte er und ging zur Tür hinaus. Kurz darauf steckte er den Kopf durchs Fenster und rief: »Ich habe übrigens Mrs Nicolson gebeten, für die *Nation* einen Artikel zu schreiben. Ich hoffe, du hast nichts dagegen?«

Virginia war schon auf dem Weg zur Treppe. Sie blieb stehen, ihre Hand klammerte sich an das Treppengeländer. Vita hatte nicht geschrieben. In den ersten Wochen nach dem unglücklichen Dinnerabend hatte Virginia noch jeden Morgen die Post kontrolliert, hoffnungsvoll und zugleich voller Furcht, Vitas Handschrift zu entdecken. Aus Hoffnung wurde Enttäuschung, aus Furcht Erleichterung. Geblieben war ein leises Bedauern über die verpasste

Gelegenheit, ihrer eigenen kurzzeitigen Vernarrtheit in Vitas Erscheinung auf den Grund zu gehen. Eine intellektuelle Neugier, nichts Emotionales.

Sie lachte, ein wenig zu schrill. »Warum sollte ich etwas dagegen haben?«

Leonard jedoch war schon verschwunden. Sie eilte zum vorderen Fenster. Er trat gerade durch die Gartenpforte auf die Straße.

»Worüber soll sie denn schreiben? Über Gartenarbeit?«, rief sie.

Er drehte sich um, ein Schmunzeln im Blick. »Ich habe sie um eine Rezension über Arnold Bennetts neuestes Buch gebeten.«

»Und du glaubst, dass sie zu so etwas in der Lage ist?«

»Ich habe einen Artikel von ihr im *Weekly Dispatch* gelesen. Er war gut.«

»Wer hätte das gedacht«, sagte Virginia spöttisch.

Leonard kam näher. »Sie hat einen Namen, wir einen Verlag. Wenn sie zusagt, könnte ihr Artikel für die *Nation* der Beginn einer fruchtbaren Zusammenarbeit sein.«

»Na, auf die Früchte bin ich gespannt.« Sie wusste selbst nicht, warum sie so bissig reagierte. Es ging doch nur um eine Rezension.

»Keine Sorge, sie wird unseren Ruf nicht schädigen«, sagte er und ging pfeifend davon.

Virginia blickte ihm nach und versuchte, das Herzstolpern zu ignorieren, das sie nun schon so lange nicht mehr verspürt hatte.

9. Kapitel

An Victoria Sackville
White Lodge
Roedean, Brighton

Florenz, Villa Medici, 20. Oktober 1923

Chère Maman,
man sagt von Paris, es sei die Stadt der Liebe, doch ich bin entschieden der Meinung, dass es Florenz sein muss. Geoffrey und Sibyl sind reizende Gastgeber, es ist aber, wie du dir denken kannst, keine leichte Situation. Sibyl scheint von Geoffreys Gefühlen für mich noch nichts zu ahnen, was einigermaßen verwunderlich ist, denn er ist ständig in meiner Nähe und überhäuft mich mit Aufmerksamkeiten. Wäre ich Sibyl, würde mich sein Verhalten sehr eifersüchtig machen.

Gestern saßen wir im Mondschein zusammen und Geoffrey kam mir dabei sehr nahe. Er ist einfühlsam und heißblütig zugleich, eine pikante Mischung. Wenn es so weitergeht, werde ich mich doch noch in ihn verlieben. Um diesem Risiko zu entgehen, müsste ich Florenz sofort verlassen, doch ich habe mit Harold vereinbart, dass wir uns hier treffen, um gemeinsam nach Griechenland zu reisen. Er ist in Rom auf einer Konferenz und es dauert noch eine Woche, bis er kommt. O Maman, Geoffrey liebt mich wirklich mit großer Inbrunst und ich weiß nicht, was bis dahin alles passieren kann! Du darfst aber Harold davon nichts erzählen und ich verspreche dir höchste Diskretion, falls es mit Geoffrey zum Äußersten kommen sollte. Ich vertraue dir dies an, weil ich weiß, dass du mich verstehen wirst.

Deine dich über alles liebende
Vita

Lady Victoria Sackville sank ächzend in die Tiefe ihres Sessels. Nun war das Unvermeidliche doch geschehen. Sie hatte es gewusst. Ihre Tochter war zu leidenschaftlich, um in ihren jungen Jahren schon enthaltsam zu leben. Natürlich hatte das arme Ding ihre Bedürfnisse, und sie wäre die Letzte, das zu verurteilen. Harold mochte ein guter Mann sein, aber er könnte sich doch ein wenig mehr um Vita kümmern. Immer war er in der Welt unterwegs und überließ ihre arme Tochter sich selbst. Man konnte ihr nicht verdenken, dass sie sich einen Geliebten nahm. Hauptsache, es war nicht wieder eine Geliebte!

Lady Sackville lachte leise, als sie an ihre eigenen Liebhaber dachte. Mit Seery zum Beispiel, dem sagenhaft reichen Sir John Murry Scott, hatte sie eine exzellente Wahl getroffen, auch wenn er fünfzehn Jahre älter gewesen war und von der Gicht geplagt. Er hatte eine der wertvollsten Sammlungen von Bildern und Möbeln der Welt besessen, Ländereien in Irland und Schottland, Anwesen in England und ein mit Kunstschätzen vollgestopftes Apartment auf dem Boulevard des Italiens in Paris. Nicht zu vergessen den Park und das Lustschlösschen Bagatelle im Bois de Boulogne, das einst Marie Antoinette gehört hatte. Victoria verdankte Seery ihren ganzen Reichtum. Ohne ihn und sein Geld hätten sie den Erbschaftsstreit um Schloss Knole niemals führen und gewinnen können.

Lady Sackville mahlte unwirsch mit den Zähnen. An Schloss Knole wollte sie nicht denken. Lionel, ihr Gatte, hatte sie vor die Tür gesetzt. Gewiss, sie war diejenige gewesen, die ihre Ehe für gescheitert erklärt hatte, aber Schloss Knole wäre durchaus groß genug gewesen, um einander aus dem Weg zu gehen. Jetzt lebte er dort mit dieser Olive Rubens, einer ehemaligen Sängerin! Es war zu jämmerlich, um darüber nachzudenken. Lieber dachte sie daran, wie schön sie in ihren jungen Jahren gewesen war. Alle Herzen waren ihr zugeflogen und in den ersten Jahren ihrer Ehe hatte auch Lionel sie vergöttert. Wenn er nur nicht so dumm gewesen wäre, seine Affäre so offen zur Schau zu stellen. Es gab nichts, was sie mehr verabscheute als Indiskretion. Man konnte nur hoffen, dass dieser Geoffrey in seiner Affäre mit Vita Diskretion übte. Bei Vita machte sie sich da keine Sorgen. Dennoch war es gut, dass das Kind ihr Herz bei seiner Mutter ausschütten konnte. Ihr süßes Geheimnis war bei ihr in den besten Händen und selbstverständlich würde sie ihrer Tochter eine enge Freundin und Vertraute sein.

Kurz vor Vitas Rückkehr nach London bat Lady Sackville ihren Chauffeur, sie zu ihrem Bankinstitut nach London zu fahren. Dort ließ sie sich zwölf wertvolle Perlen aus ihrem Tresor aushändigen. Sie gehörten zu dem Teil von Seerys beträchtlichem Erbe, das sie noch nicht veräußert hatte. Sie wollte sie Vita überlassen, als Zeichen, dass sie in dieser misslichen Angelegenheit auf ihrer Seite stand. Vita sollte sie in die Perlenkette einarbeiten lassen, die Seery ihr vor vielen Jahren geschenkt hatte. Bei dem Gedanken, wie wundervoll der kostbare Schmuck am Hals ihrer hübschen Tochter sich ausnehmen würde und wie dankbar das Kind ihr sein würde, lächelte Lady Sackville. Sie war nicht nur eine große Freundin und Vertraute ihrer Tochter, sie war auch eine großzügige Mutter. Vita wusste das natürlich, aber es war nicht schlecht, sie hin und wieder daran zu erinnern.

Long Barn, Dezember 1923

»Zwei Briefe, einer von Geoffrey und einer von Sibyl. Ich vermute, du willst allein sein, um sie zu lesen.« Mit spitzen Fingern hielt Harold ihr die beiden Umschläge vor die Nase. Vita saß mit ausgestreckten Beinen vor dem Kamin im Salon. Sie war lange mit den Hunden im Wald gewesen und vollkommen durchgefroren. Üblicherweise versuchte sie, die Post vor Harold abzufangen. Er musste nicht wissen, dass Geoffrey ihr beinah täglich schrieb, und das bereits seit ihrem Aufenthalt in Florenz.

»Leg sie dorthin«, sagte sie gleichmütig. »Ich lese sie später.«

»Ganz wie du wünschst.« Bevor er den Raum verließ, drehte er sich noch einmal um. »Ich hoffe sehr, dass du nicht auf dem Wege bist, noch eine Ehe zu zerstören.«

»Aber Hadji, Darling, wie kommst du nur …«

Er war schon gegangen. Missmutig griff Vita nach den beiden Briefen. Ihr Techtelmechtel mit Geoffrey hatte sich vorübergehend zu einer Affäre ausgewachsen, die Vita zwar vor Harold, Geoffrey aber nicht vor Sibyl hatte geheim halten können. Die Arme war vollkommen außer sich geraten und hatte Geoffrey mit Scheidung gedroht. Daraufhin hatte Vita angeboten, sich zurückzuziehen, was jedoch Geoffrey in Verzweiflung gestürzt hatte. Er behauptete, weder Vita verlieren noch seine Ehe scheitern lassen zu wollen, was durchaus verständlich war, schließlich beruhte sein finanzielles Wohlergehen einzig auf Sibyls Reichtum. Vita hatte Geoffrey seit Florenz nicht mehr wiedergesehen und ihre »Affäre«, wenn man es überhaupt noch so nennen konnte, beschränkte sich nunmehr auf einen regen Briefwechsel. Geoffrey arbeitete an einem Roman und bat Vita im Verlauf der Niederschrift wiederholt um ihre Meinung, sie sandte ihm ihre eigenen Gedichtentwürfe und Ideen. Die körperliche Seite ihrer Beziehung interessierte Vita weit weniger als dieser Austausch über das Schreiben. Zwar war es für Geoffrey genau andersherum, doch das Theater, das Sibyl veranstaltete, war völlig unangemessen und Vita hatte vergeblich versucht, Sibyl das begreiflich zu machen.

Vita las zunächst Geoffreys Brief. Es war das übliche Gejammer über Sibyls Uneinsichtigkeit und seine Sehnsucht nach Vitas Nähe. Dann aber schrieb er etwas über ein paar Gedichtzeilen, die sie ihm zuletzt geschickt hatte. Es waren erste zarte Versuche, ihre innige Beziehung zu den Wäldern Kents in Verse zu bringen. Schon seit einer geraumen Weile trug sie sich mit dem Gedanken, ein langes Gedicht in Versform zu schreiben, das sie *Das Land* nennen wollte. *O Darling,* schrieb Geoffrey, *beim Lesen glaubte ich, dich spüren zu können, deinen Duft atmen zu können, allein durch die Kraft deiner Worte. Stell dir einen seidenzarten, transparenten Schleier vor, hinter dem sich ein Gesicht nur erahnen, der es aber zugleich intensiver, begehrenswerter erscheinen lässt – so sah ich dich beim Lesen dieser Zeilen. Du bist eine Künstlerin und ich flehe dich an: Schreibe weiter, gieße deine Liebe in Verse und ich werde dir ewig zu Füßen liegen!*

Eine Weile saß Vita nur da und spürte den Empfindungen nach, die ihren Körper durchströmten. Solange Geoffrey ihr solche Glücksmomente bereiten konnte, nahm sie das Hin und Her mit Sibyl gern in Kauf. Die Arme musste einfach begreifen, dass sie ihr Geoffrey nicht wegnehmen wollte. Sie brauchte jemanden, der ihr die Unsicherheiten in Bezug auf ihre Gedichte nahm, und keinen Liebhaber. Schon gar keinen männlichen.

Schnell überflog sie Sibyls Brief, der einen versöhnlicheren Ton anstimmte als ihr letzter. Sie bat um Diskretion und erklärte, Geoffrey zu lieben wie am ersten Tag ihrer Ehe. Vita kritzelte ein paar Zeilen, um Lady Sibyl zu beruhigen. Diskretion, schrieb sie, sei ihre Stärke und von *Liebe* könne aus ihrer Sicht keine Rede sein. Sie liebe nur Harold und der Anflug von Leidenschaft, der sie in Florenz überfallen habe, sei längst einer kollegialen Zuneigung gewichen. Vitas Blick fiel auf Geoffreys Brief, der mit *in ergebenster Liebe, dein Geoffrey* unterzeichnet war. Nach kurzer Überlegung zerriss sie ihren ersten Brief und änderte *kollegiale Zuneigung* in *tiefe innere Verbundenheit*. Das sollte beide befriedigen.

Inzwischen war die Kälte des winterlichen Streifzugs durch die Wälder aus ihren Gliedern gewichen und sie fühlte sich erhaben. Die richtige Stimmung also, um noch ein paar Gedichtzeilen zu formulieren. Im Anschluss musste sie endlich diese Rezension für die *Nation* fertigstellen, die Leonard Woolf bei ihr in Auftrag gegeben hatte. Eine sehr zufriedenstellende, wenn auch überraschende Entwicklung. Beinahe ebenso überraschend wie die Tatsache, dass sie mit einem Meeres-Sonnett den Gedichtwettbewerb der amerikanischen *Poetry-Review* gewonnen hatte. So durfte es weitergehen.

Vielleicht sollte sie den Kontakt zu Virginia wieder aufnehmen. Bei allen Unterschieden überwogen doch die Gemeinsamkeiten, vor allem jetzt, nachdem sie bewiesen hatte, dass auch sie zum Schreiben anspruchsvoller Literatur in der Lage war. Was hatte Virginia noch gleich über ihre Gedichte gesagt? Vita hatte den genauen Wortlaut vergessen, aber das Gefühl, das ihre Bemerkung an jenem Abend in Bloomsbury begleitet hatte, war noch sehr präsent. So beglückend Geoffreys Zuspruch war – nichts konnte erhebender sein als das Lob einer Virginia Woolf.

An Vanessa Bell
Charleston House
West Firle, Sussex

Hogarth House, 19. Dezember 1923

Liebste,
Leonard ist einverstanden! Wir ziehen zurück nach London! Du weißt, wie lange ich ihn bearbeitet habe, nun endlich hat er eingesehen, dass wir durch einen Umzug in die Stadt so viel Zeit einsparen können und mir

durch den Sündenpfuhl am Gordon Square nicht unmittelbar der Wahnsinn droht. Natürlich musste ich ihm versprechen, nicht mehr als drei Einladungen pro Woche anzunehmen und weiterhin jeden Morgen brav meine Milch zu trinken. Nun wühle ich mich durch die Zeitungen auf der Suche nach einem passenden Haus in Bloomsbury. Wie sehr sind die Preise gestiegen, seit ich das letzte Mal nach einem Haus suchte! Weißt du noch? Aber die Freuden des Alterns liegen im zunehmenden Wohlstand und dein alter knauseriger Ziegenbock ist entschlossen, die Goldmünzen klingeln zu lassen. Die Hogarth Press wird endlich eine würdige Londoner Adresse bekommen und mein dürstender Geist eine unermüdlich sprudelnde Quelle an Inspirationen. Nein, warne mich nicht vor Überforderung, das hat Leonard zur Genüge getan. Meine Segel sind gesetzt, die Masten stark genug, dem Sturm an Lebensfülle standzuhalten.

Ich kann es nicht erwarten, mit dir und den Kindern ein Freudentänzchen um euren Esstisch aufzuführen. Wir kommen an Weihnachten und bleiben gern über Nacht.

Ich küsse dich,

Deine Ziege

Eilig steckte Virginia den Brief in einen Umschlag und legte ihn auf den Stapel mit den Rechnungen, die Leonard heute sicher noch zur Post bringen würde. So vieles war zu erledigen, bevor sie nach Rodmell fuhren. Sie musste packen. Einen Essay überarbeiten. Auf Dinnereinladungen reagieren. Briefe an Roger Fry und ihre gute alte Freundin Janet Case schreiben. Und den Vermieter für ein Haus am Tavistock Square kontaktieren, das heute in der *Daily News* annonciert war.

Wenn all das geschafft war, konnten sie in Monks House dieses denkwürdige Jahr ausklingen lassen. Was hatten sie nicht alles erreicht! Die Hogarth Press etablierte sich als Verlag für moderne Literatur, Leonard verdiente gut mit seinem Posten bei der *Nation*, sie hatte eine ansehnliche Essaysammlung zusammengestellt, die im April erscheinen sollte, und sie hatte für die *Stunden* die schwierigste Szene ihres bisherigen Lebens geschrieben. Sie war hinabgestiegen in die Hölle ihrer Erinnerungen, hatte Septimus Warren Smith, der Kontrastfigur zu Mrs Dalloway, die Qualen ihres nur halb bewussten Erlebens in jener Zeit aufgedrückt und ihn über den Rand des Wahnsinns in den Abgrund gestoßen, vor dem Leonard sie damals hatte bewahren können: den Tod durch Selbstmord. Das alles in einer Form, die ihre ureigene war, ein unablässiger Strom aus Gedanken, Emotionen und wahnhaften Vorstellungen. Und sie war siegreich aus dieser Schlacht gegen ihre eigenen Ängste hervorgegangen, gesund und klarsichtig, lebenshungriger denn je. Es spielte keine Rolle, dass Kritiker ihr vorwarfen, sie sei nicht zur Figurenzeichnung fähig, ihre Charaktere blieben leblos, ihr Handlungsgerüst schwach. Gleichgültig auch, dass sie von allen literarischen Preisverleihern ignoriert wurde und die Hogarth Press mit ihren bisherigen Werken kaum Geld verdiente. Es war das Schreiben an sich, das sie glücklich machte, nicht die Anerkennung, die es einbringen konnte. Dieses Wissen war wertvoller als jeder Literaturpreis. Es machte sie unabhängig und frei zu schreiben, was es sie zu schreiben drängte. Die Zukunft lag golden vor ihr. Sie war bereit, endlich bereit, sich in ihrem Glanz zu sonnen.

10. Kapitel

Tavistock Square, Bloomsbury, 9. Januar 1924

Das Haus mit der Nummer 52 lag an der südwestlichen Ecke des Tavistock Square, in unmittelbarer Nachbarschaft des Gordon Square. Es war ein großzügiger, vierstöckiger Ziegelsteinbau aus dem frühen neunzehnten Jahrhundert, dessen Lage und Raumaufteilung Virginia über die Hässlichkeit der von der Zeit geschwärzten Fassade hinwegsehen ließ. Gleich nach der ersten Besichtigung vor wenigen Tagen hatte sie beschlossen, es mieten zu wollen.

Es bedurfte keiner großen Überredungskünste, um Leonard von den Vorzügen des Gebäudes zu überzeugen. Im Untergeschoss, wo sich zu Vorzeiten Küche, Spülküche, Vorrats- und Wäschekammern befunden hatten, sollte die Hogarth Press einziehen. Im Erdgeschoss und im ersten Stock war eine Rechtsanwaltskanzlei ansässig, die sie als Untermieter übernehmen würden und deren ruhiges und doch arbeitsames Treiben perfekt zu ihnen passte. Ihre eigene Wohnung erstreckte sich über die beiden oberen Stockwerke, mit Blick auf alle Herrlichkeiten Londons. Keine Kisten und Papierstapel im Esszimmer mehr, Arbeit und privates Leben sauber voneinander getrennt.

Virginia unterschrieb den Mietvertrag auf einem klapprigen Tisch in ihrem zukünftigen Salon. Alle Räume hatten hohe Decken, sogar die in der vierten Etage. Das Haus verfügte über eine Zentralheizung, Badezimmer und gut isolierte Fenster. Das Beste jedoch war das riesige Billardzimmer an der Rückseite des Hauses, das tief in den Garten hineinreichte. Hier würde Virginia arbeiten.

Durch die Oberlichter drang so viel Helligkeit herein, dass man glauben konnte, im Freien zu sitzen. Der Raum lag auf derselben Ebene wie das Untergeschoss des Hauses und war durch einen Gang mit ihm verbunden. So würde sie während ihrer Arbeit immer noch das so vertraut gewordene Rattern und Stampfen der Presse hören können. Hier unten, eingebettet in die warme Erde, sollte das Herz der modernen Literatur pulsieren, Virginia der kreative Geist, Leonard der Motor, der den Herzschlag in Gang hielt.

Mit dem unterschriebenen Vertrag in der Tasche ließ sich Virginia die Southampton Row und den Kingsway hinunter bis zur Strand treiben. Nur mit Mühe konnte sie dem albernen Verlangen widerstehen, wie ein Kind zu hüpfen, zu pfeifen und zu trällern. Wie in Trance wanderte sie die Strand hinauf Richtung Fleet Street, umbrandet von knatternden Automobilen, drängelnden Menschen, hupenden Omnibussen, Stimmengewirr, Musik, Gerüchen und Gesichtern, die sich ihr in Erstaunen zuwandten, wenn die Vorfreude sich in einem unvermittelten Lachen den Weg durch ihre Kehle bahnte. All das war jetzt wieder in ihrer Reichweite, Londons Theater, die Oper, Bücher in den Auslagen der Buchhandlungen, spontane Treffen mit Freunden, der Geruch der Themse, vorbeiziehende Schiffe, das Leben. Bis März mussten sie noch warten, bevor sie in ihr neues Heim einziehen durften. Ein Wimpernschlag und doch eine so unendlich lange Zeit.

Plötzlich fand sie sich vor dem Cliffords Inn wieder, jenem Hotel, das sie mit Leonard unmittelbar nach ihrer Hochzeit bezogen hatte. August 1913. Die Jahre danach eine Abfolge an Katastrophen, im Außen der Krieg, im Inneren der Wahn, der sie beinahe zerstört hätte. Und Leonard sicher auch. Ihm verdankte sie, noch am Leben zu sein, glücklich zu sein, erfolgreich zu sein, auf ihre ganz eigene Weise.

Sie kam an einem Schreibwarengeschäft vorbei, blieb stehen und entschied, dass sie dringend neues Schreibwerkzeug brauchte. Ganz entgegen ihrer üblichen Unentschlossenheit traf sie sofort eine Wahl. Ein schwer in der Hand liegender Füller mit goldener Feder wanderte kurz darauf in ihre Tasche zu dem Mietvertrag, zusammen mit sehr schickem Briefpapier. Beides war zu kostspielig, um Leonard davon zu berichten. Doch es war genau richtig, um das mit Rosenduft parfümierte Brieflein zu beantworten, das heute früh ins Hogarth House geflattert war. Sie hatte keine Zeit gefunden, es zu beantworten, doch sie trug es mit sich. Es hatte einen nicht unerheblichen Anteil an dem Hochgefühl, das ihre Brust schwellen, ihre Füße tänzeln ließ. Vita bat, auf einen Tee vorbeikommen zu dürfen.

Nie zuvor hatte ein Jahr so vielversprechend begonnen.

Hogarth House, 18. Januar 1924

»Ich glaubte, du wolltest nichts mehr von mir wissen.« Virginia streckte Vita die Hände entgegen, als diese in Stiefelhose, Schaftstiefeln und einem dunkelblauen Samtjäckchen quer durch den Salon auf sie zuschritt. Virginia hatte ihr vorgeschlagen, anstatt zum Tee zu einem zwanglosen Dinner in der Küche von Hogarth House zu kommen und die Abendgarderobe im Schrank zu lassen. Sie hatte ihre preisgekrönte Spanielhündin Pippin mitgebracht, die Virginia auf ihr Geheiß artig eine Pfote zur Begrüßung entgegenstreckte. Virginias Hündin Grizzle beschnupperte den fremden Gast, zunächst misstrauisch, dann mit freudig wedelndem Schwanz, und ließ sich schließlich vertrauensvoll neben ihr nieder. Um den Hals trug Vita ihre Perlen, die zu einer doppelreihigen

Halskette angewachsen war – ein faszinierendes Pendant zu Hose und Stiefeln. Ihr Haar war von Wind und Schneetreiben zerzaust, und sie sah ganz so aus, als hätte ein kräftiger Windzug sie direkt von einem ihrer Streifzüge durch die Wälder Kents mitten ins Hogarth House hineingeweht. Virginia war hingerissen.

»Du hast mich das Fürchten gelehrt, liebe Virginia«, entgegnete Vita und ergriff Virginias Hände. Für einen Moment blieben sie so stehen, Virginia überrascht über die Wärme ihrer Hände.

»Und dabei bin ich selbst das furchtsamste Wesen unter der Sonne«, sagte sie.

Vita blickte sich zu Leonard um, der hinter ihr stand. »Ist es so? Oder kokettiert sie nur?«

»Leonard darfst du nicht fragen«, sagte Virginia. »Er ist derjenige, den ich am meisten fürchte, ohne dass er es weiß.«

Leonard winkte ab. »Sie kokettiert. Ich bin derjenige, der sie fürchtet.«

»Das bin ich eher geneigt zu glauben«, entgegnete Vita.

Virginia bot Vita einen Sessel an und sie plauderten eine Weile über Nichtigkeiten wie das Wetter, duftgeschwängertes Briefpapier und die Vorzüge einer modernen Zentralheizung gegenüber den alten Kohleöfen. Vita hatte die Beine übereinandergeschlagen, das Kaminfeuer warf einen rosigen Schein auf ihren perfekten Teint. Ihre dunklen Augen glänzten wie zwei blank polierte, schwarze Edelsteine. Sie sah aus wie ihr eigenes Konterfei als romantischer italienischer Jüngling, das Virginia bei ihr im Salon auf der Ebury Street gesehen hatte.

Virginia war so versunken in ihren Anblick, dass sie sich auf ihre Worte kaum noch konzentrieren konnte. Zum Glück war Leonard da, der sich eine ganze Weile mit ihr über die kommende Ausgabe der *Nation* unterhielt, zu der Vita wieder einen Artikel beisteuern würde. Virginia beobachtete Vitas Hände, die mit wenigen ruhigen Gesten ihre Worte untermalten und ansonsten entspannt auf ihren Oberschenkeln ruhten.

Virginia glaubte, zum ersten Mal die wahre Vita vor sich zu sehen, selbstbewusst, viril und – bis auf die Perlenkette – ganz ohne die aufdringlichen Attribute ihrer aristokratischen Herrlichkeit.

Sie speisten am großen Esstisch in der Küche, tranken den Wein, den Vita mitgebracht hatte, und die Spanielhündin saß dabei, zu wohlerzogen, um zu betteln. Ganz im Gegensatz zu Grizzle, die begeistert die Bratenstückchen vom Fußboden klaubte, die Virginia verstohlen unter den Tisch fallen ließ. Vita beobachtete sie und zwinkerte ihr verschwörerisch zu. Leonard tat, als nähme er all das nicht wahr, und scheuchte Grizzle schließlich mit grimmiger Miene aus dem Raum.

Vita sprach über PEN-Treffen und George Bernard Shaw, neben dem sie bei einer Dinnergesellschaft gesessen hatte. »Er benutzt ein unerträgliches Parfüm und saugt an den Zähnen. Ein qualvoller Abend.« Für den Schriftsteller Arnold Bennett hingegen sprach sie ihre Bewunderung aus, er sei ein ganz reizender Mensch mit ausgezeichnetem Weitblick und hervorragender Kenntnis über die Literatur.

Virginia versteifte sich. Arnold Bennett hatte *Jacobs Zimmer* rezensiert und behauptet, ihre Charaktere blieben farblos und würden die Zeit nicht überdauern. Figuren müssten realistisch gezeichnet sein, überhaupt gelte es in der Literatur, die reale Welt auch mit ihren hässlichen Seiten darzustellen. Er war einer ihrer schärfsten Kritiker. Sie hatte mit einem Essay auf seinen Angriff reagiert, der im Dezember in Amerika veröffentlicht worden war. Wusste Vita das nicht?

»Mr Bennett, soso«, sagte sie. »Stimmst du also mit ihm überein, wenn er behauptet, die Aufgabe des Schriftstellers sei die Darstellung der Realität?«

Vita stutzte. »Behauptet er das?«

»Er ist der Meinung, wir Schriftsteller sollten Figuren erschaffen, die wie lebendige Menschen wirken. Eben real.«

»Aber ist es nicht so?«, fragte Vita ehrlich erstaunt.

»Dann frage ich dich, liebe Vita, was ist denn real? Wer richtet denn darüber, was Realität sein soll?«

»Nun.« Vita wirkte ratlos. »Realität ist das, was wir sehen?«

»Was du siehst, oder was ich sehe? Oder vielleicht das, was Grizzle sieht?« Virginia wies mit der Gabel auf Grizzle, die sich wieder in den Raum geschlichen hatte und mit bettelndem Blick vor ihr saß.

»Entschuldige Virginia, aber ich verstehe nicht, worauf du hinauswillst.«

Virginia seufzte innerlich. In Vitas hübschem Köpfchen arbeitete tatsächlich nicht der hellste Geist. Zu tiefschürfenden, philosophischen Gesprächen schien die Gute nicht in der Lage zu sein. Vor einigen Monaten noch hätte sie sich über die Plattitüden geärgert, die Vita so von sich gab, doch heute konnte sie nur amüsiert in ihr Weinglas feixen. »Ich habe einen Essay geschrieben«, sagte sie. »Er heißt *Mr Bennett und Mrs Brown* und ich glaube, Mr Bennett war nicht sehr glücklich darüber. Ich gebe ihn dir gerne zu lesen, wenn du möchtest. Es überrascht mich, dass er ihn nicht erwähnt hat.«

»Ich werde ihn verschlingen«, sagte Vita und prostete ihr und Leonard zu. »Ich war übrigens bei Lady Ottoline zu Gast«, fuhr sie gleich darauf fort. »Sie hat mich und Dorothy Wellesley zum Lunch geladen. Kennt ihr Dorothy? Sie ist eine gute Freundin und wir haben …«

Als wolle sie möglichst viele Worte zwischen sich und das Thema Arnold Bennett bringen, redete Vita ohne Atempause über Lady Wellesley, deren in der Auflösung begriffene Ehe sowie über

Ottolines Pfauen, Pekinesen und leopardengefleckte Kleider. Virginia beobachtete, wie Leonards weinmüde Augen immer kleiner wurden, sie selbst jedoch fühlte sich wach und aufgekratzt wie lange nicht. Sie hing an Vitas Lippen, ohne die Bedeutung dessen, was da wasserfallartig aus ihr herausströmte, erfassen zu können. Vita sprengte ihr übliches Wertungsraster für Menschen und berührte sie an einer Stelle, die dunkel und unerforscht irgendwo in der Bauchgegend lag.

»Trägst du auch etwas zu diesem Puppenhaus bei, liebe Virginia?«, fragte Vita plötzlich.

»Puppenhaus?« Verlegen kratzte sich Virginia hinter dem Ohr. Sie hatte nicht die geringste Ahnung, wovon Vita gerade gesprochen hatte.

»Das Puppenhaus für die Königin.« Vita runzelte die Stirn, wie ungehalten über Virginias Unaufmerksamkeit.

»Verzeih, ich war für einen Moment nicht bei der Sache. Möchtest du mich aufklären?«

»Ich erzählte gerade, dass ich gebeten worden bin, einen Beitrag zum Puppenhaus für Queen Mary zu leisten. *Knole und die Sackvilles* wird nun als Miniaturausgabe in die Bibliothek des Puppenhauses aufgenommen.«

»Ah, *dieses* Puppenhaus!« Virginia brach in schallendes Gelächter aus. Tatsächlich war auch sie gebeten worden, am Geschenk des Volkes an die Königin mitzuwirken und ein Miniaturmanuskript eines ihrer Werke für die Bibliothek im Kleinformat zur Verfügung zu stellen. Das Puppenhaus sollte eine der Hauptattraktionen der British Empire Exhibition bilden, die im April in Wembley eröffnet werden würde und die bereits jetzt ganz London in Aufregung versetzte. Für die Ausstellung waren eigens ein Stadium gebaut und zwei neue Untergrundbahnlinien eingerichtet worden. Das Puppenhaus war vom Lieblingsarchitekten der britischen Oberschicht, Sir Lutyens, entworfen worden und alle angesehenen Handwerksfirmen und Schriftsteller des Landes durften einen Beitrag dazu leisten. Sie hatte abgelehnt, vor allem, weil ihr diese krude Zurschaustellung britischen Nationalstolzes höchst zuwider war.

»Aus Hochmut?«, fragte Vita mit schief gelegtem Kopf und treuherzigem Lächeln.

»Sagen wir aus Bescheidenheit. Ich fühle mich unwohl auf solch hochherrschaftlichem Parkett.«

»Dem könnten wir Abhilfe schaffen.«

Virginia warf einen schnellen Blick zu Leonard hinüber, der aufgestanden war, um das Kaminfeuer im Salon neu aufzuschüren. »Indem wir einander besser kennenlernen?«, fragte sie in das Prasseln und Knistern der Glut hinein, so dass Leonard es nebenan kaum würde hören können.

Vita stützte die Ellbogen auf. Ihre Finger spielten mit der Perlenkette, ihre Augen funkelten und sie hauchte ein stimmloses *Ja*.

Fasziniert registrierte Virginia ein Flattern in der Bauchgegend, das dort nichts zu suchen hätte.

»Du hast deine Einladung nach Knole nicht ausgesprochen«, sagte Virginia nun wieder lauter. »Es wäre eine Möglichkeit, mich mit dem aristokratischen Parkett vertrauter zu machen.«

»Wann willst du kommen?«, fragte Vita.

»Wenn du mich einlädst. Hochoffiziell auf einem Briefbogen aus rosenduftendem Papier«, verlangte Virginia.

»Der schönste Monat ist der Juni.«

»Das ist noch sehr lange hin.«

»So ist es«, sagte Vita mit einem Lächeln, das Virginias Inneres nach außen kehrte.

11. Kapitel

Hogarth House, 17. Februar 1924

»Ich brauche etwas Neues zum Anziehen.«

Es war Sonntag, Leonard saß in seinem Sessel im Salon und las Zeitung. Virginia hatte versucht, einen Essay von Montaigne zu lesen, doch ihre Gedanken drifteten immer wieder ab. Draußen schien eine fahle Februarsonne, die ersten Schneeglöckchen lugten aus dem Boden und im Esszimmer stapelten sich neben frisch gedruckten Exemplaren eines Essays von T. S. Eliot über John Dryden bereits die ersten Umzugskisten. Am Tavistock Square waren die Arbeiten in vollem Gange. Ihr neues Heim würde über jeden erdenklichen Komfort der modernen Zivilisation verfügen: elektrisches Licht, Gasheizung, Telefon, Elektroherd und Staubsauger. Und im Salon malten Vanessa und Duncan gerade die Wandverkleidung bunt.

»Aber warum? Dein Schrank ist voller Kleider und Mäntel.« Leonard runzelte die Stirn, als er sie über den Rand seiner Zeitung hinweg ansah. Sie könnte sich in alte Jutesäcke kleiden, ohne dass es ihm auffiele. Solange es nicht viel Geld kostete, war ihm gleichgültig, was sie trug.

»Ich möchte etwas Neues. Etwas Schickes.«

Ein fast mitleidiger Blick traf sie. »Schick?«, fragte Leonard.

»Ja. Schick. Weiblich. Ich will nicht die schlechtgekleidetste Frau auf der Bond Street sein!«

Leonards linke Augenbraue wanderte hoch. »Aber was willst du auf der Bond Street?«

Virginia klappte ihr Buch mit einem Knall zu. »Ich werde morgen nach London fahren. Und ich bitte dich um Erlaubnis, Geld für neue Kleider ausgeben zu dürfen.«

»Du musst mich nicht um Erlaubnis bitten.«

»Doch, natürlich muss ich. Ich muss dich sogar anflehen, mir das Geld dafür auszuhändigen!«

Leonard schüttelte irritiert den Kopf. »Wenn du mir sagst, wie viel du brauchst, bekommst du das Geld. Ohne mich anzuflehen.«

»Weißt du eigentlich, wie erniedrigend es ist, dir eine Summe nennen zu müssen, wenn ich mehr Geld für mich selbst ausgeben möchte, als ich es gewöhnlich tue?« Ihr Herzschlag hatte sich beschleunigt.

Leonard stand auf und ging zu der Schublade, in der er immer eine größere Summe für den täglichen Bedarf aufbewahrte. Virginia bediente sich daran nur, wenn sie etwas für den gemeinsamen Gebrauch kaufen wollte. Für ihre eigenen Wünsche verfügte sie über ein Taschengeld, das jedoch kaum für mehr als einen Rock oder eine Bluse reichte. Er zog die Lade auf. »Sieh hier. Es ist genug darin, um mindestens fünf Kleider zu kaufen. Bedien dich daran.«

Er ließ die Schublade offen stehen und verließ den Raum. Virginia widerstand dem Impuls, ihm ihr Buch nachzuwerfen. Sie hasste Diskussionen mit Leonard. Mehr noch hasste sie Diskussionen um Geld. Es würde etwas geschehen müssen. Etwas sehr Grundsätzliches. Aber nicht heute. Heute würde sie sich großzügig an der Schublade bedienen und ihr schlechtes Gewissen über ihre bevorstehende Ausschweifung zum Teufel jagen.

An Mary Hutchinson
50, Gordon Square
Bloomsbury, London

Hogarth House, 19. Februar 1924

Mary!!!
Kannst du mich riechen? Leonard findet, ich stinke wie eine Zibetkatze und das könne man bestimmt bis nach Bloomsbury riechen. Du hast das beste Parfüm für mich ausgesucht und mir gestern einen denkwürdigen Tag beschert. Ich finde mich zu, zu, zu schön! Ohne dich hätte ich mich niemals in all diese Geschäfte getraut und mich mit unvertrauter Kleidung fremden Augen ausgesetzt. Bestimmt hast du längst erraten, dass eine grässliche und unerklärliche Prüderie mich bis gestern davon abgehalten hat, zu einer gepuderten Ladenschönheit zu sagen: »Auch ich bin eine Frau und ich will Puder haben.« So prüde bin ich, dass ich zehn Jahre lang Monatsbinden aus Kapokwatte selbst gemacht habe, anstatt sie zu kaufen! Frage mich nicht nach den Gründen, vielleicht lassen sie sich in meinen Büchern aufspüren, wenn man je danach suchen sollte. Du hast gestern eine Hemmung beseitigt, eine Ehe ruiniert, ein Herz berauscht und mich auf ewig zu deiner Schuldnerin gemacht. Tom Eliot kommt zum Dinner und ich werde Lippenrot auflegen und beobachten, ob das sein marmorgleiches Herz in Wallung bringt. Du verstehst, was ich dir sagen will? Du hast mir meine tiefsten Sehnsüchte erfüllt und mich in die Gesellschaft der wirklichen *Frauen aufgenommen.*

In ewiger Dankbarkeit
Virginia

London, 19. März 1924

Vita durchquerte mit langen Schritten den St. James's Park in Richtung Trafalgar Square. Ihr Ziel: das große Haus am Tavistock Square 52. Virginia hatte sie zum Tee in ihr neues Heim eingeladen.

Es herrschte ein eisiger Wind, dennoch trug sie den Mantel offen und den Pelzhut in der Hand. Sie war aufgewühlt und die Bewegung an der kalten Luft tat gut.

Am Morgen hatte Bonne Maman ihr eine Szene gemacht, weil sie nicht in ausreichendem Maße zu ihrer Verfügung stünde. Ihre Mutter besaß ein Haus in der Hill Street, das sie verkaufen wollte, sah sich jedoch mit der Situation überfordert. Dabei hatte sie ein Heer von Angestellten und Anwälten, die sich um solcherlei Angelegenheiten kümmerten. Bonne Maman war wieder einmal in einer dieser Phasen, in denen sie sich ausgiebig selbst bemitleidete und Vitas uneingeschränkte Zuwendung einforderte. Zu oft schon hatte Vita das erlebt, um es noch ernst nehmen zu können. Stress jedoch verursachte es ihr allemal. Hinzu kamen Geoffreys Briefe, die sie zunehmend kühl beantwortete, was ihn nicht davon abgehalten hatte, seinen Posten bei der Botschaft in Rom aufzugeben, um mehr Zeit mit ihr verbringen zu können. Er wollte ab Juni die Hälfte des Jahres in Florenz bei seiner Frau und die andere Hälfte in Vitas Nähe in England verbringen. Vita wusste noch nicht, wie sie damit umgehen sollte, und schob dieses Problem vorerst beiseite, denn ein anderes Problem lag drängender vor ihren Füßen: Ihre Freundin Pat Dansie, von Eifersucht zerfressen, hatte gedroht, sich eine Kugel durch den Kopf zu jagen, wenn Vita sie weiterhin links liegen ließe. Vita war sich keiner Schuld bewusst, schließlich bemühte sie sich sehr, Pat und Dottie gleich viel Aufmerksamkeit zu widmen. Bis vor wenigen Minuten hatte sie mit Pat zu Mittag gespeist und es war ihr gelungen, die Freundin einigermaßen zu versöhnen. Sie hatte ihr versprechen müssen, in naher Zukunft mit ihr zu verreisen – ohne Dottie. So war die akute Gefahr erst einmal abgewendet, aber die ganzen beiseitegeschobenen Ärgernisse mit Bonne Maman, Geoffrey, Pat und Dottie stauten sich allmählich bedrohlich auf. Sie würde diesen Berg irgendwann abtragen müssen, um zu verhindern, dass er über ihr zusammenbrach. Aber welche Lösung konnte es für Menschen geben, die in Liebe entflammt waren? Oder eine Mutter, die ständig zwischen verschwenderischer Großzügigkeit und kleinlicher Selbstsucht hin und her pendelte? Harold behauptete, es genügten ein paar klare Worte, aber was wusste ihr leidenschaftsloser, besonnener Harold von diesen Dingen schon?

Virginias Einladung, sie auf einen Plausch in ihrem neuen Heim zu besuchen, war eine wohltuende Abwechslung zu dem emotionsgeladenen Beziehungschaos, in dem sie steckte. Virginia war so vollkommen anders als alle Menschen, die Vita kannte. Da war einerseits diese kühle, herablassende Seite an ihr, diese stille Verärgerung, wenn man ihren Gedanken nicht folgen konnte. Andererseits war da aber auch dieser neugierige Blick, das Funkeln in ihren Augen, wenn sie Vita ansah, gepaart mit einer beinah kindlichen Schüchternheit, wenn Vita sie berührte. Und dann plötzlich dieser überraschende Vorstoß, die Aufforderung, sie nach Knole einzuladen und die Bekanntschaft zu vertiefen.

Auch wenn Virginia ihr noch so deutlich zu verstehen geben mochte, wie unterlegen sie in intellektueller Hinsicht war – die Sehnsucht nach mehr Intimität, die Bereitschaft, sich ihr gegenüber zu öffnen, war unverkennbar. In diesen Dingen kannte Vita sich aus, auch wenn sie sich darauf nichts einbildete.

Im Haus am Tavistock Square herrschte ein reges Treiben. Eine Papierlieferung war gerade eingetroffen und zwei Männer schleppten Kisten ins Untergeschoss, von wo das Rattern der Druckerpresse zu hören war. In der Kanzlei klingelten die Telefone und irgendwo im Obergeschoss wurde gehämmert. Als Vita die Treppe zur Wohnung der Woolfs hinaufstieg, kam Leonard ihr entgegen. Er wirkte gehetzt.

»Virginia erwartet dich. Ich kann euch leider keine Gesellschaft leisten, ich muss …« Er zeigte an ihr vorbei die Treppe hinunter.

»Natürlich, du musst arbeiten. Lass dich nicht aufhalten.«

Bereitwillig trat sie beiseite und freute sich im Stillen, mit Virginia allein sein zu können. Sie mochte Leonards Ernsthaftigkeit und seine höfliche Zurückhaltung, mit der er sich so wohltuend von den anderen Bloomsbury-Männern unterschied, die sie bisher kennengelernt hatte. Er schätzte ihre Arbeit und sagte ihr das, völlig frei von Ironie. Zugleich aber wirkte seine Präsenz immer ein wenig dämpfend auf Virginia. Auch wenn er meist wenig sprach, so schien er doch in jeder Sekunde über seine Frau zu wachen, wie ein Hütehund, bereit zum Sprung, falls sein Schützling sich über festgelegte Grenzen hinauswagen sollte.

Die Tür zur Wohnung stand offen. Eine große Halle, in der sich Bücherkisten stapelten. Vita konnte in den Salon blicken, das große Sofa, das sie kannte, ein weit geöffnetes Fenster. Vita klopfte, und als niemand reagierte, trat sie ein. Es roch nach frischer Farbe. Sie hörte Virginias Stimme, ein fordernder Tonfall, und dennoch melodisch und weich. Neugierig wagte Vita sich vor, trat in den Salon und verharrte. Über die gesamte Länge des großen Raumes erstreckte sich eine grellbunte Wandbemalung von schockierender Hässlichkeit. Seltsame Muster, Farben, die nicht harmonierten, und an beiden Enden verformte Frauenkörper, die das ganze zusammenzuhalten schienen. Eine ähnlich groteske Wandverzierung hatte Vita bei Maynard Keynes gesehen und sich darüber gewundert, dass der nüchterne Zahlenmensch Keynes sich mit einem solchen Alptraum umgab.

»Gefällt sie dir?«

Vita fuhr herum. Virginia war leise an sie herangetreten. Ihre Wangen waren auffallend gerötet, die Lippen ebenfalls, und auch die Augenpartie wirkte vergrößert. Vita brauchte eine Sekunde, um zu begreifen, was geschehen war: Virginia hatte sich geschminkt. Statt der strengen Bluse und des üblichen grauen Wollrockes trug sie ein modisch schmal geschnittenes Jerseykleid mit tiefer Taille, das bis knapp über die Knie reichte und ihre schlanken Unterschenkel und Fesseln zur Geltung brachte. Nur die beiden Strähnen, die sich immer aus ihrem unbeholfen zurückgesteckten Haar lösten, baumelten wie üblich herab und Vita musste sich sehr zusammenreißen, sie nicht hinter ihr Ohr zu streichen.

»Sehr«, sagte sie leise. »Sie gefällt mir sehr.«

Verlegenheit huschte über Virginias Gesicht, doch dann wies sie auf die grässliche Wandbemalung. »Wir sind beide ganz verliebt in die Farben. Vanessa und Duncan haben es gemalt, aber das hast du dir sicher gedacht.«

»Ah, das Paneel. Ja. Es ist … denkwürdig.«

Virginia lachte schallend. »Du magst sie nicht.«

»Ich mag dein Kleid.«

»Oh, das.« Sie schob einen Fuß vor. »Ich muss mich an die Länge, oder vielmehr die Kürze gewöhnen.«

»Es steht dir ausgezeichnet.«

»Du darfst nicht über mein Kleid sprechen.« Hektisch wedelte sie das Thema fort. »Und noch weniger über das Make-up. Leonard findet es grässlich.«

»Aber warum denn? Du siehst zauberhaft aus.« Interessiert beobachtete Vita Virginias Reaktion auf ihre Worte. Sie hatte sich über einen Beistelltisch gebeugt, auf dem Tee und Gebäck bereitstanden, und sortierte die Tassen um. Dann ließ sie klirrend Kandis in beide Tassen fallen und richtete sich ruckartig wieder auf.

»Wirklich?«, fragte sie.

Vita ließ sich unaufgefordert in einem Sessel nieder und griff nach einem Keks. »Vielleicht findet Leonard, dass du es nicht brauchst, weil du auch ohne vollkommen bist.«

Ihre Röte vertiefte sich. Es war faszinierend zu sehen, wie diese so intelligente und nicht selten hochmütige Frau aus der Fassung geraten konnte, wenn man sie auf ihr Äußeres ansprach.

Virginia setzte sich ebenfalls und zog den Rock über ihre Knie. Sie saß aufrecht, die Beine zusammengepresst, die Hände zwischen die Schenkel geschoben. »Ich stelle fest, dass es mir nicht behagt, über mich zu sprechen. Sprechen wir lieber über dich. Hast du deinen Gartenartikel fertig?«

Vita hatte neulich beim gemeinsamen Dinner im Hogarth House beiläufig erwähnt, dass sie vom *Evening Standard* gebeten worden war, etwas über das Gärtnern zu schreiben. Sie war überrascht, dass Virginia sich an dieses Detail überhaupt noch erinnerte.

»Längst erledigt. Es sollen weitere folgen.« Bevor Virginia ihr Tee einschenken konnte, klaubte Vita die Kandisstückchen wieder aus ihrer Tasse und legte sie auf ihren Teller. »Es ist schade, dass du nicht über dich sprechen möchtest«, sagte sie. »Ich finde, es gibt kaum ein interessanteres Thema.«

»Oh«, machte Virginia und setzte die Teekanne geräuschvoll ab. »Ich bin aber doch nur eine ältliche Person, die mit ihrem Frausein ringt.«

Plötzlich wusste Vita, was sie an Virginia so anziehend fand. Es war dieses Spiel zwischen Koketterie, Selbstironie und plötzlicher entwaffnender Offenheit, ein im Grunde unmöglicher Spagat, den sie jedoch zur Vollkommenheit beherrschte.

»Was bedeutet es für dich?«, fragte Virginia und ihr Blick bekam wieder seine übliche Schärfe.

»Was meinst du?«

»Frau zu sein, liebe Vita? Was bedeutet das Frausein für dich?«

Vita ließ langsam die Luft entweichen, die sie unbewusst angehalten hatte, und suchte Halt an ihrer Perlenkette. Die neu eingesetzten Perlen waren eine Nuance dunkler als die anderen. Es störte sie ein wenig, doch vermutlich würde es niemandem auffallen, am allerwenigsten Virginia. »Ich weiß nicht, was für eine Antwort du von mir erwartest«, sagte sie.

Virginia nickte, wie in einer Vermutung bestätigt. Zufrieden nahm sie die Teekanne wieder auf und schenkte auch sich selbst ein. Über ihnen war ein Poltern zu hören und wieder das Hämmern und Klopfen, das Vita schon im Treppenhaus vernommen hatte. Virginia schlug sich mit der Hand aufs Bein.

»Ich bin ein furchtbarer Schussel«, sagte sie.

»Warum? Was ist passiert?«

»Ich habe dir das Haus gar nicht gezeigt!«, rief Virginia und lachte wie über einen ausgezeichneten Witz. »Komm, ich führe dich herum.«

»Aber der Tee …«

»Erst musst du alles gesehen haben. Und danach sprechen wir über die Liebe.«

Virginia schien vor ihr herzutänzeln, zeigte ihr jeden Winkel der großzügigen Wohnung, führte sie sogar in den Keller, wo Leonard an der Druckpresse stand und eine junge Frau fertig gedruckte Seiten auf Stapel sortierte. Beide arbeiteten konzentriert und hatten kaum einen Blick für den Besuch übrig.

»Ich finde es bewundernswert, mit welcher Leidenschaft Leonard sich eurem Verlag widmet«, sagte Vita, als sie den Druckraum verließen. »Bleibt da noch gemeinsame Zeit für Vergnügungen?«

»Vergnügungen?« Virginia sprach das Wort aus, als hätte sie es heute zum ersten Mal gehört.

»Reisen zum Beispiel. Fahrten aufs Land. Wanderungen. Gemeinsame Unternehmungen zu zweit.«

»Oh, wir lesen sehr gerne gemeinsam vor dem Kamin.«

Vita lachte laut auf. »Das stelle ich mir sehr vergnüglich vor«, sagte sie mit einem Augenzwinkern.

Schließlich musste Vita noch Virginias neues Arbeitszimmer bewundern, auf das sie sehr stolz zu sein schien. Im Vergleich zu der dunklen, fensterlosen Kammer im Hogarth House konnte man den großen Raum fast als luxuriös bezeichnen, auch wenn er in seiner quadratischen Nüchternheit weder über Charme noch Ausblick verfügte. Um Virginias Freude über ihr neues Reich nicht zu trüben, sagte Vita nur, »schön hell ist es hier« und wandte sich der Treppe zum Obergeschoss zu. Irgendwann, so schwor sie sich, würde sie dieser Frau zeigen, welch stimulierende Wirkung ein Arbeitsplatz mit Blick in die weite Landschaft haben konnte.

Sie kehrten in den Salon zurück und tranken lauwarmen Tee. Virginia, eben noch so redselig und vertrauensvoll, schien auf einmal reserviert, als hätte der Ausflug in das arbeitsame Zentrum ihres gemeinsamen Lebens mit Leonard sie an den Ernst des Daseins erinnert.

Das Gespräch schleppte sich eine Weile mühevoll dahin und Vita überlegte schon, ob sie Virginias Zeit bereits überstrapaziert hatte. Da sprang Virginia unvermittelt auf und kramte einen Band mit Essays von Michel de Montaigne aus einer der Kisten im Eingang.

Sie stellte sich vor sie hin und schlug das Buch auf, das mit tausend kleinen Zetteln gespickt war. »Die Liebe ist wie der Mond«, las sie. »Wenn sie nicht zunimmt, nimmt sie ab. Was hältst du davon?«

Vita lehnte sich zurück. »Richtig«, sagte sie. »Du wolltest über die Liebe sprechen.«

»Geht es dir mit der Liebe so, wie Montaigne schreibt? Hat er recht?«, drängte Virginia, als hinge der weitere Verlauf des Nachmittags ausschließlich von Vitas Antwort ab.

»Darüber muss ich erst einmal nachdenken«, gab sie zu.

Virginia seufzte und setzte sich. »Nehmen wir an, es gäbe in der Liebe diesen Zenit, sollten wir uns dann nicht hüten, ihn erreichen zu wollen? Und doch scheint es oft so, als strebten die Menschen immer nach diesem Zustand höchsten Liebesglücks.«

»Wenn man immer daran denkt, dass nach Erreichen des Gipfels der Abstieg folgt, geht man doch gar nicht erst los«, gab Vita zu bedenken. »Und wie langweilig wäre das Leben dann.«

»Ist es nicht die Liebe, die langweilt? Ein ewiges Auf und Ab, immer gleich? Wäre es da nicht besser, gar nicht erst zu lieben und auf einem Plateau zu wandeln, im Licht eines ewigen Halbmondes?«

»Und doch sind mir die Vollmondnächte die liebsten.«

Virginia spielte mit dem Saum ihres Kleides. Sie hatte die Beine übereinandergeschlagen und wippte mit dem Fuß auf und ab.

»Montaigne denkt auch, dass Freundschaft wertvoller sei als Liebe. Er schreibt … warte …«

Sie blätterte in ihrem Buch. Vita stand auf und stellte sich hinter Virginia, um ihr über die Schulter zu blicken. Die Textränder waren übersät von winzigen, mit Bleistift gekritzelten Kommentaren, einzelne Sätze oder ganze Passagen waren unterstrichen, hier und da fanden sich Fragezeichen neben dem Text und auf einer Seite prangten drei große, dick gemalte Ausrufezeichen am Rand. Zu dieser Textstelle wanderte Virginias Zeigefinger, als sie las: *»Das Liebesfeuer ist eingreifender, brennender und peinigender als die Freundschaft. Aber zugleich ist es mutwillig und unbeständig, flatternd und sich wandelnd, eine Art Fieberglut, die auf- und abschwillt. In der Freundschaft dagegen herrscht eine allgemeine Wärme, die den ganzen Menschen erfüllt* *und die außerdem immer gleich wohlig bleibt; eine dauernde, stille, ganz süße und ganz feine Wärme, die einen nicht verbrennt und nicht verletzt.«*

»Und du glaubst, wir könnten uns aussuchen, ob wir jemanden lieben?«, fragte Vita und musste den Blick von Virginias Nacken abwenden. Sie schlenderte hinüber zu dem bemalten Wandpaneel und strich mit der Hand über den grotesk verzerrten Oberschenkel einer der Frauengestalten.

»Sag du es mir«, gab Virginia zurück. Sie saß sehr aufrecht und sah sie mit wachen unschuldigen Augen an.

»Ich denke, wenn Montaigne hier über die Liebe schreibt, meint er eigentlich das leidenschaftliche Begehren«, sagte Vita ausweichend. »In der Liebe ist ja immer auch die Freundschaft enthalten.«

»Das ist ein interessanter Gedanke.« Virginia stützte das Kinn auf Daumen und Zeigefinger. Ein Lächeln umspielte ihre Lippen, als sie fragte: »Glaubst du, es ist möglich, zu lieben, ohne zu begehren? Oder ist es dann nur Freundschaft im Sinne von Montaigne?«

»Ich liebe Harold, aber ich begehre ihn nicht. Nicht mehr. Wie ist es mit dir und Leonard?«

Virginia sah sie mit großen Augen an, überrascht wohl über ihre Offenheit. Ihr Blick wanderte seitlich zum Boden und sie blieb eine ganze Weile so sitzen, wie in stiller Zwiesprache mit einem inneren Zensor. Dann ruckte ihr Kopf hoch und sie sagte: »Ich habe Leonard nie begehrt. Aber ich liebe ihn sehr.«

»Das ist es, was ich meine«, sagte Vita sanft. »Diese Art der Liebe ist durchdrungen von Freundschaft. Aber sie ist mehr als Freundschaft.«

»Und die andere? Die, von der Montaigne spricht?«

»Du meinst das Begehren?«

»Nein«, sagte Virginia, »ich meine die Liebe, die Begehren enthält, aber nicht *nur* Begehren ist.« Sie stutzte und fragte stirnrunzelnd. »Geht das überhaupt, begehren, ohne zu lieben?«

»O ja«, sagte Vita. »Das geht durchaus.« Sie lachte über Virginias skeptischen Blick. Sie hätte von Geoffrey erzählen können, den sie für eine Vollmondnacht lang sehr begehrt hatte, verzichtete aber darauf.

»Hast du sie erlebt, diese begehrende Liebe?«, fragte Virginia und es war ihr anzusehen, dass ihr sehr wichtig war, die Wahrheit zu erfahren.

»Die Franzosen nennen es eine *Grande Passion*«, sagte Vita. »Und ja, einige Male. Wäre es nicht so, hätte ich das Gefühl, nicht gelebt zu haben.«

Virginia dachte eine Weile über ihre Worte nach, dann sagte sie: »Ich verstehe, was du meinst. Doch das eigentlich Aufregende im Leben sind doch die kleinen Schritte näher an die Menschen heran, findest du nicht? Solange wir entdecken können, bleibt es spannend. Wenn wir alles wissen, beginnt die Langweile.«

»Oder die Liebe«, sagte Vita und hielt Virginias erstaunten Blick so lange fest, wie sie es zuließ. Und das war zum ersten Mal ein sehr langer Moment.

12. Kapitel

An Vita Nicolson
Long Barn, Weald
Sevenoaks, Kent

Tavistock Square, 17. Mai 1924

Liebste Vita,
erinnerst du dich, dass ich sagte, das Spannende im Leben seien die kleinen Schritte aufeinander zu? Nun, hier kommt ein großer Schritt: Möchtest du etwas für die Hogarth Press schreiben? Keinen dicken Roman, etwas Kleines, Einzigartiges, etwas, das du vielleicht für Heinemann nicht schreiben würdest. Hast du nicht eine verrückte Idee im Kopf, die du dich bisher nicht trautest, umzusetzen? Nun kommt der Haken: Du musst schnell schreiben (kannst du ja), denn wir wollen es gerne im Herbst schon veröffentlichen. Würdest du das für uns tun? Bitte sag Ja!
Deine Virginia

Tavistock Square, 4. Juli 1924

»Da ist sie«, sagte Leonard. Er stand am Fenster mit dem Rücken zu ihr. Seine Stimme verriet nichts. Und doch wusste Virginia, dass er gehofft hatte, Vita würde in der letzten Sekunde noch absagen.

Vita hatte endlich ihr Versprechen wahr gemacht und Virginia nach Knole eingeladen. Die Einladung war zusammen mit ihrer

Zusage erfolgt, etwas für die Hogarth Press zu schreiben, und Virginia war versucht zu glauben, dass es aus Dankbarkeit geschehen war.

Sie war freudig erregt wie ein Kind, aber auch ein wenig ängstlich, was sie erwarten würde. Ihr kleiner Koffer war seit zwei Tagen gepackt und Leonard hatte es bislang sogar unterlassen, sie an frühes Zubettgehen und ausreichende Ruhepausen zu erinnern. Er trug ihren Koffer zum Auto, und Vita umarmte sie. Sie duftete nach einem Parfüm, das ganz ähnlich roch wie ihr Briefpapier.

»Ich habe noch jemanden mitgebracht«, sagte Vita im selben Moment, als sich die Beifahrertür ihres Wagens öffnete. Wenn sie allein unterwegs war, fuhr sie nie mit dem großen Rolls-Royce. Für diese Zwecke hatte sie einen schnittigen blauen Austin Martin. Eine elegant gekleidete, blonde Frau stieg aus. »Meine Freundin Dorothy Wellesley. Dottie, das ist Virginia.«

»Oh«, sagte Virginia. »Ein Damentrio, wie nett.« Es gelang ihr sogar, heiter zu klingen. Am liebsten jedoch hätte sie ihren Koffer wieder aus dem Kofferraum gezerrt und den Rückzug angetreten. Sie ergriff Dotties schmale, schlaffe Hand und lächelte so freundlich, wie sie konnte. Leonards warnender Blick sagte ihr, dass sie damit nicht sehr erfolgreich war. Als sie losfuhren, blickte Virginia sich sehnsüchtig nach Leonard um, der ihnen mit versteinerter Miene nachwinkte.

Dorothy Wellesley war so blasshäutig, dass man glaubte, durch sie hindurchsehen zu können. Ihre Augen waren von einem beinah farblosen Blau, an den Rändern ein wenig gerötet. Sie trug grellroten Lippenstift, eine Federboa und einen schicken Hut, den sie auch im Wagen nicht absetzte. Aus ihren trägen Gesten sprach die gelangweilte Selbstgewissheit ihrer aristokratischen Herkunft und es war selbstverständlich, dass Virginia auf der Rückbank Platz nahm. Obwohl sie ein neues Kleid trug und Wangenrouge aufgelegt hatte, fühlte sie sich wie eine Gouvernante, die zu einer Landpartie mitgenommen wurde.

Dottie plapperte ohne Unterlass, während Vita meist einsilbig antwortete. Das laute Rattern des Motors bewahrte Virginia davor, sich am Gespräch beteiligen zu müssen. Sehr wohl aber registrierte sie, dass »Dottie Darling« und »Vita Schatz« einen sehr vertrauten Umgang miteinander pflegten. Fast kamen Virginia die beiden vor wie ein altes Ehepaar. Die Art, wie Dottie Vita immer wieder berührte, ihre Blicke und ihr gurrendes Lachen verursachten ihr Übelkeit, genau wie Vitas haarsträubender Fahrstil. Sie fuhr viel zu schnell durch die belebten Straßen Londons, nahm die Kurven mit quietschenden Reifen und fluchte, wenn ein anderes Fahrzeug ihr in die Quere kam.

»O Vita, Schatz«, keuchte Dottie einmal, als Vita sie mit einer Vollbremsung vor der Kollision mit einem Omnibus bewahrte, »fühl nur meinen Puls!« Sie beugte sich vor und Virginia fürchtete schon, sie würde Vitas Hand greifen und an ihre Brust führen, doch Vita wehrte sie ungeduldig ab.

Dottie wandte sich zu ihr um. »Ich sterbe jedes Mal, wenn ich mit ihr irgendwohin fahre«, klagte sie.

»Für mich sehen Sie noch ganz lebendig aus«, sagte Virginia freundlich und setzte in Gedanken ein grimmiges »leider« hinzu.

Die Fahrt wurde ruhiger, als sie London hinter sich ließen, und Dotties nervöses Geplapper ebbte ab. Sie fuhren durch die schier endlosen Wälder Kents, in denen noch der Nebel des Morgens hing. Vita klärte Virginia darüber auf, dass auch Dottie Dichterin sei, wenngleich sie noch nichts veröffentlicht habe. »Aber ihre Arbeit ist sehr vielversprechend«, sagte sie, und zu Dottie gewandt: »Du musst Virginia unbedingt deine Gedichte zeigen.«

»Oh«, rief Dottie. »Würden Sie etwas von mir lesen, liebe Mrs Woolf?«

Virginia überlegte, wie sie ihren Kopf aus dieser Schlinge ziehen konnte, da sagte Vita: »Du darfst nicht zu streng mit ihr umgehen, Virginia. Dottie ist eine zarte Pflanze«, und zwinkerte der Freundin zu. Der glühende Blick Dotties drehte Virginia den Magen um.

Zum Glück wurde ihr zumindest eine Antwort erspart, denn in diesem Augenblick teilten sich die Bäume und auf einer Anhöhe direkt vor ihnen schälte sich ein steinerner Riesenbau mit unzähligen Fenstern und Giebeln, einem majestätischen Hauptportal und vier mächtigen, flaggenbewehrten Burgtürmen aus dem Morgennebel. Sie waren angekommen.

Schloss Knole erstreckte sich über eine Fläche von sechzehn Hektar. Mit seinen sieben Innenhöfen, zweiundfünfzig Treppen und dreihundertfünfundsechzig Zimmern war es das größte Schloss Englands – das zumindest behauptete Vita, als sie den Wagen durch den riesigen Torbogen steuerte und neben einem Rolls-Royce älteren Modells parkte. Vita schritt auf das Hauptportal des Gebäudes zu, das sich in diesem Augenblick wie von Zauberhand öffnete. Sie wechselte ein paar Worte mit einem hochgewachsenen Herren, der wohl der Butler sein musste. Dottie warf ihre Federboa über die Schulter und trippelte hinter Vita her, Virginia jedoch blieb in der Mitte des großzügigen Innenhofs stehen und drehte sich ein paarmal im Kreis, um das einschüchternde Anwesen erst einmal auf sich wirken zu lassen, bevor sie sich in seinen Schlund hineinwagte. Außer Dottie, Vita und dem Butler war keine Menschenseele zu sehen und doch fühlte Virginia sich beobachtet. Es war, als starre das alte Gemäuer aus tausend Augen auf sie nieder, wie erstaunt angesichts der schäbigen Aufmachung seines Gastes.

»Kommst du, Virginia? Es gibt noch viel mehr zu sehen«, rief Vita.

Dottie war bereits im Inneren verschwunden, offenbar mit der Örtlichkeit bestens vertraut.

»Ich bin überwältigt«, gab Virginia zu, als sie Vita in die Halle folgte. Sie stiegen eine breite Holztreppe mit aufwendig geschnitztem Geländer hinauf, die, wie Vita beiläufig erzählte, von ihrem Vorfahr Thomas Sackville im Jahr 1605 erbaut worden war, kurz nachdem ihm das Schloss von Elisabeth I. übereignet worden war. Sie kamen in die Große Halle, die beherrscht wurde von einem imposanten Raumteiler aus dunklem Eichenholz, verziert mit dem kunstvoll geschnitzten Wappen der Sackvilles.

»Hier in dieser Halle hat schon Heinrich VIII. seine Gelage abgehalten«, sagte Vita stolz. »Knole war seine Jagdresidenz. Eine Zeit lang lebte seine Tochter aus der Ehe mit Katharina von Aragon hier. Die spätere Mary Stuart.«

»Beeindruckend«, murmelte Virginia und strich ehrfurchtsvoll über eines der Sackville-Wappen.

»Das hier ist Thomas Sackville.« Vita zeigte auf das Portrait eines hageren, bärtigen Mannes im typisch düsteren Renaissance-Stil. »Mein Vorfahr«, sagte sie mit einer heiligen Ehrfurcht, die Virginia innerlich lächeln ließ.

»Er war Botschafter im Dienst von Königin Elisabeth I.« Vita hob den Zeigefinger: »Und Dichter. Er hat einen großen Anteil daran, dass ich mit vierzehn meinen ersten Roman geschrieben habe. Ich weiß noch, wie oft ich hier stand und zu ihm aufgeschaut habe.« Beinah zärtlich berührte sie den Rahmen des Portraits.

»Wo ist eigentlich Dottie?«, fragte Virginia und sah sich um.

»Ach Dottie«, sagte Vita und machte eine wegwerfende Handbewegung. »Sie hat sich wahrscheinlich schlafen gelegt. Wenn Dottie nicht trinkt, schläft sie.«

Sie wanderten die Ahnengalerie der Sackvilles entlang und zu jedem ihrer Vorfahren wusste Vita ein paar Sätze zu erzählen. All das war Virginia nicht neu, sie hatte es in Vitas Buch *Knole und die Sackvilles* gelesen, und doch sog sie jeden ihrer Sätze begierig in sich auf. Über Vitas Gesicht hatte sich der Glanz einer beseelten Wiedersehensfreude gelegt. Sie schaute zu den Gemälden auf wie zu geliebten Verwandten, die sie lange nicht gesehen hatte und denen sie eine neu gewonnene Freundin vorstellen wollte. Bald war es Virginia, als ziehe die ganze Schar gemeinsam mit ihnen durch das Schloss, unsichtbar, aber doch lebendig und voller Neugierde auf den Menschen, den ihr jüngster Spross da in ihre Mitte gebracht hatte. Vita zeigte Virginia den Altar in der Schlosskapelle, vor dem Mary Stuart vor ihrer Enthauptung ein letztes Mal gebetet hatte. »Es war übrigens Thomas Sackville, der ihr die Todesnachricht überbracht hat. Einer der letzten Menschen, der sie vor ihrer Enthauptung noch gesehen hat«, sagte Vita und fuhr sich zur Untermalung ihrer Worte mit der Handkante über die Kehle. Ihre Augen blitzten vor Genugtuung darüber, dass einer ihrer Vorfahren eine Rolle in dieser blutrünstigen Angelegenheit gespielt hatte.

Sie wanderten durch endlose Gänge und riesige Säle, vorbei an kostbaren Gemälden und Preziosen, wertvollen Wandbehängen und Teppichen, Stühlen und Sesseln, die sich über die Jahrhunderte angesammelt hatten und in denen längst niemand mehr saß. Sie kamen durch Ballsäle und königliche Schlafzimmer, deren einzigartige Kostbarkeiten durch abgedunkelte Fenster und dicke Seile vor Licht und Berührung geschützt werden mussten. Sie begegneten niemandem, nicht einmal den Bediensteten, die es in großer Zahl geben musste, um die ganze museale Pracht staubfrei zu halten.

»Es muss seltsam sein, hier zu leben, vor allem für ein Kind«, sinnierte Virginia. »Du hattest keine Geschwister. Mit wem hast du gespielt?«

»Mit mir selbst«, sagte Vita. »Ich hatte meine Phantasie. Ich war nie allein.«

Virginia dachte an ihre eigene Familie, das Haus am Hyde Park Gate, in dem es nicht eine Sekunde des Tages still gewesen war. Immer war das Haus voller Menschen gewesen, ihre Geschwister, Freunde und Freundinnen der Geschwister, Besucher der Eltern. Die Stille war erst nach dem Tod der Mutter eingetreten, nur hin und wieder zerrissen von den Klagelauten ihres Vaters.

»Aber ein Kind braucht doch Spielgefährten«, sagte sie.

»Die hatte ich. Nur waren sie nicht lebendig. Dafür umso spannender.«

Sie waren auf dem Dach des Schlossturms angekommen, der riesige Gebäudekomplex und das weite grüne Land mit seinen jahrhundertealten Bäumen zu ihren Füßen.

»Der Park von Knole ist vierhundert Hektar groß«, sagte Vita. Sie stand aufrecht wie ein gepanzerter Reitsoldat beim Appell und blickte in die Ferne, hinter ihr die Flagge mit dem Sackville-Wappen, die im Wind flatterte. »Die Hirsche leben schon seit dem Mittelalter in diesem Park. Sie dürfen überall frei herumlaufen. Einmal hat sich einer von ihnen in die Halle verirrt und stand mir plötzlich gegenüber. Er hatte ein riesiges Geweih. Sie werden aggressiv, wenn sie sich bedroht fühlen und der Fluchtweg versperrt ist. Er hätte mich töten können.«

»Hattest du Angst?« Virginia konnte den Blick nicht von Vitas Profil lösen, das sie in diesem Moment mehr denn je an einen General erinnerte, der sein Heer in die wichtigste Schlacht seines Lebens führt.

Vita sah sie an. »Nein«, sagte sie. »Im Gegenteil. Es wäre ein denkwürdiger Tod gewesen und hätte gut in die Geschichte der Sackvilles gepasst. Fast ein bisschen schade, nicht?«

»Du musst meinen Vater kennenlernen«, sagte Vita, als sie wieder im Green Court standen. »Du wirst mit ihm zu Mittag speisen.«

»Du nicht?«

»Ich stoße später dazu. Ich muss mich noch um jemanden kümmern.«

»Dottie?«

Vita zögerte, dann sagte sie. »Es gibt noch einen weiteren Besucher. Er ist in Long Barn, ich werde ihn dort abholen.«

»Noch eine Freundin?«, fragte Virginia.

»Es ist ein Freund. Geoffrey Scott. Du kennst ihn vielleicht?«

»Nein. Müsste ich?«

»Er ist Architekt, war es jedenfalls. Jetzt ist er reich verheiratet und schreibt einen Roman.« Vita runzelte kurz die Stirn, als überlege sie, ob es noch mehr zu Geoffrey zu sagen gäbe, und nahm dann Virginias Arm. »Komm, ich bringe dich zu meinem Vater.«

Wieder durchquerten sie das Labyrinth aus Sälen und Gängen, diesmal im Eilschritt. Sie ließen all die Herrlichkeiten, die Virginia noch nicht gesehen hatte, links liegen und drangen schließlich zu dem Gebäudeflügel vor, in dem Vitas Vater, Sir Lionel Sackville, allein mit seiner Dienerschaft residierte. Wie der verkümmerte Kern inmitten einer riesigen Nuss saß seine Lordschaft hier im Herzen des Schlosses, am Kopf einer langen Tafel, und blickte Virginia erwartungsvoll entgegen. Virginia wusste nicht, ob sie sich vor ihm fürchten oder ihn bemitleiden sollte. Vita ging zu ihm, berührte ihn kurz an der Schulter und sagte: »Hier bringe ich dir Virginia. Behandle sie gut, sie führt eine spitze Feder. Nicht, dass sie sich auf ihre Weise rächt, wenn du nicht freundlich zu ihr bist.«

»Ich habe ihren Roman gelesen«, sagte er, ohne auf Vitas Worte einzugehen. Er wies auf das Gedeck an seiner Seite. »Setzen Sie sich, Mrs Woolf.«

Vita lächelte ihr aufmunternd zu. »In einer Stunde bin ich wieder da.«

—•⁂•—

Vita trat das Gaspedal bis zum Anschlag durch. Sicher war Geoffrey verärgert über ihre Verspätung. Sie hatte ihm versprochen, ihn auf ihrem Landwohnsitz Long Barn abzuholen, bevor sie mit Virginia nach Knole fuhr. Doch dann hatte Dottie in aller früh in Tränen aufgelöst vor der Tür gestanden. Eine Zuspitzung ihrer Ehekrise, wie sie behauptete. Sie hatte sie also kurzerhand ins Auto geladen und mit nach London genommen. Über die Aufregung hatte sie ihr Versprechen vergessen und war auf dem Weg nach Knole an der Abzweigung nach Long Barn vorbeigefahren. Die Schlossführung mit Virginia hatte länger gedauert als gedacht und nun war es schon Mittag.

Geoffrey war wieder einmal unangekündigt aus Florenz gekommen, um Zeit mit ihr zu verbringen. Noch hatte sie ihm nicht erzählt, dass sie in Kürze mit Harold eine ausgedehnte Reise in das Land unternehmen würde, aus dem er ihr zuliebe gerade erst gekommen war – nach Italien. Es war alles ein großes Durcheinander und allmählich wurde die Geschichte mit Geoffrey wirklich lästig.

Er stand rauchend vor dem Haus, als sie in die Hofeinfahrt fuhr. Die Art, wie er die Zigarette zu Boden warf und austrat, ließ sie unwillkürlich zusammenzucken.

Sie öffnete die Beifahrertür von innen und rief: »Steig ein, Mrs Woolf erwartet dich schon ganz ungeduldig!«

Geoffreys freundliches Schuljungengesicht konnte zu Stein werden, wenn er wütend war. Ohne ein Wort setzte er sich neben sie und starrte geradeaus, die Lippen zusammengepresst, die Hände ineinander verkrampft auf dem Schoß. Seine Kiefermuskeln mahlten.

Vita versuchte eine Erklärung. »Ich habe ihr Knole gezeigt. Sie speist jetzt mit meinem Vater zu Mittag.« Dottie erwähnte sie vorsichtshalber gar nicht erst.

»Und ich habe mich glänzend mit Miss Pebbles unterhalten, danke der Nachfrage«, knurrte Geoffrey. Miss Pebbles war die Köchin und sie war schwerhörig.

»Geoffrey, Darling, ich war der Meinung, du zögest es vor, den Tag in aller Ruhe zu beginnen, anstatt dir ein weiteres Mal die alten Schlossgeschichten anzuhören.«

»Ich bin für dich hergekommen. Ganz allein für dich.«

»Ich kann doch nicht all meine Verpflichtungen aufgeben, Geoffrey.«

»Das ist nicht der Punkt. Der Punkt ist, dass deine Gefühle für mich …«

In diesem Augenblick querte ein Reh direkt vor ihnen die Landstraße und Vita musste so abrupt bremsen, dass Geoffrey die Nickelbrille von der Nase flog.

»Herrgott, Vita«, schrie er. »Wenn du mich aus deinem Leben haben willst, erledige ich das lieber selbst!« Er riss die Tür auf, sprang aus dem Wagen und stürmte davon. Nach wenigen Metern jedoch schien ihm gewahr zu werden, dass er ohne Brille kaum etwas sehen konnte, und blieb stehen.

Vita hob die Brille vom Boden des Wagens auf und wartete. Mit hängenden Schultern kehrte Geoffrey zurück und stieg ein.

»Du bringst mich um den Verstand«, murmelte er.

Vita setzte ihm die Brille sorgfältig auf die Nase, drückte ihm einen Kuss auf die Wange und sagte: »Nicht doch, Darling. Das wäre zu schade.«

13. Kapitel

Lord Sackville trug nicht nur den ehrwürdigen Titel des 3. Barons von Kent, er war auch ein entzückender Gesprächspartner. Virginias Befürchtung, das Mittagessen mit dem alten Herrn könne zäh und anstrengend werden, verflüchtigte sich bereits nach den ersten Minuten ihrer Begegnung. Er besaß einen feinen Humor und eine menschliche Wärme, die Virginia kaum mit der Gewichtigkeit seines Titels in Einklang bringen konnte. Drei Bedienstete sorgten dafür, dass die Speisen im richtigen Moment auf ihren Tellern landeten und jedes etwaige Bedürfnis ihrer Lordschaft und seines Gastes umgehend zufriedengestellt wurde. Sie speisten von silbernen Löffeln und königlichen Tellern, tranken einen edlen Rotwein aus dem Weinkeller des Schlosses und sprachen über Literatur. *Jacobs Zimmer*, erklärte Lord Sackville, sei für ihn wie eine Zufallsbekanntschaft, aus der eine tiefe Liebe erwachsen war.

»Sie sind eine Zauberin«, sagte er. »Ihre Geschichte ist wie ein detailreiches Gemälde. Aus der Nähe betrachtet, überrascht es mit einzigartigen Formulierungen und scharfsichtigen Beobachtungen. Aus der Distanz glaubt man, darin die Gesamtheit des Daseins erfasst zu sehen.«

»Oh, lieber Herr Baron«, rief Virginia. »Sie machen mich verlegen.« Sie war bereits nach dem Aperitif dazu übergegangen, ihn halb scherzhaft »lieber Herr Baron« zu nennen, was ihm großes Vergnügen zu bereiten schien.

»Verlegenheit wurzelt in der Bescheidenheit und die ist eine Tugend«, sagte Lord Sackville. »Ihnen steht sie zudem außerordentlich gut zu Gesicht.«

Virginia blinzelte kokett. »Sie verderben meine beste Eigenschaft, lieber Herr Baron.«

Lord Sackville lachte, bis ihm die Tränen kamen.

»Was ist mit Vitas Werken?«, fragte Virginia. »Haben Sie sie alle gelesen?«

»Gott bewahre, nein! Zu wortreich, viel zu wortreich. Ich habe ihr schon als junges Mädchen gesagt, dass die Würze in der Kürze liegt. Ein Brief zum Beispiel darf immer nur so lang sein, dass man mühelos noch eine Seite hinzufügen kann. Sie schrieb immer furchtbar lange Briefe.«

»Aber Sie müssen stolz auf sie sein, erfolgreich, wie sie ist.«

»Sie trägt zu dick auf. *Jacobs Zimmer* ist wunderbar kurz und doch ist alles gesagt.«

Virginia fragte sich, was Vita wohl sagen würde, wenn sie wüsste, wie der Vater über ihre Arbeit sprach. Aber vielleicht kannte sie seine Meinung. Der reservierten Begrüßung nach zu urteilen, schienen die beiden kein sehr inniges Verhältnis zueinander zu haben. Vermutlich zählte emotionale Distanz zu den über Jahrhunderte geschulten Überlebensstrategien der Aristokratie. Aber war ihre Beziehung zu ihrem Vater anders gewesen? War es nicht fehlende Innigkeit, die sie immer wieder dazu getrieben hatte, ihn mit besonderem Lerneifer zu beeindrucken? Und würde ein Leslie Stephen gutheißen, was sie schrieb, wenn er noch lebte? Ganz gewiss nicht.

»Ich habe Vita gebeten, einen Roman für die Hogarth Press zu schreiben«, sagte sie und hoffte, dass es nicht provozierend klang.

Lord Sackville blickte erstaunt. »Tatsächlich?«

Virginia hatte ihm erzählt, dass *Jacobs Zimmer* in ihrem eigenen Verlag erschienen war und dass sie und Leonard bestrebt waren, der britischen Öffentlichkeit Werke zugänglich zu machen, die im üblichen Literaturbetrieb sonst kaum je eine Heimat gefunden hätten. Er war davon sehr beeindruckt und hatte sich den Satz- und Druckvorgang genau erklären lassen.

»Dann müssen Sie ihr sagen, dass sie sich kurz fasst. Sonst dauert es bis an Ihr Lebensende, bis das Buch gesetzt ist«, sagte er mit einem Lächeln, das irgendwo zwischen Spott und Vaterstolz lag.

»Bestimmt wird sie ihre Sache gut machen.«

»Ich bin nicht sicher.« Die Stirn des Barons furchte sich. »Vita hat in manchen Dingen ein unglückliches Händchen. Sie lässt sich allzu leicht von ihren Gefühlen mitreißen.«

»In der Literatur? Oder im Leben?«, fragte Virginia.

»Ich fürchte beides«, sagte der Baron und seufzte.

Geoffrey stieß einen Seufzer der Erleichterung aus, als Vita den Wagen im Green Court von Schloss Knole parkte und er aussteigen konnte. Zum Glück waren es nur wenige Meilen von Long Barn nach Knole, eine längere Reise mit Vita am Steuer würde er bestimmt nicht überleben. Die Angst, sein noch so junges Leben in irgendeinem Straßengraben auszuhauchen, hatte sogar seine Wut verdrängt. Wahrscheinlich tat er ihr ohnehin unrecht. Er hätte sein Kommen ankündigen sollen, er wusste ja, dass sie viele gesellschaftliche Verpflichtungen hatte, die ihr Stand und ihr literarischer Erfolg nun einmal mit sich brachten. Er hatte gehofft, sie überraschen zu können. Der Zeitpunkt wäre günstig, schließlich war Harold nicht in London, aber natürlich war das ein dummer Gedanke. Er würde sich bessern.

Er folgte Vita zum westlichen Seitenflügel des Schlosses, wo die privaten Gemächer lagen. Er war schon des Öfteren hier gewesen, früher einmal, als er noch das ergebene Anhängsel seiner Frau gewesen war. Sibyl verkehrte in allen bedeutenden Adelshäusern

Englands und es war für ihn als einfachen Architekten nicht leicht gewesen, sich seinen Platz in dieser Welt zu erobern. Aber er hatte es geschafft und darauf war er stolz.

Weniger stolz war er auf das Versteckspiel, das er seiner Gattin gegenüber so viele Jahre gespielt hatte. Sibyls Herz war kalt wie der Marmor in der Villa Medici, und er war ein Mann mit Bedürfnissen. Keine Frau jedoch hatte ihn je so sehr in ihren Bann ziehen können wie Vita, obwohl sie sich ihm erst ein einziges Mal hingegeben hatte. Sie war schön, ja, und ihre glutvollen Augen brachten seine Eingeweide in Aufruhr. Doch das war es nicht. Sie konnte sehr zärtlich sein und im nächsten Moment schroff und abweisend, sie war sanftmütig und in gleichem Maße energisch und entschlossen wie ein Mann. Sie lockte mit Sinnlichkeit, schien aber zugleich vor der körperlichen Nähe zurückzuschrecken, nach der er sich so sehr sehnte. So steckte sie voller Widersprüche und ein Tag mit ihr ließ ihn sämtliche Gefühle durchleben, deren ein Mann fähig sein konnte. Er war sicher, noch längst nicht alle Geheimnisse dieser Frau ergründet zu haben, und das Zusammensein mit ihr war wie die Suche nach einem verborgenen Schatz – ebenso faszinierend wie furchterregend. Er würde ihr sein Leben zu Füßen legen, wenn sie es nur wollte, aber – und da lag der Hase im Pfeffer – wollte sie es überhaupt? Eine Zeit lang hatte es so ausgesehen, doch inzwischen war er sich dessen ganz und gar nicht mehr sicher.

Vita eilte mit weit ausgreifenden Schritten vor ihm her und er hatte Mühe, ihr zu folgen. Geoffrey konnte sich nicht erinnern, sie je gemächlich schlendern gesehen zu haben. Immer schien sie von einem drängenden Termin zum nächsten eilen zu müssen, ohne Hast, jedoch mit der Zielstrebigkeit einer Frau, die wusste, was zu tun war. Auch das liebte er an ihr.

Plötzlich riss Vita eine Tür auf und verschwand. Als er ihr in den Raum folgen wollte, knallte sie ihm die Tür vor der Nase zu. Was bedeutete das nun wieder? Er klopfte an, erst vorsichtig, dann mit neuerlich anschwellender Wut. Gerade als er sich gewaltsam Zutritt zu dem Zimmer verschaffen wollte, öffnete sich die Tür und vor ihm stand Vitas Busenfreundin Dorothy Wellesley. Er kannte Dottie nur allzu gut und es gab wenige Frauen, denen er die Pest so sehr an den Hals wünschte wie ihr. Sie umschwärmte Vita mit einer Penetranz, die an eine verzweifelte Spätsommerwespe erinnerte.

Vita saß auf einem Stuhl, die Beine lang ausgestreckt, und betrachtete ihre Fingernägel.

»Ja bitte?«, fragte Dottie freundlich.

Geoffrey drängte sie beiseite und baute sich vor Vita auf. »Würdest du bitte erklären …?«

Vita blickte erstaunt. »Aber was denn? Dottie musste sich ankleiden. Es schickt sich nicht, das in deiner Anwesenheit zu tun.«

»Du hast gesagt, du wärest mit Mrs Woolf hier.«

»Das sind wir«, sagten beide wie aus einem Mund und lachten. In seinen Ohren klang es wie Hohngelächter.

»Gehen wir zu ihr.« Vita stand auf und streichelte ihm über die Wange. »Dummer Geoffrey«, flüsterte sie. »Immer gleich so zornig.«

Geoffrey strich seinen Scheitel glatt und straffte die Schultern. Auch mit drei Frauen würde er es aufnehmen können.

Virginia führte gerade den letzten Bissen eines köstlichen Krokanttörtchens zum Mund, als Vita hereinstolzierte, gefolgt von Dottie und einem schmalgesichtigen Jüngling mit Nickelbrille und sorgfältig gekämmtem Seitenscheitel. Er war ebenso blond, blauäugig und bleich wie Dottie. Neben Vita wirkten die beiden wie zu vorübergehendem Leben erweckte Geschöpfe aus einer verblassten Fotografie.

»Lionel, ich hatte gehofft, dich anzutreffen«, rief der junge Mann und schritt direkt auf Lord Sackville zu, ohne Virginia zur Kenntnis zu nehmen. »Vita war überzeugt, du hättest dich schon zu deiner Nachmittagsruhe zurückgezogen.«

»Bei solch charmanter Gesellschaft habe ich Besseres zu tun, als zu schlafen«, entgegnete Lord Sackville und zwinkerte Virginia verschwörerisch zu.

Der junge Mann tat, als nehme er jetzt erst wahr, dass noch jemand am Tisch saß, und verneigte sich. »Scott. Geoffrey Scott. Hocherfreut.« Er lächelte wie jemand, für den das Lächeln von Berufs wegen zum Alltag gehörte.

Virginia überlegte, ob sie sich ihm vorstellen sollte, unterließ es dann aber. »Erfreut, Sie kennenzulernen«, sagte sie, so hochmütig, wie sie nur konnte, und wandte sich Vita zu. Sie hatte sich auf dem Stuhl neben ihr niedergelassen und naschte von den Trauben, die zur Dekoration auf dem Tisch standen. Dottie saß ihr gegenüber und ließ den Blick nicht von Vita. Sie hatte glasige Augen und Virginia fragte sich, ob sie die letzten drei Stunden getrunken oder geschlafen hatte.

»Du hast mir verschwiegen, was für ein anregender Gesprächspartner dein Vater ist«, sagte Virginia.

»Eigentlich ist er ein Griesgram. Es muss an dir liegen.« Lord Sackville feixte wie ein Schuljunge. »Sie darf gerne öfter kommen«, sagte er. »Vergraule sie mir nicht, sie ist eine Perle.«

»Oh«, sagte Dottie. »Vita schätzt Perlen sehr.« Sie ließ ihre eigene Perlenkette durch die Finger gleiten und lächelte süffisant.

Sie gingen hinüber in Lord Sackvilles Bibliothek, um ihm dort bei seinem täglichen Mittagsritual mit Kaffee, einem winzigen Schluck irischen Whiskys und einer Zigarre Gesellschaft zu leisten. Dottie und Geoffrey ließen sich mit lässiger Selbstverständlichkeit in die Ledersessel fallen, in denen vermutlich schon ganze Generationen von Sackvilles gesessen hatten. Virginia lehnte den Kaffee dankend ab und bat, sich die imposanten Buchregale näher ansehen zu dürfen. Geoffrey verwickelte den Baron in ein Gespräch über Politik, Vita und Dottie saßen schweigend und rauchten. Virginia registrierte, dass Geoffrey sie nicht aus den Augen ließ. Er sprach laut, als wolle er sichergehen, dass sie jedes seiner Worte hören konnte. Während des Essens mit dem Baron hatte Virginia nicht eine Sekunde der Befangenheit empfunden, doch durch Geoffreys Anwesenheit kehrte das Gefühl zurück, schlecht gekleidet und fehl am Platz zu sein. Es war ein altes Gefühl, verbunden mit Erinnerungen an die verhassten Dinnergesellschaften, zu denen George sie immer mitgenommen hatte.

Plötzlich kam ihr die Situation widerwärtig vor. Wie falsch war es, sich von Vita und dem Baron umgarnen, von diesem unanständigen Luxus bezirzen zu lassen und darüber zu vergessen, dass ein Schloss wie Knole die Menschen eines ganzen Londoner Armenviertels beherbergen und ein Leben lang ernähren könnte. Sie wusste es besser, und doch war sie in die klebrigen Fänge dieser aristokratischen Herrlichkeit geraten, selbstvergessen und käuflich wie eine Hure. Die Heftigkeit der Wut, die sie plötzlich gegenüber all dem Prunk und Protz befiel, überraschte sie selbst. Sie entfernte sich so weit von den anderen, wie die beträchtliche Größe des Raumes es zuließ, und versuchte durch ein paar tiefe Atemzüge ihrer Gefühle Herr zu werden. Der Geruch der Bücher half dabei.

Sie zog eine Übersetzung von Victor Hugos *Die Elenden* aus dem Regal und tat, als vertiefe sie sich darin. Da trat Geoffrey neben sie. »Großartiger Roman«, sagte er. »Eine unpassende Lektüre allerdings in diesem Rahmen.«

»Genau die richtige«, entgegnete Virginia.

»Sie haben recht.« Er schob seine Nickelbrille zurecht und rückte ein Stück näher heran. »Sie und ich«, sagte er leise, »wir kennen auch die Seite des Elends. Die Aristokratie verschließt die Augen davor. Sie sitzen an ihren vor Köstlichkeiten überbordenden Tafeln und ignorieren das Wimmern der Hungernden vor ihren Türen. Und wir zwei …« Er ließ ein leises Gackern vernehmen, das klang wie das eines erkälteten Huhns. »Wir sind die Schaben, die über die Tafel spazieren.« Offenbar zufrieden mit seinem Sprachbild, nickte er.

»Wie bedauerlich, dass Sie sich als Schabe betrachten«, sagte Virginia und steckte *Die Elenden* zurück ins Regal. »Ich bin über einen Meter siebzig groß. Haben Sie je so eine große Schabe gesehen? Ich nicht.« Damit ließ sie ihn stehen.

Am späten Nachmittag fuhren sie mit Vitas Wagen hinunter nach Sevenoaks, wo Dottie und Vita große Körbe voller Erdbeeren kauften. Geoffrey wollte für Vita die Körbe tragen, was sie mit hochgezogenen Brauen ablehnte. Sie schritt aufrecht voran auf ihren langen, schlanken Beinen, die auch heute in Hosen und Schaftstiefeln steckten. Sie erinnerte an einen dieser spanischen Zuchthengste, die Virginia vor Jahren einmal im Hyde Park bei einer königlichen Parade gesehen hatte. Fast war sie geneigt zu glauben, dass nur ein blütenreines Adelsgeschlecht wie das der Sackvilles ein Prachtexemplar wie Vita hervorbringen konnte. Ein wenig mochte es ihr an geistiger Brillanz fehlen, ihre körperlichen Vorzüge indes machten diesen Mangel durchaus wett. Vielleicht musste sie ihre Maßstäbe zur Beurteilung von Menschen um die Kategorie »Vita« erweitern? Sie würde darüber sehr gründlich nachdenken.

Sie fuhren weiter nach Long Barn, wo sie die Nacht verbringen würden. Das Anwesen lag am Rand des kleinen Örtchens Weald auf einer Anhöhe, umgeben von Wald und weiten Feldern. Bevor Virginia das Haus betreten durfte, musste sie auf Geheiß Vitas den Garten von Long Barn bis in den letzten Winkel erkunden und jede einzelne Blume bewundern. Besonders stolz war Vita auf ihre Rosen. Viele von ihnen hatte sie aus fernen Ländern kommen lassen und verwendete viel Zeit mit ihrer Pflege. »Einige Stöcke habe ich durch falschen Beschnitt, zu viel oder zu wenig Wasser verdorben. Es ist nicht leicht, Pflanzen ihrem gewohnten Habitat zu entreißen. Aber inzwischen habe ich Übung darin«, sagte sie mit einem Lächeln, das viel mehr zu sagen schien, als die Summe ihrer Worte verriet.

Sie wanderten Arm in Arm über die verschlungenen Wege ihres Gartens und Vita berührte die Blumen mit beinah mütterlicher Zärtlichkeit. Aus dem gepanzerten Reitsoldaten wurde mit einem Male die Frau Vita, die in ihrem Wissen um die Verletzlichkeit der zarten Pflanzen, mit denen sie sich umgab, selbst zutiefst verletzbar schien. Fasziniert beobachtete Virginia die Verwandlung, und sie fragte sich, ob diese Verletzbarkeit der Grund für Vitas manchmal so harte männliche Ausstrahlung war.

Als sie von ihrem Spaziergang durch den Garten zum Haus zurückkehrten, saßen Geoffrey und Dottie mit verdrießlichen Mienen auf der Terrasse. Warum bloß umgab Vita sich mit diesen beiden Menschen? Sie waren weder amüsant noch intelligent. Vielmehr wirkten sie wie zwei verwöhnte Kinder, die sich nicht mit sich selbst zu beschäftigen wussten und es ihrer Mutter übel nahmen, wenn sie ihre Zeit nicht ausschließlich ihnen widmete.

»Wo sind eigentlich deine Söhne?«, fragte Virginia. »Leben sie nicht hier bei dir?«

Dottie lachte schrill auf, als hätte sie etwas vollkommen Absurdes gefragt.

»Sie sind in Eton«, sagte Vita, leichtes Erstaunen im Blick.

»Internat«, ergänzte Dottie.

»Selbstverständlich«, sagte Virginia. »Ich hätte es mir denken müssen. Es ist nur … Kinderlos, wie ich bin, ist mein Familienbild von meiner Schwester ein wenig … eingefärbt. Die Kinder leben überwiegend bei ihr.«

»Ich durfte sie kennenlernen«, sagte Vita, an Dottie gewandt. »Faszinierende Frau.«

»Eigenwillig«, sagte Virginia. »Künstlerin«, fügte sie herablassend in Richtung Dottie hinzu. Die Eifersucht verursachte diesmal nur einen kleinen Stich, abgemildert vom Gefühl warmer Zuneigung zu ihrer Schwester, die im Kreis dieser Menschen an Bedeutung gewann.

Long Barn war nicht vergleichbar mit Schloss Knole, und doch strahlte das Gebäude mit seinen sieben Schlafzimmern, vier Badezimmern und jahrhundertealtem Holzgebälk majestätische Altehrwürdigkeit aus. Herzstück des Hauses war das »Große Zimmer« – eine ehemalige Scheune, die Vita und Harold in einen riesigen Salon umgewandelt hatten, der mit seinen schiefen Böden und dunklen Deckenbalken an eine alte Bahnhofshalle erinnerte. Hier saßen sie nach dem Dinner um einen fast zimmergroßen Kamin und Vita erzählte von Nächten unter Sternen im fernen Byzanz, von Stierkämpfen in Spanien und Bootsfahrten auf dem Nil.

»Und Italien«, seufzte Vita. »Ich liebe dieses Land, vor allem die Dolomiten, wenn die Berge sich im Sonnenuntergang rot färben. Man glaubt sich dem Allmächtigen ein Stückchen näher.«

»Sag mir Bescheid, wenn du ihn getroffen hast«, spottete Dottie. »Du bist ja bald dort.«

»Wen meinst du?«, fragte Vita.

»Na, den Allmächtigen! Kommt Harold eigentlich vorher noch nach England, oder triffst du ihn dort?«

»Du fährst nach Italien?« Geoffrey, der eben noch, tief im Sessel eingesunken, mit versonnenem Lächeln ins Leere geblickt hatte, setzte sich steil auf.

Vita schloss für eine Sekunde die Augen und nickte, wie ergeben in ein furchtbares Schicksal, das in just diesem Moment über sie hereingebrochen war.

Aus Dotties Mund erklang ein erstickter Laut und sie warf Vita einen erschrockenen Blick zu.

»Wann?«, fragte George. Er bellte das Wort förmlich.

»Am Ende der Woche.«

Geoffrey schien um Worte zu ringen »Du … ich … Verdammt!«, stammelte er und knallte sein Glas auf den Tisch. »Wie kannst du nur?«

»O Geoffrey, ich hätte es dir …« Vita streckte die Hand nach ihm aus, doch Geoffrey sprang auf, trat mit dem Fuß einen Stuhl beiseite und rannte aus dem Raum.

»Meine Güte, Dottie, manchmal bist du wirklich …« Anstatt den Satz zu beenden, lief Vita hinter Geoffrey her, der dem Lärm nach zu urteilen im angrenzenden Speisezimmer mit weiteren Möbelstücken um sich warf.

»Nanu?«, sagte Virginia. »Welch außerordentliche Gefühlsexplosion!«

»Tja«, machte Dottie nur und zuckte die Achseln.

Sie lauschten beide auf die lautstarke Diskussion, die irgendwo in den Tiefen des Hauses im Gange war, zu weit entfernt jedoch, um die Worte verstehen zu können.

»Was ist denn nur plötzlich geschehen?«, wunderte Virginia sich.

»Ich war im Glauben, sie hätte ihm schon gesagt, dass sie nach Italien fährt.«

»Aber daran ist doch gar nichts Schlimmes.«

»Er ist extra für sie aus Italien gekommen.«

»Und?«

Dottie sah sie beinah mitleidig an. »Er ist ihr Liebhaber«, sagte sie dann sanft, als spräche sie mit einem besonders begriffsstutzigen Kind. »Wussten Sie das nicht?«

»Und?«, fragte Leonard, als er Virginia am nächsten Morgen am Bahnhof von St. Pancras abholte. »War es schön?«

Virginia fiel nicht gleich eine Antwort ein. Sie lächelte nur und nickte.

»Du siehst erschöpft aus«, stellte Leonard fest. Sie wusste, dass es ein Vorwurf war, auch wenn es nicht so klang.

»Aber nein, ganz und gar nicht. Es war alles wunderbar. Gehen wir nach Hause.«

Vita hatte sie gleich nach dem Frühstück nach Sevenoaks gefahren, still und nachdenklich, ohne den selbstgewissen Schneid des vergangenen Tages. Geoffrey war nicht zum Frühstück erschienen und Vita hatte ihn mit keiner Silbe erwähnt. Virginia war froh, als sie in Sevenoaks in den Zug steigen und die schwüle Gewitterstimmung, die in Long Barn herrschte, hinter sich lassen konnte.

Sie war nach Dotties Enthüllung zu Bett gegangen, verwirrt und verärgert über das unschöne Ende dieses so inspirierenden Tages. Sie wusste nicht, ob es ihr etwas ausmachte, dass Vita einen Liebhaber hatte, war nicht einmal sicher, dass es überhaupt stimmte. Es passte nicht in das Bild, das sie sich von Vita gemacht hatte. Aber warum sonst sollte Dottie so etwas erzählen? Ob sie ahnte, dass Virginia von Vita verzaubert war? War es schnöde Eifersucht?

Mehr noch als über den hässlichen Vorfall ärgerte Virginia sich über die vielen Gedanken, die sie in der Nacht daran verschwendet hatte. Fehlender Schlaf führte unfehlbar zu Kopfschmerz und davon hatte sie ohnehin genug. Sie war entschlossen, das Ganze als peinliches Kuriosum zu betrachten, zu unbedeutend, um dieses neue, spannende Vita-Kapitel davon überschatten zu lassen.

»Ich habe mich sehr amüsiert«, sagte Virginia, als sie eine Weile schweigend neben Leonard hergegangen war. »Der Kontrast zwischen dem unanständigen Luxus, in dem diese Leute leben, und den Armenvierteln, die ich gerade vom Zugfenster aus bewundern durfte, ist … Nun ja, ein wenig überwältigend, wenn du verstehst, was ich meine.«

»Ich verstehe sehr gut, was du meinst.«

Er nahm ihre Hand. »Und jetzt wirst du dich erst einmal erholen.«

»Es geht mir gut, Leonard, wirklich!«

Leonard nickte nur, aber es war wie immer unmöglich, ihn zu überzeugen.

»Denkst du, sie wird die Herausforderung annehmen und bis September etwas Geeignetes für uns schreiben?«, fragte er am Abend, als er vor dem Schlafengehen zu ihr kam, mit Kopfschmerztablette und einem Glas Wasser in der Hand. Sie hatte nicht danach gefragt, aber sie würde sie gewiss brauchen.

»Oh, das. Darüber haben wir gar nicht gesprochen. Aber ja, ich denke …« Sie überlegte, wie sie es formulieren sollte. »Wenn sie aus der Fülle ihres exzentrischen Lebens auch nur ein winziges Eckchen herausschneidet, wird es eine sagenhafte Geschichte.«

14. Kapitel

An Virginia Woolf
Tavistock Square
London, Bloomsbury

Tre Croci, Cadore, Italien, 16. Juli 1924

Meine liebe Virginia,
bisher habe ich noch jede Herausforderung bereitwillig angenommen. Und so ist es auch mit deiner Bitte, eine Geschichte für euch zu schreiben. Ich schreibe sie hier, umgeben von Berggipfeln und grünen Seen, und sie wird dir gewidmet sein. Vielleicht wirst du sie mir zurücksenden, mit dem typischen freundlich-unverbindlichen Verlegersatz: »Die Hogarth Press bedauert, das beiliegende Manuskript nicht …«, und so weiter, du kennst das. In diesem Falle verspreche ich dir, keinen Groll zu hegen.

Ich schreibe diese Geschichte also mit Blick auf zwei felsige Gipfel von majestätischer Unnahbarkeit, den Geruch von Pinien in der Nase, das Rauschen eines Gebirgsbachs im Ohr. Ich werde den Verlockungen des Müßiggangs genauso widerstehen wie dem Ruf der Gipfel, die von mir bestiegen werden wollen. Ich gebe zu, das ist nicht leicht, denn nichts befriedigt den Körper so sehr wie der Blick in die Weite und das Ausstrecken müder Beine nach einem mühsamen Aufstieg zum Gipfelkreuz.

Hast du je einen Berg bestiegen, liebe Virginia? Verspürst du überhaupt je das Bedürfnis, die Kultur zu schwänzen und ohne Bücher beladen zu verreisen? Ich denke, ich werde nicht lockerlassen, bis ich dich fortgelockt habe, nach Spanien zum Beispiel, zu einer dieser Pilgerstätten, wo sich jährlich Tausende Menschen zu Füßen irgendeiner Madonna versammeln. Der Name der Stadt ist mir entfallen, Santiago de … ich weiß es nicht genau, es spielt auch keine Rolle, denn wichtig wäre allein, dass du mich begleitest. Würdest du? Du kannst es als literarischen Stoff betrachten, wie du, glaube ich, alles betrachtest, menschliche Beziehungen eingeschlossen. Du magst Menschen eher mit dem Kopf als mit dem Herzen – verzeih, wenn ich mich irre.

Außerdem glaube ich, dass Menschen einander nie in ihrer gewohnten Umgebung richtig kennenlernen können, wo Rituale und Beziehungsfäden an ihnen kleben. So ist es auch bei uns. Entweder bist du daheim und ich fremd, oder ich bin daheim und du fremd. Auf diese Weise sind wir miteinander niemals wir selbst. Auf einer gemeinsamen Reise in eine Umgebung, in der wir beide fremd sind, könnten wir es sein. Was denkst du? Ich denke, dass du diese Herausforderung nicht annehmen wirst. Und hoffe, dass ich mich irre.

Vita

An Vita Sackville-West
Long Barn, Weald
Sevenoaks, Kent

Monks House, 19. August 1924

Meine liebe Vita,
bist du aus Italien zurückgekehrt? Hast du die Geschichte fertig? Wann schickst du sie? Ich bin ganz ungeduldig, sie zu lesen. Und – um das Geschäftliche beiseitezulassen – ich habe mich sehr über deinen vertraulichen Brief aus den Dolomiten gefreut. Er tat mir allerdings auch weh. Ich denke, das muss die erste Stufe der Vertrautheit sein. Kein Herz, schreibst du, nur Kopf. Sei unbesorgt, ich nehme deine Kränkung hin, ohne dir zu grollen. Dir das Gegenteil beweisen zu wollen, versuche ich an dieser Stelle lieber nicht, denn sonst würde aus diesem geschäftlichen Brief ein

allzu vertrauter. Und dann würdest du mich kaltherziges Geschöpf noch weniger mögen, als du es ohnehin schon tust, nicht wahr?

Jetzt aber schweige ich wirklich besser, nicht ohne dich zu erinnern, dass du mir wegen der Geschichte Bescheid gibst.

Deine Virginia

Long Barn, 22. August 1924

Der Morgen hing mit seinen Nebeln bis weit in den Tag hinein über den Feldern. Es war der erste kühle Tag in diesem August, der bereits den nahenden Herbst ankündigte. Die rot glühenden Berggipfel der Dolomiten waren nur noch eine ferne Erinnerung, überlagert vom leidigen Problem Geoffrey, das sich auch durch Vitas Abwesenheit nicht gelöst hatte. An jenem unglückseligen Abend in Long Barn war es ihr noch gelungen, Geoffrey zu besänftigen. Zum Glück, denn er war alles andere als ein kühler Kopf. Aus Erfahrung wusste Vita, dass verletzter Stolz einen Mann durchaus zum Äußersten treiben konnte. Sie wollte sich nicht ausmalen, was er täte, wenn sie ihm wirklich den Laufpass gäbe. Es liege alles in ihren Händen, hatte er ihr geschrieben, »bewahre meine Liebe, töte nicht sie – und mich«. Vita war inzwischen überzeugt, dass er diese Worte vollkommen ernst meinte. Niemals hätte sie sich auf ihn einlassen dürfen, es war ein Moment der Schwäche gewesen. Dieses verflixte, unstillbare Bedürfnis, geliebt zu werden.

Ganz anders gelagert war ihr Bedürfnis, Virginia wiederzusehen. Noch nie hatte eine Frau, die ihr gefiel, sie auf *diese* Weise angezogen. Meist schwang etwas Dunkles in ihrem Drang mit, sich anderen Frauen anzunähern. Gewiss, dieses Dunkle, Verbotene machte auch den Reiz einer jeden neuen Bekanntschaft aus. Bei Virginia war es zum ersten Mal nicht so. Vitas Gefühle für sie waren voller Frische und Klarheit, ohne das überwältigende Verlangen, sie besitzen zu wollen. Allein die Vorstellung war absurd. Eher schon weckte Virginias Fragilität, die in einem so erstaunlichen Widerspruch zu ihrem starken Intellekt stand, Vitas Beschützerinstinkt – auch wenn sie nicht wusste, wovor sie sie hätte beschützen müssen. Die Freundin war ja durchaus Herrin ihres eigenen Lebens, mit einem klaren Ziel vor Augen und der Entschlossenheit, dies zu erreichen. Und doch – ihre hohe Sensibilität war gewiss nicht ohne Preis. Nun hatte sie diesen merkwürdigen Brief geschrieben, in dem sie von einer Kränkung sprach, die Vita ihr zugefügt hätte. Was, zum Teufel, meinte sie nur? Je mehr Vita darüber nachdachte, desto gewisser war sie, dass es eine verschleierte Aufforderung war, sich intensiver mit ihr zu beschäftigen. Nun, dazu war sie bereit. Mehr als das.

Meine liebe Virginia, schrieb sie, *wie schändlich von dir, mir das Gefühl zu geben, ich hätte dir wehgetan. Ich zermartere mir das Hirn, um mich zu erinnern, was ich Kränkendes geschrieben habe, glaube jedoch offen gestanden, dass es nur eine deiner Provokationen war. Habe ich recht? Und macht es dir Spaß, Menschen zu verwirren, die ein wenig näher an dich heranschleichen wollen?*

Dich noch weniger mögen … Liebe Virginia, du drängst mich dazu, meine Karten auf den Tisch zu legen. Hier sind sie: Du weißt sehr gut, dass ich dich sehr, sehr mag, was dir meine Freunde bestätigen können, wenn du dich dazu herabließest, sie zu fragen. Das wirst du nicht tun, ich weiß. Also schreibe ich es dir mit meinen kunstlosen Worten. Mach damit, was du willst.

Die Geschichte betreffend kann ich dir sagen, dass sie zu drei Vierteln geschrieben ist und ich auf einen Befehl deinerseits hoffe, sie umgehend fertigzustellen. Ansonsten werde ich sie, wie jeden Tag seit meiner Rückkehr, angewidert anblicken und in die Schublade zurückstecken. Ich brauche also einen Ansporn. Gib mir ein festes Abgabedatum und gehorsam wie ich bin, werde ich es einhalten.

Deine Vita

—•⊱⊰•—

Monks House, 13. September 1924

»Hast du die gute Bettwäsche aufgezogen? Die seidene mit den Blumen? Ich habe sie extra aus London …«

»Gewiss, Mrs Woolf. Sie lag ja auf dem Bett.«

»Und den Kamin anständig gesäubert? Was ist mit der Wärmflasche, wenn es in der Nacht kalt sein sollte? Hast du sie auch bereitgelegt?«

»Aber ja, Mrs Woolf. Ich habe alles so gemacht, wie Sie es mir aufgetragen haben.«

»Gut. Dann …« Virginia wandte sich von Nelly ab, um in ihr Zimmer zurückzukehren, wo sie endlich am Ende der *Stunden* hatte arbeiten wollen. Seit Tagen bastelte sie an dieser wichtigen letzten Szene – Clarissa Dalloways Gesellschaft, auf die alles hinstrebte. Doch diese Szene benötigte Zeit, sie musste dicht gewebt werden, alle Fäden verknüpft, und das Ganze sollte in einem allerletzten kurzen Satz gipfeln, den sie schon lange in sich trug. *Denn da war sie.* So sollte er lauten. Wenn es ihr gelänge, noch in dieser Woche zu diesem Satz zu kommen, dann könnte sie mit großem Stolz die Feder beiseitelegen und von sich sagen: Zum ersten Mal habe ich einen Roman geschrieben und beendet, ohne krank zu werden!

Doch immer wieder fielen ihr Dinge ein, an die sie das Hausmädchen erinnern musste. Schließlich war es das erste Mal, dass im Hause Woolf eine »Hochwohlgeborene«, wie Nelly Vita nannte, über Nacht zu Gast sein würde. Virginia hatte Vita gewarnt, dass es im Haus keine Toilette gab, das Gästezimmer winzig und das Bett unbequem war. Nicht einmal baden könne sie, es gäbe nur Waschschüsseln in den Schlafzimmern. Obwohl Vita also vorbereitet war, fürchtete Virginia, ihr Gast könne vor lauter Entsetzen über die spartanischen Verhältnisse in Monks House das Weite suchen.

»Mrs Woolf?« Nelly klang zaghaft. »Verzeihen Sie, ich möchte sie nicht aufhalten, aber … Lady Nicolson wird morgen Abend gewiss zum Dinner hier sein.«

»Ja, natürlich wird sie das.«

»Sie haben mir noch nicht gesagt, was Sie zu speisen wünschen.«

Hatte sie das nicht? Virginia hatte das Gefühl, eine Ewigkeit darüber nachgedacht zu haben, was sie auftischen und wie sie den Tisch dekorieren wollte. Hatte sie nicht auch eine lange Liste mit Dingen erstellt, die besorgt werden mussten? Oder verwechselte sie das mit Mrs Dalloways Plänen für ihre große Gesellschaft? Vermischte sich da im Kopf die Realität mit ihrer eigenen Fiktion?

»Warum hast du mich das nicht früher gefragt? Wie soll ich denn jetzt so schnell … Wir brauchen auch Blumen für den Tisch, und die guten Gläser müssen pol… plo… poliert …« Sie sprach so schnell, dass sie sich verhaspelte. »Wie wäre es mit Hirsch? Aber nein, wo wäre der jetzt noch herzubekommen. Gütiger, es bleibt ja nur noch so wenig Zeit, ich …«

»Beruhigen Sie sich, Mrs Woolf.« Nelly war an sie herangetreten und tätschelte beruhigend ihre Hand. »Ich denke ein wenig nach und mache Ihnen einen Vorschlag, wenn Sie einverstanden sind. Hirsch ist eine gute Idee. Bestimmt kann ich noch welchen in Lewes bekommen. Machen Sie sich keine Gedanken.«

Es wurde zwar kein Hirsch, aber Nelly kochte ein ausgezeichnetes Boeuf Bourgignon, das Vita begeisterte. Sie nahm die Tatsache, dass sie ihre Bedürfnisse in einem stinkenden Schuppen im Garten verrichten musste, mit großem Humor. »Die Ratte, die mir zuschauen wollte, habe ich verscheucht«, scherzte sie, nachdem sie am Abend spät noch einmal draußen gewesen war. »Mit den Fliegen hatte ich heute Nachmittag mehr Mühe.« Als Virginia ihr am Morgen anbot, eine Zinkwanne in der Küche zum Baden aufzustellen, winkte Vita ab. Sie bade ohnehin zu viel, ein Übermaß an Wasser täte der Haut nicht gut. Stattdessen bewunderte sie den Waschtisch, den Vanessa mit einem zarten Blumenmuster bemalt hatte.

Vita brachte einen großen Koffer mit, aus dem sie nicht nur silberne Make-up-Tiegel und zwei in Seidenpapier gewickelte Blusen hervorholte, sondern auch ihr Manuskript.

»Es sind zwanzigtausend Wörter geworden, ich hoffe, der Umfang passt?«, fragte sie und reichte Virginia den mit einem goldenen Bändchen umwickelten Papierstapel.

Sie standen in der Enge des Gästezimmers, einander so nah wie nie zuvor.

»Und das alles in nur wenigen Wochen.« Virginia strich über das Deckblatt. *Verführer in Ecuador*, stand da, und gleich darunter: *Für Virginia Woolf.*

»Es ist eine ziemlich verrückte Geschichte. Eine Spielerei in Bloomsbury-Manier.« Vita zuckte die Achseln, als müsse sie sich entschuldigen.

»Du hast sie tatsächlich mir gewidmet«, murmelte Virginia.

»Ich habe sie für dich geschrieben. Nur für dich.«

Virginia riss den Blick von dem Titel los, der sie lockte, sofort mit dem Lesen zu beginnen. Sie blickte in Vitas dunkle, im Dämmerlicht beinahe schwarze Augen. »Und wer verführt wen? Verrätst du mir das?«

Vita wich einen winzigen Schritt zurück, nicht genug, um die Anspannung der Nähe zu lösen. »Das musst du selbst herausfinden«, sagte sie leise.

Es war tatsächlich eine verrückte Geschichte. Auf einer Kreuzfahrt nach Ägypten entdeckt Arthur Lomax, ein typischer englischer Gentleman, die Wirkung farbig getönter Sonnenbrillen. Der überraschende Effekt einer veränderten Wirklichkeit zieht ihn so sehr in den Bann, dass er die Brille gar nicht mehr ablegt. Unter dem Einfluss seiner eingefärbten Wahrnehmung geht er eine spontane, jedoch völlig leidenschaftslose Ehe ein, tötet einen Mann und endet schließlich selbst am Galgen. Der ironische Tonfall, der Aspekt des Phantastischen und die atmosphärischen Details gefielen Virginia sehr. Das Schwülstige, das Vitas Werken sonst anhaftete, war daraus verschwunden. Zwischen den Zeilen schimmerte der Glanz des Kunstvollen. Das konnte Vita also auch.

Sie war verheiratet, hatte – wenn Dottie die Wahrheit sprach – einen Geliebten, zwei Kinder und beinah ein Schloss. Sie war sinnlich und elegant, tatkräftig, entschlossen und männlich. Sie fuhr Auto und konnte auf Absätzen laufen. Und obendrein war sie in der Lage, in knapp drei Wochen zwanzigtausend Wörter nicht nur zu schreiben, sondern sie auch vibrieren zu lassen.

Virginia starrte auf die Kladde, in der ihr eigener Roman steckte. Und wie viele Wörter hatte sie in den letzten Wochen geschrieben? Mehr als zweihundert am Tag konnte sie sich nie abringen – in diesen vergangenen Tagen waren es weniger gewesen. Sie könnte eifersüchtig auf Vitas Talent und ihre großartigen Eigenschaften sein, so wie sie es allzu oft auf Vanessa gewesen war. Doch sie war es nicht. Im Gegenteil. Vita erschien ihr vielmehr wie eine

Schale, prall gefüllt mit erfrischenden, köstlichen Trauben, die sie nach einer langen Dürreperiode zum Naschen einluden. *Verführer in Ecuador.* Niemand wurde verführt in Vitas Geschichte, aber die Brille, die Lomax trug, tauchte die Welt in Farbe. So war es auch, wenn Vita da war. Das Leben bekam plötzlich eine herrliche Leichtigkeit, der Staub des Gewöhnlichen lud sich auf mit Bedeutung. Der schäbige Sessel sah ehrwürdig aus, wenn Vita darin saß, der dunkle Salon strahlte hell.

Für Arthur Lomax ging die Sache nicht gut aus. Für ihn wurde der Schein zur Realität, ein fatales Verwirrspiel der Sinne. Vita jedoch war real, nur ihr Blick auf sie mochte schöngefärbt sein von ihrer eigenen Phantasie. Aber war nicht ohnehin die Phantasie die beste Verführerin? Ein spannender Gedanke. Einer von diesen Gedanken, die sich festhakten, ohne dass man wusste warum.

Ebury Street, 3. November 1924

Bonne Maman hielt Vitas Geschichte für eine geistige Verirrung ihrer Tochter. »Was ist in dich gefahren? Man hat den Eindruck, dieser Lomax hat den Verstand verloren. Und all diese anderen Menschen … Du kannst so wunderbar erzählen – und dann so etwas?«

Sie hatte irgendwelche Finanzgeschäfte in London zu erledigen und war überraschend hereingeschneit, um Vita ihr Missfallen kundzutun. Vita hatte den Verdacht, dass ihre Mutter wieder einmal in einer Krise steckte, ausgelöst vermutlich durch den drängenden Wunsch ihres Vaters, sich nach der räumlichen Trennung nun auch gerichtlich scheiden zu lassen. Unzufriedenheit strömte aus jeder ihrer Poren.

»Und was ist das überhaupt für ein Verlag, diese Hogarth Press?« Sie nahm das kleine Büchlein in die Hand, das zwischen ihnen auf dem Tisch lag. Es hatte vor wenigen Tagen in der Post gelegen, ein erstes Exemplar des *Verführers*. Mit verdrießlicher Miene warf Bonne Maman es zurück auf den Tisch.

»Es ist ein kleiner Verlag, der aber sehr angesehen ist«, entgegnete Vita.

»Angesehen. Man kennt ihn doch gar nicht«, schimpfte Bonne Maman.

»Das wird sich gewiss bald ändern.«

Bonne Maman holte ihre Puderdose hervor und betupfte sich Stirn und Nase. »Du warst bei Heinemann doch sehr erfolgreich. Warum wechselst du überhaupt?«

»Ich hatte Mrs Woolf versprochen, etwas für ihren Verlag zu schreiben. Das habe ich getan, weil ich meine Versprechen immer einhalte.«

Das war natürlich nur ein Teil der Wahrheit. Virginias Lob zählte für sie tausendmal mehr als ein reißender Buchabsatz. Nach ihrem letzten Brief war Vita tagelang auf Wolken gegangen: *Verführer in Ecuador* sei eine Geschichte, wie Virginia sie von der Art her selbst gerne geschrieben hätte. Auch Vanessa und Duncan Grant hatten den *Verführer* für gut befunden. Selbst von Lytton Strachey kamen lobende Worte, wie Clive erzählte. Das war die Art Anerkennung, die Vita wollte. Wenn Bloomsbury ihre Arbeit guthieß, dann bestand Hoffnung, dass sie eine *wirkliche* Schriftstellerin werden könnte. Und das wollte sie mehr als alles andere auf der Welt.

»Diese Mrs Woolf – ist sie ein passender Umgang für dich? Eddie erzählte mir, sie verkehrt in wenig respektablen Kreisen?«, fragte Bonne Maman.

Vita konnte gerade eben ein Lachen unterdrücken. »Wenn Eddie es dir erzählt, dann vielleicht, weil er selbst in diesen Kreisen verkehrt?«

»Das mag durchaus sein. Eddie ist … nun ja, er schlägt ein wenig aus der Art. Aber er ist nun einmal nicht aus unserem Holz geschnitzt, habe ich recht?«

»Du bist ja auch aus einem sehr seltenen Holz geschnitzt.« Eine Doppelbödigkeit, die im Gewand einer Schmeichelei daherkam. Bonne Maman war viel zu sehr auf Schmeicheleien erpicht, um das zu erkennen.

»Du auch, mein liebes Kind«, sagte sie. »Du auch. Schließlich bist du meine Tochter.«

Vita schielte nach der Uhr. Sie musste dringend zurück an ihren Schreibtisch, bevor Harold von der Arbeit zurückkehrte. Sie waren zu einem Dinner eingeladen und vorher wollte sie unbedingt noch ein paar Gedichtzeilen niederschreiben, die ihr eben in den Sinn gekommen waren. Die Anfänge zu ihrem Gedicht über den Kreislauf der Natur lagen nun schon eine ganze Weile unberührt in der Schublade. Zwar zogen immer wieder mal Verse, wie hinter Nebelschwaden verborgen, durch ihren Geist, doch sie hatte sie nicht zu Papier bringen können. Prosa konnte sie mühelos schreiben – jederzeit. Dichtkunst jedoch verlangte ein In-sich-Kehren, das in diesem verrückten Jahr kaum möglich gewesen war. Von der positiven Resonanz auf den *Verführer* fühlte sie sich erfrischt und inspiriert wie lange nicht mehr. Gerne hätte sie Virginia das persönlich gesagt und war gestern zu einem Spontanbesuch zum Tavistock Square gefahren, doch sie hatte sie nicht angetroffen. In melancholischer Stimmung war sie nach Hause zurückgekehrt – und dann waren ihr ganz unvermittelt ein paar Verse in den Sinn gekommen, die sich gut eigneten. Sie hatte sie aufgeschrieben, und wie automatisch waren zwei weitere Verse hinzugekommen. Sie musste den Stift in die Hand nehmen, den Geist fokussieren, dann fügte es sich wie von selbst. Dazu indes brauchte sie Ruhe, eine Ruhe, die die Mutter mit ihren Mäkeleien zerstörte.

»Was ist mit Geoffrey?«, fragte Bonne Maman mitten in ihre Gedanken hinein. »Ist er inzwischen wieder abgereist?«

Vita hatte ihr von seinem unmöglichen Benehmen in Knole erzählt.

»Ja, Gott sei Dank, er ist wieder bei Sibyl in Italien.«

»Er betet dich an, der arme Junge«, sagte Bonne Maman. »Ich weiß, wie lästig das ist, wenn sie so an einem kleben. Mir ergeht es mit Edwin genauso.« Sie seufzte. Sir Edwin Lutyens war Bonne Mamans Geliebter, auch wenn sie nie den Eindruck erweckte, dass sie ihn tatsächlich liebte. Er war als Architekt hoch geschätzt in den britischen Adelshäusern, für die er aufsehenerregende Landsitze entwarf. Nun war er von der Regierung dazu auserkoren worden, Neu-Delhi zu gestalten, das Bombay als Regierungssitz in Indien ablösen sollte.

»Es ist ein Kreuz mit den Männern«, sagte Vita leichthin.

»So ist es.« Bonne Maman betrachtete trübselig ihren Rubinring, der aus Seerys Besitz auf sie übergegangen war. »Aber was täten wir ohne sie?«

Vita ertappte sich bei dem Gedanken, was wohl Virginia dazu gesagt hätte.

»Sollte die Frage nicht eher lauten, was sie ohne uns täten?«, fragte Vita. Und darauf wusste Bonne Maman keine Antwort.

15. Kapitel

Tavistock Square, 24. Januar 1925

Sie hatte es geschafft. Am gestrigen Vormittag hatte sie den letzten Federstrich unter das Manuskript gesetzt, das nun tatsächlich ein fertiger Roman geworden war. Mit Leonard war sie übereingekommen, dass er *Mrs Dalloway* heißen musste und ihr mit Abstand bestes Werk darstellte. Er würde nun in den Druck gehen und am 14. Mai erscheinen. Bereits im Dezember hatte sie Leonard ihren Essayband *Der Gewöhnliche Leser* übergeben, und auch dieses Werk sollte noch im Frühjahr ausgeliefert werden. Vielleicht war es Nervosität, vielleicht auch Vorfreude auf die nahenden Veröffentlichungen, die dieses innerliche Beben verursachte, das Virginia nachts kaum schlafen und tags keine Sekunde still sitzen ließ.

Seit Vitas Besuch im September war sie produktiv gewesen wie nie zuvor. Fast schien es, als hätte sich etwas von Vitas Energie auf sie übertragen. Leider hatte Virginia sie seither nur ein einziges Mal bei einem Bloomsbury-Dinner gesehen, wieder einmal ein sehr unglückseliger Abend. Edward Morgan Forster und Roger Fry waren dabei gewesen, und beide hatten die Arme mit kühler Missachtung gestraft, weil sie ihren hohen Ansprüchen an Feinsinnigkeit und Kunstgeschmack offenbar nicht genügte. Wie es schien, ließen sich ihre beiden Welten nicht miteinander versöhnen – ganz gleich wie glänzend Vitas *Verführer in Ecuador* auch von der Kritik und vom Lesepublikum aufgenommen worden war.

Ein weiteres Wiedersehen zeichnete sich nicht ab und dennoch geisterte Vita durch ihre Nächte und heftete sich wie eine Bugwelle an jeden Gedanken. Es war gut möglich, dass gar nicht die bevorstehenden Veröffentlichungen Grund für die Unruhe waren, sondern Sehnsucht nach Vita. Wie immer, wenn Virginia ihre Unruhezustände nicht genau einzuordnen wusste, musste sie darüber schreiben. Zum ersten Mal aber empfand sie diese seltsame Regung, die sie weniger im Kopf als im Bauch spürte, als zu intim selbst für ihr Tagebuch. Vielleicht würde Leonard es lesen. Es aufzuschreiben und fortzuwerfen kam auch nicht infrage. Und so richtete sie die Worte, mit denen sie dieses neue, so aufregende Gefühl zu ergründen suchte, an einen Freund, der bereits am Saum seines Lebens stand und der ihre geheimen Sehnsüchte mit ins Grab nehmen würde: den Maler Jacques Raverat. Er lebte in Frankreich und litt an einer tödlichen Knochenerkrankung. Sie hatte ihn vor Jahren durch ihre Freundin Ka Cox kennengelernt und sofort innig gemocht. Sie waren sich nicht häufig begegnet, schrieben einander jedoch seit geraumer Weile lange und ehrliche Briefe.

Mein lieber Jacques, schrieb sie, als Leonard im Bett war und die Nacht sie mit ihrer Diskretion umhüllte, *in deinem letzten Brief schriebst du, dass der Tod die einzige Gesellschaft ist, in der wir unsere Masken abwerfen und ganz wir selbst werden können. Ich möchte dich fragen, ob nicht schon das Altern uns diese Freiheit gibt. Ich stelle fest, dass ich mich mehr und mehr von den albernen Rollen befreie, in die ich im Laufe meines Lebens geschlüpft bin, um anderen zu gefallen. Heraus schält sich eine Virginia, die mich selbst überrascht, vielleicht auch ein wenig erschreckt – was daran liegen könnte, dass ich immer noch zu sehr auf die Meinung anderer über mich gebe. Das Fatale daran ist, dass uns in der Rücksicht auf andere und auf die eigene Eitelkeit Gelegenheiten entschlüpfen, die vielleicht niemals wiederkehren. Ich meine dies in Bezug auf* private Beziehungen, die ich immer fesselnder finde. Allerdings fürchte ich auch, mich durch den Impuls, Würde und Schicklichkeit zugunsten von Intimität von mir zu werfen, zum Narren zu machen. Du bist ein kluger Mensch und wirst jetzt sagen: Schreibe nicht um den heißen Brei herum, der erste Schritt in die Freiheit ist die Klarheit der Worte. Ich will es versuchen, tappe jedoch selbst noch zu sehr im Dunkeln, um die Dinge beim Namen zu nennen.

Ich berichtete dir bereits, dass ich eine neue Bekanntschaft gemacht habe. Sie ist eine hohe Aristokratin, Tochter Lord Sackvilles und Schriftstellerin, deren berühmte Vorfahren von 1300 bis heute sie in Särgen ausgestreckt unter den Dielen ihres Speisezimmers aufbewahrt. Ihr wirklicher Anspruch auf Erwähnung allerdings beruht, wenn ich das hier so vulgär sagen darf, auf ihren Beinen. Sie sind exquisit, zwei schlanke Säulen, die ich – und nun bin ich unverblümt – unentwegt anstarren möchte. Warum sie schreibt, ist mir ein Rätsel. Wäre ich sie, würde ich ausschließlich mit elf Elchhunden im Gefolge durch meine angestammten Wälder streifen. So wie die Dinge liegen, bin ich von meinen Gefühlen für die Dame einigermaßen überrascht. Du erinnerst dich vielleicht, dass ich dir schrieb, wie sehr sexuelle Beziehungen mich langweilen, weil sie immer nach dem gleichen Muster abzulaufen scheinen. Die große Verliebtheit, die nach einer Aneinanderreihung von Enttäuschungen in Verzweiflung, Frustration oder eben Langeweile endet. Bislang war ich immer Beobachterin dieser Angelegenheiten des Herzens und darf mich glücklich schätzen, in Leonard eine andere, dauerhaftere, weil nicht auf sexueller Anziehung beruhende Liebe gefunden zu haben. Mit meiner Bekanntschaft zu dieser sagenhaften Aristokratin tritt nun aber in mir etwas zutage, was ich halb verschämt als eine körperliche Erregtheit bezeichnen möchte. Das versetzt mich in Erstaunen und macht mich neugierig. Ich glaube, dass die Dame auch ein wenig in mich vernarrt ist. Es heißt von ihr, dass sie eine leidenschaftliche Lesbierin ist. Du weißt, dass ich das immer von mir behauptet habe, aber nie ahnte, was das nun eigentlich bedeutet. Ich meine, wirklich bedeutet.

Ich beginne es zu ahnen. Und hier kommt wieder die Frage der Würde und der Schicklichkeit ins Spiel. Bin ich zu alt, um mich einer solchen Vernarrtheit hinzugeben (sie ist ganze zehn Jahre jünger als ich)? Oder bin ich vielleicht noch nicht alt genug, um die Maske fallenzulassen, wie du es nanntest?

Lieber Jacques, du wirst mir diese Fragen nicht beantworten, aber nimm es als Zeichen meiner tiefen Zuneigung, dass ich dir die Geheimnisse meines Herzens anvertraue. Ich stelle mir vor, wie du jetzt in der erlangten Weisheit deines erleuchteten Zustands über deine alte Freundin lächelst. Sie sendet dir einen zarten Kuss und hofft, dass du ihr sehr bald wieder schreiben wirst,

Deine Virginia

An Virginia Woolf
52, Tavistock Square
London, Bloomsbury

Long Barn, 26. Mai 1925

Meine liebe Virginia,
mit der gebotenen Zerknirschung schreibe ich dir endlich einen längst überfälligen Brief. Du hast sicher schon bemerkt, dass ich eine säumige Briefschreiberin bin, aber ich wollte dir keinen dieser Vielen-Dank-für-dein-Buch-ich-freue-mich-sehr-drauf-es-zu-lesen-Briefe senden, und deshalb habe ich gewartet, bis ich sowohl den Gewöhnlichen Leser *als auch* Mrs Dalloway *gelesen habe.*

Über den Gewöhnlichen Leser *gibt es nur eines zu sagen: Er ist brillant. So viele Passagen, die ich am liebsten auswendig lernen würde. Es gibt kein Buch, das mir besser gefällt als dieses.*

Mrs Dalloway *ist von erstaunlichem Scharfsinn, es verwirrt mich aber auch. Vermutlich hast du von mir nichts anderes erwartet, begriffsstutziger Esel, der ich bin.*

Wann kommst du mich besuchen? Du hast, wenn ich mich recht entsinne, versprochen, im Sommer herzukommen. Ich werde mich in den nächsten Monaten nicht von hier fortbewegen, es gibt also keine Ausrede, warum du nicht erscheinen solltest. Du musst, denn sonst finde ich dich nicht mehr nett (sagte ich dir schon, dass dies so ist?)

Für immer

Deine Vita

Wie lange war es her, seit sie Vita das letzte Mal gesehen hatte? Virginia wusste es schon gar nicht mehr, was auch daran liegen mochte, dass die Zeit seit Jahresbeginn wie durch das zu große Loch einer Sanduhr gerieselt war, jeder Tag angereichert mit Gesprächen, Einladungen, Partys, Rezensionen, Kritik und Lobreden auf ihre beiden neuen Werke.

Jacques Raverat war im März seiner Krankheit erlegen. Noch viele Wochen nach seinem Tod erfüllte sie das Bedürfnis, ihm zu schreiben und ihre intimsten Gedanken anzuvertrauen. Die Leere, die an dieser Stelle in ihrem Herzen zurückgeblieben war, stand in keinem Verhältnis zu der Bedeutung, die Jacques in ihrem äußeren Leben gespielt hatte. Das Einzige, was gegen den Schmerz darüber half, war rastlose Aktivität.

Es war nicht schwer, unablässig beschäftigt zu sein. Dank ihrer beiden Veröffentlichungen war sie gefragter als je zuvor. Die Resonanz auf beide Werke war enorm. Ihr Essayband *Der Gewöhnliche Leser* gefiel all jenen, die das vierzigste Lebensjahr überschritten hatten. *Mrs Dalloway* sprach die jüngeren Leser an – Vita war da eine Ausnahme. Der Roman schickte sich an, das bestverkaufte

Buch der Hogarth Press zu werden. Es füllte die Kassen und ließ Virginias lange gehegten Wunsch, in Monks House ein Bad und eine Toilette einbauen zu lassen, in greifbare Nähe rücken.

Außerdem hatte sie Dorothy Todd, die Herausgeberin der *Vogue*, kennengelernt und war im April für das Magazin im Kleid ihrer Mutter fotografiert worden. Zwar hatte die Session sie einen ganzen Tag gekostet, aber auch mit großer Genugtuung erfüllt. Wer in der *Vogue* war, der war *jemand*. Sie schrieb auch selbst Artikel für das Magazin und konnte über den Spott, den ihr das von einigen Kritikern einbrachte, nur lächeln. Jeder Artikel für die *Vogue* trug ihr zehn Pfund pro tausend Wörter ein – mehr, als sie je für eine journalistische Arbeit bekommen hatte. Mittlerweile konnte sie von sich das sagen, was ihr Vater gerne von sich behauptet hätte: Sie kannte alle, die zu kennen es sich lohnte, und das im wahrsten Sinne des Wortes.

Es war jedoch nicht nur das Lorbeerernten, das ihren geistigen Motor auf Hochtouren laufen ließ. Ganz still und leise, wie nebenbei, hatte sich eine neue Romanidee manifestiert. Am Tag des Erscheinens von *Mrs Dalloway* hatte sie ein paar vage Gedanken dazu in ihrem Tagebuch festgehalten, wie um sich selbst zu beweisen, dass nicht die Wirkung ihres Schreibens von Bedeutung war, sondern das Schreiben selbst. Es würde um ihre Familie gehen. Jetzt, nachdem sie sich mit *Mrs Dalloway* dem Wahnsinn gestellt hatte, von dem ihr Geist so lange Zeit zerrüttet gewesen war, wollte sie mit diesem neuen Roman den Menschen wiederbegegnen, die sie geprägt hatten: ihrem Vater und ihrer Mutter. Das Paradies ihrer Kindheit, ihr Feriendomizil in St Ives, würde eine Rolle spielen, ihre Geschwister, Vanessa, auch die Malerei, ihr eigenes kindliches Ich und auf gewisse Weise auch die Frau, die sie geworden war. Das Wichtigste war, dass es nicht sentimental wurde. Es brauchte eine planvolle Struktur und sollte zugleich etwas von der Durchlässigkeit eines dünn gewebten Stoffes in sich tragen. Und so näherte sie sich der Geschichte diesmal über die Form. Zu dieser Idee hatte sie eine Abhandlung Roger Frys über Cézannes Bildtechnik inspiriert. Es musste möglich sein, einen Roman zu konzipieren wie ein Maler ein Bild. Sie hatte einen regelrechten Bauplan erstellt, die drei Hauptkapitel in Sequenzen eingeteilt, symmetrisch und aufeinander bezogen. Ähnlich der Mittelachse eines Bildes sollte im Zentrum des Geschehens der Charakter ihres Vaters stehen und eine Fahrt zum Leuchtturm, die immer wieder aufgeschoben wurde. Am Rand, oder vielmehr gleichsam über allem schwebend, eine Malerin, die nicht zur Familie gehörte und doch sehr viel mehr als eine Randfigur war. Sie würde ein Bild malen, in dem sich die Struktur des Romans spiegeln sollte und zugleich alles wiederfand, was in der Geschichte der Familie von Bedeutung war.

Noch war dieser Roman nicht mehr als ein Erzählgerüst, um das sich die zentralen Charaktere gruppierten, aber die Idee erfüllte sie mit einer fiebrigen Ungeduld, ähnlich der, die ihre Gedanken an Vita manchmal begleitete. Eine Geschichte brauchte Zeit, um zu reifen, das wusste sie. Man konnte sie sich nicht mit Gewalt aus dem Leib zerren und ihr die erstbesten Worte aufdrücken, die einem einfielen. Ähnlich war es mit menschlichen Beziehungen – zumindest mit denen, die das Herz berührten. Jedes Wort, jeder Schritt aufeinander zu erwuchs aus einer inneren Notwendigkeit und es bestand immer die Gefahr, zu voreilig zu sein und die den Dingen und den Beziehungen innewohnende Wahrhaftigkeit zu zerstören.

Vita wollte sie wiedersehen. Virginia hatte gehofft, dass Vita den nächsten Schritt tun würde. Gewiss war es nicht voreilig, auf Vitas Brief nun mit einem Terminvorschlag zu reagieren, jedoch … Stirnrunzelnd durchblätterte sie ihren Kalender. Kaum ein freies

Wochenende bis zum August, den sie in Rodmell verbringen würden. Unmöglich konnte sie bestehende Einladungen absagen, um Vita zu besuchen, das würde nur zu Geschwätz führen. Und dann lagen auf ihrem Tisch Stapel von Manuskripten für die Hogarth Press, die gelesen werden mussten. Einen weiteren Artikel für die *Vogue* hatte sie auch schon zugesagt.

Es war ein schlechter Zeitpunkt, schließlich hatte sie gerade erst zwei Bücher veröffentlicht. Zudem plagten sie in der letzten Zeit immer häufiger auch wieder Kopfschmerzen, die sie dann für Tage niederstreckten. Die vielen Aktivitäten forderten ihren Tribut. Leonard war häufig ungehalten angesichts der Rücksichtslosigkeit gegenüber ihrer fragilen Gesundheit, mit der sie sich durch ihre Tage peitschte. So schmerzvoll es war – das Wiedersehen mit Vita musste warten. Irgendwann wurde alles bestimmt wieder ruhiger. Manche Beziehungen waren wie guter Wein, der lange in dunklen Lagern reifen musste, um zu seinem vollen Aroma zu gelangen. Ihre Beziehung zu Vita gehörte wohl in diese Kategorie.

16. Kapitel

Long Barn, 27. Mai 1925

»Vita, Liebling, ich möchte mit dir reden.«

Harold hatte den ganzen Vormittag Rosenstöcke umgepflanzt, während Vita mit Ben und Nigel auf der Terrasse Scrabble gespielt hatte. Die beiden Jungen klebten an ihr, wenn sie das Wochenende zusammen verbrachten, was selten genug geschah. Besonders Nigel verließ seinen Platz auf ihrem Schoß nicht, wenn er ihn einmal erobert hatte. Eigentlich war er mit seinen acht Jahren längst zu groß dafür, aber da sie ihn so lange nicht bei sich gehabt hatte, gestattete sie es ihm. Morgen würden sie ohnehin ins Internat zurückkehren und sie hätte Long Barn wieder für sich, mit viel Ruhe zum Schreiben. Auch Harold fuhr morgen zurück nach London, wo er während der Woche wohnte, um seinem derzeitigen Arbeitsplatz im Foreign Office näher zu sein. Den Posten bei der Botschaft in Rom hatte er Vita zuliebe aufgegeben. Sie fanden beide die langen Trennungszeiten zunehmend schwer zu ertragen, und auch die Jungen litten darunter, ihren Vater so selten zu sehen. Der Einzige, der über diese Veränderung sehr unglücklich war, war Geoffrey. Seine Liebe hatte sich nicht abgekühlt und er schrieb unvermindert sehnsuchtsvolle Briefe. Vita jedoch war nach den aufreibenden vergangenen beiden Jahren froh, zu einem ruhigeren Lebensrhythmus zurückgefunden zu haben. Sie arbeitete viel im Garten, schrieb an ihrem Gedicht und fuhr nur ganz selten nach London. Sogar Hühner hatte sie sich zugelegt. Harold, die Kinder und ihre Hunde – mehr Gesellschaft wollte sie im Moment nicht.

»Wir können gerne reden«, sagte sie. »Setz dich zu uns, wir beenden gerade eine Partie, die Nigel und ich gewinnen werden.«

»Werdet ihr nicht«, knurrte Ben.

»Und ob. Siehst du? Hier kommt jetzt das X hin und dann machen wir da ein Xylophon draus. Und wir haben gewonnen!« Sie warf jubelnd die Arme in die Höhe und Nigel streckte seinem Bruder die Zunge raus.

»Lasst ihr uns bitte einen Moment allein?«, fragte Harold. Ihm rann der Schweiß über die Stirn, er wirkte zerfahren und gleichzeitig entschlossen. »Geht und … und wascht euch die Hände.«

»Was ist los? So geheimnisvoll?«, fragte Vita, als die beiden Jungen murrend im Haus verschwunden waren.

»Ich möchte in Ruhe etwas mit dir besprechen.«

»Und das hat nicht Zeit bis heute Abend?« Vita war misstrauisch geworden. Schon beim Frühstück hatte Harold nur sehr zerstreut auf ihre Fragen geantwortet, und die Zeitung lag ungelesen neben der Post in der Halle.

Harold setzte sich, legte beide Hände auf den Tisch, wie um sich selbst Halt zu geben. »Ich …« Er hielt kurz die Luft an und schleuderte die Worte dann regelrecht von sich. »Ich bin gebeten worden, als Botschaftsrat nach Teheran zu gehen.«

Vita ließ die Buchstaben fallen, die sie gerade wieder in die Spielbox hatte zurücklegen wollen. »Und ich hatte gehofft …« Sie konnte nicht weitersprechen.

»Vita, Darling, ich weiß, wie schwer das für dich ist, aber wenn ich es nicht tue, steht meine Karriere auf dem Spiel!«

»Du musst das nicht tun.« Sie konnte ihn nicht ansehen. »Wir können gut leben, ohne …«

»Das steht nicht zur Diskussion«, sagte er scharf. »Du weißt, wie wichtig mir meine Arbeit ist.«

»Aber du sagtest, unter diesem MacDonald bist du nicht mehr

glücklich dort.« Ramsey MacDonald war der Premierminister der neuen Labourregierung und zugleich Außenminister. Er war beliebt beim Volk, die Menschen sahen ihn – das Kind eines einfachen Bauern – als Ihresgleichen an. Für Harold jedoch war die Niederlage der Konservativen bei den letzten Wahlen sehr bitter gewesen, und mehr als einmal hatte er erwogen, das Foreign Office unter diesen Vorzeichen zu verlassen.

»Was soll denn dann aus mir werden?«, fragte er. »Ich bin Diplomat!«

»Ich habe mir so gewünscht, du würdest schreiben. Du kannst so wundervoll schreiben, Harold!«

Es war eine alte Diskussion. Vita war der Meinung, Harold könne sein Talent viel sinnvoller nutzen, indem er Bücher schrieb. Seine Werke über Tennyson und Byron waren sehr gut aufgenommen worden und auch seinen bisher einzigen Roman hielt Vita für ausgesprochen gelungen. Sie empfand seine politische Arbeit als Zeitvergeudung, zumal sie auf sein Einkommen nicht angewiesen waren. Doch in der Hinsicht ließ Harold nicht mit sich reden.

»Natürlich kann ich ablehnen«, sagte er. »Dir zuliebe würde ich es sogar in Erwägung ziehen. Aber dann ...« Das Leuchten in seinen Augen, das sie so liebte, erlosch und er ächzte.

»O Hadji.« Sie langte über den Tisch und ergriff seine Hand. »Verzeih mir, ich bin egoistisch. Es ist nur ... Ich kann hier nicht fortgehen. Bitte verlange das nicht von mir.«

»Das würde ich niemals tun. Ich respektiere deine Verbundenheit mit diesem Stück Land. Das weißt du.«

Natürlich wusste sie das. Es änderte jedoch nichts daran, dass es ihn immer wieder in die Welt hinauszog.

»Und dann sind wir wieder auf unbestimmte Zeit voneinander getrennt? Tausende Kilometer dazwischen? Ist es das?«

Harold senkte den Blick. »Was soll ich tun, Vita?«, fragte er leise. »Sag es mir. Ich werde den Posten nicht gegen deinen Willen annehmen.«

Vita konnte nicht mehr sitzen. Ruckartig schob sie den Stuhl zurück und trat an den Rand der Terrasse, die umsäumt war von blühenden Azaleen und Lupinen. Der Duft war betäubend. Ihr Blick schweifte zum Ende des Grundstücks, an das sich das weite Feld anschloss, das sie jeden Morgen mit ihren Hunden überquerte.

Durfte sie sich Harolds Karrierewünschen in den Weg stellen? Für ihn war die Arbeit im Foreign Office ebenso wichtig wie für sie das Schreiben. Würde sie Harold zuliebe das Schreiben aufgeben?

Sie atmete tief ein und aus und kehrte zum Tisch zurück, wo Harold saß und wartete. Eine Weile sahen sie einander nur wortlos an. Dann sagte sie: »Ich werde dich besuchen. Aber mein Lebensmittelpunkt wird hier bleiben.«

Er nickte. Dann lächelte er. »Unsere Liebe wird an der Trennung wachsen, so wie es bisher immer gewesen ist.«

»So wird es sein.« Sie räumte die Spielsteine in die Box und klappte sie energisch zu. Mehr gab es nicht zu sagen.

Als sie ins Haus gehen wollte, hielt er sie fest. »Es gibt auch eine gute Nachricht«, sagte er, wie um ihr Trost zu spenden. »Wir haben noch Zeit. Ich beginne erst im November. Und ich verspreche dir, bis dahin nicht von deiner Seite zu weichen.«

»Ach Hadji«, sagte sie. »Du bist immer an meiner Seite. Egal wo du bist.«

An Vita Nicolson
Long Barn, Weald
Sevenoaks, Kent

Villa Medici, Florenz, 30. Mai 1925

Liebe meines Herzens, Vita,
ich schreibe dir in einem Zustand tiefster Verzweiflung und banger Hoffnung. Sibyl will sich scheiden lassen! Sie hat hinter meinem Rücken eine Beziehung zu einem amerikanischen Literaten begonnen, und nun will sie ihn heiraten. Sie sagt, »du hast ja Vita, also wird's dir an nichts fehlen«. Welch Ironie, dieses »hast«! Aber Vita, meine Einzige, du wirst mich nicht im Stich lassen, nicht wahr? Sibyl will, dass ich die Villa Medici umgehend verlasse. Wirst du deinen Kesselflicker aufnehmen? Du weißt, dass ich mittellos sein werde, wenn Sibyl wirklich Ernst macht – und es sieht ganz danach aus. Gut möglich, dass du im Scheidungsprozess wirst aussagen müssen, aber bitte, sag Harold noch nichts von uns. Wir sollten abwarten, wie die Dinge sich entwickeln. Fest steht, dass ich von hier fortmuss. Ich werde nach London kommen, das ist der einzige Ort, dem ich mich noch verbunden fühle, durch dich. Wenn du mich nicht aufnimmst, dann bin ich heimatlos.

Dein Geoffrey

»Hadji?«

Harold reagierte nicht. Er saß in seinem Arbeitszimmer mit dem Rücken zu ihr und war in ein Buch vertieft. Er hatte die unbegreifliche Fähigkeit, die Welt um sich herum komplett auszublenden, wenn er an etwas arbeitete. Seine Studien zu Algernon Charles Swinburne nahmen ihn so gefangen, dass er an diesem Wochenende kaum etwas gegessen, geschweige denn gesprochen hatte. Er wollte seine Biographie über den viktorianischen Dichter unbedingt noch vor seiner Reise nach Teheran fertig schreiben. Vita brachte seine vollkommene geistige Abwesenheit oft zur Verzweiflung, heute jedoch besonders.

Sie trug Geoffreys Brief seit dem gestrigen Mittag in ihrer Hosentasche, unschlüssig, wie sie mit dieser überraschenden Wendung umgehen sollte. Geoffrey bei sich aufzunehmen stand vollkommen außer Frage. Harold wusste zwar, dass sie mit Geoffrey eine intensive Briefbekanntschaft pflegte und er auch häufig bei ihr zu Gast gewesen war, über die wahre Natur dieser Beziehung jedoch war er nicht im Bilde. Er hielt Geoffrey für einen guten Freund. Es würde ihn zutiefst verletzen, wenn er erführe, dass sie intim mit ihm geworden war. Ihre Liebe zu Violet hatte er akzeptieren können, eine Affäre mit einem Mann war jedoch etwas anderes. Sollte sie zu dem Prozess vorgeladen werden, käme alles ans Licht und das Vertrauen, das Harold ihr entgegenbrachte, wäre zerstört. Das durfte nicht geschehen.

Sie zog den Brief aus der Tasche und legte ihn vor Harold auf den Tisch.

»Heute muss *ich* mit dir reden«, sagte sie.

Verwirrt blickte er auf. »Jetzt, sofort? Ich stecke gerade mitten in …«

»Bitte«, sagte sie. »Es ist sehr wichtig.«

Er seufzte und klappte sein Buch zu. »Setz dich. Es macht mich nervös, wenn du da so vor mir stehst.« Er blickte auf den Brief. »Was ist das?«

»Ein Brief von Geoffrey.«

Harold runzelte die Stirn. »Willst du, dass ich ihn lese? Er ist an dich gerichtet.«

»Er geht uns beide an.«

Harold lehnte sich entspannt im Stuhl zurück, doch während des

Lesens versteifte er sich, auch wenn seine Miene unbewegt blieb. Er sah sie nicht an, als er den Brief beiseitelegte. Vita war vor ihm stehen geblieben, jetzt fühlte sie plötzlich Schwäche in den Beinen.

»Er liebt dich also«, sagte Harold nach einer schier endlosen Stille, die nur vom Ticken der Wanduhr durchschnitten wurde.

Anstatt einer Antwort drehte Vita die Handflächen zur Decke. An das Offensichtliche mussten keine Worte verschwendet werden.

»Darf ich diesem Brief entnehmen, dass auch du ihn liebst?«, fragte Harold.

»Ich liebe nur dich, Hadji. Niemanden sonst.«

»Aber ihr habt eine Affäre.«

»Was bedeutet das, eine Affäre?«

»Du weißt sehr wohl, was ich meine.« Als Diplomat hatte Harold gelernt, sich seine Emotionen nicht anmerken zu lassen. Wenn er jedoch sehr aufgerüttelt war, zuckte sein linkes Augenlid. Vita verspürte das Bedürfnis, die Stelle zu berühren und dem Zucken Einhalt zu gebieten, doch sie wagte es nicht. Sie hatte sein Vertrauen missbraucht, indem sie ihm so lange verheimlicht hatte, was zwischen ihr und Geoffrey in Italien geschehen war. Anstatt ihrer Mutter alles haarklein zu erzählen, hätte sie Harold einweihen müssen, gleich nachdem es geschehen war.

»Nur ein einziges Mal«, sagte sie leise. »Es war ein … eine dieser *béguins*, du weißt schon.« Mit *béguins* bezeichnete Vita ihren Drang nach lustvollen Abenteuern, der so sehr im Widerspruch zu ihrem Bedürfnis stand, Harold eine gute Ehefrau und ihren Kindern eine gute Mutter zu sein. Bonne Maman mochte der Meinung sein, es wäre an Harold, diese Seite ihrer Natur durch mehr Leidenschaftlichkeit zu nähren und zu sättigen, doch das Gegenteil war der Fall. Er war ein Mann und würde so diesen Teil ihrer Natur niemals vollständig befriedigen können. Er vermochte aber das, was in ihr brannte, herunterzukühlen, wie ein See, in dessen köstliche Frische einzutauchen dem aufgeheizten Körper Erholung brachte.

»Verstehe.« Harold stand auf und wanderte im Zimmer umher, die Hände hinter dem Rücken verschränkt, die Stirn in Furchen gelegt. Vita wartete. Es gab ohnehin nichts, was sie jetzt noch sagen könnte, um den Schlag zu mildern, den sie ihm versetzt hatte. Sie beobachtete den Sekundenzeiger der Wanduhr, der mit nervenzerrüttender Langsamkeit über das Zifferblatt kroch.

Als sie die Spannung kaum noch aushielt, setzte sich Harold wieder. Er räusperte sich.

»Willst du ihn also hier in Long Barn aufnehmen?«, fragte er.

»Gütiger, nein! Ich wünschte, ich könnte das alles ungeschehen machen.«

»Und warum schreibst du ihm das nicht? Ein paar klare Worte würden genügen.«

»Ich kann es nicht. Ich … Du weißt, wie schwer mir so etwas fällt.« Sie starrte auf ihre Fingernägel, unter denen noch die Erde ihrer morgendlichen Gartenarbeit klebte.

»Es ist immer wieder das Gleiche. Du stürzt dich in diese … diese Amouren und bist nicht in der Lage, sie aus eigener Kraft zu beenden.« Es klang nicht verärgert, eher nach einer halb besorgten, halb liebevollen Erkenntnis.

Vita sah auf. »Du glaubst immer, ich sei stark. Aber das bin ich nicht.«

»Wir sind es beide nicht«, sagte Harold leise. »Aber zusammen können wir es sein.«

Vita langte über den Tisch. »Schreibst du ihm? Bitte, tust du das für mich? Wenn er sieht, dass du im Bilde bist, hat er keine Möglichkeit mehr, mich unter Druck zu setzen.«

»Er setzt dich nicht unter Druck, Vita. Das tust nur du selbst.«

»Ich werde Bonne Maman bitten, dass sie ihn bei sich aufnimmt. Wir können ihn schließlich nicht vollständig im Stich lassen, nicht wahr?«

Harold hob nur leicht eine Augenbraue, doch er widersprach nicht.

Vita seufzte tief auf. »O Hadji, ich bin so froh, dass wir es ausgeräumt haben. Es hat mich wirklich sehr belastet.« Sie stand auf und ging um den Tisch, um ihm einen Kuss auf die Stirn zu drücken.

»Ich bin froh, dass du es mir gesagt hast«, sagte er, doch er sah sie nicht an dabei. Stattdessen griff er nach einem Stift und trommelte damit auf der Tischplatte.

Vita beobachtete ihn. »Wir haben es doch ausgeräumt, oder?«, fragte sie stirnrunzelnd.

»Jaja, das haben wir.« Er räusperte sich erneut. Sein Augenlid zuckte.

»Harold?«

Ein Ruck ging durch seinen Körper. Er legte den Stift beiseite und sagte: »Es gibt etwas, das auch ich dir gestehen muss.«

»Herrje«, sagte Vita. »Etwa noch eine schreckliche Neuigkeit? Musst du schon früher nach Teheran?«

»Nein. Es ist etwas ganz anderes. Bitte setz dich noch einmal. Ich muss ein wenig ausholen.«

»Harold hat sich verliebt?« Dotties Augen rundeten sich, dann brach sie in schrilles Gelächter aus. »Und dann noch in diesen Dandy?«

»Nicht so laut!«, zischte Vita und blickte sich um. Sie saß mit Dottie im voll besetzten Ritz, wo sie sich zum Lunch verabredet hatten. Harolds Beichte, dass er seit geraumer Weile eine Affäre mit dem Literaturkritiker Raymond Mortimer führte, hatte sie verletzt – nicht so sehr, weil er von Liebe gesprochen hatte, sondern weil er geglaubt hatte, die Sache vor ihr verheimlichen zu müssen. Eigentlich war es das, was sie sich von der Seele hatte reden wollen, aber die Freundin benahm sich, als ginge es um irgendeine Klatschgeschichte. Ihrem ersten Impuls, sich Bonne Maman anzuvertrauen, hatte Vita widerstanden, weil sie genau wusste, dass ihre Mutter mit völligem Unverständnis reagieren würde. Über Harolds homosexuelle Neigungen war Bonne Maman nicht im Bilde. Dottie hingegen schon. »Ich hätte es dir nicht erzählen sollen«, sagte sie und schob ihren Teller beiseite. Sie hatte ihr Steak kaum angerührt.

Dottie aß gar nichts. Magenverstimmung, behauptete sie, was sie jedoch nicht davon abhielt, reichlich Wein zu trinken.

»Schreibt dieser Mortimer nicht auch für die *Vogue*?«, fragte sie und fuhr mit dem Zeigefinger über den Rand ihres Glases.

»Er schreibt für die *Vogue* und für die *Nation*«, sagte Vita. »Er hat beste Verbindungen, ist klug, charmant und sieht gut aus. Ich verstehe Harold vollkommen, und das habe ich ihm auch gesagt.«

»Aber Harold hat dich hintergangen!«

»Wenn du so willst, habe auch ich ihn hintergangen.«

»Mit Geoffrey? Oder gibt es noch jemanden? Diese Mrs Woolf etwa?« Da war sie wieder, Dotties krankhafte Eifersucht auf jeden Menschen, mit dem Vita nähere Bekanntschaft schloss.

»Ich rede von Geoffrey. Ich habe Harold alles erzählt und er hat mit sehr viel Verständnis reagiert.«

Dottie stieß ein verächtliches Geräusch durch die Nase aus. »Das sollte er wohl auch haben. Was Affären angeht, steht ihr euch beide in nichts nach. Santé!« Sie leerte ihr Weinglas und schenkte sich sofort nach.

»Ich würde Geoffrey nicht als eine Affäre bezeichnen.«

»Was denn sonst? Für Sibyl bist du ein Scheidungsgrund. Das hat sie sich bestimmt nicht ausgedacht.« Sie klang verbittert.

»Dottie«, sagte Vita sanft. »Geoffrey war eine kleine romantische Verwirrung. Ich habe ihm gegenüber nie von Liebe gesprochen. Ich liebe nur Harold.«

»Ich liebe nur Harold«, äffte Dottie sie nach. »Und Violet. Und Pat. Und …«

»Hör auf!« Normalerweise konnte Vita gut über Dotties Eifersucht hinwegsehen, zog sie sogar manchmal damit auf, aber heute ging die Freundin zu weit. »Das mit Violet ist längst vorbei. Warum erwähnst du diesen Namen überhaupt?«

»Weil du nur Frauen wirklich lieben kannst, Vita.« Dottie hatte die Stimme gesenkt und fuhr Vita unter dem Tisch mit dem bloßen Fuß übers Bein.

»Lass das«, sagte Vita und schob sie weg.

Dotties Lächeln gefror. Sie lehnte sich zurück und sog ein paarmal hektisch an ihrer Zigarette. »Ich begreife das nicht«, sagte sie nach einer Weile. »Er trägt dir eine Geschlechtskrankheit ins Haus. Er schläft mit einem anderen Mann. Redet sogar von Liebe. Und du lässt das alles ohne Murren zu?«

»Mir ist es gleich, mit wem er schläft, solange er mich liebt – und das tut er. Wir haben beide unsere *béguins*, die aber nichts an unserer Liebe füreinander ändern.«

Dottie presste die Lippen zusammen und sah sie wortlos an. In ihren Augen schimmerte der Glanz der Kronleuchter.

Vita winkte den Kellner heran. Es wurde Zeit zu gehen, bevor Dottie sentimental wurde. Es wäre nicht das erste Mal. Aber einen Gedanken wollte sie noch loswerden. Sie wusste selbst nicht, warum es ihr so wichtig war, dass Dottie keinen Zweifel an der Stabilität ihrer Ehe mit Harold haben sollte. »Harold ist der einzige Mensch, der mich wirklich verstehen kann«, sagte sie und hielt

Dotties Blick fest. »Er kennt das Gefühl, gespalten zu sein. Ihm kann ich alles sagen. Und er mir. Und das ist Liebe.«

»Du hast überhaupt keine Ahnung, was Liebe ist«, sagte Dottie. »Du kennst nur die Begierde. Liebe ist …« Sie richtete ihren manikürten Zeigefinger auf sie. »Liebe ist Verzweiflung. Das ist Liebe!«

»O Dottie«, seufzte Vita. »Du hast schon wieder zu viel getrunken.«

Dottie machte eine ungeduldige Handbewegung. »Warte. Ich bin noch nicht fertig.« Sie nestelte an ihrem Ausschnitt herum, der verrutscht war. »Ich sag dir was. Das mit dir und Harold – das ist Freundschaft. Mehr nicht.« Sie stand auf und griff nach ihrer Handtasche. »Ich aber, ich …«

»Nicht Dottie, bitte«, sagte Vita schnell. Das Pärchen vom Nachbartisch sah schon herüber.

Dottie lachte schrill auf, dann schien sie sich zu besinnen. »Zahlst du? Ich muss … muss schnell wohin«, murmelte sie und schwankte auf unsicheren Beinen in Richtung der Waschräume.

17. Kapitel

Monks House, 6. August 1925

»Ja natürlich, wenn es morgen schön ist«, sagte Leonard.

Virginia hielt inne. Gerade hatte sie einen Löffel Suppe zum Mund führen wollen, aber Leonards Worte ließen den Moment gefrieren.

Vanessa und Duncan waren zum Dinner gekommen, zusammen mit Adrian und seiner Frau Karin, und Clive natürlich, der immer häufiger ohne Mary Hutchinson bei Vanessa in Charleston weilte. Wie es schien, kühlte sich auch diese Liebe langsam ab.

»Kannst du das wiederholen?«, fragte Virginia. Alle sahen sie erstaunt an.

»Vanessa hat gefragt, ob wir morgen mit den Kindern zusammen die Küste entlangwandern wollen«, sagte Leonard.

»Nein, *deine* Worte!«

»Ich sagte, es kommt auf das Wetter an.«

»Wie genau hast du es gesagt? Der Satz, wie lautete er?«, drängte sie.

Zwischen Leonards Brauen entstand die Falte der Besorgnis, die sie in letzter Zeit immer häufiger dort sah. »Ist alles in Ordnung?«, fragte er.

»Du hast gesagt: *›Ja natürlich, wenn es morgen schön ist.‹* So war es, nicht wahr?«

Sie wartete Leonards Antwort nicht ab. »Ihr entschuldigt mich einen Moment?« Sie rannte die Treppe hinauf in ihr Zimmer, wo auf losen Blättern ihre letzten Notizen zu dem neuen Roman im

Sessel am Fenster lagen. Den Titel kannte sie schon. *Zum Leuchtturm*. Die Struktur war klar und symmetrisch, mit dem Leuchtturm als Mittelachse. Das Gerüst hatte inzwischen eine solche Standfestigkeit erlangt, dass sie sicher war, mit der Niederschrift beginnen zu können, doch die ersten Worte hatten auf sich warten lassen. Zu viel Aktivität, zu wenig Ruhe. Jetzt aber waren sie da.

Sie klaubte das Sperrholzbrett vom Tisch, auf dem sie neuerdings immer schrieb, hockte sich in den Sessel und schrieb Leonards Satz nieder. Wie von selbst fügten sich zwei weitere Sätze hinzu. Sie konnte die Anfangsszene ganz deutlich vor Augen sehen. Mrs Ramsey, die sie ganz nach ihrer Mutter gestalten wollte, James, der jüngste Sohn, und das Familienoberhaupt Mr Ramsey, die Wiedergeburt ihres Vaters. Und doch so viel mehr. In der Szene stand er am Fenster, schmal wie ein Messer, seine Worte scharf wie die Klinge, und zerstörte Illusionen mit seiner unerbittlichen Rationalität: »Aber es wird nicht schön.«

Virginia war erregt wie selten vor der Niederschrift eines Romans. So vieles wollte sie hineinlegen, so viele dunkle Ecken ihrer Erinnerung ausleuchten und doch sollte es ein Kunstwerk sein und kein bloßes Wachsbild der Vergangenheit. Sie vergaß, dass unten im Esszimmer ihre Suppe kalt wurde und die Familie sich um ihren Geisteszustand sorgen würde. Leonard mahnte schon seit Wochen, sie solle sich mehr Ruhe gönnen, doch dieser Sommer war der betriebsamste ihres bisherigen Lebens. Maynards neues Werk *Die wirtschaftlichen Folgen von Mr Churchill*, das in der Hogarth Press erschienen war, fand einen solch reißenden Absatz, dass Virginia beim Verpacken und Versenden helfen musste. Zehntausend Exemplare waren gedruckt und verschickt worden, ein kaum zu stemmender Aufwand für ihren kleinen Verlag. Vor zwei Tagen hatte Maynard Lydia Lopokova geheiratet – *das* gesellschaftliche Ereignis des Jahres in London, zu dem sie und Leonard natürlich ebenfalls geladen worden waren. Beinah jeden Tag war sie bei Literaten, Künstlern, gesellschaftlichen Größen zu Gast gewesen, hatte Theater besucht und auf Partys getanzt, umschwärmt und gefragt wie nie zuvor. Sie ritt auf dieser gigantischen Welle aus Bewunderung mit einer Leichtigkeit, über die sie selbst nur staunen konnte. Und natürlich hörte sie bei all dem nicht auf zu schreiben: Zeitschriftenartikel, Rezensionen, Briefe. Die Arbeit am *Leuchtturm* hatte sie auf die ruhigeren Wochen in Monks House verschoben, wohl wissend, dass sie Romanschreiben und gesellschaftliches Leben nicht miteinander vereinbaren konnte.

Wie im Rausch schrieb sie zwei Seiten, ohne den Stift abzusetzen. Plötzlich stand Vanessa vor ihr. Virginia hatte nicht gehört, wie sie hereingekommen war.

»Was machst du da?«, fragte die Schwester, die Hände in die Hüften gestemmt. Sie hatten einander lange nicht gesehen, Vanessa und Duncan verbrachten viel Zeit in Südfrankreich, wo sie sich anschickten, in Cassis ein zweites Charleston einzurichten. »Wir sind längst mit dem Essen fertig und du hast deine Suppe kaum angerührt.«

»Ich schreibe«, sagte Virginia. Sie blickte nicht auf. Der Satz, den sie gerade begonnen hatte, musste zu Ende geschrieben werden.

»Das sehe ich. Aber findest du nicht, dass dein Verhalten mehr als merkwürdig ist?«

»Ich musste das festhalten. Es ist so flüchtig, wenn es kommt.«

Vanessa zog einen Stuhl heran und wartete, bis Virginia den Stift weglegte.

»Leonard macht sich Sorgen um dich«, sagte sie dann.

»Hat er dich heraufgeschickt, um mir das zu sagen?«

»Nein. Aber er hat mir erzählt, was bei euch zuletzt so los war.«

»Ja«, sagte Virginia. »Wir haben allein im letzten Monat mehr Geistesgrößen getroffen als unser Vater in seinem ganzen Leben, vermute ich.«

Vanessa warf ihr einen mitleidigen Blick zu. »Du willst es ihm immer noch beweisen, nicht wahr?«

»Leonard?«

»Nein. Unserem Vater.«

War es das? Virginia dachte einen Moment über Vanessas Worte nach. »Vielleicht finde ich es heraus«, sagte sie schließlich und zeigte auf ihre Kladde.

Vanessa nickte langsam. »Vielleicht kannst du es mit Bedacht auf deine Gesundheit herausfinden und etwas kürzertreten.«

»Ich bin in letzter Sekunde auf einen fahrenden Zug aufgesprungen. Jetzt will ich wissen, wo er mich hinführt.«

Vanessa öffnete den Mund, um etwas zu sagen, doch dann zog sie ergeben die Schultern hoch. »Du musst tun, was du für richtig hältst.« Sie stand auf und streckte die Hand aus. »Kommst du mit runter? Wir wollen noch etwas von dir haben heute Abend.«

»Siehst du?«, neckte Virginia. »Du bist die pure Verführung. Wie soll ich mich da schonen?«

»Heute Abend gar nicht. Aber ab morgen wirst du es tun.« Virginia ließ sich von Vanessa aus dem Sessel ziehen. Als sie mit ihr in den Salon trat und alle sich ihr mit fragenden Blicken zuwandten, hob sie abwehrend beide Hände. »Sagt nichts. Ich hatte Gründe. Und auch wenn ihr das alle nicht glauben könnt – ich fühle mich großartig.«

Charleston Farmhouse, 19. August 1925

Schon wieder eine Feier. Diesmal war es Quentins fünfzehnter Geburtstag, dem sie unmöglich fernbleiben konnten, so gerne Leonard es gewollt hätte. Der Tag hatte mit Regen begonnen, doch seit Mittag brannte die Sonne vom Himmel, zog die Feuchte aus den Feldern und lud die Luft mit einer Schwüle auf, die Beine und Geist lähmten. Er hatte ein wenig Unkraut gezupft, ansonsten aber nur im Liegestuhl gesessen und Zeitung gelesen – ein wohltuender Ausgleich zu den Anstrengungen der letzten Monate. Im Juli hatte er einen Rheumaschub erlitten – zum Glück, konnte er fast sagen, denn seine Unpässlichkeit hatte Virginia gezwungen, ein paar Einladungen abzusagen, die sie ansonsten wohl bedenkenlos wahrgenommen hätte. Längst hörte sie nicht mehr auf ihn, wenn er sie ermahnte, sich mehr Ruhe zu gönnen. Unzweifelhaft war der Erfolg gut für seine Frau. Sie zog Kraft aus der Aufmerksamkeit, die ihr zuteilwurde, die unzähligen Begegnungen mit anderen Schriftstellern inspirierten sie. Dem einen Riegel vorzuschieben, wäre ihrem Wohlergehen sicher nicht förderlich, und auch ihrem Schreiben nicht. Die Frage war nur, wo der Scheitelpunkt lag, an dem aus Inspiration und Euphorie Überforderung wurde.

Im Garten von Charleston hatte sich die ganze Bloomsbury-Familie zusammengefunden. Maynard und Lydia hatten eine Torte aus London mitgebracht, um mit der Geburtstagsgesellschaft ihre Heirat ein weiteres Mal zu feiern, bevor sie in die Flitterwochen nach Russland abreisten. Clive war bester Laune und erzählte einen Witz nach dem anderen, Duncan fertigte komische kleine Karikaturen von jedem an, Lydia tanzte mit Angelica über die Wiese, Virginia und Quentin verteilten Rollen für ein kurzes Theaterstück, das sie gemeinsam geschrieben hatten, und Vanessa brachte Lampions für den Abend am Haus an. Es war bunt, fröhlich und chaotisch wie immer, wenn sie zusammenkamen. Leonard war die laute Ausgelassenheit zu viel und er zog sich mit Julian und Adrian auf Liegestühle abseits des Trubels zurück, während Duncan, Virginia und Quentin ihr Theaterstück – eine abgewandelte Version des Märchens vom Kaiser und seinen neuen Kleidern – zum Besten gaben. Virginia spielte eine Weberin, die unsichtbare Stoffe herstellte und für teures Geld an Duncan in der Rolle des Königs verkaufte. Duncan stolzierte unter lautem Gejohle und Gelächter halb nackt über den Tisch, eine Papierkrone auf dem Kopf, die Zigarette im Mundwinkel, während Virginia mit Quentin, dem zweiten Weber, ein ausgelassenes Tänzchen um den Tisch herum vollführte. Leonard beobachtete Virginia, die selbstvergessen schien wie ein Kind, ganz dem Moment hingegeben und losgelöst von jeglicher Gedankenschwere. Der Wind trug ihr helles Lachen zu ihm herüber und er wünschte sich, den Augenblick mit ebensolcher Leichtigkeit nehmen zu können wie sie. Doch die Schwüle drückte ihm auf die Brust. Er blickte immer wieder zum Himmel auf, sicher, dass sich dort ein Gewitter zusammenbrauen musste. Es waren aber keine Wolken zu sehen, nur ein bleigrauer Dunst, den die Sonne im Untergehen in dramatisches Rot tauchte. Im Hintergrund erhob sich der Firle Beacon wie der Buckel eines Riesen und warf seinen Schatten über das Haus.

Virginia saß nicht eine Sekunde still. Sie tanzte und lachte und redete ohne Unterlass. Von Zeit zu Zeit ging Leonard zu ihr, sah sie fragend an, legte ihr eine Hand auf die Schulter, wie um ihr die Möglichkeit zu geben, den Rückzug anzutreten. Sie wehrte ihn unwirsch ab. Er hasste sich dafür, sie immer wieder aus dem Zustand taumelnder Selbstvergessenheit herauszureißen. Aber er kannte den Preis, und nicht nur Virginia würde ihn zahlen müssen. Auch er selbst. Und für diesen egoistischen Gedanken hasste er sich noch mehr.

Sie blieben draußen für das Dinner, denn es war immer noch warm. Virginia saß am anderen Ende des Tisches und Leonard hörte ihre Stimme über allen anderen. Ihr Gesicht war vom Widerschein der bunten Lampions eigenartig verzerrt. Niemand schien zu bemerken, als sie anfing, unzusammenhängend zu reden, zu viel Alkohol war bereits geflossen. Als sie aufstand und sich mit der Hand über die Augen fuhr, war er schon bei ihr. So konnte er sie auffangen, als sie fiel. Das Klirren eines zerberstenden Glases auf den Terrassenfliesen, Lydias Aufschrei, die Verwirrung der anderen, die es nicht hatten kommen sehen, so wie er – alles floss ineinander. Leonard hielt Virginia fest im Arm, trug sie ins Haus, sie war so leicht, und bettete sie auf das große Sofa im Salon. Nach und nach kamen die anderen herein. Erst jetzt hatten sie begriffen, was geschehen war.

Er hatte es kommen sehen. Und doch hatte er es nicht verhindern können. Er konnte lediglich hoffen, dass es nur ein harmloser Schwächeanfall war und kein nervlicher Zusammenbruch, der Virginias Geist ein weiteres Mal zerrütten würde.

Zu gleicher Zeit jenseits des Firle Beacon

Vita parkte am Rand einer sanft ansteigenden Wiese, ganz in der Nähe von Rodmell, und ließ ihre beiden Hündinnen Canute und Freya aus dem Wagen. Sie war zwei Tage bei ihrer Mutter in Brighton gewesen – ein schwieriger Besuch, denn Bonne Maman hatte Geoffrey bei sich aufgenommen, der in einem erbärmlichen Zustand war. Er behauptete, ohne Vitas Liebe nicht mehr weiterleben zu können, und klammerte sich nun an Bonne Maman, die ihn mit mütterlichen Ratschlägen und hübschen Geldbeträgen aufheiterte. Wie sie ihr mehrmals versichert hatte, tat sie dies nur Vita zuliebe und – selbstverständlich – aus ihrem Wesen gemäßer Barmherzigkeit. Sie hielt Geoffrey für einen Zärtling, aber seien das nicht alle Männer? Vita war ihr dankbar, denn so musste sie sich nicht selbst um ihn kümmern. Die langen Gespräche mit ihrer Mutter über Geoffrey, Harold, Bonne Mamans verflossene Liebhaber und ihre sagenhafte Großzügigkeit hatten Vita erschöpft. Und auch wenn sie versucht hatte, dem schwermütigen Geoffrey während der beiden Tage aus dem Weg zu gehen, hatte er es doch immer wieder geschafft, sie in zermürbende Diskussionen über ihr schwieriges Naturell zu verwickeln. Besser wäre es gewesen, gar nicht erst nach Brighton zu fahren, doch das war natürlich undenkbar. Bonne Mamans Großmut hatte immer seinen Preis.

Es war ein schwülheißer Tag gewesen und erst jetzt, kurz vor Mitternacht, kam ein wohltuend frischer Wind vom Meer her auf. Vita ließ den Wagen stehen und marschierte strammen Schrittes anwärts. Der Dunst des Tages hatte sich aufgelöst und ein sternenklarer Himmel tauchte die Downs in eine silbrige Unwirklichkeit. Sie war noch nie in dieser Gegend gewandert. Warum eigentlich nicht? Es lag so nah und überdies beherbergte eines der Täler vor ihr die schrullige Bauernkate, in der Virginia jetzt vermutlich schlief. Den ganzen Sommer hatte sie darauf gewartet, dass Virginia sie besuchen käme. In ihrem letzten Brief hatte sie sich lediglich für Vitas lobende Worte zum *Gewöhnlichen Leser* bedankt, ihre offen ausgesprochene Einladung nach Long Barn jedoch ignoriert. So also war die große Mrs Woolf ihrer inzwischen überdrüssig geworden. Vielleicht war es besser so. Es half ja nicht, ihr Herz auch noch zu erobern, wenn so viele andere Herzen gebrochen vor ihren Füßen lagen.

Vita pfiff nach ihren Hunden. Sofort kamen sie aus der Dunkelheit auf sie zugestürmt.

»Ihr treuen Seelen«, murmelte sie. »Fahren wir heim. Ich bin müde.«

18. Kapitel

An Vita Sackville-West
Long Barn, Weald
Sevenoaks, Kent

Monks House, 24. August 1925

Meine liebe Vita,
wie schön wäre es, einen Brief von dir zu bekommen. Doch du schreibst ja niemals unaufgefordert. Also werfe ich die Zurückhaltung von mir und bekenne: Ich wünsche mir einen Besuch von dir. Du musst nämlich wissen, ich liege krank im Bett, es regnet und Leonard ist in London. Reicht das, um dich herzulocken?

Letzte Woche hatten wir ein großes Geburtstags- und Hochzeitsfest in Charleston. Ich hatte nichts Besseres zu tun, als mitten im schönsten Trubel ohnmächtig zu Boden zu sinken. Seitdem bin ich mit Kopfschmerzen im Bett und gebe mich romantischen Visionen von dir hin. Eine davon ist diese hier: Ich sehe dich, wie du splitterfasernackt in einem großen Bottich Hopfen stampfst. Sag mir nicht, dass das alles nur ein Traum ist!

Aus London habe ich riesige Stapel an Manuskripten mitgebracht. Eines davon ist von Gertrude Stein, kennst du sie? Aber du schreibst Gedichte über das bäuerliche Leben, was sollte es dich da kümmern, wenn jenseits des Kanals eine Frau dasselbe Wort Hunderte Male in verschiedenen Verbindungen wiederholt, auf dass man endlich seine Kraft spüren möge.

Wann kommst du mich nun besuchen?

Deine Virginia

Ein Bauernjunge trieb gerade eine Schafherde über die Hauptstraße von Rodmell, als Vita ihren Austin Martin auf Monks House zusteuerte.

Sie musste warten, bis das letzte Tier an ihr vorbeigetrottet war – und da klopfte plötzlich Leonard ans Fenster, Verwunderung im Blick.

Sie kurbelte die Scheibe herunter.

»Ich nehme an, du hast dich nicht aus Versehen in unsere abgelegene Ecke verirrt«, sagte er zur Begrüßung. Auch wenn er dabei lächelte, hatte Vita das Gefühl, sich für ihr Hiersein entschuldigen zu müssen.

»Virginia schrieb mir, sie sei krank und würde sich über einen Besuch von mir freuen. Da dachte ich …«

Natürlich hätte sie ihren Besuch ankündigen müssen. Sie hatte den Fehler schon einmal gemacht, aber Virginias Brief hatte so drängend geklungen, dass sie sich am liebsten auf der Stelle auf den Weg gemacht hätte. Sie hatte bis zum übernächsten Tag gewartet, an dem sie ohnehin wieder zu Bonne Maman fahren musste. Es war also vollkommen vernünftig, dies mit einem Abstecher nach Rodmell zu verbinden.

Leonard hielt einen Stapel Briefe in die Höhe. »Ich wollte gerade zur Post. Würdest du mich begleiten?«

Das Postamt lag nur wenige Meter die Straße hinauf. Vita ließ ihren Wagen am Straßenrand stehen und folgte Leonard, der mit langen Schritten auf das kleine Gebäude zustrebte. Für eine freundschaftliche Begrüßung blieb offenbar keine Zeit. Leonard gehörte zu den Menschen, die auch besten Freunden gegenüber immer ein wenig distanziert wirkten. Sie kannte ihn nicht gut genug, um zu wissen, ob er es nur eilig hatte oder ob er ihren unangekündigten Besuch für einen Fehltritt hielt.

»Es ist schön, dass du sie besuchen willst«, sagte er, ohne sie anzusehen. »Ich fürchte allerdings, sie kann zurzeit keinen Besuch empfangen.«

Das war es also. »Ist es so schlimm?«, fragte sie.

Er wiegte den Kopf. »Ich weiß es noch nicht.«

»Aber was fehlt ihr denn? Sie schrieb etwas von einer Ohnmacht. Vielleicht die Hitze?«

Er blieb stehen, schien etwas sagen zu wollen, doch es kam nur ein Ächzen.

»Was ist geschehen, Leonard?«

»Ich gebe die Post auf. Dann gehen wir ein Stück spazieren, wenn du einverstanden bist.«

Sie wanderten über die Felder, die Rodmell umgaben und an den Garten von Monks House grenzten. Leonard erzählte von Quentins Geburtstagsparty in Charleston, Virginias aufgekratzter Stimmung und den anstrengenden Wochen davor. Zu viele gesellschaftliche Aktivitäten, behauptete er, zu wenig Zeit für Ruhe, die für Virginia so lebensnotwendig sei. »Sie braucht den Rückzug, das vollständige Hineinsinken in ihre innere Welt, um schreiben zu können.«

»Oh, das verstehe ich. Das geht mir genauso«, sagte Vita.

Er nickte, lächelte, als habe sie etwas sehr Dummes gesagt. »Wenn Virginia an einem neuen Roman arbeitet, diese erste Phase, bevor sie zu schreiben beginnen kann – sie ist immer sehr kritisch für sie. Sie wird dann oft krank.«

»Dann ist das vielleicht der Grund, warum sie jetzt krank wurde.«

»Es ist komplizierter.« Leonard trat gegen einen Stein, wie ungeduldig über ihre Begriffsstutzigkeit. »Ja, sie arbeitet an etwas Neuem. Zugleich aber steht sie im Mittelpunkt des Interesses. Sie hat eben erst zwei Werke veröffentlicht und natürlich soll sie ihren Erfolg genießen, jedoch …«

»Es verträgt sich nicht. Das ist doch klar. Mit ein wenig Ruhe wird sie sicher schnell wieder auf die Beine kommen.« Vita legte Leonard beruhigend eine Hand auf den Arm. »Es ist sehr fürsorglich von dir, sie vor Besuchen abzuschirmen. Hätte ich es vorher gewusst, wäre ich natürlich nicht gekommen.«

Er blieb stehen und bohrte seinen Blick in den ihren. »Vita, bitte hör mir jetzt gut zu«, sagte er und hob beide Hände, als müsse er seine Botschaft in einem unsichtbaren Päckchen zu ihr hinüberschieben. »Ich habe Virginia bereits einmal fast verloren. Ich möchte so etwas niemals wieder erleben müssen. Wir haben es überstanden, aber die Angst, dass es wieder geschehen könnte, sitzt tief.«

»Ich verstehe dich vollkommen«, sagte Vita, aber so richtig verstand sie ihn nicht. Was meinte er mit »fast verloren«? Sie zögerte, die Frage zu stellen, sie schien zu persönlich.

»Sie kokettiert gern damit, manchmal ein bisschen verrückt zu sein«, sagte Leonard.

Vita nickte. Auch das hatte sie schon erlebt.

»Die Sache ist … du darfst das ernst nehmen. *Solltest* es ernst nehmen.«

»Du meinst … verrückt, im Sinne von …«

»Im Sinne von geisteskrank, ja.«

Vita wusste nicht, wie sie reagieren sollte. Virginia geisteskrank? Diese hochintelligente, feinsinnige, lebenslustige Frau? »Ich fürchte, das musst du mir erklären«, sagte sie schließlich.

Und dann erzählte Leonard ihr von seinen ersten Ehejahren mit Virginia, ihren Erschöpfungszuständen, die sich mit manischer Arbeitswut abwechselten, den nervlichen Zusammenbrüchen, Wahnvorstellungen und wochenlangen Ruhekuren, denen sie sich hatte unterziehen müssen. Und schließlich von ihrem Versuch, sich selbst zu töten. »Oft haben sich ihre wahnhaften Zustände mit Rastlosigkeit und extremer Arbeitswut angekündigt. Sie hörte nicht auf zu reden, bis sie irgendwann nur noch Kauderwelsch von sich gab. Und so war es auch am vergangenen Freitag.«

Mit den letzten Worten sackten Leonards Schultern nach vorne und sein Gesicht wurde grau. Am liebsten hätte Vita ihn in den Arm genommen, aber Leonard war nicht der Mann, den man einfach so in den Arm nahm. Auch in seiner Verzweiflung wirkte er reserviert.

»Ich bin sicher, dass es diesmal nicht so kommen wird«, sagte Vita lahm. Was sollte sie auch sonst sagen?

Leonard streifte sie mit einem Blick, der zu sagen schien: Was weißt du schon?

Sie waren am Ende des Feldes angelangt und traten durch ein Gatter zurück auf die ungepflasterte, von Schafsdung übersäte Straße, die zurück ins Dorf führte.

»Darf ich Virginia denn schreiben?«, fragte sie, bevor sie sich von Leonard verabschiedete.

»Ich bitte dich sehr darum«, sagte er. Dann zögernd: »Du tust ihr gut, denke ich.«

»Ich mag sie sehr. Sie ist … ich habe noch nie eine Frau wie sie getroffen.«

Er stand vor ihr, streng und aufrecht, sein Blick scharf. Er war einer der wenigen Männer, die größer waren als sie. »Wenn es ihr besser geht, bist du jederzeit willkommen. Aber …« Er pausierte, wie um ihr Zeit zu geben, sich für seine nächsten Worte zu wappnen. »Geh nicht zu weit. Wenn sie emotional zu sehr … nun, ich will sagen … Zustände der Erregung sind für sie … Du verstehst hoffentlich, was ich meine.«

Monks House, 2. September 1925

Es war der erste Tag seit zwei Wochen, an dem Virginia wieder aufstehen und in ihrem Sessel am Fenster sitzen konnte. Morgens war sie erwacht und hatte erleichtert festgestellt, dass der Schmerz am Hinterkopf verschwunden war. Kopfschmerzen hatte sie häufig, aber dieses Bohren hinten am Ansatz des Schädels, das ihr die Fähigkeit zum Denken nahm und ein entsetzliches Gefühl der Instabilität die Wirbelsäule hinuntersandte, das fürchtete sie mehr als alles andere. Es hatte in der Vergangenheit immer unfehlbar jene Zustände angekündigt, an die sie nicht mehr denken wollte. Aber diesmal würde sie nicht wahnsinnig werden!

Warum nur hatte sie es nicht kommen sehen? Sie hatte sich so stark gefühlt, so energiegeladen. Was hatte sie nicht alles schaffen wollen in diesen Wochen in Monks House. Nun aber lag sie wieder hier, musste unter Leonards strengem Blick literweise Milch trinken, durfte niemanden sehen und beinah den ganzen Tag das Bett hüten. Was war sie nur für eine schwache Kreatur!

Sie fröstelte. September schon. Der Sommer dahin, die wertvollen Wochen in Monks House zerbröselt zu ein paar kläglichen Krumen, und nur wenig Energie für die Arbeit am *Leuchtturm*. Doch sie durfte sich diesen schwarzen Gedanken nicht hingeben. Es galt, daraus zu lernen und künftig besser auf sich zu achten.

Auf dem Tisch neben ihr lagen die ungelesenen Manuskriptstapel von hoffnungsvollen Menschen, die in der Hogarth Press ihr Seelenheil zu finden glaubten. Sie zog eines davon heraus. Es war das dickste, von einem Lebensmittelhändler, der – wie er schrieb – schon seit Kindheitstagen nichts anderes sein wollte als Schriftsteller. Sechshundert Seiten voll sorgfältig gemalter Großbuchstaben. Schon die ersten Zeilen trieften vor Kitsch. Das Papier hätte ein schönes Feuer abgegeben, aber man musste es zur Post tragen, mit einem freundlich formulierten Schreiben. Kopfschüttelnd legte sie es beiseite. Warum vergeudete sie mit derlei Nichtigkeit ihren ersten schmerzfreien Vormittag? Sie stand auf und ging zum Bett. Dort lag die Kladde mit den ersten Seiten, die sie am *Leuchtturm* zustande gebracht hatte. Obenauf ein angefangener Brief an Vita. Kein Besuch, nicht einmal eine Zeile von ihr. Es war schwer zu ertragen, immerhin besetzte Vita die vielen Stunden der Untätigkeit, zu denen sie verdammt war. In den schwerelosen Zwischenzuständen, die Schlaf vom Wachsein trennten, war Vita allgegenwärtig, eine warme, liebende Präsenz. Manches Mal tauchte Virginia daraus auf, gewiss, dass Vita neben ihr sitzen und über sie wachen müsse, wie eine Mutter am Bett eines kranken Kindes. Dann wieder hatte sie erotische Visionen von ihr, perlenbehangen und vollbusig, verführerisch und sagenhaft schön. Sie sah sie nackt, wie sie in einem Riesenbottich Trauben stampfte.

Es mussten Fieberzustände sein, die in ihrem aufgerüttelten Gehirn solche Bilder erzeugten. Die Sache war nur – sie bekam sie nicht mehr aus dem Kopf. Vielleicht wurde sie doch ein bisschen wahnsinnig.

—•⋟⋞•—

Rodmell, 6. September 1925

Heute begegnete Vita keiner Schafherde, als sie nach Rodmell hineinfuhr. Sie betete, dass sie auch Leonard nicht begegnen würde. Vor einem der ersten Häuser des Dorfes hielt sie an und winkte den Jungen herbei, der mit zwei großen Körben voller Äpfel gerade in dem Haus verschwinden wollte.

»Möchtest du dir ein paar Shilling verdienen?«, fragte sie den Jungen, der mit weit aufgerissenen Augen ihren Wagen anstarrte.

»Dann bring schnell die Körbe ins Haus und komm wieder«, befahl sie ihm. Als er zurückkehrte, drückte sie ihm die Schale in die Hand, die sie neben sich auf dem Beifahrersitz transportiert hatte. Sie war nicht viel größer als ein Suppenteller, angefüllt mit Erde, in der eine Krokuszwiebel und wenige Steine steckten.

»Bring das zum Monks House und stelle es dort gut sichtbar vor die Tür. Den Brief legst du dazu. Aber pass auf, dass man nicht darüber stolpert, wenn man aus dem Haus kommt, hast du verstanden?«

Der Junge nickte und rannte los.

Zufrieden stieg Vita wieder in ihren Wagen und fuhr davon.

An Virginia Woolf
Monks House
Rodmell, Sussex

Long Barn, 6. September 1925

Meine liebe Virginia,
wie gern bekomme ich Briefe von dir. So gern, dass ich sie aufhebe wie ein Kind ein Stückchen Schokolade, um sie ganz in Ruhe und für mich genießen zu können.

Deinen letzten Brief habe ich viele Male gelesen. Ich mag deine Vision von mir. Ich werde dir nicht erzählen, wie prosaisch die Dinge auf dem Land tatsächlich vonstattengehen. Davon schreibe ich in meinem Gedicht, das nur sehr mühevoll heranwächst. Aber wem sage ich das, du kennst ja die Qualen der Wortklauberei.

Auch quält es mich zu wissen, dass es dir so schlecht geht. Ich wünschte mir, es ginge dir gut und ich könnte dich besuchen. Ich meine das nicht so selbstsüchtig, wie es sich anhört. Es soll dir gut gehen, auch wenn ich keinen Nutzen davon hätte. Mein Versuch, dich aufzuheitern, ist ein wenig hilflos, aber vielleicht gefällt dir ja mein kleiner Garten. Noch macht er nicht viel her, aber im Frühjahr wird er blühen und mit den Steinen nach einer Alpenlandschaft en miniature *aussehen.*

Ich habe ihn »Garten der Liebe« getauft, denn du musst liebevoll mit ihm umgehen und ihn nicht vernachlässigen (sprich: gießen), damit er blühen kann. Ich werde ihn heute nach Rodmell bringen, aber nicht klingeln, um Leonard nicht zu verärgern. Meine Sehnsucht, dich zu sehen und ein halbes Stündchen mit dir zu plaudern, ist sehr groß. Werde schnell gesund,

Deine Vita

Vitas Garten der Liebe bekam einen Ehrenplatz am Fenster. So konnte Virginia ihn ansehen, wenn sie mit ihrem Sperrholzbrett auf den Knien dort saß und während des Schreibens immer wieder mal den Blick hob. Vielleicht war dieser Anblick der Grund für die Leichtigkeit, mit der ihr in den folgenden Tagen Zeile um Zeile aus der Feder floss. Beinah versöhnte sie dieses kleine unscheinbare Liebeszeichen von Vita mit den verlorenen Wochen und der abendlichen Milch, die Leonard ihr weiterhin aufzwang. Er meinte es gut, doch manchmal hätte sie ihn verfluchen können. Er war schuld, dass Vita nicht einmal für wenige Minuten zu ihr heraufgekommen war. Andererseits – welchen Sinn machte es, die Freundin für nur wenige Minuten zu sehen, nur um dann den Schmerz zu ertragen, wenn sie wieder gehen musste? So konnte Virginia sich ihren heimlichen Visionen hingeben, die immer sinnlicher, immer drängender wurden. Ohnehin war es so viel leichter, die verborgenen Facetten von sich selbst in Briefen preiszugeben. Ob Vita es genauso empfand? Sie würde sie danach fragen, in ihrem nächsten Brief, doch erst musste sie weiterschreiben, beflügelt von ihrem Garten der Liebe …

19. Kapitel

An Vita Sackville-West
Long Barn, Weald
Sevenoaks, Kent

Monks House, 10. September 1925

Meine liebe Vita,
vielleicht überschätzt du meine Fähigkeit, mich um ein Stückchen Erde zu kümmern, neben all den Stapeln Papier, Kissenbergen, Milchgläsern und herabrutschenden Decken. Wenn du es aber gestattest, stilisiere ich deinen Garten der Liebe zu einem Symbol. Ist das in deinem Sinne? Dann werde ich mich mit Freuden der Sache annehmen und die Gießkanne nicht mehr aus der Hand geben.

Weil du so feige warst und nicht zu mir heraufgekommen bist, muss ich nun versuchen, mir dich auszudenken. Ich stelle aber fest, dass mir die Zutaten fehlen, um dich als Ganzes heraufzubeschwören. Ich sehe Teile von dir, deine Haare, Lippen, auch deine Perlen, o ja, aber wenn ich versuche, mich mit dir zu unterhalten, gehst du weg, spielst Tennis, gräbst deinen Garten um, scheuchst Dienstboten vor dir her, und mir fällt kein einziger Satz ein, den du sagen könntest. Das beweist, wie wenig ich dich kenne, wie wenig wir überhaupt irgendjemanden kennenlernen können.

Bitte sende mir mehr als einen bloßen Strohhalm, um das flüchtige Wesen in meinem Kopf mit Fleisch und Blut anzureichern.

Deine Virginia

PS: Ich bin fest entschlossen, im Oktober vollständig gesund nach London zurückzukehren. Dann werde ich dich einfangen und das aus dir herauspressen, was mir jetzt fehlt. Bist du einverstanden?

Long Barn, Ende September 1925

Im großen Salon von Long Barn beugten sich Vita und Harold, Dottie und Raymond Mortimer über eine Landkarte von Persien, die Harold auf dem schweren Eichentisch ausgebreitet hatte. Er zeigte auf eine Stelle im Westen des Landes.

»Ker-man-schah«, buchstabierte Dottie.

»Dort werde ich auf euch warten«, sagte er. »Von dort aus sind es noch etwa fünfhundert Meilen bis nach Teheran.«

Er zeigte auf einen Punkt nahe des Kaspischen Meers. In Teheran befand sich die Botschaft, an der Harold zwei Jahre beschäftigt sein würde. Seine Abreise war für den 4. November geplant.

»Ziemlich viel Gebirge liegt dazwischen«, sagte Raymond. Er war inzwischen ein häufiger Gast in Long Barn, aber er und Harold verhielten sich äußerst diskret und niemand, der es nicht gewusst hätte, wäre auf den Gedanken gekommen, dass die beiden eine Liebesbeziehung führten. Vita mochte den klugen, besonnenen Mann und es wäre ihr im Traum nicht eingefallen, eifersüchtig auf ihn zu sein.

»Und eine weite Ebene, ja. Aber dieser Teil der Reise ist vermutlich das geringste Problem.«

»Das ist so aufregend!« Dottie klatschte in die Hände.

Vita und Harold hatten vereinbart, dass sie ihm im Januar nach Persien folgen sollte, um vier Monate mit ihm gemeinsam zu verbringen.

Es war eine lange und beschwerliche Reise zu Land und zu Wasser, die Vita nicht alleine unternehmen wollte. Also hatte sie Dottie gebeten, sie ein Stück zu begleiten. Die Reise würde sie über Italien und Ägypten zunächst nach Indien führen, wo sie den Liebhaber ihrer Mutter, Edvard Lutyens, in Neu-Delhi besuchen wollten. Den Rest der Reise würde Vita allein fortsetzen. Zwei Monate würde sie unterwegs sein, mit dem Zug, dem Schiff und zum Schluss mit einem Auto-Konvoi quer durch den Irak hinein nach Persien. Es war ein Abenteuer, wie Vita es noch nie erlebt hatte, eine Reise, die jede Menge Risiken barg. Das Schiff konnte kentern, der Auto-Konvoi konnte überfallen werden, sie konnte sich gefährliche Krankheiten zuziehen – und das machte die Unternehmung umso interessanter. Dennoch war Vita froh, in Dottie eine Reisebegleitung zu haben, so anstrengend die Freundin auch manchmal sein mochte.

Noch hatte Vita der kranken Virginia in Rodmell nichts von der bevorstehenden Abreise erzählt. Auch wusste sie nicht, wie sie auf Virginias kaum verhohlene Liebeserklärungen reagieren sollte. Vor einigen Wochen hätte sie vermutlich ein Treffen zu zweit vorgeschlagen, einen Ausflug nur mit Virginia, einen entschiedenen Schritt hin zu mehr Intimität. Doch jetzt? Durfte sie die Gefühle bestärken, die die Freundin offenbar entwickelt hatte? Natürlich war es gut möglich, dass sie sich in einem verwirrten Geisteszustand befand und sich in etwas hineinsteigerte, was sie bei klarem Verstand niemals empfinden würde. War es das? Aber nein, dafür waren ihre Briefe zu klar, zu präzise formuliert.

Wie also reagieren? »Geh nicht zu weit«, hatte Leonard gesagt. Aber wie weit war *zu* weit? Welche Worte wären zu viel? Welche Folgen könnten Berührungen haben? Was riskierte sie, wenn sie der Freundin zu verstehen gab, dass ihr »Heranschleichen« willkommen war?

Fest stand, dass sie Virginia bald mitteilen musste, wohin zu reisen sie sich anschickte, ohne die Garantie, je zurückzukehren. Und auch damit würde sie vielleicht Schaden anrichten. Es war vertrackt. Aber vielleicht waren es ähnlich wie bei der bevorstehenden Reise die Gefahren, die dieses heimliche Herzensabenteuer so besonders reizvoll machten.

Tavistock Square, 12. Oktober 1925

»Du hast Post von Vita«, sagte Leonard und legte Virginia zwei Briefe auf die Bettdecke. Sie waren am 2. Oktober aus Rodmell zurückgekehrt, Virginia wieder so weit hergestellt, dass sie voller Tatendrang und Vorfreude auf London gewesen war. Sie hatte sich vorgenommen, ihr gesellschaftliches Leben auf wenige, ihr am Herzen liegende Begegnungen zu reduzieren. Dazu zählte vor allem ein Wiedersehen mit Vita. Schon am Morgen nach ihrer Rückkehr war sie jedoch erneut mit Kopfschmerzen und Schwächegefühlen wach geworden, die sich bis zum Nachmittag so verschlimmert hatten, dass Leonard den Arzt rufen musste. Der hatte sie sofort zurück ins Bett geschickt. Hier lag sie nun seitdem, von Fieberschüben gebeutelt, zu schwach, um auch nur wenige Schritte zu gehen, und mit einer Schwere im Herzen, die ihr sogar die Lust am Lesen nahm. Sie existierte nur noch. Seit gestern war sie zumindest fieberfrei, und sie konnte wieder ein wenig essen.

»Danke«, sagte sie und versuchte ein Lächeln, das jedoch gefror, als sie die Poststempel sah. »Der hier ist schon Ende September aufgegeben worden.«

»Richtig«, sagte Leonard nur.

»Und wann ist er gekommen?«

»Du durftest nicht schreiben, hatte der Arzt gesagt.«

»Aber ich hätte lesen können. Vanessas Briefe hast du mir auch gebracht.«

»Ich hielt es für besser, abzuwarten, bis du wieder auf dem Weg der Genesung bist.«

Virginia verzichtete darauf, Leonard darauf hinzuweisen, dass es ihr schon früher besser gegangen wäre, wenn sie von Vitas Briefen gewusst hätte. »Dann darf ich wohl dankbar sein, sie jetzt lesen zu dürfen«, sagte sie bissig.

Leonard lächelte. »Du scheinst tatsächlich auf dem Weg der Besserung. Aber trink zuerst deine Milch.« Er stellte das Glas auf den Nachttisch und ließ sie allein.

Zum Glück tat sie es nicht, denn der Inhalt des ersten Briefes hätte ihr in Verbindung mit der Milch gewiss den Magen umgestülpt. So raubte er ihr nur das Hochgefühl, das sie beim Anblick von Vitas Handschrift erfasst hatte. Sie ließ den Brief zu Boden sinken, schob den anderen achtlos fort und drehte sich auf die Seite. Zusammengerollt wie ein Kind, das Schläge bekommen hatte, blieb sie bis zum Mittag so liegen. Als Lottie hereinkam, um ihr das Essen zu bringen, tat sie, als schliefe sie tief und fest.

Am Abend brachte sie die Kraft auf, in den Salon hinunterzugehen, wo Leonard im Sessel saß und las. »Bringst du bitte diesen Brief gleich morgen früh zur Post?« Sie legte den Umschlag auf den Tisch.

Leonard runzelte die Stirn.

»Du musst nicht schimpfen, er ist nur ganz kurz. Ich habe mich nicht überanstrengt. Aber ich möchte, dass Vita mich besuchen kommt.«

»Du darfst keinen …«

Virginia hob die Hand. »Ich bestehe darauf. Ich will sie noch einmal sehen, bevor sie fortgeht.«

»Sie geht fort?«

Zumindest war Leonard offenbar nicht eingeweiht. Also nichts, was hinter ihrem Rücken besprochen worden war.

»Sie geht nach Persien.«

Leonard klappte das Buch zu und legte es zur Seite. »Wann?«

»Das hat sie nicht geschrieben, aber ich ...« Ihre Stimme versagte. Sie wollte sich abwenden, aber Leonard war schon bei ihr. Er nahm sie in den Arm und hielt sie fest.

»Es tut mir so leid«, sagte er. Sie sah ihn fragend an und er nickte. Er wusste es. Vor ihm konnte sie nichts verbergen.

»Nur eine halbe Stunde«, murmelte sie. »Die halbe Stunde musst du mir erlauben.«

Er strich ihr mit dem Daumen über die Braue, küsste sie auf die Stirn. »Wenn es dir hilft, darf es auch mehr sein«, sagte er.

»Es wird nicht helfen. Aber es verschafft mir ein paar Stunden Vorfreude. Und das ist schon so viel, nicht wahr?«

»Sehr viel«, sagte er. Und dann brachte er sie ins Bett.

19. Oktober 1925

Ein Bett war in den Salon am Tavistock Square geschoben worden, damit Virginia Vita empfangen konnte, ohne sich allzu sehr zu ermüden. Als Vita eintraf, thronte sie auf einem Turm von Kissen, das Gesicht blass und schmal, der Blick jedoch wach und voller Freude.

»Meine Vita«, rief sie und streckte die Hände aus. »Setz dich zu mir, schnell, wir dürfen keine Sekunde vergeuden.«

»Ich halte die Uhr im Blick«, sagte Vita zu Leonard, der sie mit einem warmen Lächeln empfangen und heraufgebracht hatte.

»Sag mir, dass ich das mit Persien nur geträumt habe«, flehte Virginia. Sie hielt Vitas Hand fest in ihrer.

»Nein, das hast du nicht. Aber ich gehe nicht für immer. Nur für ein paar Monate. Und nicht einmal sofort.«

Vita erzählte von Harolds neuer Mission an der Botschaft in Teheran und ihren Reiseplänen. Dottie erwähnte sie vorsichtshalber nicht. Als sie geendet hatte, entspannte sich Virginias Griff, doch sie ließ sie immer noch nicht los.

»Ich bin voller Neid. Du in Persien, ich hier im Bett. Vier Monate sind natürlich viel zu lang, aber du kommst wieder, bevor ich alt und vollständig grau bin. Das beruhigt mich.«

»Du wirst bald wieder gesund sein und so beschäftigt, dass du meine Abwesenheit gar nicht bemerkst.«

»Beschäftigt werde ich sein, aber …« Virginia senkte die Stimme und bedeutete Vita, ein Stückchen näher zu rücken. »Du wärst überrascht, wenn du wüsstest, was meinen Geist beschäftigt. Es ist nichts, das irgendwo geschrieben stehen darf.« Ein leiser Anflug von Röte überzog ihre Wangen.

»Wie schade«, flüsterte Vita zurück. »Ich würde es zu gern lesen.«

»Unmöglich. Lass dir bloß nicht einfallen, auch nur einen Tag länger fortzubleiben. Sonst werde ich womöglich doch noch verrückt.«

In diesem Augenblick trat Lottie, das Dienstmädchen, mit dem Teetablett herein. Virginia zog die Bettdecke ein Stückchen höher und sagte laut: »Apropos Lesen. Was ist mit deinem Gedicht. Kommst du voran? Wann darf ich es lesen?« Sie bedeutete Lottie, das Tablett auf dem Tisch neben ihr abzustellen, ließ Vita dabei jedoch nicht aus den Augen.

Vita zog eine Grimasse. »Ich fürchte mich zu sehr vor deiner Kritik. Ich wünsche mir so sehr, etwas wirklich Gutes zu schreiben, und wenn du mir dann sagst …«

»Ich wäre eine sehr liebevolle Kritikerin. Und da ich von Gedichten nichts verstehe, musst du auch keine Angst haben. Ich werde es wundervoll finden.« Mit einem Augenzwinkern nahm sie die Tasse entgegen, die Vita ihr hinhielt.

»Du Scheusal«, sagte Vita. »Du sagst die grausamsten Sachen mit dem schönsten Lächeln.«

»Grausam?« Entrüstet richtete Virginia sich auf. »Ich erkläre dir meine … nun ja, meine Zuneigung und du nennst mich grausam?«

»Natürlich bist du nicht wirklich grausam«, lenkte Vita ein. Sie hob ein Kissen auf, das heruntergefallen war, und stopfte es Virginia wieder in den Rücken. »Es liegt einfach daran, dass du so viel vollbringst und man sich im Vergleich zu dir schäbig und talentlos vorkommt.«

»Warum hast du so eine schlechte Meinung von dir?«

Vita holte tief Luft und zählte dann an den Fingern ab: »Du liest Schrankwände in nur wenigen Wochen, du schreibst seitenlange, göttliche Briefe, obwohl du krank bist, du bist Schriftstellerin, Verlegerin, Journalistin und Schriftsetzerin und findest dennoch immer Zeit für stundenlange Gespräche. Ich dagegen vergeude meine Tage mit tausend Nichtigkeiten. Gestern zum Beispiel …« Sie hielt inne. Gestern hatte sie die Kinder zur Schule gefahren, hundert Blumenzwiebeln gepflanzt und mit Dottie Tennis gespielt, aber das wollte sie Virginia nicht erzählen. »Gestern habe ich nicht eine Zeile an meinem Gedicht geschrieben. Das übrigens nicht mehr als eine Aneinanderreihung von Versen über das Landleben ist, die dich langweilen würden.«

»Aha«, sagte Virginia. »Warum schreibst du sie dann?«

Darauf wusste Vita nichts zu sagen. Sie hatte sich noch nie nach dem *Warum* ihres Schreibens gefragt, es war einfach eine schon immer da gewesene Notwendigkeit.

Virginia setzte sich gerade, dabei rutschte ihr die Decke von den Knien, aber sie ignorierte es. »Versuche, nur das zu schreiben, was du selbst in deiner kritischsten Stimmung für gut befindest, und lass alles andere weg. Konzentriere dich auf den Kern einer Sache und verwende die besten Worte dafür, die du finden kannst. Suche nach einer Einheit von Form und Inhalt. Du bleibst oft zu sehr an der Oberfläche. Geh mehr in die Tiefe.« Sie sprach ernst und eindringlich, ohne die hintergründige Ironie, die sonst stets in ihren Worten mitschwang.

Außer ihrem Vater hatte Vita nie jemand in Bezug auf ihr Schreiben einen Rat gegeben. In ihren Romanen hatte sie sich immer ihrer Phantasie überlassen und war spontanen Einfällen nachgegangen, ohne sich über Form und Ausdruck viele Gedanken zu machen. »Siehst du«, sagte sie nach einer Weile. »Du liegst hier krank und schaffst es doch, eine ganze Welt auf den Kopf zu stellen.«

Virginia runzelte die Stirn. »Welche Welt stelle ich auf den Kopf?«

»Meine. Wahrscheinlich hast du recht. Ich muss mich mehr bemühen, weniger oberflächlich sein.«

»Ich halte dich nicht für oberflächlich.«

»Aber meine Romane.« Sie versuchte, nicht trotzig zu klingen, auch wenn es sie wurmte, dass Virginia so wenig von ihren Romanen hielt. Andererseits war sie die einzige Person, deren Rat sie annehmen konnte.

»Ich denke, du hast das Talent, besser zu schreiben als bisher. Wenn du es willst.« Mit den letzten Worten sank Virginia ein Stück tiefer in ihre Kissen und schloss die Augen.

»Bist du erschöpft? Soll ich gehen?«, fragte Vita, plötzlich besorgt.

»Nein.« Mit geschlossenen Augen tastete Virginia nach ihrer Hand. »Bleib. Ich finde es schön, dich in meiner Nähe zu haben. Obwohl ich dir schwach und alt vorkommen muss.«

Sie blieben schweigend so sitzen und Vita wagte nicht, sich zu regen und die Intimität der Stille zu stören. Sie betrachtete das Gesicht der Freundin, das von der Krankheit gezeichnet und doch so schön und edel war. Sie war versucht, eine Stelle an der Nasenwurzel zu berühren, an der ein Äderchen blau hervortrat, doch da öffnete Virginia die Augen. »Danke, dass du mein Kranksein ohne zu klagen erträgst«, sagte sie, griff nach ihrer Teetasse und hielt sie Vita auffordernd entgegen.

»Ich mag dich auch krank«, neckte Vita, schenkte Tee nach und zog die Bettdecke fest.

»Mögen ist ein blasses Wort. Als deine Lektorin muss ich dich ermahnen, es präziser zu formulieren.« Da blitzte wieder der Schalk in Virginias Augen.

»Hast du einen Vorschlag?« Gebannt beobachtete Vita, wie Virginia erst die Augen aufriss, dann die Lider senkte und ein Lächeln hinter ihrer Teetasse versteckte. Sie trank einen Schluck, stellte die Tasse beiseite und faltete die Hände auf der Decke.

»Ich werde mich von dir nicht zu emotionalen Bekenntnissen hinreißen lassen«, sagte sie würdevoll.

»Aber von mir willst du eines?«

»Nun, ich bin krank und muss verwöhnt werden. Also ja.«

Vita lachte laut auf. Es tat gut zu lachen, es nahm die Anspannung aus ihrem Körper, die aus dem nur mühsam unterdrückten Bedürfnis entstand, Virginia über die allzu scharf hervortretenden Wangenknochen zu streichen.

»Ich will dich liebend gern verwöhnen«, sagte sie mit einem

Blick zur Uhr. »Ich muss aber leider jetzt gehen. Meine Besuchszeit ist vorbei.«

»Du bist viel grausamer als ich«, sagte Virginia. »Eine grausame Pedantin.«

»Ich möchte dich nicht überfordern.«

»Das kannst du gar nicht.« Wieder dieses hintergründige Lächeln.

»Oh, ich weiß, dass ich dir in keiner Hinsicht gewachsen bin«, gab Vita zurück. »Aber was du auch tust, du kannst nicht verhindern, dass ich dir zu Füßen liege und schon jetzt den Tag verfluche, an dem ich fortmuss.«

»Wirst du mich vorher noch einmal besuchen kommen?«

»Für ein festgelegtes Stündchen? Ja, wann immer du es willst. Und was hältst du davon, sobald es dir etwas besser geht, zu mir nach Long Barn zu kommen? Harold wird nicht da sein und ich stelle ein Bett in meinem Salon, Kissen und Decken im Überfluss und meine ganze Fürsorge zur Verfügung.«

Das Leuchten in Virginias Augen sagte mehr, als je mit Worten hätte ausgedrückt werden können. Es begleitete Vita noch den ganzen Nachmittag und füllte ihre Gedanken mit Zärtlichkeit.

20. Kapitel

Ebury Street, 4. November 1925

Vita schloss die Tür zu ihrer Londoner Wohnung auf. Sie war lange nicht hier gewesen. Die letzten Wochen hatten sie und Harold so viel Zeit wie nur möglich miteinander in Long Barn verbracht, und heute Morgen war er mitsamt seinen fünf Koffern, mit Pelzmantel und Tropenhelm, mit Schlittschuhen und Kaki-Shorts im Zug nach Dover verschwunden und Vita hatte nur noch hinterherwinken können. Zwei ganze Monate würde er unterwegs sein. Sie hatte ihm ein Christophorus-Medaillon zum Abschied geschenkt und versprochen, ihm an jede seiner Reisestationen einen Brief vorauszuschicken.

Ihre Schritte klangen auf dem Parkett der leeren Wohnung wie das Echo ihrer schwermütigen Gedanken. Am liebsten wäre sie mit in den Zug gestiegen, nur um bei ihm zu sein, was verrückt war, denn wenn sie zusammen am selben Ort weilten, sprachen sie sehr wenig miteinander und versenkten sich in ihre jeweils eigene Welt. Harold las viel und entwarf Pläne für den Garten, Vita schrieb und grub die Erde um. Zärtlichkeiten tauschten sie nur in Briefen aus. So war er ihr oftmals näher, wenn er nicht da war. Und doch vermisste sie ihn schmerzlich.

Sie würde bis zum nächsten Tag in London bleiben. Am Abend wollte sie mit Dottie eine Theateraufführung besuchen, bis dahin blieb jedoch noch viel Zeit. Es wäre eine gute Gelegenheit, Virginia zum Tee zu besuchen, doch Vita hatte in all der Aufregung um Harolds Abreise vergessen, ihren Besuch anzukündigen. Das entfiel also. Vielleicht war Virginia auch für die Stimmung, in der sie sich befand, nicht die richtige Gesellschaft. Sie hatte feine Antennen für Schwermut und würde das Loch spüren, das Harold zurückgelassen hatte. Sie würde seine Tiefe ausloten wollen, anstatt sie davon wegzuführen – und sei es auch nur mit einem Gläschen Champagner.

Dottie war heute entschieden der bessere Umgang. Sie würde wissen, was sie jetzt brauchte. Dottie wusste das immer.

Tavistock Square, 7. Dezember 1925

Kein Brief von Vita. Schon wieder nicht. Sie war nach ihrem Besuch im Oktober nur noch ein einziges Mal zum Tee heraufgekommen und hatte wieder davon gesprochen, Virginia nach Long Barn einzuladen, jedoch ohne ein konkretes Datum zu nennen. Erst solle sie wieder kräftig genug sein. Aber das war Virginia längst. Sie konnte kleine Spaziergänge unternehmen und hatte sogar einen Essay geschrieben. Über das Kranksein natürlich! Darin war sie unangefochtene Expertin.

Virginia hatte bereits mit Leonard über einen Aufenthalt in Long Barn gesprochen. Er war einverstanden, vorausgesetzt Vita verpflichte sich, ihren strengen Tagesablauf zu respektieren, sie pünktlich zu Bett zu schicken und keine aufregenden Unternehmungen mit ihr zu planen. Doch wie es aussah, wurde daraus nichts. Nicht einmal ein Besuch zum Tee stand in Aussicht. Was, wenn sie Vita nun vor ihrer Abreise gar nicht mehr wiedersah? Je mehr Virginia darüber nachsann, desto überzeugter war sie, dass Vita es mit ihrer Einladung nicht ernst gemeint haben konnte. Warum sollte diese energievolle, junge Frau sich mit einer

Invalidin belasten? Nein, sie würde vielleicht noch einen Brief schreiben, mit den üblichen Floskeln, zu viel zu tun, die Reisevorbereitungen, die Kinder, dies und das, und würde nach Persien entschwinden. Nach vier Monaten voller Abenteuer wäre sie eine andere und Virginia nur noch ein blasses Bild in der Galerie ihrer Bekanntschaften. Das zarte Band der Intimität, das sie geknüpft hatten, wäre zerrissen, wenn es je existiert hatte. Clive würde fragen, »was ist mit Vita? Siehst du sie gar nicht mehr?«, er würde Theorien entwickeln, warum eine Freundschaft zwischen Vita und ihr ohnehin unmöglich war. Was für eine Demütigung. Aber schlimmer als das war der physische Schmerz in der Körpermitte, den der Gedanke an Vitas Fortgehen brachte.

Es war noch früher Vormittag, die beste Zeit zum Schreiben. Sie sollte endlich die Arbeit an ihrem Roman wieder aufnehmen, den sie im August so enthusiastisch begonnen hatte. Aber allein der Gedanke daran senkte sich wie ein weiteres Stückchen Blei in ihr Gemüt. Mr und Mrs Ramsey waren allzu unverkennbar ihr Vater und ihre Mutter. Eine larmoyante Aufarbeitung ihrer eigenen Vergangenheit, weit entfernt davon, Kunst zu sein. Wie alles, was sie schrieb.

Bei diesem Gedanken angelangt, begannen ihre Augen zu brennen. Gewaltsam presste sie die Lider zusammen und griff nach ihrem Tagebuch. Schreiben half immer, und wenn sie schon nicht in der Lage war, Kunstvolles zu schreiben, dann sollte es eben Larmoyantes sein. Zumindest würde es niemand zu Gesicht bekommen.

»Was ist los mit dir? Fühlst du dich wieder schlecht?«

Sie saßen bei einem eiligen Lunch in der Küche, Leonard im Arbeitskittel, sie selbst noch im Morgenrock. Sie hatte nicht die Kraft gefunden, sich anzukleiden.

»Es ist nichts. Ich bin ein wenig müde heute.«

»Hm«, machte Leonard, kaute und musterte sie argwöhnisch.

»Sieh mich nicht so an. Es geht mir gut.«

»Dir geht es nicht gut.« Er legte die Gabel beiseite. »Hast du Kopfschmerzen?«

Oh, wie sie diese Angst in seinem Blick hasste, wenn er sie nach Kopfschmerzen fragte.

»Ich bin … Es ist nur das Übliche«, gab sie schließlich zu, um ihm seine schlimmsten Befürchtungen zu nehmen. »Die ewigen Zweifel, das Nicht-schreiben-Können, du weißt schon.«

»Du bist gerade erst genesen. Es braucht etwas Zeit.«

»Ja, natürlich«, sagte sie und dann rollte doch eine Träne. Hastig wischte sie sie beiseite. Sie weinte nie. Tränen waren eine peinliche Zurschaustellung von Sentimentalität.

Zum Glück ging Leonard nicht darauf ein. Er sagte: »Auf dem Schreibtisch unten liegen die Korrekturfahnen deines Essays. Denkst du, du schaffst es heute noch, drüberzuschauen?«

Ihr Essay über das Kranksein sollte im Januar in *The Criterion* erscheinen, einer Literaturzeitschrift, die T. S. Eliot 1922 gegründet hatte. Eliot war der Hogarth Press als Autor abtrünnig geworden und veröffentlichte seine Werke inzwischen bei dem angesehenen Verlag Faber & Gwyer, die ihn im Herbst unter der Bedingung, dass er sein Gedicht *Das Wüste Land* dort neu auflege, als Verlagsdirektor engagiert hatten. Noch so eine untreue Seele.

»Ja«, sagte sie. »Natürlich schaffe ich das.«

»Gut.« Er stand auf und drückte ihr einen Kuss auf die Stirn. »Ich muss zurück an die Arbeit.« An der Tür zögerte er. »Bekommst du noch Besuch heute?«

»Sieht es danach aus?«, fragte sie bissig und schnürte ihren Morgenmantel enger.

Er presste die Lippen zusammen und ging.

Am Abend hatte Leonard eine politische Versammlung.

»Geh nur«, sagte sie, obwohl Leonard nicht gefragt hatte, ob er sie allein lassen könne. Er stand in Hut und Mantel in der Eingangshalle und steckte ein paar Papiere in eine Aktentasche.

Er hielt inne und sie sah, wie seine Schultern nach vorne sackten. Sie ärgerte sich über sich selbst. Aber sie konnte nicht anders.

»Ich werde früh zu Bett gehen. Ein wenig lesen. Du musst dir keine Sorgen machen. Ich bin das Alleinsein gewohnt.«

Er wandte sich zu ihr um. »Wenn du es möchtest, bleibe ich.«

Leonard bedeutete seine politische Arbeit viel. Es wäre ihr nie im Traum eingefallen, ihn davon abzuhalten, sosehr sie das Alleinsein oft fürchtete. Heute aber brauchte sie seinen Halt, nur sagen konnte sie ihm das nicht.

»Auf gar keinen Fall. Ich sagte doch, dass ich früh zu Bett gehen werde.«

Er seufzte, stellte die Aktentasche ab und zog seinen Mantel aus.

»Nein, bitte, geh. Wirklich. Ich … Es ist nur …« Sie brachte die Worte nicht über die Lippen.

»Was ist es?«, fragte er.

Sie hob die Schultern. Wie ein kleines Kind fühlte sie sich. Ein ungeliebtes kleines Kind. »Ich habe schon wieder so viel Zeit vergeudet. Immer krank, immer allein.«

»Du bist nicht allein. Ich bin da. Beinah rund um die Uhr.« Er stand da, den Mantel in der Hand, vom ewigen Sorgen und Kümmern ganz krumm.

»O Leonard, es tut mir so leid. Ich ruiniere dein Leben.«

Sie ging zu ihm und versuchte, ihm den Mantel wieder anzuziehen.

»Hör auf damit.« Er sprach leise, kontrolliert, er war immer so kontrolliert. Dabei wusste sie, wie viel Leidenschaftlichkeit in ihm steckte. Er legte sie in seine Arbeit, was blieb ihm anderes?

»Ich bin eine viel zu schwere Last für einen Menschen allein«, murmelte sie.

»Gütiger, Virginia! Was ist denn nur los mit dir? So viele Menschen wünschen sich, Zeit mit dir zu verbringen. Sorgen sich um dich. Wollen dir nah sein. Deine Schwester, Clive, all deine Freundinnen, Vita. Du bist krank geworden, weil es so viele waren, und du …« Er brach ab und plötzlich weiteten sich seine Augen. Dann nickte er langsam. »Vita ist der Grund, habe ich recht?«

Sie wich seinem Blick aus. »Ach, Vita«, murmelte sie. »Sie schreibt ja nicht einmal.«

Er quittierte ihre Worte mit einem trockenen Lachen durch die Nase. »Warum muss *sie* schreiben? Tu du es! Oder ist das unter deiner Würde?«

»Ich will ihr nicht lästig sein. Sicher hat sie …«

»Warum quälst du dich mit solch unsinnigen Gedanken.« Er schob sie zur Treppe. »Geh, setz dich sofort hin und schreib ihr. Das ist ein Befehl!«

Sie kicherte, plötzlich ganz leicht ums Herz. »Ich nehme keine Befehle entgegen. Schon gar nicht von einem gescheiterten Labour-Kandidaten, der zu spät zu seinen Versammlungen kommt. So wird das nie etwas mit Ihrer politischen Karriere, lieber Mr Woolf.«

Long Barn, 17. Dezember 1925

Das große Gästezimmer im Erdgeschoss, direkt neben Harolds Arbeitszimmer, duftete nach einem Potpourri aus getrockneten Rosenblättern und Lavendel. Am Fenster stand eine Vase mit blühenden Zweigen der Winterkirsche, die Vita im Garten geschnitten hatte, und das Bett war mit französischer Seidenwäsche überzogen. Es war alles bereit für Virginias Ankunft. Das war es schon seit drei Tagen, denn eigentlich sollte die Freundin schon hier sein. Am Tag vor ihrem geplanten Besuch jedoch hatte plötzlich Bonne Maman mit Geoffrey vor der Tür gestanden und ihr befohlen, dass Vita sich um ihn kümmere. Sie wolle verreisen und man könne Geoffrey in seinem schwermütigen Zustand unter gar keinen Umständen allein lassen. So war ein Eilbote beauftragt worden, Virginia um zwei Tage zu vertrösten. Für Geoffrey hatte sie die Schlafkammer im hintersten Winkel des Hauses herrichten lassen und ihm erklärt, er dürfe zwei Nächte bleiben, unter der Bedingung, dass er sie in Ruhe arbeiten ließe. Sie hatte gehofft, er würde sich mit gemeinsamen Mahlzeiten zufriedengeben, doch nichts lag Geoffrey ferner, als sie in Ruhe zu lassen. Am gestrigen Abend hatte er sie beinahe gewürgt, um sie zu dem Bekenntnis zu zwingen, dass sie ihn noch immer liebe und nur zur Rettung ihrer Ehe auf eine Fortsetzung ihrer Affäre verzichte. Sie sei ihm dieses Geständnis schuldig, schließlich habe er sie aus seinem Scheidungsprozess herausgehalten. Sie hatte den Butler zu Hilfe rufen müssen, der den völlig betrunkenen Geoffrey in sein Zimmer geschafft und die Nacht vor seiner Tür verbracht hatte, um weitere Übergriffe zu vermeiden.

Heute Morgen war Geoffrey ganz kleinlaut. »Ich war nicht bei Sinnen«, sagte er. »Bitte verzeih mir.« Er saß ihr beim Frühstück gegenüber, die Augen blutunterlaufen und noch im zerknitterten Anzug vom Vortag. Sie fragte sich, was sie je an ihm gefunden hatte.

»Packe bitte deine Sachen«, sagte Vita nur. »In einer halben Stunde bringe ich dich nach London. Und wenn du auch nur versuchst, mich anzurühren …«

»Vita, das würde ich nie tun! Ich liebe dich doch!«

»Bitte sei pünktlich. Wir brauchen etwa anderthalb Stunden und ich muss Mrs Woolf um 11 Uhr am Tavistock Square abholen.« Sie ließ ihren angebissenen Toast liegen und nahm ihre Tasse, um den Tee in ihrem Arbeitszimmer zu trinken.

»Wenn du mich fortschickst, bleibt mir nur noch, meinem Leben ein Ende zu bereiten«, heulte er ihr hinterher.

Sie drehte sich nicht einmal um.

»Leonard hat mir etwas für dich mitgegeben«, sagte Virginia, als sie nach einer ruppigen Autofahrt in Long Barn eintrafen. Es war sehr kalt und auf den schneebedeckten Straßen Kents war Vita der Wagen ein paarmal fast aus der Spur geraten. Sie reichte Vita einen Umschlag.

»Was ist das?«, fragte Vita. Sie hatte Virginia nichts von ihrem nervenaufreibenden Erlebnis mit Geoffrey erzählt. Als Grund für den aufgeschobenen Besuch hatte sie ein erkranktes Dienstmädchen vorgeschoben. Irgendetwas sagte ihr, dass Virginia wenig Verständnis für das dramatische Ende ihrer Affäre mit Geoffrey aufbringen würde. Auch wenn es ihr auf den Nägeln brannte, die Geschichte zu erzählen – sie würde damit warten, bis sie Dottie das nächste Mal wiedersah.

Virginia zog ihre Handschuhe von den Fingern. »Wahrscheinlich die Gebrauchsanweisung für den Umgang mit einer kränklichen Schriftstellerin.«

Vita faltete den Brief auseinander und las, während Virginia ihr über die Schulter sah:

Liebe Vita, in der Anlage füge ich Virginia bei. Ich hoffe, sie benimmt sich anständig. Das Einzige, um das ich bitten muss, ist, dass du sie pünktlich um 23 Uhr ins Bett schickst. Sie darf keine allzu langen Unterhaltungen führen und sollte im Bett frühstücken. Ich komme gerne am Samstag für eine Nacht. Leonard Woolf.

Virginia schnaubte. »Ich hoffe, du nimmst ihn nicht beim Wort.«

»Ich werde sehr streng mit dir sein.«

»Habe ich auch etwas zu sagen in dieser Angelegenheit?«

Vita griff Virginias Koffer. »Ganz und gar nicht«, sagte sie und durchschritt energisch die Halle auf den Gästetrakt zu. Virginias Zimmer lag abseits von Harolds und ihren eigenen Räumen in diesem ältesten Teil des Gebäudes und besaß mit seinen niedrigen Deckenbalken und schiefen Wänden einen besonderen Charme.

»Und wenn ich mich *nicht* anständig benehme?«

Vita blieb stehen und wandte sich langsam zu Virginia um. Sie stand da, das Kinn gereckt, die Hände hinter dem Rücken verschränkt, ein Lächeln auf den Lippen, das keinen Zweifel daran lassen konnte, wie ihre Worte gemeint waren.

Vita spürte dieses Ziehen im Innern, das sie nur zu gut kannte. Es gehörte zu Julian. Wäre Virginia eine andere Frau … *Geh nicht zu weit*, hörte sie Leonards Stimme. Und dann ihre eigene, erstaunlich fest: »Versuchen Sie das gar nicht erst, liebe Mrs Woolf.«

An Harold Nicolson
Britische Gesandtschaft
Teheran, Persien

Long Barn, 17. Dezember 1925

Liebster Hadji,
ich hoffe so sehr, dass du gesund und munter bist, wenn du das hier liest. Es ist schrecklich, nicht zu wissen, wo genau du jetzt gerade bist und wie du dich fühlst. Ich sende diesen Brief nach Teheran, wo du in wenigen Tagen eintreffen müsstest.

Heute ist Virginia zu Besuch gekommen. Sie ist eine solch bezaubernde Gefährtin, und sie hat wirklich vollständig mein Herz erobert. Aber nicht auf die Weise, wie du jetzt vielleicht glaubst. Weder werde ich mich noch wird Virginia sich in mich verlieben. Ich schreibe dir das, weil ich genau weiß, dass du denken wirst, ich bin schon wieder dabei, eine Ehe zu zerstören. Ich verspreche dir, dass es nicht so sein wird.

Ich vermisse dich furchtbar.

Deine Vita

21. Kapitel

Virginia erwachte spät am nächsten Morgen und fühlte sich wie ein Kind am ersten Ferientag. Es mochte an den weichen Kissen, den duftenden Blüten auf dem Tisch oder auch an der herrlichen Winterluft liegen, die ihr entgegenschlug, als sie das Fenster einen Moment öffnete, um in den verschneiten Garten hinauszublicken. Es war bereits hell und absolut still, einer von Vitas Hunden war an ihrem Fenster vorbeigelaufen und hatte seine Spuren im jungfräulichen Schnee hinterlassen.

Sie hatte ein Manuskript mitgebracht, um es heute Vormittag im Bett zu lesen, aber der winterliche Zauber vor ihrem Fenster lockte viel zu sehr, um mit Routinen vergeudet zu werden.

Natürlich war es auch Vita, die lockte.

Virginia fand sie wenig später vor dem Haus, in Hosen, Schaftstiefeln und einer Jacke mit Pelzkragen. Sie schaufelte den Schnee vor der Haustüre beiseite. Bestimmt war sie schon eine große Runde mit den Hunden durch den Wald gelaufen und hatte mindestens zehn Seiten geschrieben.

»Ich wollte dir gerade das Frühstück ans Bett bringen lassen, aber ich sehe, du bist schon angezogen«, sagte sie mit strengem Blick. »Das verstößt gegen die Abmachung.«

»Ich habe doch gesagt, ich werde mich nicht benehmen«, gab Virginia zurück. Sie schnürte ihre Strickjacke enger und trat vors Haus. Sie trug nur leichte Hausschuhe. »Gestern war ich brav, aber heute werde ich gegen alle Regeln verstoßen.« Sie bückte sich, formte einen Schneeball und warf damit nach Vita. Die wich geschickt aus. Ihre Wangen glühten von der körperlichen Arbeit und ihre Augen blitzten. Virginia konnte den Blick nicht von ihr wenden.

»Leg dich nicht mit mir an. Ich bin eine scharfe Schützin«, drohte Vita, einen locker geformten Schneeball in der Hand. Sie tat, als ziele sie nach ihr, warf jedoch weit daneben.

»Das war pure Absicht!« Lachend schleuderte Virginia eine weitere Schneekugel in Vitas Richtung und lief ein paar Schritte durch den tiefen Schnee. Die Kälte schnitt ihr in die Finger und ihre Schuhe waren sofort nass. Sie konnte sich nicht erinnern, je ein so intensives Verlangen nach einer körperlichen Empfindung gehabt zu haben, auch wenn es Kälte war. Am liebsten hätte sie sich nackt in den Schnee geworfen, um die Grenzen dieses Gefühls auszutesten.

»Geh sofort wieder rein!«, schimpfte Vita. Mit einem Satz war sie bei ihr und zog sie ins Haus.

Sie nahm Virginias Hände zwischen die ihren und hauchte ihren warmen Atem auf die steifgefrorenen Finger. »Und jetzt zieh die Schuhe aus. Ich gebe dir warme Socken.«

»Deine mütterliche Seite kannte ich noch gar nicht«, stellte Virginia zufrieden fest. »Aber ich glaube, sie gefällt mir.«

»Eine andere wirst du an diesem Wochenende nicht zu Gesicht bekommen.«

Virginia lächelte. »Warten wir's ab«, sagte sie.

Im Frühstückszimmer war nur für eine Person gedeckt. Zum ersten Mal bei einem Besuch war es Virginia nicht unangenehm, Umstände zu bereiten. Wie selbstverständlich griff sie nach einem verführerisch duftenden Croissant. Normalerweise aß sie nie etwas vor der ersten Tasse Tee, aber heute durfte es kein normalerweise geben.

»Du bringst mich in Schwierigkeiten«, sagte Vita. »Wie soll ich es Leonard erklären, wenn er morgen kommt und dich krank vorfindet?« Sie nahm Tasse und Teller aus dem Porzellanschrank und stellte beides vor sie hin. Virginia nahm einen zarten Waldgeruch an ihr wahr.

»Ich verspreche dir, nicht krank zu werden, wenn du mir versprichst, dass alles, was heute passiert, unser Geheimnis bleibt«, sagte sie.

Vitas Hand ruhte am Griff der Teekanne. Virginia gefielen ihre Hände. Es wären Hände, die zupacken konnten, ohne die manikürte Zierlichkeit, die für ihren Stand so typisch war.

»Deine Krankheit scheint dich rebellisch gemacht zu haben«, sagte Vita. Ihre Stimme klang merkwürdig belegt.

»Krank zu sein, bringt manchmal auch Gutes mit sich«, sagte Virginia. »Sie lockert die Erde um die Wurzeln, wenn du verstehst, was ich meine.«

Vita verstand nur allzu gut, was Virginia meinte, doch sie wagte nicht, ihr das zu zeigen. Derartige Zweifel hatte sie noch nie gehabt. Wenn sie eine Frau begehrenswert gefunden hatte, war immer sie diejenige gewesen, die »die Erde gelockert« hatte, wie Virginia es ausdrückte. Es verunsicherte sie, dass Virginia die Rollen umkehrte und fest entschlossen schien, *sie* zu erobern. Sie konnte sie unmöglich zurückweisen, wollte es auch gar nicht, dafür war der Gedanke viel zu verlockend, diese intelligente, belesene Frau die Fassung verlieren zu sehen. Virginia mochte ihr als Schriftstellerin weit überlegen sein, sie mochte so viel älter und gescheiter sein – auf dem Terrain der Liebe jedoch schien sie vollkommen unerfahren. Das barg gewaltige Risiken, weit mehr vielleicht, als

Leonard sich vorstellen konnte. Aber Virginia hatte in ihr auch etwas wachgerufen, von dem sie nicht geahnt hatte, dass es in einer Liebesbeziehung eine Rolle spielen könnte: Beschützerinstinkt. Ihre »mütterliche Seite« hatte Virginia es genannt. Eine interessante Gefühlsmischung, so anders, so viel reiner als das wilde Verlangen, das Violet in ihr entfesselt hatte. Vita würde alles tun, um Virginia vor Schaden zu bewahren, und war das nicht ein Beweis für wahre Liebe? Und wer wusste schon, was Virginia mehr schaden würde: die geistige und körperliche Erregung oder die Zurückweisung. Leonard wusste es gewiss nicht, denn Leonard war ein Mann. Er erweckte nicht den Eindruck, als kenne er die vielfältigen Seiten des Begehrens, wie sie und Harold sie kannten, allein dadurch, dass sie Männer *und* Frauen lieben konnten.

Wenn Virginia wirklich herausfinden wollte, welche Art von Liebe die ihr gemäße war, dann wollte Vita die Letzte sein, die sie davon abhielt.

»Erzähl mir von Violet Trefusis«, verlangte Virginia am Abend. »Ist sie sehr schön?«

»Du kennst Violet?« Vita war überrascht. War der Skandal also bis nach Bloomsbury durchgedrungen?

»Ich kenne sie nicht. David Garnett hat mir von deiner Affäre mit ihr erzählt. Er ist mit deinem Cousin Eddie befreundet.«

»Eddie. Natürlich«, sagte Vita. »Er ist zu nichts nutze. Aber reden kann er.«

Die Köchin hatte ihnen ein köstliches Dinner aus frischem Gemüse, Fisch und sündhaft teuren Pfirsichen aus Süditalien bereitet. Der Alella, ein spanischer Weißwein, von dem unzählige Flaschen im Weinkeller von Long Barn lagerten, hatte die Erde um Virginias Wurzeln noch ein wenig mehr gelockert. Es war kurz vor

23 Uhr und Virginia machte keinerlei Anstalten, ins Bett zu gehen. Sie waren in Sevenoaks zum Einkaufen gewesen, hatten einen ausgedehnten Spaziergang unternommen und intensiv über Bücher gesprochen. Aber nein, das war falsch – nur Virginia hatte gesprochen und Vita hatte zugehört. Im Januar würde Virginia in einer privaten Mädchenschule in Kent einen Vortrag darüber halten, wie man ein Buch lesen sollte. Vita hatte sich gefühlt wie eine dieser Schülerinnen, ahnungslos, wissbegierig und auf eine bewundernde Weise verliebt in Virginia, die am schönsten war, wenn sie über das Lesen und die Literatur sprach.

Nach dem Dinner hatte sich Virginia lang auf dem Sofa des großen Salons ausgestreckt und behauptet, dies sei so gut wie im Bett liegen. Vita saß zu ihren Füßen, den Kopf an das Sofapolster gelehnt, und blickte hinauf zu den massiven Deckenbalken.

»Wir sprachen von Violet«, drängte Virginia. »Wie war sie?«

»Das ist alles lange her«, erwiderte Vita ausweichend. Virginia spielte seit geraumer Weile mit ihren Ohrringen, jetzt aber wickelte sie sich eine Haarsträhne um den Finger und zog sanft daran, wie um sie zur Ordnung zu rufen.

»Hast du sie sehr geliebt? Oder liebst du sie vielleicht noch immer?«

Vita drehte sich um und stützte das Kinn auf dem Polster ab. »Ich möchte mit dir nicht über Violet sprechen«, sagte sie.

»Warum nicht?« Virginia strich ihr eine Strähne aus der Stirn. »Glaubst du, es macht mich eifersüchtig?«

»Vielleicht«, sagte Vita. »Aber das ist nicht der Grund.«

»Es stört dich also nicht, mich eifersüchtig zu machen«, stellte Virginia mit gespielter Empörung fest und zog wieder an ihren Haaren.

»Ich glaube nicht, dass du es wärest. Es ist ... war eine völlig andere Geschichte.«

»Anders als unsere?« Virginia richtete sich ein Stückchen auf. »Jetzt bin ich richtig neugierig. Was war es für eine Geschichte?«

»Du hast es doch gehört. Wenn du von Violet weißt, dann weißt du auch den Rest.«

»Dass du dich als Mann verkleidet hast und mit ihr nach Frankreich ausgebüxt bist? Ja, das weiß ich. Aber das ist nur die Oberfläche.«

»Oberfläche«, wiederholte Vita. War Virginia tatsächlich so naiv, das zu glauben?

Als hätte sie ihren Gedanken erraten, sagte sie: »Ich frage mich, warum du dich verkleidet hast. Ihr hättet als Freundinnen viel weniger Aufsehen erregt.« Sie ließ ihren Zeigefinger über Vitas Augenbraue, den Nasenrücken hinabwandern. Dort verharrte sie, als überlege sie, welche Stelle ihres Gesichtes sie als Nächstes erkunden wollte.

Vita nahm ihre Hand und verschränkte sie mit ihrer eigenen. »Es war keine Verkleidung«, sagte sie leise und küsste ihre Fingerspitzen. Ganz zart nur, ein Impuls, dem sie nachgeben musste.

Virginia hob den Kopf ein klein wenig, lächelte und schloss die Augen, wie um dem Gefühl nachzuspüren, das von der Berührung ausging. »Keine Verkleidung also«, sagte sie. »Was dann?« Sie hielt den Atem an.

»Eine Offenbarung vielleicht?« Vita ließ ihre Lippen über Virginias Unterarm wandern.

»Ah«, machte Virginia, ein Laut, irgendwo zwischen Wort und Seufzer. Sie schloss die Augen und fragte: »Hast du dich seither je wieder als Mann verkleidet?«

»Nach Violet nie wieder«, sagte Vita. »Und ich hatte auch nie mehr das Bedürfnis, es zu tun«, fügte sie hinzu, um Virginias nächste Frage vorwegzunehmen.

Virginia öffnete die Augen. »Also ist deine weibliche Seite stärker.« Es war eine Feststellung, keine Frage. Etwas wie Genugtuung lag darin.

»Wenn du es sagst, wird es wohl so sein«, sagte Vita. Einen Moment überlegte sie, ob sie ihr gestehen sollte, wie schwer es gewesen war, Julian zurückzudrängen und wieder Mrs Nicolson zu werden, Ehefrau eines Diplomaten und Mutter zweier Kinder. Doch offenbar *wollte* Virginia, dass der männliche Teil ihres Wesens nur eine untergeordnete Rolle spielte. Sie ließ die Stirn auf das Polster sinken, plötzlich müde vom Gespräch, obwohl sie gar nicht viele Worte gesprochen hatte. Virginias Hand strich über ihren Kopf, als könne sie so ihre Gedanken erspüren. Und wahrscheinlich konnte sie das sogar.

»Würdest du dich auch um meinen anderen Unterarm kümmern?«, fragte sie nach einer Weile. Vita blickte zu ihr auf. Virginia hatte den Ärmel hinaufgeschoben und streckte ihr den linken Arm entgegen, in ihren Augen spiegelte sich das Kerzenlicht. Vita beobachtete Virginias Reaktionen, während sie sich langsam von der Handwurzel zur Armbeuge vorarbeitete, das Flattern ihrer Wimpern, den stockenden Atem, als sie mit der Zungenspitze die kleine Vertiefung zwischen Ober- und Unterarm berührte. Vita musste lächeln.

»Du lachst mich aus!« Ruckartig zog Virginia ihren Arm zurück.

»Nein! Überhaupt nicht. Es ist … Ich staune, wie empfindsam du bist.«

»An dieser Stelle sehr.«

»Nur da?«

Virginia schloss für eine Sekunde die Augen, dann sah sie sie direkt an. »Ich weiß es nicht«, flüsterte sie.

Vita nickte. Genau das hatte sie vermutet. Sie stand vom Boden auf und setzte sich neben Virginia. »Du und Leonard, ihr habt …« Sie wusste nicht, wie sie weitermachen sollte.

»Doch«, sagte Virginia. »Wir haben es versucht. Ich konnte nicht. Seine Berührungen … also, *diese* Art von Berührung … ich empfand nichts. Höchstens Ekel. Also haben wir es gelassen.«

Ihre Stimme klang hart, als seien die mit der Erinnerung verbundenen Empfindungen zu Stein geworden.

»Leonard hat Angst, dass ich dich …« Vita zögerte wieder.

»Verführen könnte?«, fragte Virginia.

Vita lachte. »Diejenige die hier verführt, bist du«, sagte sie. »Er fürchtet, es könnte dir schaden, wenn … nun, wenn du dich erregst.«

»Er hat dich gewarnt, mich anzufassen, weil ich dann hysterisch würde und dem Wahnsinn verfalle, hab ich recht?«

»So direkt hat er es nicht formuliert, aber ich denke, darauf lief es hinaus.«

Virginia schüttelte langsam den Kopf. »Es ist umgekehrt«, sagte sie mit ungewohnt rauer Stimme. »Ich werde noch wahnsinnig, wenn du mich *nicht* auf der Stelle anfasst.«

»Ah«, flüsterte Vita. »So ist das.« Und dann begann sie, sehr behutsam zu erkunden, welche Stellen an Virginias Körper ähnlich empfindsam waren wie ihre Armbeuge.

In dieser Nacht schrieb Vita nicht mehr an Harold. Sie dachte nicht einmal an ihn, denn als sie Virginia um drei Uhr ins Bett brachte und sich mit einem zärtlichen Kuss von ihr verabschiedete, war ihr Herz so übervoll von diesem zarten Zauberwesen, dass darin kein Platz mehr war für irgendeinen anderen Menschen auf der Welt.

22. Kapitel

An Vita Sackville-West
Long Barn, Weald
Sevenoaks, Kent

Tavistock Square, 7. Januar 1926

Meine liebe Vita,
alles in mir sträubt sich dagegen, einen Brief mit der Frage zu beginnen: Wie geht es dir? Aber verflixt, ich will es wissen, also muss ich es wohl oder übel doch tun. Und im gleichen Federschwung vertraue ich dir an, dass ich mir die Masern eingefangen habe, mich elend fühle und heiß und verschwitzt im Bett liege. Ich schreibe halb im Schlaf, durchwühle die so lockere Erde um meine Wurzeln, als könnte ich dich dort finden.

Ich habe einen Regenmantel, mein Lieblingslineal, eine Wärmflasche und ein Tagebuch aus dem Jahr 1905 in Long Barn liegen lassen, hast du es gefunden? Falls nicht, stelle ich mich darauf ein, mich für den Rest des Jahres nackt und unvollständig zu fühlen – was ohnehin der Fall sein wird, während du fort bist. Aber erzähle von dir! Wann bringst du mir dein Gedicht, damit ich es lesen kann, um dir honigsüße Schmeicheleien über deine dichterische Begabung nach Teheran zu senden? Und: Wenn du gefragt würdest, ob du Canute, Freya oder Virginia am liebsten magst – was würdest du antworten?

Ich habe keine adelsgeschlechtlichen Elchhunde, nur die räudige Grizzle, um sie gegen dich in die Waagschale zu werfen, also ist klar, was ich auf diese Frage antworten würde. Aber ich würde meine sämtlichen Tagebücher plus die Gesamtausgabe von Shakespeare dazulegen – was sagst du nun?

Schreib mir, schnell, ich fiebere deiner Antwort entgegen,
Deine Virginia

PS: Kommst du mich noch einmal besuchen, bevor du abreisen musst? Oh, der schreckliche Gedanke, mich nicht von dir verabschieden zu können! Aber nein, du darfst dich nicht anstecken, unausdenkbar, du müsstest dich krank auf die Reise machen …

—•⋟⋞•—

An Virginia Woolf
52, Tavistock Square
London, Bloomsbury

Long Barn, 8. Januar 1926

Meine arme, liebe Virginia,
schon wieder krank, und die Arbeit am Roman hintangestellt. Ist es nicht zum Verrücktwerden?

Natürlich werde ich noch einmal kommen, und es ist mir verflucht egal, ob ich mich anstecken werde! Lieber fahre ich fiebernd, als ohne einen letzten Kuss von dir. Mein Arm steckt so voller Impfungen, dass an mir wahrscheinlich ohnehin jede Krankheit abtropft. Nächste Woche erhalte ich die letzte und hoffe, danach zu dir kommen zu können.

Und natürlich werde ich dir auch mein Gedicht mitbringen, erwarte aber KEINE honigsüßen Schmeicheleien. Gerade jetzt bin ich wieder einmal in einer Stimmung von intellektueller Demut, denn ich habe deine Ratschläge zum Lesen von Büchern befolgt und Mrs Dalloway *noch einmal gelesen. Es ist gut, dass du für Verstand doch so viel weniger empfänglich zu sein scheinst als für meine hilflose Art, dich zu lieben. Was deine Vergesslichkeit betrifft:*

Wärmflasche: nicht hier

Regenmantel: nicht hier

Lineal: nicht hier

Tagebuch: hier, gerettet und wird mitgebracht (ungelesen natürlich)

Gut, dass auch du Schwächen hast (deine Vergesslichkeit). So fühle ich mich ein bisschen weniger wertlos.

Armer Canute, aus reiner Loyalität zu meinem Hund kann ich deine Frage nicht wahrheitsgemäß beantworten. Aber du kannst ja gut zwischen den Zeilen lesen, nicht wahr?

Deine Vita

Tavistock Square, 15. Januar 1926

»Sie machen einen hervorragenden Eindruck, Mrs Woolf. Waren Sie irgendwo zur Erholung seit meiner letzten Visite?«

Elenor Rendell, Virginias Ärztin, packte ihr Stethoskop zurück in die Arzttasche und notierte etwas auf einem Zettel.

»Nur im Bett mit meinen Büchern. Allerdings habe ich gegen Ihre Anweisung verstoßen, nicht zu schreiben. Aber was will man machen, wenn so viele Menschen auf ein Lebenszeichen von mir warten?« Virginia wies auf einen Stapel Briefe, der auf dem Tisch lag. Zuoberst ihr letzter Brief an Vita. Die Arme lag mit schmerzendem Arm und ebenfalls fiebernd darnieder, hingestreckt von ihrer letzten Impfung. *Wie zugänglich bist du eigentlich genau? Wie weit darf die Liebe für dich gehen?*, hatte sie geschrieben. Virginia hatte lange überlegt, wie diese Frage zu verstehen war, und noch länger, wie sie darauf antworten sollte. Vitas zärtliche Erkundungen ihres Körpers vibrierten immer noch nach, vielleicht befeuert durch das Fieber. Sie verstand nun ein wenig mehr, was *lieben* für Frauen wie Vita bedeuten konnte – und sie wollte mehr davon.

Aber durfte sie so etwas auch schreiben? Wie könne Vita das nicht wissen, hatte sie schließlich geantwortet. *Wenn du mit zugänglich »empfänglich für die Liebe« meinst, dann bin ich ein weit geöffnetes Tor. Ich gestatte dir, auf deinen buchenlangen Beinen hindurchzuschreiten, so kühl, so fruchtreich und köstlich, wie du bist. Und ich meine das nicht geistig.*

Vita würde verstehen, was sie damit sagen wollte.

Die Ärztin erklärte sie für beinah vollständig genesen, sie sei nicht mehr ansteckend und dürfe wieder unter Menschen. Schonen solle sie sich aber trotzdem noch. Und wenn das Briefeschreiben solch eine wohltuende Wirkung hätte, solle sie ruhig so viele Briefe schreiben, wie sie wolle. Damit verabschiedete sie sich und hinterließ für Virginias ausgeprägte menstruale Beschwerden ein Rezept für ein natürliches Heilkraut, von dem Leonard behauptete, es habe auch eine aphrodisierende Wirkung. Sie hätte ihm sagen können, dass ihr das gerade noch gefehlt hätte, fragte aber stattdessen, woher er das wisse.

»Ceylon«, sagte er nur augenzwinkernd. Auch er hatte also seine Geheimnisse.

Als hätte er geahnt, dass sie wieder gesellschaftsfähig war, stand an diesem Nachmittag Clive vor der Tür. Er wolle nur einmal nach ihr sehen, behauptete er. Als sie jedoch zu zweit beim Tee zusammensaßen, kam er sehr schnell auf Vita zu sprechen.

»Wie ich hörte, hast du vor Weihnachten ein paar Tage bei ihr verbracht.« Er blätterte in Sigmund Freuds *Traumdeutung*, einem der ersten Bände aus der »Psychoanalytischen Bibliothek« – einem Gemeinschaftsprojekt zwischen der Hogarth Press und dem neu gegründeten Institut für Psychoanalyse, das sich zum Ziel gesetzt hatte, die gesammelten Schriften von Sigmund Freud in Großbritannien bekannt zu machen. Es war eines von Leonards Steckenpferden. Er hatte Lyttons Bruder James Strachey dafür gewonnen, Freud ins Englische zu übersetzen und in der Hogarth Press zu veröffentlichen. Das Untergeschoss war vollgestopft mit Fällen absurdester geistiger Erkrankungen, die Freud behandelt hatte, und von Zeit zu Zeit las Virginia in diesen Schriften, nur um des Schauers willen, den sie ihr über den Rücken jagten.

»Ihr scheint euch tatsächlich angefreundet zu haben«, sagte Clive und hob kurz den Blick.

»So könnte man es nennen.« Virginia konnte nur mit Mühe ein Lächeln unterdrücken.

»Bedauerst du ihr Fortgehen?«, fragte er wie beiläufig, seine Fußspitze jedoch wippte auf und ab.

»Sehr. Ich verbringe gern Zeit mit ihr.«

Er löste den Blick von Freud. »Soso. Und ich glaubte, du hieltest sie für ein wenig dumm.«

Jetzt musste Virginia doch lachen. »Dumm, nein. Sie ist keine intellektuelle Größe, aber dafür hat sie das Herz am rechten Fleck und ist sehr amüsant.«

»Dann darf ich mich dazu beglückwünschen, dir zu einer … nun, wie soll ich es nennen … Einer neuen Busenfreundin verholfen zu haben?«

»Und der Hogarth Press zu einer Bestseller-Autorin, ja.«

»Höre ich da Neid?« Er legte den Freud beiseite und beobachtete sie lauernd.

»Ganz und gar nicht. Oder … vielleicht ein ganz klein wenig. Aber wer wäre nicht neidisch auf diese Frau, schön, begabt und reich, wie sie ist.«

Clive sah sie über den Rand seiner Brille hinweg an. Dann nickte er. »Dachte ich's mir doch.«

»Was?«

»Du hast dich verliebt!«

Sie könnte es abstreiten, aber ihre rot glühenden Ohren würden sie verraten. Und das käme einem Schuldbekenntnis gleich.

»Aber ja doch, sehr!«, sagte sie geradeheraus. »Ich bete sie an.«

»Und habt ihr schon …«

»Clive!«

Er kicherte. »Keine Angst, ich verrate niemandem etwas.«

Virginia rollte demonstrativ die Augen zur Decke. Damit war klar, was in den nächsten Wochen *das* Thema in Bloomsbury sein würde.

52, Gordon Square, 17. Januar 1926

»Ich frage mich, ob ich mich traue, der Hochwohlgeborenen eine Frage zu stellen?« Clives hohe Stimme tönte über die Musik hinweg. Er war sturzbetrunken und hing mit gelöster Krawatte und aus der Hose gerutschtem Hemd im Sofa seines Salons, wo eine Abschiedsparty für Vita in vollem Gange war. Zumindest hatte Clive es Abschiedsparty genannt, obwohl Vita einige der Gäste gar nicht kannte. Die wenigsten dieser Leute würden es auch nur bemerken, wenn sie für Monate fort war. Lady Ottoline und ihr Mann waren da, Vanessa, Duncan, Maynard und seine Frau, einige der Stracheys, deren Namen Vita nie behalten konnte, und Raymond Mortimer. Sogar ihren Cousin Eddie und Dottie hatte Clive eingeladen. Es war die typische Mischung aus Künstlern, Literaten, Politikern und Aristokraten, mit denen Clive sich gerne umgab.

Der einzige Grund, warum Vita überhaupt zu kommen versprochen hatte, war Virginia, nun aber war Virginia gar nicht da.

Sie durfte sich nach ihrer Masernerkrankung nicht überanstrengen und gesellschaftliche Ereignisse dieser Art waren vorerst für sie tabu. Vita hätte es sich denken können, aber die Hoffnung war stärker gewesen als ihre kümmerliche Gabe, vorausschauend zu denken.

»Nur zu«, sagte Vita ein wenig von oben herab. Sie überlegte schon eine ganze Weile, unter welchem Vorwand sie die Party verlassen könnte. Eigentlich hatte sie gar keine Zeit zu erübrigen, so vieles musste morgen noch erledigt werden und auch ihre Mutter verlangte, sie noch einmal zu sehen. Bonne Maman hatte sie mit Abschiedsgeschenken überhäuft als Zeichen ihrer großen Liebe, wie sie behauptete. Sie bestand darauf, dass Vita den neuen Pelzmantel auch noch in ihren zahllosen Koffern unterbrachte, um ihn an kalten Tagen zu tragen, und als Vita ihr erklärt hatte, dass ein kostbarer Pelz aus Schneeleopardenfell in Teheran kaum erforderlich sein würde, hatte sie beleidigt reagiert. Darum musste sie sich morgen also auch noch kümmern.

Clive richtete sich ein wenig im Sofa auf und versuchte vergeblich, ein Bein über das andere zu schlagen. Neben ihm saß Raymond Mortimer, nicht weniger betrunken als Clive. Dottie tanzte eng mit Mary Hutchinson, die heute in ihrem rückenfreien, schwarzen Kleid und einem um den Hals geschlungenen Samtband sehr verrucht aussah. Dottie blickte immer wieder zu ihr herüber, als warte sie nur darauf, dass Vita sie aus Marys Fängen befreite, aber Vita kannte Dottie nur zu gut, um nicht zu wissen, dass sie diejenige war, die Mary umgarnte – und wenn auch nur mit dem hoffnungslosen Ziel, Vitas Eifersucht anzufachen.

»Ich wollt dich frag'n«, setzte Clive wieder an, nachdem er seine Beine sortiert hatte, »meine Frage ist …« Er hickste und Raymond stieß ihn kichernd in die Seite.

»Komm schon, Clive, raus damit!«, rief nun Vanessa, die im Sessel neben Vita saß und rauchte. Vita fürchtete sich ein wenig vor Virginias Schwester. Sie sprach nie viel, aber wenn sie etwas sagte, dann war es immer klug und auf den Punkt.

»Bissu schon mit Virginia im Bett gewesen?«, krakeelte Clive jetzt quer durch den Salon.

Vita registrierte etwas wie ein geräuschloses Raunen, eine unsichtbare Welle, die durch den Raum ging. Sie wechselte einen schnellen Blick mit Eddie, der hinter Clive am Kamin lehnte und spöttisch grinste. »Da haben wir's«, schien er zu sagen. »Vitas nächster Skandal.«

»Niemals!«, sagte sie laut und legte so viel Herablassung in dieses Wort, wie es ihre Erziehung erlaubte. Niemand konnte sie so leicht aus der Fassung bringen, schon gar nicht Clive. »Aber es ist ein interessanter Gedanke.« Sie zwinkerte Vanessa zu, die in einer Mischung aus Anerkennung und Skepsis die Brauen hob. Ihr gegenüber würde Vita jederzeit die Wahrheit sagen. Sie traute Vanessa ein Höchstmaß an Diskretion zu, zumindest was ihre Schwester betraf. Aber Clive war schlimmer als das Fischweib in Sevenoaks. Und vor allem Raymond Mortimer durfte nicht die Spur eines Verdachts schöpfen, denn er würde es Harold berichten und das durfte nicht geschehen. Armer Hadji. Sie hatte ihm schon viel zu viel Ärger bereitet. Er würde die Situation völlig falsch einschätzen. Das mit Virginia war nicht vergleichbar mit der Violet-Affäre und auch nicht mit dem Kuddelmuddel um Dottie und ihre Ehe. Sie konnte Virginia etwas geben, das die Freundin dringend brauchte und nie zuvor von jemandem bekommen hatte: Vertrauen *und* Sinnlichkeit. Es war eine Auszeichnung, diejenige sein zu dürfen, die dazu in der Lage war.

»Er ist rasend eifersüchtig auf jeden, der Virginia auch nur ansieht«, sagte Vanessa so laut, dass auch Clive es hören konnte. »Du musst nämlich wissen, dass er unsterblich in sie verliebt ist.«

»Ganz falsch!«, rief Clive und fuhr mit dem Arm durch die Luft. Dabei vergaß er, dass er ein gerade frisch gefülltes Glas Scotch in der Hand hielt. Der Inhalt ergoss sich über die fein gebügelte Hose des armen Raymond, der betrübt das Malheur in seinem Schritt betrachtete.

»Längst vorbei«, sagte Clive und versuchte, mit seinem Brusttaschentuch Raymonds Hose zu trocknen. »Ich liebe Virginia schon seit … laaange nicht mehr.«

Mary Hutchinson ließ ein schrilles Lachen hören.

Da streckte Raymond die Hand in die Höhe, wie ein Schuljunge, der etwas sehr Wichtiges zu sagen hat. »Alle lieben Virginia«, lallte er und schob Clive beiseite. »Ihr entschuldigt mich.« Damit schwankte er aus dem Raum.

In diesem Moment ließ Dottie von Mary ab und sank neben ihr aufs Sofa nieder. Sie raunte ihr ins Ohr: »Ich liebe Virginia nicht. Ich liebe nur dich.«

Vita schob Dottie sanft beiseite und sagte: »Du solltest nach Hause gehen, solange du dazu noch in der Lage bist.«

Da stand Dottie auf und sagte mit erstaunlich klarer, aber kalter Stimme: »Sie ist zur Liebe nicht fähig. Denk an meine Worte.«

Und Vita fing Vanessas Blick auf, die ihr wissend zulächelte.

Tavistock Square, 19. Januar 1926

Ein letztes Wiedersehen. Zu kurz, viel zu kurz. Vita, die mit ihren Perlen und Abschiedsgeschenken aus Silber und Perlmutt (ein Füllfederhalter eigens für die Briefe an sie und eine winzige Brosche) den hilflosen Versuch unternahm, zu trösten, und zugleich selbst so trostbedürftig schien. Leonard, der sie für eine diskrete halbe Stunde allein ließ, und dann der Moment, in dem der Nebel Vitas Silhouette verschluckte. Jetzt stand Virginia allein hier auf der Türschwelle in der Kälte. Von irgendwoher drang die Melodie eines Leierkastens zu ihr herüber. Ohne Mantel, Handschuhe und Mütze trat Virginia auf die Straße und folgte den Lauten. Auf der Marchmont Street stand der Mann einsam im Nebel und drehte seine Leier. Eine Weile hörte Virginia ihm zu, und erst als sie steifgefroren und an die Stelle des Sehnsuchtsschmerzes eine stumpfe Gefühllosigkeit getreten war, kehrte sie nach Hause zurück.

An Virginia Woolf
52, Tavistock Square
London, Bloomsbury

Mailand (abgeschickt in Triest), 21. Januar 1926

Ich vermisse dich. Mehr, als ich es mir je hätte vorstellen können. Du würdest banale Sätze wie diese niemals schreiben, vielleicht bist du eines solch elementaren Gefühls gar nicht fähig. Und doch glaube ich, dass du zumindest eine kleine Lücke spüren wirst. Aber du würdest diese Empfindung in einen derart exquisiten Satz kleiden, dass sie ein Stückchen von ihrer Realität verlöre. Dieser Brief ist nichts weiter als ein einziger Schmerzensschrei. Unglaublich, wie wichtig du mir geworden bist, und dabei bin ich so geübt darin, nichts und niemanden wirklich wichtig werden zu lassen. Du hast meine Schutzwälle durchbrochen. Und das nehme ich dir nicht einmal übel.

Züge wackeln, wusstest du das? Aber natürlich. Du bist gereist, nur nicht mit mir. Ich träume davon, dich zu entführen. Wann, Virginia, wann wirst du mit mir verreisen?

Ich muss diesen Brief abbrechen und auf den nächsten Bahnhof warten. Und dann auf den übernächsten …

deine Vita

PS: Schreibe mir nach Kairo. Dort erst werde ich deine Antwort lesen können. Grässlich.

—•⊱⊰•—

An Vita Sackville-West
Grand Hotel
Kairo, Ägypten

Tavistock Square, 23. Januar 1926

Weiß der Himmel, wann du diesen Brief erhalten wirst. Ob überhaupt? Satan, der du nach Persien entschwindest und mich über Wochen im Ungewissen lässt, ob du noch lebst oder die Räuber deinen Zug überfallen und dich den Hyänen zum Fraß vorgeworfen haben.

Wieso denkst du, dass ich nicht fühle oder dass ich bloß schöne Sätze drechsle, die Dinge ihrer »Realität« beraube? Kennst du mich denn gar nicht? Höre: Ich versuche nichts anderes, als zu beschreiben, was ich fühle! Das ist doch die ganze Qual des Schreibens für mich! Und was ist denn überhaupt ein schöner Satz? Doch nur einer, der versucht, so viel Wahrheit aufzuwischen, wie er halten kann!

Es ist trübe und feucht. Als du fort warst, war ich trübe und bin es noch. Ich habe dich vermisst, ich vermisse dich, ich werde dich vermissen. So. Elementarer kann ich es nicht ausdrücken.

Je weiter du dich entfernst, desto weniger bin ich in der Lage, dich mir vorzustellen. Ich denke mir Vita in orientalischen Gewändern, auf Kamelen und vor Pyramiden, goldumglänzt und exotisch.

Es wird Wochen dauern, bis der nächste Brief von dir kommt, je weiter fort du bist, desto länger wird es dauern. Ich möchte die Augen schließen und in eine Ohnmacht fallen und nicht erwachen, bevor du zurückkehrst.

Virginia

Sie fiel in keine Ohnmacht, im Gegenteil. Am Tag, nachdem sie Vita dies geschrieben hatte, ging sie frühmorgens hinab in ihr Arbeitszimmer, nahm die Arbeit am *Leuchtturm* wieder auf – und war überrascht, wie leicht es ihr fiel. Sie stolperte förmlich hinter den Sätzen her, die aus ihr herausquollen, als hätten sie nur darauf gewartet, endlich zu Papier gebracht zu werden. Nie zuvor hatte sie so ohne Anstrengung geschrieben. Seite um Seite füllte sich und all die Zweifel, mit denen sie sich noch vor wenigen Wochen herumgequält hatte, waren verschwunden. Mit einem Male sah sie ihre Mutter wieder so deutlich vor sich, als hätte sie noch gestern mit ihr zusammen am Tisch gesessen, hätte ihr zugesehen, wie sie an den Strumpfen für den Sohn einer der armen Familien strickte, die sie beinahe täglich besuchte, hätte ihre sanfte, melodische Stimme gehört. Sie musste nicht darüber nachgrübeln, ob sie die richtigen Worte für ihre inneren Bilder fand, sie hatte einen Rhythmus gefunden, in dem sich die Worte beinahe wie von selbst zusammenfügten.

Als Vita ihr im Februar mitten im Persischen Golf von einem Schiff aus schrieb, sie, Virginia, beherrsche die Fähigkeit, immer das *mot juste*, das passende Wort, für eine Sache zu finden, während sie selbst weitschweifig und planlos daherschreibe und an ihrem eigenen Stil verzweifle, dachte Virginia lange darüber nach, was sie bei der Arbeit am *Leuchtturm* herausgefunden hatte.

Was das mot juste *betrifft, liegst du völlig falsch*, schrieb sie ihr schließlich zurück. Stil sei eigentlich eine sehr einfache Sache, nichts als Rhythmus. Sobald man den gefunden habe, könne man keine falschen Wörter benutzen. *Das, was Rhythmus ist, ist wirklich sehr tiefgründig und geht viel weiter, als Worte es können. Ein Anblick, ein Gefühl, bewirkt eine Welle im Geist, lange bevor er die dazu passenden Worte formuliert. Beim Schreiben, so glaube ich, muss man dies einfangen und zum Funktionieren bringen. Wenn sich die Welle im Geist bricht und überschlägt, bewirkt sie Worte, die zu ihr passen.*

Ob Vita verstehen würde, was sie meinte? Es war gut, dass die Freundin sich über ihren Stil Gedanken machte, sich fragte, ob die Dinge, die sie zu Papier brachte, überhaupt einen künstlerischen Wert besaßen. Nur so würde sie in der Lage sein, besser zu schreiben, als sie es bisher getan hatte. Virginia hatte ihr Gedicht *The Land* gelesen. Es war eine Hymne, eine Verneigung vor dem einfachen, ländlichen Leben und seinen natürlichen Abläufen. Aber war es auch Kunst? Gewiss, die klassische Versform, der gleichmäßige Rhythmus und das regelmäßige Reimschema bildeten eine harmonische Einheit mit dem Thema, aber besaß es auch eine Seele? Vibrierte es? Virginia konnte nichts dergleichen fühlen, wenn sie Vitas schöne Verse las – und das war es, so wurde ihr mit einem Mal klar, was sie in allen Werken von Vita vermisste. Es fehlte ihnen etwas, das plötzlich aufscheinen und das eigentliche Wesen »Vita« hinter den Worten spürbar werden lassen konnte. Mit dem Begriff »Oberflächlichkeit« war dieses Fehlen, diese Undurchlässigkeit in ihrer Literatur nicht zu fassen, denn Vitas Gedicht war nicht oberflächlich. Es war etwas anderes, Tieferliegendes, etwas, das in Virginia ein nicht näher bestimmbares Unbehagen auslöste. Es musste mit Vita selbst zu tun haben, doch so weit fort, wie sie jetzt war, konnte Virginia zum Kern dieses Unbehagens nicht vordringen. Ihr blieben nur Vitas Briefe, die in unregelmäßigen Abständen eintrafen und von fernen Ländern, verrückten Reisebekanntschaften, von Hitze und gefährlichen Abenteuern zu Wasser und zu Land berichteten. Und es blieb der Schmerz der Sehnsucht, der immer mal wieder mit einer Heftigkeit aufflammte, die sie erschütterte.

Zum Glück gab es den *Leuchtturm*, der sie in diesen Monaten von Vitas Abwesenheit durch das Auf und Ab ihrer Stimmungen leitete. Die morgendlichen Stunden des Schreibens halfen ihr, wenig an Vita zu denken und sich endlich der Geister zu entledigen, die sich über so viele Jahre an ihr festgenagt hatten, ohne sich je mit all ihren Marotten und Fehlbarkeiten zu zeigen. Nun waren sie da, greifbar, konkretisierten sich in rhythmischen Sätzen, die sie selbst mit einer tiefen Zufriedenheit erfüllten. Da war ihr Vater in der Figur des Mr Ramsey, mit seinem unerschöpflichen Bedürfnis nach Bestätigung, die so vielen Männern eigen war. Mrs Ramsey, ihre Mutter, in der mindestens ebenso unerschöpflichen Fähigkeit, ihm diese zuteilwerden zu lassen. Und da war die Malerin Lily Briscoe, die Teil der Geschichte war, aber doch über sie hinauswachsen würde, indem sie ihr Bild von dem Ganzen genau so gestalten würde, wie *sie* es wollte. Vieles von Vanessa steckte in dieser Figur, aber ebenso viel auch von ihr selbst.

Zum ersten Mal hatte Virginia das Gefühl, die vollständige Kontrolle über ihre Geschichte zu haben, angefangen bei der Struktur bis hin zum Rhythmus eines jeden Satzes. Und wenn sie sich manchmal fragte, woran es lag, dass ihr das ausgerechnet jetzt gelang, dann konnte sie nicht anders, als sich einzugestehen, dass Vita und ihre Liebe zu ihr einen großen Anteil daran haben mussten.

23. Kapitel

Victoria Station, London, 16. Mai 1926

Ein schriller Schrei tönte über den Bahnsteig, und im gleichen Augenblick kam Dottie mit flatterndem Seidenschal, verrutschtem Hut und einem ihrer preisgekrönten Pudel im Arm auf sie zu und überrannte dabei fast ein Kind, das an der Hand seiner Mutter vor Vita aus dem Zug gestiegen war.

»Oh, ich bitte vielmals … Meine Güte, so viele Leute hier … Vita! Ich habe dich kaum erkannt! Zu viel Sonne, du bist ganz … Lass dich umarmen!«

Eine Wolke aus Parfüm hüllte Vita ein und Übelkeit stieg in ihr hoch. Ihr war schwindelig vor Erschöpfung. Hinter ihr lag eine beinah zehntägige Zugreise, quer durch Russland, Polen, Deutschland und die Niederlande. In Russland hatte sie sich ein Schlafwagenabteil mit vier russischen Männern teilen müssen, in Warschau herrschte Revolution und sie hatte nur in letzter Sekunde einen Platz im einzig verfügbaren Zug nach Deutschland ergattert, in dem sie bis Berlin auf ihren Koffern sitzen musste. Kurz vor der holländischen Grenze hatte sie zu guter Letzt noch einen deutschen Offizier abwimmeln müssen, der morgens um sechs zugestiegen war, sich spontan in sie verliebt und ihr einen Heiratsantrag gemacht hatte. Dotties Überschwang hatte Vita also gerade noch gefehlt.

Mit letzter Kraft organisierte Vita den Transport ihres Gepäcks nach Long Barn und ließ sich dann von Dottie in deren Wohnung in der Mount Street fahren. Dottie redete ohne Unterlass, erzählte etwas von einem Generalstreik, der gerade erst beigelegt worden war. Vita habe Glück, überhaupt in London angekommen zu sein, denn bis vor wenigen Tagen hätte es keine Züge gegeben, keine Busse, keine Zeitungen, die Geschäfte leer, das Land im Stillstand. Die britischen Arbeiter im Streik, Auflehnung des Pöbels, eine Schande sei das, wie die Regierung sich von den Gewerkschaften unter Druck setzen ließe, aber zum Glück habe man ja ein Auto und könne sich wenigstens fortbewegen. Vita hörte zu, blieb stumm und wünschte sich in ihr Bett nach Long Barn, hatte aber nicht die Kraft, heute noch bis dorthin zu fahren. Und Dottie war überglücklich, sie mit zu sich nach Hause nehmen zu können, wo sie so einsam gewesen sei und jede Stunde Vitas Rückkehr herbeigesehnt habe, wie sie wortreich erklärte.

Dottie hatte gegen jede unangenehme Gefühlslage ein Rezept, egal ob Traurigkeit, Sehnsucht oder Erschöpfung: Champagner. Sie zog Vita die Schuhe aus, lieh ihr einen ihrer seidenen Schlafröcke, damit sie es sich auf dem Sofa bequem machen konnte, und schenkte ihr ein Glas nach dem anderen ein. Bald war Vita nicht mehr nur erschöpft, sondern auch noch so betrunken, dass sie nicht mehr in der Lage war, vom Sofa ins Bett zu gehen. Nach einer vollständig geleerten Champagnerflasche schlief sie einfach an Ort und Stelle ein.

Als sie am nächsten Morgen erwachte, fand sie Dottie über das Notizbuch gebeugt, in dem sie mit der Niederschrift einer Reiseerzählung begonnen hatte. Sie hatte das Büchlein wohl gestern zusammen mit einem Geschenk für Dottie, einem persischen Schal, aus ihrer Tasche geholt. Schon vor ihrer Abreise hatte sie sich vorgenommen, ihre Reiseerlebnisse festzuhalten, doch aus den tagebuchähnlichen Notizen, die sie zu Beginn nur stichpunktartig niedergeschrieben hatte, war der Beginn einer Erzählung geworden, auf den sie sehr stolz war. Sie hatte sich viel Mühe mit den

Formulierungen gegeben, hatte versucht, etwas zu erschaffen, das nicht nur interessant zu lesen war, sondern auch einen künstlerischen Wert besaß. Etwas, das Virginias kritischem Blick standhalten konnte. Das war das Wichtigste.

Sie hatte während der langen Reise durch all diese exotischen Länder viel nachgedacht – über die Liebe, Virginia und vor allem über das Schreiben. Ohnehin ließen sich Virginia, die Liebe und das Schreiben nicht voneinander trennen. Virginias Briefe aus London waren wie kostbare Perlen, die sie an jeder ihrer Reisestationen eingesammelt und, zusammen mit ihren eigenen Aufzeichnungen, zwischen den wichtigsten Reisepapieren aufbewahrt hatte. Niemand könnte je so schreiben wie Virginia, aber Vita wollte von ihr lernen und versuchte, der Strahlkraft ihrer Sätze nachzueifern. Sie hatte es in den Briefen an die Freundin ebenso versucht wie in der Reiseerzählung. Selten zuvor war das Schreiben mit so vielen Zweifeln behaftet gewesen, von dem ständigen Gedanken begleitet, wie Virginia es ausgedrückt hätte und ob sie diese Formulierung oder jene gutheißen würde.

»Du könntest mich wenigstens fragen, ob du es lesen darfst«, sagte Vita nun.

Dotties Kopf fuhr hoch und sie klappte das Buch zu. »Du bist wach! Ich wollte dir Tee bringen, aber du schliefst noch und da … Es lag hier offen herum. Darf ich es nicht lesen?«

»Doch«, sagte Vita. »Du darfst. Aber nicht hinter meinem Rücken.«

»Du schliefst. Ich konnte nicht fragen.«

Vita seufzte. Chronische Neugier war eine weitere von Dotties Schwächen. »Und? Wie findest du es?«

»Es ist wundervoll. Du musst es unbedingt veröffentlichen. Wirst du?«

»Selbstverständlich.« Dankbar nahm sie die Tasse Tee entgegen, die Dottie ihr reichte.

»Ich hoffe, du bietest es Heinemann an und verschleuderst es nicht wieder an die Hogarth Press.«

Dottie fand, der Hogarth Press fehle das Renommee, um einer Vita Sackville-West würdig zu sein, und wann immer sie die Gelegenheit bekam, stichelte sie gegen die Woolfs und Bloomsburys Intellektualität.

»Lass es sein, Dottie. Bitte.«

»Hast du es Virginia etwa schon angeboten?« Dottie presste das Notizbuch an ihre Brust.

Vita stellte die Tasse beiseite und stand auf. Sanft befreite sie das Buch aus Dotties Umklammerung und steckte es zurück in die Tasche. »Wenn sie es haben möchte, dann werde ich mich geehrt fühlen«, sagte sie und sank wieder zurück in die Sofakissen. Heiliger, was dröhnte ihr der Schädel!

»Ja«, entgegnete Dottie verdrießlich. »Das befürchte ich. Sie wird sich an dir bereichern und hinter deinem Rücken wird sie über dich lästern. Ihr ist nichts gut genug, was nicht von ihr selbst stammt.«

»Du kennst sie doch überhaupt nicht!«

»Vielleicht nicht so gut wie du«, erwiderte Dottie spitz. »Aber ich habe Menschenkenntnis. Und du …« Sie setzte sich neben Vita und streichelte ihr über das Gesicht. »Du bist verliebt in die Liebe und das macht dich zur Närrin.«

»Hm«, brummte Vita. »Deswegen liege ich jetzt hier auf deinem Sofa, anstatt nach Hause zu fahren.« Sie schloss die Augen und ließ zu, dass Dotties Hände über ihren Körper krochen. Es tat gut und Dottie machte es glücklich. Warum also sollte sie etwas dagegen unternehmen. Und was Virginia betraf, hatte Dottie vermutlich sogar recht. Aber darüber wollte sie heute nicht nachdenken.

Vita blieb auch in den darauffolgenden Nächten bei Dottie. Die Rückkehr in das trübe, kühle London nach all den Monaten voller Abenteuer und Intensität legte sie vollständig lahm und Dottie umsorgte sie, wie es sonst niemand getan hätte. Wenn sie die Augen schloss, sah sie die endlosen Ebenen Persiens vor sich, umringt von schneebedeckten Bergen, die Gipfel glühend rot in der Abendsonne, Wälder aus Flieder, Glyzinien und Pfirsichblüten, Paläste voller Gold, Smaragde und Diamanten. Sie sah sich durch Flüsse waten, in Lehmhütten schlafen, im Autokonvoi über staubige Straßen rumpeln, mal im Schafsfell vor einem Feuer sitzen, umringt von Persern, mal im Seidenkleid im Palast des Schahs von Persien tanzen. Sie hätte tagelang, wochenlang von ihren Eindrücken und Erlebnissen erzählen können, doch wenn sie es versuchte, fühlte sie sich eigentümlich leer. Von alldem hatte sie Virginia in ihren Briefen geschrieben, hatte es in ihrer Reiseerzählung festgehalten und es so auf eine merkwürdige Weise ihrer selbst entrückt.

Seit sie ihren Fuß auf den Bahnsteig an Victoria Station gesetzt hatte, war sie nicht mehr die Frau, die um die halbe Welt gereist und mehr als einmal nur um Haaresbreite einer Katastrophe entkommen war, aber sie war auch noch nicht wieder Vita, die Mutter zweier Kinder, Abkömmling eines alten Adelsgeschlechts und Geliebte einer bewunderten Schriftstellerin. Sie war irgendetwas dazwischen und Dottie gab ihr zumindest das Gefühl, überhaupt etwas zu sein.

Sooft Vita in den vergangenen Monaten auch geschrieben hatte, wie sehr sie Virginia vermisse – das Gefühl, das zu diesen Worten gehörte, war in dem Moment verschwunden, als sie in Victoria Station eintraf. Sie hatte ihre Liebe beteuert und sich angreifbar gemacht wie nie zuvor in ihrem Leben. War womöglich die Botschaft selbst gar nicht das Wichtigste gewesen, sondern das Bemühen, schöne Worte zu finden, die sich mit Virginias messen konnten? Dabei war das unmöglich, auch das eine Erkenntnis, zu der sie während ihrer Reise gelangt war.

Fast fürchtete sie sich vor dem Moment, in dem sie Virginia wiedersehen würde. Und so ließ sie sich von Dottie mit Wein und Champagner und den Annehmlichkeiten ihrer Londoner Wohnung betäuben und raffte sich erst am dritten Tag nach ihrer Rückkehr dazu auf, Virginia einen Besuch anzukündigen.

Tavistock Square, 20. Mai 1926

Vita kam zum Lunch. Den ganzen Vormittag hatte Virginia in einem Zustand nervöser Unruhe verbracht, war sogar mit Kopfschmerzen aufgewacht, einem flauen Gefühl im Magen. So viel Intimität in den Briefen, so viele Liebesbeteuerungen und Schmeicheleien. Alles Worte, schöne Worte, die sich über die Erinnerung an den Moment wahrhaftiger Nähe im letzten Dezember gelagert hatten wie eine Lackschicht auf weichem, kostbarem Edelholz, glänzend, aber hart und undurchdringlich.

Sie trug noch ihre Reisekluft, leicht zerknittert das Jackett, der schmale, lange Rock schmutzig am Saum. Selbst ihr Pfirsichteint wirkte staubig. Sie sei ein wenig müde, entschuldigte Vita sich, kein Kuss, nur eine flüchtige Umarmung. Und dann ein befangenes Schweigen, als sie auf dem Sofa nebeneinandersaßen, auf dem Virginia am Tag des Abschieds Vitas Hände in ihren gehalten hatte, Vitas Kopf an ihrer Schulter, den Trennungsschmerz als bedrohliche Wand vor sich.

»Ich war noch nicht …«

»Ich habe Nelly gebeten, uns …«

Sie hielten beide inne, lachten, aber die Anspannung löste sich nicht. Die Sonne schien Vita ins Gesicht, sie blinzelte, als störe sie die Helligkeit.

Virginia stand auf und zog die Gardine ein Stück zu. »Du warst noch nicht?«, fragte sie.

»Ich war noch gar nicht zu Hause«, sagte Vita. »Daher die Aufmachung.« Sie lächelte entschuldigend und strich ihren Rock glatt, eine Geste, die Virginia noch nie an ihr gesehen hatte.

»Bist du heute morgen erst angekommen?« Virginia war erstaunt.

»Nein, nein, vor ein paar Tagen schon. Ich war …« Sie zögerte. »Ich hatte einige Dinge zu erledigen.«

Wieder lächelte Vita, ein Lächeln, das jedoch ihre Augen nicht erreichte.

»Hattest du Probleme wegen des Streiks? Du musst wissen, es war hier wie im Krieg, keine Züge, keine Waren in den Läden, Soldaten auf den Straßen … Die Gewerkschaften haben zum Generalstreik ausgerufen, es war wie im Krieg.« Virginia redete schnell, ihre Hände flogen, die Verunsicherung war zu groß.

»Dottie hat es mir erzählt, aber nein, ich hatte keine Probleme.«

Natürlich hatte sie Dottie noch vor ihr getroffen. Es sollte ihr nichts ausmachen, Dottie war eine langjährige Freundin. Wahrscheinlich auch mehr. Sie gehörte zu Vitas gesellschaftlichem Stand, war ihr ebenbürtig. Und sie selbst war nichts. Ein Flirt allenfalls. Wahrscheinlich tat Vita längst leid, was sie geschrieben hatte. Von wegen Liebe! Wie alt, wie hässlich und langweilig musste sie Vita vorkommen nach all ihren Abenteuern im Land von Scheherazade!

Zum Glück steckte in diesem Moment Nelly den Kopf durch die Tür und bat sie hinüber ins Esszimmer, wo sie den Lunch aufgetischt hatte. Leonard war nicht da, so aßen sie zu zweit und Virginia redete gegen Vitas Schweigsamkeit an. Sie erzählte, dass

Leonard seinen Posten bei der *Nation* aufgegeben hatte, dass er erwog, eventuell auch die Hogarth Press zu verkaufen, was er aber vermutlich doch nicht tun würde, denn es war schließlich ein sehr wichtiger Teil ihres Lebens. Sie berichtete, dass sie bereits am Mittelteil ihres *Leuchtturms* arbeitete und dass sie Nelly vor wenigen Tagen zum wiederholten Male entlassen hatte, um sie gleich darauf wieder einzustellen, ein Kreuz sei das mit den Bediensteten, aber man brauche sie ja nun einmal. Es war belanglos, alles Wortgetöse, um die Befangenheit zu überwinden, und so blieb Vitas Miene beinah regungslos, ihr Blick fast stumpf. Sie saß zusammengesunken, den Rücken ungewohnt gekrümmt, als müsse sie sich vor Virginias Redeschwall in Deckung bringen. Einzig die Information, dass Leonard mit dem Gedanken spielte, die Hogarth Press aufzugeben, konnte ihr eine Reaktion entlocken.

»Das darf er nicht«, rief sie und setzte sich ruckartig auf. »Du musst ihn überreden, das nicht zu tun. Ihr habt so viel erreicht mit eurer Arbeit, ihr wollt doch die Früchte nicht anderen überlassen?«

»Wir hätten beide so viel mehr Zeit und Ruhe zum Schreiben. Mit dem Verlag verdienen wir kaum etwas und jetzt, wo Leonards Gehalt bei der *Nation* wegfällt, haben wir ...« Und sie legte Vita die Gründe auseinander, warum Leonard seinen Posten als Redakteur aufgegeben hatte, die ewigen Streitigkeiten mit Maynard, weil der Literatur und den Themen, die Leonard am Herzen lagen, nie genügend Platz eingeräumt wurde, die Unfreiheiten des Angestelltentums, das Joch des Journalismus und so fort. Vita nickte nur und Virginia sah allzu deutlich, dass sie nicht richtig zuhörte, konnte jedoch nicht aufhören zu reden. Der Nachmittag zog sich in die Länge und zum ersten Mal im Zusammensein mit Vita sehnte sie ihr Fortgehen herbei. Vita schien ähnliche Gedanken zu hegen, ohne entschlossen genug zu sein, ihren Besuch zu beenden.

»Du bist noch nicht wieder hier angekommen«, stellte Virginia irgendwann fest. Sie waren in den Salon zurückgekehrt und saßen wieder auf dem Sofa, auf größtmöglichem Abstand, damit nur ja ihre Knie sich nicht berühren konnten. Vielleicht hatte Traurigkeit in ihrer Stimme mitgeschwungen, denn mit einem Mal wurde Vitas Blick klar, als sei sie gerade aus einer Art Betäubung erwacht.

»Du hast recht«, sagte sie, wie überrascht. »Ich fürchte, ich bin dir heute keine gute Gefährtin. Verzeih mir.«

»Und ich rede zu viel. Entschuldige.«

Es war wie eine Tür, die sich plötzlich ein Stück weit öffnete und den Blick freigab auf die Vita, nach der Virginia sich gesehnt hatte. Sie hätte diesen Moment nutzen können, etwas Intimes zu sagen, aber der Spalt war zu schmal, der Moment zu flüchtig, um sich hindurchzuschieben, zurück in Vitas Herz, das sie für eine Zeit geglaubt hatte, erobert zu haben.

Schnell, bevor die Lücke sich wieder schließen konnte, sagte sie: »Ich habe dein Gedicht gelesen.« Es war das Persönlichste, was ihr einfiel in diesem verzweifelten Moment.

Etwas leuchtete in Vitas Augen auf, dann ein Schatten von Angst. »Ja?«, fragte sie zögernd.

»Ich denke, es ist gut«, sagte Virginia. »Ich mag es. Ich habe viel gelernt über das ländliche Leben. Da ist nur diese eine Stelle auf der ersten Seite, da benutzt du das Wort *Profil*. Ich finde, es passt nicht. Nimm ein anderes. *Silhouette* zum Beispiel. Und vielleicht kannst du an der ein oder anderen Stelle etwas mehr Intensität hineinbringen?«

»Intensität?« Vita schien noch ein Stückchen weiter von ihr abzurücken. Sie saß jetzt sehr steif da, die Hände unter die Oberschenkel geschoben.

»Etwas, das aufleuchtet, vielleicht ein Bruch im Versmaß? Etwas

Persönliches? Ich weiß es nicht genau, eine Empfindung. Ich will gerne noch ein wenig darüber nachdenken, wenn du das möchtest?«

Sie hatte es verdorben, Virginia konnte es in Vitas Augen sehen, am angestrengten Zug um ihren Mund und an den hochgezogenen Schultern.

»Das ist lieb von dir«, sagte sie. »Aber mach dir bitte keine Mühe, du musst so viel über deine eigenen Dinge nachdenken. Es ist nicht wichtig.«

»O doch, natürlich ist es wichtig! Es ist ein wunderbares Gedicht. Und bestimmt sind es nur ganz wenige … Vielleicht ist es auch überhaupt nichts. Du weißt ja, mit Lyrik kenne ich mich nicht so gut aus, aber ich will versuchen …«

In der Küche klirrte etwas. Nelly, die wahrscheinlich einen Teller hatte fallen lassen. Eine absurde Koinzidenz, so passend. Sie machte eine Bewegung mit der Hand, wie um ihre Worte fortzuwischen, die letzten Sekunden ungeschehen zu machen. »Aber sag, was ist mit dieser Reiseerzählung, von der du schriebst? Hast du sie fertig? Darf ich sie lesen?«

»Nein, nicht fertig.«

Virginia rückte ein Stückchen näher an Vita heran, legte ihr die Hand auf den Arm. Vita zuckte nicht zurück. Wenigstens das. »Überlässt du sie uns, wenn du sie beendet hast?«

»Ich weiß nicht, ob es gut genug sein wird. Es ist ja nur ein Reisebericht.«

»Wenn er sich liest wie deine Briefe, wird es kein Bericht sein, sondern ein literarisches Kleinod. Bitte, du musst ihn uns überlassen.«

»Dann sollte ich mich jetzt auf den Weg machen. Arbeit wartet auf mich.« Vita lächelte. Es war ein ehrliches, fast dankbares Lächeln.

Gott sei Dank, sie hatte das Richtige gesagt. So endete dieser Nachmittag zumindest mit einer positiven Note.

Virginia brachte sie zur Tür und beobachtete, wie sie in einen silbernen Bentley stieg, der an der Ecke parkte. Als der Wagen an ihr vorbeirollte, sah sie, wer am Steuer saß: Dottie. Sie musste auf Vita gewartet haben. Deshalb hatte Vita ständig zur Uhr geblickt.

Dottie winkte und Virginia winkte zurück. In diesem Augenblick fiel ihr auf, dass sie mit Vita nicht über ein nächstes Treffen gesprochen hatte, und sie fragte sich, ob es ein solches überhaupt geben würde.

Nein, dieser Nachmittag endete nicht mit einer positiven Note.

—•⁂•—

»War es schön?«, fragte Dottie.

»Ja, es war nett«, sagte Vita.

»Und was möchtest du jetzt tun?«

»Bring mich nach Hause, bitte.«

»Darf ich die Nacht bei dir …?«

»Nein«, sagte Vita schroff. Sofort tat es ihr leid. »Ich brauche etwas Ruhe. Das verstehst du, oder?«

»Aber natürlich«, sagte Dottie. Ihr Lächeln zerrte an ihren Mundwinkeln. »Ich hatte es mir schon gedacht. Deine Tasche ist im Kofferraum. Wir können direkt fahren.«

Das war Dottie. Sie wusste immer, was Vita brauchte.

—•⁂•—

An Harold Nicolson
Britische Gesandtschaft
Teheran, Persien

Long Barn, 28. Mai 1926

Liebster Hadji,
wie sehr ich wünschte, du wärest hier. Dein Pappelweg steht in vollem Saft, überall blühen Primeln, Anemonen, Iris, Schlüsselblumen. Der Apfelgarten ein Meer aus Iris und Lupinen. Und du weit fort in Teheran. Wie kann ich dich nur dazu bewegen, deinen Posten aufzugeben und für immer bei mir zu bleiben?

Ich bin sehr allein hier, sogar der Butler sorgt sich schon ob meiner Einsamkeit. Aber das ist mir lieber als das klatschsüchtige, überdrehte London. Ich war selbst ein bisschen überdreht, als ich hier eintraf, und habe seither nichts anderes gemacht, als den Garten umzugraben, Blumen zu pflanzen und Rosen zu schneiden. Zu spät wirst du jetzt sagen, aber ich verspreche dir, ich war sehr vorsichtig und sie werden blühen. Nur ach, du wirst sie nicht sehen …

Ich habe Virginia besucht und sie war sehr reizend. Doch all das ist bedeutungslos, weil du nicht hier bist.

Dein Mar

Dies waren die einzigen Zeilen, die sie seit einer Woche geschrieben hatte. Sie brachte nichts mehr zustande. Immer wenn sie das Notizbuch aufschlug, um weiter an der Reiseerzählung zu arbeiten, zog sich im Kopf ein dichter Nebel zusammen und tauchte ihre Erinnerungen an das bunte, schillernde Persien in verschwommenes Grau. Sie hätte es auf die Müdigkeit schieben können, aber die war nach zwei Tagen verschwunden. Sie konnte stundenlang im Garten arbeiten, Meilen durch die Wälder laufen – aber sie konnte nicht einen einzigen Satz schreiben.

Am Abend, wenn sie beim einsamen Dinner saß, nahm sie sich Virginias *Gewöhnlichen Leser* und sezierte zwischen den einzelnen Bissen ihre Sätze, in der Hoffnung, darin Inspiration zu finden. Es half nicht.

Zwei Tage nach ihrem Besuch bei Virginia kam ein Brief von ihr. Sie bedankte sich für den Besuch und entschuldigte sich beinah, sie um die Überlassung ihrer Reiseerzählung gebeten zu haben. *Ich möchte dich nicht unter Druck setzen*, schrieb sie. *Wenn du glaubst, dass du bei Heinemann damit besser aufgehoben wärest, dann werde ich nicht böse sein. Vernünftigerweise solltest du es Heinemann anbieten, denn bestimmt würdest du dort sehr viel mehr Gewinn erzielen. Lasse dich also nicht von irgendwelchen falschen Pflichtgefühlen mir gegenüber leiten und entscheide so, wie du es für richtig hältst.*

Sie sprach von Pflichtgefühlen, nicht von Zuneigung. An die Stelle von spielerischer Frivolität war nüchterner Geschäftssinn getreten. Inzwischen kannte Vita Virginia zu gut, um nicht die tiefe Enttäuschung, vielleicht sogar Verletzung, spüren zu können, die sie mit ihrer reservierten Art bei ihr hinterlassen hatte. Aber auch Virginia hatte sie verletzt! Und wahrscheinlich war sie sich dessen nicht einmal bewusst. Dabei könnte ausgerechnet sie doch wissen, wie schwer Kritik wiegen konnte, wenn sie eine Stelle traf, die nah am Herzen lag. Und es gab außer Schloss Knole nichts, was näher an Vitas Herz lag als ihre Dichtung.

Noch am Abend nach dem Treffen hatte Vita das Wort *Profil* wie von Virginia vorgeschlagen durch *Silhouette* ersetzt. Das war ein Leichtes, und sie war dankbar für den Vorschlag. Aber ihr Urteil, es fehle ihrem Gedicht an Intensität, wog schwer. Denn was sollte das anderes bedeuten, als dass es nur wertloses Wortgeklingel war? Etwas, das »aufleuchtet«, hatte sie gesagt. Auch wenn sie vorgab, es nicht deutlicher formulieren zu können, im Grunde war klar, worum es ging. Sie schrieb nicht gut genug. Es tat weh, dies so deutlich vor Augen geführt zu bekommen, aber dennoch hegte Vita keinen Groll gegenüber Virginia. Wie könnte sie? Wenn sie daran dachte, wie angestrengt die Freundin versucht hatte, das Gespräch trotz ihrer verstockten Schweigsamkeit in Gang zu halten, an ihre zarte Berührung, die suchenden Blicke, fühlte sie sich grässlich. Wie sehr hatte sie sich in Persien nach ihr gesehnt, nach den Gesprächen mit ihr und ja, auch nach ihrer kindlichen, liebesbedürftigen Art. Nun, da sie ihr wieder nah sein konnte, spürte sie nichts. Als hätte sich Watte über ihre Gefühle gelegt. Dafür vermisste sie nun Harold entsetzlich. Was stimmte mit ihr nicht? Warum nur sehnte sie sich nach dem Unerreichbaren, während die Liebe, die ihr zu Füßen gelegt wurde, sie oft so kalt ließ? Bei Dottie war es so, bei Geoffrey, bei Pat. Nun auch bei Virginia? Aber nein. Virginia war eine so inspirierende, eine so zauberhafte Persönlichkeit, sie durfte sie nicht verlieren. Die Freundin spürte sofort, wenn ihre Liebe nicht willkommen war. Ein schmerzlicher Gedanke, Virginia zu verletzen. Sie musste es wiedergutmachen.

Im Juni könnte sie vielleicht eine kleine Gesellschaft geben, einen vorsichtigen ersten Schritt zurück in dieses Leben wagen, das ihr in den vier Monaten Abwesenheit so fremd geworden war. Auch in dieser Hinsicht hatte Virginia recht: Sie war noch nicht wieder angekommen. Sie musste erst noch eine Weile den Boden ihrer Heimat unter den Füßen spüren, die Erde zwischen den Fingern, um wieder zu wissen, wer oder was sie selbst überhaupt war. Und wie sollte sie lieben können, wenn sie das nicht wusste? Oder schreiben?

24. Kapitel

Tavistock Square, 4. Juni 1926

»Nervöse Erschöpfung«, konstatierte Dr Rendell mit einem bedauernden Lächeln. »Sie haben wieder zu viel gearbeitet, nehme ich an?«

Virginia lag im Bett. Das Übliche: Kopfschmerzen, Schwindel und dazu eine grässliche Kälte in den Gliedern. Es hatte sie mitten in einem Kricketspiel überfallen, dem sie mit Leonard beigewohnt hatte. Trotz der Sommerhitze hatte sie angefangen zu zittern und nur mit Mühe den Weg zurück nach Hause geschafft. Am Morgen vor diesem plötzlichen Zusammenbruch hatte sie einen Brief von Vita erhalten, die sie nach Long Barn einlud. Eine nette kleine Gesellschaft, hatte sie geschrieben, nur Dottie, Clive, sie und Leonard. Wahrscheinlich war es dieser Brief, der sie hatte umfallen lassen wie einen alten, morschen Baum. Sie hatte auf Zweisamkeit gehofft und bekam »eine Gesellschaft«. Und das nach zwei Wochen vollständiger Stille aufseiten Vitas. Nicht, dass sie sich gelangweilt hätte. Eine Dinnereinladung hatte die nächste gejagt, dazu die Anstrengungen des Schreibens am *Leuchtturm*. Sie brauchte keine »Gesellschaften«. Was sie brauchte und wollte, waren ein knisterndes Kaminfeuer, eine Flasche spanischen Weins und das tröstliche Gefühl von Vitas Kopf auf ihrem Schoß. Vielleicht auch ein bisschen mehr als das.

Die Krankheit war ein guter Vorwand, um Vitas Einladung abzulehnen. Vita schrieb mehrere lange Briefe, in denen sie sich zwar nicht direkt für die Schweigsamkeit bei ihrem Wiedersehen entschuldigte, zwischen den Zeilen aber durchblicken ließ, dass es ihr leidtat und sie Virginia vermisste.

Dr Rendell empfahl, sobald Virginias Zustand es zuließe, zur Erholung nach Rodmell zu fahren. Dort war in der Zwischenzeit einiges geschehen. *Mrs Dalloway* und der *Gewöhnliche Leser* hatten so viel Geld in die Kassen der Hogarth Press gespült, dass sie sich den Einbau einer Toilette und eines Badezimmers mit fließendem, heißem Wasser hatten leisten können. Außerdem war die Wand zwischen Wohn- und Esszimmer abgerissen worden, so dass nun ein schöner Salon entstanden war – zwar nicht ganz so riesig wie der in Long Barn, aber doch immerhin groß genug, um Vita beeindrucken zu können. Wenn sie denn käme.

Bevor sie jedoch die Reise nach Rodmell antreten konnten, verbrachte Virginia eine Woche im abgedunkelten Zimmer in einem seltsamen Dämmerzustand, hin und her pendelnd zwischen Trostlosigkeit und fiebriger Vorfreude auf Monks House. Nach vier Tagen war sie in der Lage, ein wenig zu lesen. Am fünften Tag fühlte sie sich nach einer Nacht voll erotisierender Träume so aufgewühlt und voller Sehnsucht, dass sie Vita schrieb. *Hätte gern einen Brief. Hätte gern einen Liebesgarten. Hätte gern Vita. Kommst du mich in Rodmell besuchen, um die neue Toilette auszuprobieren? Ich würde mir wünschen, dass deine hochwohlgeborene Hand die Spülung bedient.*

Die Antwort kam postwendend und sie verscheuchte die Kraftlosigkeit aus Virginias Gliedern: *Ich komme, wenn du mich einlädst. Soll ich spanischen Weißwein mitbringen, oder hätte Leonard etwas dagegen?*

Leonard hatte nichts gegen spanischen Weißwein. Und er hatte auch nichts gegen einen Besuch von Vita, im Gegenteil. Der Aufenthalt in Rodmell kam für ihn zur Unzeit – er musste während der Woche einigen wichtigen Sitzungen des Ausschusses für internationale und koloniale Fragen beiwohnen, und auch in der Hogarth Press gab es viel zu tun. Er reagierte mit Erleichterung, als Virginia ihm berichtete, dass Vita am Wochenende des 12. Juni nach Rodmell kommen würde und bis zum darauffolgenden Dienstag bleiben konnte. »Du kannst also am Sonntagabend getrost nach London zurückkehren«, sagte sie ihm. »Vita wird auf mich aufpassen, während du nicht da bist.«

»Davon bin ich überzeugt«, sagte Leonard und er sah nicht einmal grimmig dabei aus.

Monks House, 12. Juni 1926

»Willst du ein heißes Bad nehmen? Schau, wie kräftig der Wasserstrahl ist. Die Wanne ist im Nu voll.« Virginia drehte den Hahn auf und beobachtete voller Stolz, wie das klare Wasser herausspritzte.

»Bei der Hitze heute? Ich bin froh, wenn ich mich der Kleider entledigen kann«, sagte Vita und fächelte sich Luft zu.

Virginia verschluckte die unziemliche Bemerkung, die ihr auf der Zunge lag, und sagte: »Nun musst du dir die Toilette ansehen. Manchmal funktioniert die Spülung noch nicht ganz einwandfrei, aber das wird sicher auch bald behoben werden.«

Vita war gerade erst angekommen, aber Virginia hatte sie sofort ins Obergeschoss geführt, um ihr die modernen Errungenschaften im Haus vorzuführen. Erst als sie in dem winzigen Raum standen, wurde ihr bewusst, wie peinlich die Situation hätte sein können – aber sie war es nicht. Die Befangenheit ihrer letzten Begegnung war verschwunden, Vita amüsierte sich über Virginias kindliche

Freude angesichts einer gut funktionierenden Toilettenspülung und überreichte ihr ein herrlich duftendes Badesalz.

»Du willst meine Sinne verwirren«, sagte Virginia.

»Nicht hier«, entgegnete Vita mit einem Blick auf das Klosett.

»Du hast recht. Wir verschieben das auf heute Abend, einverstanden?«

»Aber Virginia!«, flüsterte Vita mit gespielter Empörung. »Ich bin hier, um auf dich aufzupassen.«

Virginia war nach ihrer überstandenen Krankheit in übermütiger Stimmung. Wie so oft hatte die aufgezwungene Ruhe sie mit einem besonders intensiven Hunger nach geistiger und sinnlicher Anregung erfüllt. Sie konnte kaum erwarten, mit Vita allein zu sein.

»Nicht, um auf mich aufzupassen«, raunte sie hinter vorgehaltener Hand. »Du bist hier, um dich um meine vernachlässigte Damenmeile zu kümmern.« Mit Damenmeile bezeichnete Virginia die hochempfindliche Innenseite ihres Unterarms, die sie sich schon von Vanessa immer liebend gerne hatte streicheln lassen. Dann stellte sie sich auf die Zehenspitzen und küsste die erstaunte Vita mitten auf den Mund.

Sie gingen in den Garten und tranken Tee mit Leonard. Bis in den frühen Abend saßen sie im Schatten der hohen Ulmen, ganz am Ende des Grundstücks, von wo aus sie über das Ouse-Tal bis zu den Hügeln der Downs blicken konnten. Über den Feldern flimmerte die Hitze, die Bienen summten in den Wiesenblumen und Leonards pinkfarbene Strauchrosen leuchteten im Sonnenlicht.

»Du könntest Gärtner werden, wenn du aufhören willst, Verleger zu sein«, sagte Vita zu ihm, nachdem sie einen Streifzug durch den Garten unternommen hatten, der unter Leonards Händen zu einem blühenden Paradies mit vielen Nischen und schattigen Plätzen geworden war.

»Wer sagt, dass ich aufhören will, Verleger zu sein?«

»Virginia deutete an, dass ihr die Hogarth Press vielleicht aufgeben wollt?«

Leonard hob erstaunt die Brauen. »Das hast du erzählt?«, fragte er Virginia.

»Wir haben darüber gesprochen, ich habe aber auch gesagt, dass es nicht sehr wahrscheinlich sei«, verteidigte Virginia sich.

»Die Hogarth Press ist das Beste, was wir in unserem Leben gemeinsam geschafft haben«, sagte Leonard. »Das werden wir vorerst nicht aufgeben.«

Virginia verzog die Miene zu einem gequälten Lächeln. »Eine gemeine Erinnerung daran, dass wir keine Kinder haben.«

»Deine Bücher sind deine Kinder«, sagte Vita. »Du kannst stolz auf sie sein.«

»Das bin ich. Aber manchmal denke ich, dass nur Kinder dem Leben seinen eigentlichen Sinn geben können.«

»Bücher können das auch«, sagte Leonard.

»Bei den Qualen, die sie mir bereiten, bin ich nicht bereit, das zu glauben.«

»Ich könnte dir von den Qualen erzählen, die Kinder bereiten, wenn sie geboren werden«, sagte Vita. Sie schnippte einen Marienkäfer fort, der sich auf ihrem bloßen Arm niedergelassen hatte.

»Zumindest weißt du, was es heißt, eine richtige Frau zu sein. Für mich wird diese Frage für immer unbeantwortet bleiben«, entgegnete Virginia.

»Eine *richtige* Frau«, wiederholte Vita und ihre Mundwinkel umspielte ein spöttisches Lächeln. »Was glaubst du denn, was das ist?«

»Ich fürchte, bei der Beantwortung dieser Frage bin ich euch keine große Hilfe«, sagte Leonard und zog seine Taschenuhr aus der Westentasche. »Würdet ihr es mir sehr verübeln, wenn ich mich auf den Weg mache?« Sein kleiner Koffer stand bereits fertig gepackt und er wollte zu Fuß zum Bahnhof nach Glynde gehen, obwohl Vita angeboten hatte, ihn zu fahren.

»Ganz und gar nicht«, sagte Virginia. »Ich denke, Vita und ich werden versuchen, der Sache noch ein wenig auf den Grund zu gehen, nicht wahr Vita?«

»Ganz wie du meinst«, sagte Vita mit unschuldigem Blick aus ihren sanftbraunen Augen.

Nach dem Dinner saßen sie im frisch gestrichenen, großen Salon, in den lauwarme Abendluft durch weit geöffnete Fenster hereinstrich. Die Grillen zirpten und nur die kleine Lampe über dem Esstisch brannte. Virginia hatte die Flasche Alella geöffnet, die Vita mitgebracht hatte, und beiden ein Glas davon eingeschenkt.

Sie hatten Leonard schließlich doch bis zum Bahnhof begleitet und mit den Hunden einen weiten Spaziergang über die Felder unternommen. Das Gespräch über die Geheimnisse des Weiblichen würden sie nach gegenseitigem Einverständnis in den Abendstunden führen, weil Virginia der Meinung war, über diese Dinge ließe sich sehr viel besser im Kerzenschein reden als im hellen Sonnenlicht. Ohnehin gab es so vieles, über das sie reden konnten. Vita berichtete von ihren Schwierigkeiten, an dem Reisebericht weiterzuschreiben. Ihr fehle die Inspiration der Fremde, um die Erzählung mit der richtigen Stimmung aufzuladen. »Du bist eine Arbeiterin des Geistes. Für dich ist es gleich, wo du schreibst, ob in einem dunklen Keller, im Bett oder mit Blick auf Berge«, behauptete sie. »Ich aber verkümmere im Dunkeln. Ich brauche die sinnliche Anregung.«

»Aber findest du sie nicht in deinem blühenden Garten? In den Wäldern? In einem Gespräch oder beim Lesen eines Buches?«

»Nicht so wie in der Fremde. Gewohnheit und Routinen lähmen mich. Wahrscheinlich fehlt mir die Phantasie. Bei dir entspringt alles aus dir selbst, ich muss mir äußere Reize suchen.«

»Dein Leben ist so reich«, sagte Virginia. »Bestimmt liegt es nicht an fehlenden äußeren Reizen. Ich denke, eher das Gegenteil ist der Fall. Vielleicht musst du dich mehr nach innen wenden, in die Tiefe forschen, und nicht nur die äußeren Eindrücke an der Oberfläche abschöpfen. Wenn du deinen Geist durch zu viele Reize flutest und die äußeren Eindrücke nicht zum Grund absinken lässt, bleiben es unzusammenhängende Impressionen. Was du suchen musst, ist die Wahrhaftigkeit. Sie entsteht nur in deinem Inneren.«

»Ich höre deine Worte, und vielleicht verstehe ich auch, was du meinst. Aber ich weiß nicht, wie ich es umsetzen soll.« Vita klang verzweifelt. »Du kannst aus deiner inneren Quelle schöpfen. Ich habe sie nicht.«

»Natürlich hast du sie, wie sonst solltest du schreiben können? Aber man braucht Mut, weil oft viel Schmerz darin liegt, Angst und Qual.«

Vita hatte sie verständnislos angesehen und Virginia hatte nicht gewusst, wie sie Vita deutlicher machen sollte, was sie meinte. Vita war nie in die Abgründe des Wahnsinns abgeglitten, hatte nie den Schmerz des Verlustes einer Mutter und die Angst vor etwas Unbegreifbarem kennengelernt. *Mrs Dalloway* war aus einem Kampf mit ihren inneren Dämonen entstanden, und entsprang nicht auch der *Leuchtturm* ihrem Bedürfnis, der Ursache für die Existenz dieser Dämonen auf die Spur zu kommen? In Vitas Leben gab es diese Dämonen nicht, sie war in größtem Luxus aufgewachsen, umgeben von Schönheit und Glanz, ohne die Dunkelheit einer verlassenen Seele je kennengelernt zu haben. Zumindest schien es so. Und das war sicher auch der Grund, warum sie sich von Vita so angezogen fühlte. Wie ein Nachtfalter, der das Licht umkreiste.

Auch jetzt hatte ein Nachtfalter den Weg durch das geöffnete Fenster gefunden und schwirrte um die Lampe über Vitas braunem Haarschopf, der sich über ihre rasch eilende Schreibfeder beugte. Sie wolle einen Brief an Harold schreiben, hatte sie gesagt. Vita schrieb ihm täglich, die briefliche Verbindung zu ihm schien eine der unverrückbaren Säulen ihres Innenlebens zu sein. Virginia konnte dem Drang, sich von hinten an Vita heranzuschleichen und zu lesen, was sie schrieb, kaum widerstehen. Aber da war noch ein anderer Drang, der sehr viel stärker in ihr brodelte.

»Hast du nicht längst genug geschrieben?«, fragte sie. »Wir wollten über das Frausein sprechen, weißt du noch?«

Vitas Stift verharrte einen kurzen Moment, in ihrem Mundwinkel erschien dieses winzige Grübchen, das dort nur selten zu sehen war. Sie lächelte nicht oft. Entweder sie lachte herzlich, oder sie blieb ernst. Auch war ihr Lächeln nicht lieblich. Es war entweder spöttisch, wie heute Nachmittag, als Virginia behauptet hatte, sich nicht als richtige Frau zu fühlen, oder ein wenig angestrengt, wenn sie in einer Gesellschaft um ein freundliches Gesicht bemüht war.

»Ich weiß es noch«, sagte sie, ohne sich umzudrehen, und nahm einen Schluck aus ihrem Weinglas. »Aber ich würde vorher gern noch diesen Brief fertigschreiben.«

»Ich möchte dich nicht davon abhalten«, sagte Virginia und seufzte laut vernehmbar, um zu signalisieren, dass sie Vita am liebsten sehr wohl davon abhalten würde.

Vita schrieb weiter und Virginia ließ die Stickarbeit sinken, um den Nachtfalter zu beobachten, der sich jetzt auf dem Lampenschirm niedergelassen hatte. Sie neidete ihm seine exklusive Sicht auf Vitas Brief.

»Dein Vater hat mir erzählt, dass er dir einmal den Tipp gab, dich in Briefen kurz zu fassen«, sagte sie.

Vita lachte leise. »Dass er sich daran überhaupt erinnert …«

»Ja, tatsächlich. Mir scheint, dein Brief an Harold missachtet den Rat deines Vaters gründlich.«

»Und wenn du mich weiter störst, wird es noch die halbe Nacht dauern, bis ich fertig bin.«

Vitas Stift eilte mit unverminderter Schnelligkeit über das Papier. Sie konnte also sogar schreiben und gleichzeitig sprechen.

»Oh«, sagte Virginia. »Das wäre sehr bedauerlich.« Sie legte ihre Stickarbeit beiseite und überlegte, ob sie den Satz, der ihr auf der Zunge lag, wirklich aussprechen sollte. Dann entschied sie, dass es Zeit für einen deutlichen Vorstoß wurde. »Ich finde, wir sollten auch über Beischlaf sprechen.« Gespannt beobachtete sie Vitas Reaktion.

Zunächst tat sie, als hätte sie nichts gehört. Dann legte sie ihre Schreibfeder mit betonter Sorgfalt nieder und drehte sich langsam zu ihr um. Die Sonne war mittlerweile untergegangen. Der Lichtschein der Lampe ließ Vitas Haar leuchten, ihr Gesicht lag im Schatten.

»Willst du dich wieder ungehörig benehmen?«, fragte sie, die Stimme dunkel.

»Du meinst, wie in Long Barn?« Virginia stand auf, um ein paar Kerzen anzuzünden. »Nein«, sagte sie dann und ließ sich mit ihrem Wein auf dem großen Sofa nieder. Es war warm im Zimmer, auch ohne Kaminfeuer. »Ich möchte wissen …« Sie musste sich räuspern, die Kehle von der Enge befreien, die sich mit ihrer nervösen Erregtheit dort eingenistet hatte.

»Ja?« Belustigung schwang in diesem Wörtchen mit.

»Ich möchte wissen, ob ich fähig bin … Ach verdammt, komm einfach her, setz dich zu mir. Bitte.«

Vita verstand sehr wohl, was Virginia wissen wollte. Virginia sah es in ihren Augen, an ihren beinah katzenhaften Bewegungen, als sie jetzt auf sie zukam und sich auf dem Boden zu ihren Füßen niederließ, wie in Long Barn vor so vielen Monaten.

»Du hast mich berührt, weißt du noch?«, flüsterte sie und fuhr mit den Händen durch Vitas Haar. Es war seidig und voll. Sie hatte es für ihre Reise nach Teheran kürzen lassen und sah jetzt beinah jungenhaft aus. »Ich mag dieses Wort. *Berühren*. Es bedeutet so vieles. Geistig berühren. Körperlich. Im Herzen berühren. Auf jede dieser Weisen berührst du mich.« Sie strich über Vitas Augenbrauen, zeichnete mit dem Finger ihre Lippen nach. Vita nahm ihre Hand und küsste ihre Handinnenfläche, das Handgelenk, die Innenseite ihres Unterarms.

»Möchtest du dich neben mich legen? Das Sofa ist breit genug. Willst du, ja?«

Vita wollte. Sie sprach kein einziges Wort und hielt sie mit dem Blick aus ihren dunklen, unergründlichen Augen fest, während sie die Hand über Virginias Körper gleiten ließ und nur die wenigen Stellen küsste, die nicht von Kleidung bedeckt waren.

»Ich will wissen …«, flüsterte Virginia mit geschlossenen Augen, während sie den kleinen Schauern nachspürte, die Vitas Berührungen auslösten. Sie überlegte, ob es unschicklich wäre, die Worte auszusprechen, hier in ihrem eigenen Haus, auf dem Sofa, auf dem sie so oft mit Leonard zusammensaß, aber der Gedanke rutschte weg und ihre Lippen bewegten sich wie von selbst. »Ich möchte wissen, wie sich ein Orgasmus anfühlt. Ob ich überhaupt einen bekommen kann«, hörte sie sich mit heiserer Stimme sagen.

Vita hielt inne. »Warum solltest du es nicht können?«

»Vielleicht fehlt mir etwas? Vielleicht ist etwas zerstört worden, als …« Nein, sie wollte nicht über ihre Stiefbrüder sprechen. Irgendwann würde sie es tun, aber nicht jetzt. »Vielleicht kann ich es einfach nicht.«

»Natürlich kannst du«, sagte Vita und ein Lächeln war in ihrer Stimme. »Ich bin sicher.«

»Ich wollte es schon in Long Barn, aber du hast es nicht gewagt, nicht wahr?«

Statt einer Antwort küsste Vita sie sanft auf die Lippen und ihre Hand kroch weiter, über ihren Bauch hinunter zu ihren Beinen, unter den Rock, die Innenseite ihrer Schenkel hinauf. Virginia sog scharf Luft ein und wieder hielt Vita inne. »Soll ich aufhören?«

Virginia schüttelte stumm den Kopf. Sie zitterte vor Erregung und fühlte sich zugleich in Vitas Armen so aufgehoben und sicher, als hätte sie nach unendlichen Jahren der Irrungen durch die Kälte den warmen Ort ihrer Heimat gefunden. Sie spürte, wie ihr Körper unter Vitas wissenden Händen weich wurde, wie ihre Gedanken zerflossen und der Raum um sie herum seine Konturen verlor. Ohne jede Angst ließ sie zu, dass Vita die letzte von ihr noch unerkundete Stelle ihres Körpers eroberte. Mit geschlossenen Augen gab sie sich diesem süßen, lustvollen Schmerz hin, der reinen Empfindung, die sich von ihrer Mitte in pulsierenden Schüben bis in den letzten Winkel ihres Körpers ausdehnte und sie, wie auf den Wogen eines unendlichen Ozeans, ihrem Höhepunkt entgegen hob. Nichts war mehr von Bedeutung. Sie konnte alles loslassen und sich hineinfallen lassen in diesen zeitlosen Augenblick ekstatischer Entgrenzung, der so nah, so erstaunlich nah am Wahnsinn war und doch statt Angst nur Glück brachte, kristallklares Glück.

Sie *war* eine richtige Frau. Alles an ihr war richtig und vollkommen, das wusste sie jetzt. Mit diesem letzten beseelenden Gedanken schlief sie in Vitas Armen ein.

Irgendwann gingen sie ins Bett – in Virginias Bett, das so viel mehr Platz bot als das Sofa. Vita war hellwach und würde vermutlich in dieser Nacht kein Auge mehr zutun, zu aufgerüttelt war sie angesichts des Vulkans, dessen harte Kruste da soeben unter ihren Händen aufgebrochen war und sich in einer wollüstigen Eruption entladen hatte. Sie hatte sich zurückhalten wollen, vielleicht ein wenig beieinanderliegen und liebkosen, alles sehr zärtlich und sittsam, bloß keine allzu starken Gefühle wecken, und dann war ihr die Sache entglitten. Sie hatte sich hinreißen lassen, Virginias Lust zu entfachen, ihr zu ungekannten Höhepunkten zu verhelfen, trotz der Gefahr, die darin lag. Sie hatte nicht den Kopf verloren, wie damals mit Violet, sie war beinah distanziert geblieben, nur mäßig erregt, aber doch voller Liebe und Neugier und mit der erfahrenen Routine des Kapitäns, der sein Schiff durch einen Orkan steuert.

Morgen würde sie es vielleicht bereuen, aber nicht jetzt, zu verzaubert war sie von Virginias beinah kindlichem Stolz über die Entdeckung ihrer Fähigkeit, Lust zu empfinden.

Auch Virginia war wieder munter, nachdem sie eine Stunde in ihren Armen geschlafen hatte. »Ich sollte mit dir schimpfen«, sagte sie in das Halbdunkel hinein. Es war eine klare Vollmondnacht und sie hatten das Fenster offen gelassen, damit Kühle ins aufgeheizte Zimmer kam. »Ich habe mir fest vorgenommen, genau zu beobachten, wie du es machst. Aber du scheinst irgendeinen Schalter zu betätigen, der meinen Kopf ausschaltet. Und jetzt wäre ich nicht in der Lage, zu beschreiben, was gerade passiert ist.«

Vita lachte lautlos. »Die Liebe ist kein Studienobjekt. Sie passiert einfach. Nimm es hin und hinterfrage es nicht.«

»Es bedeutet mir so viel«, flüsterte Virginia. »Es war wie ein scheußlicher, schwarzer Fleck auf einem Bild, das an sehr prominenter Stelle hing. Frigide! Für jeden sichtbar. Ich habe mich so geschämt.«

Vita drehte sich auf die Seite. Virginia lag mit dem Gesicht zur Decke, ihr scharfes Profil zeichnete sich gegen das Blauschwarz der Nacht ab, ihre Augen waren geschlossen und die Hände lagen gefaltet auf dem Brustkorb, in Höhe des Herzens. Es war ein vollkommen friedvolles Bild, und doch jagte es einen plötzlichen Schmerz durch Vitas Eingeweide. Woher die Panik kam, Virginia zu verlieren, bald, ganz bald – sie wusste es nicht.

»Ich hatte Angst, eines Tages zu sterben, ohne diese Erfahrung gemacht zu haben«, sagte Virginia mit Blick zur Decke, als stünden Vitas Gedanken dort in leuchtenden Lettern geschrieben. Ihre Lippen bewegten sich kaum, nur ihr Brustkorb hob und senkte sich ruhig und gleichmäßig.

»Sprich jetzt nicht vom Sterben«, bat Vita. »Liebe bedeutet Leben, Glück, Ekstase. Ich jedenfalls bin jetzt gerade sehr glücklich.«

Endlich wandte Virginia ihr das Gesicht zu. Sie lächelte und strich sanft über Vitas Wange. »So glücklich wie ich jetzt gerade bin, kannst du nicht sein«, sagte sie. »Aber Liebe und Tod, Lust und Wahnsinn – das liegt so nah beisammen. Ich habe immer gedacht, der Tod wäre das Einzige, was ich niemals werde beschreiben können, aber das stimmt nicht. Es gilt auch für den Höhepunkt der Liebe, dieser Art von Liebe, wie du sie mir geschenkt hast.«

Vita wusste nicht, was sie darauf antworten sollte. Sie schmiegte sich an Virginias warmen Körper und lauschte auf ihren Atem. Dann plötzlich wurde ihr klar, was an dieser Stelle gesagt werden musste:

»Auch du hast mir etwas geschenkt«, sagte sie. Sie wartete auf eine Reaktion, doch Virginia blieb still. Vielleicht war sie eingeschlafen, aber das war egal, sie wollte es trotzdem aussprechen. »Du hast mir gezeigt, dass ich selbstlos lieben kann«, flüsterte sie in die Stille. »Ich habe immer nur genommen. Jetzt weiß ich, dass ich auch geben kann.«

25. Kapitel

Virginia wollte Vitas Mutter besuchen. »Jetzt, wo ihre Tochter mich vollständig entjungfert hat, will ich sie persönlich kennenlernen. Sie wohnt doch in Brighton, das ist nur eine kurze Autofahrt. Lass uns hinfahren«, sagte sie am nächsten Morgen beim Frühstück. Sie war voller Unternehmungslust.

Im Auto schwärmte Vita von Bonne Maman, die in ihrer Jugend so schön gewesen sein musste, dass sie mindestens fünfundzwanzig Heiratsanträge erhalten hatte. Für eine »Illegitime« sei das schon eine Besonderheit.

»Erzähl mir die Geschichte«, bat Virginia. »Ich weiß nur, dass ihre Mutter eine spanische Tänzerin war.«

»Sie hieß Pepita und war eine internationale Berühmtheit«, begann Vita. »Mein Großvater besuchte eine ihrer Aufführungen und hat sich sofort in sie verliebt. Er war einer der begehrtesten Junggesellen Großbritanniens zu der Zeit und hätte bis ins Königshaus hineinheiraten können, aber Pepita hat ihm vollständig den Kopf verdreht. Er besuchte jede ihrer Aufführungen und ließ ihr Rosen schicken, bis sie ihn schließlich in ihre Garderobe bat. Sehr romantisch alles. Vielleicht sollte ich die Geschichte zu einem Roman verarbeiten, was meinst du?«

Virginia wiegte den Kopf. Ja, das war eine typische Vita-Geschichte, voller Leidenschaft und Kitsch. Nichts für die Hogarth Press. Sie verkniff sich den Kommentar und forderte Vita auf, fortzufahren.

»Sie war verheiratet, aber das hat die beiden nicht davon abgehalten, sieben Kinder zu zeugen. Mein Großvater war Diplomat und immer in der Welt unterwegs. Er kaufte ihr eine Villa in Südfrankreich, wo sie mit ihren Kindern als Comtesse West lebte. Als sie starb, blieben die Kinder ohne jeden rechtlichen Status zurück.«

Vita erzählte, wie ihr Großvater, der alte Lionel Sackville-West, trotz des Skandals, den das in England verursachte, für eine gute englische Ausbildung seiner unehelichen Kinder sorgte und Vitas Mutter in die Washingtoner Gesellschaft einführte, wo er als Botschafter tätig war. Als sein älterer Bruder starb, fiel ihm Schloss Knole zu.

»Er zog mit meiner Mutter nach Knole und hier lernte Bonne Maman meinen Vater kennen. Er war der älteste Neffe meines Großvaters, also Bonne Mamas Cousin ersten Grades. Sie haben sich Hals über Kopf ineinander verliebt.«

»Eine inzestuöse Ehe also«, stellte Virginia spöttisch fest.

»Nicht nur das. Weil mein Großvater nur illegitime Söhne hatte, war mein Vater der rechtmäßige Erbe von Knole und nächster Lord Sackville. Durch die Heirat wurde aus der unehelichen Tochter einer spanischen Tänzerin die Herrin von Knole. Es gab also aufseiten der Familie Sackville-West einiges gegen diese Ehe einzuwenden.«

Virginia erfuhr, dass der alte Lord Sackville beim damaligen Kardinal Manning einen Dispens erwirkte, so dass die Hochzeit schließlich stattfinden konnte. Die unehelichen Brüder der neuen Schlossherrin waren jedoch nicht damit einverstanden, dass ihre Schwester die riesige Torte allein verspeisen sollte, und zettelten einen Erbschaftsstreit an, den Vitas Mutter nur mithilfe des beträchtlichen Vermögens ihres damaligen Liebhabers, Sir John Murray Scott, gewinnen konnte.

»Wir nannten ihn Seery, er war ein Riese, sagenhaft reich und fünfzehn Jahre älter als Bonne Maman. Er hat schon kurz nach ihrem Kennenlernen in seinem Testament festgehalten, dass fünfzigtausend Pfund seines Erbes an meine Mutter gehen sollten. Es wurde dann ein bisschen mehr«, sagte Vita und lachte trocken durch die Nase. »Er ist ihr bis zu seinem Tod treu geblieben.«

»Und dein Vater hat es fraglos hingenommen?«

»Meinem Vater kam das alles sehr gelegen, er hat oft mit Seery verhandelt, wenn es um eine neue Anschaffung ging. Oder um die Kosten für den Erbschaftsprozess. Und er hatte ja selbst seine Liaisons.«

Virginia fragte sich, wie viel Wahrheit bei Vitas Hang zu romantischen Übertreibungen in dieser Geschichte steckte.

»Deine Eltern scheinen nicht sehr bemüht gewesen zu sein, ihre Affären vor dir zu verheimlichen«, sagte sie mit skeptischem Seitenblick auf Vita, die beunruhigend oft die Hände vom Steuer nahm, um ihre Erzählung mit großen Gesten zu untermalen.

»Ich bin Bonne Mamans engste Vertraute«, erklärte Vita mit unverhohlenem Stolz. »Wir erzählen einander alles.«

»Alles?«, fragte Virginia entsetzt.

Vita lachte. »Manches behalte ich auch für mich«, lenkte sie ein.

»Das hoffe ich doch sehr«, sagte Virginia streng.

Sie fuhren die breite Küstenstraße entlang, die von Newhaven nach Brighton führte. Der Himmel war unwirklich blau, das Meer glitzerte in der Sonne und auf einer kleinen Anhöhe, umgeben von weiten Parkanlagen, ragte die beeindruckende Fassade der Roedean School auf, wo Mädchen aus guten Familien für ein Studium am Girton oder Newnham College vorbereitet wurden.

Vita bog in eine schmale Straße ab, die auf eine strahlend weiße Villa mit zwei hohen Giebeln, mehreren Sonnenterrassen und einem zum Meer hin abfallenden, parkähnlichen Grundstück zuführte, direkt oberhalb des Kliffs von Brighton.

Vita hielt kurz an und wies auf das Anwesen. »White Lodge«, sagte sie. »Von hier sieht es am schönsten aus. Bonne Maman hat es gekauft und von McNed nach ihrem Geschmack umgestalten lassen. Es ist nicht sehr groß und auf der Vorderseite macht es nicht viel her, aber die Gartenansicht ist herrlich und die Lage traumhaft.«

»McNed?«

»Der Architekt Sir Edward Lutyens. Er ist ihr Liebhaber. War es schon zu Seerys Zeiten, aber nun ist er es offiziell.«

»Wie es scheint, versteht sich deine Mutter darauf, ihre Liebschaften in Gold zu verwandeln«, stellte Virginia nüchtern fest.

»O ja«, sagte Vita. »Aber sie ist auch eine reizende Persönlichkeit. Manchmal ist es nicht einfach mit ihr, aber man muss sie einfach lieben.«

Virginia sah Vita von der Seite an, suchte nach Sarkasmus, aber da war nur ehrliche Bewunderung.

Sie parkten vor dem Haus, das auf der Straßenseite tatsächlich überraschend unscheinbar aussah. Sie wurden von Bonne Mamans Butler eingelassen und erfuhren, dass die Hausherrin zum Lunch nach Brighton gefahren war, jedoch bald zurückerwartet wurde.

»Wir warten«, entschied Vita und führte Virginia durch das Haus. Vita erklärte, dass Bonne Maman vor ein paar Jahren ihr noch viel größeres Anwesen in Brighton verkauft und einen Großteil ihres Besitzes versteigert hatte, den sie im Wesentlichen Seerys Erbe verdankte. Nur ein paar besondere Stücke habe sie für die Möblierung von White Lodge zurückbehalten. Virginia fragte sich, was für ein Anwesen das wohl gewesen sein musste, denn White Lodge war alles andere als klein, und es quoll förmlich über vor antiken Kommoden und Vitrinen, Canapés und Kandelabern, Skulpturen, Wandteppichen und Gemälden.

»Louis-quatorze, Louis-seize, Empire, Louis-quinze, Directoire, diese Büste ist von Rodin, ebenfalls Louis-seize …« Vita berührte liebevoll jeden Gegenstand und erzählte, woher er stammte und in welch berühmten Häusern er bereits gestanden hatte. Vergeblich suchte Virginia nach Familienfotos, persönlichen Erinnerungsstücken, achtlos liegen gelassenen Büchern, irgendetwas, das darauf hätte schließen lassen können, dass in diesen Räumen tatsächlich jemand wohnte. Die kleine Bibliothek war gut sortiert, allerdings schien in diesem Raum schon seit Jahren niemand mehr ein Buch in die Hand genommen zu haben. White Lodge besaß so wenig Seele wie ein Londoner Museum. Es zeugte vom angestrengten Bemühen seiner Besitzerin, die Pracht vergangener Epochen auf kleinstem Raum zusammenzukratzen, um dem Dahinschwinden ihrer besten Jahre zu trotzen, die einzig auf die Anhäufung von Reichtum und gesellschaftlichem Ansehen gerichtet gewesen waren. Virginia beschlich der Verdacht, dass in Bonne Mamans Leben Möbelstücke und wertvolle Kunstgegenstände den Platz einnahmen, der üblicherweise geliebten Menschen vorbehalten war. In Knole hatte sie eine ähnliche Empfindung beschlichen, als sie mit Vita durch die endlosen Gänge lief, dort allerdings sorgte die jahrhundertealte Geschichte des Schlosses dafür, dass die emotionale Leere nicht allzu spürbar wurde. Hier drängte sie sich geradezu schmerzhaft auf. Die Räume waren kalt, obwohl die Mittagssonne durch die großen Südfenster ins Haus flutete.

»Lass uns hinausgehen«, bat sie, als Vita ihr anbot, auf einem Sofa Platz zu nehmen, das einst angeblich Marie Antoinette gehört hatte und sehr, sehr wertvoll sei. »Ich fühle mich zu schäbig gekleidet. Marie Antoinette würde sich im Grabe umdrehen, wenn ich auf ihrem guten Stück herumrutsche.«

Sie gingen auf die Terrasse hinaus, die mit ihrem unverstellten Blick auf das Meer das unangefochtene Schmuckstück des Anwesens war.

»Kommst du oft her?«, fragte Virginia, als sie in der warmen Junisonne saßen und aus Seerys Kristallgläsern Wasser tranken.

»In letzter Zeit sehr oft. Bonne Maman ist etwas schwierig im Moment.«

»Was bedeutet das?«

Vita zuckte die Achseln und blickte aufs Meer hinaus. »Launen. Körperliche Wehwehchen.«

»Dann reichen die Louis-quatorze, -quinze und -seize-Möbel wohl doch nicht aus, um die Leere zu füllen«, sinnierte Virginia.

»Welche Leere?«

Mitleidig sah Virginia die Freundin an. Sie schien tatsächlich nicht zu verstehen.

»Vielleicht fühlt sie sich einsam?«

»Warum sollte sie?«, fragte Vita. »Bonne Maman hat jede Menge Freunde. Einen Liebhaber. Sie ist fast nie allein.«

»Das bedeutet nicht, dass sie nicht einsam sein könnte.«

Vita dachte einen Augenblick nach. »Mag sein«, sagte sie dann, wenig überzeugt. Sie schien kein Interesse zu haben, das Seelenleben ihrer Mutter zu ergründen, aber genau das war es, was Virginia interessierte. »Kommst du gern her?«, fragte sie.

»Manchmal ist es etwas anstrengend«, gab Vita zu. »Aber ich bin es ihr schuldig.«

»Warum glaubst du, dass du deiner Mutter etwas schuldig bist?«

Vita antwortete prompt. »Sie hat so viel für mich getan. Ihr verdanke ich alles.« Es klang wie ein Glaubenssatz, von Kindesbeinen an verinnerlicht, nie hinterfragt.

»Was könnte das sein, außer deinem Haus, deinem Auto, deinen Perlen und deinem Bankfach?« Virginia beobachtete Vitas Reaktion genau, irgendetwas müsste sich verändern, in ihrem Blick, in ihrer Haltung, eine äußerlich sichtbare Reaktion auf diese Provokation, doch Vitas Miene blieb unbewegt, nicht ein einziger Muskel ihres Körpers zuckte.

»Verrätst du mir, worauf du hinauswillst?«, fragte sie und sah

Virginia mit freundlichem, offenem Blick an. Wenn sie sich über die Wendung, die das Gespräch genommen hatte, ärgerte, dann konnte sie es perfekt überspielen.

»Das ist doch wohl offensichtlich«, sagte Virginia ebenso freundlich. »Das Verhältnis zu unseren Müttern ist der Schlüssel zu unserem inneren Wesen. Und deines kenne ich immer noch nicht.«

Wenig später kam ein schwarzer Rolls-Royce die Straße hinaufgekrochen. »Da kommt sie«, sagte Vita.

Es dauerte jedoch noch eine ganze Weile, bis der Butler zu ihnen auf die Terrasse trat und mit einer höflichen Verneigung verkündete, die Herrin des Hauses erwarte ihre Gäste im kleinen Salon. Der »kleine Salon« war ein dem großen Salon vorgelagerter Raum, in dem Bonne Maman auf einem thronartigen Sessel saß und ihnen mit würdevoller Miene entgegenblickte. Trotz der Wärme trug sie schwarze Handschuhe, die bis zu den Ellbogen reichten, ein schwarzes Kleid mit Unterrock, dazu eine schwere Goldkette und ebenso schwere Ohrringe, die ihre Ohrläppchen gefährlich in die Länge zogen. Ihre Augen waren ähnlich dunkel wie Vitas, allerdings ohne deren Wärme und Sanftmut. Es lag eher etwas Verschlagenes darin.

»Qu'est-ce que tu es belle, ma chérie!«, *wie schön du bist*, rief sie aus, als Vita auf sie zuschritt, um ihr einen Kuss auf die Wange zu drücken. Virginias Französischkenntnisse reichten gerade aus, um diesen Satz zu verstehen. Dem Rest des Gespräches zwischen Mutter und Tochter konnte sie nicht mehr folgen. Obgleich es naheliegend war, dass Lady Sackville-West mit ihrer Tochter in ihrer Muttersprache redete, war Virginia überrascht. Auch dies war eine Seite Vitas, von der sie keine Ahnung gehabt hatte.

»Mrs Woolf«, sagte Bonne Maman nach einem kurzen, schnellen Wortwechsel mit Vita, streckte ihren behandschuhten Arm aus und bedeutete Virginia mit einem Wink ihres Zeigefingers, näher zu treten. Es war eine herrische Geste, mit der sie vermutlich auch ihren Butler zu sich rief.

»Ich bedaure, dass Sie warten mussten. Vita hat ihren Besuch nicht angekündigt.« Ein vorwurfsvoller Blick in Vitas Richtung und gleich darauf ein Lächeln, das so geübt schien wie ihr herrschaftliches Winken.

»Es war eine spontane Idee von mir. Ich entschuldige mich vielmals.« Virginia hoffte, dass es nicht so ironisch klang, wie sie es meinte.

»Tun Sie das nicht. Es wurde höchste Zeit, dass Vita Sie mir vorstellt.«

Noch immer stand Virginia vor ihr wie ein Schulmädchen vor der Direktorin, und obwohl Lady Sackville-West zu sehr Dame von Welt war, um sie allzu auffällig in Augenschein zu nehmen, war Virginia überzeugt, dass sie längst ein vernichtendes Urteil über ihre äußere Erscheinung gefällt hatte. Sie malte sich aus, wie Bonne Maman über ihre Kleidung herziehen würde, wenn sie das nächste Mal mit Vita allein war. Das half nicht, das Unwohlsein zu überwinden, das sie beim Anblick Lady Sackville-Wests erfasst hatte. So schön sie früher vielleicht einmal gewesen sein mochte, jetzt war ihre Haut fahl, ihre Wangen schlaff und die Augenlider schwer. Ihre Mundwinkel verloren sich in einer tiefen Falte der Unzufriedenheit, die sich bis zum Kinn hinunterzog.

»Setzen Sie sich, Mrs Woolf«, befahl sie und Virginia gehorchte, auch wenn es ihr widerstrebte, derart herumkommandiert zu werden.

Lady Sackville-West behauptete, schon viel von ihr gehört zu haben, jedoch leider noch nicht dazu gekommen zu sein, eines ihrer Bücher zu lesen. Ob sie ihr ein Exemplar ihres neuen Romans mit Widmung senden könnte? Und ob Virginia nicht auch finde, dass es heute furchtbar heiß sei? Aber sie sei ja noch jung, da mache einem die Hitze weniger zu schaffen. Virginia kehrte ihre artige Seite heraus, versprach, ihr ein Exemplar von *Mrs Dalloway* zu senden, und behauptete, auch sie leide unter der Hitze sehr. Es war ein harmloses und langweiliges Gespräch, bis sich plötzlich Bonne Mamans Tonfall änderte.

»Wie ich höre, wollen Sie Vitas nächste Erzählung in Ihrem Verlag veröffentlichen? Wie hieß er noch gleich?«

Virginia wechselte einen schnellen Blick mit Vita, die auf einem kleineren Sessel neben dem ihrer Mutter saß und ihre Hand hielt, die Miene unbewegt.

»Richtig ist, dass ich Vita gebeten habe, uns ihr Manuskript zu überlassen«, erwiderte Virginia zögernd.

»Es ist die Hogarth Press«, warf Vita ein, doch Bonne Maman beachtete sie gar nicht.

»Wann soll es erscheinen?«

»Das kommt darauf an, wann Vita es fertigstellen kann.«

»Sie kann sehr schnell schreiben. Haben Sie ihr kein Datum genannt?«

»Aber Maman, wir wollen doch jetzt nicht …« Eine ungeduldige Handbewegung brachte Vita zum Schweigen.

»Ich denke, wir werden uns da mit Ihrer Tochter schon einigen«, sagte Virginia freundlich. »Nicht wahr, Vita?«

Bonne Maman schien der Meinung, dass ihre Tochter in dieser Angelegenheit nicht die nötige Verhandlungsfähigkeit besitze, und fragte unbeirrt weiter. »Wie hoch wird die Auflage sein?«

Virginia wartete auf Vitas Protest, doch der kam nicht. Zwar hatte sie Bonne Mamans Hand losgelassen, aber sie hielt den Blick gesenkt und spielte mit ihren Ringen.

»Das wird mein Mann entscheiden, sobald das Manuskript vorliegt«, sagte Virginia kühl. »Es steht Vita natürlich frei, sich für einen anderen Verlag zu entscheiden, sollte sie das wünschen.«

»Wir werden das miteinander besprechen«, sagte Bonne Maman und ergriff wieder Vitas Hand. »N'est-ce pas, ma chérie?« Es konnte kein Zweifel daran bestehen, dass dies ein Befehl und keine Frage war.

Vitas Lächeln verriet nichts. Es war unmöglich zu sagen, ob sie sich diesem Befehl widersetzen oder ihn selbstverständlich erfüllen würde. Sie trug eine Maske, hinter der sie ihre wahren Empfindungen und Gedanken verborgen hielt – vor ihrer Mutter genauso wie vor ihr und dem ganzen Rest der Welt.

In diesem Augenblick wurde Virginia bewusst, dass sie die wahre Vita womöglich gar nicht kannte. So intim sie miteinander geworden waren, so wortreich sie sich einander erklärt hatten – vielleicht war das alles für Vita nur ein sinnliches Spiel und das Wesen, in das sie sich verliebt hatte, war eine bloße Schöpfung ihrer Phantasie, befeuert durch ihre eigenen unerfüllten Sehnsüchte. Wenn dies so war, dachte Virginia, als sie sich schließlich von Bonne Maman verabschiedeten und wieder in Vitas schickes Auto stiegen, dann würde ihr der Weg zu Vitas wahrhaftigem Wesen versperrt bleiben, sosehr sie auch an ihrer Maske kratzen mochte.

26. Kapitel

Long Barn, 9. Juli 1926

Ein lang gezogenes Stöhnen drang durch das geöffnete Fenster zu Vita herauf. Sie saß im Arbeitszimmer und wollte endlich die Arbeit an ihrer Reiseerzählung wieder aufnehmen, doch sowohl die Anwesenheit der Kinder im Haus als auch die ihrer Mutter ließ Vita nicht zur Ruhe kommen. Seufzend legte sie den Stift beiseite und eilte die Treppe hinunter zum großen Gästezimmer, wo sie Bonne Maman einquartiert hatte, die seit Tagen ihre uneingeschränkte Aufmerksamkeit forderte. Sie litt unter einer Darmentzündung, ihr Blutzucker war erhöht und ihre Sehkraft begann nachzulassen – alles, wie ihr Leibarzt behauptete, Folgen ihres unweigerlich fortschreitenden Alters und einer gewissen Genusssucht, die er zu zügeln empfahl. Entrüstet hatte Bonne Maman ihm die Tür gewiesen, und als Vita ihren eigenen Arzt kommen ließ, war dieser ebenfalls unter wüsten Beschimpfungen zum Teufel gejagt worden. Niemand könne ihr helfen, behauptete sie. Weder das Alter noch ihr Lebenswandel seien schuld an ihrem Leiden, nur die Tatsache, dass sie von aller Welt verlassen worden sei.

Vita hatte sämtliche Verabredungen für die nächsten beiden Wochen abgesagt – auch ein Treffen mit Virginia.

Sie hatten sich nach ihrem Wochenende in Rodmell häufig gesehen, waren zusammen im Theater, in der Oper und im Kino gewesen – alles sehr sittsam und freundschaftlich. Häufig lud Virginia sie auch zum Tee oder zu einem einfachen Dinner ein –

meist zu der Zeit, wenn Leonard nicht da war. Dann saßen sie in der Küche oder in ihrem kleinen Salon am Tavistock Square und redeten – über Bücher, über gemeinsame Bekannte, über Leonard, über Harold. Oft hockte sich Vita zu Virginias Füßen nieder, und Virginia spielte mit ihren Perlen und machte kleine anzügliche Bemerkungen. Es war meist scherzhaft gemeint, mit dieser gewissen Doppelbödigkeit, die Vita noch immer nicht so recht durchschaute und die sie allzu oft verunsicherte.

Seit Rodmell waren sie nicht mehr intim miteinander gewesen. Virginia war offensichtlich nicht abgeneigt, die Erfahrung zu wiederholen, doch Vita ging auf ihre versteckten Aufforderungen und zaghaften Verführungsversuche nicht ein. Sie konnte nicht ausschließen, dass etwas Ähnliches noch einmal geschehen würde, wollte es jedoch nicht forcieren, aus Furcht, bei Virginia doch noch eine psychische Krise heraufzubeschwören. Aber auch aus einer gewissen Lustlosigkeit, die ganz sicher ebenfalls in der Angst wurzelte, Virginias instabiles Nervenkostüm zu zerrütten. Wie instabil es war, hatte Vita noch wenige Tage zuvor erleben müssen. Sie hatten im Haymarket-Theater zusammen eine Ballettaufführung besucht, die Virginia in solche Erregung versetzt hatte, dass sie am ganzen Körper zitterte. Vita hatte sie nur mit Mühe vom Theater wegzerren können und einen Spaziergang zur Beruhigung vorgeschlagen. Der nachtblaue Himmel, die von der Hitze des Tages aufgeheizten Straßen und die vielen Menschen jedoch hatten das Gegenteil bewirkt.

»Es ist genau wie in *Mrs Dalloway*!«, hatte Virginia mit bebender Stimme behauptet und sich an Vita festgeklammert.

Unter einer Straßenlaterne stand ein zwergenwüchsiger Mann mit einer Krücke und streckte ihnen seinen Hut entgegen. Vita ließ eine Münze hineinfallen und er grinste zum Dank, das zerfurchte Gesicht zu einer hässlichen Fratze verzogen.

»Bring mich hier weg. Bitte!«, flüsterte Virginia und zog an Vitas Arm. Sie schlotterte am ganzen Leib, die Miene grotesk verzerrt vom Licht der Laterne und ihrer panischen Angst.

Sie gingen in ein Café und tranken heiße Schokolade. Nur langsam beruhigte Virginia sich wieder, doch der Glanz des Übermuts in ihren Augen, so hinreißend am Beginn des Abends, war erloschen.

»Es hat mich alles so sehr an *Mrs Dalloway* erinnert«, entschuldigte sie sich. »Die Wahnsinnsszene am Ende, weißt du noch?«

»Ja, natürlich. So eine Szene kann man nicht vergessen.«

»Sie ist nicht erfunden. Ich habe das selbst durchlebt. Ich habe solche Angst, wieder verrückt zu werden«, flüsterte sie und ihre Augen schienen tiefer in die Höhlen zurückzutreten.

»Du wirst nicht verrückt werden. Warum solltest du?«

»Ich war es schon einmal. Dieses Gefühl, dass alles wegrutscht … nichts real ist, oder *ich* nicht real bin … es passiert immer wieder. Auch eben war es so.«

Vita wusste nicht, was sie darauf antworten sollte. Sie verstand nicht einmal genau, was Virginia meinte.

Da hatte Virginia mit dem Löffel eine Linie ins Tischtuch gezeichnet. »Ich balanciere auf einem hauchdünnen Seil. Jeder Tag birgt das Risiko, dass es reißt. Und das Schlimmste daran: Ich weiß nicht einmal, was genau es zum Reißen bringen kann.«

Als Vita nun zu ihrer Mutter ins Zimmer trat, fand sie Bonne Maman auf einem Stuhl zusammengekauert vor. Sie war unfrisiert, die Wangen faltig, die Augen rot unterlaufen. Ein Bild des Jammers.

»Niemand hört, wenn ich rufe. Ich könnte verhungern und verdursten, es würde niemanden in diesem Haus kümmern«, schimpfte sie.

Vita war bereits zweimal an diesem Morgen bei ihr gewesen, hatte ihr die Medizin verabreicht und das Briefpapier gebracht, nach dem sie verlangt hatte. Nicht nur ihre Sehkraft schien nachzulassen, sondern auch ihr Erinnerungsvermögen.

»Ich werde auf der Stelle nach Hause fahren. Hilf mir beim Ankleiden!«

»Aber du kannst nicht …«

»Dir ist es ohnehin egal, was aus mir wird. Du wartest nur auf dein Erbe, das ist alles! Aber du wirst nichts erben, keinen Cent!«

Das nun wieder. Wenn Bonne Maman in einer ihrer Stimmungen war, drohte sie regelmäßig mit Vitas vollständiger Enterbung.

»Möchtest du nicht lieber noch bis zum Lunch bleiben?«, fragte Vita und legte behutsam ihre Hand auf Bonne Mamans Schulter. »Dann bist du kräftiger für die Heimfahrt.« Sie konnte geduldig sein, oh, so geduldig.

»Damit du mich vergiften kannst? *Non, merci!* Ich fahre auf der Stelle.« Sie stemmte sich vom Stuhl hoch, schlurfte ächzend zum Fenster und riss es auf. »Tomas!«, schrie sie in den Garten hinaus, »Viens-là!«

Tomas war ihr Chauffeur, den Vita jedoch zurück nach Roedean geschickt hatte. Eine vorsorgliche Maßnahme, damit ihre Mutter nicht auf ebendiese Idee kam. Sie war nicht in der körperlichen Verfassung, um nach Hause zu fahren.

»Ich werde Tomas Bescheid geben. Aber erst solltest du dich noch ein wenig ausruhen.« Sie führte ihre Mutter zurück zum Bett.

»Oh, es ist entsetzlich. Diese Schmerzen!«, jammerte Bonne Maman.

»Siehst du«, sagte Vita in dem singenden Tonfall, der ihre Mutter fast immer beruhigen konnte. »Du bist noch zu krank, um jetzt aufzubrechen. Ich werde dir eine Wärmflasche bringen und dein

Schmerzmittel. Vielleicht schläfst du noch etwas. Wenn du dich kräftig genug fühlst, fahre ich dich selbst heute Nachmittag nach Hause.«

Bonne Maman ließ sich zurück in die Kissen sinken und schloss die Augen. Dann riss sie sie wieder auf. »Alle haben mich verlassen«, flüsterte sie und krallte sich an Vita fest.

»Niemand hat dich verlassen«, sagte Vita. »Wir lieben dich alle sehr.« Wie oft hatte sie diese Worte in den letzten Tagen gesagt?

Bonne Maman stieß verächtlich Luft durch die Nase aus. »Sie lieben mein Geld. Das ist alles.« Und dann, kalt und scharf: »Auch du!«

»Ich bete dich an, Maman«, sagte Vita. »Du bist die wichtigste Person in meinem Leben.«

Ihre Mutter atmete ein paarmal tief ein und aus. Sie schloss die Augen und lächelte schließlich. Dann gab sie ihr mit einem Wink zu verstehen, dass sie gehen durfte.

—•⊱⊰•—

Tavistock Square, 15. Juli 1926

Die Morgensonne lugte zwischen den Ritzen der Läden hindurch, ein warmes Lüftchen wehte die Geräusche der Straße ins Zimmer und unten im Haus klingelten die Telefone der Anwaltskanzlei. Mittwoch. Sie sollte längst aufgestanden sein, die Szene zu Ende schreiben, die sie gestern an einer kritischen Stelle liegen gelassen hatte. Stattdessen zog sie die Decke über die Ohren, um das geschäftige Treiben nicht hören zu müssen, das überall bereits im Gange war.

Sie wollte auf der Stelle sterben. Oder vielleicht nicht gleich sterben, aber doch für eine Weile in eine Nicht-Existenz eintauchen, so lange, bis niemand, wirklich niemand sich mehr an den gestrigen Abend erinnerte.

Sie war ausgelacht worden. Von allen. Sogar von Vita.

Sie hatten gemeinsam eine Oper besucht, Virginia in dem neuen Kleid, das sie sich von der Schneiderin Dorothy Todds hatte nähen lassen. Es war ein auffallendes Kleid, orangefarben und schwarz, sehr extravagant, aber Extravaganz, so hatte die Todd behauptet, stehe ihr außerordentlich gut zu Gesicht, und sie musste es wissen, schließlich gab sie die britische *Vogue* heraus. Dazu einen passenden Hut, schwarz mit zwei orangefarbenen Federn, wie die Flügel Merkurs. Virginia war zufrieden mit ihrer Aufmachung gewesen. Zum ersten Mal hatte sie sich an der Seite von Vita nicht schäbig und unpassend gekleidet gefühlt. Mit Vergnügen hatte sie wahrgenommen, dass die Leute die Köpfe nach ihnen verdrehten, etwas, das sie normalerweise zutiefst verunsicherte. Aber Vita, das neue Kleid und der aufsehenerregende Hut hatten sie beflügelt. Nach der Oper hatten sie Vanessa und Duncan getroffen und waren gemeinsam zu Clive weitergezogen. Und dort war es passiert.

Clive hatte sie angestarrt und dann lauthals gelacht. »Was für ein außerordentlicher Hut«, hatte er gegrölt. »Wo hast du den denn gefunden?«

»Dorothy Todd hat ihn ausgesucht«, sagte Vita, bevor Virginia reagieren konnte. »Sieht man das nicht?«

Duncan nahm ihr den Hut vom Kopf, setzte ihn sich selbst auf und stolzierte vor ihnen auf und ab. »Man fühlt sich größer damit. Es darf nur nicht zu windig sein, sonst fliegt er dir davon.« Er machte eine alberne Flatterbewegung.

»Und das Kleid?«, fragte Clive.

»Natürlich auch Todd«, hatte Vita lachend gesagt, und obwohl sie Virginia scherzhaft zugezwinkert hatte, war der Rest des Abends für Virginia in schwarzer Düsternis versunken. Sie hatte sich nichts anmerken lassen, doch die Anstrengung der aufgesetzten Fröhlichkeit steckte ihr noch jetzt in den Knochen.

Von Clive war Virginia es gewohnt, dass er sie von Zeit zu Zeit der Lächerlichkeit preisgab. Sie hasste es, aber konnte damit leben, weil Clive ihr nicht mehr so nahestand wie einst. Dass Vita über sie lachte, war hingegen kaum zu verkraften. Und dabei konnte sie es ihr nicht einmal übel nehmen. Sie hatte ihr gegenüber nie erwähnt, wie zersetzend es für sie war, wenn ihr Äußeres Anlass zu Diskussion oder gar Gelächter gab. Jedoch – sollte Vita nicht spüren können, was in ihr vorging, auch wenn sie es nicht zeigte? Doch, das sollte sie. Andererseits ... War es überhaupt möglich, hinter die Fassade eines Menschen zu blicken, wenn dieser Mensch bemüht war, seine Schwächen zu verbergen? Über die Jahre hatte sie die Fähigkeit, ihre Stimmungsabstürze zu überspielen, perfektioniert. Vermutlich konnte Vita genauso wenig hinter ihre Maske der Fröhlichkeit blicken, wie sie es bei Vita vermochte.

Und so blieben sie alle einsame Seelen, eingekapselt in die eigene Gedanken- und Gefühlswelt. Das, was gemeinhin für Liebe gehalten wurde, war nichts weiter als eine Kollision zweier einsamer Seelen, die Unruhe mit sich brachte, vorübergehende Entzückung und viel Schmerz. Eine gegenseitige Durchdringung, eine wirkliche, echte Harmonie der Seelen – die gab es nicht, auch wenn eine erfüllende sexuelle Begegnung das vorgaukeln mochte.

Nun lud Vita sie für ein Wochenende nach Long Barn ein. Nur sie allein. Es war eine aufgeschobene Einladung von Ende Juni. Virginia hatte abgesagt, weil sie den *Leuchtturm* voranbringen wollte. Das letzte Drittel forderte ihr alles ab und Ereignisse wie das gestrige raubten die Energie, die sie so sehr brauchte.

Aber sie brauchte auch Vita. Ihre Einfachheit. Ihre Sinnlichkeit. Sie musste akzeptieren, dass ein Mensch wie Vita niemals im Gleichklang mit ihren für sie selbst oft unerklärlichen Empfindungen schwingen konnte. Auch wenn die intimen Kollisionen, wie die in Monks House vor wenigen Wochen, nur vorübergehende Momente blieben, sie waren erfüllend, wärmten von innen, schafften die Illusion des vollständigen Aufgehobenseins. Davon wollte sie zehren, wohl wissend, dass es in Vita eine Seite gab, die im Verborgenen blieb und sie ihr niemals so würde vertrauen können, wie sie Leonard vertraute, oder auch Vanessa. Nur wenn sie eine schützende Hülle um ihren inneren Kern legte und Vita auf Abstand zu diesem verletzlichen Teil ihres Wesens hielt, konnte sie verhindern, dass das Schmerzhafte dieser Kollision überhandnahm. Das mochte wenig romantisch sein, aber Romantik war etwas für die Literatur. Schlechte Literatur noch dazu. Und nun würde sie endlich aufstehen und sich dem widmen, was wirklich wichtig war: gute Literatur zu schreiben!

27. Kapitel

Long Barn, 26. Juli 1926

Im Großen Salon von Long Barn gab es zwei Neuerungen. Vor dem Kamin tummelten sich in einem riesigen Hundekorb fünf kleine Welpen – die Nachkommenschaft von Vitas preisgekrönter Spanielhündin Pippin. Unmittelbar daneben stand das »sehr, sehr wertvolle« Sofa Marie Antoinettes, das Virginia zuletzt in Roedean gesehen hatte. Bonne Maman hatte es Vita überlassen, zum Dank für drei Wochen Pflege. Erst gestern war Lady Sackville-West so weit genesen, dass Vita sie zurück nach Roedean hatte bringen können, um auf dem Rückweg Virginia mitzunehmen.

Sie saßen auf dem Boden, zwischen sich den Hundekorb, das leise knisternde Kaminfeuer im Rücken. Es war ein kühler Mittsommerabend, und nach einem Dinner auf der Terrasse hatten sie der sternenklaren Nacht die Wärme des Salons vorgezogen.

Virginia kraulte einen der kleinen Welpen, der aus dem Korb heraus auf ihren Schoß gekrabbelt war.

»Das ist Pinker«, sagte Vita. »Er ist der Ungezogenste von allen. Gestern hat er Bens Französischvokabeln zerkaut. Behauptet Nigel.«

»Zum Stehlen«, sagte Virginia und steckte die Nase in das warme, weiche Fell des Welpen.

»Du musst ihn nicht stehlen. Ich schenke ihn dir.«

»Du beschämst mich, wenn du mir jedes Mal etwas schenkst, wenn wir uns sehen.«

»Warum? Ich tu es gern. Oder wäre es dir lieber, wenn ich ihn irgendeinem Dorfjungen gebe?«

»Werden deine Söhne damit einverstanden sein?«

Virginia hatte Vitas Söhne bei der Ankunft kennengelernt. Sie hatten im Garten mit den Welpen gespielt. Den jüngeren, Nigel, hatte Vita dabei ertappt, wie er sich eins der Welpen mit ins Bett nehmen wollte, was ihm streng verboten war. Er war dunkelhaarig, klein für sein Alter und sehr schüchtern. Er hatte Virginia artig die Hand gereicht, dabei aber verschämt zu Boden geblickt. Er erinnerte sie sehr an Vita, wenn sie sich unwohl in ihrer Haut fühlte. Genauso musste sie ausgesehen haben, als sie noch ein Kind und von den großen Gesellschaften, die ihre Mutter auf Knole veranstaltet hatte, überfordert gewesen war. Der Ältere, Ben, war für seine dreizehn Jahre sehr groß, ein junger Gentleman, der sie formvollendet begrüßt hatte. Mit dem sorgfältig gescheitelten Blondhaar und seinem bis oben zugeknöpften Hemd war er ganz der Diplomatensohn.

Vitas Verhältnis zu ihren Söhnen empfand sie als eigentümlich distanziert, was daran liegen mochte, dass sie zum Vergleich nur Vanessa heranziehen konnte, deren Erziehungsmethoden ganz gewiss nicht der Norm entsprachen und nicht mit denen in einem aristokratischen Haushalt zu vergleichen waren.

Jetzt warf Vita den Kopf in den Nacken und lachte, als hätte Virginia etwas sehr Dummes gesagt. »Um meine Söhne musst du dir keine Sorgen machen«, sagte sie.

Eine Weile kraulte Virginia den kleinen Welpen, dann wies sie auf Marie Antoinettes Sofa.

»Dafür, dass sie dir das Leben zur Hölle gemacht hat, ist das ein hübsches Geschenk«, spottete sie.

»Ja. Bonne Maman ist sehr großzügig.«

»Und du ihre ewige Schuldnerin.«

Vita zuckte die Achseln. »So ist es eben mit den Müttern.«

»Mein Verständnis ist ein anderes«, sagte Virginia. »Aber was weiß ich schon von diesen Dingen.«

»Erzähl mir von deiner Mutter«, forderte Vita sie auf. »Ich weiß, sie ist lange tot, aber wie war sie? Woran erinnerst du dich?«

Virginia dachte lange nach. Sie war für die Arbeit am *Leuchtturm* so tief in diese Erinnerungen eingetaucht, dass sie nun nicht mehr wusste, was davon der Wahrheit entsprach und was ihrem Gestaltungswillen zuzuschreiben war.

»Das Einzige, was ich sehr deutlich erinnere, ist ihr Rücken, der Nacken, die hochgesteckten Haare, ihr aufrechter Gang«, sagte sie schließlich. »Wenn ich an sie denke, sehe ich sie immer nur fortgehen.«

Wie zum Trost leckte Pinker ihr die Hand ab. Dann rollte er sich auf ihrem Schoß ein und war beinah im gleichen Moment eingeschlafen. Er jedenfalls schien vollkommen einverstanden mit Vitas Entscheidung.

Virginia sprach leise weiter. »Das Loch, das sie mit ihrem Tod in unsere Familie gerissen hat, war so groß, dass sie mir immer wie eine Heilige erschienen ist. Wir haben Bilder von ihr, sie muss sehr, sehr schön gewesen sein, aber ich konnte die Bilder lange Zeit nicht mit dieser Frau, die fortgeht, in Verbindung bringen.«

»Und jetzt kannst du es?« Vita hatte sich mit dem Rücken gegen Marie Antoinettes Sofa gelehnt, ebenfalls einen Welpen auf dem Schoß und die Beine ausgestreckt.

»Ich habe sie zum Leben erweckt«, sagte Virginia nicht ohne Stolz. Und dann brach sie mit ihrem selbst auferlegten Gesetz, niemals, außer mit Leonard, über Details eines Romans zu sprechen, der noch nicht fertig geschrieben war. Sie beschrieb Vita den *Leuchtturm* in allen Einzelheiten und schloss mit den Worten: »Sie ist zu meiner Schöpfung geworden. Ich habe Macht über sie erlangt und so den Verlustschmerz zur Ruhe gebettet. Jetzt sehe ich das, was sie gewesen ist: eine Frau, die sich für andere aufgeopfert hat und dabei zutiefst unglücklich war. Als ich sie gebraucht hätte, war sie längst am Ende ihrer Kräfte.«

»Also keine Heilige mehr.«

Virginia lächelte versonnen. »Es ist wichtig, dass wir unsere Mütter entzaubern. Nur so erkennen wir uns selbst und können uns von dem befreien, was uns stumm macht.«

»Ich bin nicht sicher, ob ich verstehe, was du mit *stumm* meinst. Du jedenfalls bist eine außerordentliche Plaudertasche«, neckte Vita.

Virginia blieb ernst. »Etwas in mir war stumm. Ich konnte dem keine Worte geben. Da war immer nur dieses unmäßige Bedürfnis, gemocht zu werden, geliebt, bemuttert. Es ist das, was Leonard mir gibt. Vanessa. Und was ich vielleicht auch von dir will. Neben anderen Dingen, die mir sehr gefallen.« Sie ließ ihren Zeigefinger über Vitas Schläfe zum Hals hinunterwandern und küsste ihr Ohrläppchen.

Vita ließ ein leises, schnurrendes Geräusch vernehmen. »Du willst mich schon wieder verführen.«

Sofort zog Virginia die Hand zurück. »Ganz und gar nicht«, sagte sie. »Ich will deine samtige Nase auf etwas sehr Offensichtliches stoßen. Aber du bist ein großer Esel und begreifst es nicht.«

»Ich wünschte, du würdest nicht immer in Rätseln sprechen.«

»Siehst du«, sagte Virginia. »Lieber, alter Esel, es gibt auch in dir etwas, das stumm ist. Denn ist nicht auch dein Bedürfnis, geliebt zu werden, unmäßig? Hast du dich je gefragt, warum du neben Harold, von dem du behauptest, dass du ihn über alles liebst, so viele andere Menschen brauchst, die sich nach dir verzehren?« Virginia begann an den Fingern abzuzählen. »Eine ältliche, verschrobene Schriftstellerin, einen heißblütigen Architekten, eine notorische Trinkerin, eine … wie würdest du Violet Trefusis beschreiben?«

Vita schnappte nach Virginias Hand und biss ihr zärtlich in den Finger.

»Du übersiehst etwas sehr Wichtiges«, sagte sie.

»Sind da etwa noch mehr?« Virginia riss sich so heftig los, dass Pinker in Panik von ihrem Schoß flüchtete.

»Nein«, sagte Vita. »Aber es besteht ein Unterschied zwischen Liebe und Verliebtheit. Es gibt diese vorübergehenden, heftigen *béguins*, Leidenschaften sexueller Natur. Harold und mich verbindet eine tiefe, wahrhaftige und im Wesentlichen platonische Liebe, die sehr viel beständiger ist als eine auf sexueller Hingezogenheit beruhende Liaison. Unsere Ehe bleibt von diesen Liaisons vollkommen unberührt. Das ist nur möglich, weil wir beide uns sexuell mehr zum eigenen Geschlecht hingezogen fühlen und der Platz, den der andere innehat, nie in Gefahr gerät.«

Virginia lauschte wortlos und staunte, wie selbstverständlich Vita voraussetzte, dass ihre Worte sie nicht verletzen würden. Es gab nichts, was sie weniger zu sein wünschte als eine von Vitas vorübergehenden *béguins*, derer sie in Kürze überdrüssig werden würde.

Vita stand auf, um auch ihren Welpen zurück in den Korb zu legen. Inzwischen hatte sich Pippin dazugelegt, um ihre Brut zu säugen. Nach einem kurzen, heftigen Gerangel um den besten Platz an Mutters Zitzen wurde es still im Korb und nur noch ein leises Schmatzen war zu hören.

»Du weichst immer aus, wenn ich dich nach Violet frage. Warum?« Sie blickte zu Vita hoch, die vor ihr aufragte, eine schlanke Säule im Halbdunkel, umflort vom warmen Schimmer des Kaminfeuers. »Weil die Erinnerung schmerzvoll ist?«

Vita setzte sich wieder neben sie und spitzte die Lippen, als dächte sie angestrengt nach. Dann streckte sie sich lang auf dem

Boden aus und legte ihren Kopf in Virginias Schoß. »Warum willst du nur immer deine Finger in Wunden legen?«, fragte sie.

»Dann ist es also eine Wunde.«

»Wenn du so willst.«

»Ich werde keine Ruhe geben. Du weißt, wie neugierig ich bin.« Sie zog zärtlich an Vitas Haaren. »Und hartnäckig.«

Zögerlich begann Vita zu erzählen. »Wir kannten uns schon als Kinder. Violet war zwei Jahre jünger als ich, aber sehr viel reifer. Unsere Familien waren befreundet, ich habe viel Zeit mit ihr verbracht, genau wie mit Rosamond Grosvenor, einer Schulfreundin.« Sie beschrieb, wie ihr über die Jahre klar wurde, dass Männer sie niemals in der Weise anzogen, wie es von Frauen üblicherweise erwartet wurde. Kein Herzflattern, kein Erröten, kein Erschauern bei einer harmlosen Berührung. All das habe sie immer nur bei Frauen empfunden. Lange Zeit habe sie ihre Hingezogenheit zu Frauen nicht hinterfragt. Vor allem habe sie auch ihr Frausein nicht hinterfragt, obwohl ihr bewusst gewesen war, dass es in ihr eine Seite gab, die nicht liebreizend, brav und unterwürfig war, sondern stark, männlich, manchmal sogar grausam. Eine Seite, die sich allenfalls im kindlichen Spiel früherer Jahre gezeigt hatte, als sie mehr Gefallen an Schwert und Bogen als an Puppen fand und es als Teenager noch vorzog, mit dem Stallburschen die Töchter befreundeter Familien zu knebeln und mit Brennnesseln zu quälen, anstatt sittsam mit ihnen durch den Garten zu lustwandeln.

Sie heiratete Harold, bekam ihre beiden Söhne und richtete sich im Eheleben ein – bis zu einem Sommertag, an dem ihre Jugendfreundin Violet sie besuchte. Sie unternahmen einen Spaziergang, Vita in Hosen und einem lockeren Hemd – eine Kluft, die sie sich für die Arbeit im Garten hatte anfertigen lassen. Es war die typische Kleidung der *Women's Land Army*, die in den Kriegstagen bei Landarbeiterinnen populär geworden war. Wie ein Schuljunge habe sie sich gefühlt, frei, ungezwungen und vor allem ganz und gar sie selbst. Als hätte sie mit der Männerkleidung einen Zaubermantel übergestreift, brach sich der ungestüme und leidenschaftliche Teil ihrer Natur Bahn, den sie in ihrem Eheleben hatte unterdrücken müssen. Am Ende dieses Nachmittags dann der erste Kuss und ein sehr langes, intensives Gespräch mit Violet, die diese verborgene Seite ihres Wesens längst entdeckt hatte und sie schließlich verführte. Wenig später, an einem Abend im Theater, wurde Julian geboren.

Vita beschrieb, wie Julian immer mehr von ihr Besitz ergriff, sie rücksichtslos gegenüber Harold und ihren Kindern werden ließ, wie sie gesteuert wurde von einer unkontrollierbaren Begierde, die Violet immer neu anzufachen wusste. Sie verfing sich in einem Netz aus Lügen und falschen Versprechungen, unternahm immer wieder hoffnungslose Versuche, sich von Violet und dem, was sie in sich selbst als dunkel und triebhaft empfand, zu befreien. »Während dieser ganzen Zeit haben Harold und ich nie aufgehört, einander zu schreiben. Er wusste immer sehr genau, wo ich mich befand und wie es mir ging. Es hat zwei Jahre gedauert, dann war es vorbei. Violet hat geheiratet und ich bin zu Harold zurückgekehrt.«

Als Vita geendet hatte, blieb sie mit geschlossenen Augen liegen, ihren Kopf in Virginias Schoß gebettet, die Hände auf der Brust gefaltet. Virginia betrachtete ihr Gesicht, das vom Kerzenlicht und dem allmählich verglühenden Kaminfeuer weichgezeichnet war. Sie versuchte sich an ihre erste Begegnung zu erinnern. Wie hatte sie Vita wahrgenommen? Die tiefe Stimme, der Flaum auf ihren Oberlippen und eine gewisse Härte im Wesen, die in ihrer tatkräftigen Entschlossenheit liegen mochte. Doch hatte sie damals auf Virginia alles andere als männlich gewirkt. Sie hatte in ihr nur die selbstbewusste Aristokratin gesehen, perlenbehangen, erfolgsverwöhnt und schön. Vielleicht war diese eigentümliche Uneindeutigkeit des Geschlechts der Grund für die Faszination, die sie auf sie ausgeübt hatte. Doch wenn sie jetzt darüber nachsann, warum sie Vita liebte, dann war es ihre Zärtlichkeit, ihre mütterliche Wärme und die Sanftheit ihrer Berührungen.

Ohne zu wissen warum, hatte sie es gespürt: Etwas blieb tatsächlich stumm in Vita. Es war das, dessen sie sich mit Violet entledigt zu haben glaubte. Vita und Violet nannten es *Julian* und vielleicht war dieser Teil in Vitas Natur sogar stärker als ihre häusliche, weibliche Seite. Die Welt, in der sie lebten, gestattete es ihr nicht, etwas anderes zu sein als die Diplomatengattin Mrs Nicolson. Aber so, wie der Frühling unweigerlich auf den Winter folgte, so würde sich auch Vitas Alter Ego Julian immer wieder Bahn brechen und nach Entfaltung streben. Harold und Vita gaben einander die Freiheit dies zu tun, indem sie diese Liebe zum eigenen Geschlecht zu vorübergehenden Entgleisungen herabstuften und ihre Ehe auf eine höhere, platonische Ebene rückten.

Aber wo blieb sie in alldem? Alt und krank und hässlich, wie sie nun einmal war, konnte sie Vitas männlich-sexuellen Trieb ganz gewiss nicht befriedigen. Vermutlich sehr bald schon würde sie ihrer überdrüssig werden und sich einer neuen Liaison zuwenden, wenn das nicht schon längst geschehen war. Und wie sollte sie das verkraften, jetzt, wo sie zum ersten Mal auf diese Weise verliebt war, die ihren Körper in Erregung versetzte *und* ihren Geist beflügelte?

»Du möchtest Violet vielleicht gerne zu einer Liaison herabstufen. Ich denke aber, es war weit mehr als das, denn mit ihr konntest du dich als der Mensch fühlen, der du wirklich bist«, sagte sie schließlich.

Vita öffnete die Augen. Es sah aus, als käme sie von sehr weit her. »Das war nicht ich. Es war eine Raserei.«

»Möglich. Aber nur, weil genau das in dir steckt. Und du wirst es nicht auslöschen können.«

»Harold hat mir damals den Rat gegeben, es in meine Geschichten zu legen.«

»Das ist ein guter Rat. Aber du musst in die Tiefe gehen. Es muss wehtun, wenn du es schreibst, nur dann ist es richtig.«

»Ich habe es aufgeschrieben. Das Manuskript liegt oben in einem Schrank, zu dem ich den Schlüssel verloren habe.«

Virginia riss die Augen auf. »Verloren? Aber das ist ja furchtbar. Ich hätte es so gerne veröffentlicht.«

Vita lachte leise. »Es sieht dir ähnlich, meine Geheimnisse ans Licht reißen zu wollen.«

»O ja«, sagte Virginia. »Ich möchte Sie sezieren, liebe Mrs Nicolson, ihr Innerstes bis in den letzten Winkel ausleuchten. Und ich werde keine Ruhe geben, bis mir das gelungen ist.«

Sie schob Vitas Kopf beiseite und nahm mit betonter Nonchalance auf dem Sofa Platz. »Und nun«, sagte sie so beschwingt, wie sie nur konnte, »da ich davon ausgehen muss, dass auch ich nur eine vorübergehende Liaison bin, sollten wir die mir verbleibende Zeit nutzen und Marie Antoinettes Sofa aufs Gründlichste entweihen. Bist du einverstanden?«

28. Kapitel

An Vita Nicolson
Long Barn, Weald
Sevenoaks, Kent

Teheran, 28. Juli 1926

Mein lieber Mar,
Ich freue mich, dass du dich mit Virginia so gut verstehst, allerdings bin ich auch einigermaßen besorgt. Bist du sicher, dass du nicht wieder in einen Wirrwarr gerätst? Oh, mein Liebes, sag mir, dass du vorsichtig und vernünftig sein wirst und du nicht mit Virginia ins Bett gehen wirst! Bei allem, was wir über sie wissen, wäre das in etwa so, als würde man über einem Benzintank rauchen.

Ich glaube, dass ihr sehr gut füreinander seid, und ich freue mich, dass sie dir eine so interessante Gesprächspartnerin ist. Ich glaube, dass ihr beide euch sehr ähnlich seid und sie dir moralisch wie geistig wohltut. Ich bin also keineswegs gegen deine Freundschaft mit ihr und vertraue darauf, dass du nichts tust, was ihr oder uns schaden würde.

Ich kann es kaum erwarten, dich endlich wieder in die Arme schließen zu können. Auch wenn die Arbeit hier sehr erfüllend ist und ich meine Entscheidung, die Stellung hier anzunehmen, nicht bereue, so fehlst du mir doch mehr, als ich es mir je hätte vorstellen können.

Dein sehnsüchtiger Hadji

An Harold Nicolson
Britische Gesandtschaft
Teheran, Persien

Long Barn, 17. August 1926

Mein lieber Hadji,
es gibt keinen Wirrwarr! Wenn es einen gäbe, würde ich es dir sagen, ich gebe dir mein Ehrenwort. Ich liebe Virginia, und wer täte das nicht? Aber die Liebe, die ich für Virginia empfinde, ist etwas rein Geistiges, etwas Intellektuelles, wenn du so willst. Sie ruft bei mir nur ein Gefühl der Zärtlichkeit wach, vielleicht wegen dieser seltsamen Mischung aus Härte und Zerbrechlichkeit. Einerseits hat sie diesen harten Verstand und dann ist da diese berührende Angst, wieder geisteskrank zu werden. Sie liebt mich sehr und ich fühle mich ihr gegenüber als Beschützerin. Ich habe eine Todesangst davor, körperliche Gefühle in ihr zu wecken, da ich nicht weiß, wie sich das auswirken könnte. Sie hat keinerlei Erfahrung auf diesem Gebiet und mir gibt es auch nichts, mit ihr intim zu werden, und das meine ich wirklich ehrlich. Du siehst also, es gibt keinen Grund zur Sorge, ich will nicht mit dem Feuer spielen, bin nicht einmal in der Versuchung, es zu tun. Virginia ist nicht der Mensch, an den man auf diese Art denkt, es liegt fast etwas Unanständiges in dieser Vorstellung.

Ich bin mit ihr …

Hier setzte Vita zum ersten Mal die Schreibfeder ab. *Ins Bett gegangen*, hatte sie schreiben wollen, aber sollte sie Harold das wirklich gestehen? War es nicht zu unbedeutend im Verhältnis zum Rest des Briefes, der ehrlich und aufrichtig war? Andererseits – wenn sie es vor ihm geheim hielte und er dann doch eines Tages dahinterkäme, würde sie damit das Vertrauen zerstören, das sie einander uneingeschränkt entgegenbrachten. Die Wahrheit also. Es war geschehen und nicht mehr zu ändern. Eine abgeschlossene Sache.

Nicht ganz so abgeschlossen war die Sache mit Dottie. Nach Virginias Besuch hatte Vita mit Ben und Nigel zwei Wochen auf Dotties Landsitz in Sherfield Court verbracht. Virginia gegenüber hatte sie behauptet, dort in Ruhe an ihrem Reisebericht schreiben zu können, während sich Dottie um die Jungen kümmerte. Tatsächlich hatte sie die Erzählung in diesen vierzehn Tagen vollendet, was sie jedoch nicht daran gehindert hatte, viel Zeit mit Dottie zu verbringen. Vor allem nachts. Natürlich ohne dass die Jungen davon etwas merkten, denn Sherfield Court war groß genug, um ungestört zu bleiben. Das war so ganz gewiss nicht geplant gewesen, es hatte sich einfach so ergeben. Und das war durchaus etwas, das Harold als Wirrwarr bezeichnen würde. Vita wusste selbst nicht genau, warum sie Dotties Werben auf einmal so widerstandlos nachgab. Vielleicht weil es unkompliziert war. Dottie versuchte nie, sie zu analysieren, und stellte sie auch nie infrage. In eine Nacht mit Dottie konnte sie sich ohne Angst, eine gefährliche Identitätskrise auszulösen, hineinfallen lassen. Manchmal brauchte sie das einfach. Und Dottie brauchte es auch.

Monks House, Anfang September 1926

Drei Uhr morgens. Absolute Dunkelheit. Was hat sie aus dem Schlaf gerissen? Was ist es? Virginia tastet nach dem Schalter ihrer Nachtlampe, schnell, das Licht einschalten, bevor die Welle sich auftürmt und sie mit sich reißt. Aber es ist schon zu spät. Es beginnt im Rücken und zieht sich langsam nach vorne in den Brustkorb, ein Schmerz, oder nein – mehr eine Enge, die die Luft aus ihr herauspresst. Nichts kann ihn mehr aufhalten, diesen nachtschwarzen Strom aus Gedanken, Bildern, Erinnerungsfetzen. Vita. Vanessa und ihre Familie. Kinder. Versagen. Ausgelacht werden wegen eines Kleides. O diese Scham! Wertlos, nichtswürdig, hässlich, wie hässlich fühlt sie sich. Die Welle bricht, sie liegt noch hier, im Bett, ist nicht gestorben, nein. Es geht weiter. Eine neue Welle wird kommen, aber diese ist vorbei. Das Herz kommt zur Ruhe. Erschöpfung. Schlaf. Vergessen.

Es dauert nicht lange, wenige Minuten vielleicht nur, und es geht von vorne los, dieselben Gedanken, derselbe entsetzliche Horror, gegen den sie sich nicht stemmen kann. Starr liegt sie da, nur das Herz hämmert, wieder reißt die Welle sie mit, spült sie bis ans Ende des Bewusstseins, leer, unwirklich, vernichtet. Sterben, endlich sterben, nie wieder auftauchen müssen, nur um gleich darauf erneut hinabgerissen zu werden, die ganze endlos lange Nacht hindurch bis zum Morgengrauen, der ihr endlich, endlich ein paar tröstende Minuten Schlaf schenkt.

»Hast du gut geschlafen?« Leonard faltete die Zeitung zusammen und zog sie zu sich herunter, um sie auf die Stirn zu küssen. Er war bereits in ihrem Zimmer gewesen, hatte ihr die Milch gebracht wie jeden Morgen, doch sie hatte es nicht bemerkt.

»Danke, bestens. Und du?«

Er sah es ihr nicht einmal mehr an, wenn sie ihm nach Nächten wie diesen heitere Gelassenheit vortäuschte. Sie tat es ihm zuliebe, aber auch, um sich selbst ein Gefühl von Normalität zurückzuerobern. Bei Tageslicht besehen waren die Empfindungen der Nacht unbegreiflich, lächerlich geradezu. Warum passierte das? Woher diese panikauslösende Scham? Warum hatte sie sich so wenig im Griff?

»Der zweite Teil der Druckfahnen ist gekommen«, sagte Leonard und wies auf ein Päckchen, das neben ihm auf dem Frühstückstisch lag. »Schaffst du es, sie heute noch durchzusehen?« Es waren die Fahnen der Reiseerzählung, die Vita im August fertiggestellt hatte. Bei Dottie. Erst am Tag vor ihrer Abreise hatte sie Virginia erzählt, dass sie zwei Wochen mit Dottie in Sherfield Court verbringen würde. Sie war für eine Nacht nach Rodmell gekommen, eine Nacht, in der Leonard in London war und sie ganz für sich waren. Doch Vita hatte sich unwohl gefühlt. Sie war früh zu Bett gegangen, keine intensiven Gespräche, von Intimität ganz zu schweigen. Aus Sherfield Court war nur ein einziger Brief gekommen, eine halbe Seite, scheinbar hingekritzelt. Sie schreibe den ganzen Tag, Tyrannin, Sklaventreiberin hatte Vita sie genannt und geklagt, sie könne nicht einmal mit den Jungen Boot fahren oder Tennis spielen, weil sie zwanzigtausend Wörter in zehn Tagen für Virginia schreiben müsse. *Was die Kinder angeht, ihre Begeisterung für Mrs Woolf nimmt rapide ab. Meine leider nicht*, hatte sie geschrieben. *Leider*. Hinter dem halb scherzhaften Bedauern lauerte schon der Vorbote ihrer sich abkühlenden Begeisterung.

»Ich werde es mir ansehen, wenn ich geschrieben habe«, sagte Virginia und setzte sich auf die Kante ihres Stuhls. Sie hatte keinen Hunger, wollte hier nicht sitzen, wollte sich an die Arbeit machen – und wollte es zugleich auch nicht. Sie stand kurz vor der Vollendung des *Leuchtturms*. Heute, spätestens morgen, könnte sie die letzten Worte schreiben. Doch was dann? Erleichterung, gewiss, die stolze Zufriedenheit, etwas vollbracht zu haben. Aber auch diese furchtbare Leere, die nach den letzten Worten eines Romans immer zurückblieb. Diesmal fürchtete sie diese Leere mehr denn je.

Leonard schob ihr eine Tasse dampfenden Tee zu. »Willst du nichts essen?«

»Doch, doch«, sagte sie schnell, bevor er Verdacht schöpfte, und bestrich sich eine halbe Scheibe Toast mit Marmelade.

Leonard runzelte die Stirn. »Ist alles in Ordnung?«

»Natürlich.«

Er zeigte auf den halben Toast. »Du magst keine Orangenmarmelade«, sagte er.

Sie versuchte, es wegzulächeln, doch Leonard war alarmiert.

»Du hast nicht gut geschlafen, habe ich recht? Und du willst auch nichts essen.«

»Es geht gleich besser. Mach dir keine Sorgen.«

Er nickte nur. Was blieb auch zu sagen? Er wusste, dass sie mit dem *Leuchtturm* in den letzten Zügen lag, würde ihren Zustand darauf zurückführen. So konnte er die Tiefe des Abgrunds nicht ermessen, in den sie unweigerlich stürzen musste, wenn das letzte Wort geschrieben war und keine Vita in der Nähe, um den Aufprall abzufedern.

Zum Glück gab es auch die guten Tage. Das waren meist die, an denen alte Freunde zu Besuch kamen – wie zum Beispiel Lytton Strachey. Virginia hatte ihn sehr lange nicht gesehen und vermutete, dass er an einem neuen epochalen Werk arbeitete.

Seit er mit Dora Carrington und Ralph Partridge im abgelegenen Tidmarsh in West Berkshire lebte, traf man ihn nur noch selten in Bloomsbury an. Umso mehr freute sie sich, dass er den weiten Weg nach Rodmell auf sich genommen hatte, nur um mit ihr und Leonard ein Wochenende in Monks House zu verbringen. Er war hager wie eh und je, doch seinen Bart durchzogen bereits ein paar graue Strähnen und er wirkte nachdenklicher als früher. Mit seinem Erfolgsbuch *Eminent Victorians* hatte er nicht nur viel Aufmerksamkeit erregt, sondern war auch endlich zu der finanziellen Unabhängigkeit von seinem Elternhaus gelangt, die er sich immer gewünscht hatte. Der Ruhm schien ihm jedoch nicht zu Kopf gestiegen zu sein.

»Leonard hat versäumt, für dich den roten Teppich auszulegen«, neckte Virginia, als er mit eingezogenem Kopf durch die niedrige Tür ins Haus trat. »Eine solche Berühmtheit hatten wir lange nicht zu Gast.«

»Wie immer neigst du zur Übertreibung«, winkte er ab. »Ich sehne mich nach klösterlicher Einfachheit und ein wenig Ruhe. Deswegen bin ich hier.«

»Das klingt, als hättest du eine harte Zeit hinter dir.«

»Du machst dir keine Vorstellung«, seufzte Lytton auf seine typisch theatralische Art, mit der er nicht selten irgendein inneres Drama überspielte.

»Lass mich raten: Du hast dich schon wieder verliebt!« Seit sie Lytton kannte, stolperte er von einer unglücklichen Liebe in die nächste, hatte ihr sogar vor vielen Jahren aus purer Verzweiflung einen Heiratsantrag gemacht, weil seine damalige Liebe, Duncan Grant, ihm untreu geworden war. Erst seit er mit Carrington zusammen in Tidmarsh lebte, war eine gewisse Ruhe in sein Leben eingekehrt, die es ihm erlaubte, seinen erstaunlichen Geist in großartiger Literatur zu entfalten.

»Nun lass den armen Mann doch erst einmal ankommen«, mahnte Leonard und nahm Lytton Koffer und Mantel ab. Ihr habt zwei ganze Tage, um euch gegenseitig euer Liebesleid zu klagen.« Er zwinkerte Lytton zu und trug den Koffer zum Gästezimmer.

»Oho«, sagte Lytton. »Sollte an den Gerüchten tatsächlich etwas dran sein?«

»Gerüchte?« Virginia hakte sich bei ihm unter und zog ihn hinaus in den Garten. »Was habe ich verpasst?«, fragte sie leutselig. Natürlich ahnte sie, was kommen würde. Noch wenige Tage zuvor war sie mit Leonard bei Vanessa zum Tee gewesen und hatte sich dort allerlei anzügliche Bemerkungen über ihre Freundschaft mit Vita anhören müssen. So war sie gewappnet.

Lytton erzählte von einer Party bei Lady Ottoline, auf der er seit Längerem Clive einmal wiedergesehen hätte. »Er posaunt überall herum, dass du und die Sackville-West …« Er verschränkte seine langen Finger und legte den Kopf schief. »Hat sie dich verführt?«

Virginia warf den Kopf in den Nacken und lachte. Sie war selbst erstaunt, wie leicht es ihr fiel, Heiterkeit vorzutäuschen. »Vielleicht habe ja ich sie verführt?«, fragte sie.

Lytton schmunzelte. »Bestimmt ist sie hingerissen von dir. Wer wollte es ihr verübeln.«

Inzwischen war Leonard wieder zu ihnen gestoßen und sie ließen sich an Virginias Lieblingsplatz unter den Ulmen, mit Blick auf die Downs, nieder. Es wurde einer dieser Nachmittage, die nur mit Lytton möglich waren. Das Gespräch tänzelte mühelos dahin, wie ein Schmetterling, der sich mal hier, mal dort niederlässt, ohne je lange zu verweilen, und doch tiefgründig und belebend. Lytton brachte sie auf den neuesten Stand über seine Lebenssituation mit Carrington und Ralph. Nach einer deprimierend langen Phase der Streitigkeiten und Eifersuchtsdramen zwischen den beiden habe Ralph inzwischen erkannt, dass Carrington ihn nie geliebt hatte, und sich einer anderen Frau zugewandt, verbringe aber die Wochenenden noch immer in Tidmarsh. Lytton behauptete, seine Vernarrtheit in Ralph überwunden zu haben und dankbar zu sein, dass Carrington so treu an seiner Seite blieb. Mit diesem für alle Seiten befriedigenden Arrangement ließe es sich gut leben.

»Carrington liebt dich, Ralph hat eine neue Liebe gefunden – und was ist mit dir? Wen liebst du?«, fragte Virginia.

»Ich bin gerade sehr verliebt in den jungen Earl of Essex«, behauptete Lytton mit geheimnisvollem Lächeln. »Leider wurde er vor über dreihundert Jahren enthauptet. Sehr bedauerlich.«

»Dein neuer Roman?«, fragte Leonard.

»Ich hoffe, es wird einer. Noch schlage ich mich mit den Schwierigkeiten des Anfangs herum. Aber stellt euch vor: Ein junger Wüstling, seines Zeichens Earl of Essex, verdreht Queen Elisabeth I., der mächtigsten Königin der Welt, den Kopf, er zweiundzwanzig, sie sechsundfünfzig, und bringt sie mit Schmeicheleien und Liebesgedichten dazu, ihm hohe politische und militärische Ämter zu übertragen.«

»Fortschreitendes Alter und Torheiten gehen nicht selten eine fatale Liaison ein«, murmelte Virginia und ließ den Blick in die Ferne schweifen.

»Sehr weise gesprochen«, sagte Lytton. »Bedauerlicherweise ist dem armen Kerl die hoheitliche Zuneigung zu Kopf gestiegen. Er plante eine Revolte und die Königin musste ihren Liebling enthaupten lassen. Ist das nicht ein entzückender Stoff für einen Roman?« Lytton rieb sich die Hände in Vorfreude auf das Werk, von dem, wie er zugab, erst wenige Zeilen geschrieben waren.

»Kommen wir zurück zu dir«, sagte Virginia ungeduldig, weil sie spürte, dass Lytton etwas auf der Seele brannte, das nichts mit Literatur, viel aber mit Liebesdramen zu tun hatte. »Von wem lässt du dich demnächst enthaupten? Oder bist du es, der einen Liebhaber enthaupten wird?«

»Sie ist so schrecklich scharfsichtig. Wie hältst du das nur aus?«, fragte Lytton, an Leonard gewandt.

Leonard hob die Hände und sandte den Blick zum Himmel. »Es hilft, keine Geheimnisse vor ihr zu haben.«

»Wie schrecklich langweilig«, näselte Lytton.

»Wir sind ein langweiliges Paar. Frag Vanessa.«

»Clive behauptet anderes«, sagte Lytton und zwinkerte Virginia zu.

Leonard stand auf und klappte seinen Liegestuhl zusammen. Die Sonne stand tief und ein frischer Wind war aufgekommen.

»Es wird kühl«, sagte er, »ich mache im Salon schon einmal ein Feuer an.« Virginia beobachtete, wie er zum Haus zurückging, den Rücken gerade.

»Gibt es wegen dieser Sackville-West-Affäre Unstimmigkeiten zwischen euch?«, fragte Lytton ungewohnt ernst.

»Es gibt keine Affäre«, sagte Virginia. »Seit wann nimmst du Clives Geplapper für bare Münze?«

»Umso besser. Ich halte dich auch gar nicht für dumm genug, dich auf sie einzulassen.«

Zum Glück war Lytton gerade damit beschäftigt, die Ärmel seines Hemdes herunterzukrempeln und die Jacke anzuziehen, so konnte er nicht sehen, wie sehr seine Worte sie trafen. Sie zog ihre Strickjacke fester. Es war tatsächlich empfindlich kühl geworden. Bevor sie jedoch vorschlagen konnte, ebenfalls ins Haus zu gehen, sagte Lytton:

»Du hast natürlich recht. Ich habe einen jungen Mann kennengelernt. Roger Senhouse. Er hat gerade sein Studium in Oxford beendet und arbeitet als Übersetzer. Ralph hat ihn mir vorgestellt.« Er lachte bitter. »Er behauptet gewusst zu haben, dass ich mich in ihn verlieben würde.«

»Gerade sein Studium beendet – ein junger Mann also.«

»Er ist sechsundzwanzig.«

»Zwanzig Jahre jünger als du. Ich beginne zu verstehen, was dich an der Geschichte zwischen Elisabeth und dem Earl of Essex fasziniert«, neckte sie.

»Der Altersunterschied zwischen Elisabeth und Essex war erheblich größer. Sie war eine alte Frau, ich hingegen ...« Er seufzte. »Ich bin ein alter Mann.«

»Und? Ist es nur eine deiner Phantasien, oder warst du schon mit ihm im Bett?«

»O nein«, winkte Lytton ab. »Ich bin sehr zurückhaltend, ganz der Gentleman. Noch. Aber er lockt … er ist so …« Ein Seufzer arbeitete sich durch seinen langen Körper. Dann rappelte er sich hoch und ging vor ihr auf und ab. Sie hatte die Hände im Schoß gefaltet, bemüht um Gelassenheit, doch innerlich ähnlich aufgewühlt wie Lytton.

»Die Frage ist …« Er blieb stehen und sah auf sie herab. »Soll ich seinem Lockruf nachgeben?« In seinem Blick lagen Verzweiflung und Ratlosigkeit, so als zermartere er sich bereits seit Wochen den Kopf, ohne zu einer Entscheidung gelangt zu sein.

Virginia lachte freudlos auf. »Das fragst du ausgerechnet mich?«

»Ich weiß, es ist eine Torheit. So als marschiere man sehenden Auges auf eine Klippe zu, bereit, sich hinunterzustürzen.«

»So ist es.«

»Ich weiß nicht, wann mich zuletzt ein Mann so …« Wieder entrang sich ihm ein Seufzer. Diesmal endete er in einem kleinen, wollüstigen Wimmern. »Was soll ich tun? Weitergehen oder stehen bleiben?«

»Stehen bleiben!«, rief Virginia. »Unbedingt stehen bleiben!«

»Aber ich liebe ihn!«

»Eben«, sagte Virginia. »Die Liebe ist ein solches Grauen, dass ich nur jedem raten kann, abzubrechen, bevor es zu spät ist.«

29. Kapitel

Tavistock Square, Ende Oktober 1926

Es war gut. Erst jetzt, nachdem ein paar Wochen seit Beendigung der Niederschrift vergangen waren und sie das handgeschriebene Manuskript des *Leuchtturm* mit der Maschine ins Reine schrieb, wurde ihr klar, wie gut es war. Es war so viel besser noch als *Mrs Dalloway*.

Die Überarbeitung ging nur langsam voran, weil viele Stellen sehr skizzenhaft geblieben waren. Einerseits machte das die Qualität aus, andererseits fehlte hier und da noch ein wenig die Tiefe. Diese Stellen mit der Schreibmaschine auszufüllen half, nicht wieder in dieses fatale Schreiben-Durchstreichen-neu-Schreiben-und-wieder-Durchstreichen hineinzugeraten, das sie so oft in der Überarbeitung ihrer bisherigen Romane gebremst hatte. Die unerbittliche Endgültigkeit eines maschinengeschriebenen Satzes hatte etwas Gnadenvolles.

Das herabfallende Laub sammelte sich vor den Oberlichtern ihres Arbeitszimmers und ließ nur wenig Tageslicht herein, obwohl draußen die Sonne am unermüdlich blauen Herbsthimmel schien. Sie sollte das Licht einschalten, ihre Augen waren schon müde, doch die Finger hackten beharrlich in die Tasten. Das vom Laub rötlich eingefärbte Dämmerlicht half, den Fokus nicht zu verlieren.

Die vergangenen beiden Monate waren nicht leicht gewesen. Ein nervlicher Zusammenbruch *en miniature* vielleicht, die Selbstzweifel, die gequälte Stimmung nach ihrer letzten Nacht mit Vita in Long Barn, die ihr so klar vor Augen geführt hatte, dass sie Vitas Bedürfnisse nicht zu stillen vermochte und früher oder später nur noch eine farblose Erinnerung in der langen Reihe ihrer verflossenen Geliebten sein würde. Vielleicht war sie bereits auf dem besten Wege, das zu werden, denn Vita hatte mehrmals angekündigte Besuche in letzter Minute unter dem Vorwand abgesagt, sie müsse sich um ihre Mutter kümmern. *Bonne Maman braucht mich an ihrer Seite, Bonne Maman weint den ganzen Tag, Bonne Maman will sterben*, ein furchtbares Drama schien sich zwischen Vita und ihrer Mutter zu entspinnen und natürlich musste Vita sich um sie kümmern. Virginia hegte jedoch den Verdacht, dass sie sich auch verstärkt um Dottie kümmerte. Sie war bei Vita in Long Barn gewesen, just in den Tagen, bevor Virginia sie dort ein weiteres Mal besuchen sollte. Vita schämte sich nicht einmal, ihr das zu sagen. Natürlich hatte Virginia ihren Besuch abgesagt. Vielleicht waren die Kopf- und Rückenschmerzen, die sie seit Tagen plagten, der Anstrengung zuzuschreiben, die es kostete, das Bild Dotties, hingestreckt auf Marie Antoinettes Sofa, aus ihrem Kopf zu vertreiben.

Vitas Gedichtband *Das Land* lag auf ihrem Schreibtisch, begraben zwar unter ihrem eigenen Manuskript, aber spürbar *da*. Vita hatte ihr, gleich nachdem es erschienen war, ein Exemplar geschickt. Sehr hübsch war es, mit edlem Leineneinband, hochwertigem Papier und einem seidenen Lesebändchen. »Den Kreislauf sing ich meines ländlichen Jahrs« – so begann es, und so ging es fort über zweitausendfünfhundert Zeilen in gleichförmigen Versen mit archaisch anmutendem Vokabular. Ganz vorne im Buch die Widmung: *Für Dorothy Wellesley*. Virginia las jede Rezension, die erschien, und staunte, wie uneingeschränkt positiv das Werk aufgenommen wurde. Die Aufmerksamkeit, die diesem »Epos der Ackerkrume«, wie Vita es in einer Gedichtzeile nannte, zuteilwurde, sprach dafür, dass es ein großartiger Erfolg werden würde.

»Du gönnst ihr die Anerkennung nicht«, hatte Leonard behauptet, als sie ihm mit getragener Stimme eine besonders enthusiastische Rezension aus dem *Observer* vorgelesen hatte.

Sie hatte seine Behauptung zurückgewiesen, sich sogar selbst einzureden versucht, dass ihr Vitas Erfolg am Herzen lag, aber jedes Mal, wenn sie eine weitere lobende Kritik entdeckte, bröckelte ein Stückchen von der Mauer, mit der sie ihren Neid einzuhegen versuchte. Neid, der sich sehr wesentlich aus ihrer Eifersucht nährte, und der Angst, ihren Platz an Vitas weichem Busen sehr bald schon verlieren zu können.

Sie blickte auf die Uhr. Es wurde Zeit, die Arbeit für heute zu beenden und sich für den Abend zu stählen. Vita hielt einen Vortrag vor der Royal Society of Literature über »Einige Tendenzen moderner englischer Lyrik«. Bestimmt wurde es eine grässliche Veranstaltung. Die Royal Society, unter dem Vorsitz des Schriftstellers Edmund Gosse, war – ähnlich dem PEN-Club – eine jener verstaubten literarischen Institutionen, um die Virginia normalerweise einen großen Bogen machte. Aber Vita zuliebe hatte sie zugestimmt, ihrem Vortrag beizuwohnen.

»Wir fühlen uns außerordentlich geehrt, heute einen so illustren Gast in unserer Mitte willkommen heißen zu dürfen. Verehrte Damen und Herren, begrüßen Sie die talentierte Poetin und erfolgreiche Schriftstellerin, meine ehrenwerte Kollegin – Vita Sackville-West!«

Edmund Gosse, der jüngst in den Ritterstand erhobene Hohepriester des literarischen Establishments, verbeugte sich so tief, wie sein fortgeschrittenes Alter es zuließ, trat dann beiseite und überließ Vita seinen Platz am Rednerpult. Die Stuhlreihen im kleinen

Nebensaal des Ritz, wo sich die ehrwürdige Gesellschaft an diesem Nachmittag versammelt hatte, waren voll besetzt, allerdings hatten fleißige Helfer noch kurz vor Beginn der Veranstaltung die hintersten Reihen entfernt, nachdem sich abzeichnete, dass weniger Zuhörerinnen zum Vortrag erschienen waren als gedacht. Virginia saß ganz hinten und blickte über ein Meer aus Schwarz und Grau. *Damen und Herren!* Der einzige Mann im Saal war der stramm auf die Achtzig zugehende Sir Gosse selbst. Die übrige Zuhörerschaft bestand aus den respektablen, grauhaarigen Witwen verdienstvoller Professoren und Ehrenmitglieder der Gesellschaft. Virginia hegte den Verdacht, dass das Interesse dieser kulturbeflissenen Damen in erster Linie dem Teegebäck galt, das vor dem Vortrag gereicht worden war. Das Geschnatter der plauderfreudigen Witwen ging nun in Applaus über und dann wurde es still. Nur der rasselnde Atem einer besonders korpulenten Dame in der Reihe vor Virginia war zu vernehmen.

Vita trat mit distinguierter Miene ans Rednerpult, nippte an dem Glas Wasser, das man ihr bereitgestellt hatte, und räusperte sich. Sie trug einen schwarzen Hut, unter dem ihr Gesicht weiß hervorleuchtete. Im Saal hing ein leichter Dunst, hinterlassen vermutlich von teuren Zigarren, die bei einer vorhergehenden Zusammenkunft geraucht worden waren. In dem Dunst wirkte Vitas vornehme Erscheinung nahezu unwirklich. So unbewegt und würdevoll, wie sie dort stand, hätte sie auch eines der Gemälde in ihrer eigenen Ahnengalerie sein können. Mit umwölkter Stirn und düsterer Stimme trug sie ihre Gedanken vor. Die Hände ruhten auf dem Pult und ihr Blick war fest auf das Blatt vor ihr geheftet. Nur manchmal sah sie hoch, und dann wanderte ihr Blick unfehlbar zu Virginia, wie ein Schuljunge, der die Bestätigung durch den Lehrer sucht.

Mit großer Ernsthaftigkeit sprach sie über lyrische Traditionen, über die Vielfältigkeit der Themen in der neueren Dichtung, und sie erläuterte der vor sich hin dösenden Menge, wie einige moderne Dichter es wagten, mit Traditionen zu brechen. Ihre Ausführungen waren nicht dumm, Virginia war überzeugt, dass sie viel gelesen und nachgedacht hatte, aber in diesem Kreis über Modernität zu referieren, war ähnlich Erfolg versprechend, wie einem Esel das Lesen beibringen zu wollen. Vita indes schien sich dessen nicht im Mindesten bewusst zu sein. Sie las, ohne zu stocken, lächelte kein einziges Mal und endete, indem sie ihre Stimme erstmals anhob, um aus T.S. Eliots Gedicht *Die hohlen Männer* zu zitieren, das von Verzweiflung, Einsamkeit und Hoffnungslosigkeit in einer zivilisationslosen, modernen Welt sprach:

Auf diese Art geht die Welt zugrund
Auf diese Art geht die Welt zugrund
Auf diese Art geht die Welt zugrund
Nicht mit einem Knall, aber mit Gewimmer

Ausgerechnet! Virginia hätte beinahe laut aufgelacht. Neben ihr saß eine weißhaarige Dame, die nach wenigen Minuten bereits eingenickt war und erst aufschreckte, als die Witwen mit nickenden Köpfen und erleichterten Seufzern applaudierten.

»Ein hochinteressanter Vortrag, nicht wahr?«, fragte Virginia und schenkte der verwirrt dreinblickenden Dame ein Lächeln.

»O ja.« Die weiße Haarpracht wippte auf und ab. Vielleicht war es ein Nicken, vielleicht aber auch nur ein altersbedingtes Kopfwackeln. »Wirklich sehr aufschlussreich.« Sie griff nach ihrem Gehstock, kam mit einigem Ächzen und Füßescharren zum Stehen und mischte sich unter die grau-schwarze Menge, in die jetzt Bewegung gekommen war. Einige der Damen scharten sich um Edmund Gosse und Vita, versperrten den Weg zur Tür, ihre alterskrummen Rücken eine undurchdringliche Mauer der Ehrwürdigkeit.

Virginia suchte nach einem Schlupfloch durch die Menge, sah sich jedoch gefangen in dem stickigen Raum, in dem es nun nicht mehr nach Zigarren roch, sondern nach Parfüm und altersschwachen Blasen. Sie setzte sich auf einen Stuhl und wartete, dass sich die Traube vor der Tür auflösen und Vita endlich freigeben würde.

Als Vita schließlich mit stolzem Lächeln und glühenden Wangen vor ihr stand, war Virginia erschöpft und frustriert. »Ich glaube, ich möchte dich jetzt nicht anfassen«, sagte sie spöttisch. »Der Schleim von Sir Gosse klebt noch an dir.«

»Schon recht«, sagte Vita. Es war ihr nicht anzumerken, ob sie sich über Virginias Worte ärgerte. »Willst du hier sitzen bleiben, oder wollen wir noch etwas essen?«

»Du hast Glück. Die schwarzen Witwen haben es nicht geschafft, mir den Appetit zu verderben.«

»Verzeih mir meinen bösen Kommentar«, sagte sie wenig später, als sie im *Rules* saßen und ein verführerisch duftendes Irish Stew vor ihr stand. »Du hast deine Sache sehr gut gemacht, aber es waren Edelsteine ausgestreut in einem Stall voller Hühner. Ich verstehe, dass du dich geschmeichelt fühlst, aber du musst die Augen öffnen. Sie laden dich nur ein, damit du ihre goldenen Kandelaber polierst, nicht aus wahrhaftigem Interesse an dir oder der modernen Dichtung. Es war deiner unwürdig.«

»Ich habe nicht so hohe Ansprüche an die intellektuellen Fähigkeiten meines Publikums, wie du sie vielleicht hättest. Ich habe mich amüsiert.« Es klang trotzig.

Virginia hätte es dabei belassen können, aber etwas drängte sie, ihre Pfeilspitze tiefer zu bohren. »Diese verstaubten Damen sitzen nur dort, weil sie ansonsten vor Langeweile auseinanderfallen würden. Der geballte literarische Unverstand. Und das nennt sich eine Gesellschaft zur Förderung der Literatur. Es geht dort nicht um die Literatur, sondern allein um die Wahrung von Tradition und Status.«

Vita spießte eine weich gekochte Möhre auf und betrachtete sie mit einem Ausdruck von Widerwillen. »Was spricht gegen Traditionalität?«, fragte sie, den Blick fest auf die Möhre geheftet.

»Da hast du es!« Virginia richtete ihr Messer auf Vita. »Wie willst du gute Literatur schreiben, wenn du nur wiederholst, was es Jahrhunderte zuvor schon gab? Wenn du Antworten nicht in dir selbst suchst, sondern in den sogenannten Traditionen? Es ist leicht, sich auf etwas zu berufen, was so alt und überkrustet ist, dass es als allgemeingültig gilt, aber entspricht es auch *deiner* Wahrheit?«

Vita runzelte die Stirn und legte ihr Besteck beiseite. »Ich fürchte, ich verstehe nicht.«

Virginia lächelte nachsichtig. Diese Antwort hatte sie erwartet. »Nimm dein Gedicht«, sagte sie. »Du bedienst dich einer alten Form, einem traditionellen Versmaß und vieler, vieler Worte. Deine Wortgewandtheit ist eine Gabe, aber wo finde ich *dich* in alldem? Wo sind die Ecken und Kanten deines Geistes? Du bleibst versteckt hinter der Tradition. So gelungen es ist, ich bin sicher, du hast die Tiefe deines schöpferischen Brunnens noch lange nicht ausgeschöpft.«

»Mein Gedicht …« Vita ließ langsam Luft durch die Nase entweichen, wie um eine Erregung unter Kontrolle zu halten. »Darauf willst du also hinaus.«

»Wir sprachen über den Wert von Traditionen. Diese Verfechter des Althergebrachten, Leute wie dieser Edmund Gosse – sie verhindern, dass Neues einen Platz im Literaturbetrieb finden kann. Das ist die eine Seite. Die andere Seite ist unser eigenes Schaffen.

Ich erwähnte dein Gedicht, weil es ein Paradebeispiel für Traditionalität ist. Es fehlt etwas darin, etwas Eigenes, Wahrhaftiges. Und ich glaube, es liegt daran, dass du den Traditionen einen zu hohen Wert beimisst.«

»Etwas Eigenes.« Vita legte den Kopf in den Nacken, als müsse sie dem Klang des Wortes erst nachspüren, um zu verstehen, was es bedeutete. »Möchtest du mir damit sagen, dass du es wenig originell findest?«

»Ganz und gar nicht. Es ist durchaus originell und eine enorme Leistung«, beeilte Virginia sich zu sagen. »Du triffst genau den Geschmack der Leute, erfüllst ihre Erwartungen. Das siehst du an den vielen positiven Rezensionen. Und so, wie Gosse dich heute mit Lob überschüttet hat, kann ich mir sogar vorstellen, dass du den Hawthornden-Preis damit gewinnst.«

Der Hawthornden-Preis war der prestigeträchtigste Literaturpreis des Landes und Sir Gosse ältestes Mitglied der Jury.

»Aus deinem Mund klingt es wie eine Strafe, diesen Preis zu gewinnen«, sagte Vita und lachte bitter.

»Vita, du verstehst mich falsch. Ich wünsche mir nichts mehr, als dass du Erfolg hast und die Aufmerksamkeit bekommst, die du verdienst. Ich glaube aber, dass es in deinem Geist tiefere, eckigere Gedanken gibt, als du sie bisher herausgelassen hast.«

Vita hatte ihr Steak nur zur Hälfte gegessen, den Teller beiseitegeschoben und griff nun nach ihrer Zigarrenspitze. »Stört es dich, wenn ich rauche?« Ohne Virginias Antwort abzuwarten, zündete sie sich eine ihrer dünnen Zigarren an und blickte den Rauchschwaden nach, die sie in Richtung Decke blies.

Sie setzte ein paarmal an, um etwas zu sagen, presste die Lippen jedoch wieder zusammen und schüttelte kaum merklich den Kopf. Sie vermied es, Virginia anzusehen, und fast glaubte Virginia, Tränen in ihren Augen schimmern zu sehen, aber es musste das Licht des Kronleuchters sein, der direkt über ihrem Kopf hing. Vita und Tränen – das war unvorstellbar.

»Ihr in Bloomsbury gefallt euch darin, alles neu und anders zu machen«, sagte Vita schließlich mit gepresster Stimme. »Ihr spottet über Traditionalität und wollt zerstört wissen, was vielen Menschen Halt und Struktur gibt, nur um der sogenannten Modernität willen.«

»Mit vielen Menschen meinst du die Oberschicht?«

Vita tat, als hätte sie ihren Einwand nicht gehört. Sie streifte die Asche ihrer Zigarre ab und fuhr unbeeindruckt fort: »Diese Art von Modernität ist kalt und seelenlos. Sieh dich an. Du beobachtest, analysierst und bleibst dabei im Herzen unbeteiligt. Du verhöhnst diese armen alten Damen, die nur froh sind, einen Nachmittag nicht in Einsamkeit verbringen zu müssen.«

Virginia wartete, dass Vita auf ihre Kritik an dem Gedicht eingehen würde, aber das tat sie nicht. Sie stützte den Ellbogen auf und sah sie jetzt direkt an.

»Du siehst die Menschen nur mit dem Intellekt und bleibst emotional auf Distanz. Und so hast du nicht einmal gemerkt, wie nervös ich war und wie wichtig mir ein aufmunterndes Lächeln gewesen wäre.«

Vitas Vorwurf senkte sich wie glühendes Eisen in ihre Eingeweide. Irgendwo am Rand ihres Bewusstseins hatte sie natürlich wahrgenommen, dass Vita nervös gewesen war, doch sie hatte die über die letzten Wochen angestauten Gefühle von Eifersucht und Missgunst mit in diesen Saal getragen und zugelassen, dass ihr Ärger über das groteske Theater den Gefühlscocktail noch weiter vergiftete. Und dabei übersehen, wie sehr Vita ihren Zuspruch brauchte. Vielleicht brauchte Vita ihn mehr noch als sie Vitas.

Zum Glück kam in diesem Moment die Bedienung, um die Teller abzuräumen. Sie diskutierten eine Weile über das zu bestellende Dessert und Virginia gewann wichtige Minuten, um sich wieder zu fangen. Als der Kellner mit dem Auftrag davoneilte, zwei Schokoladentörtchen zu bringen, die außen fest, im Kern jedoch noch flüssig waren, hatte sich die Spannung zwischen ihnen so weit gelöst, dass sie eine Antwort wagen konnte.

»Deine Nervosität war dir nicht anzumerken«, sagte sie. »Im Gegenteil – du wirktest sehr selbstbewusst und erfahren. Bewundernswert.«

»Jetzt lügst du.«

»Es ist die Wahrheit. Und was mein Herz betrifft –« Virginia streckte die Hand aus und berührte Vitas Finger, die sich an ihrem Weinglas festzuhalten schienen. »Das hast du so vollständig erobert, dass darin kein Platz für grauhaarige Witwen ist. Du musst also nachsichtig mit mir sein.«

Da wurde Vitas Blick wieder weich, und sie lächelte zum ersten Mal an diesem Abend. »Das ist das Besondere an dir«, sagte sie. »Du stößt mich mit deinem kalten Verstand in einen Abgrund, und dann stehst du da und fängst mich lächelnd wieder auf. Das alles innerhalb weniger Minuten und allein durch die Präzision deiner Worte.«

»Ich weiß nicht, ob mir gefällt, was du da sagst. *Kalt*, *Abgrund*, *Präzision*. Das klingt nach einem furchterregenden Wesen.«

»O ja, du bist sehr furchterregend. Aber …« Vita senkte die Stimme und bedeutete Virginia, sich ein Stückchen vorzubeugen. »Ich bete dich an, ganz gleich wie grausam du manchmal bist. Und darauf darfst du dir wirklich etwas einbilden.«

Long Barn, 8. Dezember 1926

Es war früher Abend, zu früh eigentlich, um schon im Bett zu liegen, aber Vita brauchte die Wärme ihrer Decke, das sanfte Licht ihrer Nachtlampe und auf ihren Füßen Pippin, die Spanielhündin, die der freiwillig gewählten Einsamkeit heute Abend das Trostlose nahm.

Sie war bei Bonne Maman gewesen, die sie nach einem hässlichen Streit hinausgeworfen hatte. Es wurde immer schwieriger, mit ihrer Mutter überhaupt noch ein vernünftiges Gespräch zu führen. Es endete immer mit dem gleichen Vorwurf: Sie kümmere sich nicht genug, sie lasse sie allein, verbünde sich mit ihrem Vater gegen sie und nutze sie aus. Heute hatte sie ihr eine lange Liste von Dingen vorgelegt, die sie zurückverlangte, darunter die Wohnung in der Ebury Street. Sollten sie und Harold ihre Forderung nicht umgehend erfüllen, würde sie sie verklagen, und Vita zweifelte nicht, dass ihre Mutter fähig wäre, diese Drohung in die Tat umzusetzen. Dann wiederum gab es Tage, an denen all dies vergessen schien und Bonne Maman sie mit teuren Geschenken überhäufte. Sie hatte über hundert Exemplare von *Das Land* gekauft, von denen sie nun jedem eines aufdrängte, der ihren Weg kreuzte. Ihre Gemütsverfassung konnte von einer Sekunde zur nächsten in das Gegenteil umschlagen und Vita hatte bis heute nicht herausgefunden, was diese plötzlichen Stimmungswechsel auslöste.

Virginia war der Meinung, Vita müsse sich dringend dem Einfluss ihrer Mutter entziehen – aber wie sollte sie? Es stimmte ja, sie *war* abhängig von ihrer Mutter. Wenn sie alles zurückgab, was Bonne Maman bezahlt hatte, säße sie auf dem nackten Fußboden. Ohne ihre Zuwendungen könnten sich Harold und sie kaum mehr als den Unterhalt von Long Barn leisten. Harold verdiente mit der Arbeit als Botschafter gerade genug, um das Internat für die Jungen und die Dienstboten zu bezahlen. Und so gut sich ihre Romane und Gedichte verkauften – ein angemessenes Auskommen war damit nicht zu erzielen. Ohne Bonne Mamans Zuwendungen wäre auch ihre Hoffnung, dass Harold den diplomatischen Dienst quittieren und nur noch schreiben würde, zunichtegemacht. Schon eine ganze Weile drängte Vita ihn, seinen Posten in Teheran vorzeitig zu kündigen und nach England zurückzukehren. Diese langen Trennungen waren zunehmend schwer zu ertragen. Genauso wie der Gedanke, im Januar wieder nach Persien reisen zu müssen. Ihre Abenteuerlust hielt sich im Moment sehr in Grenzen – sie brauchte Long Barn, ihre Hunde und den Wald.

Und sie brauchte Virginia.

Nach ihrem Vortrag bei der Royal Society hatten sie einander wieder öfter gesehen, waren gemeinsam ins Theater gegangen oder hatten in Virginias Arbeitszimmer Tee getrunken. Die Kritik der Freundin an ihrem Gedicht hatte sie hart getroffen und doch war sie dankbar, dass sie sie anspornte, besser zu schreiben als bisher. Ihre Meinung zählte so viel mehr als die Lobhudeleien eines Sir Gosse. Virginia inspirierte wie niemand sonst, den Vita kannte. Die gemeinsamen Stunden wirkten belebend wie ein Glas Champagner nach einer schlechten Nacht – und davon durchlebte Vita in letzter Zeit einige. Der Ärger mit Bonne Maman zehrte mehr an ihr, als sie sich selbst gegenüber eingestehen mochte, und Virginia schien das zu spüren. Dottie war in der Hinsicht weit weniger verständnisvoll. »Ihre Fundamente bröckeln, aber so ist das eben, wenn man sein ganzes Leben auf falschen Wertvorstellungen aufbaut«, hatte sie über Bonne Maman gesagt. »Lass sie zetern, sie beruhigt sich schon wieder.« Aber so einfach war das nicht.

An einem Wochenende im November war Virginia erneut nach Long Barn gekommen und hatte das Haus mit geistsprühender Heiterkeit erfüllt. Wenn die Freundin nicht unter Kopfschmerzen litt oder in schwermütiger Stimmung war, konnte sie allein durch ihre Konversation einen dunklen Raum in einen bunten Phantasiegarten verwandeln. Ein intensives Wochenende war es gewesen, Virginia vom spanischen Wein beschwipst, liebeshungrig und kühn. Ihr Leichtmut war ansteckend gewesen und so hatte Vita sich auf das Locken und Necken eingelassen und war mit ihr ins Bett gegangen, ganz ohne Angst, etwas Unkontrollierbares auszulösen.

Natürlich hatten sie auch über ihre Arbeit gesprochen und Virginia hatte gesagt: »Ich wünsche mir einen Roman von dir. Einen, in dem ich dich ganz neu entdecken kann.« Vita erklärte, ein weiteres langes Gedicht schreiben zu wollen, eine Art Pendant zu *Das Land*, in dem es um Gärten gehen solle.

»O bitte!«, sagte Virginia mit dieser leicht nasalen Stimme, mit der sie so entschieden ihr Missfallen ausdrücken konnte. »Willst du beschreiben, wie du Rosen beschneidest und Tulpenzwiebeln setzt?«

»Es soll nicht um das bloße Gärtnern gehen. Ich will meine Gefühle hineinlegen, meine Zweifel, diese innigliche Verbindung zur Erde und dem, was daraus hervorsprießt.«

Sie hatten in Vitas Bett gelegen, genau hier, wo sie jetzt auch lag, neben ihnen eine Kerze, deren flackernder Schein Virginias scharfes Profil weichzeichnete. Nicht jedoch den Spott in ihrer Stimme. Wahrscheinlich hatte Virginia recht – es war eine alberne Idee, obgleich sie ihr zu Beginn so großartig erschienen war, dass sie in einem wahrhaften Rausch an einem einzigen Nachmittag ganz mühelos zwanzig Verse geschrieben hatte. Diese lagen nun in einer Schublade und sie war außerstande, daran weiterzuarbeiten.

Und noch etwas lag in dieser Schublade: ein langer Brief von

Virginia. Es war die Antwort auf einen sehnsüchtigen und ganz und gar unkeuschen Liebesbrief, den sie ihr nach dem sinnlichen Wochenende in Long Barn geschrieben hatte. Sie war dazu übergegangen ihren »offiziellen« Briefen an Virginia solche geheimen Notizen beizulegen. Meist fand sie in der direkten Begegnung mit der Freundin nicht die passenden Worte, um ihre Gefühle richtig auszudrücken – ganz gleich, ob es überschwängliche Zuneigung oder auch Schmerz war, wenn Virginias Dornen Wunden gerissen hatten. Vita erinnerte sich nicht mehr genau, was in dieser klein zusammengefalteten Notiz gestanden hatte, sie war in melancholischer Stimmung gewesen, verstärkt vielleicht durch ein paar Gläser Wein. *Ich brenne vor Sehnsucht nach dir*, so etwas in der Art musste es gewesen sein, *will den Frostfilm zum Schmelzen bringen, den du über dein Herz gelegt hast. Wird es mir je gelingen? Oder bleibst du, noch im Akt der Liebe, eine Beobachtende, ein Teil von dir stets kontrolliert und letztlich unerreichbar für mich?*

Geliebter Esel West, hatte Virginia geantwortet, *verstehst du denn nicht, dass ich meine kleinen Vorkehrungen treffen muss? Ich bin so viel älter, und du wirst eines Tages meiner überdrüssig sein. Darum registriere ich mehr, als ich mir zu fühlen gestatte, aber, lieber Esel West, du weißt doch, dass du mehr Mauern bei mir niedergerissen hast als irgendjemand sonst.* So entwaffnend offene Worte, die ihr Inneres hatten weich werden lassen, schutzlos gegen das, was folgte:

Und ist da nicht auch etwas Unerreichbares in dir? Etwas, das nicht vibriert? Vielleicht ist es Absicht: Du lässt es nicht. Ich sehe es auch im Umgang mit anderen Menschen, nicht nur mit mir. Etwas Reserviertes, Gedämpftes, was weiß ich. Erinnerst du dich, als wir darüber sprachen, dass in dir etwas stumm bleibt? Es ist übrigens auch in dem zu finden, was du schreibst. Darin fehlt das, was ich innere Durchlässigkeit nennen würde, und wenn du es wagen könntest, dich den dunklen Stellen in dir zuzuwenden – wie viel leuchtender könnten deine Werke sein!

Von diesen Sätzen hatte Vita sich nicht erholt. Virginia rüttelte an einer Tür, die fest verschlossen war – sogar für sie selbst. *Im Umgang mit anderen Menschen …* Wie viele Menschen hatten ihr in ihrem Leben schon die Liebe erklärt, waren bereit gewesen, für sie alles von sich zu werfen, gar zu sterben? Und wie wenig hatte sie das berührt. Warum nicht? Was fehlte ihr? Sie konnte erobern, das ja, der Drang, Menschen – meist Frauen – unwiderruflich an sich zu fesseln, war gewaltig, aber wenn es gelungen war – was fühlte sie dann? Leere. Taubheit. Als säße sie hinter einem Vorhang, der sie von der Bühne ihres eigenen Lebens trennte. Alles, was sich auf dieser Bühne abspielte, drang nur gedämpft zu ihr durch. Und wie ein Kind, das ohne Gehör zur Welt kam, auch nur schwer zu sprechen lernte, so blieb auch sie unfähig, die Farbigkeit der Kulisse, die Nuancen im Spiel der Menschen in Sprache zu wandeln. Was sie schrieb, blieb so wie von außen gemacht, und das war es, was sie als Schriftstellerin verdarb, als Dichterin zerstörte. Virginia hatte es erkannt, aber was half ihr das? Wie sollte sie diesen Vorhang beiseiteziehen und zum Eigentlichen vordringen?

Nun saß sie hier, hatte sich einen Turm aus Kissen in den Rücken gedrückt und las in *Mrs Dalloway*. Viele Stellen darin kannte sie inzwischen auswendig. In einer Seite dieses Romans lag mehr Poesie als in ihrem ganzen, verdammten zweitausendfünfhundert Zeilen langen Gedicht. Es quälte sie, sich angesichts der Klarheit und beinah französisch anmutenden Leichtigkeit der Sprache Virginias mit ihrer eigenen Unzulänglichkeit konfrontiert zu sehen, und doch trieb es sie immer wieder dazu, diese Seiten zu lesen.

Mrs Dalloway besaß, was Virginia die »innere Durchlässigkeit« nannte. Beim Lesen konnte man glauben, die Menschen zu kennen, die Virginia geschaffen hatte, als wäre jede einzelne eine Facette von Virginia selbst. Und im Lesen schien es Vita, als löse sich der Raum um sie herum auf und sie würde selbst Teil dieser Geschichte, durchdrungen von Virginia und ihren Romanfiguren. Sie wusste nicht, ob das eine schöne Erfahrung war, denn es trieb sie auf diesen Abgrund zu, in den Virginia ihre Figur, Septimus Heath, stürzen ließ. Wie oft hatte Vita diese Passage schon gelesen, einerseits, weil sie wusste, dass sie auf Virginias eigenem Erleben fußte, andererseits, um hinter das Geheimnis ihrer Kunstfertigkeit zu kommen. »Wie machst du es nur«, hatte sie einmal gefragt, als sie in Virginias dämmerigem Arbeitszimmer gesessen hatten, Vita zu ihren Füßen. »Alles, was du schreibst, wirkt so leicht und natürlich, du brauchst nur so wenige Worte, um ein Bild in meinem Kopf, eine Emotion entstehen zu lassen. Im Vergleich wirkt jeder meiner Sätze hölzern.«

»Weil du deine Worte der Sache aufdrückst, bevor du das dazugehörige Gefühl in dir hast aufsteigen lassen, denn zu jeder Sache gehört ein Gefühl. Die Worte folgen nach, sie dürfen nicht vorauseilen.«

»Willst du sagen, dass du alles, was du aufschreibst, erst einmal gründlich selbst fühlen musst?«

»Mit jeder Faser meines Körpers, ja.« Virginia hatte dagesessen, den Kopf an die Sessellehne abgegeben, die Hände vor der Brust gefaltet. Und mit einem wehmütigen Lächeln hatte sie gesagt: »Das Einzige, was ich niemals werde beschreiben können, ist der Tod. Und das ist furchtbar schade, denn ich stelle ihn mir als etwas sehr Aufregendes vor, etwas Positives, Aktives. Du nicht?«

»Nein«, hatte Vita geantwortet. »Und es gefällt mir überhaupt nicht, wenn du so sprichst.«

Es war bereits weit nach Mitternacht, als Vita endlich *Mrs Dalloway* beiseitelegte, Pippin ein Stückchen weiter an ihr Fußende schob, um sich ausstrecken zu können, und das Licht ausknipste. Wie immer, wenn sie etwas von Virginia gelesen hatte, war sie verzweifelt, weil sie niemals so gut würde schreiben können, und zugleich unermesslich stolz, dass sie diejenige war, die diesen außergewöhnlichen Geist, diesen großen silbernen Fisch, für sich hatte fangen können. Vielleicht würde ja am Ende doch etwas von Virginias Genialität auf sie abfärben, und wenn es nur ein winziger Rest von Grau wäre.

30. Kapitel

Tavistock Square, 14. Januar 1927

Virginia spannte einen Bogen Papier in ihre Schreibmaschine. *Zum Leuchtturm,* tippte sie. *Von Virginia Woolf.* Sie faltete die Hände im Schoß und starrte so lange auf die Buchstaben, bis sie vor ihren Augen zu verschwimmen begannen. Dann legte sie das Blatt auf den Manuskriptstapel, klopfte ihn zurecht und trug ihn hinauf in Leonards Arbeitszimmer. Er war mit Maynard und Lytton zu einem Dinner verabredet und würde vermutlich erst zurückkehren, wenn sie schon im Bett war.

Sie war unendlich müde. In der letzten Woche hatte sie sich kaum Ruhe gegönnt. Vita hatte sie zu einem Wochenende nach Knole eingeladen, eine Art Abschiedsgeschenk, bevor sie erneut nach Persien entschwand, und Virginia hatte die Arbeit vollenden wollen, bevor sie sich gestatten konnte, im süßen Luxus von Knole zu versinken.

Ich möchte, dass du dich wie eine Prinzessin fühlst, hatte Vita geschrieben. *Du sollst das schönste Zimmer bekommen, dafür muss ich die Geliebte meines Vaters ausquartieren und die Hausmädchen bestechen. Hier herrscht Aufruhr – alles für dich.* Die Teufelin. Mit ihrer verschwenderischen Großzügigkeit wollte sie noch ein letztes Mal den kostbaren Mantel ihrer Liebe über ihr ausbreiten, nur damit Virginia ihre Abwesenheit umso schmerzlicher spüren musste. Doch sie war gewappnet. Ja, sie fühlte es – eine innere Stärke, als wäre sie jetzt endlich erwachsen geworden.

Leonard würde das Manuskript während ihrer Abwesenheit

lesen. Der Moment seiner Urteilsverkündung war immer der schlimmste von allen. Unvorstellbar, er könnte der Meinung sein, der neue Roman sei gut, vielleicht sogar ausgezeichnet, aber doch nicht ganz von der Qualität des vorigen Werkes.

Wie würde sie mit einem solchen Urteil umgehen? Könnte sie es verkraften? Sie war überzeugt, dass der *Leuchtturm* ihr bisher wichtigster Roman war. Sie hatte die stille, ewige Sehnsucht nach ihrer Mutter dort hineingelegt, die Erinnerung an ihren alles beherrschenden Vater und an das Paradies ihrer Kindheit, noch lange bevor der Tod es zerstört hatte. Sie hatte ihr Ich aufgespalten und auf beinah jedes Mitglied der Familie Ramsey verteilt – wie auch den Verlustschmerz, der sie ihr Leben lang begleitet hatte.

Sie legte ein letztes Mal die Hand auf den Manuskriptstapel und knipste das Licht aus. Es war vollbracht. Diese Geschichte gehörte nun nicht mehr ihr allein. Was auch immer Leonard davon halten würde, sie hatte ihre Vergangenheit zur Ruhe gebettet. Und damit war es nun endgültig gut.

»Ich möchte für Monks House einen Gärtner engagieren. Die Arbeit dort ist für mich nicht mehr zu schaffen, gerade zum Frühjahr hin ist es wichtig, dass der Garten gut gepflegt wird.«

Virginia und Leonard saßen beim Frühstück, später als gewöhnlich, weil Leonard erst weit nach Mitternacht von seinem Dinner zurückgekehrt war und Virginia sich nach vollendeter Arbeit am Manuskript den Luxus eines saumseligen Morgens gegönnt hatte. Sie war erfüllt von einem inneren Frieden, den sie selten zuvor so empfunden hatte.

»Aber können wir uns das leisten?«, fragte sie und legte ihr Buttermesser beiseite. »Engagieren bedeutet, dass du ihm ein Gehalt zahlen musst. Reicht es nicht, wenn der Junge von nebenan dir ab und zu zur Hand geht?«

»Es reicht nicht.« Mehr sagte Leonard nicht. Er legte die Serviette auf seinen Teller, zum Zeichen, dass er fertig gefrühstückt hatte, schob den Stuhl zurück und stand auf. So stand er vor ihr, eine Säule der Entschlossenheit.

Virginia streckte den Rücken gerade. »Würdest du dich bitte wieder hinsetzen?«, bat sie. »Das hier ist jetzt sehr wichtig.«

Zögernd nahm er wieder Platz, die Brauen erhoben.

»Ich bin unter der Bedingung einverstanden, dass wir im Sommer endlich noch einmal eine Reise unternehmen. Und ich möchte ein Auto haben.«

Leonard blinzelte irritiert. »Ein Auto?«

»Mit einem Auto wären wir so viel beweglicher. Wir könnten nach Frankreich reisen, nach Italien oder nach Spanien. Ich möchte lernen, selbst zu fahren, und nicht immer nur gefahren werden.«

Sie wusste nicht, wo dieser Gedanke auf einmal herkam. Die Worte fielen aus ihr heraus, als hätten sie seit Wochen auf ihrer Zunge bereitgelegen und einen leicht bitteren Geschmack verursacht, den sie nicht hatte zuordnen können. Gewiss – schon lange schwelte in ihr die Unzufriedenheit darüber, dass sie Leonard immer um Geld bitten musste, wenn sie sich etwas zum Ankleiden kaufen wollte, immerhin brachten ihre Bücher inzwischen mehr Geld ein als Leonards journalistische Arbeiten. Bislang hatte sie alle finanziellen Angelegenheiten ihm überlassen, was vor allem ihrer langen Krankheit geschuldet gewesen war. Nun war sie jedoch schon viele Jahre gesund, und trotzdem war Leonard immer noch der alleinige Herrscher über ihre Geldangelegenheiten. Natürlich fragte er sie, wenn er im Begriff war, eine größere Summe auszugeben, und meist waren sie einer Meinung. Sie verfügte über ein kleines Taschengeld, das gerade ausreichte, um Schreibfedern oder auch ein neues Notizbuch zu kaufen. Aber es war eben nur ein Taschengeld und sie eine ewige Bittstellerin.

Leonard sortierte das Besteck auf seinem Teller um. »Was spricht gegen das Gefahrenwerden?«

»Es sieht dir ähnlich, das zu fragen.«

»Ein Auto ist eine größere Anschaffung. Es gibt Risiken.«

»Es sieht dir auch ähnlich, über Risiken zu sprechen, während ich über ein wenig mehr Luxus sprechen möchte.«

»Luxus.« In seinem Mund klang dieses Wort wie etwas Unanständiges. »Es ist mir neu, dass dir Luxus wichtig ist.«

»Da siehst du, wie wenig du mich kennst.«

Er sog Luft ein und schloss einen Moment die Augen, wie um den Unsinn ihrer Worte vorbeiziehen zu lassen. »Ich habe nie etwas dagegen eingewendet, wenn du dir neue Kleider kaufen wolltest. Wir haben ein Bad einbauen lassen, wir haben …«

»Ich spreche von Luxus, nicht von Notwendigkeiten!«

»Für mich ist der Gärtner eine Notwendigkeit.«

Sie waren beide laut geworden. Nicht gut. Virginia musste sich bewegen, um ihre Erregung unter Kontrolle zu halten. Sie stand nun ihrerseits auf und drehte eine Runde um den Tisch. Dann setzte sie sich wieder und sagte freundlich:

»Bitte nimm zur Kenntnis, dass ich nicht darum betteln möchte, Geld für etwas mehr Luxus auszugeben, genauso wenig wie du das tun musst, wenn es darum geht, einen Gärtner für Monks House zu beschäftigen.«

»Ist etwas vorgefallen?«, fragte er stirnrunzelnd.

»Warum glaubst du, dass etwas vorgefallen sein müsste, wenn ich dich über meine Wünsche informiere?«

Leonards Hände hatten zu zittern begonnen. Er verschränkte sie über der Brust und sagte: »Deine Bekanntschaft mit Vita scheint dich in Aufruhr zu versetzen.«

»Das hat ganz und gar nichts mit Vita zu tun!«

»Womit hat es zu tun?«

»Mit der Tatsache, dass ich seit Jahren arbeite wie ein Maulesel und nicht über mein eigenes Einkommen verfügen darf, wie es mir beliebt.«

Sie hatte sich erneut in Rage geredet und ihre Stimme wackelte gefährlich.

»Wie kommst du darauf, dass du nicht über dein Einkommen verfügst? Wir treffen alle Entscheidungen gemeinsam.«

Sie atmete tief ein und aus. Sie durfte nicht hysterisch klingen, dies war ein entscheidender Moment und sie durfte ihn nicht verpatzen.

»Mir sind ein paar Dinge klar geworden«, sagte sie, so ruhig, wie sie konnte. »Und dazu gehört, dass ich mit meinen Romanen einen großen Teil unseres Wohlstandes erarbeite, aber du derjenige bist, der die Kontrolle über unsere Ausgaben hat. Ich möchte, dass sich das ändert.«

»Verstehe«, sagte Leonard. Er tippte mit dem Zeigefinger gegen die gespitzten Lippen, die Augen halb geschlossen, wie in tiefer Konzentration versunken. Dann stand er unvermittelt auf, streckte die Hand nach ihr aus und sagte: »Komm. Ich zeige dir die Haushaltsbücher. Und dann entscheiden wir gemeinsam, ob wir Geld für einen Gärtner *und* für ein Auto haben.«

»Du verstehst nicht«, sagte sie. »Ich möchte über eigenes Geld verfügen.«

Er warf die Hände in die Luft. »Aber du hast doch Geld zu deiner Verfügung!«

»Ein paar Penny!«

»Warum hast du nicht gesagt, dass du mehr brauchst?«

»Es geht nicht um ein paar Penny mehr. Ich möchte, dass wir unser Einkommen aufteilen. Ein Teil für die gemeinsamen Ausgaben und jeder von uns einen eigenen Anteil für das, was es uns zu kaufen beliebt.«

Leonards Schultern sackten nach vorne und er sah plötzlich aus wie ein alter Mann. Er ließ sich wieder auf den Stuhl fallen und starrte vor sich hin. Erst nach einer stummen Weile fragte er: »Wann ist es passiert? Wann hast du dein Vertrauen in mich verloren?«

»Aber Leonard«, sie hockte sich vor ihn hin und streichelte seine Hand, die jetzt schlaff von der Stuhllehne herunterhing. »Das ist das Problem mit euch Männern. Ihr glaubt immer, etwas zu verlieren, wenn wir Frauen etwas für uns haben wollen. Dabei ist es genau umgekehrt.«

Knole House, 16. Januar 1927

Ihr Zimmer lag im Erdgeschoss, war sonnendurchflutet und überraschend einfach eingerichtet, ganz ohne Gold und Silber, dafür mit einem kunstvoll geschnitzten Bett und riesigem Kamin. Mit seinem freien Blick auf den Schlossgarten war es tatsächlich eines der schönsten, wie Virginia feststellen konnte, als Vita sie durch die Gebäudeteile des Schlosses führte, die sie bei ihrem ersten Besuch nicht zu Gesicht bekommen hatte.

Während die großen Säle und königlichen Schlafzimmer im ersten Stock seit vierhundert Jahren unverändert geblieben waren, um die Besucher in längst vergangene Zeiten zurückzuversetzen, hatte sich die Familie Sackville ins Erdgeschoss zurückgezogen und lebte dort so gegenwärtig, wie es in diesem Schloss möglich war. Tür um Tür dieser Gemächer öffnete Vita, zog Vorhänge beiseite, stieß Fensterflügel auf und gewährte Virginia so Einlass in die privatesten Nischen dieses steinernen Riesen, den sie als ihr einzig wahres Heiligtum bezeichnete.

Beinah alle Zimmer waren möbliert, manche spärlich, die meisten jedoch so, dass sie jederzeit aus ihrem Dornröschenschlaf erweckt werden und einen Gast beherbergen konnten. Mühelos konnte Virginia sich vorstellen, wie hier Generationen von Sackvilles ein und aus gegangen waren, bis hin zu den Kammerdienern elisabethanischer Höflinge. Die Fenster der meisten Räume wiesen zu den zahllosen Innenhöfen hinaus, und die Wandverkleidungen und dunklen Vorhänge schluckten viel Tageslicht, so dass Virginia nach einer Weile ein Gefühl der Unwirklichkeit beschlich. Es war wie ein Streifzug durch die angemoderten Seiten eines sehr alten Geschichtsbuchs.

Jedes Zimmer hatte einen Namen und eine eigene kleine Geschichte. Virginia erfuhr, in welchem Zimmer Violet übernachtet hatte, als sie Vita das erste Mal besuchte, und dass Seery, der Geliebte ihrer Mutter, einen ganzen Gebäudetrakt für sich beanspruchte, wenn er zu Besuch kam.

»Und in diesem Zimmer bin ich mit sechzehn beinahe gegen meinen Willen entjungfert worden«, sagte Vita auf einmal. Sie waren in einen fast leeren Raum getreten, mit aufwendiger Deckenverzierung und einem besonders raffiniert gearbeiteten Wandpaneel. Nur ein abgewetzter Sessel und ein großer Wäscheschrank standen hier. Vita zog mit Schwung den schweren, dunkelroten Vorhang beiseite, der das Zimmer in ein schwüles Licht tauchte.

Virginia verspürte das intensive Bedürfnis, den Raum schnellstens wieder zu verlassen, doch Vita stieß das Fenster auf und winkte sie heran.

»Da drüben liegt mein Zimmer. In diesem Innenhof habe ich viel gespielt. Manchmal bin ich hier durch das Fenster geklettert.«

Sie trat zurück, damit Virginia hinausblicken konnte, doch Virginia winkte ab. Sie wollte an die frische Luft.

»Hier muss dringend Staub gewischt werden«, sagte Vita und fuhr mit dem Finger über den Fenstersims, wie um ihre Erinnerungen gleich mit fortzuwischen.

»Und wer …« Virginia starrte mit zusammengekniffenen Augen auf den abgewetzten Sessel, als könnte sie so die Konturen des Schuldigen heraufbeschwören.

Vita schien ihre Gedanken zu erraten. »Der Sessel stand damals nicht hier. Bonne Maman hat sämtliche Möbel aus diesem Raum mitgenommen.«

»Oh«, machte Virginia nur und lockerte instinktiv die Schultern.

»Er war mein Patenonkel, ein Freund Seerys. Er gehörte fast zur Familie. Ich war ständig hier drin und zu naiv, um zu bemerken, dass das irgendwann zu einer Aufforderung wurde.« Vita lachte unbekümmert.

»Du denkst falsch«, sagte Virginia streng. »Er hätte es beenden müssen, nicht du.«

»Kann sein. Zum Glück ging eines der Zimmermädchen den Gang entlang, als er zur Tat schreiten wollte. Ich habe um Hilfe gerufen und sie kam herein. Das hat mir meine Jungfräulichkeit gerettet.«

»Dem Himmel sei Dank«, sagte Virginia, auch wenn sie überzeugt war, dass dem Himmel in diesen Angelegenheiten wenig Einfluss beizumessen war. »Es ist gut, wenn man in solchen Situationen nicht allein ist.«

Vita zog die Vorhänge wieder zu. Als sie die Tür fest hinter sich schloss, sagte sie: »Er hat es noch ein paarmal versucht, aber da war ich alt genug, der Sache aus eigenen Kräften ein Ende zu setzen.«

»Ist es eine Frage des Alters?«

»Aber natürlich«, sagte Vita. Es klang, als sei dies ein Naturgesetz. Mit weit ausgreifenden Schritten strebte sie den Gang hinunter und das weite türkisfarbene Kleid, das sie heute trug, wallte hinter ihr her wie die geblähten Segel eines Schiffes. Virginia war stehen geblieben und lauschte ihren Worten nach, die sich mit dem scharfen Klang ihrer Absätze auf dem Holzboden verbündeten. »Natürlich«, murmelte sie. Das war der Grund, warum Vita sie so anzog: Sie besaß dieses unerschütterliche Vertrauen in ihre eigene Macht und die Gewissheit, dass ihr das Beste zustand, was das Leben zu bieten hatte. Es war etwas, das Virginia noch bei keiner anderen Frau wahrgenommen hatte. Sie war überzeugt, dass weder Geld noch Status der alleinige Grund dafür waren, sondern mehr noch die Tatsache, dass Vita beide Geschlechter in sich zu vereinen schien. Und das machte sie – trotz all ihrer Fehler – zu einem vollkommenen Wesen.

Sie speisten mit Lord Sackville und Olive Rubens zu Mittag, der alte Lord in aufgekratzter Stimmung, seine Geliebte, eine rundliche Person mit Grübchen in den prallen Wangen und Schmollmund, höflich distanziert und ein wenig herablassend. Wahrscheinlich nahm sie es Virginia übel, dass sie eines ihrer Zimmer für sie hatte räumen müssen.

Auch Vitas Söhne waren da. Sie saßen brav, mit zur Seite gescheiteltem Haar und glatt gebügelten Hemden, an der langen Tafel, der ältere Ben mürrisch und schweigsam, Nigel auf einem viel zu großen Stuhl, auf dem er unruhig hin und her rutschte und immer wieder sehnsüchtig zum Fenster schielte. In der Nacht war Schnee gefallen und der große Green Court glitzerte weiß in der Sonne. Virginia fragte sich, ob es den Jungen überhaupt gestattet war, die geschichtsträchtige Fläche durch etwas Unhistorisches wie einen Schneemann zu entweihen. Alles in Knole hatte Tradition und Geschichte – sogar die Herstellung der Holzscheite für die unzähligen Kamine. Ganze Baumstämme wurden aus schlosseigenen Wäldern herbeigeschafft, von einem Heer Knechten zu Millionen von gleich großen Scheiten zersägt, um dann von den Mägden in eisernen Körben überall im Schloss verteilt zu werden.

»Man machte es schon zu Zeiten Queen Elisabeths so«, erklärte Vita, als Virginia über das rituell anmutende Prozedere staunte, und wie Vita da stand, ihre beiden Elchhunde neben sich, in einen weiten Mantel mit Pelzkragen gehüllt, die Hände in einem Muff versteckt, hätte sie auch eine ihrer Ahninnen aus dem frühen 17. Jahrhundert sein können. Oder, so dachte Virginia, während sie Vitas entschlossenes Profil von der Seite betrachtete, einer ihrer Ahnen.

In diesem Gedanken lag etwas, das sie eigentümlich aufrüttelte, sie konnte jedoch nicht den Punkt benennen, an dem dieses Gefühl – oder vielleicht war es mehr eine Ahnung – seinen Ausgang nahm. Es verstärkte sich, als Vita auf der Suche nach einem Original-Liebesbrief von John Dryden aus einer der unzähligen Schubladen eines Stuart-Möbels eine Haarlocke hervorzog.

»Die Haarlocke des ersten Duke of Dorset«, sagte sie feierlich. »Sie stammt aus dem Jahr 1700, mein Ur-Ur-Ur-Ur-Urgroßvater.« Sie legte Virginia die Strähne in die Hand, und Virginia befühlte das flachsblonde, weiche Kinderhaar, das sie ein wenig an Quentins blonde Locken erinnerte, wenn er frisch gebadet worden war. Sie wagte kaum zu atmen, blieb ganz still und schloss die Augen, Vitas Hand in der einen, die Locke in der anderen. Vita, die Haarlocke, das Schloss … Die Jahrhunderte schienen zu einem einzigen gegenwärtigen Moment zusammenzuschmelzen. Es war, als fiele sie mit Vita zusammen durch die Zeit, hin zu dem Moment, in dem einem kleinen Jungen nach dem Bad eine Strähne abgeschnitten worden war. Ein Funke schien sich daran entzünden, eine Idee aufflackern zu wollen und Virginia wagte kaum zu atmen, doch da fragte Vita besorgt: »Stimmt etwas nicht?«, und der Funke verglühte.

»Doch, doch«, murmelte Virginia. »Alles stimmt. Aber es ist noch zu früh.«

»Zu früh? Was meinst du?«

»Ich weiß es nicht. Noch weiß ich es nicht.« Sie lächelte. »Aber ich werde es herausfinden.«

Tavistock Square, 17. Januar 1927

»Ich habe ein paar kleinere Anmerkungen gemacht, nicht der Rede wert. Wir sollten den Mai als Erscheinungstermin ins Auge fassen. Bist du einverstanden?« Leonard legte ihr das Manuskript in den Schoß und nahm im Sessel ihr gegenüber Platz.

Virginia brachte kein Wort heraus. Es müsste doch noch mehr kommen, warum sagte er nicht, wie es ihm gefiel?

»Es ist übrigens sehr gut, dass du deine Manuskripte nun tippst. Es erleichtert die Lesbarkeit sehr.«

Er hielt es für schlecht. Ja, so musste es sein. Sie rieb sich die Stirn, um den Druck zu nehmen, der sich dahinter aufzubauen begann. »Ich kann es noch weiter überarbeiten, wenn …«

»O nein«, sagte er. »Es ist großartig. Etwas völlig Neues, nie Dagewesenes. Ich würde es als eine Art psychologisches Gedicht bezeichnen. Dein mit Abstand bester Roman bisher. Es ist ein Meisterwerk.«

Er schlug die Beine übereinander und wartete auf ihre Reaktion. Sie brauchte eine Weile, um ihre Muskeln zu lockern und ihre Lunge wieder mit Luft zu befüllen. Ihr Bauch war hart und fest, sie hatte vor lauter Anspannung nicht geatmet. Jetzt endlich rang sich ein Seufzer aus der Tiefe ihres Leibes. Er lächelte nicht, aber in seinen Augen funkelte die Genugtuung darüber, ihr einen denkwürdigen Moment zu bescheren.

»Es stimmt alles. Wirklich alles. Deswegen nur ganz wenige Anmerkungen.« Er wies auf das Manuskript. Ich denke, es wird sich sehr gut verkaufen lassen.«

»Ja«, sagte sie. »Und Mai ist ein sehr guter Monat.« Im Mai kam Vita aus Persien zurück. Es war also der perfekte Monat für die Veröffentlichung.

»Hast du schon eine neue Idee?«

Virginia überlegte und zeigte dann auf ihren Hinterkopf. »Es könnte sein, dass etwas in Arbeit ist. Aber es ist noch zu früh.«

»Gut. Lass dir Zeit. Ich bin sicher, es wird wieder etwas Einzigartiges sein.«

31. Kapitel

Tavistock Square, 28. Januar 1927

»Ich möchte hier sterben.« Vita hatte ihren Kopf in Virginias Schoß abgelegt und hielt die Augen geschlossen. Wie sehr genoss sie es, wenn Virginia ihr mit den Fingern durch das Haar fuhr. Sie konnte sich nicht entsinnen, dass je jemand so mit ihren Haaren gespielt hätte, und doch war es ein vertrautes Gefühl, wie das Heimkehren nach einer langen Wanderung durch die Fremde.

Heute Nachmittag würde sie aufbrechen. Die Reise nach Teheran drückte sich mit einer Schwere auf ihre Schultern, die sie kaum gerade gehen ließ. Seit Virginia sie in Knole besucht hatte, glaubte sie, keine Sekunde mehr ohne die Freundin leben zu können. Sie hatten die zweite Nacht zusammen in Vitas Bett verbracht. Es gab keinen Ort auf der ganzen Welt, an dem Vita sich so aufgehoben, so zu Hause fühlte wie in ihrem Zimmer in Knole – und nun war Virginia ein Teil davon geworden. Sie hatten sich geliebt, auf diese unendlich zärtliche, verspielte Weise, die nur mit Virginia möglich war. Virginias oft so harter, kantiger Körper war unter ihren federleichten Berührungen weich geworden. »Du bringst mich zum Fließen«, hatte sie gesagt, und genauso fühlte es sich auch für Vita an. Sie waren ineinandergeflossen, wenn auch nur für wenige Stunden.

Wie sollte sie die Trennung ertragen? Wie das Alleinsein nach diesen intimen Momenten?

In einem Anfall von Panik war sie gestern Abend zu Dottie gefahren und hatte sie gefragt, ob sie mit nach Persien kommen wolle. Dottie hatte keine Sekunde gezögert. Jetzt raste sie durch London, um letzte Reisevorbereitungen zu treffen, und am späten Nachmittag würden sie den Zug nach Dover besteigen. Allein der Gedanke an Dotties ununterbrochenes Plappern bereitete ihr Kopfschmerzen. Aber nun war es nicht mehr zu ändern.

»Dies ist kein Moment zum Sterben«, wies Virginia sie zurecht. »Du hast eine aufregende, bunte Zeit vor dir, wirst einen Haufen Menschen kennenlernen, jeden Tag etwas Neues, Spannendes erleben. Du solltest dich glücklich schätzen. Ich dagegen werde hier, zwischen Büchern und Manuskripten, im Halbdunkel sitzen und dich vermissen. Ich bin diejenige, die sterben sollte!«

Vita hob den Kopf. »Morgen wirst du jemand anderen zum Tee empfangen und angeregt plaudern. Du hast Leonard und deine Schwester, und Clive und tausend spannende Ideen, die du zu Meisterwerken formen wirst. Dein inneres Leben ist so reich, viel reicher, als mein wirkliches Leben es je sein könnte!«

»Schluss damit!« Virginia schob sie ein Stückchen von sich fort und setzte eine strenge Miene auf. »Sei dankbar für das, was dir geschenkt wurde! Du wirst mich morgen schon vergessen haben, weil so viele Eindrücke auf dich einprasseln. Und ich werde dir das nicht übel nehmen – allerdings nur unter einer Bedingung.«

Vita legte das Kinn auf ihr Knie und sah sie treuherzig von unten herauf an. »Und wie lautet die Bedingung?«

»Lass dir deinen Geist nicht benebeln von … nun, von trunksüchtigen, schwatzhaften Reisebegleiterinnen, sondern bleibe wach und aufmerksam.«

Vita lächelte schief. Sie hatte Virginia natürlich erzählt, dass Dottie sie begleiten würde, und Virginia hatte es mit einem Achselzucken zur Kenntnis genommen. Sie schien sich ihrer Liebe sehr sicher zu sein, oder vielleicht war sie auch einfach sehr geübt darin, ihre Eifersucht zu verbergen. »Nun«, sagte sie. »Ich werde nicht mit geschlossenen Augen durch die Wüste reisen. Viel zu gefährlich.«

»Ich meine etwas anderes.« Virginia schob ihren Zeigefinger unter Vitas Kinn und hob ihren Kopf an. Sie blickte sehr ernst. »Richte deine inneren Antennen nach einer neuen Geschichte aus und halte dich bereit für den Zündfunken, der sie in Gang setzt. Manchmal blitzen sie unvermittelt auf und wir nehmen sie nicht wahr, weil wir mit zu viel anderem beschäftigt sind. Ich habe es dir schon einmal gesagt: Ich wünsche mir einen Roman von dir, einen, wie nur du ihn schreiben kannst.«

»Ach«, Vita winkte ab. »Ich habe nicht genügend Talent, um etwas wirklich Gutes zu Schreiben. Autsch!«

Virginia hatte fest an ihren Haaren gezogen. »Du hast mehr Talent, als dir guttut«, schimpfte sie. »Und du hast alles, was es braucht, um gute Literatur zu schreiben. Sei dir darüber bewusst!«

»Aber was genau ist das, *gute Literatur*? Wenn du mir ein Rezept mitgeben könntest, wie ich es machen soll – ich täte es mit Freuden. Aber das tust du nicht.«

»Es gibt kein Rezept. Oder es setzt sich für jeden Schriftsteller anders zusammen. Ich glaube aber, dass du alle Voraussetzungen dafür mitbringst. Mehr noch als ich oder irgendjemand sonst.«

Vita lachte laut auf. »Und welche Voraussetzungen sollten das sein außer meiner Fabulierlust?«

Virginia setzte sich gerade, wie um ihrem Brustkorb Raum für viel Atemluft zu geben – bei ihr immer ein Zeichen, dass eine längere Ausführung folgen würde. »Denke dir einen typischen Mann. Sein Blick auf die Welt ist begrenzt, weil er alles nur durch seine männliche Brille sieht. Genauso ist es mit der typischen Frau, du weißt schon, was ich damit meine. Vielleicht besitzt die typische Frau insgesamt einen etwas weiteren Blickwinkel als der typische Mann, aber das bliebe noch gründlicher zu erörtern. Darum aber geht es hier jetzt nicht.« Sie schob den Gedanken mit einer Handbewegung beiseite. »Denke dir diese beiden Menschen als Schriftsteller, gerne auch als erfolgreiche Schriftsteller. Beide schreiben sie nur das, was sie innerhalb der Grenzen ihres Geschlechts wahrnehmen und fühlen können. Du aber …« Hier nahm Virginia Vitas Gesicht in beide Hände, »du vereinst beides in dir. Du kannst über diese Grenzen hinwegschreiben, du siehst und fühlst mehr als die typische Frau oder der typische Mann.«

»Aber was hat das Geschlecht damit zu tun, ob ich gute oder schlechte Literatur schreibe? Es gibt großartige Schriftsteller, genauso wie es großartige Schriftstellerinnen gibt. Sicher, es sind mehr Männer als Frauen, aber …«

»Es sind sehr viel mehr Männer als Frauen. Wie hätten Frauen auch Literatur schreiben können, wenn sie über Jahrhunderte doch nicht einmal einen ruhigen Ort zum Arbeiten finden konnten?« Sie hielt einen Moment inne, als müsse sie diesem letzten Gedanken nachspüren, schüttelte dann den Kopf, wie um sich davon wieder zu lösen, und fuhr fort: »Ich habe das Ganze noch nicht gründlich genug durchdacht, das gebe ich zu. Aber ich bin überzeugt, dass nur ein Geist, der nicht in der Begrenztheit gefangen ist, Dinge schreiben kann, die auch Generationen nach ihm noch Leser finden werden. Und ist das nicht ein Kriterium für große Literatur?« Sie sagte noch viel mehr, sprach über Shakespeare und Shelley, Keats und Coleridge – alles Männer, so behauptete sie, die einen androgynen Geist besessen hätten. Und sie schloss mit den Worten: »Auch du hast einen solchen androgynen Geist. Du bist auf eine männliche Weise weiblich, oder auf eine weibliche Weise männlich. Es spielt keine Rolle, was von beidem. Wichtig ist nur: Du bist keine typische Frau und du bist kein Mann. Und daraus folgt, dass du zu großer Literatur in der Lage bist.«

Wie so oft, wenn Virginia von einem Gedankengang mitgerissen wurde, schien sich ihre zierliche Gestalt auszudehnen und den gesamten Raum mit ihrer Präsenz und ihrer hypnotischen Stimme anzufüllen. Vita konnte nur staunend zuhören, und auch wenn sie wusste, dass sie später noch viele Fragen haben würde – in diesem Moment klang alles zwingend und logisch.

»Horche nach innen, denn es muss von innen kommen«, sagte Virginia jetzt und ließ ihr Gesicht mit einem aufmunternden Lächeln los.

»Aber …« Vita brauchte eine Weile, um sich von dem Bann zu lösen, in dem Virginia sie gefangen gehalten hatte. »Eben sagtest du noch, ich muss meine Antennen ausrichten.«

»In alle Richtungen«, sagte Virginia. »Nimm das Außen wahr und spüre, was es mit deinem Innen macht. Und dann schreibe es auf.«

Persien, irgendwo in den Bakthiari-Bergen, März 1927

Schreibe es auf, hatte sie gesagt. So einfach klang das. Antennen ausrichten, registrieren, nach innen horchen. Sosehr Vita versuchte, Virginias Rat zu befolgen – es tat sich nichts. Seit sie nach Persien aufgebrochen war, hatte sie nicht einen einzigen Satz schreiben können, nicht einmal den Artikel über Rosen, den sie für eine Gartenzeitschrift zu verfassen versprochen hatte. Eindrücke über Eindrücke stürmten auf sie ein, bunt, chaotisch, fast schmerzhaft intensiv – wie ein unablässig prasselnder Regen, der nichts weiter zurückließ als Schlamm und Nässe – unbegehbares Terrain.

Dabei sollte sie euphorisch sein, denn man hatte ihr tatsächlich den Hawthornden-Preis für Literatur verliehen. Kaum eine Woche in Teheran, hatte diese Nachricht sie erreicht und in Glückstaumel versetzt, der jedoch nicht lange angehalten hatte. Welchen Wert hatte ein solcher Preis, wenn er doch nur bewies, dass sie zwar den herrschenden Literaturgeschmack befriedigen konnte, damit jedoch die Menschen, deren Urteil ihr so wichtig war, nicht erreichte, weil sie innerlich taub und leer war?

Nun lag sie hier in einem Zelt, irgendwo in den Bakthiari-Bergen, unter einem Himmel, der schwärzer als schwarz war und aus dem die Sterne grellweiß hervorleuchteten. Wie Millionen Funken zu neuen Geschichten kamen sie ihr vor, zum Greifen nah, und doch wollte sich die eine Idee, die überragend einzigartige Idee zu dem Meisterwerk, das Virginia von ihr erwartete, nicht einstellen. Sie verursachten nur ein Gefühl von Schmerz und Überforderung. *Ich wünsche mir einen Roman von dir.* Sie wollte ihn ja schreiben, Herrgott! Aber die Quelle der Inspiration, die Zeit ihres Lebens unermüdlich gesprudelt hatte, war versiegt. Sie fühlte sich allein, nein, einsam, verlassen sogar von den Wesen ihrer Phantasie, mit denen sie sich seit Kindertagen umgeben hatte. Auf die Expedition in das Bakthiari-Gebirge hatte sie sich sogar gefreut. Endlich fort aus Teheran, wo sich in der Gesandtschaft ein Empfang an den anderen reihte. Lange Tafeln, Kerzen, Ölgemälde von Edward VII. und geistlose Gespräche mit denselben Leuten über dieselben Dinge wie im vergangenen Jahr. Ihr einziges Vergnügen bestand darin, sich vorzustellen, was Virginia von all dem denken würde, was sie sagen, wie sie sich verhalten würde.

Zum Glück war wenigstens Dottie nicht zu dieser Bergexpedition mitgekommen. In Zelten zu schlafen, sich tagelang nicht gründlich waschen zu können, die Notdurft zwischen Büschen zu verrichten – undenkbar für Dottie. Wie ein Paket ließ sie sich durch die Gegend schleppen, trank viel zu viel und klagte ununterbrochen über das harte Bett, fehlendes elektrisches Licht und fließendes Wasser in ihren Zimmern in der Gesandtschaft.

Es war schon weit nach Mitternacht und Vita konnte nicht einschlafen. Neben ihr lag das noch immer leere Notizbuch, das sie extra für eine neue Geschichte mitgebracht hatte, und der zerkaute Bleistiftstummel. Sie hatte versucht, ein paar Sätze zu einer vagen Idee zu formulieren, die ihr am Morgen gekommen war, sie jedoch sogleich wieder verworfen. Zu banal alles. Wenn sie in London wäre, Virginia treffen könnte, würde es vielleicht gehen. Sie würde den Kopf in Virginias Schoß betten, dem sanften Druck ihrer Hände nachspüren und ihrer melodischen Stimme lauschen. In dem Gefühl, genau so geliebt zu werden, wie sie war, ohne sich dafür anstrengen zu müssen, würde sich vielleicht auch ihre innere Rastlosigkeit legen. Gott, wie sehr vermisste sie die Freundin! In stillen Momenten wie diesen war es schier unaushaltbar. Sie legte diesen Sehnsuchtsschmerz in ihre langen Briefe – das Einzige, was sie zu schreiben in der Lage war. Doch diese Briefe würden Wochen unterwegs sein und wieder würde es Wochen dauern, bis von Virginia eine Antwort käme.

Morgen fuhren sie weiter nach Isfahan, wo sie endlich den Brief aufgeben konnte, den sie eben beendet hatte. Und vielleicht würde dort ein Brief von Virginia auf sie warten. Der einzige Lichtblick in diesen Tagen.

Die Nächte waren kalt und heute wärmte nicht einmal ihr dicker Schlafsack genug. In den benachbarten Zelten, wo Harold und ihre persischen Reisebegleiter schliefen, war alles still. Nur hin und wieder war ein leises Schnarchen zu hören. Vita schälte sich aus ihrem Schlafsack, legte sich das warme Schafsfell über die Schultern, das sie überallhin begleitete, und krabbelte aus dem Zelt. Die Feuerstelle in der Mitte des Lagers glühte noch. Mit steifen Fingern legte sie ein paar Holzscheite hinzu und stocherte in der Glut.

Eine kalte Windböe ließ die Flammen aufflackern. Sie kauerte sich auf einen Hocker, um die Hände zu wärmen. Nur eine dünne Mondsichel war am Himmel zu sehen. Es war so still, als hätte die Kälte jedes Geräusch eingefroren. Einzig das leise Knistern des Feuers half gegen das Gefühl der Unwirklichkeit. Hier saß sie, ein winziges Wesen unter Millionen Sternen, reduziert auf das, wovor sie sich am meisten fürchtete: den Schmerz des Verlassenseins. Sie sollte etwas über Einsamkeit schreiben. Sie kannte dieses Gefühl, aber nie zuvor hatte es sie so zerrissen, denn nun fand sie nicht einmal mehr die Worte, um sich in goldumglänzte Phantasiewelten zu flüchten. Das Loch in ihrem Inneren blieb unausgefüllt.

An Vita Sackville-West
Britische Gesandtschaft
Teheran, Persien

Tavistock Square, 23. März 1927

Geliebtes Wesen,
geht es dir gut? Hat dir die Wanderung durch die Bakthiari-Berge gefallen? Wurdest du nicht ertränkt, erschossen, vergewaltigt? Ich gäbe alles dafür her, um es zu wissen. Aber ich schreibe dies vermutlich, bevor du Teheran auch nur verlassen hast. Was ich als Vergangenheit behandle, liegt in der Zukunft, und wenn du dies liest, ist es für dich vorbei. Was für ein Durcheinander.

Eine große Neuigkeit: Du bekommst den Hawthornden! Habe ich es dir nicht vorausgesagt?

Und: Wir werden ein Auto haben! Ich habe Leonard viele Monate bearbeitet und nun hat er nachgegeben. Wenn du wieder da bist, musst du mir das Fahren beibringen, ja?

Außerdem werden wir nach Italien und Frankreich reisen. Hatte ich dir berichtet, dass Duncan sehr krank war und wir dachten, er hätte Typhus? Nun, er hatte keinen, es war eine schwere Grippe, aber Vanessa war verzweifelt. Nun sind sie glücklich in Cassis und wir werden sie dort besuchen.

Und höre Liebste, ich habe mir die Haare geschnitten! Ja, du liest richtig, deine Virginia hat die Haarnadeln zu Grabe getragen. Du bist eine Schurkin, denn du hast mir nicht gesagt, dass man glücklicher, heiterer und tausendmal klüger ist, wenn man das Haar kurz trägt. Letzte Woche habe ich in den Spiegel gesehen, und ich muss dir leider sagen, dass ich immer unansehnlicher werde. Ein bisschen mehr oder weniger Haar macht da wenig aus.

Kommen wir zu den interessanteren Dingen. Du kannst nicht schreiben, sagst du? Du solltest dir das nicht so sehr zu Herzen nehmen. Unser Geist will unter Laub liegen, bis es obendrauf verrottet ist. Erst dann können sich die Ideen in ihrer Reinheit zeigen. Warum nicht mit gefalteten Händen außerhalb stehen und warten, bis es so weit ist? Wir geborenen Schriftstellerinnen neigen dazu, unsere silbernen Löffel zu früh bereitzuhalten. Nimm es als gutes Zeichen, dass du nicht nach der erstbesten Idee greifst.

Und nun noch ein wenig Klatsch aus dem für dich fernen London: Clive und Mary sind in einer Krise. Mary beschuldigt mich, sie heraufbeschworen zu haben. Womit, weiß der Himmel. Clive ist ein wandelndes Elend und fährt jetzt erst einmal zu Vanessa nach Cassis. Es wird ein schweres Stück Arbeit sein, ihn wieder aufzurichten.

Bitte, liebe Vita, vergiss nicht deine demütigen Kreaturen, Pinker und Virginia. Jeden Morgen springt Pinker auf mein Bett und küsst mich, und ich denke – das ist Vita. Doch, ach, sie ist es nicht.

Virginia

32. Kapitel

Tavistock Square, 5. Mai 1927

Nun war es da. Ein hübsches Büchlein mit einem Cover, gestaltet von Vanessa. Mehr als fünfzehnhundert Exemplare waren noch vor dem Tag der Veröffentlichung verkauft worden. Es waren doppelt so viele wie noch bei *Mrs Dalloway*. Eine erste anonyme Rezension war heute Morgen im *Times Literary Supplement* erschienen. Von einer *elastischen Form* war da die Rede, ein Roman ohne klares Zeitgerüst, ironisch, melancholisch, aber durchaus interessant. Der alte Vorwurf, ihren Figuren hafte etwas Irreales an. Die Rezension deprimierte sie, auch wenn sie freundlich formuliert war. Sie würde sich wegducken, keine Kritiken mehr lesen, bis der Sturm vorbei war. Ohnehin gab es nur wenige Menschen neben Leonard, deren Urteil für sie wirklich zählte, dazu gehörten Clive, Lytton und natürlich Vanessa, mit der sie die Erfahrungen teilte, die sie im *Leuchtturm* zu etwas Kunstvollem, weniger Schmerzhaftem verwandelt hatte.

Während ihres Aufenthaltes in Cassis waren sie einander wieder so nahe gewesen wie lange nicht mehr. Virginia hatte in Vanessas Beziehung zu Duncan eine Veränderung wahrgenommen. Während Duncan vollkommen in sich selbst zu ruhen schien, wirkte Vanessa im Umgang mit ihm spröde und auf eine unterschwellige Weise unzufrieden. Ihre Sinnlichkeit, um die Virginia sie immer so sehr beneidet hatte, schien wie ausgetrocknet. Sie konzentrierte ihre Aufmerksamkeit auf die Kinder, überschüttete vor allem Angelica mit einer fast verzweifelten Zärtlichkeit, der sich das bald zehnjährige Mädchen immer häufiger zu entziehen suchte. In dem Glauben, dass Clive ihr leiblicher Vater sei, suchte sie vermehrt dessen Nähe, doch Clive wiederum steckte in einer akuten Melancholie wegen seiner endgültigen Trennung von Mary und konnte die Rolle des liebenden Vaters nicht gut spielen.

Es schien Virginia wie eine Ironie des Schicksals, dass sie, von der Vanessa immer behauptet hatte, sie sei zur sinnlichen Liebe nicht fähig, genau diese Liebe gefunden hatte, während Vanessa durch ihre Beziehung zu Duncan ebenjene Sinnlichkeit gegen eine marmorne Keuschheit eingetauscht hatte. Innerlich glühte sie vor Genugtuung darüber, dass sie begehrt wurde und selber begehrte, auch wenn es sie schmerzte, dass Vanessa – wie auch Clive – ganz offensichtlich unglücklich über ihr verarmtes Liebesleben waren.

In einem sehr vertraulichen Moment hatte sie Vanessa offenbart, dass Vita sie körperlich erregen konnte. »Du warst schon immer eine Lesbierin«, hatte Vanessa gesagt.

»Ich war es im Geiste. Ich wusste nicht, dass ich es auch körperlich bin.«

»Sieh dich vor. Ich halte Vita nicht für sehr beständig in ihren Gefühlen.«

»Du mochtest sie nie. Aber sie hat einen guten Kern.«

»Das mag sein. Und dennoch möchte ich mir nicht ausmalen, was mit dir geschieht, wenn sie deinen Nektar aufgesogen hat und sich zur nächsten Blüte aufmacht.«

»Mir ist bewusst, dass das passieren kann. Oder nein – ich weiß, dass es passieren wird. Keine Angst, ich halte mein Sicherheitsnetz gespannt.« Sie küsste Vanessa auf die Stirn. »Und vielleicht bin ja auch ich diejenige, die die Blüte wechselt«, schob sie hinterher, um ihrem leisen Ärger Luft zu machen, dass Vanessa so selbstverständlich davon ausging, es müsse Vita sein, die ihrer Romanze ein Ende setzte.

Vanessa hatte darauf nicht geantwortet, sie nur fest an sich gedrückt, wie um ihrem Zweifel die Schärfe zu nehmen.

Vanessas Warnung aber raunte weiterhin durch Virginias Hinterkopf. Immer wieder einmal holte sie den Gedanken, Vita könne sich abwenden, nach vorne, begutachtete ihn und wog ihn ab gegen das, was sie dieser Abkehr entgegenzusetzen hatte. Da war ihr Alter, ihr zunehmender Erfolg, Leonard, der immer an ihrer Seite stand, und da war das Schreiben. Vor allem das Schreiben. Noch hatte sich keine neue Romanidee gezeigt, sie wusste nur, dass es diesmal etwas Heiteres sein sollte, nicht streng durchgeplant wie *Zum Leuchtturm*, nicht düster-melancholisch, mehr eine poetische Eskapade, von leichter Hand niedergeschrieben. Etwas sagte ihr, dass es sich ganz von selbst zeigen würde und sie nicht angestrengt darüber nachgrübeln musste. Ihre Worte an Vita, die so sehr an ihrer schriftstellerischen Fähigkeit zweifelte, hätte sie genauso an sich selbst richten können.

Nun aber stand der Sommer mit einigen schöne Ereignissen bevor. Bei der großen Anzahl an Vorverkäufen, fand Leonard, wäre es nun an der Zeit, endlich das Auto zu kaufen. Sie hatten einen Singer ins Auge gefasst, mit schwarzen Kotflügeln, roter Motorhaube und einem weichen, zurückklappbaren Dach. Manchmal träumte Virginia davon, wie sie mit Vita durch die Sussex Downs fuhr. Auf eine seltsame Weise hatte sich in ihren Gedanken das Autofahren mit Vita verknüpft.

Und dann hatte Vita versprochen, sie gleich nach ihrer Rückkehr zu besuchen. Vielleicht setzte sie eben jetzt, zusammen mit Harold, ihren Fuß auf englischen Boden. Harold würde den Sommer in London verbringen, ein kleiner Wehmutstropfen, denn seine Anwesenheit könnte manches verkomplizieren. Möglich, dass das Wiedersehen mit Vita der allerschönste Augenblick dieser ganzen aufregenden Wochen sein würde, die auf sie warteten.

—•⊱⊰•—

Tavistock Square, 8. Mai 1927

»Ich glaube, ich werde verrückt. Nein, ich bin sicher, dass ich es werde.«

Clive hing bleich im Sessel in ihrem Salon, das Gesicht von teigiger Unschärfe, sein Bauch noch ein wenig praller als vor zwei Wochen in Cassis, wo sie ihn zuletzt gesehen hatte. Dorthin hatte er sich zurückgezogen, nachdem Mary ihm endgültig das Ende ihrer Liebe erklärt hatte. Noch immer war Vanessa seine erste Anlaufstelle, wenn das Leben ihm übel mitspielte, doch diesmal hatte nicht einmal Vanessa ihn aufrichten können.

Vita hatte sich für den heutigen Vormittag angekündigt und Virginia hatte gehofft, mit Vita ein intimes Stündchen verbringen zu können. Daraus wurde nun nichts. Sie versuchte, sich ihre Verärgerung darüber nicht anmerken zu lassen.

Clive war vorgeblich gekommen, um ihr seine Verehrung auszusprechen. Der *Leuchtturm* sei ein grandioser Roman von lyrischer Schönheit, behauptete er, glitt aber gleich hinüber zu seiner eigenen, beklagenswerten Verfassung. Er habe in Cassis versucht zu schreiben, sei aber auch damit kläglich gescheitert. Nichts mache noch einen Sinn. »Wäre ich nicht solch ein Feigling, ich würde mir das Leben nehmen«, sagte er trübe. »Da ich es aber bin, bleibt mir nur, verrückt zu werden.«

Virginia konnte ihr Lachen nur gerade eben unterdrücken. »Wieso glaubst du, verrückt werden zu müssen?«

»Ich habe keine Zielrichtung mehr. Schlafe nicht. Kann keinen klaren Gedanken fassen. Sind das nicht deutliche Anzeichen?«

»Nein«, sagte Virginia. »Das sind Zeichen von akuter Melancholie. Nicht von Wahnsinn.«

»Diese Melancholie, wie ich sie fühle, ist eine Vorstufe des Wahnsinns«, behauptete Clive.

»Nun«, sagte Virginia. »Wenn du kurzzeitig verrückt werden solltest, machst du einfach eine Ruhekur. Sieh mich an. Vor Jahren war ich verrückt und jetzt sagst du mir, ich sei die größte lebende Schriftstellerin. Du siehst – nichts ist von Dauer, nicht einmal der Wahnsinn. Viel weniger noch die Melancholie.«

»Aber begreifst du nicht. Alles, wofür ich gelebt habe – die Liebe, gutes Essen, guter Wein, Partys –, alles wertlos, ohne Substanz. Du kannst wenigstens schreiben und schaffst etwas Bleibendes. Deswegen ist bei dir die Melancholie nie von Dauer. Ich hingegen …«

»Wenn du diesen Zustand pflegen möchtest – bitte sehr. Du wirst bei mir allerdings kein Mitleid erheischen.«

»Wie grausam du bist.« Er war ein wenig tiefer in seinen Sessel eingesunken, wenn das überhaupt möglich war.

»Nicht ich bin grausam. Die Liebe ist es.«

In diesem Augenblick, wie zur Untermalung ihrer Worte, ertönte die Türglocke und jagte Virginia aus ihrem Sessel hoch. Vita!

Clive blieb in seine eigenen Gedanken versunken. »Ich habe mich immer in die falschen Frauen verliebt. Oder nein – ich bin zu wertlos, um geliebt zu werden. Das muss es sein.«

»Hör mir zu.« Virginia griff Clives schlaffe Hand. »Dein Wert bemisst sich nicht daran, ob eine Frau mit dir ins Bett gehen möchte. Du trauerst, aber das wird vorbeigehen. Richte deine Aufmerksamkeit auf die bleibenden Dinge und bringe deine inneren Scharfschützen in Stellung, damit die nächste Frau, in die du dich verlieben wirst, dich nicht wieder so zerstören kann.«

»Innere Scharfschützen«, murmelte Clive. »Wie wenig du von der Liebe verstehst.«

»Ich wünschte mir tatsächlich, so wenig davon zu verstehen, wie du annimmst«, sagte Virginia und stand auf, um Vita entgegenzugehen.

Die Rückkehr in ihr gewohntes Leben nach der langen Abwesenheit forderte Vita sehr. Sie fühlte sich wie eine kleine Tasse, die unter die Niagarafälle gehalten wird. Das Wiedersehen mit den Kindern, eine deprimierte Dottie, die nach Sherfield Court gefahren werden musste, mindestens hundertfünfzig Briefe, die beantwortet werden wollten, ein anstrengender Besuch bei ihrer Mutter und nun Virginia. Vita hatte auf ein wenig Ruhe gehofft, ein Stündchen den Kopf an Virginias Schoß abgeben, ihren kraulenden Fingern nachspüren und ihren Erzählungen lauschen, ohne selbst viel reden zu müssen.

Nun saß hier Clive, grau und nach Aufmerksamkeit heischend, und Virginia freundlich, aber unnahbar und ironisch, wie immer, wenn sie in Gesellschaft waren. Sie wirkte fremd mit ihrem neuen Haarschnitt, er betonte die Schärfe ihrer Züge, auch wenn Vita behauptete, dass er ihr gut stehe. Sie wollte keine andere Virginia, sie wollte die, mit der sie zuletzt in Knole House zusammen gewesen war, die weiche Virginia, die auch auf dem Foto zu sehen war, das in Long Barn auf ihrem Schreibtisch stand. Sie wollte die Virginia, deren Haarnadeln ins Essen fielen, weil sie nicht wusste, wie man sie richtig feststeckte.

Eine kurze Umarmung und eine lauwarme Tasse Tee. Am liebsten hätte sie sich nach wenigen Minuten verabschiedet, doch das wäre unhöflich gewesen. So fühlte sie sich bemüßigt, den beiden ein paar Reiseanekdoten zum Besten zu geben und Interesse an Clives Gesellschaftsklatsch zu heucheln. Virginia selbst blieb ungewohnt still, betrachtete sie nur mit einem Lächeln, das irgendwo zwischen liebevoll und spöttisch lag. Vita hatte ihr einen aufwendig bestickten Mantel aus Isfahan mitgebracht, den sie mit kindlicher Freude anprobierte und ihn dann beiseitelegte mit den Worten: »Auch ich habe ein Geschenk für dich.« Sie nahm ein Päckchen vom Tisch und drückte es Vita in die Hände.

Sie löste die Schleife und wickelte das braune Papier ab. Es war Virginias neuer Roman.

»Meiner Meinung nach der beste, den ich je geschrieben habe«, sagte sie mit einem Augenzwinkern.

Vita klappte das Buch auf, blätterte darin – und stutzte. Alle Seiten waren leer. Es war ein Blindband. Virginias Augen blitzten vor Freude über ihren Streich, aber Vita fühlte sich nur an ihr eigenes leeres Notizbuch erinnert. Der Gedanke machte ihre Glieder schwer. »Bekomme ich auch ein richtiges Exemplar?«, fragte sie lahm. »Ich kann kaum erwarten, es zu lesen.«

»Virginia macht Witze, aber eigentlich sagt sie nur die Wahrheit«, sagte Clive. »Es *ist* ein Meisterwerk.«

»Ich habe keine Sekunde daran gezweifelt«, entgegnete Vita.

»Und ist deine Inspiration zurückgekehrt?«, fragte Virginia, nachdem sie ein echtes Exemplar vom Tisch geholt und ihr überreicht hatte. »Hast du uns vielleicht sogar eine neue Geschichte mitgebracht?«

»Keine Zeile. Ich glaube fast, du hast mir das Schreiben ausgetrieben.« Sie lachte, obwohl ihr ganz und gar nicht zum Lachen zumute war.

»Das ist ein schwerer Vorwurf, den ich mit Nachdruck von mir weise. Ich habe dich sogar beruhigt und zum Abwarten ermuntert.«

»Sie hat mich aufgefordert, ein Meisterwerk zu schreiben, dabei weiß sie genau, dass nur sie selbst dazu in der Lage ist«, sagte Vita, an Clive gewandt. Sie versuchte ihrer Stimme einen heiteren Klang zu geben, doch es misslang gründlich.

»Du darfst nicht klagen. Immerhin bekommst du den Hawthornden verliehen, während ich …« Clive hob die Achseln und lächelte wehmütig.

»Ach, der Hawthornden.« Vita machte eine wegwerfende Handbewegung.

Clive zog erstaunt die Brauen hoch. »Der Hawthornden ist die höchste Auszeichnung, die ein Schriftsteller sich wünschen kann! Nicht wahr, Virginia?«

»Es ist eine hübsche Geldsumme. Aber die dürfte Vita nicht so sehr entzücken, wie sie mich entzücken würde.«

Geld. Virginia sprach oft über Geld. Dass sie es jetzt tat und damit den eigentlichen Wert des Hawthornden-Preises herabsetzte, war zutiefst verletzend. »Sie hält nichts von diesem Preis«, sagte Vita spöttisch. »Du weißt ja, dass ihr das literarische Establishment ein Dorn im Auge ist.«

»Sie ist nur neidisch. Mach dir nichts draus«, sagte Clive und stemmte sich ächzend aus seinem Sessel. »Ich lasse euch allein. Ihr habt euch sicher viel zu erzählen.«

»Natürlich bin ich neidisch. Aber nicht missgünstig.« Virginia runzelte die Stirn. »Es gibt niemanden, dem ich diesen Preis mehr gönne als dir«, sagte sie, und in ihrem Blick lag ein Flehen.

Vita versuchte zu lächeln. »Aber das weiß ich doch«, entgegnete sie und stand ebenfalls auf. »Ich habe noch eine Menge Dinge zu erledigen. Du siehst es mir nach, wenn ich mich ebenfalls verabschiede?«

Virginia begleitete sie zur Haustür und winkte ihnen nach. Die schmale Hand, die hochgezogenen Schultern und das traurige Lächeln – der Anblick hätte Vita zur Umkehr bewegen müssen, aber sie war wie betäubt. Die Worte der Freundin hatten sich zu tief in ihre Seele geschnitten.

33. Kapitel

Weald, 20. Mai 1927

Harold wollte einen Brief aufgeben, bevor sie nach Berkshire fuhren, um die Jungen für das Wochenende aus dem Internat abzuholen. Auch Vita hatte einen Brief an Virginia geschrieben – einen sehr liebevollen, eine Hymne geradezu auf ihren neuen Roman. Virginia hatte sie wieder einmal verhext. *Zum Leuchtturm* war ein aufwühlend schöner Roman, jede Seite eine Überraschung und in jedem Satz erkannte sie Virginia wieder, so sehr, dass sie nach der Lektüre geglaubt hatte, ein langes Gespräch mit ihr geführt zu haben. *Liebling, es macht mir Angst vor dir,* hatte sie geschrieben*, Angst vor deinem durchdringenden Verstand, vor deiner geistigen Schönheit und deinem Genie.* Es tat ihr weh, wenn sie an das unglückliche Wiedersehen am Tavistock Square dachte, und sie wünschte sich, den Moment ungeschehen zu machen. Sie hatte Virginia nach Long Barn eingeladen, vielleicht ließe sich der Riss, der entstanden war, durch Nähe und Zweisamkeit kitten.

Als sie das Postamt von Weald betraten, stand ein junges Pärchen am Schalter, das Vita hier noch nie gesehen hatte. Doch nicht das allein zog ihre Aufmerksamkeit auf sich. Sie waren beide sehr gut aussehend, er groß, blond und schlank, sie zierlich, beinahe knabenhaft, mit kinnlangem, rabenschwarzem Haar. Sie trug Hosen und eine rote Samtjacke. Ihr Blick schweifte durch den Raum und blieb an Vita hängen, als sie durch die Tür traten. Ihr Teint war schneeweiß, die Augen schwarz wie Kohle, über ihrem linken Mundwinkel ein Muttermal. Sie lächelte.

»Campbell. Roy Campbell«, buchstabierte der Mann gerade dem Postbeamten, der ein Formular ausfüllte. Er sprach laut, selbstbewusst. »Meine Frau heißt Mary.« Er war kein Brite, aber er klang auch nicht wie ein Amerikaner.

Roy Campbell. Vita kannte den Namen. Sie brauchte eine Sekunde, dann wusste sie, wer er war. Schriftsteller, Südafrikaner. Sie hatte mal ein Gedicht von ihm gelesen, ein unausgewogenes Werk, in Stellen albern, streckenweise großartig. Das Gedicht hatte ihm einige sehr positive Rezensionen eingebracht und es schien sich gut zu verkaufen. Selbst ihre Mutter hatte es gelesen.

Seine Frau kehrte ihr nun den Rücken zu und trommelte mit den Fingern auf dem Tresen. Auch die Haltung ihres Kopfes verriet Ungeduld. Als sie sich schließlich beide umwandten, fing ihr Blick Vita sofort wieder ein. Ihr Lächeln hatte etwas Herausforderndes.

Vita handelte impulsiv. Sie tat einen Schritt auf die beiden zu und streckte ihm die Hand entgegen. »Gehe ich recht in der Annahme, dass Sie Roy Campbell, der Verfasser von *Die flammende Sumpfschildkröte* sind?«

Er stutzte, dann grinste er zufrieden und nickte. »In der Tat. Mit wem haben wir das Vergnügen?«

»Vita Sackville-West«, sagte sie und registrierte mit Genugtuung ein überraschtes Aufleuchten in Mary Campbells Augen.

»Mrs Sackville-West, was für eine Ehre, Sie kennenzulernen«, sagte Mr Campbell und verneigte sich. »Wir haben Knole House schon aus der Ferne bewundert. Und nun steht die Schlossherrin hier im Postamt. So ein Zufall.«

Vita verzichtete darauf, ihn über seinen Irrtum aufzuklären, und wies auf Harold, der zögerlich näher getreten war. »Mein Mann, Harold Nicolson. Wir wohnen nicht im Schloss. Wir leben hier in Weald, Long Barn. Gleich die Straße hoch.«

»Ah, natürlich.« Mr Campbell lachte ein wenig verunsichert, fing sich aber sofort. »Ich habe ihr Gedicht *Das Land* gelesen. Meine Hochachtung.« Wieder verneigte er sich.

»Was treibt Sie nach Weald«, fragte Vita. »Es ist nicht eben der Nabel der Welt.«

»Wir wohnen hier«, mischte sich nun Mrs Campbell ein. »Ebenfalls die Straße hoch.« Ein kleines Grübchen bildete sich neben ihrem Mundwinkel, genau da, wo ihr Muttermal saß. »Wirklich?« Vita riss den Blick von ihr los und sah ihren Mann an. »Wenn wir schon direkte Nachbarn sind – wollen Sie nicht morgen Abend zu uns zum Dinner kommen?«

»O ja, tun Sie das bitte«, sagte Harold. »Und herzlich willkommen in Weald!«

»Mit dem allergrößten Vergnügen«, sagte Mrs Campbell, bevor ihr Mann auch nur den Mund öffnen konnte. Dabei sah sie Vita an, nicht Harold. Und Vita musste sich bei Harold einhaken, so sehr brachte ihr Blick sie aus dem Gleichgewicht.

Long Barn, am nächsten Abend

Roy und Mary, wie sie schon nach dem Willkommensdrink genannt werden wollten, waren erst vor wenigen Wochen aus Südafrika nach England gekommen. Roy hatte dort als Redakteur für eine Zeitschrift gearbeitet, die sich an die europäischstämmigen Einwohner Südafrikas richtete, hatte sich jedoch in einigen Artikeln explizit gegen die Rassentrennung gewandt. Daraufhin war er entlassen worden und musste das Land verlassen.

»Ich habe immer gute Erfahrung mit den Schwarzen gemacht«, sagte er. »Ich habe viele Schwarze Freunde und möchte sie nicht missen.« Er erzählte, dass er in Südafrika groß geworden war und er Zulu als seine zweite Muttersprache betrachtete. »Es ist ein Fehler, sie systematisch von den Weißen zu trennen und ihnen den Besitz von Land zu verwehren, das lange ihnen gehört hat. In Südafrika zeigt der Kolonialismus sein hässliches Gesicht.«

»Nun«, sagte Harold. »In vielen Teilen der Welt profitieren Länder von unserer Expertise.«

»Das mag durchaus stimmen. Die Effizienz britischer Kolonialpolitik ist unbestritten. Ich halte den Weg, den die Regierenden in Südafrika einschlagen wollen, dennoch für falsch.«

»Seine Überzeugungen haben uns um unseren Lebensunterhalt gebracht. Jetzt sind wir arm wie Kirchenmäuse«, sagte Mary mit entwaffnender Offenheit. »Ich hoffe, das stört sie nicht?« Sie trug wieder Schwarz und hatte ein schmales, rotes Samtband um den Hals gebunden.

Sie saß auf Marie Antoinettes Sofa und blickte zu Vita auf, die unentschlossen war, ob sie sich neben sie setzen oder die Distanz wahren sollte.

»Im Gegenteil«, entgegnete Vita, und ließ sich auf dem gegenüberliegenden Sessel nieder. So konnte sie Mary unauffälliger betrachten. »Ich finde es bewundernswert, gegen die Unterdrückung mit dem eigenen Wohlstand einzustehen.«

»Oh, glauben Sie bloß nicht, dass er ein Held ist«, sagte Mary, hob ihr Glas und prostete ihrem Mann zu. »Ich glaube, er bereut es längst.« Ein spöttisches Lächeln umspielte ihre Lippen. Die Farbe ihres Lippenstifts entsprach exakt dem Rot des Samtbandes an ihrem Hals.

»Wie falsch du liegst«, gab Roy zurück. »Ich bin froh, in England zu sein, und wir werden ein gutes Leben führen.« Es klang fast trotzig.

»Bislang hatte ich Zweifel, wusste jedoch nicht, dass wir in Weald so interessanten Menschen begegnen würden.« Marys kohlschwarze Augen funkelten.

Während Roy und Harold über die britische Kolonialpolitik in Südafrika diskutierten, erzählte Mary ohne jede Scham, dass sie von zwanzig Pfund im Monat leben mussten, die Roy von seiner Familie bekam. »Wir haben das ärmlichste Cottage in ganz Weald gemietet, aber immerhin ist es beheizbar und bietet genug Platz für uns alle.«

»Alle?«, fragte Vita.

»Wir haben zwei Töchter. Vier und sechs Jahre alt. Roy ist überzeugt, dass ihm hier in England der literarische Durchbruch gelingt. Ich hoffe, er hat recht, denn sonst können wir nicht einmal das Schulgeld für die beiden bezahlen.« Sie lachte und zeigte eine Reihe sehr ebenmäßiger, weißer Zähne. Alles an ihr war klar, weiß und makellos, ein Eindruck, den ihr schwarzes Haar, die dunklen Augen und das rote Samtband verstärkten. Sie erinnerte Vita an die Perfektion einer japanischen Zeichnung.

»Vielleicht kann ich ein paar Bilder verkaufen. Sie kennen nicht zufällig jemanden, der Interesse an Landschaftsbildern hat?«

»Sie sind Malerin?«

»Ich verbringe viel Zeit damit. Wenn mir damit die Ehre einer solchen Bezeichnung zukommt …«

»Ich würde mir ihre Bilder sehr gerne ansehen.«

»Dafür müssten sie mich besuchen kommen«, sagte Mary und ihr Blick flackerte zu Harold und Roy hinüber, die jedoch tief in ihr eigenes Gespräch versunken waren.

»Ich komme, wann immer sie mich einladen.« Ohne es zu wollen, hatte Vita die Stimme gesenkt.

Mary streckte ihr das leere Glas entgegen. »Ich freue mich drauf.«

Ganz leicht berührte Vita ihre Hand, als sie ihr Champagner nachschenkte. Marys Mundwinkel zuckten, aber sie lächelte nicht. Nur in ihren Augen tanzte Licht.

Tavistock Square, 6. Juni 1927

Seit einer Woche lag Virginia mit Kopfschmerzen im Bett. Angefangen hatte es mit einem harmlosen Schnupfen, den sie sich bei einem Spaziergang im Regen zugezogen haben musste. Am nächsten Tag hätte sie nach Long Barn fahren sollen, endlich Vita wiedersehen, eine Nacht bei ihr verbringen, die Wärme spüren, die Vitas Nähe immer mit sich brachte. Der kurze, unbefriedigende Besuch nach ihrer Rückkehr aus Persien und der kühle Kuss zum Abschied lagen noch immer bleiern auf ihrer Seele. Etwas hatte sich zwischen sie und Vita geschoben, das viel mehr Distanz schuf, als es die vielen Kilometer, die zwischen Persien und England lagen, je vermocht hätten, doch sie wusste nicht, was genau es war. Etwas, das sie gesagt hatte? Ihr Anblick? das kurze Haar vielleicht? Oder etwas ganz anderes?

Indes – hatte sie nicht selbst versucht, innerlich Abstand von Vita zu gewinnen, aus Angst vor genau dem Gefühl, das sie nun durchlitt? Ein kläglicher Versuch war es gewesen, das erkannte sie jetzt. Ohne Vitas Liebe wurde sie brüchig wie ein vertrocknetes Blatt.

Ein gemeinsames Wochenende hätte all das auflösen können. Und wieder hatte ihre Gesundheit ihr einen Strich durch die Rechnung gemacht.

Da tröstete es nur wenig, dass der *Leuchtturm* sich inzwischen über zweitausend Mal verkauft hatte und soeben in die zweite

Auflage ging. Etwas mehr Trost spendeten die begeisterten Briefe von befreundeten Schriftstellern, wie zum Beispiel Edward Morgan Forster oder auch Hugh Walpole, der fragte, warum sie nicht jeden Tag ein Buch herausbringe. *Was für eine Freude es ist, bei der Geburt von Büchern dabei zu sein, die genauso wichtig sind wie die von Jane Austen*, hatte er geschrieben. Und dann Vanessas Enthusiasmus. *Ich hätte nie geglaubt, dass es möglich wäre, die Toten zum Leben zu erwecken. Dir ist es gelungen.* Was konnte sie sich mehr wünschen?

Sie wünschte sich Vita. So einfach war das. Und auch wenn die Freundin jeden Tag einen aufmunternden Brief schickte, so konnten ihre liebevollen Worte nicht darüber hinwegtäuschen, dass in den letzten Wochen etwas Bedeutsames verloren gegangen war.

Als sie ihr geschrieben hatte, dass sie krank war und nicht nach Long Barn kommen könnte, hatte Vita geantwortet: *Mein armer Liebling. Ich hasse diese verdammten Kopfschmerzen, die du immer bekommst. Ich wünschte, du wärest ROBUST!*

Sie war nicht robust und würde es nie sein. Wenn Vita es sich wünschte, hieß das, dass sie sich eine andere Virginia wünschte. Deutlicher hätte sie ihre Unzufriedenheit nicht ausdrücken können. Eine Zeit lang war es Virginia gelungen, ihre mangelnde Vitalität und Jugend mit Witz und Eloquenz wettzumachen und Vita in ihren Bann zu ziehen. Jetzt konnte sie nur noch an Vitas mütterliche Seite appellieren und hoffen, dass diese Seite stark genug war, um die Freundin noch eine Weile an sich zu binden.

Einige Tage später

Virginia saß auf zwei Stühlen, unter einer golddurchwirkten Decke und lächelte beseelt vor Freude über Vitas Besuch. Sie war von beinah transparenter Blässe, ihre Züge jedoch weich und entspannt. Vitas Herz zerging vor Hingabe bei ihrem Anblick. Es war diese Virginia, die sie liebte, ganz ohne Brillanz, nur das Kind, das übrig blieb.

»Du hast mir nicht geschrieben, wie krank du wirklich bist«, sagte sie vorwurfsvoll.

»Wie kommst du darauf, dass ich kränker bin, als du dachtest?«

»Du bist mir nicht entgegengekommen, wie du es zu tun pflegst, wenn du einigermaßen bei Kräften bist.«

»Wäre ich sehr krank, hätte Leonard dir nicht erlaubt, mich zu besuchen und ich läge in der Abgeschiedenheit meines Zimmers.«

»So liegst du hier unbequem auf zwei Stühlen. Wenn du nicht schleunigst von dem vielen Geld, das du mit dem *Leuchtturm* einnimmst, ein bequemes Sofa kaufst, werde ich es für dich kaufen. Und dann wirst du mich hassen.«

»Ich hatte gehofft, die Stühle vermitteln dir die Illusion, dass ich gesund und tatkräftig bin. Du hast mich wieder einmal durchschaut.« Virginia zog eine Grimasse und bot Vita ihren zweiten Stuhl an.

»Bleib so liegen. Ich liebe deinen Anblick.« Vita zog sich einen eigenen Stuhl heran und legte Virginia ihr mitgebrachtes Präsent in den Schoß. Es war *Herausforderungen* – der Roman, in dem sie ihre Affäre mit Violet verewigt hatte und der in England nicht hatte erscheinen dürfen.

»Da ich nichts Neues zustande gebracht habe, bleibt mir nur, dir ein altes Werk von mir zu schenken«, sagte sie. »Ich muss dich allerdings warnen. Es ist sehr … explizit.«

»Du meinst erotisch?«

»Wenn du so willst.«

»Dann könnte es wirklich eine Herausforderung sein. So krank und unattraktiv, wie ich mich dir hier präsentiere …« Ein Schatten huschte über Virginias Gesicht.

Vita beugte sich vor und küsste Virginia leicht auf die Nasenspitze. »Du bist unwiderstehlich und mit nichts zu vergleichen, was in diesem armseligen Buch steht. Apropos armselig, ich habe wieder angefangen zu schreiben.«

»Siehst du! Ich habe es dir gesagt. Es kommt ganz von allein.«

»Es ist ein mühseliges Wortsammeln. Nichts geht von allein.«

Vita erzählte, dass sie beschlossen hatte, eine Biographie über Aphra Behn zu schreiben, die erste Schriftstellerin, die mit dem Schreiben ihren Lebensunterhalt verdient hatte. »Für einen Roman oder eine Erzählung fehlen mir die Ideen. Ich denke, Aphra Behn könnte mich aus der Talsohle hieven.«

Sie plauderten eine Weile über Aphra Behn, Virginias Erfolg mit dem *Leuchtturm* und die bevorstehenden Feierlichkeiten zur Verleihung des Hawthornden-Preises.

»Denkst du, du wirst kräftig genug sein, um mich zu begleiten?«, fragte Vita.

»Ich werde dabei sein und alles wunderbar und großartig finden«, sagte sie. »Und ich werde nicht vor Neid in Ohnmacht fallen, versprochen«, setzte sie augenzwinkernd hinzu.

»Du bist ohnehin zu alt, um ihn zu bekommen.«

»Danke, dass du mich daran erinnerst.«

»Gern geschehen«, sagte Vita und zwinkerte nun ebenfalls. Es war eine harmlose kleine Spitze, ganz und gar nicht bösartig gemeint, doch Virginia schloss für einen Moment die Augen und räusperte sich, wie um die Kehle von ein wenig aufsteigender Galle zu befreien.

Schnell redete Vita weiter. »Erinnerst du dich an das Gedicht, das ich dir vor einigen Monaten schickte? *Die flammende Sumpfschildkröte?*«

»Von diesem Südafrikaner? Wie hieß er noch gleich?«

»Roy Campbell. Er ist jetzt unser unmittelbarer Nachbar.«

»Was du nicht sagst.« Virginia schien wenig beeindruckt von der Neuigkeit. »Was treibt ihn nach Weald?«

»Er musste Südafrika verlassen, weil er sich gegen die Rassentrennung ausgesprochen hat. Nun ist er mittellos und hat mit seiner Frau und den beiden Töchtern ein winziges Cottage gemietet. Das mit den roten Fensterläden, das so lange leer gestanden hat, weißt du, welches ich meine?«

»Und ist er so geistlos wie sein Gedicht?«, fragte Virginia. Es klang ungeduldig.

Vita unterdrückte einen Seufzer und redete einfach weiter. »Seine Frau ist Malerin. Eine eigenwillige Person. Ich habe ihr ein Bild abgekauft, sie malt sehr schön. Nicht in Bloomsbury-Manier, eher traditionell, aber …«

»Du liebst ja das Traditionelle.«

»Ich bin unvoreingenommen, was das betrifft.«

»Und ist sie hübsch?« Virginia zupfte eine Fluse von ihrer Decke und tat, als wäre sie nur milde an Vitas Antwort interessiert.

»Sie sind beide sehr jung«, sagte Vita ausweichend. Roy war sechsundzwanzig, Mary zwei Jahre älter. Sie hatte die verführerische Reife einer sehr erfahrenen Frau, die in einem seltsamen Widerspruch zu ihrer Knabenhaftigkeit stand. Nur wenige Tage nach ihrem Kennenlern-Dinner war Mary urplötzlich in Long Barn aufgetaucht und hatte Vita um einen schweren Hammer gebeten, weil Roy den verfallenen Abort im Garten neu zusammenzimmern müsse. Vita wollte ihren Burschen senden, doch Mary bestand auf dem Hammer. Sie wolle nicht in ihrer Schuld stehen.

Vita hatte sie zurückbegleitet und bei der Gelegenheit das enge, bescheidene Cottage in Augenschein genommen und eines von Marys Bildern gekauft.

»Dann ist sie also hübsch«, stellte Virginia nüchtern fest. Sie sah plötzlich grenzenlos müde aus.

»Das Reden strengt dich an, nicht wahr?«, fragte Vita besorgt.

»Ich habe doch nur ganz wenig gesprochen.«

»Dann ist es das Zuhören, das dich anstrengt.«

»Ich könnte dir stundenlang zuhören, wenn du mir nur erlaubtest, die Augen dabei zu schließen, ohne gleich davonlaufen zu wollen, weil du glaubst, ich sei zu erschöpft.«

»Ich will gar nicht davonlaufen. Aber du dummer Schatz, immer willst du dir mehr zumuten, als du verkraften kannst.« Sie stand auf und nahm Virginias Hand. »Ich werde dich jetzt ein wenig ruhen lassen.«

Virginia lächelte gequält. »Du bist so entsetzlich rücksichtsvoll. Geh nur, ich werde hier herumliegen und mich mit meinen Visionen von der jungen schönen Mary quälen.«

»Sie ist kleinwüchsig, buckelig und hat eine hässliche Warze im Gesicht«, neckte Vita und drückte Virginia, so fest sie es wagte. Sie wünschte sich, die Liebe, die sie in diesem Moment durchflutete, in eine sichtbare und bleibende Form gießen zu können. »Keine Frau der Welt kann es je mit dir aufnehmen. Wenn du es zuließest, würde ich für dich bis ans Ende der Welt gehen.«

»Worte …«, murmelte Virginia, aber das Gequälte war aus ihrem Lächeln verschwunden.

34. Kapitel

An Vita Sackville-West
Long Barn, Weald
Sevenoaks, Kent

Monks House, 10. Juni 1927

So sind wir nun in Monks House, wo ich mich besser erholen kann, sagt Leonard.

Ich liege in meinem Bett und lese dein Buch Herausforderungen. *Du nanntest es explizit und ja, das ist es. Violet muss eine sehr begehrenswerte Frau gewesen sein. Was findest du an mir, frage ich mich.*

Leonard ist fort, ich bin allein und sehr erregt. Leider auch immer noch sehr kopfschmerzgeplagt und unfähig zu jedweder Anstrengung. Ich kann weder schreiben noch irgendetwas anderes Sinnvolles tun, nur hier liegen und an dich denken.

Wenn ich das nächste Mal nach Long Barn komme, wirst du streng mit mir sein müssen, obwohl ich dich zu aufregenden Dingen animieren möchte, inspiriert von Violet.

Ich wünsche mir einen Kuss von dir. Nein, ach, viel mehr.

Virginia.

An Virginia Woolf
Monks House
Rodmell, Sussex

Sherfield Court, 12. Juni 1927

So bist du also allein in deiner Bauernkate. Harold und ich sind bei Dottie, Clive ist hier, dünn und verhärmt, und noch jede Menge andere Leute, deren Gesellschaft mich ermüdet.

Weißt du, was ich täte, wärest du nicht jemand, mit dem man streng sein muss? Ich würde in der Nacht heimlich das Auto aus der Garage stehlen, nach Rodmell fahren und Steinchen an dein Fenster werfen. Du würdest öffnen und mich einlassen, ich würde bis zum Morgengrauen bleiben. Niemand würde etwas bemerken. Aber da du bist, wie du bist, ist das nicht möglich. Jammerschade.

Du liest Herausforderungen*? Vielleicht habe ich mir damals die Hörner abgestoßen. Und doch verspüre ich diesen Trieb noch immer in mir und ich schwöre: Für eine andere Virginia würde ich mitten in der Nacht nach Sussex rasen, ohne Rücksicht auf Anstand oder Alter. Die Versuchung ist groß.*

Deine Vita

Monks House, 13. Juni 1927

Vitas Brief kam mit der Nachmittagspost. Virginia erwartete Leonard erst am nächsten Morgen und hatte sich dazu aufgerafft, ein frisches Brot zu backen. Das sollte ihm beweisen, dass sie kräftig genug war, um am übernächsten Tag nach London zurückzukehren und der Verleihung des Hawthornden beizuwohnen. Die Anstrengung verursachte einen stolpernden Herzschlag und leichten Kopfschmerz, doch darüber konnte sie hinwegsehen. Nicht hinwegsehen jedoch konnte sie über Vitas schlecht verhüllte Provokation. Sie gab ihr diesen Roman zu lesen, in dem sie ihr aufregendes Liebesleben mit Violet verewigt hatte, und schickte ihr dann diesen Brief. Was anderes sollte das heißen als: Wärest du nicht alt und krank, würde ich dich genauso entfesselt lieben können.

Anstatt den Brief zu zerreißen, wie sie es in einem ersten Impuls am liebsten getan hätte, ließ sie das Brot im Ofen zurück und zog die Schuhe an. So schnell es ihr stolperndes Herz erlaubte, eilte sie zum Postamt, um ein Telegramm nach Long Barn aufzugeben, wo Vita nach ihrem Sherfield-Wochenende inzwischen sicher wieder eingetroffen sein würde.

DANN KOMM, textete sie.

Als sie zurückkehrte, war das Brot verbrannt.

Long Barn, 14. Juni 1927

Ein Telegramm lag auf dem Silbertablett im Eingang, als Vita am nächsten Abend aus Sherfield zurückkehrte. Sie war einen Tag länger geblieben und hatte viel Tennis gespielt. Vielleicht hatte sie ein wenig übertrieben, ihre Beine waren schwer und die rechte Schulter schmerzte, doch sie hatte die Bewegung dringend gebraucht. Virginia, die Campbells, die bevorstehende Preisverleihung und die anhaltenden Qualen beim Schreiben – in ihrem Kopf herrschte Chaos. Und immer wieder tauchte vor ihrem inneren Auge Mary Campbell im schwarzen Kleid auf, der schneeweiße Hals mit dem roten Samtband. Und dann Virginia, hingestreckt auf zwei Stühlen, unter einer golddurchwirkten Decke. Zwei Visionen, wie sie gegensätzlicher nicht hätten sein können.

Sie fühlte sich fiebrig, jedoch ohne die Schwäche, die zu einer Krankheit gehörte. Die Hitze tat ihr Übriges. Selten hatte sie so sehr das Bedürfnis verspürt, sich kopfüber in einen eiskalten See zu stürzen.

Das Telegramm war von Virginia, am Vortag aufgegeben. *Dann komm!*, schrieb sie.

Arme, tapfere Virginia. Glaubte sie wirklich, dass Vita mitten in der Nacht bei ihr aufkreuzen würde, krank wie sie war? Vita faltete die Nachricht zusammen und legte sie zu den übrigen Briefen von Virginia, die sie in einem perlenbesetzten Schmuckkästchen aus Persien aufbewahrte. Es schillerte im Sonnenlicht, genau wie Virginia unter ihrer goldenen Decke.

London, 16. Juni 1927

Es war der Tag ihres Triumphes. Alle namhaften Schriftsteller im Saal versammelt, eine überschwängliche Rede von Sir Gosse, der Preis und die vielen Gratulanten – Vita war beschwipst vor Stolz, als sie zusammen mit Harold, Leonard und Virginia nach der Preisverleihung durch Londons Straßen streifte. Die Hitze flimmerte über dem Pflaster und Vita schwitzte unter ihrem breitkrempigen, mexikanischen Hut. Dazu trug sie einen roten Schlips und eine weiße Seidenbluse.

Sie stolzierte, eingehakt mit Virginia, vor den beiden Männern her und Vita kam sich mit der Urkunde in der Tasche und Virginia am Arm sehr bohemehaft und bedeutsam vor. Virginia war immer noch etwas fahl, was aber auch an dem grünen Hut liegen mochte, der seinen Schatten über ihr Gesicht warf.

Sie betraten ein Eiscafé und ließen sich an einem Tisch in der hintersten Ecke nieder, neugierig beäugt von den übrigen Gästen. Vita erkannte ein paar Gesichter von der Preisverleihung wieder.

Sie stupste Virginia an. »Schau, ist das dort nicht die Sitwell?« flüsterte sie. »Die Frau mit dem roten Hut? Ich meine, sie auch unter den Zuschauern gesehen zu haben.«

Edith Sitwell war ebenfalls eine Dichterin und sehr gut mit Virginia befreundet. Allerdings hatte die Sitwell ihr Gedicht schon zweimal in der Presse *als das schlechteste Gedicht in englischer Sprache* verrissen und es war sicher kein Grund zur Freude, wenn ausgerechnet diese Frau ihrer Preisverleihung beigewohnt hatte.

»Nein, wo denkst du hin? Die Frau war dort, das stimmt, aber es ist nicht Edith. Sie trägt ohnehin eher Turban als Hut.«

»Gott sei Dank«, sagte Vita. »Vielleicht kannst du sie, wenn du sie das nächste Mal siehst, darüber aushorchen, was sie mit ihren Verrissen bezweckt.«

»Nun, sie ist eine experimentierfreudige Dichterin. Traditionalität ist ihr ein Dorn im Auge.«

»Das darf sie gerne sein, aber ihr Feldzug gegen mich ist reichlich albern.«

»Du bist nicht die einzige Lyrikerin, gegen die sie sich wendet«, mischte sich Leonard ein. »Die Sitwell bricht mit Konventionen, und das tut sie gründlich. Nimm es dir nicht zu Herzen. Es ist nicht gegen dich persönlich gerichtet.«

»Vergiss nicht, den Hawthornden hast *du* bekommen – nicht sie!«, pflichtete Harold bei. Er hatte bei der Verleihung direkt vor ihr gesessen, die Wangen rot vor Stolz.

»Sie ist eine Innovatorin. Du bist Traditionalistin. Es darf dich nicht verwundern, dass sie dir gegenüber nicht fair sein kann«, setzte Virginia nach.

»Ich bin ganz und gar nicht eitel, will aber verdammt sein, wenn mein Gedicht so schlecht ist, wie sie behauptet!«

»Mach dich nicht verrückt«, sagte Harold. »Es verkauft sich wie schmelzender Schnee. Was interessieren dich die Bosheiten einer Sitwell?«

»Vermutlich ist es die pure Eifersucht«, sagte Leonard. Und mit Blick auf Virginia: »Natürliches Konkurrenzverhalten zwischen Menschen, die für das Schreiben leben.«

»Es sollte aber fair bleiben. Und die Sitwell ist nicht fair«, beharrte Vita und bohrte ihren Blick in Virginias.

Sie wich nicht aus. »Ich stimme dir zu, das ist sie nicht«, sagte sie. »Es sind jedoch nur wenige Menschen so fair und großmütig wie du.«

Gewiss meinte sie es vollkommen ehrlich, aber Vita war auf der Hut. Virginias Gesichtsausdruck verriet nur allzu deutlich, dass sie noch längst nicht fertig war mit ihrem Gedankengang. Und so war es.

»Ich finde allerdings auch, der Hawthornden-Jury täte eine Verjüngungskur gut«, sinnierte sie, während sie mit gefurchter Stirn die Eiskarte studierte. »Habt ihr gesehen, wie der alte Gosse gezittert hat, als er die Urkunde überreichte?«

»Virginia.« Zwischen Leonards Brauen bildete sich eine steile Falte. Seine Hände hielt er unter dem Tisch versteckt.

»Ich habe nichts davon gesehen«, behauptete Vita, obwohl sie es natürlich wahrgenommen hatte. »Ich war viel zu aufgeregt.«

»Also wenn ihr mich fragt, war es ein entsetzliches Theater. All diese plappernden Möchtegernliteraten, die über ihre eigenen Füße fallen, um die Aufmerksamkeit eines Tattergreises wie diesem Gosse auf sich zu ziehen. Es ist ein ähnlich erbärmlicher Haufen wie …«

Sie wurde von der Bedienung unterbrochen, die ihre Bestellung aufnahm. Virginia bestellte einen Eisbecher mit viel Schokolade, allerdings ohne Stückchen, die Schokolade möglichst heiß, auf einem Klecks Sahne serviert und obendrauf eine Kirsche, möglichst frisch, keine dieser klebrig süßen, getrockneten, die einem manchmal vorgesetzt wurden. Der Prozess des Bestellens in einem Restaurant war mit Virginia immer eine langwierige Angelegenheit und Vita hoffte, dass sie danach zu einem anderen Thema übergehen würde, doch so war es nicht. Sie knüpfte nahtlos an ihren unterbrochenen Satz an. »Ein erbärmlicher Haufen wie die Royal Society. Eine dumpfe, langweilige Mittelklasse von Schreibern, die da um den goldenen Becher tanzt. Ich wette mit euch, dass die Gedichte der Sitwell nicht einmal in die engere Auswahl genommen wurden. Warum nicht?«

»Virginia«, mahnte Leonard erneut, diesmal ein wenig lauter.

Virginia jedoch ließ sich nicht beirren. Sie hatte den Hut abgelegt und die eben noch grünlich blassen Wangen flammten vor Eifer.

»Es ist nicht verwunderlich, dass sich eine junge, experimentierfreudige Dichterin wie die Sitwell gegen diese Art von Literaturbetrieb wendet, und wir dürfen froh sein, dass die jüngere Generation das Ganze ein bisschen aufmischt.« Sie langte über den Tisch und berührte flüchtig Vitas Hand. »Schau nicht so betrübt drein, du kannst ja nichts dafür, dass so viel Staub auf den Schultern dieser Herrschaften liegt. Dein Gedicht hat es verdient zu gewinnen, es ist sehr originell. Aber du kennst meine Einstellung.« Sie lächelte ihr aufmunternd zu.

Ein viel zu großer Eisbecher wurde vor Vita hingestellt, doch die Lust darauf war ihr längst vergangen. Da half es auch nicht, dass Harold unter dem Tisch seine Hand in die ihre schob, die schlaff herabhing.

Sie starrte auf die frische, saftige Kirsche, die Virginias Eisbecher krönte, und sagte lahm: »Lass es dir schmecken.«

Und vielleicht war es der freudige Enthusiasmus, mit dem Virginia sich ihrem Eis widmete, der sie mehr als alles andere verletzte.

»Was ist nur in dich gefahren?« Leonard sah Virginia kopfschüttelnd an.

Gerade hatten sie sich von Vita und Harold verabschiedet und wanderten langsam zurück nach Hause.

»Ich habe nur meine Kritik an dieser widerwärtigen Veranstaltung geäußert.«

»Sie hatte Tränen in den Augen.«

»Es war nur ein Moment. Später war sie wieder fröhlich. Ich habe mehrmals gesagt, dass ihr Gedicht es verdient hat und sie stolz sein kann.«

»Ich wusste nicht, dass dein Neid so groß ist.«

Virginia beschleunigte ihre Schritte. »Ich bin nicht neidisch.«

Leonard lachte sarkastisch.

»Gut. Vielleicht ein bisschen. Aber mehr noch wünsche ich mir, dass Vita versteht, worauf es ankommt. Gute Verkaufszahlen und prestigeträchtige Preise dürfen sie nicht dazu bringen, ihr Talent zu vergeuden.«

»Vita ist kein kritischer Geist«, warnte Leonard. »Du überforderst sie.«

»Aber welchen Wert sollte die Literatur haben, wenn nicht, Althergebrachtes infrage zu stellen? Sie trampelt immer dieselben langweiligen Pfade entlang, ohne Neugier auf das, was es rechts und links davon zu entdecken gibt. So ein Stumpfsinn!«

Virginia blieb stehen, plötzlich außer Atem. Sie spürte unangenehm ein Rumpeln in ihrer Brust. »Sie kann mehr. Ich will doch nur, dass sie das versteht.«

Leonard schob seinen Arm unter den ihren, eine galante Geste, die nur schlecht verbarg, wie besorgt er um sie war. »Vitas Beweggründe zu schreiben sind andere als deine. Und sie ist erfolgreich in dem, was sie tut. Warum willst du daran unbedingt etwas ändern?«

Virginia suchte nach einer simplen, nachvollziehbaren Erklärung, die ihre Ehre retten und Leonard zufriedenstellen könnte, doch sie fand keine. »Weil sie mir am Herzen liegt«, sagte sie schließlich achselzuckend.

»Falsch«, sagte Leonard. »Die Literatur liegt dir näher am Herzen als Vita. Näher als überhaupt irgendein Mensch. Und das ist die ganze Wahrheit.«

Ebury Street, 29. Juni 1927

Die Wohnung war stickig, zu lange war Vita nicht hier gewesen. Vielleicht war es auch die Hitze, die noch jetzt, weit nach Mitternacht auf die Stadt niederdrückte. Vita tastete nach Streichhölzern, um Kerzen anzuzünden. Sie schwankte leicht. Zu viel getrunken. Viel zu viel.

»Nein, lass es dunkel. Ich will dich im Mondschein trinken.« Ein Flüstern nur, aber es genügte, um das Raunen des Zweifels zu überlagern und die vom Alkoholrausch hervorgekitzelte Lust anzustacheln. Das schwarze Haar, die zierliche Figur. Im Licht des

Vollmonds, das durch die hohen Schlafzimmerfenster hereinflutete, war der Unterschied kaum wesentlich. Nur die füllige Brust und die reife Stimme erinnerten daran, dass dies nicht Mary Campbell war, die so häufig in den letzten Wochen Vitas Gedanken besetzt hielt, sondern eine andere Mary – Clives Ex-Geliebte Mary Hutchinson.

Sie kamen von einer Party bei Dottie. Weder Virginia noch Clive waren eingeladen gewesen. Dottie und Mary hatten sich angefreundet – wenn man es so nennen konnte. Vielleicht hatten sie eine Affäre, es war nicht eindeutig auszumachen. Mary Hutchinson jedenfalls war augenscheinlich nach dem Ende ihrer Beziehung zu Clive zu Experimenten aufgelegt. Sie hatte sich ihr sofort angeschlossen, als sie erklärte, nach Hause gehen zu wollen. Ihre gierigen Küsse in den finsteren Ecken der schwülwarmen Stadt hatten Vita trunken gemacht, mehr, als es Alkohol je vermocht hätte.

Mary Hutchinson war eine Frau, die wusste, was sie wollte, und zeigte es sehr deutlich. Kein Zögern, keine verhuschte Scham, als sie sich auszog. Eine Künstlerin der Verführung.

Ihr weißer Körper glitt durch das silberblaue Mondlicht auf Vitas Bett zu. Vita blieb stehen, sah zu, wie Mary sich auf ihr Bett legte und ihren eigenen Körper streichelte. »Dir eilt ein Ruf voraus«, gurrte sie. »Und ich bin eine sehr neugierige Frau.« Sie streckte die Hand nach ihr aus, doch auch ohne diese Aufforderung hätte Vita keine Sekunde gezögert. Sie musste einen Hunger stillen, der schon viel zu lange in ihr brannte. Es spielte keine Rolle, dass es nicht die Mary war, die sie eigentlich wollte.

35. Kapitel

Long Barn, Juli 1927

»Unser Talent als Engländer liegt im Regieren! Es lebe das Empire!« Harold saß in seinem aristokratischen Ledersessel am Kamin im großen Salon von Long Barn, die Pfeife in der einen, das erhobene Glas Whisky in der anderen Hand. Er schlug die Beine übereinander und blickte in die Runde, das Kinn entschlossen vorgereckt, die Augen hinter den Brillengläsern ein wenig zusammengekniffen, als fordere er seine Gesprächspartner zum Widerspruch heraus.

Der erwartete Widerspruch kam von Raymond Mortimer, der den Ellbogen auf dem Kaminsims abgestützt, direkt neben ihm stand. »Möglicherweise sehen die Regierten das ein wenig anders.«

Virginia hockte auf einem Fußschemel, nah am Feuer, und wärmte sich die Hände. Es war ein kühles Juliwochenende, das sie und Leonard gemeinsam mit Vita, Harold und Raymond Mortimer auf Long Barn verbrachten.

Zwei Tage zuvor waren sie alle gemeinsam nach Yorkshire gefahren, um dort die seit zweihundert Jahren erste sichtbare, totale Sonnenfinsternis zu erleben. Der anschließende Besuch in Long Barn war lange geplant gewesen. Es war das erste Wiedersehen mit Vita nach der Hawthornden-Verleihung und Virginia hatte der Begegnung mit Nervosität entgegengeblickt. Doch wenn Vita je ernstlich wegen ihrer Bemerkungen verletzt gewesen war, dann ließ sie es sich nicht anmerken. Im Gegenteil: In der seltsamen, überwirklichen Stille, die mit dem vollständigen Verschwinden der Sonne hinter dem Mond über die Landschaft gefallen war, hatte Vitas Hand die ihre berührt. Nur kurz und kaum willkürlich, aber in dem scheinbar zeitlosen Moment des Innehaltens der Natur war zwischen ihnen eine Verbindung entstanden, die etwas von der Zeitlosigkeit dieses Naturschauspiels in sich trug. Es war nichts Elektrisierendes in dieser Berührung, wie Virginia es vielleicht vor einem Jahr noch empfunden hätte, vielmehr die beruhigende Gewissheit, mit Vita eine Ebene der Vertrautheit erlangt zu haben, die auch gelegentliche Misstöne nicht ernsthaft gefährden konnten. Zumindest glaubte sie das. Aber wer wusste schon, was in Vita vorging.

An diesem Wochenende hatten Virginia und Leonard zum ersten Mal die Gelegenheit, Harold näher kennenzulernen. Er war ein charmanter, redegewandter junger Mann, ebenso großherzig wie Vita, allerdings für Virginias Geschmack ein wenig zu borniert in seinem Konservatismus und himmelschreiend naiv in seinem unerschütterlichen Glauben an die Klassengesellschaft und die kulturelle Überlegenheit der Engländer gegenüber allen anderen Völkern der Erde.

»Auf das, was wir in den Kolonien geschaffen haben, können wir stolz sein«, behauptete er jetzt. »Ich würde zum Beispiel Sydney jederzeit einer Stadt wie Paris vorziehen, französische Lebensart hin oder her. Es sind die Söhne unseres Volkes da draußen in den Kolonien. Und darauf bin ich stolz.«

Leonard räusperte sich. Er hatte sich Harolds Unsinn bislang schweigend angehört, nun aber begann er, von seinen Erfahrungen in Ceylon zu erzählen, wo er sieben Jahre lang versucht hatte, gegen seine Überzeugungen eine britische Administration aufzubauen, die der Kultur des Landes in beinah jeder Hinsicht zuwiderlief. Die aktuellen Entwicklungen in Indien, die Bewegung des friedlichen Widerstandes, die um eine Lichtgestalt wie diesen

Mahatma Gandhi entstanden sei, zeige deutlich, dass der Imperialismus seinen Zenit überschritten habe. »Wir können den Frieden in der Welt nur sicherstellen, wenn wir den Kolonien ihre Eigenverantwortung zurückgeben«, sagte er. »Wir müssen beraten, unterstützen, fördern, zusammenarbeiten – niemals aber dürfen wir unsere Kultur über die dieser Völker stellen oder gar ausbeuten – und das ist es, was wir tun.«

Harold hörte mit freundlichem, offenem Blick zu. »Wir beuten nicht aus«, behauptete er. »Im Gegenteil. Wir machen einen guten Job da draußen. Wir denken nicht nur an uns, wie es die Franzosen tun oder die Deutschen. Nehmen wir das Beispiel Australien. Wir bauen dort Krankenhäuser für die Arbeiter in den Ölfeldern. Jeder wird behandelt, egal, ob er Brite ist oder Eingeborener. Sagt nicht, dass das nicht etwas Gutes ist.«

»Wir drücken ihnen unsere Lebensweise auf, nehmen ihnen ihre Identität«, widersprach Raymond.

»Was ist schlecht an unserer Lebensweise? Wir bringen diesen Völkern Zivilisation. Und sie vertrauen uns.«

Virginia hatte dem Gespräch mit wachsender Ungeduld gelauscht. Sie bewunderte Leonards Gelassenheit und seine Fähigkeit, dem größten Humbug mit wertschätzendem Interesse zu lauschen und geduldig seine eigenen Argumente vorzubringen, so taub die Ohren auch sein mochten, auf die sie fielen.

Vita saß schweigend auf Marie Antoinettes Sofa und spielte geistesabwesend mit ihren Perlen. Sie hatten den Tag mit Vitas Lieblingsaktivitäten verbracht: Tennis, Waldspaziergänge, opulentes Essen und guter Wein. Vita als Gastgeberin erinnerte Virginia mehr denn je an ein erhabenes Schiff, das mit gesetzten Segeln dahinflog, gefolgt von einer Schar Hunde, den Kindern und ihren Gästen, selbstgewiss und ohne jeden Zweifel, auf dem richtigen Kurs zu sein.

Diskussionen über Politik allerdings waren nicht nach ihrem Geschmack. Ein paar Mal hatte Virginia ihr von Leonards früherem Engagement in der sozialistischen Fabian Society erzählt, und natürlich wusste Vita um Leonards fehlgeschlagene Kandidatur für die Labour Partei, doch Gespräche über die skandalöse Armut der Arbeiterschicht in England lehnte Vita gelangweilt ab. Sie nahm ihre Privilegien als gottgegeben, moralische Zweifel am herrschenden gesellschaftlichen System oder auch nur ein Mitgefühl mit den weniger Privilegierten schienen ihr fremd zu sein. Sie ließ sich allenfalls dazu herab, von Zeit zu Zeit eine Münze in den Hut eines Bettlers zu werfen. Und so kritisch sie auch Harolds Tätigkeit für das Foreign Office gegenüberstand, es käme ihr nie in den Sinn, etwas Verwerfliches im Weltmachtanspruch des Königreiches zu sehen oder die nationalistischen Überzeugungen infrage zu stellen, die Harold in seiner Arbeit antrieben.

»Regierungen heute müssen sich der Bekämpfung von Armut und Ungleichheit im eigenen Land zuwenden und nicht in nationalistischem Größenwahn mehr davon in der Welt schaffen«, sagte Raymond. »Das Zeitalter der großen Eroberungen ist vorbei.«

»So ist es leider«, stimmte Harold mit wehmütigem Blick in sein Whiskyglas zu.

»Leider?«, entfuhr es Virginia. »Hast du vergessen, was der Nationalismus in Europa angerichtet hat? Wie viele junge Männer im Namen des Nationalismus in den Schützengräben ihr Leben gelassen haben? Sieh dich doch auf den Straßen um. Die Kriegsversehrten betteln an jeder Hausecke und haben nicht einmal mehr Arme, um dir ihren Hut entgegenzustrecken!«

»Aber wir gehen doch da raus, um den Menschen Zivilisation zu bringen und Kriege zu verhindern. Nicht, um Kriege anzuzetteln.«

»Kriege sind eine natürliche Folge des Nationalismus«, beharrte Virginia.

»Nationalismus bedeutet Wachstum«, hielt Harold entgegen.

»Ich bin sehr für Wachstum«, erklärte Virginia. »Aber es muss ein Wachstum des Geistes sein, nicht des Nationalbewusstseins. Wachstum bedeutet Veränderung, neu denken, anders denken.« Sie beobachtete Vita, deren Blick ruhelos durch den Raum schweifte, als überlege sie, mit welchem Amüsement sie ihre Gäste von dem konfliktträchtigen Thema ablenken könne. Jetzt stand sie auf und jagte Pinker zur Tür hinaus, der an einem ihrer Teppiche herumgezerrt hatte und Anstalten machte, sein Bein an einem ihrer wertvollen Möbel zu heben. Virginia hatte schon ein paarmal versucht, ihn zur Ordnung zu rufen, aber der Hund hörte nicht auf sie.

»Wo wären wir denn, wenn wir immer an den Traditionen festhalten und niemals etwas Neues versuchen? Das Frauenwahlrecht zum Beispiel. Wir wurden ausgelacht, als wir es forderten. Heute gehen wir ganz selbstverständlich wählen. Und mit dem Nationalismus wird es ähnlich sein. Er wird an Bedeutung verlieren, das Individuum an Bedeutung gewinnen.«

»Ich stimme Virginia zu«, sagte Raymond. »Die Welt verändert sich rasant und wir dürfen nicht in einem alten Wertesystem stecken bleiben.«

»Ihr verteufelt Werte, die uns viel Wohlstand und Ansehen in der Welt eingebracht haben.« Harold schüttelte den Kopf. »Und nun wollt ihr noch den Nationalstolz abgeschafft wissen? Das kann nicht richtig sein.«

»Hauptsache neu und anders«, meldete Vita sich nun doch zu Wort. »So ist das eben in Bloomsbury. Nur mit der Hundeerziehung tut man sich dort offensichtlich schwer.« Sie zwinkerte Virginia zu.

Virginia zuckte entschuldigend die Achseln und zeigte auf Leonard. »Für die Strenge ist er zuständig«, sagte sie.

»Und du für die Erneuerung, ich weiß. Eine glückliche Verteilung.« Ein spöttischer Zug lag um ihren Mund.

Es war eine Spitze, kaum sichtbar für die anderen, jedoch vollkommen untypisch für Vita und daher umso schmerzhafter für Virginia.

»Es muss daran liegen, dass Pinker als aristokratischer Hund keine Befehle vom einfachen Volk annimmt«, gab sie zurück und hoffte, dass es nicht allzu schnippisch klang.

»Ein aristokratischer Hund würde wissen, dass man ein antikes Möbelstück nicht anpinkelt.«

»Das stimmt natürlich. Dann liegt es wohl doch an unserer liberalen Gesinnung, die ihn verdorben hat.«

»Ich fürchte es«, sagte Vita und ihre Lippen verzogen sich zu einem Lächeln, das ihre Augen nicht erreichte.

»Wie hältst du es mit der Eifersucht?«, fragte Vita am nächsten Abend, als sie in ihrer Lieblingsposition zu Virginias Füßen saß und sich von ihr das Haar kraulen ließ. Leonard war am Nachmittag nach London zurückgefahren, Raymond und Harold hatten sich in Harolds Privatgemächer zurückgezogen und Vita und Virginia den großen Salon überlassen. Es war seit langer Zeit der erste Abend, den sie in Zweisamkeit verbrachten, jedoch durch Harolds und Raymonds Anwesenheit im Haus ohne die Intimität, die Virginia sich gewünscht hätte. Der Schlagabtausch am gestrigen Abend hatte allerdings einen bitteren Nachgeschmack hinterlassen und so war es gut, wie es war.

Virginia hielt mit dem Kraulen inne. Als sie nicht antwortete, setzte Vita nach. »Wärest du sehr eifersüchtig, wenn Leonard eine Affäre hätte?«

»Leonard eine Affäre?« Virginia musste lachen. Sie konnte sich nichts Abwegigeres vorstellen, als dass Leonard ihr untreu würde. »Er hat viel zu viel Angst, eine Krise bei mir auszulösen. Seine Angst davor ist vermutlich größer, als meine Eifersucht es je sein könnte.«

»Er könnte es ja verheimlichen«, beharrte Vita. »Wenn er sicher wäre, dass du es nie erfährst, und du erführest es doch – wärest du eifersüchtig?«

»Sehr.«

»Aber wäre es nicht verständlich? Immerhin lebt ihr eine keusche Ehe und du …« Sie zögerte einen Moment. Dann schien sie sich einen Ruck zu geben und sagte: »Du hast ja auch eine Affäre.« Sie zog ihre Hand zu sich herunter und küsste die Innenseite ihres Unterarms.

»Noch einmal, bitte«, forderte Virginia.

Vita küsste ein unbefriedigend flüchtiges zweites Mal und sagte dann: »Lenk bitte nicht ab. Ich muss wissen, wie du in dieser Sache denkst. Leonard ist ein Mann und er … Ich vermute, auch er hat seine Bedürfnisse.«

Schon manches Mal hatte Virginia ähnliche Gedanken im Kopf herumgewälzt, sie aber immer beiseitegeschoben. Sie waren zu schmerzhaft.

»Jetzt, wo du es sagst … Ja, ich wäre eifersüchtig, aber ich würde es ihm verzeihen.«

»Gut«, sagte Vita. »Das ist gut.«

Virginia lachte. »Warum ist dir das so wichtig?«

Vita stand auf und schob sich neben sie in den Sessel. »Erinnerst du dich, wie wir über den Unterschied zwischen Liebe und *béguin* sprachen?«

»*Béguin*, du meinst das sexuelle Verlangen? Aber ja. Und ich erinnere mich sehr deutlich an meinen Frust, in keine dieser beiden Kategorien hineinzugehören.«

Vita sah sie überrascht an. »Wie kommst du darauf?«

Virginia hob nur die Handflächen himmelwärts zum Zeichen, dass die Antwort zu banal war, um ausgesprochen zu werden.

»Aber Virginia«, sagte Vita und nahm ihre beiden Hände in die ihren. »Weißt du denn immer noch nicht, dass du dir in meinem Herzen einen Platz erobert hast, für den es keinen Namen gibt?«

»Herrje«, seufzte Virginia. »Nicht einmal einen Namen.«

Vita stieß sie in die Seite. »Ich meine das ernst. In meinen Gedanken sitzt du auf einem goldenen Thron und ich rutsche auf Knien zu deinen Füßen herum, scharre im Staub auf der Suche nach Worten, die meiner Verehrung für dich nur annähernd gerecht werden könnten, und finde sie nicht.«

Virginia lächelte. »Jetzt hast du sie aber gefunden.« Sie lehnte den Kopf an Vitas Schulter. Eine Weile saß sie so, ihr Geist schwer vom Wein, die Beine müde vom langen Spaziergang, den sie am Nachmittag unternommen hatten.

Dann fiel ihr plötzlich auf, dass Vita ihren Gedankengang nicht zu Ende gebracht hatte.

»Du wolltest wissen, ob ich mich an unser Gespräch erinnere. Ja, das tue ich. Und weiter?«

»Nichts weiter«, sagte Vita und stand auf, um eine Decke zu falten, die unordentlich auf dem gegenüberliegenden Sessel lag. Argwöhnisch beobachtete Virginia sie. Es war ganz und gar nicht Vitas Art, für Ordnung zu sorgen. Dafür hatte sie ihr Personal.

»Komm wieder her«, befahl sie.

Vita gehorchte, blieb aber unschlüssig vor ihr stehen.

»Du wolltest wissen, wie ich es mit der Eifersucht halte. Aber es ging dir nicht um Leonard, habe ich recht.«

»Ich habe darüber nachgedacht, wie er wohl mit seinen natürlichen Bedürfnissen umgeht.«

»Und was ist mit deinen, liebe Vita?« Sie schlug die Beine übereinander, faltete die Hände und legte sie auf ihr Knie. »Erzähl mir von deinen Ausschweifungen, denn das wolltest du doch, habe ich recht?«

Vita schien im ersten Moment widersprechen zu wollen, dann aber biss sie sich auf die Lippen und senkte den Kopf. Schließlich sagte sie: »Nur, wenn du mir versprichst, nicht eifersüchtig zu sein. Denn dazu gibt es keinen Grund.«

Virginia schaffte es sogar zu lachen. »Komm, setz dich wieder zu mir. Ich möchte alles wissen, und lass dir bloß nicht einfallen, mich zu belügen. Denn dann würde ich nie wieder ein Wort mit dir reden.«

Es tat weh, o ja, sehr sogar. Sie hatte sich den Schmerz nicht anmerken lassen, darin war sie geübt. Sie hatte noch eine Menge Wein getrunken und sich über Vitas erotische Eskapade mit Mary Hutchinson lustig gemacht. Erst im Bett, in der einsamen Dunkelheit, hatte der Schock seine volle Wirkung entfaltet und sie am ganzen Körper zittern lassen.

Aber es war ein heilsamer, tränenloser Schock. Sie hatte sich förmlich in den Schlaf gezittert, überzeugt, dass sie am Morgen vor Kopfschmerzen nicht würde aufstehen können, aber so war es nicht gewesen. Sie hatte sich ausgeruht gefühlt, leidlich kräftig, genau so, wie man sich fühlt, wenn man lange krank war und erstmals mit dem Gefühl erwacht, gesundet zu sein.

In jener Nacht, so hatte Vita behauptet, habe ihre männliche Seite nach Befriedigung verlangt. Es war die Seite Vitas, die Virginia nicht ansprach, die sie kaum kannte und die näher kennenzulernen sie kein Interesse verspürte. Zumindest nicht auf die Weise, die vielleicht Mary verlockt hatte, Vita zu verführen. Solange Vita ihr diesen namenlosen Platz in ihrem Herzen freihielt, von dem sie noch kurz vor ihrer Beichte gesprochen hatte, konnte Virginia über solcherlei Eskapaden hinwegsehen – oder sie doch zumindest aus der Distanz beobachten und abwarten, welche Spuren sie in ihrem Geist hinterlassen würden. Und fraglos würden sie Spuren hinterlassen. Nach dieser langen Nacht des tränenlosen Zitterns jedoch konnte sie darauf vertrauen, dass ihr Herz, dieses traurige, ewig stolpernde Herz, keinen ernstlichen Schaden nahm und weiterhin für *die* Vita schlagen würde, die nur ihr allein gehörte.

Long Barn, Ende August 1927

Die Sommerferien verbrachte Vita mit den Jungen auf Long Barn. Sie hatte kein Bedürfnis zu verreisen, lehnte sogar Dotties Einladung nach Sherfield Court ab, wo sie üblicherweise einen Teil der freien Zeit mit den Jungen verbrachte, damit diese sie nicht allzu sehr mit ihrer Langeweile behelligten und sie die Ruhe zum Schreiben fand. Ein paar Mal war sie auf dem Weg nach Roedean in Rodmell vorbeigefahren und hatte Virginia besucht, kurze liebevolle Begegnungen, die sie mit Wärme erfüllt hatten, aber auch mit einem Gefühl von Rastlosigkeit in den Beinen.

Virginia erlebte den ersten gesunden Sommer seit zwei Jahren im Glück, weil die Verkaufszahlen ihres *Leuchtturms* durch die Decke gingen und vor ihrem Haus inzwischen ein Automobil stand. Virginia hatte Fahrstunden genommen, zeigte aber noch große Unsicherheit im Umgang mit dem Gefährt. Vita hatte sie ermutigt, einfach loszufahren, und sie hatten kleine Ausflüge über die leeren Landstraßen von Sussex unternommen, Virginia am Steuer.

Kurz nach ihrer Enthüllung an jenem Abend hatte Virginia sie mit einem Brief auf ihre spielerisch-ironische Weise zugleich gewarnt und umschmeichelt. *Schlimmer, übermütiger Esel West,* hatte sie geschrieben, *machst Bocksprünge morgens um vier in der Ebury Street und das noch mit Mary, der alten Auster. Mir vorzustellen, wie du dich mit einer unzüchtigen, kalten Auster belustigst, dein warmes Fell an ihre harte Schale reibst …*

Fort mit diesem Gedanken, denn du hast mich ja verwöhnt an diesem Wochenende, mit göttlichem Krebsfleisch, prickelndem Champagner, knisterndem Holzfeuer und seidenweichen Bettlaken. Wie sollte ich dir zürnen, wenn du mich in Luxus hüllst? Ich bin eine fair gesinnte Frau und du, sei nur vorsichtig mit deinen Bocksprüngen, sonst wirst du feststellen, dass Virginias weiche Buchtungen mit Haken besetzt sind. O ja, diese Haken kannte Vita nur zu gut. Sie saßen bereits tief in ihrem Fleisch, aber davon schien die Freundin nichts zu ahnen.

Virginia hatte ihr mitgeteilt, dass sie, während sie in Rodmell weilte, an den Donnerstagen immer allein sein würde, weil Leonard in London zu tun hatte. Keine Einladung, kein konkretes Datum, nur ein versteckter Hinweis, dass sie sie weiterhin sehen wollte, ihr nah sein wollte. *Sieh nur,* hieß das, *ich bin allein, bin dir nicht böse, kümmer dich um mich, liebe mich.*

Bislang allerdings hatte Vita es erst einmal geschafft, immer waren andere Dinge wichtiger. Sie wollte ihr Buch über Aphra Behn fertigstellen und sich um ihren Garten kümmern. Sie wollte die Jungen nicht allein lassen. Sie musste ihre Mutter bei Laune halten. Und dann war da noch Mary Campbell. Vita begegnete Mary oft, anfangs zufällig im Ort, auf den Feldern oder im Wald, wo Vita mit den Hunden spazieren ging. Die Campbells hatten keinen Hund und doch streifte Mary nicht selten allein über die Felder, während Roy zu Hause in ihrer engen Klause Weltliteratur zu schreiben versuchte. Mit ihren geschmeidigen Bewegungen, ihrem schwarz glänzenden Haar und dem intensiven Blick erinnerte sie Vita an eine Katze, eine herrenlose, hungrige Katze.

Bald wurden aus den zufälligen Begegnungen Verabredungen, zum gemeinsamen Spazierengehen, zum Tennisspielen, das Vita ihr beibringen sollte, manchmal auch zum Dinner, zusammen mit Harold und Roy. Roy war ein hitziger, trinkfreudiger junger Mann, der große Ambitionen hatte und einen kleinen Geist. Aktuell litt er unter einer akuten Schreibkrise, wie Mary ihr während eines Spaziergangs anvertraute. »Er trinkt schon morgens, um die Gedanken zu lockern, und dann sitzt er stundenlang vor seinem leeren Blatt. Er gibt mir und den Mädchen die Schuld, wir würden ihn stören. Die Mädchen sind aber meistens gar nicht da und ich ...« Ein zittriger Seufzer arbeitete sich durch ihren drahtigen Körper.

Sie hatten den breiten Waldweg verlassen und folgten einem schmalen Trampelpfad. Eine Abkürzung, wie Vita behauptete. Aber natürlich war es keine. »Komm nach Long Barn«, sagte sie. »Dort ist genug Platz.«

Mary lachte bitter. »Wie gern ich das täte, aber Roy ist rasend eifersüchtig.«

Vita schob einen herunterhängenden Zweig beiseite und ließ Mary den Vortritt. Sie fing den Duft ihres Parfüms ein.

»Eifersüchtig? Worauf?«

Mary warf ihr einen verhangenen Blick über die Schulter zu. »Roy ist auf jeden eifersüchtig, mit dem ich mich anfreunde.« Sie lief schnell und leichtfüßig, Vita konnte ihr kaum folgen.

»Was kann er gegen eine Freundin haben? Er kennt mich doch. Kein Grund zur Eifersucht«, rief sie.

Mary blieb stehen und blickte zurück. Sie hob das Kinn, fragend und zugleich herausfordernd.

Vita schloss zu ihr auf. »Hat er etwa schlechte Erfahrungen gemacht?«

»Wer weiß«, sagte Mary, lächelte geheimnisvoll und schlängelte sich an einem dornigen Busch vorbei.

—•⊱⊰•—

An Vita Sackville-West
Long Barn, Weald
Sevenoaks, Kent

Monks House, 2. September 1927

Du schreibst mir nicht, wie nett ist es also von mir, dir zu schreiben. Vielleicht hurst du wieder in Austernbänken herum? Ich will es gar nicht wissen, oder vielleicht doch?

Aber ich muss ohnehin viel lesen für dieses Buch, das Leonard mir abpressen will. Es soll eine Fortsetzung des Gewöhnlichen Lesers *werden, eine persönliche Schilderung der Eindrücke, die die Lektüre von Romanen im Geist hinterlässt. Dafür lese ich jeden Abend einen neuen Klassiker, gerade ist es ein Schauerroman. Er könnte genau nach deinem Geschmack sein.*

Ich schreibe dir natürlich in erster Linie, um dir mitzuteilen, dass Dottie mich gekauft hat. Sie bezahlte zweihundert Pfund für die Publikation einer neuen Gedichtreihe, deren Auswahl nun sie bestimmt. Wie tief bin ich gesunken. Und du, meine liebe Vita? Wem gehörst du? Nicht etwa auch Dottie? Denn wenn Dottie die Deine ist, bin ich es nicht.

Deine (bin ich es noch?) Virginia

—•⊱⊰•—

Long Barn, 3. September 1927

Es musste ein ironischer Handstreich des Schicksals sein, der Mary just in dem Augenblick nach Long Barn schickte, als Vita Virginias Brief auseinanderfaltete, um ihn auf der Stelle zu lesen. Längst hätte sie Virginia schreiben wollen, ihr Gewissen lärmte bereits, doch für einen Virginia gemäßen, hingebungsvollen und zugleich geistreichen Brief fehlte ihr die Inspiration. Vielleicht fehlte ihr auch die Lust.

»Kannst du mich zum Bahnhof bringen?«, fragte Mary. Sie war außer Atem. An ihrem Arm baumelte eine Reisetasche.

»Du willst verreisen?«

»Eigentlich nicht. Aber Roy … Ich fahre nach London. Eine Nacht oder zwei, bis Roy sich wieder beruhigt hat.«

»Was ist passiert?«

»Er hat getrunken.« Mehr wollte sie nicht sagen. Inzwischen wusste Vita, dass Roy manchmal gewalttätig wurde, wenn er trank. Einmal hatte er Mary beinahe aus einem Fenster im dritten Stock geworfen, weil er glaubte, sie habe ihn betrogen. Mit einer Frau. Trotzdem wollte sie bei ihm bleiben, ohnehin bliebe ihr keine Wahl, erklärte sie, wovon sollte sie denn leben?

Das Cottage, in dem Mary und Roy lebten, lag nur wenige Fußminuten vom Bahnhof in Weald entfernt. Der Weg nach Long Barn war weiter als der zum Bahnhof.

Als Vita sie darauf hinwies, biss Mary sich auf die Lippen. »Ich weiß«, sagte sie.

»Und warum bist du hergekommen?«

Mary ließ die Reisetasche fallen. »Weil ich dich brauche.«

»Du willst gar nicht, dass ich dich zum Bahnhof bringe.«

»Nein«, flüsterte Mary. Mit katzenhafter Behutsamkeit kam sie näher.

Vita blieb reglos, abwartend. »Was kann ich tun?«

»Mich lieben«, flüsterte Mary. »Wenn du es willst.«

Vitas Herz hämmerte, aber sie blieb sitzen. »Es ist keine Frage des Wollens.«

Mary hielt inne, schien unschlüssig, ob sie insistieren oder sich abwenden sollte, da griff Vita nach ihrer Hand. »Ich muss«, sagte sie heiser und zog Mary zu sich hinunter.

An diesem Tag las Vita Virginias Brief nicht mehr, und auch am folgenden nicht.

Sie bot Mary das Gästezimmer an, doch es blieb unbenutzt. Vitas Bett war so viel bequemer. Marys Angst, von Roy entdeckt zu werden, war groß, größer aber noch war ihr Hunger nach Liebe. Vielleicht war es diese Mischung, die sie so begehrenswert machte und die Vita Zweifel und Zurückhaltung über Bord werfen ließ.

Sie liebten sich – nachts in der stillen Dunkelheit, aber auch tags, im Salon auf dem Sofa, in Vitas Arbeitszimmer, sogar in der Küche, als die Köchin gegangen war und nur der Butler im Haus, der so geübt war im diskreten Umgang mit den Affären seiner Herrschaften.

Zum Glück war Harold eingespannt in seine Arbeit und selten zu Hause. Sie würde es ihm erzählen, irgendwann, wenn es vorbei war, aber nicht jetzt. Es war haargenau das, was Harold einen Wirrwarr nennen würde, eine große Dummheit, ein gefährliches Spiel.

An einem Wochenende nahm Vita Mary und die Kinder mit nach Knole. Sie zeigte ihr die prunkvollen Säle, durchschritt mit ihr die Galerien, die sie noch vor gar nicht so langer Zeit mit Virginia entlanggewandert war, und holte sie nachts sogar in ihr Zimmer. Dort liebten sie sich auch – obwohl Nigel mit hohem Fieber in einem Nebengelass lag und sie mehrmals in dieser Nacht nach ihm sehen musste. Es war ein erhebliches Risiko, das sie bedenkenlos einging, denn das Fieber in ihrem eigenen Körper brannte viel zu sehr, als dass sie noch irgendetwas hätte aufhalten können.

36. Kapitel

Monks House, 5. Oktober 1927

Der letzte Abend in Rodmell. Die Koffer standen bereits gepackt im Eingang, die Läden waren fest verschlossen, die Terrasse ein letztes Mal vom Herbstlaub befreit, und Mrs Bartholomew, die Zugehfrau, hatte die restlichen Vorräte mitgenommen, damit nichts umkam. Morgen in aller Frühe würden sie ihren Singer besteigen und nach London zurückfahren.

Virginia fühlte sich ausgeruht, in erstaunlich guter körperlicher Verfassung für einen solch kühlen, nassen Oktober, wenn auch ein wenig melancholisch. Der Dezember mochte das Ende eines Kalenderjahres für sich reklamieren – in ihrer Wahrnehmung jedoch endete das Jahr bereits mit den letzten Sommertagen. Der erste Tag in London nach den langen Wochen in Monks House war von jeher ihr persönlicher Neujahrstag, der Abend vor der Abreise ein schmerzlicher Abschied von einem dahingegangenen Lebensjahr. Selten zuvor hatte sie diesen Einschnitt so intensiv erlebt wie am heutigen Abend. Anders als an einem Silvesterabend war sie allein mit der Empfindung, niemand prostete ihr zu, keine Umarmung, keine Küsse, nicht einmal Musik, die den akuten Schmerz lindern konnte. Ihren persönlichen Moment des Übergangs musste sie allein aushalten.

Den ganzen Sommer über hatte sie nach innen gelauscht, um den Keim zu einem neuen Roman austreiben zu hören, diese magischen ersten Regungen des Geistes, die nur im Müßiggang und in der Stille ihre zarten grünen Blättchen entfalten konnten, und ja, da rührte sich etwas, aber was war es? Ein paar Gedanken zu einer Geschichte über zwei Lesbierinnen hatte sie notiert, einige Szenen skizziert, doch ein Roman wollte sich daraus nicht hervorschälen. Über die Wochen war sie immer unruhiger geworden, wie ein Hund, der sich auf seinem Lager um sich selbst dreht, unschlüssig, in welcher Position er sich niederlassen soll.

Eines Nachts war ihr der Gedanke gekommen, ein biographisches Werk über all ihre Freunde zu schreiben. Warum immer auf den Tod der Menschen warten, um sie in Biographien unsterblich werden zu lassen? Die Frage war nur, wie die Sache zu gestalten wäre. Einzelne Szenen, die die Wesensarten der Personen schlaglichtartig beleuchteten? Lytton, Roger, Clive, Duncan – alle Wahrheiten ans Licht gebracht, ironisch, amüsant. Auch Vita sollte vorkommen. Allerdings mit einem kleinen fiktiven Dreh: Vita als junger Edelmann namens Orlando.

Sie hatte den Gedanken ruhen lassen, denn was sollte das für ein Werk sein – weder Roman noch Biographie? Und doch schimmerte die Figur des Orlando wie eine kostbare Perle am Grund ihres Bewusstseins. Ein spannender Gedanke war noch vergangene Woche hinzugekommen. Maynard und Lydia hatten auf ihrem großen Anwesen unweit von Charleston eine Kostümparty veranstaltet, und ein Freund von Maynard hatte ihnen einen Zeitungsartikel über eine Frau gezeigt, die zum Mann geworden war. Es war bloß ein wenige Zeilen umfassender Artikel mit dem Foto einer sehr hübschen jungen Frau. Von einer Eierstockentfernung in einem Berliner Spital war da die Rede, dem Wunsch der Patientin, als Mann leben zu wollen.

»Aber die Brüste!«, hatte Virginia eingewandt, »wie kann sie ein Mann sein, wenn sie Brüste hat?«

»Und keinen Penis!«, ergänzte Vanessa.

Duncan fand, das spiele keine Rolle, wenn sie sich als Mann

fühle und leben wolle wie ein Mann, solle man ihr diese Freiheit lassen.

Sie hatten lange darüber diskutiert, wie ein Mensch zu bezeichnen wäre, der weder ganz Frau noch ganz Mann war, und ob die Entfernung von Eierstöcken ein ausreichendes Kriterium sei, um die Bezeichnung *Mann* zu rechtfertigen.

Die Geschichte dieser Geschlechtsverwandlung ließ Virginia nicht los. Sie verknüpfte sich mit der Idee, Vita zur Heldin einer phantastischen Biographie zu machen. Schloss Knole könnte eine Rolle spielen, die vierhundert Jahre alte Geschichte des Sackvill'schen Adelsgeschlechts. Vita als Edelmann, der im Lauf der Geschichte zur Frau wurde.

Die reale Vita hatte sich seit Anfang August kaum sehen lassen. Ein paar Besuche, nie über Nacht, immer nur flüchtig und mit diesem unsteten Blick, der Virginia mehr verriet, als Vita vielleicht lieb war.

Virginia kannte sie zu gut, um nicht zu bemerken, dass die Freundin ihr etwas vorenthielt. Im Lauf der letzten Monate war sie ihr Stück für Stück entglitten, und sosehr Vita beteuern mochte, dass sie sie liebte – es konnte nur noch eine blasse, leidenschaftslose Liebe sein. Virginia war sicher, dass eine andere Frau Vita in ihrem Bann hielt, eine Frau, die tausendmal jünger, schöner und leidenschaftlicher war als sie. Den Verdacht, dass es Dottie sein könnte, hatte sie inzwischen verworfen. Die beiden kannten einander zu lange. Ausgetretene Pfade, die Vitas Entdeckerlust nicht befriedigen würden.

Manchmal staunte Virginia, wie nüchtern sie die Situation zu analysieren vermochte und wie schnell ihre bisweilen aufflammende Eifersucht niederbrannte. In der Asche, die übrig blieb, scharrte sie jedoch unermüdlich herum auf der Suche nach dem, was unzerstörbar war in ihrer andauernden Liebe zu Vita. Perlen, aus denen sich etwas Neues, Bleibendes erschaffen ließe. Orlando, diese kaum erahnte Figur, war eine davon. Sie machte sie glücklich. Glücklicher, als es die schnöde Tatsache, eine von Vitas verflossenen Geliebten zu sein, eigentlich erlauben konnte. Sie hatte immer gewusst, dass sie das irgendwann sein würde. Es tat weh, o ja, doch es blieben die Erinnerungen, die Dankbarkeit für einige der schönsten Momente ihres Lebens und es blieb die Freundschaft.

Vor allem aber blieb Orlando. Eine verrückte Idee, aber warum nicht eine Weile damit spielen und schauen, was daraus wurde?

Tavistock Square, wenige Tage später

Auf ihrem Schreibtisch stapelten sich die Romane, die sie während der Wochen in Monks House gelesen hatte. Sie musste endlich mit der Arbeit an diesem Fortsetzungsband für den *Gewöhnlichen Leser* vorankommen, Leonard drängte schon. Auf der Rückfahrt von Rodmell hatte sie, ihr Notizbuch auf den Knien, ein paar Gedanken über den Schauerroman festgehalten, hin- und hergeschaukelt vom Wagen, der sich ächzend in die Kurven legte. Daraus ließ sich gewiss etwas machen. Sie musste einfach nur anfangen.

Sie legte sich einen Bogen Papier zurecht und zückte den Stift. Gedämpft klang das Stampfen der Presse aus den Tiefen des Hauses. Schwach konnte sie auch die Telefone in der Anwaltskanzlei klingeln hören, und weit entfernt rumpelte der Verkehr über die Straßen. An die Geräuschkulisse musste sie sich erst wieder gewöhnen, in Rodmell war es immer so still. Höchstens ein paar Vögel setzten dort ihre Akzente in den Rhythmus ihrer Sätze.

Roch es nicht auch ein wenig muffig? Sie stand auf, ging ein paarmal durch den Raum, schnüffelte und öffnete eines der Oberlichter, um frische Luft hereinzulassen. Im Vorbeigehen sortierte sie ein paar Bücher in ihrem Regal um. Staubig war es. War denn hier nicht sauber gemacht worden während ihrer Abwesenheit? Wie sollte sie denn arbeiten, wenn alles schmutzig war und schlecht roch?

Seufzend ließ sie sich wieder auf ihren Stuhl fallen, las ein weiteres Mal die Notizen, die sie sich im Auto gemacht hatte. Herrgott, so schwer konnte es doch nicht sein, daraus ein paar Sätze zu formulieren!

Sie nahm den Stift wieder auf, malte ein Muster in die obere Ecke des leeren Papierbogens und warf den Stift von sich. Aus einer Schublade kramte sie ein Tintenfass und ihre alte Schreibfeder hervor. Sie hatte sie lange nicht benutzt, aber irgendetwas trieb sie dazu, es jetzt zu tun. Erinnerungen kamen hoch, an erste Schreibversuche unter den strengen Augen ihres Vaters, kerzenumflackerte Stunden an einem winzigen Schreibpult am Hide Park Gate, aber auch rauschhafte Momente in ihrem ersten eigenen Zimmer am Gordon Square, als sie an *Die Fahrt hinaus* schrieb.

Sie schraubte das Tintenfass auf und roch daran. Da plötzlich geschah etwas in ihrem Inneren. Es war wie eine Welle, die durch ihren Geist rauschte, die verklebten Gedanken und halb formulierten Sätze aus ihrem Gehirn spülte und eine weite sonnenüberglänzte Ebene freilegte, aus der in goldenen Lettern drei Worte hervorleuchteten.

Hastig tunkte sie ihre Feder in das Tintenfass und schrieb:

Orlando
Eine Biographie

Als hätte sie die Falltür zu einem übervollen Dachboden aufgestoßen, purzelten die Ideen auf sie nieder. Sie musste nur die

Arme ausbreiten und sie auffangen. Wie von selbst fand ein Wort zum anderen, ein Satz zum nächsten. Sie konnte kaum so schnell schreiben, wie die Geschichte um den jungen Edelmann Orlando sich zu entfalten begann.

Um 12 Uhr mittags legte sie die Feder beiseite und schraubte das Tintenfass zu. Vor ihr lagen fünf eng beschriebene Bögen Papier, der Auftakt zu einem köstlichen Abenteuer, das die Geschichte der Biographie auf den Kopf stellen und Vita auf eine Weise in ihr Leben zurückholen würde, die ihr selbst gemäß war – als ihre eigene Schöpfung.

Sie konnte kaum erwarten, der Freundin davon zu erzählen.

Tavistock Square, 9. Oktober 1927

Vita parkte ihren blauen Austin direkt hinter Leonards rotem Singer. Sie hatte sich verspätet, hoffentlich war Virginia nicht verärgert, gewiss wartete sie schon ungeduldig. *Wenn du mich sehen willst – ich sage wenn –, kann ich zu Hause sein, ich muss dir etwas Aufregendes erzählen*, hatte sie geschrieben. Hätte sie nicht das Wörtchen *wenn* dick unterstrichen, wäre Vitas Lust vielleicht noch größer gewesen. So fühlte sie sich wie ein ungezogener Hund, der an die kurze Leine genommen wurde. Natürlich wollte sie Virginia sehen, sie sehnte sich nach ein paar ruhigen Stunden in ihrem Arbeitszimmer, nach ihrer kristallklaren Stimme, ihren kühlen Händen, ihren klugen Gedanken. Sie hatte das intensive Bedürfnis, aus ihrem Körper wieder in den Geist zu kommen, über Literatur zu sprechen, Virginias glockenhellem Lachen zu lauschen und zu erfahren, was die Freundin so Aufregendes zu berichten hatte. Vielleicht wollte sie auch ein paar Dinge erzählen, die ihr eigenes Leben durchschüttelten. Allerdings nur ein paar sorgfältig ausgewählte Details.

Am Vorabend war sie mit Mary zusammen gewesen. Mary hatte Roy erzählt, sie würde mit ihr und den Hunden spazieren gehen, ein Alibi, dass sie häufig gebrauchte. Sie hatten nicht auf die Zeit geachtet und dann plötzlich war Roy in Long Barn aufgetaucht, wütend und betrunken. Mary war durch die Hintertür entkommen und nach Hause gelaufen, während Vita versucht hatte, Roy zu beruhigen. Ja, sie seien spazieren gegangen, Mary habe anschließend noch ein paar Besorgungen gemacht, bestimmt sei sie inzwischen zu Hause.

Die Sache jedoch hatte für Mary ein übles Nachspiel gehabt. Nun saß sie mit aufgeplatzter Lippe und geschundenem Körper auf ihrem Sofa in Long Barn, umsorgt von Vitas Leibarzt, abgeschirmt von Roy, der nach seiner Raserei am vergangenen Abend zerknirscht um Vergebung bettelte. Er schien nicht zu ahnen, dass Mary bei ihr gewesen war, hegte stattdessen den Verdacht, Mary treibe es mit irgendeinem Dorfjungen.

Es musste etwas geschehen, um Mary vor Roys Wutausbrüchen zu schützen. Vita fühlte sich verantwortlich, auch wenn ihr schlechtes Gewissen sich in Grenzen hielt, denn schließlich hatte Mary *sie* verführt, nicht umgekehrt. »Die Enge, in der ihr lebt, ist schuld«, hatte sie Roy gegenüber behauptet. »Du brauchst Platz und Ruhe zum Schreiben und Mary muss malen können.« Und dann – ohne die Sache mit Harold zu besprechen – hatte sie ihm das Cottage angeboten, das am südlichen Rand des Grundstücks von Long Barn lag. Es war größer als die Klause, in der Roy und Mary lebten, und es war beheizbar. Normalerweise wohnten Ben und Nigel darin, wenn sie nicht im Internat waren. Harold würde verstehen, dass sie schnell hatte handeln müssen.

Roy hatte abgewunken, er könne sich die Miete nicht leisten, er verdiene ja kein Geld.

»Ich verlange keine Miete. Ich verlange nur, dass du Mary in Frieden lässt«, hatte sie gesagt. Ein guter Handel, er würde für Frieden sorgen. Wenn er durch die Nähe nicht alles nur noch schlimmer machte.

»Mein armer Liebling, du siehst aus, als hättest du tagelang nicht geschlafen. Bist du krank?«, fragte Virginia, als Vita sich mit einem erschöpften Seufzer zu ihren Füßen niederließ. Es tat gut, den Kopf an Virginias Bein zu lehnen und sich von ihr das Haar kraulen zu lassen.

»Du machst dir keine Vorstellung«, murmelte sie.

»Erzähl.«

»Willst nicht zuerst du erzählen?«

»Keinesfalls. Du musst die Gedanken frei haben für das, was ich dir berichten möchte. Und jetzt gerade …« Sie umfasste ihren Kopf mit beiden Händen. »Ich spüre Hitze. Hast du vielleicht Fieber?

»Kein Fieber«, brummte Vita. »Ich bin kerngesund.«

Virginias Hände betasteten ihren Schädel. »Er ist ganz ausgebeult vor lauter Unruhe. Hattest du Ärger mit deiner Mutter? Oder …«

Sie legte einen Finger unter ihr Kinn und drehte ihr Gesicht zu ihr hinauf. Ihre klugen Augen bohrten sich in die ihren.

»Auf wen muss ich eifersüchtig sein?«, fragte sie, den Anflug eines spöttischen Lächelns im Blick. »Nicht etwa immer noch die Auster?«

»Du machst mir Angst.«

»Recht so.« Virginia setzte sich gerade und faltete die Hände im Schoß, wie ergeben in ein unabwendbares Schicksal. »Ich will alles wissen. Du musst mich nicht schonen. Mein Herz ist kalt wie das Polarmeer.«

Vita berührte mit dem Zeigefinger Virginias Brustbein. »Du bist eine sehr schlechte Lügnerin«, sagte sie leise.

»Und du bist eine menschgewordene Lüge. Aber Vita …« Der spöttische Zug um ihren Mund verschwand. »Wenn ich dir je etwas bedeutet habe, musst du ganz ehrlich mit mir sein. Ich könnte es nicht ertragen, wenn du mich belügst. Und nicht ertragen bedeutet: Nicht. Ertragen.« Ihre Stimme war heiser, als sie die Worte sprach.

Vita schlug die Augen nieder und nickte. Dann begann sie zu erzählen. Von Spaziergängen über die Felder, mit Mary, die ihre Nähe gesucht hatte, von Roy und dessen Trinkerei, der Armut der beiden und Roys Eifersucht.

»Ich habe ihnen unser Cottage angeboten. Sie haben so wenig Geld, dass sie sich nicht einmal eine dezente Bleibe leisten können. Ich habe Roy gesagt, ich dulde es nicht, dass er Mary schlägt, und er hat versprochen …«

»Du hast sie gekauft«, fuhr Virginia kalt dazwischen.

»Ich will ihnen helfen!«

»Um welchen Preis, Vita? Dafür, dass du mit Mary ins Bett gehen darfst? Ist es das?«

Nun war es ausgesprochen und es machte keinen Sinn mehr, die Wahrheit leugnen zu wollen.

»Ich habe versucht, dagegen anzugehen«, flüsterte Vita. »Diese andere Seite in mir, sie ist zu stark. Ich kann sie nicht länger unterdrücken, es bleibt eine Leere in mir, die ich ausfüllen muss. Ich …«

Virginia hob die Hand. Mit geschlossenen Augen saß sie da, den Kopf leicht geneigt, als lausche sie angestrengt den letzten Klängen einer Melodie nach, die just in diesem Augenblick in die Stille eintauchte. Dann öffnete sie die Augen, lächelte wie nach einem erholsamen Schlaf und sagte: »Wir überspringen dieses Kapitel nun und beginnen ein Neues. Es wird ein phantastisches sein, bist du bereit?«

—•⟫⟪•—

Nie zuvor hatte Virginia in einem solchen Rausch der Erregung geschrieben. Sie schrieb so schnell, dass sie oft ihre eigene Handschrift nicht mehr lesen konnte, begann morgens in aller Frühe und setzte bis mittags kaum den Stift ab. *Orlando* war keine planvolle Angelegenheit. Sie bediente sich frei an Vitas Lebensgeschichte und ließ sich von spontanen Einfällen treiben. Wie ein Kind, das mit Farben spielt, warf sie ihre Sätze aufs Papier, tollkühn, kaum durchdacht und doch voll pulsierenden Lebens.

Eigentlich hatte sie sich maximal zwei Stunden am Tag für die Beschäftigung mit *Orlando* gönnen wollen, für höchstens zwei Wochen – eine den Geist aufmunternde, spaßhafte Liebhaberei, doch der Sog war zu stark, der Strom der Ideen zu machtvoll.

»Wann wirst du fertig«, fragte Leonard und meinte den Band über Erzählliteratur, den sie eigentlich schreiben sollte.

»Bald«, versprach sie, »Nächste Woche werde ich mich wieder darangeben«, aber die Wochen vergingen und Orlando ließ sie nicht los.

Vita hatte ihr die Erlaubnis erteilt, sie *zu strecken, zu vierteilen, sie aufzuwickeln und neu zu verdrehen,* wie sie es ausdrückte. »Ich schlottere vor Angst, aber nimm deine Rache«, hatte sie gesagt. »Ich stehe zu deiner Verfügung.«

Rache war das falsche Wort für das, was Virginia antrieb. Es war die Liebe zur eigenen Schöpfung, die intensivste Liebe, die sie kannte.

Bisweilen traf sie Vita und erzählte ihr von den Abenteuern, die ihr fiktives Alter Ego durchlebte. Doch der Freundin ging es nicht gut in diesem Herbst. Die Kontrolle über ihr Leben schien ihr völlig zu entgleiten. Ihre Mutter machte Szenen, Harold erfuhr, dass er nach Berlin versetzt werden sollte – eine Stadt, die Vita hasste wie keine andere. Und im November berichtete sie, dass Roy mit einem Messer auf Mary losgegangen sei, weil er herausbekommen hatte, dass sie mit Vita schlief.

Die Turbulenzen in Vitas realem Leben jedoch hinterließen kaum Spuren bei Virginia. Es war Orlando, der sie in Atem hielt, ihren Herzschlag beschleunigte und sie zum Lachen brachte. Mit ihm erlebte sie in diesem Herbst das köstlichste Abenteuer, das sie sich vorstellen konnte. Und die wirkliche Vita wurde mehr und mehr zu einem Studienobjekt, deren verwinkelte Seele sie mit Interesse und kühlem Verstand bis in die letzte Ecke auszuleuchten trachtete.

37. Kapitel

Knole House, Januar 1928

»Das ist perfekt, bleib so!«

Vita stand, im Kostüm eines elisabethanischen Edelmannes, in einem zwei Meter großen Bilderrahmen, aufgestellt in der Ahnengalerie von Knole House. Duncan hatte den Rahmen aus alten Brettern gezimmert und mit Pinsel und goldener Farbe zu etwas gestaltet, das auf einem Foto aussehen würde wie einer der Rahmen, die in diesem Saal an der Wand hingen. Unter dem schwarzen Tuch einer Fotokamera steckte Vanessa und wartete darauf, dass sie ihr nächstes Bild schießen konnte. Virginia hatte die beiden um Mithilfe gebeten, und sie hatten ihre helle Freude an der Unternehmung.

Virginia tänzelte zwischen Vita und Vanessa hin und her, enthusiastisch und zugleich herrisch wie ein Theaterregisseur bei der Generalprobe.

»Stimmt es, dass du gern Schmerz zufügst?«, fragte sie und klopfte ein wenig Staub von Vitas mit Goldbordüren besetzter Samtjacke. Sie hatte sie für den Zweck aus dem Sackville'schen Fundus historischer Kleidungsstücke entliehen, die in den Kleiderkammern des Schlosses die Jahrhunderte überdauerten.

Vita zog eine Grimasse. »Hältst du mich für eine Sadistin?«

»Aber ja!« Virginias Lachen klang wie ein Glockenspiel in dem großen Saal. Sie hatte den Spaß ihres Lebens.

»Und du knirschst nachts mit den Zähnen, habe ich recht?«

»Ich bin oft zerknirscht, wenn du mich zurechtstutzt, falls du das meinst«, gab Vita zurück. »Aber ich knirsche nicht mit den Zähnen.«

»Manchmal, wenn du dich unbeobachtet glaubst, bohrst du in der Nase. Das kannst du nicht leugnen!«

»Wenn du Orlando in der Nase bohren lässt, rede ich niemals wieder mit dir!«

»Seid ihr bald so weit, ihr zwei Turteltauben?«, rief Vanessa und blickte unter ihrem Tuch hervor. Sie zwinkerte Duncan zu, der auf einem Stuhl saß und das Ganze grinsend beobachtete.

Es war bereits die zweite Fotosession, die Virginia Vita abgerungen hatte. Das Buch sollte im Herbst als illustrierte Ausgabe in der Hogarth Press erscheinen, mit Bildern von Vita als Orlando. Die ersten Bilder hatten sie im Studio eines Fotografen machen lassen, Vita als laszive Schönheit, Orlando nach seiner Verwandlung zur Frau, nur unzureichend bekleidet in einem Fetzen aus rosa Satin, mit Perlenkette und Ohrringen. Die Perlenkette war inzwischen einem hysterischen Anfall Bonne Mamans auf offener Straße mitten in London zum Opfer gefallen. Die Arme war nicht mehr bei Sinnen, behauptete, Vita würde sie ihres Hab und Guts berauben. Sie hatte sich auf sie gestürzt und an ihrer Perlenkette gezerrt. Sie war zerrissen und Vita hatte sich auf Knien wiedergefunden, um die davongerollten Perlen wieder einzusammeln. Einer der vielen Tiefpunkte in diesen letzten Monaten.

Als Virginia ihr im Oktober das erste Mal von ihrem Plan erzählt hatte, war Vita entzückt von der Idee gewesen und hatte Virginia die uneingeschränkte Erlaubnis erteilt, ein Buch über sie zu schreiben. Ein Buch, wie Virginia erklärt hatte, das von *den Lüsten ihres Fleisches, den Verlockungen ihres Geistes* handeln solle und in dem sie *einige seltsame, widersprüchliche Strähnen in ihr entwirren und neu verweben* wolle. Jetzt war Vita nicht mehr sicher, ob ihr der Gedanke wirklich so gut gefiel.

Virginia indes war so hingerissen von ihrer Idee, dass sie ihr wegen der Campbell-Sache nicht zürnte, sogar der Meinung war, dieser neuerliche Bocksprung ließe sich ganz wunderbar in die Geschichte Orlandos einflechten. Vita war dankbar und erleichtert, bei Virginia durch ihre Affären keine gefährliche Nervenkrise ausgelöst zu haben, doch es schmerzte auch, dass die Freundin so mühelos zu einem neuen Kapitel in ihrer Beziehung übergegangen war. Ihre Liebe galt jetzt Orlando, während Vita sich ein weiteres Mal in ihrem Leben in einem nervenzerrüttenden Schlammassel befand.

»Lass mich mal. Ich will sehen, wie es wirkt.« Virginia stupste Vanessa beiseite und tauchte selbst unter das schwarze Tuch. »Die Hand noch ein klein wenig höher«, befahl sie. »Und könntest du etwas weniger gequält dreinblicken?«

Vita versuchte ein Lächeln, aber auch das war nicht richtig.

»Du bist Orlando, Herr über Schloss und Land, Günstling der Königin und von vielen begehrt. Ein wenig mehr Stolz, bitte«, kommandierte Virginia und überließ Vanessa wieder ihren Platz. Dann ein greller Blitz und es war vorbei. Erleichtert trat Vita aus ihrem Rahmen heraus und zerrte die nach Mottenkugeln riechende Verkleidung herunter. Sie wollte nach ihrem Vater sehen. Er war im Dezember sehr krank geworden. Die Grippe hatte nun eine Herzbeutelentzündung nach sich gezogen und es stand nicht gut um ihn. Sie besuchte ihn, sooft ihre Zeit es erlaubte. Sein Tod hing wie eine unheilvolle Wolke über ihren ohnehin düsteren Tagen. Die Stunden mit Mary halfen kaum noch, ihre Stimmung aufzuhellen. Sie brachten allenfalls kurze Momente der Betäubung.

Wenn ihr Vater starb, würde Knole House an Eddy übergehen und sie würde es für immer verlieren. Virginia, so schien es, verstand sehr gut, was das für sie bedeutete. Es war einer der Gründe, warum sie diese Fotosession unbedingt in Knole House hatte durchführen wollen. Für Vita machte es die Sache nur noch schlimmer, aber sie wollte keine Spielverderberin sein. Niemand sollte ahnen, wie es in ihrem Inneren aussah. Sie trug die Maske des Gleichmuts, hinter der sie sich von jeher am wohlsten gefühlt hatte, wenn ihre Welt aus den Fugen geriet.

Als sie am späten Nachmittag mit dem Auto nach London zurückkehrten, fragte Virginia, wie es ihrem Vater ginge.

Vita war erstaunt, dass sie überhaupt noch an etwas anderes denken konnte als an Orlando.

»Nicht gut. Der Arzt hat wenig Hoffnung, dass er sich noch einmal erholt.«

Virginia blieb eine ganze Weile still, dann sagte sie: »Orlando wird Besitzer von Knole House bleiben, auch nachdem er zur Frau geworden ist. Tröstet dich das?«

Vita nahm Virginias Hand und küsste sie. »Was mich tröstet, ist, dass du ermessen kannst, wie viel Knole mir bedeutet.«

»Ich lebe in dir«, sagte Virginia. »Spürst du das nicht?« Sie legte die Hand auf ihre Brust, da, wo das Herz lag.

»Falsch«, sagte Vita. »Du erfindest mich neu.«

Virginia lächelte versonnen, den Blick auf die schneebedeckten Felder gerichtet, die draußen an ihnen vorbeizogen. »Und ist das nicht ein zauberhafter Gedanke?«

Tavistock Square, 20. März 1928

An einem Samstag, pünktlich zum Ende ihrer festgesetzten Schreibzeit, beendete Virginia die Geschichte von Orlando mitten im Satz.

Schon immer war die Arbeit an den letzten Kapiteln eines Romans zäh und anstrengend gewesen. Das Ende von *Orlando* jedoch hatte ihr besonderes Kopfzerbrechen bereitet. Wie Schluss machen mit einem Wesen, das zugleich lebendig und Phantasiegestalt war? Was blieb übrig von Vita, wenn sie Orlando sich selbst überließ? Endete mit Orlando auch ihre Liebe?

Nachdem sie Vitas fiktives Alter Ego durch mehrere Jahrhunderte, vielerlei Länder und eine Geschlechtsverwandlung gesteuert hatte, schien es nicht passend, Orlando sterben zu lassen. Und so entschied sie sich für ein offenes Ende, ohne die befriedigende Finalität, die der Tod eines gewöhnlichen Lebens in einer gewöhnlichen Biographie zu erzeugen vermochte. Es war ein Ende wie ein plötzliches Innehalten, ein Seufzer der Erschöpfung, dem jenseits des letzten Punkts der Geschichte unwiderruflich ein Atemholen folgen würde. Doch wie es weitergehen sollte, entschied nun nicht mehr die Schriftstellerin Virginia Woolf, sondern die Frau Virginia, die noch immer genauso liebesbedürftig und verletzlich war wie zu Beginn ihrer Beziehung zu Vita.

An Vita schrieb sie: *Orlando ist fertig!!! Hast du am letzten Samstag um fünf Minuten vor eins eine Art Ruck gespürt, so als ob dir das Genick gebrochen würde? Da ist er gestorben – oder hat vielmehr aufgehört zu reden, mit drei Pünktchen … Jetzt ist die Frage – haben sich meine Gefühle dir gegenüber geändert? All diese Monate habe ich in dir gelebt. Wie wirst du sein, wenn ich aus dir heraustrete? Gibt es dich wirklich?* Und der entscheidende Satz: *Gefällt mir die Vita noch, die übrig bleibt, wenn Orlando geht?* Doch diesen Satz strich sie wieder, es war eine Antwort, die sie nur für sich allein beantworten konnte.

Vita war längst von Mary Campbell zur nächsten Liebhaberin übergegangen, ohne jedoch ihre Beziehung zu Mary zu beenden. Es passte zu ihr, dass sie ihren Geliebten die Treue hielt, auch wenn sie längst in einer neuen Leidenschaft entbrannt war. Sie konnte nicht ertragen, dass jemand, der sie liebte, sie zu lieben aufhörte.

Die »Neue« war Margaret Goldsmith Voigt, eine Literaturagentin, die sie in Berlin kennengelernt hatte. Eine *Dame von zweifelhafter Moral*, wie Vita in einem ihrer letzten Briefe geschrieben hatte. Sie vertrete eine Reihe englischsprachiger Autoren in Deutschland, ob Margaret auch für Virginia tätig werden solle? Vitas Formulierungen über die fragwürdige Agentin ließen nur allzu deutlich durchschimmern, dass die Dame im Begriff war, sich in Vita zu verlieben. Und es war Virginia nur allzu bewusst, dass Vita auch dieser Verlockung ganz gewiss nicht würde widerstehen können. Sie hatte Vitas Vermittlungsvorschlag dankend abgelehnt, sie sei bereits beim Insel Verlag unter Vertrag.

Nun, da sie Vita bis auf den Grund ihrer komplizierten Seele analysiert hatte, verstand sie, dass Vita diese Leidenschaften ebenso sehr brauchte wie sie selbst das Schreiben. Es füllte eine innere Leere aus, ein zutiefst quälendes Gefühl des Verlassenseins, das unbefriedigt in Verzweiflung und Tod führen musste. Während sie selbst diese Leere jedoch in qualvollen Stunden ausgelotet, die letzten Winkel ihrer Dunkelheit erkundet und in Worten gebändigt hatte, konnte Vita nur immer und immer wieder vor ihr davonlaufen.

Mit diesem Wissen war auch die nagende Eifersucht, die ihr Vitas Liebschaften noch wenige Monate zuvor bereitet hatten, befriedet. Mit *Orlando* hatte sie dieses Gefühl zur Ruhe gebettet und Platz geschaffen für eine gelassenere, weniger egoistische, ganz und gar unverzweifelte Liebe. Platz für *eine dauernde, stille, ganz süße und ganz feine Wärme, die einen nicht verbrennt und nicht verletzt,* wie Montaigne sie einst beschrieb.

Und dennoch war sie dankbar, die Höhen und die Tiefen der leidenschaftlichen Liebe durchlebt und durchlitten zu haben. Wie traurig wäre es gewesen, eines Tages ohne Wissen um diese faszinierende Facette des Daseins aus dem Leben zu scheiden. Sie war gestärkt aus dieser Erfahrung hervorgegangen, erfolgreich als Schriftstellerin, selbstbewusst als Frau. Und was konnte bedeutsamer sein als das?

38. Kapitel

Cambridge, Girton College, 26. Oktober 1928

»Ich bin gebeten worden, Ihnen etwas über Frauen und Literatur zu erzählen.« Virginia hielt inne und ließ den Blick durch den Saal schweifen. Sie stand an einem üppig mit Blumen und Seide geschmückten Pult, leicht erhöht, hinter sich das Portrait einer der Stifterinnen des Girton College.

Mindestens hundertzwanzig Augenpaare waren auf sie gerichtet. Es waren junge Augen, voller Wissbegier, Eifer und – ja, auch Ehrfurcht, wie Virginia mit Genugtuung feststellen konnte. Sie suchte nach dem einen sanftbraunen Augenpaar, das ihr so viel bedeutete. Dort vorn saß sie, in der zweiten Reihe, die einzige Frau im Saal, die elegante Hosen trug. Sie lächelte ihr aufmunternd zu.

Als Virginia im März, kurz nach Fertigstellung von *Orlando*, von der Girton Literary Society eingeladen worden war, vor den Studentinnen der beiden Frauencolleges in Cambridge, Girton und Newnham einen Vortrag zu halten, hatte sie Vita gebeten, mit ihr zu reisen. Sie war dankbar für ihren Beistand, denn noch immer gab es für sie kaum Schlimmeres, als vor Menschenmengen hinzutreten und angestarrt zu werden, ganz gleich, ob es ehrwürdige Herrschaften oder junge, unerfahrene Mädchen waren. Es bedeutete ihr viel, die Freundin hier sitzen zu sehen.

Noch heute Morgen beim Frühstück war sie so nervös gewesen, dass sie kaum ihre Teetasse zum Mund hatte führen können. Schon Wochen vor diesem Tag hatte sie nächtelang gegrübelt, wie sie sich kleiden sollte, ob sie Puder auftragen oder die allmählich ergrauenden Haare unter einem Hut verstecken sollte. Nun aber stand sie hier ohne Hut und Puder, einfach so, wie sie war – und genoss es. Die Aufmerksamkeit, die angespannte Erwartung, die Bewunderung, die ihr schon bei der Begrüßung entgegengeschlagen war. Ja, sie hatte etwas erreicht in ihrem Leben. Aus der jungen, seelisch zerrütteten Frau, die am Gordon Square erstmals versucht hatte, die zersplitterten Gedanken in ihrem nie ruhenden Geist geordnet zu Papier zu bringen, einer jungen Frau, die keinerlei Schulbildung genossen und sich nie mit Ihresgleichen hatte messen können, war Virginia Woolf, eine bewunderte Schriftstellerin geworden. Und sie trat zusammen mit Vita hier auf, einer ebenfalls bewunderten Schriftstellerin, berühmten Aristokratin und der Frau, die sie die Liebe gelehrt hatte. Doch das war ihr süßes Geheimnis, von dem hier niemand etwas erfahren durfte. Sie würde den Gedanken, dass Frauen auch Frauen lieben konnten und dass daran nichts Verwerfliches war, behutsam in ihren Vortrag einflechten, mit einem Augenzwinkern und ermunterndem Lächeln.

»Zunächst möchte ich Ihnen eine Frage stellen«, fuhr sie fort. Sie ließ eine weitere Pause folgen und fixierte eine hübsche junge Frau direkt vor ihr. Sie saß da, die Hände brav im Schoß gefaltet, die Knie zusammengepresst und die Fesseln unter ihrem Stuhl überkreuzt. »Wann haben Sie das letzte Mal Wein getrunken?«

Die junge Frau riss erstaunt die Augen auf und durch den Saal ging ein Raunen. Draußen vor den neugotischen Fenstern fielen die Herbstblätter von den Bäumen auf einen perfekt getrimmten, frischen Rasen.

»Ich frage nach dem Wein«, sagte sie, und ihr Blick wanderte weiter zu Vita, »weil ich Sie dazu ermuntern möchte, mehr Wein zu trinken und gut zu essen.«

Hier und dort hörte man ein Kichern, zwei ältere Lehrerinnen wechselten stirnrunzelnde Blicke.

Und dann sprach Virginia vor diesen eifrigen Studentinnen, die sich vermutlich kaum etwas Erstrebenswerteres vorstellen konnten, als Lehrerinnen zu sein, von der skandalösen Tatsache, dass Frauen über Jahrhunderte hinweg der Zugang zu Bildung verwehrt geblieben war, dass noch immer die Männercolleges so viel luxuriöser ausgestattet waren als die der Frauen, dass in einem Männercollege zum Dinner Wein serviert wurde, während sich die armen jungen Damen mit frugaler Kost und Wasser begnügen mussten.

Sie setzte ihnen auseinander, dass bis zum 19. Jahrhundert kaum Literatur *von* Frauen, aber unendlich viel Literatur *über* Frauen geschrieben worden sei – von Männern natürlich –, und dass sie vermutlich die meistdiskutiertesten Kreaturen des Universums seien.

»Stellen Sie sich vor, Shakespeare hätte eine Schwester gehabt, nennen wir sie Judith, ebenso talentiert und phantasiebegabt wie ihr berühmter Bruder – was wäre wohl aus ihr geworden, hätte sie schreiben wollen, genau wie er es tat?«, fragte sie. Ein paar junge Frauen wechselten ratlose Blicke oder zuckten die Achseln. Und so beschrieb Virginia den gebannt lauschenden Girtonmädchen das traurige Schicksal dieser Judith, die nie eine Zeile zu Papier hätte bringen können, weil die Zeit, in der sie lebte, für Frauen nichts anderes als Kinderkriegen und mühseliges Schuften im Dienst des Mannes für sie vorsah. Fraglos wäre sie von einem mittelmäßigen Literaten geschwängert worden und hätte sich in Verzweiflung, vermutlich gar in den Fängen des Wahnsinns, in den Selbstmord gestürzt.

Sie sprach frei, auch wenn die Gedanken, die sie heute in die Köpfe dieser jungen Wesen einpflanzen wollte, auf mehreren Papierbögen vor ihr lagen. Es war kein wohlgeordneter, logisch aufgebauter Vortrag, wie ihn vielleicht einer ihrer akademisch gebildeten Schriftstellerkollegen gehalten hätte. Sie ließ ihre Zuhörerinnen teilhaben an ihren sprunghaften Ideen, Gedankenspielereien und höchst persönlichen Lebenserfahrungen, die sie zu der einen, der wesentlichen Erkenntnis geführt hatten, dass eine Frau ein eigenes Zimmer und fünfhundert Pfund im Jahr braucht, um schreiben zu können. Als sie diese These formulierte, registrierte sie hier und dort ein Tuscheln oder nachdenkliches Nicken. Die überwiegende Anzahl dieser jungen Frauen besaß ganz sicher weder das eine noch das andere. Sie konnten nur hier sein, weil sie von einer wohlmeinenden Aristokratin gefördert wurden. Kaum eine von ihnen hatte vermutlich je davon geträumt, vom Schreiben leben zu können, wie sie es getan hatte. Und doch war es eine Wahrheit, die *jede* Frau für sich in Anspruch nehmen sollte. Virginia konnte nur hoffen, dass die braven Schülerinnen des Girton College ihr sehr aufmerksam zuhörten und ihre Ideen in die vielen Mädchenschulen und Frauencolleges hineintrugen, in denen sie eines Tages unterrichten würden.

Wieder suchte sie Vitas Blick. Sie saß da, den Kopf geneigt, in tiefer Konzentration versunken. Wie immer, wenn ihr Geist arbeitete, erschien zwischen ihren Brauen eine Falte und die Unterlippe war leicht vorgeschoben. Viele der Erkenntnisse, die Virginia heute hier vortrug, verdankte sie Vita, oder vielmehr dem Bild von Vita, das sie sich von ihr erschaffen hatte.

So auch den Gedanken, dass finanzielle Unabhängigkeit und ein eigenes Zimmer allein kein Garant für das Entstehen guter Literatur waren. Vielleicht würden sogar einige dieser Mädchen sentimentale Geschichten schreiben, sobald sie ihre erste unglückliche Liebe erlebten. Geschichten, wie sie zuhauf zirkulierten und von zahllosen Frauen gelesen wurden. Geschichten, wie nur Frauen sie für Frauenherzen schrieben. Doch das war keine Literatur. Wahre, große Literatur, so war Virginia inzwischen überzeugt, konnte nur entstehen, wenn eine Frau nicht als Frau und ein Mann nicht als

Mann schrieb, sondern wenn er oder sie das Männliche und das Weibliche in sich vereinte. »In der wahren Kunst muss eine Vermählung der Gegensätze stattfinden«, erklärte sie den jungen Damen und sah Vita direkt an dabei. Vita lächelte. Sie verstand sehr genau, dass dies auch eine ihrer versteckten Aufforderungen an sie war, ihre Doppelnatur in den Dienst ihres Schreibens zu stellen. Vielleicht würde es ihr eines Tages gelingen.

Als *Orlando* vor nunmehr zwei Wochen erschienen war, hatte Vita erzählt, mit dem Gefühl erwacht zu sein, es sei ihr Geburtstag. Virginia hatte ihr den Roman gewidmet, das Manuskript in hochwertiges Leder eingebunden und ihr am Erscheinungstag geschenkt, nicht ohne die große Angst, dass Vita über die Art, in der Virginia sich ihrer bemächtigt hatte, verletzt oder zornig sein würde. Das Gegenteil war der Fall. *Ich bin verhext, bezaubert und überwältigt,* hatte sie ihr noch am gleichen Tag geschrieben. *Wie hast du es nur angestellt, solch ein herrliches Gewand über einen so dürftigen Aufhänger zu werfen? Und mit deinen Passagen über Knole hast du mich zum Weinen gebracht, du Schurkin.*

Den Verlust von Knole hatte Vita noch längst nicht überwunden. Wahrscheinlich würde das Schloss für immer die einzig wahrhaftige Liebe ihres Lebens bleiben. Gut möglich, dass sie sich auch bis zu ihrem letzten Lebenstag in immer neue Liebesabenteuer stürzen würde, allein um die Lücke zu füllen, die dieser Verlust in ihr hinterließ.

Von ihrer Mutter hingegen begann Vita sich zu lösen, auch wenn es ihr noch immer schwerfiel, sich ihren Manipulationen und egoistischen Forderungen zu entziehen. Bonne Maman hatte Virginia einen empörten Brief geschrieben, nachdem sie *Orlando* gelesen hatte. Sie habe ein paar schöne Sätze geschrieben, aber die Art, wie sie *ihre* Vita benutzt, verdreht und ihr weggenommen habe, sei sehr grausam. Fast schämte sich Virginia ein wenig dafür, welch diebische Freude ihr diese Zeilen bereitet hatten. Wie sehr hatte sie gelacht, als David Garnett ihr berichtete, dass er Lady Sackville dabei beobachtet habe, wie sie die Exemplare von *Orlando*, die in seiner Buchhandlung auslagen, unter Stapeln anderer Bücher versteckte. Wenn eine Lady Sackville ihr Werk unmöglich zu machen versuchte, konnte das nur dazu beitragen, dass es zu einem Erfolg würde.

Im September waren Vita und Virginia endlich zu der gemeinsamen Reise aufgebrochen, auf die Vita sie schon so lange hatte entführen wollen. Es war anders gewesen, als sie es sich zu Beginn ihrer Beziehung vielleicht vorgestellt hatte, ganz ohne Leidenschaftlichkeit und sinnliche Stunden und trotzdem voll liebevoller Zweisamkeit und Vertrautheit. Für Virginia war es die erste längere Reise ohne Leonard gewesen, und sie hatte ihn schmerzlich vermisst. Nie zuvor war ihr so bewusst geworden, wie sehr sie Leonard brauchte. Er war ihr Mutter, Freund und Ehemann zugleich. Ohne Leonard, das wusste sie, wäre sie niemals zu der Schriftstellerin geworden, die sie heute war.

Vita hatte ihn während der zwei Wochen in Frankreich so gut wie möglich zu ersetzen versucht, hatte ihr morgens den Tee – zum Glück keine Milch – ans Bett gebracht, sie zum frühen Zubettgehen ermahnt und all die organisatorischen Dinge in die Hand genommen, die bei einer Reise anfielen. Neben Leonard und vielleicht Vanessa war Vita zu einer der tragenden Säulen ihres Lebens geworden. Und so hatte sie ihr eines Abends in einem tristen Hotelzimmer in Saulieu auch von ihrem Stiefbruder George erzählt. George, der nachts, wenn alles schlief, in ihr Zimmer kam – dieses Zimmer ohne Schlüssel, das nie wirklich ihr eigenes gewesen war –, um sich zu ihr ins Bett zu legen und sie über den Tod der Mutter und das Sterben des Vaters hinwegzu»trösten«.

»Das also ist der Grund für deine Abneigung gegen Männer«,

hatte Vita gesagt, die sich immer wieder einmal über Virginias »feministischen Eifer«, wie sie es nannte, lustig machte.

Aber damit lag Vita falsch. Virginia hatte nichts gegen Männer. Sie hatte etwas gegen männliche Herrschsucht und Strukturen, die es Frauen verwehrten, sich genauso frei zu entfalten wie Männer. Sie hatte etwas gegen Begrenzungen. Nichts war wichtiger als die Freiheit des Geistes – für Frauen ebenso wie für Männer. Und die schärfste Grenze war die zwischen den Geschlechtern, wenn sie für zu wichtig erachtet wurde.

Die jungen Frauen vor ihr erhielten eine Chance, die ihr verwehrt geblieben war. Sie durften studieren. Sie würden mit ihrer Arbeit Geld verdienen können. Aber sie mussten verstehen, dass trotz allem die Grenzen zuallererst in den Köpfen gezogen wurden und sie jeden Tag darum würden kämpfen müssen, als Frau unabhängig und im Geist frei zu bleiben.

Sie hob ihre Stimme noch einmal ein wenig an, um die Aufmerksamkeit ihrer Zuhörerinnen aufzurütteln, denn es war bereits spät am Nachmittag und viele waren vermutlich bereits mit den Gedanken beim Dinner.

»Wenn wir alle in der Zukunft – und diese Zukunft liegt vor Ihnen, *Sie* werden sie gestalten – fünfhundert im Jahr und ein eigenes Zimmer haben werden, wenn die Freiheit uns Frauen zur Gewohnheit geworden ist und wir den Mut haben, genau das zu schreiben, was wir denken, dann stehen die Chancen nicht schlecht, dass die tote Dichterin, die Shakespeares Schwester war, ihren Körper anlegen wird, den sie so oft abgelegt hat, und ihre Gedichte schreiben wird. Es liegt in Ihren Händen. Arbeiten Sie für sie, ich bin sicher, es ist die Mühe wert.«

»Habe ich meine Sache gut gemacht?«, fragte sie Vita, als sie nach brandendem Applaus, vielen lobenden Worten und geschüttelten

Händen endlich zum Gehen aufbrechen konnten. Es war spät geworden und die herabgefallenen Blätter auf dem Collegerasen draußen vor den Fenstern leuchteten golden in der untergehenden Sonne.

»Ja«, sagte Vita und hakte sich bei ihr ein. »Du hast deine Sache sehr gut gemacht.«

Gemächlichen Schrittes wanderten sie durch die kathedralenartigen Gewölbegänge des Colleges auf den Ausgang zu, verfolgt von verstohlenen Blicken der Studentinnen, in deren Köpfen ihre Worte hoffentlich noch lange nachhallen würden.

Nun war es an ihnen, ihre Botschaft in die Welt hinauszutragen.

Abspann

Am 28. März 1941 ging VIRGINIA WOOLF wie jeden Morgen in ihre Gartenhütte am Ende des Grundstücks von Monks House, wo sich seit Jahren ihr Arbeitsplatz befand. Der Krieg hatte ihr Heim in London zerstört, sie und Leonard lebten in ständiger Angst vor einer Invasion durch die Deutschen. Schlimmer jedoch wog ihre zunehmende Angst, nicht mehr schreiben zu können. Nach Abschluss ihres letzten Romans *Zwischen den Akten* verschlechterte sich – zunächst unbemerkt von allen – ihr psychischer Zustand. Sie hörte wieder Stimmen und konnte sich nicht mehr konzentrieren. Sie sah nur noch einen Weg.

Mit Blick auf die Sussex Downs schrieb sie zwei Abschiedsbriefe – einen an Vanessa und einen an Leonard. Dann nahm sie ihren Spazierstock und ging hinunter zur Ouse, die um diese Uhrzeit ein reißender Strom war. Sie legte den Stock am Ufer ab, beschwerte ihre Tasche mit Steinen und ging ins eiskalte Wasser.

Ihr Leichnam wurde erst am 18. April geborgen.

Orlando wurde vom Start weg zu einem Riesenerfolg. Die Vorträge in Girton und Newnham arbeitete Virginia zu dem Essay *Ein Zimmer für sich allein* um, der Virginia Woolf zu einer Ikone des Feminismus werden ließ. Mit ihrem experimentellsten Werk *Die Wellen* untermauerte sie ihren Ruhm als Erneuerin des Romans und eine der bedeutendsten Schriftstellerinnen der Moderne.

VITA SACKVILLE-WEST begann 1930 mit der Renovierung eines verfallenen Schlosses: Sissinghurst Castle. Hier richtete sie in einem Turm ihren Lebensmittelpunkt ein. Harold Nicolson blieb der wichtigste Mensch in ihrem Leben. Auch wenn Vita weiterhin viele Liebschaften unterhielt, zog sie sich mehr und mehr aus dem gesellschaftlichen Leben zurück. Sie schaffte es nie, sich ihren inneren Dämonen zu stellen, trank viel und fand Trost in ihrem Garten, den sie und Harold in über dreißig Jahren Arbeit zu einem der berühmtesten und schönsten Gärten Englands gestalteten.

Vita starb 1962. Ein Foto von Virginia steht bis heute auf ihrem Schreibtisch im Turmzimmer von Sissinghurst Castle.

Vitas Sohn Nigel veröffentlichte unter dem Titel *Portrait einer Ehe* nach ihrem Tod das geheime Manuskript, in dem Vita ihre Liebe zu Violet beschrieben hatte.

VANESSA BELL und DUNCAN GRANT lebten bis zu Vanessas Tod vorwiegend in Charleston Farmhouse ihren Traum vom Leben in der Kunst. Duncan hatte viele Liebhaber, deren Anwesenheit in Charleston Vanessa akzeptierte. Sie selbst ging nie wieder eine neue Beziehung ein, blieb jedoch mit CLIVE BELL verheiratet, der auch weiterhin wechselnde Beziehungen führte.

Als Vanessas ältester Sohn Julian im Spanischen Bürgerkrieg als Sanitäter bei einem seiner ersten Einsätze ums Leben kam, schloss Vanessa ihre Trauer in sich ein. Sie wurde eine erfolgreiche Malerin, auch wenn ihr niemals der Ruhm zuteilwurde, den ihre Kunst verdient hätte. Sie starb im Jahr 1961. Duncan Grant überlebte alle seine Bloomsbury-Freunde und sorgte durch Gründung des Charleston Trust dafür, dass Charleston Farmhouse mit seinen einzigartigen Wandbemalungen und Kunstwerken der Nachwelt erhalten blieb. Vanessa und Duncan wurden beide in St Peters Church in Firle, ganz in der Nähe von Charleston Farmhouse, bestattet.

Ihre gemeinsame Tochter ANGELICA BELL erfuhr erst kurz vor

ihrer Hochzeit, dass nicht Clive, sondern Duncan ihr leiblicher Vater war und ihr zukünftiger Ehemann, DAVID GARNETT, der Ex-Liebhaber von Duncan. Angelica verwaltete einen Großteil des Bloomsbury-Nachlasses und übergab Charleston Farmhouse 1986 der Öffentlichkeit. Heute ist es eine Pilgerstätte für Bloomsbury Fans.

Vanessas jüngster Sohn, QUENTIN BELL, schrieb eine Autobiographie über Virginia Woolf und prägte damit das Bild Virginias als hochintelligente, aber phasenweise geisteskranke und frigide Frau nachhaltig.

LYTTON STRACHEY schrieb und veröffentlichte seinen Roman über *Elisabeth und Essex*, der seinen Ruhm als Biograph festigte. Er starb in seinem Haus in Ham Spray im Jahr 1932 nach langer, qualvoller Krankheit an Magenkrebs. Seine Lebensgefährtin Dora Carrington blieb bis zu seinem letzten Atemzug an seiner Seite, auch wenn Lytton eine intensive Liebesbeziehung zu Roger Senhouse führte und ihre verzehrende Liebe nie erwidern konnte.

Dora Carrington erschoss sich zwei Tage nach Lyttons Tod.

JOHN MAYNARD KEYNES legte als Ökonom eine beeindruckende Karriere hin. Er lehrte am King's College und begründete 1936 mit seiner *Allgemeinen Theorie der Beschäftigung, des Zinses und des Geldes* eine der einflussreichsten Wirtschaftstheorien des 20. Jahrhunderts. Seine Ideen, bekannt unter der Bezeichnung »Keynesianismus«, prägten die Weltwirtschaftspolitik, vor allem nach dem Zweiten Weltkrieg, als der Wohlfahrtsstaat und die internationale Zusammenarbeit ausgebaut wurden. Er war zudem Mitinhaber der Zeitschrift *The Nation*, spekulierte erfolgreich an der Börse, wurde Chef einer Versicherung, sammelte Gemälde und gründete ein Theater in Cambridge.

1942, vier Jahre vor seinem Tod, erhielt Keynes einen Adelstitel und damit einen Sitz im House of Lords.

ROGER FRY fand nach dem Ende seiner Beziehung zu Vanessa Bell in Helen Anrep eine neue Liebe, widmete sich der Malerei und seinen kunsthistorischen Schriften. 1933 wurde er als Professor an die Londoner Slade School of Fine Art berufen, die Position, von der er lange schon geträumt hatte. Wenig später jedoch starb er bei einem Unfall. Virginia Woolf schrieb eine Biographie über ihn, die sie viel Kraft kostete, in der sie jedoch mit keiner Silbe die Liebesbeziehung zwischen ihm und ihrer Schwester erwähnte.

LEONARD WOOLF schrieb nach Virginias Tod nur noch ein einziges Buch und widmete den Rest seines Lebens der Sichtung und Veröffentlichung von Virginia Woolfs Schriften. Er widersetzte sich ihrem Wunsch, ihre Tagebücher zu vernichten, und schenkte damit der Welt einen einzigartigen Einblick in den Geist seiner besonderen Frau.

Er führte die HOGARTH PRESS bis 1946 weiter und brachte in dieser Zeit insgesamt fünfhundertsiebenundzwanzig Titel heraus. Die alte Tiegeldruckpresse aus der Anfangszeit des Verlags ist im Turm von Sissinghurst Castle zu sehen. 1946 verkaufte Leonard den Verlag an Chatto & Windus, heute ein Imprint von Random House.

Leonard Woolf starb 1969 mit achtundachtzig Jahren in Rodmell und seine Urne wurde unter den Ulmen im Garten von Monks House, neben dem Grab seiner Frau, beigesetzt. Monks House wurde, wie Charleston Farmhouse, der Öffentlichkeit zugänglich gemacht. Nirgends ist der Geist dieser einzigartigen Schriftstellerin so sehr spürbar wie hier.

Nachwort und Dank

Ich sitze an meinem Schreibtisch, Biographien und Briefe, Tagebücher und Sammelbände zu hohen Türmen um mich herum aufgestapelt, und blicke mit Ehrfurcht und Dankbarkeit auf die vergangenen drei Jahre zurück, in denen ich mithilfe dieser vielen Tausend Seiten bedruckten Papiers durch das Leben meiner »Bloomsberries« reisen durfte. Es war eine anspruchsvolle, sehr oft qualvolle Reise, mit unruhigen Nächten und vom angestrengten Denken schmerzenden Gliedern, aber es war auch eines der größten Abenteuer, das ich in meinem Autorinnenleben bislang bestreiten durfte. Und das ist es, was mir im Gedächtnis bleiben wird.

Dieser dritte Band der Saga hat mir viel abverlangt. Virginia (sie und ich sind inzwischen beim Du angelangt) kannte ich nach den ersten beiden Bänden bereits wie eine Schwester, Vita Sackville-West musste ich mich erst annähern. Und sie hat es mir nicht leicht gemacht. Dank ihres Sohnes Nigel können wir heute ihre Briefe und Bekenntnisse über die Affäre mit Violet Trefusis lesen, die sie in einem Schrank ohne Schlüssel bis zu ihrem Tod versteckt gehalten hatte. Da sie diese Geschichte aufschrieb, nachdem sie sich für die Ehe und gegen Violet entschieden hatte und sich als »geläutert« wahrnahm, geriet die Erzählung mehr zu einem Liebesbrief an ihren Mann Harold als zu einem echten Bekenntnis. Dieses geheime Dokument zeigt, wie sehr Vita ihre lesbischen Neigungen als emotionale Verirrung betrachtete, sie den »männlichen Teil« ihrer Natur zurückdrängen musste, um überleben zu können.

Das Unterdrücken der eigenen Neigungen, das beständige Verstecken und Verheimlichen bis hin zur Selbstverleugnung war für Frauen wie Vita seinerzeit die einzige Möglichkeit, in gesellschaftlicher Achtung leben zu können. Auch wenn es für sie weniger gefährlich war, einander in der Öffentlichkeit zu berühren, untergehakt spazieren zu gehen, einander zu umarmen oder gar zu küssen, als für Männer, so durfte doch niemals ans Licht dringen, dass auch sie miteinander ins Bett gingen. Frauen taten so etwas nicht. Frauen gestatteten dem Mann, seine Bedürfnisse zu befriedigen, und kamen brav ihrer ehelichen Pflicht zur Fortpflanzung nach; die Vorstellung, dass Frauen auch Freude am sexuellen Akt haben könnten, war noch nicht in das kollektive Bewusstsein vorgedrungen. Und so war lesbische Liebe nicht einmal etwas, über das man sich hätte empören können. Sie kam schlicht nicht vor. Unbehagen mit dem eigenen weiblichen Geschlecht schon gar nicht.

Es ist also nachvollziehbar, dass weder Vitas Werk noch ihre Briefe einen echten Zugang zu ihrem Inneren erlauben, so wie es bei Virginia Woolf der Fall ist. Man darf davon ausgehen, dass Vita sich diesen Zugang selbst nicht gestattete. Mir hat diese Tatsache ein Aufschlüsseln ihres Wesens zunächst sehr erschwert. Ich musste mir Vita regelrecht erarbeiten.

Zudem war sie stark durch das komplizierte Verhältnis zu ihrer narzisstischen Mutter geprägt. Oft erschienen mir Vitas biographisch belegte Verhaltensweisen sprunghaft und wenig nachvollziehbar. Ich musste erst verstehen, dass ihr Drang, immer wieder neu zu erobern, etwas mit Macht zu tun hatte, dem zwanghaften Bedürfnis, geliebt zu werden, ohne die Kontrolle in dieser Liebe zu verlieren. Nur so konnte sie wohl die Erfahrung des Ausgeliefertseins an die irrationalen Impulse der wichtigsten Bezugsperson ihrer Kindheit kompensieren.

Die Beziehung zwischen Virginia Woolf und Vita Sackville-West wird in den meisten der heute erhältlichen Biographien als eher nebensächlich abgehandelt. Quentin Bell und Nigel Nicolson haben daran einen großen Anteil. Virginias Neffe Quentin stellt Virginia in seiner Biographie als eine große Intellektuelle, psychisch fragile und unzweifelhaft frigide Schriftstellerin dar. Diese Sichtweise hat viele nachfolgende Studien zu Virginia Woolfs Leben und Werk beeinflusst. Nigel, Vitas Sohn, rückte die Liebe seiner Eltern zueinander in den Vordergrund. Leonard Woolf verlor nie ein Wort über die Liebe seiner Frau zu Vita Sackville-West. Man darf also durchaus allen drei Männern in ihrem Blick auf das Verhältnis dieser beiden einzigartigen Frauen misstrauen. Ihre Erinnerungen sind wertvoll, aber eingefärbt durch emotionale Nähe und geprägt vom Geist ihrer Zeit.

Susanne Amrains Studie *So geheim und vertraut* war für mich ein Augenöffner. Sehr einfühlsam und detailreich leuchtet sie die Höhen und Tiefen und möglichen Intimitäten der Beziehung zwischen Virginia und Vita aus. Während in nahezu allen anderen Werken diese Liebe auf ein paar wenige Jahre reduziert und die sexuelle Seite völlig außer Acht gelassen wird, versteht Amrain es, auch zwischen den Zeilen zu lesen.

Man darf nicht vergessen, dass es sich bei den veröffentlichten Schriften von Virginia und Vita um eine Auswahl handelt, die von Leonard Woolf bzw. Nigel Nicolson vorgenommen wurde. Genauso wenig die Tatsache, dass manche Dinge eben nicht aufgeschrieben werden durften. Der Zauber liegt in dem, was nicht geschrieben steht.

Ich habe versucht, diesen Zauber aufzuspüren, das Besondere dieser Liebe dem Vergessen und Verheimlichen zu entreißen und Ihnen, meinen Leser*innen, diese aufwühlende Liebesgeschichte in all ihren Glanz- und Schattenseiten nahezubringen. Ebenso wichtig war mir zu zeigen, wie viel Virginia Woolfs Schreiben dieser Beziehung verdankt. Ein Roman wie Orlando, der Generationen von Leser*innen begeistert hat und noch begeistern wird, ist ohne diese Liebesgeschichte nicht denkbar. Und Woolfs berühmtester Essay *Ein Zimmer für sich allein* sähe vermutlich ganz anders aus, wenn Vita und Virginia einander nicht begegnet wären. Ich wage sogar zu behaupten, dass die Entdeckung der Liebe eine ganz wichtige Voraussetzung für die außerordentliche Produktivität Virginias in den 1920er Jahren bildete – ohne die Bedeutung Leonard Woolfs schmälern zu wollen.

Romane entstehen aus einer glücklichen Konstellation von Bildung, Erfahrung und Emotionen. Manchmal sind es schmerzhafte Erlebnisse, die sich irgendwann zu Geschichten verdichten, sehr oft ist es die Liebe. Und wenn sie nun alle drei Bände der Romansaga über *Die Liebenden von Bloomsbury* in den Händen halten dürfen, dann haben wir das ganz besonders der Liebe zu verdanken, die sich durch das Leben dieser Menschen zog und sie zu einzigartigen Kunstwerken inspirierte. Kunstwerke, die bis in die heutige Zeit hineinwirken.

Zu guter Letzt möchte ich all denen danken, die am Entstehen dieser Saga mitgewirkt haben. Das sind natürlich die Verfasser*innen und Herausgeber*innen der vielen Werke, die meiner Recherche zugrunde lagen. Es sind so viele, einige längst verstorben, dass ich namentlich nicht alle nennen kann. Eine Auswahl findet sich in der Literaturliste am Ende jeden Einzelbandes.

Von Herzen danken möchte ich meiner Agentin, Sabine Langohr, ohne die dieser Stoff womöglich in einer dunklen Schublade gelandet und vergessen worden wäre. Stefanie Werk vom Aufbau Verlag, die von Beginn an diesen Stoff geglaubt hat und ihn mit ihrer Idee, eine dreiteilige Saga daraus zu machen, richtig groß hat werden lassen. Maike Kleihauer, die so manchen meiner Bandwurmsätze entflochten hat, Iris Antonia Kogler und Ulrike Weinhart, die mir mit Rat und Verständnis zur Seite standen, als die Hürden zu Beginn der Arbeit zu hoch schienen.

Ich danke vor allem Ihnen, meinen Leser*innen, die Sie mir bis zu diesem dritten Band treu geblieben sind. Ich darf hoffen, dass Sie Ihre Bewunderung und Begeisterung für die »Bloomsberries« weitertragen werden und so dafür sorgen, dass Virginia, Vanessa, Vita und all die anderen in unserer Phantasie weiterleben dürfen.

Literaturliste

AUSGEWÄHLTE WERKE UND BRIEFE:

Virginia Woolf, *The Diary of Virginia Woolf*, Volume 2, 1920–1924, ed. by Anne Olivier Bell, London, 1980

Dies., *The Diary of Virginia Woolf*, Volume 3, ed. by Anne Olivier Bell, 1925–1930, London, 1981

Dies., *Briefe 1: 1888–1927*, hrsg. von Klaus Reichert, Deutsch von Brigitte Walitzek, Frankfurt/Main, 2006

Dies., *Jacobs Zimmer: Roman*, aus dem Englischen von Heidi Zerning, Frankfurt/Main, 2000

Dies., *Mrs Dalloway: Roman*, aus dem Englischen von Melanie Walz, München, 1922

Dies., *Zum Leuchtturm: Roman*, aus dem Englischen neu übersetzt von Antje Rávik Strubel, München, 2021

Dies., *Orlando. Eine Biographie*: Roman, aus dem Englischen von Marion Herbert, München, 2022

Dies., *Ein Zimmer für sich allein*, aus dem Englischen und mit einem Nachwort von Antje Rávik Strubel, Zürich, 1922

Vita Sackville-West, *Die Herausforderung*: Roman, aus dem Englischen von Irmela Erckenbrecht, Frankfurt, 1992

Dies., *Verführer in Ecuador*, Deutsch von Ernst W. Freissler und Hans B. Wagenseil, Wiesbaden, 1946

Dies., *Eine Frau unterwegs nach Teheran. Eine Reiseerzählung*, Deutsch von Irmela Erckenbrecht, Frankfurt, 1993

Dies., Harold Nicolson, *In der Ferne so nah. Briefwechsel einer ungewöhnlichen Liebe*, hrsg. und kommentiert von Barbara Becker, Hamburg, 2012

»Geliebtes Wesen ...«, Briefe von Vita Sackville-West an Virginia Woolf, hrsg. von Louise deSalvo und Mitchell A. Leaska, aus dem Englischen von Sibyll und Dirk Vanderbeke, Frankfurt, 1995

Zur weiterführenden Lektüre empfehle ich:

1. BIOGRAPHIEN:

Bell, Quentin, *Virginia Woolf: Eine Biographie*, aus dem Englischen von Arnold Fernberg, Frankfurt/Main, 1982

Dennison, Matthew, *Behind the Mask, The Life of Vita Sackville-West*, London, 2015

Glendinning, Victoria, *Vita Sackville-West: Eine Biographie*, aus dem Englischen von Hans J. Schütz, Frankfurt, 1994

Glendinning, Victoria, *Leonard Woolf: A Life*, London, 2006

Lee, Hermione, *Virginia Woolf: Ein Leben*, aus dem Englischen von Holger Fliessbach, Frankfurt/Main, 2006

Nicolson, Nigel, *Portrait einer Ehe, Vita Sackville-West und Harold Nicolson*, aus dem Englischen von Peter de Mendelsohn, Berlin, 1996

Woolf, Leonard, *Mein Leben mit Virginia. Erinnerungen*, hrsg. von Friederike Groth, aus dem Englischen von Ilse Strasmann, Frankfurt, 1991

2. AUSGEWÄHLTE LITERATUR ÜBER BLOOMSBURY BZW. ÜBER VITA UND VIRGINIA:

Amrain, Susanne, *So geheim und vertraut*, Virginia Woolf und Vita Sackville-West, Berlin, 2006

Bell, Quentin, *Erinnerungen an Bloomsbury*, aus dem Englischen von Claudia Wenner, Frankfurt/Main, 2018

Erzgräber, Willi, *Virginia Woolf*, Eine Einführung, München, 1982

Gristwood, Sarah, *Vita & Virginia. The lives and love of Virginia Woolf and Vita Sackville-West*, London, 2018

Lavizzari, Alexandra, *Vita & Virginia*, Berlin, 1922

Licence, Amy, *Living in Squares, Loving in Triangles: The Lives and Loves of Virginia Woolf and the Bloomsbury Group*, Gloucestershire, 2016

Spalding, Frances, *The Bloomsbury Group*, National Portrait Gallery Publications, 2021

Inspiration Bloomsbury: Der Kreis um Virginia Woolf, Christine Frick-Gehrke (Hrsg.), Frankfurt/Main, 2003

3. ZEITGESCHICHTLICHES:

Shepherd, Janet and John, *1920s Britain*, Shire Living Histories, London, 2010

Shrimpton, Jayne, *Fashion in the 1920s*, London, 2017

Simms, Brendan, *Die Briten und Europa: Tausend Jahre Konflikt und Kooperation*, München, 2016

White, Jerry, *London in the 20th Century, A City and It's People*, London, 2016

4. ZITIERTE WERKE:

de Montaigne, Michel, *Über die Freundschaft*, aus dem Englischen von Johann Joachim Bode, Anaconda Verlag, Köln, 2015

Eliot, Thomas S., *Die hohlen Männer*, aus dem Englischen von Hans Magnus Enzensberger, in: Eva Hesse (Hg.), T.S. Eliot, Gesammelte Gedichte 1909–1965, Frankfurt am Main, 1988

Eingangszitat Virginia Woolf: Zitatquelle https://gedankenwelt.de/10-inspirierende-saetze-von-virginia-woolf/